Jack Vance
La perla verde

Traduzione di Annarita Guarnieri

La perla verde

Trilogia di Lyonesse
VOLUME II

© 2019 Spatterlight, Amstelveen
Originally published as *The Green Pearl*,
Underwood-Miller, Columbia 1985

ISBN 978-1-61947-375-1

www.spatterlight.nl

Jack Vance
La perla verde

LE
Isole
Elder

Irlanda

Britannia

OCEANO
ATLANTICO

Skaghane

Ulfland Settentrionale

Il Long Dann

Wysrod

Godelia

Avallon

Dahaut

Poëlitetz

Pomperol

Blaloc

Armorica

Ulfland
Meridionale

Caduz

Foresta di
Tantrevalles

Bulmer
Skeme

Slute
Skeme

Dascinet

Ys

Lyonesse

GOLFO
CANTABRICO

Città di
Lyonesse

Troicinet

Domreis

Aquitania →

Galizia

↑
Irlanda

OCEANO
ATLANTICO

Capo
Tawzy

DAFDILLY
BAY

JEHAUNDEL
a Xounges

LAGO
QUYVERN

Le
Cam Brakes

The Foreshore

IL
MARE
STRETTO

Skaghane

Ulfland
Settentrionale

Throckshaw

Glostra

Brughiera
Alta

Vervold

Capo
Tay

Monte
Agon

Il Long Dann

Frehane

F. MALKISH

☐ Ang

IL
MARE
STRETTO

Castello Sank ☐

F. WIRLING

Castello di ☐
Clarrie

Cloud
Cutters

Suarach

Ulfland
Meridionale

Fian ☐
Gosse

Teach
tac
Teach

La Trompada

Hoar

Stronson ☐

Strada
Est-Ovest

Doun
Darric

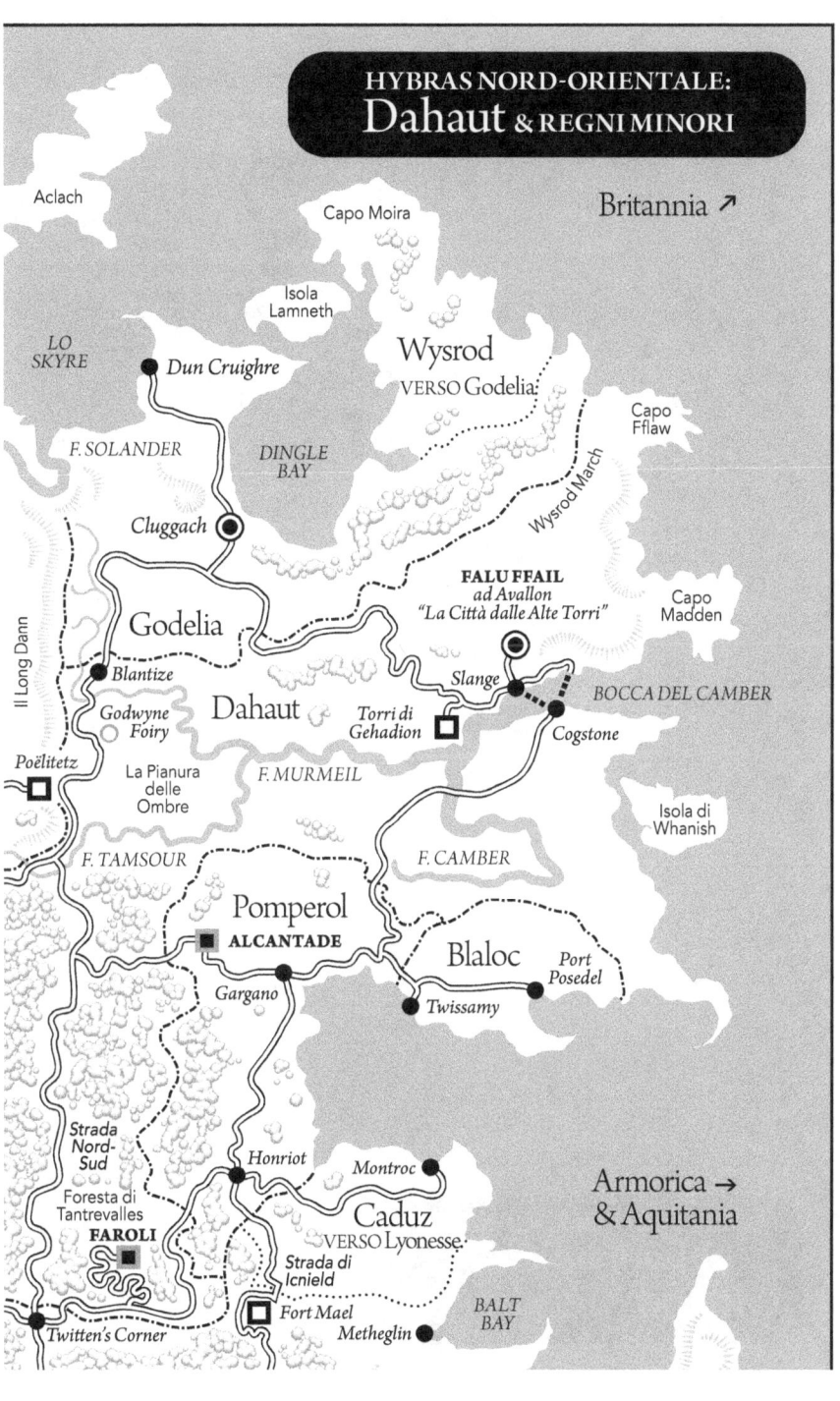

HYBRAS NORD-ORIENTALE:
Dahaut & REGNI MINORI

Aclach

Capo Moira

Britannia ↗

Isola
Lamneth

LO
SKYRE

Dun Cruighre

Wysrod
VERSO Godelia:

Capo
Fflaw

F. SOLANDER

DINGLE
BAY

Wysrod March

Cluggach

FALU FFAIL
ad Avallon
"La Città dalle Alte Torri"

Capo
Madden

Il Long Dann

Godelia

Blantize

Slange

BOCCA DEL CAMBER

Godwyne
Foiry

Dahaut

Torri di
Gehadion

Cogstone

Poëlitetz

La Pianura
delle
Ombre

F. MURMEIL

Isola di
Whanish

F. TAMSOUR

F. CAMBER

Pomperol
ALCANTADE

Blaloc

Port
Posedel

Gargano

Twissamy

Strada
Nord-
Sud

Honriot

Montroc

Armorica →
& Aquitania

Foresta di
Tantrevalles
FAROLI

Caduz
VERSO Lyonesse:

Strada di
Icnield

BALT
BAY

Twitten's Corner

Fort Mael

Metheglin

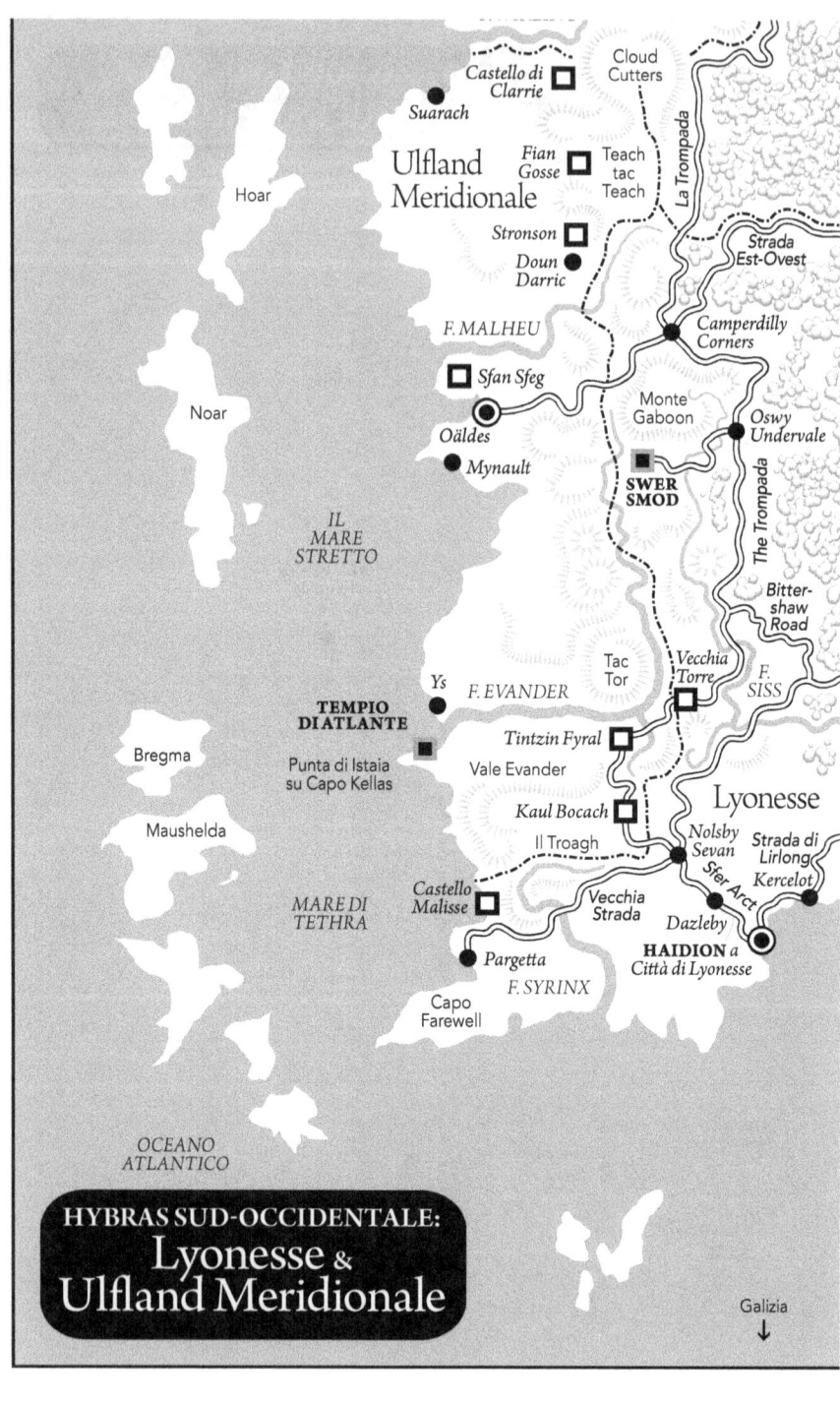

Castello di Clarrie

Cloud Cutters

Suarach

La Trompada

Ulfland Meridionale

Fian Gosse

Teach tac Teach

Hoar

Stronson

Strada Est-Ovest

Doun Darric

F. MALHEU

Camperdilly Corners

Sfan Sfeg

Monte Gaboon

Oswy Undervale

Noar

Oäldes

Mynault

SWER SMOD

The Trompada

IL MARE STRETTO

Bitter-shaw Road

Tac Tor

Vecchia Torre

F. SISS

Ys

F. EVANDER

TEMPIO DI ATLANTE

Tintzin Fyral

Bregma

Punta di Istaia su Capo Kellas

Vale Evander

Lyonesse

Kaul Bocach

Maushelda

Il Troagh

Nolsby Sevan

Strada di Lirlong

Kercelot

MARE DI TETHRA

Castello Malisse

Vecchia Strada

Sfer Arct

Dazleby

Pargetta

HAIDION a Città di Lyonesse

Capo Farewell

F. SYRINX

OCEANO ATLANTICO

HYBRAS SUD-OCCIDENTALE:
Lyonesse &
Ulfland Meridionale

Galizia
↓

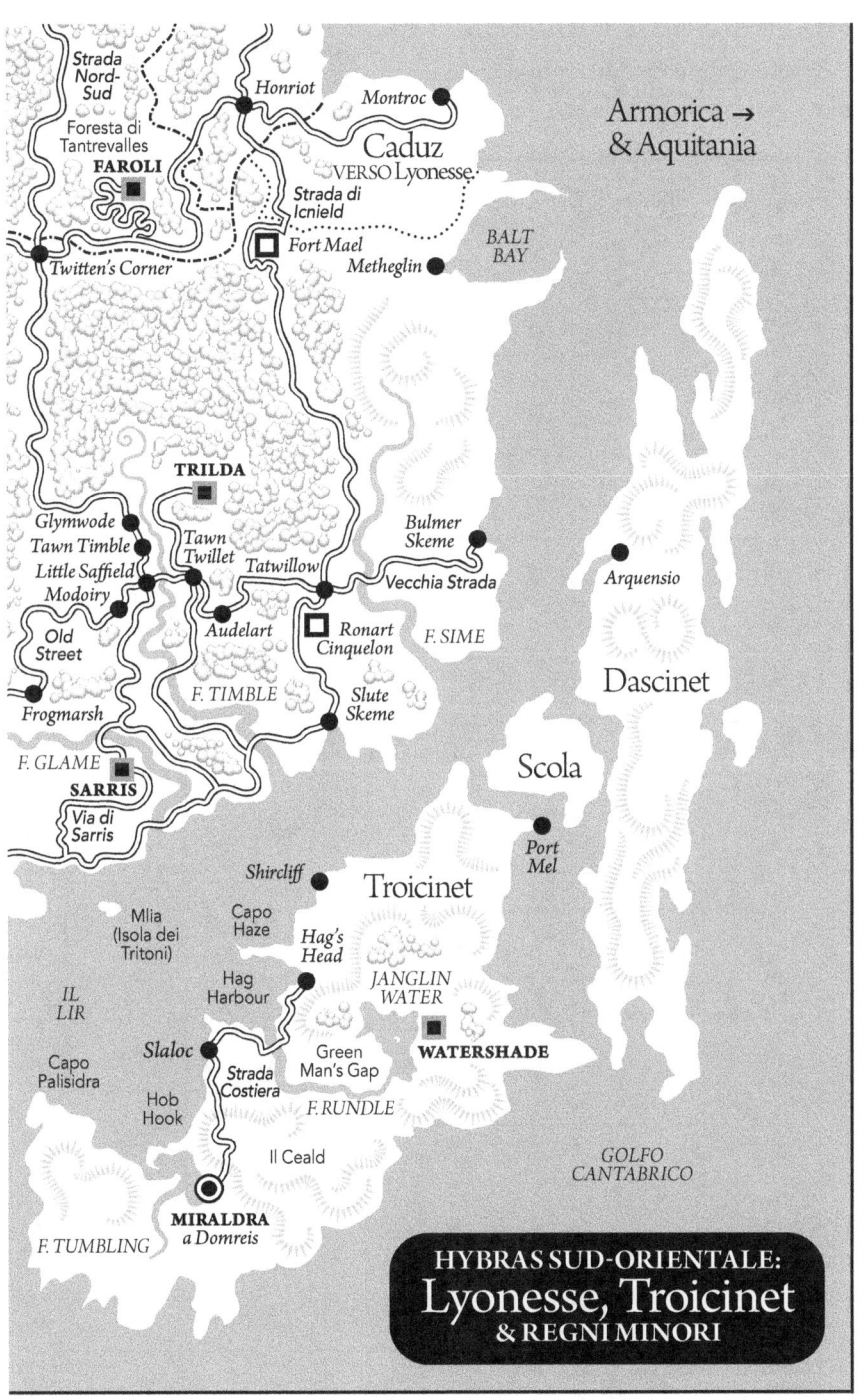

Strada Nord-Sud

Honriot · Montroc

Foresta di Tantrevalles

Caduz
VERSO Lyonesse

FAROLI

Strada di Icnield

☐ Fort Mael

Twitten's Corner

Metheglin

BALT BAY

Armorica →
& Aquitania

TRILDA

Bulmer Skeme

Arquensio

Glymwode
Tawn Timble
Little Saffield
Modoiry

Tawn Twillet

Tatwillow

Vecchia Strada

Dascinet

Old Street

Audelart

☐ Ronart Cinquelon

F. SIME

F. TIMBLE

Slute Skeme

Frogmarsh

F. GLAME

SARRIS

Scola

Via di Sarris

Shircliff

Port Mel

Mlia (Isola dei Tritoni)

Capo Haze

Troicinet

IL LIR

Hag's Head

JANGLIN WATER

Hag Harbour

Capo Palisidra

Slaloc

Green Man's Gap

WATERSHADE

Hob Hook

Strada Costiera

F. RUNDLE

Il Ceald

GOLFO CANTABRICO

MIRALDRA
a Domreis

F. TUMBLING

HYBRAS SUD-ORIENTALE:
Lyonesse, Troicinet
& REGNI MINORI

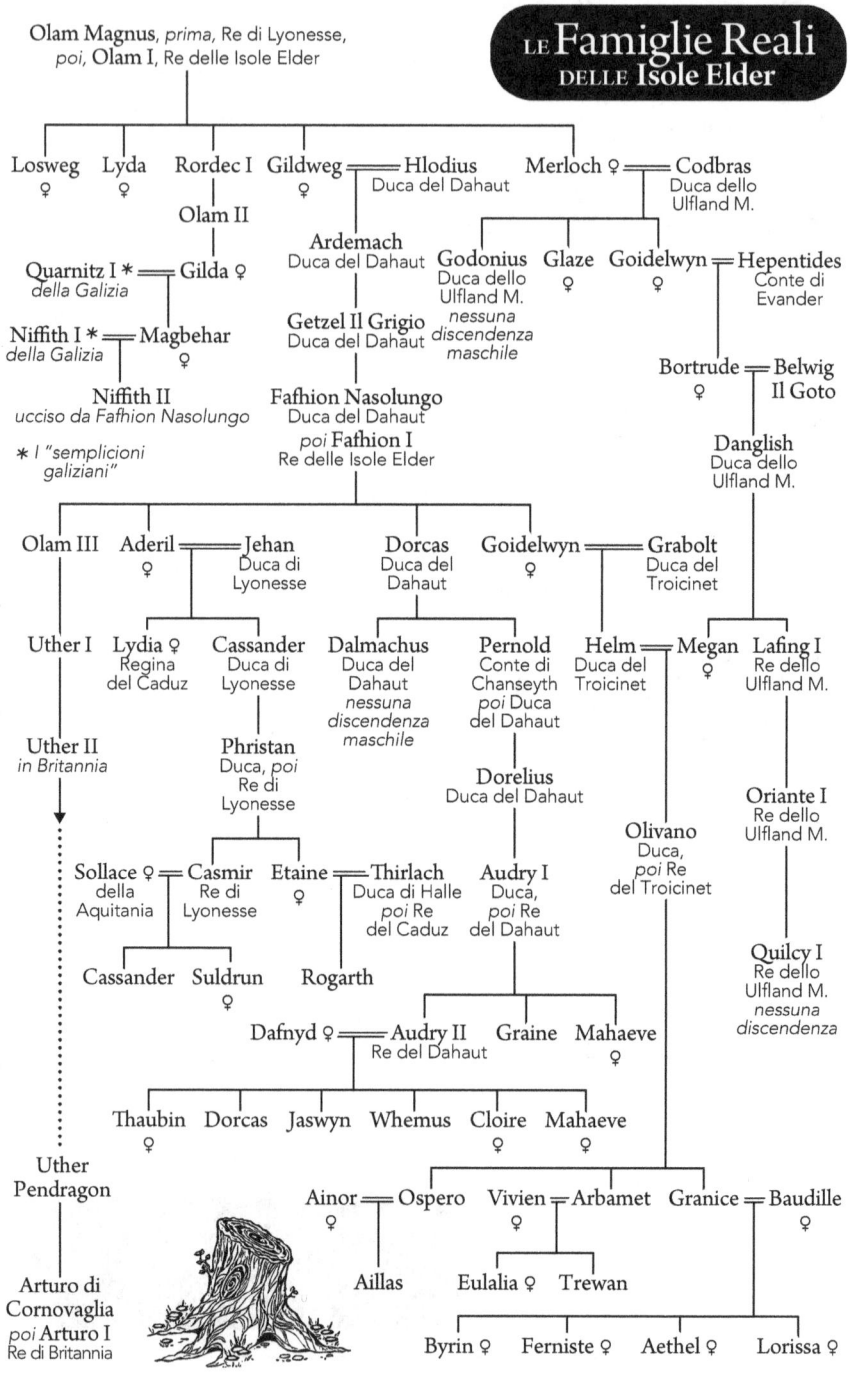

LE Famiglie Reali DELLE Isole Elder

Olam Magnus, *prima*, Re di Lyonesse, *poi*, Olam I, Re delle Isole Elder

Losweg ♀ — Lyda ♀ — Rordec I — Gildweg ♀ — Hlodius (Duca del Dahaut) — Merloch ♀ — Codbras (Duca dello Ulfland M.)

Olam II

Quarnitz I * (della Galizia) — Gilda ♀

Ardemach (Duca del Dahaut) — Godonius (Duca dello Ulfland M. *nessuna discendenza maschile*) — Glaze — Goidelwyn ♀ — Hepentides (Conte di Evander)

Niffith I * (della Galizia) — Magbehar ♀

Getzel Il Grigio (Duca del Dahaut)

Bortrude ♀ — Belwig Il Goto

Niffith II (*ucciso da Fafhion Nasolungo*)

Fafhion Nasolungo (Duca del Dahaut) *poi* Fafhion I (Re delle Isole Elder)

Danglish (Duca dello Ulfland M.)

* I "semplicioni galiziani"

Olam III — Aderil ♀ — Jehan (Duca di Lyonesse) — Dorcas (Duca del Dahaut) — Goidelwyn ♀ — Grabolt (Duca del Troicinet)

Uther I — Lydia ♀ (Regina del Caduz) — Cassander (Duca di Lyonesse) — Dalmachus (Duca del Dahaut *nessuna discendenza maschile*) — Pernold (Conte di Chanseyth *poi* Duca del Dahaut) — Helm (Duca del Troicinet) — Megan ♀ — Lafing I (Re dello Ulfland M.)

Uther II (*in Britannia*)

Phristan (Duca, *poi* Re di Lyonesse)

Dorelius (Duca del Dahaut)

Oriante I (Re dello Ulfland M.)

Sollace ♀ (della Aquitania) — Casmir (Re di Lyonesse) — Etaine ♀ — Thirlach (Duca di Halle *poi* Re del Caduz) — Audry I (Duca, *poi* Re del Dahaut) — Olivano (Duca, *poi* Re del Troicinet)

Quilcy I (Re dello Ulfland M. *nessuna discendenza*)

Cassander — Suldrun ♀ — Rogarth

Dafnyd ♀ — Audry II (Re del Dahaut) — Graine — Mahaeve ♀

Thaubin ♀ — Dorcas — Jaswyn — Whemus — Cloire ♀ — Mahaeve ♀

Uther Pendragon

Ainor ♀ — Ospero — Vivien ♀ — Arbamet — Granice — Baudille ♀

Arturo di Cornovaglia *poi* Arturo I (Re di Britannia)

Aillas

Eulalia ♀ — Trewan

Byrin ♀ — Ferniste ♀ — Aethel ♀ — Lorissa ♀

CAPITOLO I

I

VISBHUME, APPRENDISTA DEL da poco defunto Hippolito, si presentò al mago Tamurello per ottenere un'eguale carica presso di lui, ma ricevette un diniego; Visbhume offrì allora in vendita al mago una scatola contenente alcuni articoli che aveva portato via dalla casa di Hippolito. Dopo avervi dato un'occhiata, Tamurello si accorse che all'interno vi erano oggetti tali da destare il suo interesse e pagò a Visbhume il prezzo richiesto.

Fra le cose racchiuse nella scatola vi erano alcuni frammenti di un antico manoscritto, e quando la cosa giunse per puro caso agli orecchi della strega Desmëi, la donna si chiese se tra quei frammenti ce ne fosse qualcuno che potesse riempire i vuoti di un manoscritto che lei da lungo tempo stava cercando di completare. Senza alcun indugio, la strega si recò alla dimora di Tamurello, a Faroli, nella Foresta di Tantrevalles, e là chiese il permesso d'ispezionare i frammenti.

Con ogni cortesia, Tamurello glieli fece vedere.

– Sono questi i pezzi mancanti?

Desmëi esaminò i frammenti.

– Sono proprio loro.

– In questo caso sono tuoi – dichiarò Tamurello. – Accettali con i miei complimenti.

– Lo farò con estrema gratitudine!

Mentre riponeva i frammenti di un portafoglio, la donna osservò Tamurello con la coda dell'occhio, quindi disse:

– È piuttosto strano che non ci siamo mai incontrati prima d'ora.

Tamurello ne convenne con un sorriso.

– Il mondo è ampio e immenso. Nuove esperienze ci attendono a ogni angolo, per la maggior parte di nostro gradimento. – Il mago reclinò il capo da un lato in un atteggiamento d'inconfondibile galanteria nei confronti della sua ospite.

– Ben detto, Tamurello – convenne Desmëi. – Sei davvero estremamente cortese!

– Solo quando le circostanze lo permettono. Gradisci qualche rinfresco? Ho qui del buon vino ricavato dalle vigne Alhadra.

Per qualche tempo, i due rimasero seduti a chiacchierare, scambiandosi le loro vedute, e Desmëi, trovando Tamurello stimolante e pieno di vitalità, decise di prenderlo come amante.

Tamurello, che era sempre incuriosito dalle novità, non oppose alcuna difficoltà e dimostrò un entusiasmo pari a quello della strega, e così per una stagione tutto andò bene.

Con il passare del tempo, tuttavia, Tamurello giunse ad avere l'impressione che Desmëi mancasse sia di spiritualità che di grazia in maniera davvero snervante; cominciò ad alternare momenti di freddezza a quelli di entusiasmo e la cosa preoccupò profondamente Desmëi che, in un primo tempo, preferì interpretare questo svanire degli ardori del suo amante come un modo da lui scelto per tormentarla: la cattiveria, per così dire, di un innamorato troppo vezzeggiato. S'impose quindi alla sua attenzione, tentando prima con un tipo di civetteria e poi con un altro.

Tamurello divenne sempre più freddo e Desmëi rimase seduta con lui per lunghe ore cercando di analizzare quella reazione in tutte le sue fasi, mentre Tamurello beveva vino rosso e fissava gli alberi con occhi cupi.

Desmëi scoprì ben presto che né la propria bellezza né le dimostrazioni di affetto sembravano avere un qualche effetto sul mago e scoprì anche che neppure l'adulazione aveva qualche efficacia, mentre i rimproveri sembravano solo annoiarlo. Alla fine, in maniera faceta, Desmëi si mise a parlare di un suo precedente amante che l'aveva fatta soffrire e accennò alle sfortune che in seguito avevano perseguitato il poveretto. Accortasi di essere riuscita ad attirare l'attenzione di Tamurello, spostò quindi la conversazione su argomenti più allegri, ma da quel momento il mago lasciò che la prudenza guidasse la sua condotta, e ancora una volta, Desmëi non ebbe più nulla di cui lamentarsi.

Dopo un mese di passione, Tamurello si accorse di non essere più in grado di mantenere oltre quell'atteggiamento e ancora una volta prese a evitare Desmëi, che però comprendeva ora quali forze guidassero la condotta del mago ed era in grado di riportarlo abilmente all'ovile.

Giunto infine alla disperazione, Tamurello invocò un incantesimo di noia su Desmëi: un'influenza così quieta, graduale e poco appariscente, che la donna non si accorse neppure del suo sopraggiungere e a poco a poco cominciò a sentirsi stanca del mondo, delle sue solite vanità, delle futili ambizioni e degli inutili piaceri. Tuttavia, l'influenza dell'incantesimo era tanto potente che la maga non giunse mai a sospettare che il cambiamento si fosse verificato dentro di lei; dal punto di vista di Tamurello, naturalmente, la magia si rivelò un successo completo.

Per un certo periodo di tempo, Desmëi si aggirò in cupa contemplazione per le stanze ventose del suo palazzo, che sorgeva sulla spiaggia vicino a Ys, e alla fine decise di abbandonare il mondo alla malinconia che gli era propria. Preparatasi alla morte, si soffermò sulla terrazza della sua dimora per guardare un'ultima volta il tramonto.

A mezzanotte, la donna inviò una bolla di comunicazione oltre le montagne, fino a Faroli, ma all'alba non era ancora arrivato nessun messaggio di risposta.

Desmëi rifletté per una lunga ora, e alla fine giunse a interrogarsi su quella strana forma di depressione che l'aveva portata alla situazione attuale. La decisione presa era irrevocabile, ma nell'ora estrema la donna si riscosse quanto bastava per operare una serie di meravigliose formule, quali non erano mai state attuate prima di allora. Il motivo di quei suoi ultimi atti rimase, sia allora che in seguito, al di là di ogni comprensione, perché ormai il suo modo di pensare si era fatto strano e irreale; la donna, di certo, si sentiva tradita e divorata dal rancore, era indubbiamente animata da una certa dose di disprezzo e sembrava anche spinta da un impeto di pura creatività. In ogni modo, creò un paio di splendidi oggetti, forse nella speranza che potessero essere considerati come una proiezione del suo io ideale e che per il loro simbolismo potessero essere accettati come tali dallo stesso Tamurello.

Alla luce di quanto accadde in seguito,* il successo da lei conseguito

---

* I dettagli sono riferiti in LYONESSE I: *Il giardino di Suldrun.*

sotto questo punto di vista risultò alquanto distorto e il trionfo, se si può adottare tale parola, andò piuttosto a Tamurello.

Per ottenere il proprio scopo, Desmëi usò una quantità d'ingredienti: sale marino, terriccio del Monte Khambaste in Etiopia, sudore, strani impasti e anche elementi prelevati dalla propria persona, cose con le quali creò un paio di esemplari di rara grazia e bellezza. La donna era Melanchte e l'uomo Faude Carfilhiot.

E tuttavia, l'impresa non era ancora compiuta. Mentre i due se ne stavano nudi e con la mente del tutto vuota nella sua stanza da lavoro, i residui rimasti nel calderone emisero un fetido vapore verde: dopo aver tratto un respiro sorpreso, Melanchte indietreggiò e sputò di bocca quel sapore ma Carfilhiot lo trovò invece di suo gradimento e lo inalò con avidità.

Alcuni anni più tardi, il castello di Tintzin Fyral cadde sotto l'assedio delle armate del Troicinet. Carfilhiot venne catturato e impiccato ad una forca grottescamente alta, al fine d'inviare un messaggio di assoluta chiarezza a Tamurello, a Faroli verso est, e a Re Casmir di Lyonesse, verso sud.

In seguito, il corpo di Carfilhiot fu deposto a terra, collocato su una pira e bruciato al suono delle cornamuse e dei flauti: mentre il rogo ardeva, le fiamme emisero una folata di fetido vapore verde che venne imprigionato dal vento e trasportato verso il mare. Roteando sempre più basso e mescolandosi con la spuma delle onde, il fumo si condensò fino a diventare una perla verde che sprofondò verso il fondo dell'oceano, dove venne infine ingerita da un grosso rombo.

II

L'Ulfland meridionale si affacciava sul mare con un tratto di costa che si stendeva da Ys a sud fino a Suarach, a nord: una successione di spiagge sabbiose e di promontori rocciosi lungo una linea costiera per la maggior parte cupa e spoglia. I tre porti principali erano quelli di Ys, di Suarach e di Oaldes, posto in mezzo fra gli altri due; altrove, i porti, buoni o cattivi che fossero, erano radi e spesso non erano altro che piccole insenature racchiuse dalla gobba di qualche promontorio.

Venti miglia a sud di Oaldes, una fila di alture rocciose si protendeva verso l'oceano, e con l'aiuto di frangiflutti in pietra offriva riparo a parecchie dozzine di barche da pesca; tutt'intorno al porto si annidava il villaggio di Mynault, un agglomerato di piccole case di pietra con due taverne e un mercato.

In una di quelle case viveva un pescatore di nome Sarles, un uomo dai capelli neri, di struttura massiccia, con le labbra spesse e una piccola pancia rotonda; il volto, pur essendo tondo e pallido al punto da somigliare a una luna piena, esibiva un costante cipiglio perplesso, come se l'uomo trovasse la vita e la logica in continuo contrasto fra loro.

Il fiore della gioventù di Sarles se n'era ormai andato per sempre, ma questi aveva ben poco da mostrare per tutti gli anni di lavoro più o meno diligente; Sarles ne attribuiva la colpa alla cattiva fortuna, anche se sua moglie Liba, se le si doveva credere, l'attribuiva per la maggior parte all'indolenza del consorte.

Per pura comodità Sarles teneva la sua barca, la *Preval*, in secca su un tratto di spiaggia sassosa direttamente antistante la sua casa; aveva ereditato la *Preval* da suo padre e l'imbarcazione era ormai vecchia e consunta, con ogni trave che faceva acqua e ogni giuntura che scricchiolava. Sarles conosceva bene le deficienze della *Preval*, e la metteva in acqua solo quando il tempo era perfetto.

Liba, come Sarles, era alquanto massiccia, ma pur essendo più vecchia del marito era dotata di un'energia molto maggiore e spesso gli chiedeva:

– Perché oggi non sei a pesca come tutti gli altri uomini?

– Il vento si alzerà di certo, nel tardo pomeriggio – rispondeva Sarles – e gli occhielli del sartiame di babordo non possono sopportare una simile tensione.

– Allora perché non li sostituisci? Tanto non hai nulla di meglio da fare.

– Bah, donna, non ne capisci nulla di barche. Il punto più debole si rompe sempre per primo: se sistemassi gli occhielli, allora il sartiame si potrebbe lacerare o una folata particolarmente violenta potrebbe spingere l'albero proprio attraverso la carena.

– In questo caso, sostituisci il sartiame e poi ripara anche il fasciame.

– Più facile a dirsi che a farsi! Sarebbe uno spreco di tempo, e sprecherei anche del buon denaro senza concludere nulla.

– Ma tu sprechi un sacco di tempo alla taverna, dove butti via il denaro a manciate, per di più.

– Donna, basta così! Mi vorresti forse negare il mio unico passatempo?

– Certo che lo vorrei! Tutti gli altri sono fuori sul mare mentre tu te ne stai seduto al sole a prendere mosche. Tuo cugino Yunt ha lasciato il porto prima dell'alba, per essere certo della riuscita della pesca! Perché non fai lo stesso?

– Yunt non soffre di dolori alla schiena come me – borbottò Sarles – e poi lui salpa con la *Lirlou*, che è una bella barca nuova.

– È il pescatore che prende i pesci, e non la sua barca. Yunt porta a casa una quantità di pesce sei volte maggiore di quella che porti tu.

– Solo perché suo figlio Tamas pesca con lui.

– Il che significa che ciascuno di loro pesca una quantità di pesce tre volte superiore alla tua.

Sarles lanciò un grido di rabbia.

– Donna, quando imparerai a tenere a freno la lingua? Me ne andrei immediatamente alla taverna, se soltanto avessi un paio di monete in tasca.

– Perché non usi il tempo libero per riparare la *Preval*?

Sarles levò in alto le mani in un gesto di esasperazione e scese sulla spiaggia, dove prese nota delle carenze della sua imbarcazione; non avendo nulla di meglio da fare, intagliò nel legno un nuovo occhiello per la velatura e poi, siccome il cordame era troppo caro per le sue tasche, eseguì una serie di rappezzamenti approssimativi che servirono a rinforzare la velatura ma che erano anche decisamente poco estetici.

Le cose andarono avanti così, con Sarles che effettuava sulla *Preval* soltanto quei lavori di manutenzione che erano essenziali per mantenerla a galla e che usciva fra i frangenti e le rocce solo quando le condizioni del tempo erano al meglio, il che non accadeva spesso.

Un giorno, persino Sarles si allarmò. Con una brezza leggera che soffiava verso riva, si era spinto a remi fuori dal porto, aveva issato la vela, sistemato il paterasso e la velatura, e aveva solcato tranquillamente le onde, puntando verso i frangenti, dove il pesce era particolarmente abbondante... Strano, pensò: perché il paterasso si afflosciava quando lo aveva appena messo in tensione? Effettuata un'indagine, scoprì un fatto sconvolgente: il puntello di poppa cui era attaccato il paterasso era marcito per l'età e per gli attacchi dei vermi, al punto che stava per staccarsi per la tensione causata dal paterasso, il che avrebbe potuto provocare un enorme disastro.

Sarles levò gli occhi al cielo e serrò i denti con aria seccata; adesso, senza indugi o ritardi, era costretto a eseguire una serie di fastidiose riparazioni e non poteva aspettarsi né tranquillità né un sorso di vino fino a che non le avesse ultimate. Per finanziare quelle riparazioni poteva perfino trovarsi costretto a chiedere di essere preso a bordo della *Lirlou*, il che avrebbe costituito un ulteriore fastidio poiché lo avrebbe obbligato a lavorare alle ore antelucane a cui Yunt era solito alzarsi.

Per il momento, si limitò a spostare il paterasso, attaccandolo a uno dei tacchetti di poppa, cosa che, con un tempo così tranquillo, poteva essere sufficiente.

Sarles pescò per due ore, durante le quali prese soltanto un rombo; quando pulì il pesce, però, il ventre dell'animale si aprì e ne rotolò fuori una magnifica perla verde di una qualità tale che Sarles non ne aveva mai visto l'uguale.

Meravigliandosi per la sua buona sorte, il pescatore gettò ancora le reti, ma intanto il vento si era rinforzato e, preoccupato, per lo stato delle approssimative riparazioni da lui eseguite, Sarles sollevò l'ancora, tese la vela e girò la prua verso Mynault, tutto gongolante per la splendida perla verde che aveva trovato e il cui solo contatto gli provocava brividi di piacere lungo tutti i nervi.

Una volta rientrato in porto, ancorò la barca e si avviò verso casa, ma lungo la strada, s'imbatté in suo cugino Yunt.

– Cosa? – esclamò questi. – Di ritorno così presto dal lavoro? Ma non è ancora mezzogiorno! Cos'hai preso? Un solo rombo? Sarles, tu morirai povero se non ti darai una regolata! Davvero, dovresti effettuare una serie completa di riparazioni sulla *Preval* e poi cominciare a pescare con zelo in modo da poter mettere da parte qualcosa per te stesso e per la vecchiaia.

Seccato da quelle critiche, Sarles ribatté:

– E tu? Perché non sei al largo con la tua bella *Lirlou*! Temi forse il morso del vento?

– Niente affatto! Sarei felice di andare a pesca, vento o non vento, se non fosse che la *Lirlou* è a riva per una pulizia completa e per una nuova impeciatura della carena.

Di solito, Sarles non era sveglio, né sprezzante o portato all'inganno, visto che il suo vizio peggiore era quello di essere pigro e mosso da una cupa ostinazione di fronte ai continui rimproveri della moglie. Ma ora, spinto da un improvviso impeto di malizia, ritorse:

– Bene, allora, se lo zelo ti pungola così tanto, là c'è la *Preval*: portala fuori fra i frangenti e pesca fino a che ne avrai avuto abbastanza.

Yunt emise un grugnito di derisione.

– È una cosa ben triste per me, dopo aver manovrato la mia bella *Lirlou*! E tuttavia, credo che accetterò la tua offerta: è strano, ma non riesco a dormire bene se non ho prelevato una bella retata di pesci dalle profondità del mare.

– Ti auguro buona fortuna – replicò Sarles, e si avviò lungo il molo, notando che il vento aveva mutato direzione e soffiava ora da nord.

Giunto al mercato, vendette il rombo a un prezzo decente, poi si soffermò a riflettere e, estratta la perla dalla giacca, la studiò ancora: era un oggetto meraviglioso, anche se il bagliore verde era un po' insolito e persino... bisognava ammetterlo... un po' sconvolgente.

Esibendo uno strano e insensato sogghigno, ripose la perla nella tasca, quindi attraversò la piazza alla volta della taverna, dove si versò in gola una buona mezza pinta di vino. La prima pinta chiamò la seconda, e Sarles ne aveva già consumata la metà quando venne accostato da uno dei suoi compagni di bevute, un certo Julian, che gli chiese:

– Come va il mondo? Niente pesca, oggi?

– Non me la sentivo, a causa della schiena che mi duole. Inoltre, Yunt ha deciso che gli andava di prendere a prestito la *Preval* e io gli ho detto: "Prendila e pesca pure tutta la notte, se sei tanto frenetico nel tuo zelo!" E così Yunt se n'è andato al largo con la mia buona vecchia *Preval*.

– Ah, bene. È stato generoso da parte tua.

– E perché no? Dopotutto, è mio cugino, e il sangue è più spesso dell'acqua.

– Vero.

Sarles finì il vino e si avviò a passo lento verso l'estremità del molo. Esaminò il mare con grande attenzione, ma né a nord, né a ovest né a sud gli riuscì di scorgere la rappezzata vela gialla della *Preval*.

Volse quindi le spalle al mare e camminò fino alla spiaggia sassosa dove i pescatori traevano a riva le imbarcazioni; insinuatosi in mezzo a loro, fece qualche domanda riguardo a Yunt.

– Per gentilezza, gli ho permesso di prendere la *Preval*, anche se lo avevo avvertito che il vento si stava alzando e sembrava sul punto di girare verso nord.

– Un'ora fa era al largo dello Scratch Bottom – affermò uno dei pescatori. – Yunt è sempre a pesca mentre l'altra gente è a bere vino!

Sarles scrutò il mare.

– Forse è vero, ma adesso non lo vedo. Il vento sta cambiando direzione e lui si troverà nei guai, se non torna subito in porto.

– Non aver paura per un vecchio lupo di mare a bordo di un'imbarcazione robusta come la *Lirlou* – ribatté un altro pescatore, che era appena arrivato.

Quello che aveva parlato per primo scoppiò in una rauca risata.

– Ma è a bordo della *Preval*!

– Ah ah! Ma questa è un'altra faccenda. Sarles, saresti saggio a effettuare un po' di riparazioni.

– Sì, sì – borbottò questi – a tempo debito. Non posso camminare sull'acqua né far uscire monete d'oro dal naso.

Scese il tramonto, e Yunt non era ancora tornato al porto di Mynault. Alla fine, Sarles riferì a Liba quanto era accaduto.

– Oggi avevo la schiena che mi faceva molto male, e non potevo pescare a lungo. Per pura generosità, ho permesso a Yunt di usare la mia barca, ma lui non è ancora tornato, per cui temo che possa essere stato spinto dal vento contro la costa o che possa addirittura aver distrutto la *Preval*. Suppongo che questo debba servirmi da lezione.

– A te? – Liba lo fissò, costernata. – E che mi dici di Yunt e della sua famiglia?

– Sono preoccupato per entrambe le cose, questo è ovvio. Tuttavia, non ti ho ancora parlato della stupefacente fortuna che ho avuto oggi.

– Davvero? La tua schiena sta tanto bene che puoi finalmente lavorare? Oppure hai perso l'amore per il vino?

– Donna, controlla la lingua o sentirai il peso della mia mano! Sono stufo dei tuoi stupidi scherni.

– Bene, dunque, e quale sarebbe questa tua fortuna?

Sarles le fece vedere la perla.

– Che ne pensi di questa?

– Hmm. Strano! Non ho mai sentito parlare di una perla verde. Sei certo che sia autentica?

– Ma certo! Mi prendi per uno stupido? Vale una buona somma.

– Mi fa venire i brividi – osservò Liba, distogliendo lo sguardo.

– Non è un atteggiamento da donna, questo? Dov'è la mia cena? Cosa? Avena? Perché non riesci a cucinare una bella pentola di stufato, come fanno le altre donne.

– Dovrei fare miracoli, quando la dispensa è vuota? Se tu prendessi più pesce e bevessi di meno, mangeremmo meglio.

– Bah! D'ora in avanti, le cose andranno in maniera del tutto diversa.

Durante la notte, Sarles venne tormentato da strani sogni. Alla sua destra, strane facce lo fissavano con fare grave attraverso un vorticare di nebbia e poi si riunivano per discutere senza che lui potesse sentire una sola parola. Alcune di quelle facce gli sembravano familiari, ma non riusciva ad attribuire loro un nome.

Al mattino, Yunt non era ancora tornato con la *Preval* e, in base a un uso ormai stabilito da tempo, Sarles acquisì il diritto di poter pescare a bordo della bella e nuova *Lirlou*. Tamas, il figlio di Yunt, gli chiese di poter andare a pesca insieme a lui, ma Sarles non lo permise.

– Preferisco pescare da solo.

Tamas protestò in tono rovente.

– Ma non è ragionevole! Devo proteggere gli interessi della mia famiglia!

Sarles levò in alto un dito ammonitore.

– Non così in fretta! Stai forse dimenticando che ho anch'io degli interessi da proteggere? La *Lirlou* diventa mia fino a che Yunt non mi restituirà la *Preval* sana e salva. Se vuoi pescare, ti devi arrangiare in qualche altro modo.

Sarles portò quindi la *Lirlou* sui terreni di pesca, gioendo per la robustezza dell'imbarcazione e per l'ottimo stato di manutenzione del sartiame. Quel giorno ebbe una fortuna insolita: il pesce che finì nelle reti era di buone dimensioni e riempì il cesto nella stiva fino all'orlo, dopo di che Sarles fece ritorno a Mynault congratulandosi con sé stesso. Quella sera avrebbero mangiato una buona zuppa, o magari un pollo arrosto.

Trascorsero due mesi, durante i quali Sarles trasse profitto dalla pesca abbondante mentre nulla parve andare per il giusto verso a Tamas. Una sera, il giovane si recò a casa di Sarles nella speranza di poter raggiungere un accordo che risolvesse una situazione che nessuno a Mynault considerava soddisfacente, anche se tutti gli abitanti erano concordi nel ritenere che Sarles aveva agito soltanto nei limiti dei suoi diritti.

Tamas trovò Liba da sola, seduta accanto al focolare e intenta a filare; avanzato fino al centro della stanza, si guardò in giro.

– Dov'è Sarles?

– Alla taverna, o almeno credo, a riempirsi la pancia di vino – replicò Liba con voce piatta e contenente una sfumatura metallica. Lanciò un'occhiata a Tamas da sopra la spalla, quindi riprese a filare. – Qualunque cosa tu voglia da lui, non l'avrai: è diventato all'improvviso un uomo ricco e va in giro gongolando come se fosse un nobile.

– Eppure dobbiamo giungere a un accordo! – esclamò Tamas. – Ha perso la sua imbarcazione ormai marcia e ha ottenuto la *Lirlou*, a spese mie e di mia madre e delle mie sorelle. Abbiamo perduto tutto senza alcuna colpa da parte nostra e chiediamo solo che Sarles ci tratti in maniera onesta e ci dia la nostra parte.

Liba scrollò le spalle, imperturbabile.

– È inutile parlare con me, non ho più nessuna influenza su di lui; è un uomo diverso, da quando ha portato a casa la sua perla verde.

Sollevò gli occhi verso la mensola del camino, dove la perla era deposta su un piattino.

Tamas si avvicinò per osservare la gemma, la prese in mano e la sollevò fra le dita, quindi la fece rotolare fra i denti.

– Ma è un oggetto di valore! Potrei comprarmi un'altra *Lirlou*! Mi renderebbe ricco!

Liba gli lanciò un'occhiata sorpresa: era quella la voce di Tamas, che era considerata da tutti l'anima stessa della rettitudine? La perla verde sembrava corrompere con l'avidità e l'egoismo tutti coloro che la toccavano! Volse le spalle al giovane e riprese a filare.

– Non mi dire niente: quello che non so, non posso impedire. Odio quella cosa; mi fissa con occhio malvagio.

Tamas emise una strana risatina acuta, così strana che Liba lo guardò di traverso, perplessa.

– Proprio così – affermò il giovane. – È giunto il momento di porre rimedio ai torti subiti! Se Sarles dovesse lamentarsi, fallo venire da me! – Il giovane uscì di corsa dalla casa con la perla stretta in mano e Liba riprese a filare, un nodo di apprensione che le serrava il petto.

Trascorse un'ora senza che si sentisse alcun rumore tranne il sibilo del vento nel camino e un occasionale crepitare del fuoco. Poi udì il passo ondeggiante di Sarles e questi entrò barcollando in casa, di ritorno dalla taverna. Spalancò la porta e rimase fermo per un attimo sulla soglia, la faccia rotonda come un piatto sotto la massa di capelli neri. Gli occhi saettarono qua e là e si soffermarono sul piattino; l'uomo si avvicinò per guardare, si accorse che era vuoto ed emise allora un grido angosciato.

– Dov'è la perla, la mia bella perla verde?

– Tamas è venuto per parlare con te – rispose Liba, con voce piana – e visto che non c'eri ha preso la perla.

Sarles emise un ululato di rabbia.

– Perché non lo hai fermato?

– Non è affar mio. Devi risolvere la questione con Tamas.

Sarles emise un gemito furioso.

– Avresti potuto fermarlo! Gli hai dato la perla!

Avanzò barcollando verso la moglie con i pugni serrati, ma la donna, sollevato l'arcolaio, glielo conficcò nell'occhio sinistro. L'uomo si portò la mano all'orbita insanguinata, mentre Liba indietreggiava, intimorita per l'enormità di quanto aveva fatto.

Sarles la fissò con l'occhio destro, poi riprese ad avanzare con lentezza; annaspando dietro di sé, Liba trovò una scopa di stoppie legate che sollevò e tenne pronta. Sarles continuò a procedere, un passo alla volta, e senza distogliere lo sguardo dalla moglie si chinò a raccogliere un'ascia dall'impugnatura corta. Con un urlo, Liba protese la scopa contro la faccia di Sarles e corse verso la porta, ma il marito l'afferrò per i capelli e, trattala indietro, si mise al lavoro con l'ascia in maniera orrenda.

I vicini erano stati frattanto attirati dalle urla e gli uomini si impadronirono di Sarles, trascinandolo nella piazza, dove gli anziani del villaggio, immediatamente convocati, sopraggiunsero ancora intontiti dal sonno per emettere la sentenza.

Il crimine era manifesto, e l'assassino conosciuto, quindi non c'era nulla da guadagnare con gli indugi: venne emessa la sentenza e Sarles fu condotto nella scuderia dove venne impiccato alla trave del fienile, mentre tutta la popolazione del villaggio rimaneva a fissare meravigliata il vicino che scalciava e sobbalzava alla luce delle lampade.

III

Oaldes, posta a più di trenta chilometri a nord di Mynault, aveva svolto per lungo tempo la funzione di sede dei re dell'Ulfland Meridionale, anche se mancava della grazia e della tradizione storica di Ys e se sfigurava al confronto di Avallon e di Città di Lyonesse. Agli occhi di Tamas, tuttavia, con la vasta piazza del mercato e il porto pieno di movimento, Oaldes sembrò la definizione stessa dell'urbanità.

Il giovane lasciò il cavallo nella stalla e fece colazione a base di stufato di pesce in una taverna vicino ai moli, continuando per tutto il tempo a chiedersi dove fosse meglio vendere la sua splendida perla in modo da realizzare il massimo guadagno.

Rivolse qualche guardinga domanda al padrone della taverna.

– Vorrei avere un'informazione: se qualcuno desiderasse vendere una perla di valore, dove potrebbe ricavare il prezzo migliore?

– Perle, eh? Troverai poca richiesta di perle a Oaldes. Qui spendiamo i nostri pochi miserabili soldi per comprare pane e pesce, e una cipolla da mettere nello stufato è l'unica perla che la maggior parte di noi potrà mai vedere. Comunque, mostrami la tua mercanzia.

Con una certa riluttanza, Tamas permise al taverniere di dare un'occhiata alla perla verde.

– Un prodigio! – esclamò questi. – Oppure è solo una pallina di vetro verde ben confezionata?

– È una perla – ribatté, laconico, Tamas.

– Forse sì. Ho visto una perla rosa proveniente da Madramaut e una bianca proveniente dall'India, entrambe all'orecchio di un capitano di mare. Lasciami guardare ancora una volta il tuo gioiello verde. Ah!... Che luce violenta emette! Laggiù c'è la bottega di Sephard il gioielliere: forse lui ti offrirà un buon prezzo.

Tamas portò la perla al gioielliere e la posò sul bancone.

– Quanto oro e quanto argento puoi pagare per questa bella gemma?

L'uomo avvicinò il lungo naso alla perla, la fece rotolare con una pinza di bronzo, poi sollevò gli occhi.

– Che prezzo chiedi?

Tamas, di solito calmo e pacifico, s'infuriò nell'udire la voce blanda del gioielliere e rispose in maniera rozza.

– Voglio un prezzo pari al suo pieno valore, e non mi lascerò imbrogliare!

L'uomo scrollò le spalle strette.

– Il valore di un articolo è quello che qualcuno è disposto a pagare. Non ho un mercato su cui piazzare questo bell'oggetto, e posso darti al massimo una moneta d'oro, non di più.

Tamas afferrò la perla e si allontanò con fare rabbioso. Le cose proseguirono nello stesso modo per tutto il giorno; il giovane offrì la gemma a tutti coloro che sembravano in grado di pagare un buon prezzo ma senza successo.

Nel tardo pomeriggio, stanco, affamato e ribollente d'ira repressa, fece ritorno alla Locanda dell'Aragosta, dove mangiò un pasticcio di maiale accompagnandolo con un boccale di birra. A un tavolo adiacente, quattro uomini stavano giocando a dadi; Tamas si avvicinò per guardare la partita, e quando uno dei quattro si alzò dal tavolo, gli altri lo invitarono a unirsi a loro.

– Sembri un ragazzo dalla borsa ben fornita e qui hai la possibilità di arricchirti ancor di più a nostre spese!

Tamas esitò, visto che ne sapeva ben poco di gioco d'azzardo o di partite a dadi, ma infilando le mani nelle tasche venne a contatto con la perla verde, che gli trasmise in tutto il sistema nervoso un impulso di sprezzante sicurezza.

– Ma certo! – esclamò. – Perché no? Però – aggiunse, occupando la sedia libera – mi dovete spiegare il vostro gioco, visto che mi manca esperienza in una cosa del genere.

Gli uomini seduti al tavolo risero in maniera gioviale.

– Tanto meglio per te – commentò uno di loro. – La regola dominante è che i principianti hanno fortuna.

– La prima cosa da ricordare – aggiunse un altro – è che se vinci il giro non devi dimenticare di raccogliere la posta. Secondo, cosa ancor più importante dal nostro punto di vista, se perdi devi pagare, capito?

– Ma certo – rispose Tamas.

– Bene. Allora, per pura cortesia, facci vedere il colore dei tuoi soldi. Tamas tirò fuori di tasca la perla verde.

– Qui c'è una gemma che vale venti pezzi d'oro e che è la mia garanzia. Non ho monete di taglio minore.

I giocatori guardarono la perla con fare perplesso, e uno di essi osservò: – Può darsi che valga esattamente quanto tu affermi, ma come puoi aspettarti di giocare su questa base?

– Molto semplice: se vinco, non c'è altro da dire. Nel caso dovessi perdere, la mia perdita continuerà fino a raggiungere l'ammontare di venti pezzi d'oro, dopo di che io vi darò la perla e me ne andrò povero in canna.

– È tutto molto bello – replicò un altro giocatore – e tuttavia venti pezzi d'oro sono una somma piuttosto notevole. Immagina che io mi trovi a vincere una sola moneta d'oro e che poi non abbia più voglia di giocare: come potremo fare, in quel caso?

– Ma non è chiaro? – domandò Tamas, in tono petulante. – In quel caso mi darai in cambio diciannove pezzi d'oro, prenderai la perla e te ne andrai con la tua vincita.

– Ma non ho le diciannove monete d'oro!

– Avanti, giochiamo – intervenne il terzo giocatore. – Di certo le cose si risolveranno da sole.

– Non ancora – replicò il più cauto dei tre, e si rivolse a Tamas. – La perla è inutile in questo gioco; non hai monete di taglio più piccolo?

Un uomo con la barba rossa, che portava il cappello lucido e i calzoni a strisce tipici dei marinai, si fece avanti, raccolse la perla verde e l'esaminò con cura.

– Una gemma di rara fattura, dalla luce perfetta e dal colore notevole! Dove hai trovato questa meraviglia?

Tamas non aveva nessuna intenzione di rivelare tutto quello che sapeva.

– Sono un pescatore di Mynault, e noi portiamo a riva ogni genere di tesori marini, specie dopo una tempesta.

– È un gioiello splendido – insistette ancora il giocatore più cauto – ma questa partita si deve giocare con le monete.

– Suvvia! – esclamarono gli altri. – Fate le vostre scommesse e cominciamo a giocare.

Con riluttanza, Tamas posò sul tavolo dieci monete d'argento, che teneva da parte per la cena e per la camera da occupare quella notte.

Il gioco ebbe inizio, e il giovane andò incontro alla fortuna: monete prima di rame e poi d'argento si ammucchiarono davanti a lui in pile di altezza sempre maggiore mentre effettuava scommesse sempre più elevate, traendo sicurezza dalla perla verde, che se ne stava sul tavolo in mezzo alle altre vincite.

A un certo punto, uno dei giocatori abbandonò la partita, disgustato.

– Non ho mai visto i dadi cadere in questo modo. Non posso sconfiggere sia Tamas sia la Dea Fortuna.

Il marinaio dalla barba rossa, che rispondeva al nome di Flary, decise di entrare nel gioco.

– Probabilmente è una causa persa in partenza, ma anch'io voglio sfidare questo selvaggio pescatore di Mynault.

Il gioco riprese. Flary, giocatore esperto, riuscì a introdurre un paio di dadi truccati al posto di quelli originali; scegliendo il momento opportuno, scommise dieci pezzi d'oro sulla mano successiva e dichiarò:

– Pescatore, puoi far fronte a una simile scommessa?

– La perla è la mia garanzia! – ribatté Tamas. – Lancia i dadi.

Flary lanciò i dadi ancora una volta, e con sua grande perplessità risultò che Tamas aveva vinto ancora. Il giovane rise dinnanzi alla sua sconfitta.

– È tutto per questa notte. Ho giocato a lungo e duramente e le vincite mi permetteranno di comprare una bella barca nuova. I miei ringraziamenti a tutti per la proficua serata.

Flary prese a giocherellare con la barba e a lanciare occhiate in tralice a Tamas, che stava contando il denaro vinto; poi, come in preda a un'ispirazione improvvisa, si chinò sul tavolo e fece finta d'ispezionare i dadi.

– Come sospettavo! Una fortuna del genere non è una cosa naturale! Questi dadi sono truccati! Siamo stati derubati!

Scese un improvviso silenzio, seguito da uno scoppio di furia. Tamas fu afferrato e trascinato fuori, nel cortile dietro la taverna, dove venne picchiato di santa ragione. Flary, nel frattempo, recuperò i suoi dadi, le monete d'oro e s'impossessò anche della perla verde. Compiaciuto per com'era andata la serata, si allontanò quindi dalla taverna e se ne andò per i fatti suoi.

IV

Lo Skyre, una lunga insenatura riparata, separava l'Ulfland Settentrionale dall'antico Ducato di Fer Aquila, ora chiamato Godelia e regno dei Celti.* Due città di aspetto molto diverso si guardavano dalle opposte sponde dello Skyre: Xounges, sulla punta di una penisola sassosa, e Dun Cruighre, il porto principale di Godelia.

A Xounges, dietro impenetrabili difese, Gax, l'anziano re dell'Ulfland Settentrionale, teneva in piedi quello che era ormai un residuo di corte. Gli Ska, che in effetti controllavano il regno di Gax, tolleravano la sua parvenza di sovranità perché un tentativo d'invadere la città sarebbe costato loro più sangue di quanto fossero disposti a spargerne; quando il vecchio Gax fosse morto, gli Ska avrebbero conquistato la città con gli intrighi o la corruzione, scegliendo il metodo che si fosse dimostrato più pratico.

Vista dallo Skyre, Xounges appariva come un intricato succedersi di pietre grigie e di ombre nere, sotto tetti di fatiscenti tegole marroni. In completo contrasto, Dun Cruighre s'allargava dai moli in un irregolare e sporco ammasso di magazzini, stalle, granai, cantieri navali, taverne e locande, cottage dal tetto di paglia e, ogni tanto, qualche costruzione a due piani fatta in pietra. Il cuore di Dun Cruighre era la sua piazza rumorosa e talvolta vociante, spesso scena d'improvvisate gare di cavalli, in quanto i Celti erano famosi per la loro mania di gareggiare in ogni possibile modo.

Dun Cruighre era ravvivata da un notevole movimento, da un costante traffico marittimo dall'Irlanda e dalla Bretagna diretto a quella volta, e inoltre ospitava un monastero cristiano, la Confraternita di San Bac, che si vantava di possedere famose reliquie e che attirava pellegrini a centinaia. Le navi provenienti dalle terre più lontane attraccavano ai moli e i commercianti organizzavano le loro bancarelle per mettere in

---

* Vedi Glossario I

esposizione le varie merci importate: sete e cotone dalla Persia, giada, cinabro e malachite da varie altre terre, cere profumate e sapone d'olio di palma dall'Egitto, vetro bizantino e ceramiche di Rimini... tutto da scambiare con oro, argento o stagno celtico.

Le locande di Dun Cruighre andavano, per qualità, dall'ottimo al buono; in effetti, erano migliori di quanto ci si sarebbe potuto aspettare, cosa di cui si potevano ringraziare i monaci e i preti itineranti, visto che i loro gusti erano molto esigenti e le loro tasche tendevano a tintinnare per il numero di monete in esse contenute. La taverna che godeva la migliore reputazione di tutta Dun Cruighre era quella del Bue Azzurro, che offriva camere private ai più ricchi e pagliericci in un solaio ai meno abbienti. Nella sala comune, il pollame arrostiva di continuo sullo spiedo, il pane usciva sempre fresco dal forno e i viaggiatori spesso dichiaravano che un grasso pollo arrosto, imbottito di cipolle e prezzemolo e accompagnato da pane fresco e burro e da una pinta o due di birra erano il pasto migliore che si potesse trovare in qualsiasi luogo delle Isole Elder. Nei giorni di bel tempo, il servizio si svolgeva ai tavoli disseminati dinnanzi alla locanda, dove i clienti potevano mangiare e bere e al tempo stesso seguire ciò che accadeva nella piazza, eventi che in quella turbolenta città non erano mai privi d'interesse.

Verso la metà di una mattinata di quel genere, un uomo di corporatura massiccia e vestito di un saio marrone si andò a sedere a uno dei tavoli esterni del Bue Azzurro.

L'uomo aveva un viso sicuro e astuto, con attenti occhi rotondi, un naso corto e un aspetto di tranquillo ottimismo. Con agili dita bianche e con un serio schioccare di piccoli denti candidi, divorò dapprima un pollo arrosto e poi una dozzina di pastine al miele, bevendo nel frattempo con abbondanza il sidro da un boccale di peltro. A giudicare dal taglio e dalla qualità del tessuto, il saio induceva a pensare a un'origine clericale, ma il gentiluomo aveva gettato all'indietro il cappuccio e là dove una volta esisteva la tonsura i capelli castani avevano ripreso a crescere.

Dalla sala comune della taverna uscì un giovane dal portamento aristocratico; alto e forte, era rasato di fresco e aveva uno sguardo limpido e un'espressione di buon umore, come se trovasse il mondo un luogo congeniale in cui vivere. I suoi abiti erano improntati alla comodità più che all'eleganza: un'ampia camicia di lino bianco, calzoni di lana grigia e un corsetto azzurro ricamato. Il giovane si guardò intorno a destra e a sinistra, quindi si diresse al tavolo occupato dal gentiluomo con il saio marrone e chiese:

– Signore, posso unirmi a te? Gli altri tavoli sono tutti occupati e, se fosse possibile, mi vorrei godere l'aria di questa bella mattinata.

Il gentiluomo con il saio ebbe un gesto espansivo.

– Siediti pure dove più ti piace! Permettimi di raccomandarti il sidro, che oggi è al tempo stesso dolce e forte, e i dolcetti al miele che sono impeccabili. A dire il vero, sto pensando di rinnovare la conoscenza con entrambi.

Il nuovo venuto si sedette su una sedia.

– Le regole del tuo ordine devono essere al tempo stesso tolleranti e liberali, mi pare – commentò.

– Ah ah! Non è affatto così! Le nostre regole sono austere e le pene sono aspre. Le mie trasgressioni mi hanno portato a essere espulso dall'ordine.

– Uhh! Mi sembra una reazione esagerata. Un sorso di sidro e un assaggio di dolcetto al miele non sono nulla di dannoso.

– No di certo! – dichiarò l'ex-prete. – Devo ammettere però che la questione è stata un pochino più seria, tanto che avrei potuto persino finire con l'aprire una nuova confraternita, priva di tutte quelle restrizioni che troppo spesso rendono noiosa la religione, se non fossi stato frenato dal desiderio di non venire bollato come eretico. Sei anche tu un cristiano?

Il giovane ebbe un cenno di diniego.

– I concetti della religione mi lasciano perplesso.

– Questa imperscrutabilità non è priva di intenzionalità – affermò l'ex-prete. – Serve a offrire un impiego a tempo pieno ai dialettici che, altrimenti, diventerebbero un peso per la comunità o, nel caso peggiore, imbroglioni e furfanti. Posso chiedere con chi ho il piacere di parlare?

– Ma certo. Sono Sir Tristano, del castello di Mythric, nel Troicinet. E tu chi sei?

– Anch'io sono di sangue nobile, o almeno così credo. Per il momento, comunque, viaggio sotto il nome impostomi da mio padre, che è Orlo.

Sir Tristano chiamò con un cenno la cameriera e ordinò idromele e qualche dolcetto al miele per sé e per Orlo.

– Devo dunque presumere che tu abbia definitivamente abbandonato la chiesa? – domandò.

– Proprio così. È stata una storia davvero sordida: sono stato convocato davanti al prevosto per rispondere dell'accusa di ubriachezza e connubio con prostitute. Io ho esposto il mio punto di vista in una maniera tale che avrebbe illuminato qualsiasi persona ragionevole; ho assicurato al prevosto che il nostro Signore Misericordioso non avrebbe mai creato succulente delicatezze e ottima birra, per non parlare delle attrattive delle donnine allegre, se non avesse voluto che venissero goduti al massimo.

– Immagino che il prevosto avrà basato il suo rimprovero sui dogmi.

– Esatto! Ha citato alcuni passaggi delle Scritture per giustificare la sua posizione. Io gli ho fatto notare che una serie di errori potevano essersi insinuati nella traduzione e che, fino a che non fossimo stati certi che l'autoprivazione e il tormento delle ghiandole erano la volontà del nostro glorioso Signore ci saremmo potuti concedere il beneficio del dubbio. Il prevosto mi ha espulso lo stesso.

– Di sicuro, si sarà fatto guidare anche dal proprio tornaconto – commentò Sir Tristano. – Se ognuno vivesse la fede nella maniera che gli pare più opportuna, il prevosto e anche il Papa si troverebbero senza nessuno da indottrinare.

In quel momento, l'attenzione di Sir Tristano venne attratta da una certa attività dall'altra parte della piazza.

– Cosa succede laggiù? Stanno tutti danzando e saltellando come se stessero andando a una festa.

– Si tratta di un festeggiamento, in un certo senso – spiegò Orlo. – Per quasi un anno, un sanguinario pirata ha terrorizzato i naviganti. Hai mai sentito parlare di Flary il Rosso?

– Ma certo! Le madri si servono del suo nome per spaventare i loro bambini.

– Flary non ha pari nel suo genere. Ha elevato l'audacia del tagliagole a un livello di puro virtuosismo, e ha sempre portato all'orecchio una perla verde come portafortuna. Un giorno non è riuscito a trovare la perla ma ha sferrato lo stesso l'attacco progettato, e questo è stato il suo errore più grande: quella che sembrava una ricca nave mercantile si è rivelata una trappola e cinquanta soldati godeliani hanno abbordato la sua nave. Flary il Rosso è stato catturato, e oggi perderà la testa. Vogliamo assistere all'esecuzione?

– E perché no? Simili spettacoli ribadiscono l'inevitabile trionfo della giustizia, e tale istruzione farà di noi uomini migliori.

– Ben detto! Vorrei che tutta la gente fosse altrettanto razionale.

I due si avviarono verso il palco delle esecuzioni, e qui Orlo si trovò a dover rimbrottare un ometto dal volto grigiastro che aveva cercato di vuotargli le tasche.

– Amico, la tua condotta ti porterà dritto nelle mani del boia! Non hai un minimo di lungimiranza? Adesso ti dovrò consegnare a una guardia!

– La peste ti colga! – L'ometto si liberò con uno strattone dalla stretta di Orlo. – Non ci sono stati testimoni.

– Errato – intervenne Sir Tristano. – Io ho visto tutto! Andrò di persona a chiamare la guardia.

Il tagliaborse pronunciò un altro insulto, poi si liberò e si perse fra la folla.

– Un incidente davvero spiacevole – commentò Orlo. – Tanto più che in quest'ora tutti i cuori dovrebbero essere gai e i volti raggianti di gioia.

– A parte il cuore e il volto di Flary il Rosso – si sentì indotto a specificare Sir Tristano.

– Questo si dà per scontato.

Dalla folla si levarono alcune soffocate grida di anticipazione quando due carcerieri mascherati spinsero Flary su per i gradini della piattaforma. Dietro i tre veniva un uomo massiccio, anche lui mascherato in nero e dall'andatura solenne e quasi pomposa, che portava un'ascia enorme sulla spalla. In coda procedeva un prete, affaccendato a lanciare sorrisi a destra e a sinistra.

Un banditore, vestito per metà di verde e per metà di rosso, balzò sul patibolo e s'inchinò in direzione di una tribuna improvvisata che ospitava Emmence, Conte di Dun Cruighre, con la famiglia e alcuni amici. Il banditore si rivolse quindi alla folla.

– Udite, voi tutti graziosi gentiluomini e anche voi delle altre classi della regione: bassa, alta e comune. Udite, dico, e apprenderete la giustizia usata da Lord Emmence nei confronti di Flary il Rosso! Le sue colpe sono molteplici e indiscusse, la sua morte sarà forse troppo pietosa. Flary, rivolgi le tue ultime parole a questo mondo che hai così maltrattato!

– Mi dolgo di essere stato catturato – dichiarò Flary. – La perla verde mi ha tradito; essa reca male a tutto ciò che tocca! Sapevo che un giorno o l'altro mi avrebbe portato sul patibolo, e così è stato.

– Non ti senti intimorito, ora che ti trovi di fronte al tuo destino? – gridò il banditore. – Non ti pare che sia giunto il momento di riconciliarti con te stesso e con il mondo?

Flary esitò, giocherellando con la perla verde che portava all'orecchio, quindi replicò con voce incerta:

– La mia risposta è affermativa per entrambe le domande, in particolare per l'ultima. Ora più che mai è per me il momento di riflettere in maniera intensa e profonda su tali questioni e, considerato che sono molti i fatti e gli incidenti da prendere in esame, chiedo di conseguenza un rinvio dell'esecuzione.

– Signore! – gridò il banditore, rivolto a Lord Emmence. – La richiesta è accolta o negata?

– Negata.

– Ah, va bene. Forse ho già pensato a sufficienza – replicò Flary. – Il prete mi ha messo di fronte a una scelta: posso pentirmi dei miei peccati, ricevere l'assoluzione e quindi ascendere alle glorie del Paradiso, oppure posso rifiutare di pentirmi, non ricevere l'assoluzione e quindi soffrire in eterno i tormenti dell'Inferno. – Flary fece una pausa e lasciò scorrere lo sguardo sulla folla. – Lord Emmence, gentiluomini, gente di ogni condizione e classe! Sappiate quindi che ho preso la mia decisione! – Il pirata fece una seconda pausa, sollevando i pugni in un gesto drammatico, e tutti i presenti si protesero in avanti per sentire quale fosse questa decisione.

– Mi pento! – urlò Flary. – Mi pento di quei crimini che hanno fatto piombare su di me tutta questa vergogna! A ogni uomo, donna o bambino in grado di sentirmi rivolgo questo consiglio: non allontanatevi mai di un solo centimetro dal sentiero della rettitudine! Siate sempre fedeli al vostro signore, a vostro padre, a vostra madre e al grande Signore Iddio, che ora spero perdonerà i miei errori! Prete, fatti avanti, mondami dei miei peccati e mandami candido e puro verso il cielo, in modo che possa prendere posto fra gli angeli celesti e gioire in eterno in una beatitudine trascendente!

Il prete avanzò come richiesto, Flary il Rosso gli s'inginocchiò dinnanzi e quello eseguì i riti adeguati alla circostanza; poi abbandonò la piattaforma. Allora la folla cominciò a mormorare e ad agitarsi, e ovunque vi fu uno stendersi di colli incuriositi.

Lord Emmence sollevò il bastone di comando e lo lasciò ricadere: i carcerieri sospinsero Flary verso il ceppo, il boia sollevò l'ascia, la tenne sospesa per un momento e poi la calò con vigore. La testa del pirata rotolò in un cesto, e nello stesso momento un piccolo oggetto verde si staccò da essa, rimbalzò fino al bordo della piattaforma e andò a cadere quasi ai piedi di Sir Tristano.

Il giovane si trasse indietro, disgustato.

– Guarda, quella è la perla di Flary, rossa del suo sangue – osservò, e chinò il capo per vederla meglio. – Sembra quasi viva: guarda come il sangue ondeggia e scivola sulla sua superficie!

– Sta' indietro! – esclamò Orlo. – Non la toccare! Rammenta le parole di Flary!

Da sotto la piattaforma sbucò in quel momento un lungo braccio sottile, e una mano dalle dita magre serrò la perla. Sir Tristano fu pronto a bloccare con un piede il polso ossuto e da sotto il patibolo giunse un grido acuto di rabbia e di dolore.

– Cos'è questa confusione? – domandò una guardia, avvicinandosi per controllare.

Sir Tristano indicò sotto la piattaforma, e la guardia afferrò il braccio scarno, dando uno strattone e tirando fuori un ometto grigiastro dal naso rotto.

– Cosa abbiamo qui? – chiese.

– Un ladro e un borseggiatore, a meno che mi sbagli di grosso – dichiarò Sir Tristano. – Frugalo, e scoprirai che tipo di bottino ha accumulato.

Il ladro fu trascinato sulla piattaforma: là, la sua borsa venne svuotata e ne emersero spille, monete, catene d'oro, fermagli e bottoni, oggetti che parecchie persone sparse fra la folla si affrettarono a reclamare come loro proprietà fra l'agitazione generale.

Lord Emmence si alzò in piedi.

– Scopro qui un esempio di rara impudenza! Mentre ci liberavamo di un ladro, ecco che un altro si aggirava fra di noi, rubando oggetti di valore e gli ornamenti che abbiamo indossato per l'occasione. Boia, la tua ascia è affilata! Il ceppo è pronto e i tuoi muscoli sono in buona forma! Oggi guadagnerai una doppia paga. Prete, confessa quest'uomo e monda la sua anima per il viaggio che sta per intraprendere.

– Sono stufo di vedere teste tagliate – dichiarò Sir Tristano, rivolto a orlo. – Torniamo al nostro idromele e ai dolcetti al miele…. Ma, che ne facciamo della perla? Non la possiamo lasciare là nella polvere.

– Un momento. – Orlo trovò un rametto, lo spezzò a metà con il coltello quindi se ne servì abilmente, come di una pinza, per raccogliere la gemma. – In cose del genere non si è mai abbastanza cauti. Oggi abbiamo visto la sorte cui sono andati incontro due uomini che avevano toccato la perla.

– Non la voglio – disse Tristano. – Tienila tu.

– Impossibile. Rammenta, ho fatto voto di povertà, o, per meglio dire, essa è una condizione cui mi sono ormai abituato.

Sir Tristano prese con precauzione il rametto e i due tornarono al Bue Azzurro, dove sedettero di nuovo al tavolo.

– È appena mezzogiorno – notò Sir Tristano – e oggi avevo intenzione di mettermi in viaggio per Avallon.

– Pensavo anch'io di farlo. Vogliamo viaggiare insieme?

– La tua compagnia è la benvenuta. Ma che ne facciamo della perla?

Orlo si grattò una guancia.

– Ora che ci penso, non c'è soluzione più semplice di questa: andiamo fino al molo e gettiamo la perla nell'acqua. Questo porrà fine alla faccenda.

– Ottimo ragionamento. Prendila, allora.

Orlo fissò la perla con disgusto.

– Come te, anch'io sono infastidito dal cupo bagliore di quest'oggetto. Tuttavia, visto che siamo coinvolti entrambi in questa storia, bisogna agire con onestà. – Indicò una mosca che si era posata sul tavolo. – Metti la mano accanto alla mia. Io mi muoverò per primo, poi toccherà a te; ti dovrai spostare di quanto ti pare ma sempre in modo da oltrepassare la mia mano. Quando alla fine la mosca volerà via spaventata, quello di noi che avrà mosso la mano per ultimo porterà la perla.

– D'accordo.

La prova ebbe inizio, e ciascuno dei due mosse le dita a seconda di come interpretava il comportamento della mosca che alla fine, allarmata da un movimento improvviso di Sir Tristano, volò via.

– Ahimè! – gemette il giovane. – Dovrò essere io a portare la perla!

– Ma non per molto, e solo fino al molo.

Sir Tristano sollevò con aria guardinga la pinza improvvisata e i due attraversarono la piazza fino a un tratto di molo poco frequentato, dove lo Skyre si stendeva dinnanzi a loro.

– Perla, addio! – esclamò Orlo. – Noi ti rendiamo ora al verde elemento salato da cui hai avuto origine. Sir Tristano, gettala via, e con decisione!

Il giovane scagliò perla e rametto in mare, e i due rimasero a guardare fino a che l'oggetto non fu affondato, quindi tornarono al tavolino: là, pulita e ancora bagnata, trovarono la perla che li attendeva, proprio davanti alla sedia di Sir Tristano, che sentì i capelli rizzarglisi sulla nuca.

– Ah ah! – esclamò Orlo. – E così ha deciso di giocarci qualche scherzetto! Ma che stia in guardia, perché non siamo privi di risorse! In ogni modo, ser cavaliere, il tempo non si è ancora arrestato, e il nostro cammino è lungo. Prendi la perla e mettiamoci in viaggio. Forse incontreremo l'arcivescovo, che sarà lieto di ricevere un simile dono.

Sir Tristano fissò il gioiello con aria dubbiosa.

– Allora mi consigli di portare indosso quest'oggetto?

Orlo protese le mani con aria impotente.

– La lasceresti forse qui dove qualche povero sguattero la potrebbe raccogliere?

Con aria cupa, il giovane cavaliere spezzò un altro rametto e raccolse la perla.

– Avviamoci.

I due uomini si procurarono un paio di cavalli e lasciarono Dun Cruighre seguendo una strada che fiancheggiava la riva sabbiosa percossa dalla risacca e punteggiata qua e là dalla casupola di qualche pescatore. Mentre cavalcavano, ripresero a discutere della perla.

– Riflettendo su questo strano oggetto – dichiarò Orlo – mi sembra d'individuare una certa consequenzialità logica. La perla era caduta per terra, dove non apparteneva a nessuno, poi il borseggiatore l'ha afferrata e allora è diventata sua. Quando hai messo il piede sul polso del ladro, a tutti gli effetti gli hai tolto la perla e l'hai presa sotto la tua custodia, ma dal momento che non l'hai toccata essa non può operare la sua magia su di te.

– Ritieni quindi che non mi arrecherà alcun danno se solo starò attento a non toccarla?

– Questa è la mia deduzione in quanto, toccandola, tu manifesteresti la volontà di condividere la malvagità propria della perla.

– Nego subito ed espressamente qualsiasi intenzione del genere da parte mia e affermo anche che qualsiasi contatto dovesse verificarsi deve essere considerato accidentale da entrambe le parti. – Sir Tristano guardò Orlo. – Cosa ne pensi di questa dichiarazione?

L'ex-prete scrollò le spalle.

– Chi lo sa? Può servire ad attenuare il malvagio ardore della perla, come può anche essere inutile.

La strada piegò verso l'entroterra, e dopo un po' Sir Tristano indicò qualcosa visibile più avanti.

– Guarda quel campanile che si leva oltre le cime degli alberi! Di certo segnala la presenza della chiesa di qualche villaggio.

– Senza dubbio. Hanno la passione delle chiese, questi Celti, anche se sono comunque più pagani che cristiani. In ogni bosco troverai un boschetto di druidi, e quando splende la luna piena essi balzano sulle fiamme dei fuochi sacri con corna di cervo legate sulla testa. Come stanno le cose nel Troicinet, sotto questo aspetto?

– Non ci mancano i druidi – rispose Sir Tristano. – Si nascondono nelle foreste e si fanno vedere di rado. La maggior parte della popolazione, tuttavia, adora Gea, la Dea della Terra, ma in maniera tranquilla e senza spargimenti di sangue o fuochi o azioni perverse. Celebriamo solo quattro feste: alla Vita, in primavera; al Sole e al Cielo, in estate; alla Terra e al Mare, in autunno; alla Luna e alle Stelle, in inverno. Quando ricorre il nostro compleanno offriamo in dono pane e vino su una pietra votiva nel tempio. Non abbiamo preti né culti, il che ci permette un'adorazione semplice e onesta che sembra adattarsi alla perfezione all'indole del nostro popolo... Eccoci al villaggio con la sua grande chiesa, dove, se gli occhi non m'ingannano, è in corso una cerimonia.

– Quelli che stai vedendo sono i paramenti di un funerale cristiano – spiegò Orlo, facendo arrestare il cavallo e battendosi una manata su una gamba. – Mi è appena venuto in mente un piano notevole. Accodiamoci al funerale.

Smontati di sella, i due uomini legarono i cavalli a un albero ed entrarono in chiesa, dove tre preti erano intenti a recitare litanie davanti a una bara aperta, mentre i dolenti vi sfilavano accanto per rendere omaggio al defunto.

– Cos'hai in mente, di preciso? – domandò Sir Tristano con voce un po' ansiosa.

– Ritengo che i santi riti di un funerale cristiano dovrebbero soffocare in maniera efficace la malvagità che emana dalla perla. I preti stanno pronunciando decine di benedizioni e l'aria è permeata dalla virtù cristiana: la perla rimarrà di certo confusa in maniera assoluta e definitiva quando si troverà circondata da un simile potere.

– Può darsi. – Sir Tristano era scettico. – Ma ci sono delle difficoltà di carattere pratico: non possiamo imporre la nostra presenza ai dolenti.

– Non ce ne sarà bisogno – insistette Orlo, con spavalderia. – Uniamoci a loro. Quando arriveremo alla bara, io distrarrò i preti e tu lascerai cadere la perla fra i drappi funebri.

– Se non altro, vale la pena di tentare – accondiscese il giovane. E così il piano di Orlo venne portato a compimento.

I due si appartarono in un angolo e rimasero a guardare mentre il coperchio della cassa veniva richiuso sul morto e sulla perla. I portatori la trasportarono poi fino a una profonda fossa scavata nel cortile della chiesa, dove quattro becchini l'adagiarono nella buca e la coprirono di terra fra i lamenti dei congiunti del defunto.

– Un buon funerale – dichiarò Orlo, soddisfatto. – Noto inoltre laggiù l'insegna di una locanda, dove forse ti andrà di alloggiare per questa notte.

– E tu? Non hai intenzione di dormire sotto un tetto?

– Sicuro, ma a questo punto, per quanto mi dispiaccia, le nostre strade si dividono. A quell'incrocio, tu dovrai andare a destra, verso

Avallon, mentre io svolterò a sinistra e in una sola ora di cavallo arriverò al maniero di una certa vedova di cui spero di alleviare o addirittura rallegrare la solitudine. Di conseguenza, Sir Tristano, ti saluto.

– Addio, Orlo. Mi rincresce di separarmi da un così buon compagno. Rammenta che al Castello di Mythric sarai sempre il benvenuto.

– Non lo dimenticherò – replicò Orlo, avviandosi per la sua strada; giunto all'incrocio, si volse, agitò un braccio in segno di saluto e si allontanò.

Sir Tristano, ora di umore alquanto malinconico, entrò nel villaggio; giunto alla Locanda dei Quattro Gufi, chiese una stanza e venne condotto su per una rampa di scale fino a un solaio, subito sotto il tetto di paglia, in una camera arredata con un pagliericcio, un tavolo, una sedia, un vecchio cassettone e un tappeto di canne fresche.

Sir Tristano consumò una cena a base di carne bollita, servita nel suo brodo, con contorno di carote e rape, con pane e un po' di rafano tritato con la crema. Bevve anche due grossi boccali di sidro, e, affaticato dagli eventi della giornata, si ritirò piuttosto presto.

Nel villaggio regnavano la quiete e un'oscurità quasi assoluta determinata anche dalle nuvole che coprivano il cielo e che si aprirono solo verso mezzanotte per rivelare un triste quarto di luna.

Sir Tristano dormì tranquillo fino a quell'ora, quando venne destato da un suono di passi nel corridoio; la porta della sua stanza si aprì scricchiolando e i passi annunciarono una presenza che entrò con lentezza, avvicinandosi al pagliericcio. Il giovane rimase disteso, rigido, e avvertì il contatto di una mano fredda che lasciò cadere un oggetto sul mantello da lui usato come coperta, all'altezza del petto.

I passi si allontanarono poi verso la porta che venne richiusa, quindi si dissolsero in lontananza nel corridoio fino a non essere più udibili.

Sir Tristano emise allora un rauco grido soffocato e diede uno strattone al mantello, facendo rotolare un verde oggetto luminoso che andò a cadere fra le canne del pavimento. Il giovane sprofondò quindi in un sonno agitato e venne destato dai freddi raggi dell'alba che penetravano dalla finestra. Per un po' rimase disteso, gli occhi fissi sul soffitto di paglia, a chiedersi se gli eventi della notte precedente fossero stati solo un incubo. Magari fosse stato così! Sollevatosi su un gomito, ispezionò il pavimento e individuò quasi immediatamente la perla verde.

Alzatosi dal Ietto, si lavò il viso e si vestì, senza mai perdere di vista la gemma. Trovò poi nel cassettone un vecchio e lacero grembiule che ripiegò e usò per raccogliere la perla; riposti al sicuro in tasca l'oggetto e la sua custodia improvvisata, scese a fare colazione a base di porridge e cavolo fritto, pagò il conto e si rimise in cammino.

All'incrocio, svoltò sulla destra, imboccando la strada che conduceva nel Regno del Dahaut e infine ad Avallon.

Mentre cavalcava, cominciò a riflettere: la perla non era stata soddisfatta del funerale cristiano, e rimaneva sua fino a che non gli fosse stata sottratta con la forza o mediante un sotterfugio. Nel primo pomeriggio, giunse al villaggio di Timbaugh, dove venne accolto malamente da un gruppo di cani randagi che, abbaiando e schioccando i denti, fecero del loro meglio per allontanarlo, desistendo solo quando il giovane scese da cavallo e si mise a scagliare pietre per difendersi. Alla locanda del paese, Sir Tristano consumò un pasto a base di pane e salsicce, e mentre sorseggiava un po' di sidro gli venne un'idea.

Con estrema cautela, infilò la perla in una salsiccia e uscì quindi in strada; i cani avanzarono di nuovo per aggredirlo, ringhiando e azzannando, e allora il giovane scagliò a terra la salsiccia.

– Ecco qui questa buona salsiccia che appartiene a me e a nessun altro! A quanto sembra, l'ho perduta, e chiunque la prenderà insieme al suo contenuto sarà un ladro!

Un magro botolo giallo saettò in avanti e inghiottì la salsiccia in un boccone.

– Così sia – dichiarò Sir Tristano. – Hai agito di tua iniziativa, e senza alcun intervento da parte mia.

Rientrato nella locanda, prese a sorseggiare dell'altro sidro, rimuginando sulla logica della sua azione; tutto sembrava perfetto, eppure… Sciocchezze: il cane aveva agito in base a un impulso da ladro, e ora il problema di liberarsi della perla doveva ricadere su di lui. E tuttavia…

Quanto più vi rifletteva sopra, tanto più debole gli sembrava il ragionamento che aveva guidato il suo atto. Si poteva anche argomentare che il cane aveva considerato la salsiccia un dono, e in questo caso il trasferimento di proprietà della perla andava visto come un rozzo sotterfugio da parte dello stesso Sir Tristano e assolutamente non come un furto in buona fede.

Rammentando i suoi precedenti tentativi di liberarsi della perla, il giovane cominciò a sentirsi a disagio e prese a chiedersi in che modo questa volta la perla gli sarebbe stata restituita.

La sua attenzione venne poi attirata da un tumulto scatenatosi nella strada, dominato da un orrendo ululato che oscillava fra il rauco e l'acuto e che gli fece serrare lo stomaco. Qualcuno che si trovava all'esterno lanciò un grido di avvertimento:

– C'è un cane rabbioso! Un cane rabbioso!

Sir Tristano gettò in fretta e furia una manciata di monete sul tavolo e corse verso il suo cavallo, intenzionato a lasciare il villaggio di Timbaugh in tutta fretta. Individuò subito il cane giallo che, a una distanza di un centinaio di metri da lui, stava saltando avanti e indietro per la strada, la bocca schiumante che emetteva rauchi suoni esprimenti l'opinione che il quadrupede aveva del mondo. La bestia si scagliò contro un giovane contadino che camminava con lentezza accanto a un carretto pieno di fieno, ma il ragazzo balzò sul carro e, afferrato un forcone, lo protese in avanti con l'intenzione di trapassare il collo della bestia. Il cane cadde all'indietro poi, scrollatosi furiosamente come se fosse stato bagnato, si allontanò a grandi balzi, trascinandosi dietro il forcone.

Un vecchio intento a regolare la paglia che copriva il tetto della sua abitazione corse in casa e tornò fuori con un arco, incoccando una freccia e scagliandola con rapidità. Il dardo trapassò il petto del cane, al punto che sbucò dall'altra parte, ma l'animale parve non accorgersene neppure.

Scrutando la strada con occhio ardente, la bestia notò Sir Tristano, e parve concentrare la propria attenzione su di lui, considerandolo la fonte dei suoi guai; dapprima avanzò con sinistra deliberazione, appoggiando con cautela una zampa davanti all'altra, quindi si arrestò, emise un gemito e scattò in avanti, all'attacco.

Sir Tristano balzò in sella al cavallo e si allontanò al galoppo lungo la strada, inseguito di gran carriera dal cane che abbaiava e gemeva in toni rauchi. Il forcone gli si staccò dal collo e presto la bestia si affiancò al cavallo, prendendo a saltare intorno ai suoi fianchi; levata in alto la spada, Sir Tristano si protese dalla sella e calò un fendente tale da spaccare il cranio dell'animale, che cadde con una capriola in un canale di scolo, fu percorso da un brivido e rimase a fissare Sir Tristano con gli occhi gialli sempre più vitrei. Poi, con lentezza, l'animale strisciò fuori dal canaletto, scivolando sul ventre e avanzando un centimetro alla volta.

Sir Tristano rimase a fissarlo, affascinato, pronto a usare ancora la spada.

Giunto a circa tre metri di distanza dal giovane, il cane venne assalito dalle convulsioni, vomitò sulla strada e infine giacque immobile: in mezzo ai contenuti dello stomaco dell'animale, brillava la perla verde.

Sir Tristano considerò la situazione con profondo disgusto, ma alla fine si decise a smontare di sella; avvicinatosi a un cespuglio, staccò un ramo e ne spaccò in due un'estremità. Poi, usando la tecnica ormai collaudata, incastrò la perla nella biforcazione e la sollevò dalla strada.

Poco distante, un ponte a una sola arcata oltrepassava un fiumiciattolo; conducendo a mano il cavallo e tenendo la perla lontan dal corpo quanto glielo permetteva la lunghezza del rametto, Sir Tristano andò fino al ponte, dove legò il cavallo a un cespuglio; disceso al fiume, lavò la perla con estrema cura, quindi pulì anche la spada e l'asciugò su una macchia di selci.

Un suono attrasse allora la sua attenzione e, sollevato lo sguardo, scorse sul ponte un uomo alto e magro, con il volto sottile, la mascella pronunciata e ossuta, il naso rotto e un lungo mento appuntito. L'alta cupola del cappello, ornata da nastri rossi e bianchi, avvertiva che l'uomo esercitava la professione di barbiere e cavasangue.

Ignorando lo sguardo attento che lo fissava dall'alto, Sir Tristano avvolse la perla in un pezzo di stoffa e la ripose in tasca, quindi ritornò sulla strada.

Il barbiere, ora fermo accanto al suo carretto, si tolse il cappello ed eseguì un saluto piuttosto ossequioso.

– Signore, permettimi d'informarti che io vendo elisir che curano ogni infermità; sono in grado di tagliarti i capelli, rasarti la faccia, tagliare anche le unghie più cocciute, perforare vesciche, pulire gli orecchi e cavare sangue. Le mie tariffe sono oneste ma non eccessive, e comunque riterrai di certo di aver speso bene il tuo denaro.

– Non mi serve alcuno dei tuoi buoni servigi – replicò Sir Tristano, rimontando in sella. – Ti auguro una buona giornata.

– Un momento, signore. Posso chiederti dove sei diretto?

– Ad Avallon, nel Dahaut.

– Hai un lungo cammino dinnanzi a te. Nel villaggio di Toomish c'è una locanda, ma ti suggerisco di proseguire fino a Phaidig, dove la locanda della Corona e dell'Unicorno è altrettanto famosa quanto il suo pasticcio di montone.

– Grazie, terrò a mente il tuo consiglio.

Dopo aver percorso circa quattro chilometri lungo la strada, Sir Tristano arrivò a Toomish e notò che, come gli aveva lasciato capire Long Liam il Barbiere, la locanda locale non sembrava offrire molte comodità. Anche se il pomeriggio volgeva ormai verso il tramonto, il giovane proseguì quindi alla volta di Phaidig.

Il sole scomparve in un banco di nubi proprio quando la strada si addentrava in una fitta foresta: Sir Tristano scrutò accigliato la cupa penombra degli alberi. Aveva dinnanzi a sé due possibili scelte: poteva proseguire attraverso la foresta buia e minacciosa oppure poteva tornare a Toomish e alla sua poco invitante locanda. Giunto ad una decisione, il giovane incitò il cavallo al piccolo galoppo e si addentrò nel bosco: aveva appena percorso poco più di un chilometro, quando il cavallo si arrestò di scatto dinnanzi a una barricata di pali che bloccava la strada.

– In alto le mani! – gli intimò una voce proveniente da dietro le sue spalle. – A meno che tu non voglia beccarti una freccia nella schiena!

Sir Tristano sollevò in aria le mani.

– Non ti voltare, non lanciare occhiate di lato, e non provare a giocarmi qualche scherzo! – intimò ancora la voce. – Il mio compare ti si avvicinerà mentre io ti tengo sotto tiro con l'arco! Avanti, Padraig, al lavoro: se soltanto gli trema un muscolo, taglialo per bene con il rasoio... con il coltello, voglio dire!

Un fruscio di passi cauti echeggiò sulla strada, poi un paio di mani diedero uno strattone ai lacci che assicuravano alla cintura la borsa di Sir Tristano.

– Fermo! – ammonì il giovane. – Stai prendendo la perla verde!

– Naturalmente – replicò una voce proveniente da un punto proprio dietro le sue spalle. – Questo è lo scopo primario del furto: impadronirsi degli oggetti di valore delle vittime.

– Adesso possiedi tutti i miei beni. Me ne posso andare?

– Assolutamente no! Vogliamo anche il tuo cavallo e le sacche della sella!

Certo di essere stato in realtà aggredito da un solo tagliaborse, Sir Tristano conficcò gli speroni nei fianchi del cavallo, si chinò sul collo della bestia e aggirò alla massima velocità la barricata. Lanciandosi un'occhiata alle spalle, scorse un uomo alto, avvolto in un mantello nero e con il cappuccio che gli nascondeva il volto; il bandito afferrò l'arco che portava appeso alla spalla e scagliò una freccia, ma a causa della scarsa luce, del movimento del bersaglio e della distanza, il dardo si perse tra il fogliame senza provocare alcun danno.

Sir Tristano mantenne il cavallo al galoppo fino a che non fu uscito dagli alberi e si fu lasciato alle spalle ogni pericolo d'inseguimento, poi procedette con il cuore leggero: a parte la perla verde, la borsa conteneva solo due o tre piccole monete d'argento e una dozzina di spiccioli in rame, visto che, per protezione contro simili ruberie, lui portava la maggior parte dei soldi nella cintura.

Il crepuscolo aveva ammantato il paesaggio con ombre color grigio porpora quando giunse finalmente a Phaidig e prese alloggio alla Corona e l'Unicorno, dove venne sistemato in una camera privata e ben pulita.

Come aveva dichiarato Long Liam il Barbiere, il pasticcio di montone era davvero eccellente, e Sir Tristano rimase soddisfatto della cena. Con noncuranza, chiese al padrone della locanda:

– Ci sono ladroni da strada da queste parti? I viaggiatori vengono spesso molestati?

Il locandiere si guardò intorno da sopra la spalla, poi rispose:

– Abbiamo sentito parlare di un bandito che si fa chiamare *Tall Toby*** e il cui posto preferito per derubare la gente sembra essere il bosco che si stende fra qui e Toomish.

– Voglio darti un indizio – dichiarò Sir Tristano. – Conosci un certo *Long Liam* il Barbiere?

– Ma certo! Esercita il suo mestiere un po' dappertutto, da queste parti. Anche lui è un uomo molto alto.

– Non voglio aggiungere altro, salvo che la somiglianza fra i due

---

* Tall, in inglese, significa alto

si estende a qualcosa di più della semplice statura, e credo che il Rappresentante Regio sarebbe interessato a quest'informazione.

V

Long Liam il Barbiere si avviò per viottoli e strade verso sud, allo scopo di esercitare il proprio mestiere nelle feste del raccolto che si tenevano nel Dahaut sul finire dell'estate. Giunto alla città di Mildenberry, lavorò con profitto, e un pomeriggio, venne convocato a Fotes Sachant, la dimora di campagna di Lord Imbold. Un valletto lo condusse in un salotto e lo informò che, a causa di una malattia del cameriere personale del padrone di casa, il barbiere avrebbe dovuto radere lo stesso Lord Imbold e regolargli i baffi.

Long Liam* svolse il proprio lavoro con abilità e ricevette i complimenti di Lord Imbold, che ammirò anche la perla verde incastonata nell'anello che il barbiere portava al dito. Il nobile trovò la perla tanto bella e affascinante che giunse a chiedere a quale prezzo Long Liam fosse disposto a venderla.

Pensando di trarre vantaggio dalla situazione, il barbiere chiese una grossa somma.

– Vostra signoria, quest'anello mi è stato lasciato in punto di morte da mio nonno, che a sua volta l'aveva ricevuto in dono dal sultano d'Egitto. Non sento di potermene separare per meno di cinquanta corone d'oro.

– Mi prendi forse per uno sciocco? – s'indignò Lord Imbold. Poi chiamò il valletto e ordinò: – Taube! Paga a quest'uomo quanto gli è dovuto e mettilo alla porta!

Mentre Taube andava a prendere le monete dovutegli, Long Liam fu lasciato solo; esplorando la stanza in cui si trovava, il barbiere trovò in una credenza un paio di candelabri d'oro che accesero la sua avidità al punto d'indurlo a infilarli nella borsa, dopodiché richiuse la credenza. Taube tornò però in tempo per notare il comportamento sospetto di Long Liam, e pretese d'ispezionare la sua sacca. In preda al panico, il barbiere afferrò il rasoio e gli tagliò la gola tanto in profondità che la testa dell'uomo cadde all'indietro.

---

* Long, in inglese, significa lungo.

Long Liam fuggì allora dalla stanza, ma venne catturato, giudicato e portato alla forca.

Un ex-soldato zoppo di nome Manting, che serviva da dieci anni la contea in qualità di boia, effettuò il suo lavoro con efficienza, spegnendo definitivamente la fiamma vitale in Long Liam, ma con uno stile che mancava degli elementi della sorpresa e della suspense che invece erano presenti nei boia di classe superiore.

A Manting spettavano come paga gli indumenti e i gioielli che si trovavano indosso al cadavere, e così l'ex-soldato entrò in possesso del prezioso anello con la perla verde, che decise di portare al dito.

A partire da quel momento, tutti quelli che assistevano di solito al lavoro di Manting furono pronti a dichiarare di non averlo mai visto svolgere il suo compito di boia con maggiore grazia e attenzione ai dettagli, al punto che talvolta Manting e il condannato sembravano partecipare a un tragico dramma che faceva vibrare il cuore agli astanti. Alla fine dell'esecuzione, quando la corda era stata tesa, il colpo vibrato o la torcia gettata sulle fascine, di rado si vedeva fra gli spettatori qualcuno che non stesse piangendo.

I doveri di Manting richiedevano talvolta l'applicazione della tortura, e anche in questo campo l'ex-soldato dimostrò di essere molto abile nell'uso delle tecniche classiche e anche astuto nell'inventare novità.

Quando si lanciava nell'evoluzione di qualche nuova teoria da lui elaborata, Manting tendeva però a esagerare un po'. Un giorno, il suo programma comprendeva l'esecuzione della giovane strega Zanice, accusata di aver prosciugato le mammelle della vacca da latte del suo vicino. Dal momento che il caso comprendeva un elemento d'incertezza, Zanice era stata condannata a morte mediante l'uso della garrotta piuttosto che al rogo, ma Manting desiderava da tempo mettere alla prova una nuova e complicata idea e decise di sperimentarla proprio in quell'occasione, cosa che destò l'ira del mago Qualmes, l'amante di Zanice.

Qualmes condusse Manting nel cuore della Foresta di Tantrevalles, lungo un oscuro sentiero noto come la Strada di Ganion, quindi si allontanò di qualche metro dalla strada e si arrestò in una piccola radura.

– Manting – domandò a quel punto Qualmes. – Ti piace questo posto?

Ancora perplesso per i motivi di quella passeggiata, Manting, si guardò intorno.

– L'aria è fresca, il verde è un paesaggio che costituisce una gradevole alternativa alle prigioni e i fiori aggiungono bellezza alla scena.

– È una fortuna che tu ti trovi bene qui – sorrise Qualmes – visto che non lascerai mai più questo posto.

– Impossibile! – Manting scosse il capo, sorridendo. – Oggi mi trovo a mio agio qui e questa piccola gita mi riesce davvero piacevole, ma domani devo eseguire due impiccagioni, un supplizio della corda e una staffilatura.

– Sei esentato da tutti questi doveri, ora e per sempre. Il modo in cui hai trattato Zanice mi ha profondamente indignato, e ora dovrai scontare la tua crudeltà. Trova un angolo di tuo gradimento, sdraiati e assumi una comoda posizione, perché sto per scagliare contro di te un incantesimo di stasi e non ti potrai mai più muovere.

Manting andò avanti a protestare per parecchi minuti, mentre Qualmes lo ascoltava con un sorriso sulle labbra.

– Dimmi, Manting, è mai capitato che qualcuna delle tue vittime ti rivolgesse simili proteste?

– Sì, ora che ci penso!

– E quale è stata la tua risposta?

– Ho sempre risposto che, per la natura stessa delle cose, io ero uno strumento di condanna e non di clemenza. Ma qui, ovviamente, ci troviamo in una situazione del tutto diversa. Tu sei al tempo stesso giudice e giustiziere, quindi sei perfettamente in grado di prendere in considerazione la mia richiesta di clemenza o addirittura di concedere la grazia.

– La richiesta è respinta. Adesso sdraiati: non posso rimanere qui con te a discutere per tutto il giorno.

Manting si trovò infine costretto a sdraiarsi sull'erba, dopodiché Qualmes pronunciò il suo incantesimo di paralisi e se ne andò.

Manting rimase disteso, immobile e impotente, per giorni e notti, settimana dopo settimana e mese dopo mese, mentre furetti e topi gli divoravano le mani e i piedi e le vespe deponevano le uova nella sua carne, fino a che di lui non rimasero altro che le ossa e la lucente perla verde, che alla fine vennero a loro volta gradualmente ricoperte dal terriccio.

Capitolo II

I

Otto sovrani regnavano nelle Isole Elder. Fra essi, quello di minor conto era Gax, re nominale dell'Ulfland Settentrionale, i cui decreti venivano rispettati solo entro le mura di Xounges. Per contrasto, Re Casmir di Lyonesse e Re Audry del Dahaut governavano entrambi su vasti territori e disponevano di forti eserciti. Vi era poi Re Aillas, i cui domini comprendevano tre isole: Troicinet, Dascinet e Scola, e anche il territorio dell'Ulfland Meridionale, e che proteggeva le proprie vie di comunicazione grazie a una potente flotta.

I rimanenti quattro erano di vario genere. Il folle Re Deuel del Pomperol era morto ed era stato rimpiazzato da suo figlio, l'estremamente savio Re Kestrel. L'antico Regno di Caduz era stato assorbito da Lyonesse, ma Blaloc, sotto il controllo di Re Milo, manteneva la sua indipendenza dato che Milo, amante delle abbondanti libagioni, aveva escogitato un meraviglioso sistema che non falliva mai. Quando gli inviati di Lyonesse o del Dahaut venivano a chiedere il suo aiuto, Milo li invitava alla sua tavola e li rimpinzava di vino mentre alcuni orchestrali intonavano gighe e altre danze vivaci, cosicché gli inviati finivano ben presto per dimenticare il motivo della loro venuta e si abbandonavano a danze sfrenate in compagnia del sovrano.

Godelia e la sua vivace popolazione erano entro certi limiti controllati da Re Dartweg; quanto agli Ska, essi eleggevano il loro "primo fra i primi" a intervalli regolari di dieci anni, e il "primo" attuale era il forte e abile Sarquin.

Gli otto re differivano fra loro quasi sotto ogni aspetto. Re Kestrel del Pomperol e Re Aillas del Troicinet erano entrambi due giovani seri, coraggiosi e onorevoli, ma mentre Kestrel era privo di umorismo e diffidente, Aillas era dotato di un intuito e di un'immaginazione che sovente turbavano personalità più posate.

Le corti degli otto sovrani non erano meno differenti fra loro dei loro padroni. Re Audry spendeva abbondanti somme in piaceri e vanità, e lo splendore della sua corte di Falu Ffail era leggendario. Re Aillas usava invece i propri fondi per costruire navi, mentre Re Casmir investiva somme elevate nel campo dello spionaggio e dell'intrigo; le sue spie erano attive dovunque, e in particolar modo nel Dahaut, da dove registravano ogni starnuto di Re Audry.

Casmir incontrava maggiore difficoltà nel procurarsi notizie dal Troicinet; era riuscito ad assicurarsi i servigi di alcune persone che rivestivano cariche elevate e gli trasmettevano le loro informazioni mediante piccioni viaggiatori, ma faceva affidamento soprattutto sull'abilissima spia "Valdez", le cui relazioni si rivelavano sempre estremamente accurate.

Valdez si faceva vivo a intervalli di circa sei settimane, e allora Casmir, avvolto in un grande mantello grigio, si recava in un magazzino sul retro della bottega di un vinaio, dove dopo un po' veniva raggiunto da un uomo che poteva anche essere il padrone stesso della bottega: una persona non troppo distinta, massiccia di corporatura, rasata in volto e laconica nel parlare, dai regolari lineamenti angolosi e dai freddi occhi grigi.

Da Valdez, Casmir venne a sapere che quattro nuove navi da guerra erano state ultimate nei cantieri sul Tumbling River, tre chilometri a nord di Domreis. Nonostante la stretta sorveglianza, Valdez aveva scoperto che si trattava di feluche leggere e veloci, munite di catapulte in grado di scagliare frecce di ferro a un centinaio di metri di distanza con violenza sufficiente a perforare la carena di qualsiasi normale imbarcazione. Queste nuove navi erano state costruite specificamente per sconfiggere le lunghe navi degli Ska e aprire quindi le rotte marine fra il Troicinet e l'Ulfland Meridionale.*

---

* Attualmente, Troicinet e Lyonesse si trovavano in uno stato di pace piuttosto tesa, e raggiunta solo in seguito a un accordo in base al quale Casmir aveva acconsentito a non costruire alcuna nave da guerra che potesse minacciare il predominio marittimo del Troicinet. Aillas aveva esposto la questione a

Valdez, prima di andarsene, dichiarò di essersi di recente procurato nuovi informatori posti molto in alto.

– Ben fatto! – commentò Casmir. – Questo è il tipo di lavoro efficiente che sono abituato a vederti svolgere.

Valdez si diresse alla porta, si soffermò e parve sul punto di parlare, ma poi si girò nuovamente per uscire.

– Aspetta! – Casmir aveva notato la sua esitazione. – Cosa ti preoccupa?

– Non è un grosso problema, anche se potrebbe provocare qualche inconveniente.

– E come mai?

– Sono consapevole che tu hai nel Troicinet altri informatori oltre me, e ho il sospetto che almeno uno di loro occupi una carica importante. Dal tuo punto di vista, questa è una cosa ottima, ma d'altro canto, come ti ho già detto, io ho contattato una persona molto importante che potrebbe finire per collaborare con me, anche se al momento è timida come un uccellino. Potrei lavorare con maggior decisione e con minor rischio d'intralci se conoscessi l'identità degli altri tuoi informatori.

– Un'osservazione ragionevole – convenne Casmir. Rifletté per un momento, poi scoppiò in una piccola, aspra risata. – Saresti sorpreso nell'apprendere quanto sono in alto gli orecchi che ascoltano per mio conto! Ma probabilmente farò meglio a mantenere separati te e queste mie altre fonti d'informazioni, e per motivi tutt'altro che astratti: in questo modo, nel caso uno di voi dovesse essere individuato e interrogato, gli altri non correranno alcun rischio.

– Vero – replicò, laconico, Valdez, e se ne andò.

Casmir in questi termini: "I tuoi eserciti, forti di quattrocento cavalieri e di una moltitudine di soldati, ti proteggono bene contro un nostro attacco. Se Lyonesse riuscisse a far sbarcare queste truppe nel Dascinet o nel Troicinet, ci troveremmo in mortale pericolo! Non possiamo lasciare a Lyonesse i mezzi per sbarcare truppe sul nostro territorio." Casmir aveva ceduto su quel punto senza mostrare alcuna emozione, anche se interiormente ribolliva di rabbia, e la cosa era stata ulteriormente esacerbata dalla violenta antipatia che il re provava per Aillas.

II

Dopo aver lasciato la perla verde al ladro, Sir Tristano proseguì il suo viaggio attraverso la piacevole campagna del Dahaut e dopo qualche tempo arrivò ad Avallon. Trovò un alloggio, indossò abiti più adeguati e si presentò al palazzo di Re Audry, Falu Ffail.

Un altezzoso valletto vestito con una livrea di velluto nero era fermo accanto alla porta: esaminò Sir Tristano da capo a piedi con occhio freddo, ascoltò con volto inespressivo mentre il giovane dava il proprio nome, quindi fece strada con riluttanza fino a un salottino, dove Sir Tristano venne lasciato in attesa per un'ora, tempo che trascorse osservando una fontana i cui spruzzi erano fatti risplendere dalla luce solare che filtrava attraverso una cupola di prismi di cristallo.

Finalmente arrivò il Sommo Ciambellano che, ascoltata la richiesta da parte di Sir Tristano di avere un'udienza presso Re Audry, scosse il capo con fare dubbioso.

– Succede di rado che Sua Maestà veda qualcuno senza un previo accordo.

– Puoi annunciarmi come un inviato da parte di Re Aillas del Troicinet.

– Molto bene. Da questa parte, se non ti dispiace. – Il ciambellano condusse Sir Tristano in una piccola anticamera, dove il giovane venne lasciato solo. Trascorse un'ora di attesa, e poi un'altra ancora, e alla fine Re Audry accondiscese a riceverlo in mancanza di qualcosa di meglio da fare.

Il Sommo Ciambellano condusse Sir Tristano attraverso una serie di gallerie fino ai giardini ufficiali del palazzo, dove Re Audry oziava seduto a un tavolo di marmo con tre cortigiani, intento a osservare un gruppo di ragazze che giocavano a bocce poco lontano. Dapprima impegnato a effettuare scommesse sulla partita in corso, non prestò attenzione a Sir Tristano, che se ne rimase tranquillo in disparte a osservare il frivolo sovrano del Dahaut: quello che aveva dinnanzi era un uomo robusto e avvenente, dalla mascella un po' lenta, gli occhi rotondi e umidi, il deretano pesante; i riccioli neri si accalcavano intorno alle guance e le sopracciglia dello stesso colore quasi s'incontravano sopra il lungo naso diritto. Il volto aveva ricchezza e tranquillità d'espressione e sembrava indicare un'indole petulante piuttosto che viziosa.

Alla fine, con le sopracciglia inarcate, Re Audry ascoltò il ciambellano mentre questi presentava Sir Tristano.

– Vostra Maestà, c'è qui l'emissario del Troicinet: Sir Tristano di Castello Mythric, cugino di Re Aillas.

– Vostra Maestà – dichiarò il giovane, eseguendo un inchino convenzionale – sono lieto di poterti presentare i miei rispetti e i saluti di Re Aillas.

Appoggiandosi all'indietro, Audry scrutò Sir Tristano attraverso le palpebre socchiuse.

– Signore, devo ammettere che per una missione di tanta importanza mi sarei aspettato una persona dotata della maggiore saggezza ed esperienza che vengono con l'età.

Sir Tristano sorrise.

– Sire, devo ammettere di essere di soli tre anni più vecchio di Re Aillas che, forse per questo motivo, mi vede nella luce cui tu hai appena accennato. Tuttavia, se non sei soddisfatto dalla mia persona, rientrerò immediatamente nel Troicinet e là esporrò il tuo punto di vista a Re Aillas. Sono certo che lui riuscirà a trovare un emissario adatto: saggio e attempato, della tua stessa generazione. Ho il tuo permesso di ritirarmi?

Audry emise un grugnito di stizza e si mise a sedere più eretto sulla persona.

– Tutta la gente del Troicinet è tanto altezzosa nella sua dignità? Prima che te ne vada infuriato, forse ti degnerai almeno di spiegarmi il perché dell'incresciosa sortita effettuata dal Troicinet nell'Ulfland Meridionale.

– Con piacere, sire. – Sir Tristano lanciò un'occhiata ai tre cortigiani, che stavano ascoltando con aperto interesse. – Sarebbe però forse meglio rinviare la nostra conversazione a quando saremo soli, visto che toccherà questioni delicate.

– Segretezza, sussurri, intrighi! – sbottò Audry, con un'esclamazione d'impazienza. – Come disprezzo tutte queste cose! Sir Tristano, farai meglio a lasciarti spiegare la mia filosofia: io non ho segreti! Tuttavia... – Audry fece un cenno ai suoi compagni, che se ne andarono di malavoglia.

– Siedi, se vuoi – disse quindi, indicando una sedia. – E ora… io continuo a chiedermi i motivi di questa folle spedizione troicinese.

– La tua sorpresa mi sorprende a mia volta! – sorrise Sir Tristano. – Due eccellenti e ovvi motivi ci hanno spinti verso l'Ulfland Meridionale. La prima ragione si spiega da sola: la corona dello stato era giunta ad Aillas attraverso legittima e normale successione dinastica e lui è andato a reclamare quanto gli spettava di diritto. Ha trovato il regno in condizioni deplorevoli e ora si sta adoperando per rimettere a posto le cose.

"La seconda ragione è altrettanto semplice quanto la prima: se Aillas non si fosse impadronito tanto di Kaul Bocach che di Tintzin Fyral, entrambe fortezze poste lungo la strada fra Lyonesse e l'Ulfland Meridionale, Re Casmir sarebbe ora padrone di quel territorio e allora nulla gli avrebbe più potuto impedire di attaccarti lungo le Paludi Occidentali, aggredendo al tempo stesso il Dahaut dal sud. A quel punto, dopo averti rinchiuso in qualche segreta, Casmir avrebbe potuto sopraffare il Troicinet quando più gli fosse venuto comodo. Noi lo abbiamo preceduto nell'Ulfland Meridionale e abbiamo bloccato i suoi piani. Questo è tutto.

Re Audry sbuffò con cinismo.

– Percepisco però anche un'estensione dell'ambizione del Troicinet, il che aggiunge una nuova dimensione alla sciarada! Ho già abbastanza problemi con Godelia e Wysrod, per non parlare degli Ska che occupano la mia fortezza di Poëlitetz… Ah, là! Bel tiro, Artwen! A te, ora, Mnione, all'attacco! Schiaccia la tua avversaria! – Così Re Audry incitò le ragazze che giocavano a bocce, poi si portò alle labbra un boccale di vino, bevve e versò altro vino per Sir Tristano. – Mettiti a tuo agio; questo è un incontro informale, anche se avrei preferito che Re Aillas avesse inviato un plenipotenziario a pieno titolo o fosse addirittura venuto di persona.

– Ti posso solo ripetere quanto ti ho già detto prima – replicò Sir Tristano, scrollando le spalle. – Aillas mi ha spiegato in ogni dettaglio i suoi progetti, e quando parlo è come se ascoltassi la sua voce.

– Sarò franco e diretto – dichiarò Audry. – Il nostro comune nemico è Casmir. In qualsiasi momento, io sono pronto a unire le mie forze alle vostre e a porre fine, una volta per tutte, al pericolo che lui rappresenta.

– Sire, naturalmente questo suggerimento non giunge come una sorpresa per Re Aillas… come non lo è neppure per Casmir, d'altro canto. Aillas ti risponde con queste parole: attualmente, il Troicinet è in pace con Lyonesse, una pace la cui durata è però incerta. Noi stiamo mettendo a buon frutto questo periodo, usandolo per consolidare la nostra posizione nell'Ulfland Meridionale e per incrementare la nostra flotta, per cui, se la pace dovesse durare anche cento anni, a noi andrebbe bene così.

"Nel frattempo, il problema più urgente che ci troviamo dinnanzi è quello costituito dagli Ska. Se anche ci unissimo a te per sconfiggere Lyonesse, questo non eliminerebbe il pericolo degli Ska e in più ci troveremmo a dover affrontare un nuovo, aggressivo Dahaut senza più il contrappeso costituito da Lyonesse. Non possiamo tollerare una preponderanza da un lato o dall'altro, e dobbiamo sempre schierarci dalla parte dell'avversario più debole che, almeno nell'immediato futuro, sembri essere tu.

– La tua affermazione è di una grossolanità quasi offensiva – si acciglò Audry.

– Sire – ritorse Sir Tristano, senza lasciarsi intimidire – non sono qui per compiacerti ma solo per esporti i fatti e ascoltare le tue osservazioni in proposito.

– Hmmf. E queste, tu dici, sono le parole di Re Aillas.

– Precisamente.

– Devo dedurne che non avete un'opinione molto alta della mia potenza militare.

– T'interesserebbe sentire il rapporto che abbiamo ricevuto in proposito a Domreis?

– Parla.

– Ti enuncerò il rapporto più o meno negli stessi termini in cui ci è giunto: "Più di ogni altra cosa, ai cavalieri del Dahaut è richiesto di presentarsi alle parate con l'armatura lucente e le bardature splendenti, e in effetti offrono un bello spettacolo. In battaglia, pero, potrebbero non cavarsela altrettanto bene, visto che sono rammolliti dal lusso e poco abituati ai rigori di una campagna. Se costretti ad affrontare un nemico, indubbiamente sarebbero bravissimi a far caracollare le loro cavalcature e a sfidare gli avversari con gesti sprezzanti, ma il tutto da una buona distanza.

– "Arcieri e picchieri marciano con la massima precisione, e nelle parate meravigliano tutti gli astanti per la loro abilità. I complimenti che vengono loro rivolti hanno tratto in inganno il povero Audry, che si considera invincibile. Anche in questo caso, si tratta di truppe addestrate sul terreno di parata ma che sanno a stento distinguere quale estremità delle loro armi può recare danno al nemico. Sono tutti troppo grassi e si vede che non hanno molta voglia d'ingaggiare un vero combattimento."

– Questa è un'infame canagliata! – protestò, indignato, Audry. – Sei venuto qui solo per farti beffe di me?

– Niente affatto. Sono venuto per consegnare un messaggio, parte del quale hai appena sentito. La seconda parte è questa: Re Casmir è consapevole delle tue carenze dal punto di vista militare. Gli è stato impedito un facile approccio attraverso l'Ulfland Meridionale e ora deve pensare a un modo diretto per attaccarti. Re Aillas ti suggerisce di togliere il comando del tuo esercito dalle mani dei tuoi favoriti e di metterlo in quelle di un qualificato soldato di professione; ti raccomandiamo inoltre di sostituire le parate con esercitazioni sul campo e di non risparmiare a nessuno, te stesso compreso, gli sforzi necessari.

– Questo messaggio rasenta l'insolenza pura – dichiarò Audry, ergendosi sulla persona.

– Non è questo il nostro intento. Noi scorgiamo dei pericoli di cui forse tu non ti rendi ancora conto e ti stiamo mettendo in guardia, anche se solo perché mossi dal nostro stesso interesse.

Audry tamburellò sul piano del tavolo con le dita.

– Non conosco molto Re Aillas. Dimmi qualcosa della sua natura: un uomo cauto o ardito?

– In verità – replicò Sir Tristano, dopo un momento di riflessione – io trovo difficoltà a descriverlo. È d'indole tranquilla, ma non si sottrae mai al dovere, anche al più aspro, e sospetto che qualche volta debba far pressione su sé stesso, visto che la sua è una natura mite, come quella di un filosofo. Non ama la guerra, ma si rende conto che la forza e l'intimidazione sono ciò che manda avanti il mondo, e per questo studia tattica militare e sono pochi quelli che possono stargli a pari nella scherma. Detesta la tortura, e le segrete sotto il palazzo di Miraldra sono vuote, ma d'altro canto nel Troicinet vi sono ben pochi criminali e ladri perché Aillas li ha fatti impiccare tutti. Comunque, è mia opinione che rinuncerebbe al trono anche domani, se solo trovasse un uomo di cui potesse fidarsi.

– Questo non dovrebbe essere un problema! Ci devono essere molti che sarebbero lieti di prendere il suo posto!

– E queste sono appunto le persone di cui lui non si fida.

– Non ho chiesto di nascere re – dichiarò Audry, scrollando le spalle e bevendo un sorso di vino. – Anzi… non ho neppure chiesto di venire al mondo. Tuttavia, sono un re, e allora tanto vale che approfitti della mia fortuna sfruttandola fino all'osso. Il tuo Aillas, dal canto suo, sembra tormentato da un senso di colpa.

– Non credo affatto che sia così.

Audry riempì ancora il proprio boccale e quello di Sir Tristano.

– Permettimi di affidarti un messaggio da riferire a Re Aillas.

– Sono tutt'orecchi.

Audry si protese in avanti e parlò con fare sentenzioso.

– Sarebbe ora che Aillas si sposasse! E quale matrimonio più riuscito potrebbe esserci che quello fra lui e la mia figlia maggiore, Thaubin, connubio che unirebbe due grandi casate? Guarda, eccola laggiù, intenta a seguire il gioco!

Lo sguardo di Sir Tristano seguì la direzione indicata dal gesto di Audry.

– Quell'avvenente ragazza vestita di bianco accanto a quella piccola semplice creatura così oppressa dal suo stato di gravidanza? Ma è davvero attraente!

– La fanciulla vestita di bianco – spiegò con dignità Audry – è l'amica di Thaubin, Netta… Thaubin è la fanciulla al suo fianco.

– Capisco… Ebbene, io dubito che Aillas abbia intenzione di sposarsi così giovane, e credo che rimarrebbe stupito se io concludessi un suo fidanzamento con la Principessa Thaubin.

– In questo caso…

– Ancora una cosa, prima che me ne vada. Posso parlare in tutto candore?

– Non hai fatto altro! – brontolò Audry. – Parla!

– Devo avvertirti che ci sono dei traditori che riferiscono ogni tuo atto a Re Casmir. Sei circondato da spie che si fingono tuoi intimi amici. Fra di esse potrebbero perfino esservi uno o due dei gentiluomini che poco fa sedevano qui con te.

Audry fissò Sir Tristano, poi gettò indietro il capo e scoppiò in una fragorosa risata. Voltatosi, chiamò quindi i suoi amici.

– Sir Huynemer! Sir Rudo! Sir Swanish! Unitevi a noi, se non vi spiace!

I tre gentiluomini, alquanto perplessi e risentiti, tornarono al tavolo e Re Audry, ancora ridacchiando, disse loro:

– Sir Tristano insiste che Falu Ffail pullula di traditori e sospetta addirittura che uno di voi possa essere una spia di Re Casmir!

I cortigiani balzarono in piedi, ruggendo per l'ira.

– Quest'uomo c'insulta!

– Concedici di mostrargli il nostro acciaio: gli insegneremo l'etichetta che non è riuscito a imparare altrove!

– Isteriche stupidaggini! Pettegolezzi da oche e da vecchiette!

– Sembra che abbia toccato un nervo dolente – commentò Sir Tristano, con un sorriso, appoggiandosi allo schienale della sedia. – Bene, non dirò altro.

– Sono tutte assurdità! – esclamò Re Audry. – Quali sarebbero i miei segreti, perché debbano essere mandate delle spie per scoprirli? Anche il peggio è ben noto!

Sir Tristano si alzò in piedi.

– Maestà, ti ho riferito i miei messaggi, e ora chiedo il permesso di ritirarmi.

– Puoi andare – concesse Re Audry, agitando le dita in un gesto di congedo.

Sir Tristano s'inchinò, si volse e lasciò Falu Ffail.

III

Tornato a Domreis, Sir Tristano si recò immediatamente a Miraldra, un cupo vecchio castello di quattordici torri che sovrastava il porto. Aillas accolse il cugino con affetto; la somiglianza fra i due, ora che si trovavano uno di fronte all'altro, era notevole. Sir Tristano era alto e di buona muscolatura, mentre Aillas, per quanto più basso di un paio di centimetri, era snello e teso. Entrambi avevano i capelli di un chiaro castano dorato, tagliati in maniera squadrata all'altezza degli orecchi, ma i lineamenti di Tristano erano arrotondati mentre quelli di Aillas erano incisivi. Visti insieme e sorridenti per il piacere che derivano dalla compagnia reciproca, sembravano due ragazzi.

Dietro suggerimento di Aillas, si sedettero su un divano, e il giovane re disse:

– Prima di ogni altra cosa, lascia che t'informi che sono in partenza per Watershade. Ti andrebbe di unirti a me?

– Ne sarei lieto.

– Partiremo fra un paio d'ore. Hai fatto colazione?

– Solo un piatto di pane e quagliata.

– Vi porremo rimedio. – Aillas convocò un valletto e ben presto venne servito loro un piatto di nasello fritto con pane fresco e burro, ciliegie cotte e sidro. Mentre attendevano il pasto, Aillas domandò:

– Com'è andata la tua spedizione?

– Vi sono certo stati degli episodi interessanti. Sono sbarcato dalla nave a Dun Cruighre e mi sono recato a cavallo a Cluggach, dove mi è stata concessa un'udienza da Re Dartweg. Dartweg è un celta, questo è vero, ma non tutti i Celti sono fannulloni dalla faccia rossa che puzzano di formaggio; Dartweg, per esempio, odora di sidro, idromele e pancetta. Da lui non ho appreso nulla di utile. I Celti pensano solo a bere sidro e a rubarsi il bestiame a vicenda, visto che questa è la base della loro economia. Sono fermamente sicuro che essi attribuiscono maggior valore a una vacca da latte dalle mammelle capaci che non a una donna altrettanto prosperosa. In ogni modo, non posso criticare l'ospitalità di Re Dartweg... anzi, l'unico insulto che si può rivolgere a un celta è quello di dargli del taccagno. I Celti sono però troppo eccitabili per poter essere dei buoni guerrieri e, per quanto turbolenti, sono imprevedibili quanto una vergine. In un luogo di convegno vicino a Cluggach, ho visto una cinquantina di uomini che discutevano con calore, portando sovente la mano alla spada; ho creduto che stessero discutendo questioni di guerra, ma quando mi sono avvicinato ho scoperto che l'argomento della discussione riguardava il salmone più grosso pescato nel corso della stagione di tre anni fa, e Dartweg era proprio in mezzo al gruppo e strillava più forte di tutti. Poi è arrivato un druido, con la sua tonaca grigia e un rametto di vischio fissato sul cappuccio: ha pronunciato una sola parola e tutti hanno taciuto e se la sono squagliata per andare a nascondersi nell'ombra.

– Più tardi, ho parlato dell'incidente con Dartweg e ho lodato il druido per il suo consiglio alla moderazione. Dartweg mi ha risposto che al druido non importava un accidente della moderazione e che aveva protestato solo perché il fracasso aveva disturbato uno stormo di corvi sacri annidato in un boschetto vicino. Nonostante le chiese cristiane stiano spuntando un po' dappertutto, il potere dei druidi è ancora saldo.

– Molto bene! – lo interruppe Aillas. – Mi hai detto abbastanza di Godelia; per diventare influenti in quel paese sembra che si debba scendere dal cielo cavalcando un bove bianco e tenendo in mano il disco di Lug o acchiappare il salmone più grosso della stagione. Che viene adesso?

– Ho attraversato lo Skyre con un traghetto e sono entrato a Xounges: questo è il solo modo di arrivarci visto che gli Ska controllano ogni accesso per via di terra. Gax vive in un mostruoso palazzo di pietra chiamato Jehaundel, dai soffitti tanto alti che si perdono nell'ombra e dalle sale simili a caverne che offrono ben poche comodità agli ospiti, ai cortigiani o allo stesso Gax.

– Ma sei riuscito a incontrarti con lui?

– Solo con parecchia difficoltà. Gax si trova ormai in uno stato quasi d'invalidità e suo nipote, un certo Sir Kreim, cerca a quanto pare d'isolarlo dai visitatori, sostenendo che la sua salute è tale da non permettergli di agitarsi. Io ho pagato una corona d'oro per essere certo che Gax venisse informato della mia presenza e così mi è stata concessa un'udienza nonostante la disapprovazione di Sir Kreim.

"In gioventù, Gax dev'essere stato un uomo davvero impressionante, e anche ora è più alto di me di quattro centimetri almeno, è magro e asciutto e parla con una voce che fa pensare al vento del nord. I suoi figli e le sue figlie sono tutti morti e lui non sa con esattezza la propria età, ma ritiene di aver oltrepassato i settant'anni. Nessuno gli riferisce mai nulla, e credeva che Oriante fosse ancora il sovrano dell'Ulfland Meridionale. Gli ho riferito che il nuovo re, Aillas, era un nemico giurato degli Ska e aveva già affondato le loro navi e bloccato loro l'accesso nei suoi domini.

"A queste notizie, Re Gax ha battuto le mani per la gioia mentre Sir Kreim, che se ne stava al suo fianco, ha dichiarato che il dominio di Re Aillas era destinato a essere transitorio per un motivo che, sempre stando a Sir Kreim, era ampiamente risaputo: le perversioni sessuali di Aillas lo avevano reso zoppo e malaticcio. Quelle parole hanno indotto Gax a sputare per terra, e io mi sono affrettato a dichiarare che questo "motivo ampiamente risaputo" era una sporca menzogna, falsa in ogni particolare. Ho anche affermato che chi aveva riferito queste notizie a Sir Kreim doveva essere uno spregevole e malvagio mentitore e ho consigliato a Sir Kreim di non ripetere ancora quell'accusa se non voleva essere accusato a sua volta di propalare la menzogna che conteneva.

– Ho poi precisato che Sir Kreim si sbagliava anche su altri punti, visto che Aillas era già al lavoro per riportare all'ordine i baroni e che presto avrebbe strigliato a dovere gli Ska.

Aillas ebbe una risatina amara.

– Perché non hai anche promesso che avrei invertito il corso dei fiumi e costretto il sole a sorgere da ovest?

– Non mi avevi mai neppure accennato di nutrire simili ambizioni – replicò Sir Tristano, scrollando le spalle.

– Ogni cosa a suo tempo. Prima di tutto devo pensare alle mie rogne personali. Ma dimmi qualcos'altro di Re Gax e di questo sinistro Sir Kreim.

– Kreim è un po' più vecchio di me, con una bocca rossa e una barba nera. È cupo e sospettoso, e quasi certamente una creatura degli Ska.

"Ho accennato anche ad altri eventi dello scorso anno, e Re Gax ne era del tutto all'oscuro. Il vecchio furfante sembra essere consapevole delle ambizioni di Kreim e, mosso da quella che mi è parsa pura malizia, ha continuato per tutto il tempo a rivolgersi a lui pronunciando frasi come: "Ma senti un po', Kreim!". Oppure: "Kreim, sono questi gli uomini su cui dobbiamo fare affidamento se vogliamo anche solo sperare di sottrarci alla morsa degli Ska!". O ancora: "Kreim, se potessi ritornare giovane, agirei anch'io come Aillas!".

– "Alla fine, Re Gax ha allontanato Sir Kreim con un pretesto e lui se n'è andato con riluttanza, continuando a lanciarci occhiate da sopra la spalla. Allora Re Gax mi ha detto: "Come puoi vedere, tanto la mia vita quanto il mio regno stanno scivolando verso l'oblio".

– "Poi si è guardato intorno con attenzione per accertarsi che nessuno stesse origliando e ha aggiunto: "Ho commesso errori durante tutta la mia vita, ma c'è un ultimo errore che non ho intenzione di commettere".

– "E quale sarebbe?" ho domandato.

– Re Gax mi ha agitato contro un dito e ha replicato: "Sei un giovane astuto, nonostante le apparenze: non riesci a immaginarlo?".

– "Riesco a immaginare una dozzina di errori che potresti commettere. Speri di evitare di morire prima che sia giunto il tuo momento e così ti vieni a trovare in equilibrio precario."

– "Questa è un'intuizione esatta. Sto morendo, ma solo nel senso che ogni uomo che ha raggiunto la mia età è vicino alla morte. Gli Ska sono pazienti e aspetteranno, ma io devo essere prudente perché temo di essere avvelenato e accoltellato nel buio, e quella sarebbe una fredda morte per me, qui a Jehaundel e senza neppure un figlio che vendichi il mio assassinio."

– "Lascia che ti chieda una cosa, per pura curiosità: com'è regolata la successione, in base alle leggi dell'Ulfland Settentrionale?"

– "In base alla normale linea di discendenza, e nel caso della mia morte, la corona andrà a Kreim. Ma vedi questo cerchietto sulla mia testa? Se tu fossi tanto stolto da accettare, potrei trasferire la sovranità nelle tue mani in questo stesso momento, e allora, come la mia anche la tua vita finirebbe sotto gli artigli degli Ska e cominceresti ad aver paura a inghiottire ogni singolo boccone di cibo."

– "Tieniti il tuo regno" gli ho risposto. "Le mie ambizioni sono molto meno elevate.

– A quel punto, Sir Kreim è tornato e io mi sono congedato da Re Gax.

Aillas si alzò e si avvicinò alla finestra, osservando il porto dove il vento sollevava i candidi spruzzi delle onde.

– Che ne pensi del suo stato di salute?

– Per un uomo di settant'anni, mi sembra in buone condizioni, anche se la sua vista non è più quella di una volta. Comunque, ha la mente limpida e la voce salda.

– Cos'hai fatto, dopo aver lasciato Xounges?

– Ho avuto una stranissima avventura a causa di una malvagia perla verde che sono stato lieto di cedere a un tagliaborse; poi ho attraversato il Dahaut alla volta di Avallon.

– Là ho avuto un'udienza presso Re Audry, nel suo palazzo. È un uomo pomposo, sciocco e vanesio, ma ha un certo senso dell'umorismo, anche se un po' pesante. L'ho messo in guardia contro le spie che infestano la sua casa, ma lui mi ha riso in faccia. Dal momento che non ha segreti di alcun genere, Casmir sta sprecando i suoi soldi, cosa che va assolutamente bene ad Audry. C'è ben poco da aggiungere, a parte il fatto che Audry vorrebbe darti in moglie sua figlia Thaubin, che è incinta.

– È una cosa per cui non sono ancora pronto.

Un valletto entrò e mormorò qualcosa all'orecchio di Aillas, che con una smorfia si rivolse a Tristano.

– Ti prego di aspettarmi nel cortile: questa è una faccenda di estrema segretezza.

Sir Tristano uscì, e un momento più tardi Yane entrò nella stanza, in maniera tanto silenziosa che non parve neppure spostare l'aria intorno a sé.

– Eccoti di ritorno ancora una volta! – esclamò Aillas, balzando in piedi. – Ora posso respirare con più tranquillità.

– Hai sopravvalutato il pericolo.

– Se venissi preso canteresti una canzone ben diversa.

– Non ne dubito: canterei in maniera energica e in tutta fretta, nella speranza di evitare i metodi persuasivi di Casmir. Sono ben pochi gli uomini che temo, e lui è uno di loro.

– Deve avere altre spie, oltre te – commentò Aillas, tornando a guardare fuori dalla finestra.

– Proprio così, e una di esse è un traditore che si cela fra i tuoi più intimi consiglieri. Casmir mi ha quasi fatto il suo nome, ma poi ci ha ripensato. Comunque, si tratta di qualcuno che ricopre una carica molto elevata.

– Mi chiedo quanto mi sia intimo e quanto sia importante la sua carica – rifletté Aillas.

– Molto intimo e molto importante.

– Mi riesce difficile crederlo – insistette Aillas, scuotendo il capo con fare pensoso.

– Conferisci spesso con i tuoi ministri?

– Come minimo ogni settimana.

– E questi ministri sono sempre gli stessi, ogni settimana?

– Non ci sono cambiamenti di rilievo.

– Quali sono i loro nomi?

– Sono sei, e tutti nobili del regno: Maloof, Pirmence, Foirry, Sion-Tansifer, Langlark, Witherwood. E nessuno di loro trarrebbe guadagno dalla vittoria di Casmir.

– Chi di loro ha motivo di risentimento nei tuoi confronti?

– Forse mi considerano un po' troppo giovane, o magari impulsivo o cocciuto – replicò Aillas con una scrollata di spalle. – La spedizione nell'Ulfland Meridionale non gode di universale popolarità.

– Chi dei sei è il più zelante?

– Probabilmente Maloof, che è il Ministro del Tesoro. Tutti e sei sono abili nel loro lavoro, anche se Langlark talvolta sembra disattento. E comunque ho dei motivi che m'inducono a esentarlo da ogni sospetto.

– E quali motivi?

– Ho cercato di allontanare la cosa dalla mente... ma sembra che mi sia sbagliato. Nel Blaloc, come sai, ci sono dei cantieri che costruiscono barche da pesca e navi per il commercio costiero. Di recente, un certo Duca Geronius di Armorica ha stipulato un contratto per la costruzione di quattro pesanti galee da guerra di una classe che ci potrebbe facilmente procurare grossi guai in caso di mare calmo. In seguito a indagini, ho scoperto che il Duca Geronius di Armorica non esiste e che si tratta invece di Casmir, che sta cercando di procurarsi una flotta con l'astuzia. Non appena le navi saranno state varate e Casmir le avrà pagate in oro, manderò una spedizione perché le bruci all'ancora, e certo vi sarà un grande stridore di denti nel palazzo di Haidion.

– E allora?

– Nel corso di una riunione cui erano presenti solo quattro ministri, ho accennato a queste voci relative alla costruzione di navi da guerra a Port Posedel, nel Blaloc, e ho anche alluso al fatto che avevo chiesto a un certo mercante di bottiglie di vetro diretto a Port Posedel di effettuare qualche indagine per me.

"Quel mercante non è mai tornato, e quando ho chiesto di lui alla sua fabbrica sono venuto a sapere che è stato assassinato nel Blaloc.

Yane annuì, riflettendo con calma sulla cosa.

– E quali erano i ministri che hanno sentito le tue osservazioni?

– Maloof, Sion-Tansifer, Pirmence e Foirry. Langlark e Witherwood non erano presenti.

– L'incidente sembra significativo.

– Proprio così. Basta parlarne, per ora. Sono in partenza per Watershade con Tristano e Shimrod perché laggiù, roba da non credersi, c'è un seccante problema da risolvere. Spero che la cosa si aggiusti grazie a Shimrod, e allora potremo trascorrere qualche giorno in tranquillità. Ti andrebbe di unirti a noi?

– Devo andare alla mia casa di Skave – si scusò Yane – a controllare che siano pronte le botti per il vino nuovo. Cosa turba la placidità di Watershade?

– I druidi. Si sono insediati nell'isola di Inisfadhe e hanno fatto prendere un brutto spavento a Glyneth, per cui devo andare a mettere a posto le cose.

– Manda Shimrod perché li faccia sprofondare nella malinconia o, peggio, perché li trasformi tutti in gamberi d'acqua dolce.

Aillas si lanciò un'occhiata alle spalle, come per accertarsi che il mago non fosse a portata d'orecchio.

– Shimrod si sta già chiedendo il motivo del mio invito improvviso. Quando si ha a che fare con i druidi, un po' di magia fa comodo. Lascerò che sia Glyneth a narrare l'accaduto: lei riesce a rigirarsi Shimrod sulla punta di un dito, come anche qualsiasi altro uomo che decida di manipolare.

– Compreso un certo Aillas, a quanto ho notato.

– Sì. Un certo Aillas si lascia manipolare fin troppo.

Capitolo III

I

Watershade era stato costruito in un tempo ormai remoto di disordini, allo scopo di proteggere i traffici lungo il Janglin Water e per intimorire i guerrieri del Ceald, e nessuno aveva mai neppure provato ad attaccarlo.

Il castello sorgeva al limitare stesso del lago, anzi, parte della fortezza a forma di botte sorgeva dalle acque stesse; bassi tetti conici ricoprivano tanto la fortezza vera e propria quanto le quattro tozze torri adiacenti e tutto l'insieme era ombreggiato dagli alberi che servivano anche ad addolcire le linee del castello, mentre i bizzarri tetti conici sembravano quasi inadeguati al compito di riparare le massicce strutture sottostanti.

Ospero, il padre di Aillas, aveva fatto costruire una terrazza lungo la base della fortezza, là dove essa si addentrava nel lago, e nel corso di molte sere estive, mentre il tramonto cedeva il posto al crepuscolo, Aillas e Ospero, magari con qualche ospite, avevano consumato la cena su quella terrazza e spesso, se la compagnia era gradevole, vi erano rimasti fino a tardi, sgranocchiando noci e bevendo vino, a osservare il sorgere delle stelle.

Sulla riva crescevano parecchie piante di fico che, nel calore estivo, esalavano un odore dolcissimo che attirava innumerevoli insetti ronzanti che di frequente avevano punto Aillas quando, da ragazzo, si arrampicava sulle piante per coglierne i frutti.

La fortezza comprendeva una grande sala da pranzo contenente una grande tavola a forma di C a cui cinquanta persone potevano sedere con estrema comodità e sessanta con un po' meno di spazio. La biblioteca di Ospero occupava il piano superiore, insieme a una galleria e a parecchi salottini e stanze da bagno, mentre le torri ospitavano ariose camere da letto e piacevoli salotti per il signore del castello, la sua famiglia ed eventuali ospiti.

Quando la corte aveva spostato la propria sede a Domreis, il fossato era caduto in uno stato di abbandono, e ben presto si era trasformato in un pantano ingombro di canne, cespugli di more e salici nani. Fetidi odori esalavano dal fango, e alla fine Aillas aveva ordinato che venisse ripulito. Squadre di lavoro erano rimaste all'opera per tre mesi e alla fine le chiuse erano state riaperte e l'acqua aveva invaso ancora una volta il canale, anche se adesso il fossato serviva solo più a scopi domestici: durante le tempeste, vi venivano ancorate le barche ormeggiate nel lago; anatre e oche nuotavano fra le canne; carpe, anguille e lucci vi sguazzavano in attesa di essere pescati.

Per Aillas, Watershade era lo scenario dei suoi ricordi più piacevoli, e i cambiamenti causati dal passaggio degli anni erano ben pochi: Weare e Flora portavano ora rispettivamente il titolo di "Siniscalco" e di "Governante di casa"; Cern, un tempo ragazzo di stalla e compagno di giochi di Aillas era ora "vice-stalliere delle Stalle Reali"; Tauncy, un tempo fattore e ora anziano e zoppo, era "Mastro vignaiolo delle Vigne Reali" e controllava il lavoro nel vinificio di Aillas.

Dopo lunghi indugi e solo in seguito alle insistenze di Weare, Aillas aveva acconsentito a trasferirsi nelle camere appartenute a suo padre, e Dhrun aveva preso possesso di quelle un tempo usate da Aillas.

– Così deve essere – aveva dichiarato Weare ad Aillas. – Non si può fermare la caduta delle foglie in inverno e neppure la nascita di quelle nuove a primavera. Come ho spesso fatto notare a Dama Flora, tu sei forse un po' troppo incline al sentimentalismo. Adesso, tutto è cambiato! Come puoi sperare di governare un regno se sei troppo timido per abbandonare le stanze della tua fanciullezza?

– Weare, caro amico, mi hai davvero posto una difficile domanda! Se vuoi sapere la verità, non sono per nulla ansioso di governare un regno, e tanto meno tre. Quando sono qui a Watershade, mi sembra tutto uno scherzo!

– Comunque, le cose stanno come stanno, e ho sentito parlare molto bene di te. Adesso è solo giusto che tu occupi le camere padronali.

– Non dubito che sia giusto – aveva replicato Aillas, con una smorfia – e che finirai per averla vinta, ma io sento ancora la presenza di mio padre dovunque! Se proprio vuoi sapere la verità, qualche volta mi sembra di vedere il suo spirito fermo sulla balconata, o intento a fissare le braci, quando il fuoco è in procinto di spegnersi.

– E allora? – aveva ribattuto, sprezzante, Weare. – Anch'io vedo spesso il buon Sir Ospero. Se entro in biblioteca nelle notti di luna piena lo trovo seduto sulla sua poltrona: si volta a guardarmi e il suo volto è sereno. Credo che amasse Watershade così profondamente che non riesce ad abbandonarlo neppure nella morte.

– Molto bene – aveva deciso Aillas. – Spero che Sir Ospero mi vorrà perdonare l'intrusione. Comunque, non intendo cambiare nulla.

Ancora una volta, Weare aveva trovato di che protestare.

– Suvvia, ragazzo! Lui non lo avrebbe voluto, considerato quanto ti amava! Adesso quelle camere ti appartengono e tu le devi sistemare secondo i tuoi gusti, e non secondo quelli di uno spettro!

– Così sia, dunque. Ebbene, cosa mi suggerisci?

– Prima di tutto bisogna grattare, lucidare e incerare per bene le parti in legno, quindi riverniciare con cura l'intonaco. Ho notato che il verde tende a sbiadire con il tempo, quindi perché non proviamo con un bell'azzurro chiaro e un giallo per le modanature?

– Perfetto! Proprio quello che ci vuole! Weare, hai un raro talento per queste cose!

– Inoltre, visto che siamo in argomento, forse dovremmo rinnovare le camere di Lady Glyneth. Naturalmente mi consulterò prima con lei, ma suggerirei d'intonacare la pietra e di usare vernici rosa, gialle e bianche per fare allegria e garantirle un bel risveglio.

– Ottimo! Pensaci tu, Weare, se non ti dispiace.

In quanto a Glyneth, Aillas le aveva regalato una piccola e bella tenuta in una valle non lontana da Domreis, ma lei non mostrava molto interesse per quella proprietà e preferiva di gran lunga Watershade. Giunta ormai all'età di quindici anni, Glyneth dava grazia e fascino alla propria vita e ravvivava quella dei suoi amici con un misto di limpida semplicità e di raggiante ottimismo, insieme a una gioiosa consapevolezza delle assurdità del mondo. Nel corso dell'anno precedente era cresciuta di due centimetri abbondanti, e per quanto le piacesse vestire da maschio, in blusa e calzoni, solo una persona cieca a ogni forma di bellezza l'avrebbe ancora potuta scambiare per un ragazzo.

Dama Flora, tuttavia, considerava non solo il suo abbigliamento ma anche la sua condotta poco ortodossi.

– Mia cara, cosa penserà la gente? Quando mai si è vista una principessa andare in barca su un lago da sola o arrampicarsi sugli alberi per appollaiarsi in compagnia dei gufi? O andare a zonzo per la foresta come una monella?

– Vorrei poter incontrare una tale principessa – ribatté Glyneth – perché sarebbe una splendida amica, visto che avrebbe i miei stessi gusti!

– Dubito che ne esistano due uguali. Comunque è tempo che questa principessa impari ad agire con decoro, in modo da non coprirsi di vergogna a corte.

– Dama Flora, abbia pietà! Vorresti forse buttarmi fuori, alla pioggia e al vento, solo perché non so cucire come si deve?

– Mai, mia cara! Ma devi osservare, imparare ed esercitarti nei dettami dell'etichetta! Hai raggiunto un'età tale e acquisito tale attributi fisici che i calzoni non sono più un indumento adatto e dobbiamo approntare per te un guardaroba di bei vestiti!

– Ma dobbiamo essere pratici: prova a chiederti come potrei mai fare a saltare una staccionata con un bel vestito!

– Non è necessario che tu salti gli steccati! Io non ne salto mai, e neppure Lady Vaudris di Hanch Hall. Fra non molto, pretendenti di alto lignaggio verranno qui a dozzine per chiedere la tua mano, e quando arriveranno e desidereranno presentarti i loro omaggi, mi chiederanno di te, e io dovrò rispondere che sei in giro per la tenuta, chissà dove. E quando ti verranno a cercare, cosa credi che penseranno, trovandoti a penzolare da un albero o a caccia di rane nel fossato?

– Penseranno che non mi vogliono più sposare, e questo è esattamente ciò che desidero.

A quella risposta, Dama Flora cercò di assestare una sculacciata a Glyneth, che però la schivò con agilità.

– Ecco una dimostrazione di agilità – osservò.

– Piccola svergognata, farai una brutta fine – commentò Dama Flora, senza troppo riscaldarsi, anzi, sogghignando fra sé e sé; poco dopo, come trattamento speciale, diede a Glyneth un piatto di dolci al limone.

Glyneth portava i ricciuti capelli biondi sciolti sulle spalle o raccolti con un nastro nero, e per quanto in apparenza priva di malizia, talvolta le piaceva concedersi di flirtare leggermente, così come ai cuccioli di gatto talvolta piace fingere di essere predatori come i felini della giungla. Spesso, era Aillas la vittima dei suoi esperimenti, fino a quando il giovane sovrano, serrando i denti e levando gli occhi al cielo, batteva in ritirata con uno sforzo di volontà, onde evitare di spostare il gioco su un terreno tale che la loro amicizia ne sarebbe uscita per sempre alterata.

Qualche volta, mentre se ne stava a letto di notte, Aillas si chiedeva cosa passasse nella mente di Glyneth e quanto di serio ci fosse nei suoi giochi, e allora, come sempre, altre immagini venivano a turbarlo.

Non si trattava più di cupi ricordi del segreto giardino di Haidion, perché Suldrun era ormai da tempo diventata una figura nebbiosa persa negli abissi del tempo; era un'altra figura, di gran lunga più vitale, quella che entrava nella mente di Aillas. Il suo nome era Tatzel, una Ska che viveva a Castello Sank, nell'Ulfland Settentrionale. Tatzel possedeva uno stile unico: era una ragazza snella come un giunco, con i capelli neri e sciolti che le scendevano oltre gli orecchi, la carnagione di un pallido colore olivastro come quella di tutti gli Ska, e gli occhi illuminati da una vivida intelligenza. Aillas l'aveva vista, il più delle volte, quando percorreva a lunghi passi la galleria principale del castello, senza guardare né a destra né a sinistra, e senza accorgersi di lui che, come schiavo, contava per lei meno di una sedia.

Aillas non riusciva a definire con precisione quello che provava per Tatzel: vi erano risentimento e sfida, entrambi generati dalle lesioni riportate dalla stima che nutriva per sé stesso, ma anche una sensazione molto più sottile che gli aveva fatto provare strane piccole fitte ogni volta che lei gli era passata accanto senza vederlo. Aveva provato il desiderio di farsi avanti e di bloccarle la strada in modo da obbligarla ad accorgersi di lui e a guardarlo negli occhi, a rendersi conto che aveva anche lui il suo orgoglio. Non avrebbe mai però osato toccarla perché lei avrebbe immediatamente chiamato le guardie e allora Aillas sarebbe stato trascinato via in disgrazia, forse addirittura condannato alla castrazione e a un futuro troppo orrendo per essere preso in considerazione, in cui avrebbe perso per sempre tanto la sua virilità quanto ogni speranza di conquistarsi la buona opinione di Tatzel.

Quando era finalmente riuscito a fuggire da Castello Sank con Cargus e Yane, a un certo punto Aillas si era voltato a guardarsi indietro e aveva borbottato:

– Bada bene, Tatzel! Un giorno c'incontreremo ancora, e in condizioni ben diverse da queste!

E così quel fantasma continuava a tormentare la sua mente.

II

Dopo aver trascorso la notte ad Hag Harbour e aver attraversato verso mezzogiorno Green Man's Gap, Aillas e Tristano oltrepassarono nel tardo pomeriggio il ponte levatoio ed entrarono nel cortile delle stalle di Watershade. Dhrun e Glyneth uscirono di corsa per salutarli, seguiti da Weare e Flora e dagli altri servi, mentre Shimrod attendeva all'ombra del passaggio ad arco che portava alla terrazza.*

I viaggiatori si ritirarono nelle loro stanze per rinfrescarsi, poi scesero sulla terrazza, dove Weare servì la cena migliore che la dispensa poteva fornire; il gruppetto rimase seduto a lungo, anche dopo che la luce si fu attenuata e il crepuscolo ebbe ceduto il posto al buio.

Tristano parlò della perla verde e del suo effetto sinistro.

– Sono ancora sconcertato dal potere di quell'oggetto! Sembrava una perla autentica, a parte il suo colore che era dello stesso verde dell'acqua del mare. Shimrod, tu cosa ne pensi?

– Mi vergogno di ammettere che per me, nel regno della magia,

---

* Mentre girovagava per le campagne del Dahaut presentandosi come il "Dottor Fidelius", Ciarlatano e Guaritore di Ginocchia Dolenti, Shimrod aveva soccorso un paio di ragazzi vagabondi chiamati Dhrun e Glyneth, e da allora i tre avevano viaggiato sempre insieme. Nel corso degli anni, Shimrod era cambiato ben poco: aveva il naso lungo, la bocca curva e le guance magre che davano un aspetto cupo al suo volto. Di fisico era magro, aveva gli occhi grigio chiaro sotto le palpebre socchiuse e, come sua abitudine, portava i capelli castano chiaro tagliati corti secondo lo stile tipico dei contadini. Vedi LYONESSE I: *Il giardino di Suldrun.*

sono più le cose ignote di quelle note. Questa perla verde è al di là di ogni mia congettura.

– Magari era il cervello di pietra di qualche demone – suggerì Glyneth. – O forse l'uovo di un orchetto.

– O l'occhio di un basilisco – aggiunse Dhrun.

– Direi che qui abbiamo una preziosa lezione per un giovane che è ancora negli anni dell'adolescenza, come Dhrun – commentò, pensosa, Glyneth: – Mai sottrarre o rubare oggetti di valore, in particolar modo se sono verdi!

– Un buon consiglio! – convenne Tristano. – In casi del genere, l'onestà è la politica migliore da seguire.

– Mi hai intimorito e spaventato – ribatté Dhrun. – Vuol dire che smetterò immediatamente di rubare.

– A meno che, ovviamente, tu non voglia rubare qualche bella cosina per me – corresse Glyneth. Quella sera, forse per far piacere a Dama Flora, indossava un abito bianco e aveva i capelli racchiusi in una reticella d'argento costellata di margherite bianche: era un'immagine deliziosa, cosa delle quale Tristano era più che consapevole.

– Se non altro – commentò con modestia – la mia condotta è stata esemplare. Ho preso con me la perla solo per rendere un pubblico servizio e sono stato pronto a cederla spontaneamente a qualcuno che occupava per nascita una posizione meno privilegiata della mia.

– È evidente che intendi riferirti al cane – lo interruppe Dhrun – visto che non sappiamo nulla della discendenza del ladro.

– Il modo in cui hai trattato quel cane è stato davvero spietato – rimproverò, seria, Glyneth. – Avresti dovuto portare la perla a Shimrod.

– Per poi farmela mangiare dentro una salsiccia? – chiese il mago. – Preferisco che le cose siano andate diversamente.

– Povero Shimrod! – mormorò Aillas. – Ve lo immaginate con la schiuma alla bocca che corre a perdifiato lungo la strada fermandosi solo per addentare i passanti?

– Shimrod si sarebbe potuto sbarazzare adeguatamente di quella cosa – ribatté Glyneth con fare dignitoso – mentre il cane non aveva la competenza necessaria.

– Adesso comprendo il mio errore – commentò Tristano. – Ammetto che quando quel cane è venuto ad addentare le zampe del mio cavallo, non ho provato alcuna compassione nei suoi confronti e ho pertanto agito obbedendo a un impulso di cui mi sono quasi immediatamente pentito, ancor più quando poi ho visto di che miserabile bestia si trattasse.

– Non capisco bene – osservò Glyneth. – Ti sei pentito quasi immediatamente della tua crudeltà?

– Ecco, non del tutto. Ricorderai che avevo pagato una salsiccia come indennizzo per gli eventuali rischi.

– E allora?

Sir Tristano agitò le dita con aria infastidita.

– Dal momento che insisti, cercherò di spiegarmi nella maniera più delicata possibile. La notte precedente, a mezzanotte, la perla mi era stata restituita in maniera sovrannaturale e così, mentre osservavo il cane morto, il mio primo impulso è stato quello di andarmene da quel luogo alla massima velocità, lasciandomi alle spalle la bestia. Subito dopo, però, ho cominciato a riflettere su quanto sarebbe potuto accadere durante la notte, e in particolar modo a mezzanotte, quando mi fossi addormentato: per quell'ora, la perla avrebbe attraversato quasi tutto l'apparato digerente del cane, e…

– Basta! – Glyneth si premette le mani sugli orecchi. – Mi hai già detto più di quanto mi vada di ascoltare.

– Sembra che l'argomento abbia perso ogni attrattiva – commentò Aillas.

– Proprio così – convenne Tristano. – Volevo solo destare la compassione di Glyneth per il travaglio con cui sono giunto alla mia decisione.

– E ci sei riuscito – dichiarò la ragazza.

Seguì un momento di silenzio, durante il quale Glyneth posò lo sguardo su Aillas.

– Come sei silenzioso stasera! Cos'è che ti turba? Affari di stato?

Aillas fissò le cupe acque del lago.

– Miraldra mi sembra distante mille miglia, e vorrei non dovervi più tornare.

– Forse ti sei addossato troppe responsabilità.

– Dal momento che tutti i miei consiglieri e ministri sono uomini più anziani di me, non ho altra scelta se non quella di procedere con estrema cautela, dato che non aspettano che di cogliermi in errore.

L'Ulfland Meridionale è in uno stato di caos cui devo porre rimedio, e forse mi toccherà anche confrontarmi con gli Ska, se non modificheranno il loro comportamento, e intanto, senza requie, anche mentre me ne sto seduto qui, Casmir complotta contro di me.

– E allora perché non complotti anche tu contro di lui fino a farlo desistere?

– Se solo fosse così facile! Gli intrighi astuti sono la specialità di Casmir, e un campo in cui non mi riuscirà mai di batterlo. Ha spie dappertutto, e verrebbe a conoscenza dei miei piani più astuti prima ancora che li avessi elaborati.

– Non possiamo identificare le sue spie e affogarle tutte nel Lyr? – esclamò Dhrun, indignato.

– Non c'è nulla di così semplice. È ovvio che desidero identificarle, ma dopo averlo fatto credo che preferirò rendere loro la vita facile e trarle in inganno con false informazioni. Se le affogassi tutte, Casmir si limiterebbe a rimpiazzarle con altre a me sconosciute, quindi mi conviene vedermela con quelle che ci sono già e stare attento a non destare i loro sospetti.

– Questo d'ingannarle mi sembra già di per sé un piano astuto – intervenne Glyneth. – È anche efficace?

– Sarò in grado di stabilirlo dopo che avrò identificato le spie.

– Avrai certo le tue spie personali che controllano Casmir, vero? – domandò ancora Glyneth.

– Non nella maniera assoluta con cui lui controlla noi, ma comunque non siamo del tutto inferiori.

– Sotto certi punti di vista, mi sembra una cosa interessante – rifletté la ragazza. – Mi chiedo se me la caverei bene a fare la spia.

– Non ne dubito! – esclamò Aillas. – Le belle ragazze sono sempre spie eccellenti! Tuttavia, si devono dedicare completamente al loro lavoro, e accettare tanto il bello quanto il brutto che c'è in esso, considerato che le informazioni più succulente vengono di solito rivelate loro al buio.

– E queste sarebbero le spie che preferisci ingannare, rendendo loro la vita facile, invece di farle pendere dalla forca! – esclamò a sua volta Glyneth, con un tono di disprezzo.

– Ah! Non sono così fortunato! Casmir non è stato tanto gentile da mandarmi una bella ragazza, e ha preferito invece corrompere uno dei miei più intimi consiglieri. Inutile dire che non dovete parlare di questo con nessuno.

– Dev'essere una strana sensazione, quella di guardare i loro volti e chiedersi quale di loro sia una spia – rifletté Dhrun.

– Hai proprio ragione.

– Quanti sono i sospetti? – domandò Tristano.

– Ci sono i miei sei augusti e irreprensibili ministri: Maloof, Langlark, Sion-Tansifer, Pirmence, Foirry e Witherwood. Ciascuno è un nobile del regno e, in base a ogni logica, mi dovrebbe essere fedele come la luna lo è verso il sole! Comunque, in mezzo a loro c'è un traditore, e lo ammetto con un senso d'imbarazzo, visto che la cosa ferisce la stima che nutro per me stesso.

– E come farai a scoprirlo?

– Vorrei saperlo.

Per qualche tempo ancora, mentre le stelle si spostavano nel cielo, il gruppo rimase a discutere sui metodi per portare allo scoperto il traditore; poi, quando le candele furono quasi del tutto consumate, si alzarono in piedi sbadigliando e andarono a dormire.

III

I visitatori si prepararono a far ritorno a Domreis, e Glyneth e Dhrun, osservando i loro preparativi, divennero sempre più irrequieti: Watershade sarebbe parso solitario e silenzioso quando gli altri se ne fossero andati, senza contare che entrambi erano rimasti affascinati dal mistero costituito da quella spia altolocata. All'ultimo momento, i due decisero di unirsi agli altri nel viaggio di ritorno a Domreis e si affrettarono a prepararsi.

Il gruppo, formato ora da cinque persone, attraversò il Ceald e risalì il Green Man's Gap dove, come d'abitudine, si fermò per lanciare un'ultima occhiata a Watershade; quindi discese la valle del fiume Rundle fino ad Hag Harbour, dove trascorse la notte alla Locanda del Corallo di Mare. Il viaggio venne ripreso il mattino successivo di buon'ora, con i finimenti che tintinnavano in maniera sonora nel gelido silenzio precedente l'alba, e i cinque oltrepassarono Capo Haze con i primi rossi raggi di sole che scaldavano debolmente la loro schiena, arrivando a Domreis nel primo pomeriggio.

Aillas non si era lasciato ingannare circa il motivo per cui Glyneth e Dhrun lo avevano accompagnato, quindi li trasse in disparte e raccomandò loro la massima discrezione.

– Questo non è un gioco fra amici: ci sono in palio delle vite umane, e Casmir non ha alcuno scrupolo a sacrificarne qualcuna!

– Dev'essere un uomo strano e malvagio! – osservò Dhrun.

– Lo è, infatti, e una delle sue spie ci sorveglia da vicino, come noi potremmo guardare dei polli che passeggiano per il fienile, ignari.

– È ovvio che la spia è un traditore – osservò Glyneth, perplessa. – Ma, quale può essere il suo intento? Cosa ci può mai guadagnare?

– Forse lo fa per puro capriccio, per l'eccitazione di giocare una partita pericolosa – replicò Aillas, scuotendo le spalle. – Di certo, si tratta di un uomo estremamente sospettoso e attento a ogni occhiata e sussurro, quindi siate guardinghi!

– Credo che ti possa fidare di noi – dichiarò Dhrun, con fare dignitoso. – Non siamo due sciocchi, e non intendiamo certo fissare la gente e poi darci di gomito oppure dare rapide sbirciate e poi confabulare fra noi.

– Questo lo so bene, anzi, sono ansioso di sentire il vostro parere! – replicò Aillas, pensando fra sé che magari uno dei due ragazzi avrebbe potuto notare qualche contraddizione o qualche stranezza sfuggita agli altri.

Mosso da questi motivi, organizzò un banchetto al quale furono invitati i sei ministri e pochi altri e che ebbe luogo in un tetro pomeriggio in cui il vento soffiava con violenza da un livido cielo blu cupo. Con gli abiti svolazzanti e la mano sul cappello, i sei dignitari percorsero la strada selciata che portava a Miraldra e nell'atrio vennero accolti da Sir Este, il siniscalco, che li condusse nella più' piccola delle sale per banchetti, dove Aillas era in attesa con Dhrun e Glyneth.

Per quel pranzo informale, i ministri vennero fatti sedere in base all'ordine del loro arrivo, tre per ciascun lato della tavola, senza alcun riferimento a eventuali precedenze di diritto. A parte i ministri, a tavola c'erano anche Sir Tristano e due nobiluomini stranieri. Il primo dei due era un gentiluomo alto e magro, con il volto asciutto dalla mascella piuttosto lunga, che si faceva chiamare Sir Catraul di Catatonia; indossava strani abiti sfarzosi e s'incipriava il volto secondo l'uso della Corte di Aquitania. Dhrun e Glyneth riuscirono a stento a trattenere l'ilarità nel vedere Shimrod travestito a quel modo.

Di fronte al mago sedeva Yane, che si era scurito la pelle, aveva nascosto il mento in una folta barba nera e i capelli sotto un turbante; si faceva chiamare Sir Hassifa di Tangitana, e non apriva quasi mai bocca.

Quando tutti gli ospiti ebbero preso posto, Aillas si alzò in piedi.

– Oggi do il benvenuto a mio cugino, a due nobili provenienti da terre lontane e a sei gentiluomini che non sono solo i miei consiglieri ma anche amici sinceri e fidati! Desidero presentarvi mio figlio, il Principe Dhrun, e la mia pupilla, la Principessa Glyneth! Per primo, dal Dascinet, Lord Maloof, della Casa di Maul.

Maloof, un uomo robusto e non molto alto, con ricci capelli neri e una barba corta e folta che incorniciava un volto pallido e rotondo, si alzò in piedi, s'inchinò con un elegante cenno della mano in direzione di Glyneth e riprese posto.

– Lord Pirmence, di Castello Lutez! – chiamò ancora Aillas.

Pirmence si alzò e s'inchinò: era un gentiluomo un po' più anziano di Maloof, snello e attraente, con capelli grigio-argento, una corta barba dello stesso colore, sopracciglia inarcate con fare sdegnoso e lineamenti improntati a esigente nobiltà.

– Lord Sion-Tansifer, di Porthouse Faming!

Sion-Tansifer, il più anziano dei ministri e di certo il più brusco e truculento nei modi, si alzò e rimase rigidamente eretto sulla persona. La sua specializzazione era quella della strategia militare, soprattutto nei suoi aspetti più conservatori e ortodossi, e spesso Aillas trovava il suo modo di pensare più interessante che utile. Sion-Tansifer gli era utile sotto un altro punto di vista: le sue opinioni, sovente espresse sotto forma di dogmi lapalissiani, irritavano gli altri e servivano a dirottare le loro critiche dallo stesso Aillas. Sion-Tansifer aderiva agli ideali cavallereschi, e in quest'occasione informale s'inchinò prima alla Principessa Glyneth e poi al Principe Dhrun, lasciando che la galanteria avesse la meglio sui dettami dell'etichetta.

– Lord Witherwood, di Casa Witherwood!

Lord Witherwood, un gentiluomo di mezz'età, era pallido e magro, con le guance incavate, gli occhi neri e intensi e la bocca serrata come per tenere sotto controllo grandi energie interiori. Era un uomo appassionato nella difesa delle proprie convinzioni e insofferente dell'ortodossia, un tratto, questo, che lo rendeva ben poco simpatico tanto a Sion-Tansifer quanto a Maloof, visto che Witherwood considerava il primo un ufficiale dalle vedute troppo ristrette e il secondo una mamma chioccia sempre apprensiva e confusionaria. Il ministro rispose alla presentazione con due brevi cenni del capo e tornò a sedersi.

– Lord Langlark, del Castello di Black Chine!

Quasi a voler rimproverare a Witherwood il suo brusco modo di fare, Langlark si alzò con lentezza e s'inchinò a destra e a sinistra con stile.

Gentiluomo massiccio e di aspetto comune, Langlark apportava peraltro un contributo di umorismo, moderazione e spirito pratico alle deliberazioni del consiglio, e Aillas tendeva a considerarlo il più utile dei suoi ministri.

– Lord Foirry, di Suanetta.

Foirry eseguì un paio d'inchini educati anche se freddi. Era un uomo magro dalle spalle leggermente curve, e per quanto più giovane di Maloof, era afflitto da un'incipiente calvizie che gli aveva lasciato solo una frangia di riccioli scuri. I rapidi movimenti del capo, i saettanti occhi castani, il magro naso adunco e la bocca dalla piega cinica erano tutti tratti che contribuivano a dargli un'aria minacciosa e vigile. L'indole di Foirry era molto attiva, e sovente lo erano anche i suoi punti di vista; infatti gli piaceva considerare ogni questione sotto tutti i suoi aspetti e tendeva a discutere con chi la proponeva, in modo da saggiare la forza delle sue convinzioni.

– Sir Tristano è ben noto a tutti voi. Più oltre siedono Sir Catraul di Catalonia e Sir Hassifa di Tangitana.

Il banchetto ebbe quindi inizio in un'atmosfera cauta e sedata, con Lord Sion-Tansifer che manteneva un assoluto silenzio. Lord Pirmence tentò di avviare una conversazione dapprima con Sir Catraul e poi con Sir Hassifa, ma ricevette solo sguardi vacui e scrollate di spalle che indicavano incapacità a comprendere la lingua, e allora rivolse altrove la sua attenzione.

Nel frattempo, Glyneth e Dhrun stavano studiando i sei ministri nei minimi dettagli, e ben presto scoprirono che ciascuno di loro era uno specialista nel proprio campo, con una propria area di competenza. Maloof controllava il tesoro e forniva consigli in merito all'imposizione di tasse, tariffe, rendite e imposte. Witherwood lavorava al tentativo di codificare il sistema giuridico del paese, in modo da conciliare fra loro i diversi codici regionali e creare una legge unica a cui tutti fossero soggetti, indipendentemente dal rango. Sion-Tansifer, una reliquia del regno di Re Granice, era consigliere di organizzazione militare e strategia. Foirry era un esperto nel campo dell'architettura navale; Pirmence, che aveva viaggiato molto, dall'Irlanda a Bisanzio, era a tutti gli effetti il Ministro degli Esteri, mentre Langlark aveva ricevuto da Aillas il compito di creare a Domreis un'università di lettere, matematica, geografia e parecchie altre scienze.

Aillas, che stava a sua volta scrutando i sei ministri, si sentì assalire da una strana e gelida emozione, composta di mistero, di meraviglia e anche di una certa percentuale di terrore, al pensiero che uno di quei sei che sedevano tanto placidamente alla sua tavola, mangiando il suo cibo, era un traditore, un essere che lavorava per provocare la sua rovina.

Quale dei sei?

E quali potevano essere i suoi motivi?

Aillas lanciò un'occhiata a Dhrun e si sentì riempire d'orgoglio alla vista di quel giovane avvenente che era suo figlio; spostò quindi lo sguardo su Glyneth, e si sentì assalire da una diversa emozione; percependo la sua attenzione, la ragazza si volse a guardarlo, sorrise e scosse leggermente il capo per indicare la propria perplessità: il mistero era al di fuori della sua comprensione.

Il banchetto procedette: la prima portata, un trito di olive, gamberetti e cipolle, cotti in gusci di ostriche e serviti con formaggio e prezzemolo, venne seguita da una zuppa di tonno, loglio e chiocciole di mare bolliti nel vino bianco con porri e aneto. Seguirono quindi, nell'ordine, una portata di quaglie ripiene di marasca e servite su fette di pane bianco e fragrante con contorno di piselli; carciofi cotti nel vino e nel burro con contorno d'insalata verde; trippa e salsicce con cavoletti sottaceto e un abbondante pezzo di cacciagione coperto di salsa di ciliegie e servito con orzo prima bollito nel brodo e poi fritto con aglio e salvia. Conclusero il pranzo i dolcetti al miele, noci e arance, e per tutto il tempo i calici vennero riempiti con nobile Voluspa e San Sue provenienti da Watershade, alternati a brusco moscato verde del Dascinet.

Per quanto si conoscessero da lungo tempo, i ministri non si trovavano a loro agio in compagnia gli uni degli altri, e a mano a mano che il banchetto procedeva, ciascuno prese a sostenere il proprio punto di vista con una veemenza sempre maggiore, tanto da sembrare addirittura una caricatura di sé stesso, e presto il disaccordo che regnava fra loro venne alla luce.

Il più severo del gruppo era Sion-Tansifer, veterano di una dozzina di campagne, con i capelli grigi che descrivevano strane onde là dove vecchie cicatrici gli segnavano il cuoio capelluto. Le sue dichiarazioni erano pronunciate in tono secco e mordente, come se ciascuna di esse contenesse un'inconfutabile verità, e coloro che dissentivano si guadagnavano occhiate di disprezzo.

Maloof, che gli sedeva di fronte, tendeva ad avanzare riserve su tutte le proprie affermazioni, con il risultato di apparire vago e indeciso, se paragonato a Sion-Tansifer.

Pirmence era diverso da entrambi, una persona soave e avvenente, con un modo di fare grandioso, umoristico e dominato da un'incrollabile vanità; aveva viaggiato a lungo, e si diceva che Castello Lutez racchiudesse un tesoro di splendidi oggetti.

Langlark, grassoccio, florido e modesto, usava la tattica di un'auto-deprecazione in parte colpevole e in parte perplessa che, in qualche modo tortuoso, riusciva a far apparire le argomentazioni degli altri stupide e accalorate. Spesso sottolineava semplici fatti che gli altri avevano trascurato, e Pirmence stava ben attento a non scontrarsi con lui, che era forse l'unico ministro dotato di una astuzia superiore alla sua.

Witherwood, preciso e chiaro, attaccava i punti di vista che considerava illogici con violento fervore e senza badare al rango del suo interlocutore: Aillas era stato spesso bersaglio del suo pungente criticismo, e Maloof lo disprezzava profondamente. Foirry parlava poco e ascoltava gli altri con aria di sardonico divertimento, ma se veniva irritato allora riusciva a diventare altrettanto aspro quanto Witherwood.

Mentre consumavano la portata di cacciagione, la conversazione cadde sulla questione dell'Ulfland Meridionale,* e ben poche furono le opinioni ottimistiche in merito.

– È un territorio impervio – dichiarò Maloof, con misurato distacco – tutta rocce e brughiere intramezzate da una palude o da un capanno in rovina. Potrebbe finire per dare al suo popolo appena i mezzi di che vivere, ma solo se quella gente si metterà a coltivare la terra con lo stesso zelo che usa per uccidersi a vicenda. Gli Ulflandesi sono un popolo brutale!

– Un momento! – esclamò allora Glyneth, parlando per la prima volta. – Io sono nata a Throckshaw, nell'Ulfland Settentrionale, e i miei genitori non erano per nulla brutali; erano persone buone e coraggiose e sono stati uccisi dagli Ska!

– Chiedo scusa! – Maloof sbatté le palpebre, imbarazzato. – Ho esagerato, naturalmente! Avrei dovuto dire che i baroni dell'Ulfland Meridionale sono bellicosi e che potranno arrivare alla prosperità solo se la smetteranno con le loro faide personali e con le scorrerie.

– Succederà il giorno in cui grandineranno dal cielo monete d'oro – grugnì Sion-Tansifer. – Gli Ulflandesi amano la vendetta come un cane le sue pulci.

– Dieci anni fa – interloquì Pirmence – ho avuto l'occasione di visitare Ys. Allora, vi sono giunto via Oaldes, e ho visto ben poche persone: qualche pastore, qualche mezzadro di piccoli poderi e alcuni pescatori lungo le rive. È una terra aperta e ventosa, di solito deserta, e in questo risiede il solo vantaggio che presenta: fornirà tenute per tutti i nostri figli cadetti, se così Re Aillas vorrà decidere.

– Il territorio è vuoto per un buon motivo – replicò Foirry. – Se i baroni che vivono sulle montagne liberassero tutti coloro che tengono murati vivi nelle loro segrete o stesi sulle loro ruote, quel paese potrebbe anche diventare sovrappopolato.

---

* Dopo il decesso di Re Oriante, la corona dell'Ulfland Meridionale era giunta in eredità ad Aillas in seguito a una tortuosa linea di discendenza. Colto di sorpresa dalla cosa, Re Casmir aveva sbollito la rabbia passeggiando avanti e indietro per il Salotto Verde di Haidion, e nel frattempo le navi del Troicinet avevano scaricato un contingente sui moli della Vecchia Ys, conquistando il terribile castello di Tintzin Fyral e lasciando una guarnigione a Kaul Bocach in modo da proteggere l'Ulfland Meridionale dalle sue mire ambiziose.

Maloof, che tendeva a prendere le cose alla lettera, inarcò le sopracciglia con costernazione.

– Ma perché mai ci siamo avventurati in quella terra infelice? Sprechiamo sangue, oro e fatica in sortite belliche, mentre gli Ulflandesi non sono niente per noi!

– Io sono il loro re – replicò Aillas, con voce tranquilla e ragionevole – e loro sono i miei sudditi. Devo garantire loro giustizia e sicurezza.

– Bah! – scattò Witherwood. – L'argomentazione non regge. Supponi di essere improvvisamente nominato Re del Catai. Dovremmo allora inviare una flotta di navi e reggimenti troicinesi per garantire la sicurezza di quel popolo e amministrarne la giustizia?

– Il Catai è molto lontano – rise Aillas – mentre l'Ulfland Meridionale è poco distante da qui.

– Comunque – insistette con testardaggine Maloof – io ritengo che il modo giusto di usare le tue entrate sia di farlo qui, fra il tuo popolo!

– Confesso di non apprezzare questa spedizione – aggiunse Sion-Tansifer in tono amaro. – Quei furfanti di baroni proteggono le loro brughiere come lupi o aquile! Se anche li uccidessimo tutti, un numero altrettanto folto salterebbe fuori dalla boscaglia per prendere il loro posto, e tutto andrebbe avanti come prima.

Langlark lo fissò dalla parte opposta del tavolo, le sopracciglia aggrottate nella consueta espressione di perplessità.

– Vorresti allora suggerire l'abbandono di quell'ampio territorio? Pensi forse che una resa tornerebbe a nostro vantaggio? La descrizione di Pirmence è esagerata: quel territorio non è affatto privo di risorse, e un tempo era considerato un ricco regno. Ci sono miniere di stagno, rame, oro e argento, e anche depositi di ferro. In passato, pecore e bestiame pascolavano nella brughiera e i campi erano coltivati ad avena, grano e orzo.

Sion-Tansifer ebbe una risatina cupa.

– Gli Ulflandesi si possono anche tenere il loro ampio territorio e godersi le loro immense ricchezze, con i miei complimenti e la mia gratitudine, se solo riusciranno a respingere gli Ska, versando il sangue per farlo. Perché dovremmo cavare loro le castagne dal fuoco? Per le ricchezze? Non ne vedo a portata di mano. Per la gloria? Che gloria c'è nel dar la caccia ai furfanti in una brughiera?

– Hm-ha! – Pirmence si asciugò con cura la barba argentata con il tovagliolo. – Sei mordace nell'esporre il tuo punto di vista! – Sollevò gli occhi verso Aillas. – Sire, cosa rispondi a questi menagramo e pessimisti?

Aillas si appoggiò allo schienale della sedia.

– Ho già parlato a lungo su quest'argomento: avete dunque tutti la memoria tanto corta? Allora mi ripeterò. Non abbiamo occupato l'Ulfland Meridionale in cerca di ricchezze o di terre, ma per un solo motivo: la sopravvivenza.

Sion-Tansifer scosse il capo con scetticismo.

– O sono uno stupido oppure c'è una pecca in questo concetto.

– Si tratta di un giudizio che forse solo Re Aillas si sentirà in vena di dare – suggerì con delicatezza Pirmence.

– Ovviamente, Lord Sion-Tansifer – rise Aillas – le alternative non sono così ridotte. – Si guardò intorno. – Chi altri si vorrebbe ritirare dall'Ulfland Meridionale? Maloof?

– Quest'avventura, sta prosciugando il tesoro in maniera seria. Non sono competente ad aggiungere altro.

– Pirmence?

– Siamo già là! – Pirmence fece una smorfia. – Adesso ci è impossibile o quanto meno difficile ritirarci con onore.

– Langlark?

– Le tue argomentazioni sono convincenti.

– Witherwood?

– Ho la sensazione che con questa mano abbiamo tirato i dadi un po' troppo lontano. Spero solo che la fortuna ci arrida.

– Foirry?

– Le nostre navi dominano il mare, e fintanto che sarà così il Troicinet non avrà nulla da temere.

– Sir Tristano, qual è la tua opinione?

– Lascia che ti chieda una cosa – replicò Sir Tristano, dopo un momento di esitazione. – Quali potrebbero essere le conseguenze, nel caso che ci ritirassimo da Kaul Bocach e da Tintzin Fyral e abbandonassimo l'Ulfland Meridionale?

– Nel momento stesso in cui ritirassimo le nostre forze dall'Ulfland Meridionale – rispose Aillas – Re Casmir, dopo essersi dato un pizzicotto per accertarsi che non si tratti di un sogno e aver danzato una breve giga di gioia, si metterebbe in marcia alla massima velocità verso nord con le sue forze. In seguito, con tutta comodità e con le armate schierate, attaccherebbe il Dahaut da due direzioni ed entro un mese Re Audry dovrebbe fuggire in Aquitania per salvarsi la vita. Casmir trasporterebbe allora la Tavola Cairbra an Meadhan e il Trono Evandig a Città di Lyonesse e si autoproclamerebbe Re delle Isole Elder. Nell'estuario del Mermeil costruirebbe poi una flotta adeguata a sbarcare i suoi soldati nel Dascinet e noi saremmo perduti. Invadendo l'Ulfland Meridionale, abbiamo bloccato i piani di Casmir e lo abbiamo costretto a ripiegare su un programma molto più difficile da attuare.

– Mi hai convinto del tutto – dichiarò Sir Tristano. – Che ne dici, Lord Sion-Tansifer?

– Con tutto il rispetto, trovo che le premesse siano errate. In questo preciso momento, Casmir può marciare a nord lungo la Trompada senza mettere neppure un piede nell'Ulfland Meridionale.

– Non è così – confutò Aillas. – Se lo facesse, si verrebbe a trovare immediatamente in guerra con noi, cosa inaccettabile dal punto di vista logistico. Fintanto che dominiamo l'Ulfland Meridionale e il Teach tac Teach, Casmir non oserà mai avventurarsi sulla Trompada, perché lo potremmo bloccare con facilità, usando anche solo truppe locali.

– Cosa sono tutti questi discorsi di minacce e ostilità? – intervenne Maloof, in tono quasi querulo. – Non abbiamo forse stipulato un trattato di pace con Lyonesse? Perché pensare al peggio? Se dimostreremo a Casmir di volere davvero la pace, allora anche lui si comporterà nello stesso modo e così non vi saranno più liti violente né cozzare di armi, cose che possono solo esacerbare la situazione.

– Prova a tornare indietro con la mente di qualche anno – suggerì Aillas – a quando Granice era ancora re del Troicinet. Yvar Excelsus del Dascinet pensò di punirci con la guerra e chiese l'aiuto di Casmir. Questi si dimostrò fin troppo ansioso di trasportare i suoi eserciti oltre il Lir, e se le nostre navi non avessero annientato la sua flotta adesso nessuno di noi sarebbe a cena qui a Miraldra questa sera. Casmir ha in questo periodo cambiato intenzioni? Ovviamente no.

– Comunque – insistette Maloof, non ancora convinto – l'Ulfland Meridionale non è il Dascinet.

– Sei allora certo che, se ci comportiamo bene con lui, Casmir non ci procurerà fastidi? – gli chiese in tono asciutto Witherwood.

– Non abbiamo nulla da perdere – ritorse con dignità Maloof. – Qualsiasi cosa è preferibile alla guerra.

– Non proprio qualsiasi cosa – obiettò Langlark.

– Nessuno di noi vuole la guerra – aggiunse Aillas – neppure Casmir, che preferirebbe edificare il suo trionfo sulla nostra debolezza e follia. Finché io sarò re, questo non gli sarà possibile, ma al tempo stesso sto lavorando al fine di mantenere la pace. Forse vi interesserà sapere che Re Casmir e la Regina Sollace verranno a Domreis per una visita di stato.

– Queste sì che sono buone notizie! – dichiarò Maloof. – E quando sarà?

– Fra circa un mese.

– Che farsa è la diplomazia! – esclamò Foirry, scoppiando in una sardonica risata.

– In qualità di re – replicò Aillas, con un sorriso – devo essere il modello stesso dell'educazione e dell'ospitalità, non importa quanto questo mi faccia torcere le budella... ma ho già detto più di quanto volessi.

Il banchetto giunse al termine, e Aillas e Yane, in compagnia di Glyneth e Dhrun, andarono a sedere davanti al fuoco in uno dei salottini privati.

– Allora, qual è l'opinione generale? – domandò Aillas.

Yane fissò a lungo le fiamme prima di rispondere.

– È difficile giudicare. Langlark e Foirry sembrerebbero da escludere a causa dell'episodio del mercante di bottiglie; Sion-Tansifer è di certo coraggioso, anche se un po' ingenuo. Un traditore? Mi sembra improbabile. Maloof? Witherwood? Pirmence? Il mio intuito punta su Maloof: è troppo ansioso di mantenere la pace e troppo pronto a fare concessioni. La storia è disseminata di tipi del genere, e Maloof potrebbe anche considerarsi una sorta di grande eroe della diplomazia segreta, ritenendo di tenere calmo Casmir e così di obbedire a un qualche frainteso concetto di buona volontà.

– Poi c'è Pirmence: mi sembra manipolabile, e potrebbe essere indotto a fare la spia, per un compenso o anche solo perché si annoia.

Appartiene a quella categoria ingannevolmente pericolosa di persone che in nome della tolleranza sono pronte a perdonare qualsiasi strano comportamento… specie in sé stessi.

– Witherwood? Se è lui la spia è molto difficile individuare quali possano essere i suoi motivi.

IV

A mezzogiorno del mattino successivo al banchetto, Lord Maloof si presentò a Re Aillas per riferire sulle condizioni del tesoro reale: il suo comportamento era improntato a serietà, e recava cattive notizie.

– In seguito all'incursione nell'Ulfland Meridionale e anche a causa del costo delle navi in costruzione presso i cantieri del Tumbling River, le nostre riserve finanziarie sono state ridotte a un livello critico.

– Hmm. Non è una cosa piacevole da sentire.

– Da parecchio ti ho avvertito della piega che stavano prendendo le cose – replicò con cupa soddisfazione Maloof. – Adesso i corvi hanno fatto il nido.

– Può darsi… che mi dici delle entrate del Dascinet? Sono arrivate?

– Non ancora, sire, e neppure quelle da Scola. Non le attendiamo prima della prossima settimana.

– E allora per una settimana cercheremo di vivere in economia. Fra non molto, o almeno spero, l'Ulfland Meridionale comincerà a fruttare. Ho inviato degli ingegneri a esaminare le vecchie miniere, che a quanto mi hanno riferito non sono esaurite ma sono semplicemente state abbandonate a causa dei banditi e dei ladroni. Inoltre, ci potrebbe essere oro alluvionale nei fiumi: non sono mai stati vagliati e potrebbero fruttare parecchio: abbastanza da ripagare le nostre spese. Cosa ne dici?

– Attualmente, questo afflusso di ricchezze è solo ipotetico, e non dubito che sarà necessario un sostanzioso investimento da parte nostra prima che se ne possa anche solo provare l'esistenza.

– Maloof – sorrise Aillas. – Tu tendi a essere pratico in maniera avvilente! Se si dovesse arrivare al peggio, potremo sempre attingere fondi facendo affidamento sul metodo noto come il "Vecchio Infallibile": le tasse! Li strizzeremo fino a far cigolare le loro scarpe! Solo ai re dovrebbe essere concesso l'uso del denaro: è un bene davvero troppo prezioso per la gente comune!

– Sire, sospetto che tu stia scherzando – commentò con tristezza Maloof.

– Per nulla. Ho intenzione d'imporre tasse a Ys: finora quella gente l'ha fatta franca in questo campo. Inoltre, dobbiamo cominciare a raccogliere nel Vale Evander quelle tasse che prima venivano pagate a Carfilhiot, quindi ci sono in vista profitti sicuri! E presto o tardi riusciremo a scrollare di dosso ai baroni tutto l'oro che hanno accumulato depredandosi a vicenda.

Maloof si accigliò dinnanzi a quelle che considerava vistose falle nel programma, ma ancora una volta decise che Aillas stava indulgendo allo scherzo.

– Un progetto formidabile! – esclamò.

– Ma molto semplice da mettere in pratica! – rise Aillas. – Promulgherò delle leggi che so per certo che verranno infrante, e alla prima violazione imporrò delle alte multe, che dovranno essere pagate pena lo sfratto sulla brughiera. Vorrei soltanto poter fare lo stesso con Re Casmir e le sue navi da guerra illegali, ma temo che si rifiuterebbe di pagare una multa.

Maloof inarcò le sopracciglia con aria perplessa.

– Ma non hai l'autorità per imporre multe a Re Casmir!

– Una triste verità. Di conseguenza, dovrò ricorrere a misure più energiche.

– Come? – Maloof assunse di nuovo un'espressione perplessa.

– Fra due settimane esatte a partire da stanotte, un gruppo di assalto piomberà sui cantieri di Sardilla e brucerà le navi illegali di Casmir mentre sono ancora in secca, così per il futuro Casmir prenderà più seriamente gli impegni assunti.

– Una cosa rischiosa! – Maloof scosse il capo.

– Meno rischiosa che concedere a Casmir una flotta di navi da guerra.

Maloof non aveva altro da riferire e si congedò. Più tardi, nel corso della giornata, Aillas ebbe una conversazione con Lord Pirmence, cui fornì la stessa informazione.

Ancora più tardi, verso il tramonto, il giovane si lasciò sfuggire con

Lord Witherwood e Lord Sion-Tansifer che l'attacco a Sardilla avrebbe avuto luogo esattamente dieci giorni più tardi.

Nel frattempo, Sir Tristano aveva trovato il modo di far sapere a Langlark e Foirry che l'attacco sarebbe stato sferrato fra venti giorni, anche se quei due ministri non erano nella lista dei maggiori sospettati.

All'alba del mattino successivo, Sir Tristano si mise in viaggio alla volta di Sardilla, nel Caduz, allo scopo di verificare quale delle tre informazioni avrebbe provocato misure di difesa.

Dopo qualche tempo, Sir Tristano fece ritorno a Domreis, sfinito per una lunga cavalcata e una brutta attraversata del Lir, e Aillas e Yane ascoltarono con estremo interesse il suo rapporto. La notte del decimo giorno non era stata adottata alcuna precauzione insolita, mentre nella notte allo scadere delle due settimane cento guerrieri pesantemente armati erano stati appostati per un'imboscata e costretti per lunghe ore notturne ad attendere un attacco che non si era verificato.

Per una completa verifica, Sir Tristano aveva atteso lo scadere anche della ventesima notte, che era trascorsa tranquilla, prima di far ritorno in patria.

– Adesso siamo riusciti a chiarire tre fatti – commentò Aillas. – In primo luogo, le navi sono state davvero commissionate da Casmir; secondo, nel mio Consiglio dei Ministri vi è effettivamente un traditore, e, terzo, si tratta di Maloof o di Pirmence.

– Tutti e due si adattano al ruolo – osservò Yane. – Adesso che si fa?

– Per il momento, procederemo con astuzia: dobbiamo scoprire il nostro uomo senza metterlo in allarme.

V

Aillas venne informato della presenza di ricchi depositi di ferro nell'Ulfland Meridionale, non lontano da Oäldes, quindi chiese a Maloof di appurare quanto sarebbe venuta a costare la costruzione di una fonderia.

Le cifre che il ministro gli presentò parvero piuttosto elevate al giovane, che però non fece alcun commento e, dopo averle studiate per un po', le accantonò.

– È evidente che il progetto deve essere studiato più a fondo, e al momento non mi riesce di concentrarmi: la scorsa notte non ho potuto dormire bene a causa di un sogno.

– Davvero, sire? – Maloof esibì un'educata preoccupazione. – I sogni sono messaggeri di verità future: forniscono presagi che possiamo ignorare solo a nostro rischio e pericolo!

– Il sogno che ho fatto la scorsa notte era molto chiaro e riguardava l'imminente visita di Re Casmir. Quando la nave è entrata in porto, ho visto Casmir in piedi sul ponte, a capo scoperto, con la stessa precisione con cui ora vedo te. Il re si è girato, e in quel momento una voce mi ha parlato all'orecchio dicendo: "Guarda con attenzione! Se avrà sul cappello due piume, una verde e una blu, questo vuol dire che è davvero un amico e un fedele alleato! Ma se porta una sola piuma gialla, allora significa che è un pericoloso e infido nemico che va distrutto a ogni costo!" La voce ha ripetuto per tre volte queste parole, ma quando mi sono voltato per guardare Casmir che si metteva il cappello, qualcuno mi ha chiamato in disparte e non ho potuto scorgere le piume!

– Un sogno davvero notevole – osservò Maloof.

Più tardi, Aillas raccontò quel sogno anche a Pirmence.

– ... e la voce ha parlato come un oracolo, dicendo: "Osserva il cappello che Casmir metterà in testa! Se mostra un medaglione d'argento a forma di uccello, allora ti è amico e alleato! Ma se vedrai un leone d'oro, allora vuol dire che è un traditore!" Così mi ha detto la voce, e ora mi trovo in difficoltà. Non posso governare un regno fidandomi di un sogno, ma al tempo stesso potrei finire per ignorare un vero portento a nostro rischio e pericolo. Qual è la tua opinione?

– Io sono un uomo pratico – rispose Pirmence, accarezzandosi la barba argentata. – Di conseguenza, non accetto nulla solo in base alle apparenze, quale che ne sia la fonte. Di che tipo era il cappello?

– Una semplice torretta di velluto nero, senza tesa o cocuzzolo di sorta.

– Allora lascia che ti dia questo suggerimento: osserva quanta somiglianza vi è fra il cappello che Casmir indosserà e quello del tuo sogno e lasciati guidare dalla natura dell'emblema che vi scorgerai.

VI

Dalla terrazza che sovrastava la torre settentrionale di Miraldra, Aillas osservò l'avvicinarsi della *Star Regulus*, proveniente da Lyonesse: una nave massiccia, dalla prua arrotondata e dalla poppa alta e bella a vedersi, con la vela di trinchetto e quella di maestra entrambe gonfie di vento e le banderuole rosee e gialle che sventolavano in cima all'alberatura. Il vascello entrò nel porto e i marinai si affrettarono ad ammainare abilmente le vele mentre alcune barche da rimorchio tiravano loro delle funi e trainavano la *Star Regulus* fino al molo di attracco, accanto a Miraldra.

Re Aillas era sceso ad attendere sul molo, insieme a venti grandi del regno e alle loro dame; una passerella fu sollevata fino al ponte dell'imbarcazione, dove era possibile scorgere il movimento di alcune persone di alto lignaggio; quindi un gruppo di valletti in livrea stese un folto tappeto rosa lungo la passerella e fino ai tre grandi seggi ufficiali su cui sedeva in attesa Re Aillas con il Principe Dhrun alla sua destra e la Principessa Glyneth alla sua sinistra.*

Sul ponte della *Star Regulus*, un gentiluomo dall'aria altera si fece avanti: Re Casmir. Avanzò fino all'imbocco della passerella, quindi si soffermò e venne raggiunto da una dama statuaria dai biondi capelli raccolti all'altezza degli orecchi in una rete di perle: la Regina Sollace. Senza guardare né a destra né a sinistra, la coppia reale scese la passerella.

Aillas si fece avanti, e il suo sguardo si posò sul cappello di Casmir: una torretta di velluto nero priva di tesa o cocuzzolo, ornata sulla parte anteriore da un medaglione d'argento a forma di uccello e sul lato da una coppia di piume, una verde e una azzurra.

---

* Una disposizione decisa in contrasto con i dettami dell'etichetta, dal momento che il titolo di Principessa che Aillas aveva conferito a Glyneth era del tutto onorifico. Aillas, in parte per capriccio e in parte per motivi più difficili da determinare, aveva in questo caso avuto la meglio sul parere del Capo degli Araldi, per cui ora Glyneth sedeva al suo fianco e, per quanto un po' imbarazzata dal diadema di principessa reale che era costretta a portare e perfettamente consapevole delle chiacchiere e dei pettegolezzi che il gesto del re aveva scatenato, aveva cominciato ben presto a divertirsi.

Alle spalle della Regina Sollace venivano il Principe Cassander e la Principessa Madouc. Il primo, un robusto ragazzo di quindici anni, portava un cappello verde inclinato con monelleria sui riccioli biondo ottone, somigliava notevolmente al padre e aveva già adottato alcuni atteggiamenti regali: i rotondi occhi azzurri scrutarono i presenti con espressione leggermente minacciosa, come per metterli in guardia dal commettere il minimo gesto irrispettoso.

Per contro la Principessa Madouc, una monellaccia dalle gambe lunghe e dai capelli rossicci, mostrava di non curarsi affatto della dignità o dell'approvazione dei presenti: dopo aver dato una sola occhiata in giro li escluse del tutto dalla propria mente e scese la passerella saltellando come un gattino impaziente di sgranchirsi. Indossava un abito lungo di velluto arancio cupo stretto in vita da una fusciacca nera e portava i capelli, che avevano quasi lo stesso colore dell'abito, sciolti e lunghi. La mente di Madouc era di certo altrettanto attiva quanto la sua condotta e il visino dal naso a patata registrava con assoluta trasparenza ogni suo minimo cambio d'umore. Aillas, che ben ne conosceva le origini, l'osservò con un certo divertimento: le voci relative alla precocità e all'esuberanza capricciosa di Madouc non erano state per nulla esagerate.

Nell'offrire il braccio a Sollace, ai piedi della passerella, Re Casmir lanciò a Madouc un freddo sguardo di ammonizione, poi si volse per salutare Aillas.

Una mezza dozzina di nobili di Lyonesse scesero allora la passerella con le loro dame, seguendo scrupolosamente l'ordine voluto dal rango, e furono annunciati in maniera adeguata dal Capo Araldo di Miraldra.

Gli ultimi a lasciare la nave furono un paio delle dame personali della regina, e, infine, il prete cristiano Padre Umphred, una figura massiccia in un saio color prugna.

Dopo il formale scambio di saluti, Casmir e Sollace vennero accompagnati nelle loro stanze, in modo che potessero riposare e rinfrescarsi dopo la scomodità del viaggio.

A tarda sera, Aillas presenziò come padrone di casa a una cena informale, visto che il banchetto ufficiale avrebbe avuto luogo il giorno successivo. Sia Aillas che Casmir furono parchi nel mangiare e nel bere ed entrambi si alzarono sobri da tavola e si ritirarono in un salottino privato dove, seduti davanti al fuoco con un bicchiere di forte e dorato

Olorosa, presero a discutere delle questioni che stavano a cuore a entrambi. Nessuno dei due, però, ritenne opportuno accennare alle navi che erano in via di costruzione nel Caduz su commissione di Casmir.

Quest'ultimo accennò invece, con una certa perplessità, alle fortificazioni che erano state aggiunte a Kaul Bocach, la gola attraverso cui passava la strada che collegava Lyonesse all'Ulfland Meridionale.

– Anche senza fortificazioni, venti uomini decisi possono difendere quel passaggio contro un esercito, ma mi hanno riferito che ora le fortificazioni si succedono alle fortificazioni, che ogni approccio è protetto con trappole, mura e barbacani, per cui l'inespugnabilità del luogo risulta moltiplicata una dozzina di volte. E lo stesso pare valga per Tintzin Fyral. Non riesco a comprendere queste febbrili attività, visto che abbiamo ratificato un trattato che le rende inutili e superflue.

– Le tue informazioni sono esatte – confermò Aillas. – Le fortificazioni sono state incrementate, e certo servono come protezione contro un tentativo d'invasione da parte di Lyonesse. Il motivo della cosa non ti è chiaro? Tu non sei immortale: prova a immaginare se sul trono di Lyonesse dovesse ascendere un monarca crudele, traditore e bellicoso! Supponiamo che questo monarca, per ragioni a noi ora oscure, decidesse di attaccare l'Ulfland Meridionale... ecco qui! Noi siamo pronti fin da ora ad accoglierlo e, se non è pazzo, si sentirà indotto a desistere.

– Concedo che questo tipo di riflessioni può avere un fondamento teorico – replicò Casmir con un gelido sorriso – ma non ti pare che in pratica risulti un po' stiracchiato?

– Spero proprio che sia così. Posso versarti un altro po' di questo vino? Viene prodotto nella mia tenuta.

– Ti ringrazio: è davvero ottimo. I vini del Troicinet non sono conosciuti ad Haidion quanto meriterebbero.

– Questa è una pecca cui si può facilmente porre rimedio, e vi provvederò di persona.

Casmir sollevò con fare pensoso il bicchiere, fece vorticare il vino e ne osservò le onde dorate.

– È difficile rammentare i duri tempi passati, quando esisteva ancora cattivo sangue fra i nostri popoli.

– Tutto cambia.

– Proprio così! Il nostro trattato, stipulato quando i sentimenti di ostilità erano ancora caldi, stabiliva che, in base a una presunzione ormai priva di significato, Lyonesse non potesse costruire navi da guerra. Ora che una situazione di amicizia è stata ristabilita...

– Proprio così! L'attuale condizione di equilibrio ci è stata di aiuto! È un equilibrio che incoraggia la pace nelle Isole Elder e che, insieme alla pace attuale, è per noi di vitale importanza e costituisce la base della politica estera del nostro regno.

– Davvero? – Re Casmir si accigliò. – E come rendi effettiva una tale politica?

– Il principio è abbastanza semplice. Non possiamo permettere che né il Dahaut né Lyonesse acquistino preponderanza l'uno sull'altro, perché questo porrebbe fine alla nostra sicurezza. Nel caso che Re Audry dovesse attaccare Lyonesse e, per chissà quale miracolo, venirsi a trovare in vantaggio, noi ci dovremo schierare dalla parte di Lyonesse, fino a quando l'equilibrio non si fosse ristabilito. E viceversa.

Casmir riuscì a emettere una risata tranquilla, e, bevuto tutto il vino, depose con un tonfo il bicchiere vuoto.

– Vorrei poter determinare anche i miei obiettivi con altrettanta facilità ma, ahimè, essi si basano su ineffabili considerazioni quali la giustizia, la riparazione di antichi torti e la spinta della storia.

Aillas tornò a riempire il bicchiere di Casmir.

– Non invidio il labirinto di incertezze in cui ti trovi. Tuttavia, non devi nutrire alcun dubbio riguardo al Troicinet: qualora Lyonesse o il Dahaut dovessero diventare tanto potenti da costituire una minaccia per l'altro, noi saremo costretti a puntellare il più debole dei due. In effetti, tu sei protetto da una forte flotta senza incorrere in alcuna spesa di manutenzione.

Re Casmir si alzò in piedi e replicò in maniera un po' asciutta. – Il viaggio mi ha stancato, e ora ti auguro la buona notte.

– Spero che riposerai bene – replicò Aillas, alzandosi a sua volta.

I due si recarono nel salotto dove la Regina Sollace sedeva in compagnia delle dame di entrambe le corti, ma Re Casmir si arrestò sulla soglia e s'inchinò ai presenti; la Regina Sollace si alzò prontamente e augurò a sua volta la buona notte, poi la coppia reale venne scortata nelle sue stanze da valletti muniti di torce.

Aillas si avviò quindi lungo la galleria grande verso il suo salotto privato, ma dall'ombra emerse una figura massiccia vestita di un saio color prugna.

– Re Aillas! Concedimi un momento del tuo tempo, se non ti spiace!

Aillas si arrestò e fissò il volto rubicondo di Padre Umphred, senza fingere alcuna cordialità.

– Che cosa vuoi?

– Per prima cosa – ridacchiò Umphred – volevo rinnovare la nostra conoscenza di vecchia data.

Aillas indietreggiò di un passo per semplice disgusto, ma il prete, per nulla turbato, proseguì a parlare.

– Come forse saprai, sono riuscito a diffondere con successo il Santo Messaggio a Città di Lyonesse, e quasi certamente Re Casmir finanzierà la costruzione di una nobile cattedrale che glorifichi il nome di Dio all'interno della sua ridente città. Se questo dovesse accadere, io potrei anche guadagnarmi la mitra.

– Questo non ha alcuna importanza per me – replicò Aillas. – Anzi, sono stupito che tu osi anche solo mostrarmi il tuo volto.

Con un sorriso gioviale e un gesto della mano, Padre Umphred accantonò qualsiasi animosità che poteva esserci stata fra di loro.

– Io vengo per recare al Troicinet il gioioso messaggio del Vangelo! Il paganesimo trionfa ancora con la sua pompa nel Troicinet, nel Dascinet e nell'Ulfland Meridionale, e io prego ogni notte che mi sia concesso di portare Re Aillas e il suo popolo alla gloria della vera fede.

– Non ho né tempo né inclinazione per tutto questo. Il mio popolo può credere o non credere ciò che più gli piace, e così stanno le cose. – Aillas accennò ad andarsene ma Umphred lo trattenne, posandogli sul braccio una bianca mano grassoccia.

– Aspetta.

– Che altro c'è, ora?

Padre Umphred gli elargì un ricco e tenero sorriso.

– Io prego per la tua personale salvazione e perché, come Re Casmir, anche tu incoraggi la costruzione di una cattedrale qui a Domreis in modo che si possa meglio seminarvi la Verità di Dio! E anche, se preferisci, per rivaleggiare con lo splendore della cattedrale di Lyonesse e perché io possa aspirare addirittura alla carica di arcivescovo!

– Non finanzierò nessuna chiesa cristiana, a Domreis o altrove.

– Questo è il tuo punto di vista attuale – ritorse Padre Umphred, con una smorfia – ma forse riuscirò a farti cambiare idea.

– Non credo proprio.

Ancora una volta Aillas accennò ad allontanarsi, e ancora una volta il prete lo trattenne.

– È per me un grande piacere rivederti, anche se la mia mente ritorna con tristezza agli eventi del nostro primo incontro. Ancora oggi, Re Casmir è all'oscuro della tua vera identità, e io sono certo che tu non desideri che ne venga a conoscenza, altrimenti lo avresti informato personalmente. Non ho forse ragione? – Padre Umphred si trasse indietro e studiò Aillas con gentile interessamento.

Il giovane rifletté per un momento, poi replicò, con voce neutra:

– Vieni con me, se non ti spiace.

Qualche passo più avanti lungo la galleria, Aillas si arrestò accanto a un soldato in uniforme.

– Chiedi a Sir Hassifa il Moro di raggiungermi nel salottino – ordinò, poi accennò ancora a Padre Umphred. – Vieni.

Con un sorriso ora un po' meno accentuato, il prete obbedì: Aillas lo fece entrare nel piccolo locale, richiuse la porta e andò a fermarsi in piedi davanti al fuoco, fissando in silenzio le fiamme.

– Ma davvero! – esclamò Padre Umphred, tentando di avviare una conversazione. – La tua condizione attuale è superiore a quella di una volta! Povera piccola Suldrun: proprio una triste fine! Il mondo è una valle di lacrime, e noi siamo inviati qui in modo da essere messi alla prova e purificati per i giorni felici che verranno.

Aillas non replicò nulla e, incoraggiato da quello che credeva un atteggiamento di profonda preoccupazione, Umphred continuò:

– La mia più cara speranza è quella di condurre il re del Troicinet e il suo nobile popolo alla salvazione e una grandiosa cattedrale farebbe cantare gli stessi angeli! E allora, naturalmente, dal momento che tu sembri preferire così, la questione della tua vecchia identità rimarrà al sicuro sotto il segreto della confessione.

Aillas gli saettò una sola, brillante occhiata, poi tornò a fissare meditabondo il fuoco.

La porta si aprì e Yane, ancora travestito con i panni di Sir Hassifa il Moro, entrò nel salotto. Aillas si raddrizzò sulla persona e si volse.

– Ah, Sir Hassifa! Posso chiederti se sei un cristiano?

– Assolutamente no.

– Bene, questo semplifica le cose. Dai un'occhiata a questo tipo: cosa vedi?

– Un prete, bianco, grasso e scivoloso come un castoro, e certo dalla lingua untuosa. È arrivato oggi da Lyonesse.

– Proprio così. Voglio che lo osservi con attenzione, in modo che non lo possa mai confondere con qualcun altro.

– Sire, si potrebbe tirare il cappuccio fin sul naso, darsi il nome di Belzebù e nascondersi nella più buia catacomba di Roma e io lo riconoscerei lo stesso.

– Adesso ti dirò una cosa davvero stupefacente: sostiene di essere una mia conoscenza di vecchia data!

Sir Hassifa si volse a scrutare Padre Umphred con meraviglia.

– E quale potrebbe essere il motivo di tale affermazione?

– Vuole che gli costruisca una bella chiesa qui a Domreis. In caso di rifiuto, minaccia di svelare la mia identità a Re Casmir.

Sir Hassifa tornò a scrutare Umphred.

– È stupido? Re Casmir conosce già la tua identità: tu sei Aillas del Troicinet.

Padre Umphred trovò che il tono della conversazione cominciava a non essere più di suo gradimento.

– Sì, sì, certo – intervenne, leccandosi le labbra. – Ho solo azzardato uno scherzo, come si fa fra vecchi amici.

– Insiste nelle sue affermazioni – disse Aillas a Sir Hassifa. – Sto cominciando a seccarmi. Se non fosse qui in qualità di ospite, potrei anche finire per sbatterlo in una segreta, e forse lo farò lo stesso.

– Non macchiare in questo modo la tua ospitalità! – lo consigliò Sir Hassifa. – Aspetta che sia tornato a Lyonesse. Potrò sempre tagliargli la gola là, in qualsiasi ora del giorno e della notte, con un coltello affilato o anche con uno poco tagliente.

– Forse faremmo meglio a trascinarlo davanti a Casmir in questo preciso momento – obiettò Aillas – per sentire che cosa ha da dire. Poi, se dovesse sciorinare qualche malignità…

– Aspettate! – gridò disperato Umphred. – Mi accorgo ora del mio errore! Mi sono sbagliato del tutto! Non ti ho mai visto in vita mia!

– Temo che potrebbe lo stesso lasciarsi sfuggire qualche sporca sciocchezza, a detrimento della tua dignità – osservò Sir Hassifa, estraendo una daga lucente. – Lascia almeno che gli tagli la lingua: dopo cauterizzeremo la ferita con un attizzatoio arroventato.

– No, no! – gridò Umphred, che ora stava sudando freddo. – Non dirò nulla a nessuno! Le mie labbra sono sigillate! Conosco mille segreti, murati per sempre dentro di me!

– Dal momento che è mio ospite, non posso spingere oltre la cosa – dichiarò Aillas, rivolto a Yane. – Ma se si dovesse risapere anche solo un accenno a questi suoi vaneggiamenti…

– Non c'è bisogno di minacciarmi! – dichiarò Umphred. – Ho commesso un triste errore, che non sarà più ripetuto.

– Questa è una buona notizia – commentò Aillas. – In particolar modo per te. Rammenta che la persona per cui tu oggi mi hai scambiato ha buoni motivi per vendicarsi selvaggiamente su di te.

– L'episodio è dimenticato – promise Umphred. – Ora ti prego di scusarmi: sono stanco e devo ancora recitare le preghiere della sera.

– Vattene.

VII

Un portale dava accesso dalla galleria grande di Miraldra al salone principale. Ai due lati del portale erano poste due statue di marmo, importate dal Mediterraneo cinque secoli prima e rappresentanti due guerrieri dell'antica Grecia, nudi, salvo che per l'elmo, e con la spada e lo scudo levati in posizione di attacco.

Dopo aver fatto colazione in camera, Re Casmir e la Regina Sollace si incamminarono a passo lento lungo la galleria, soffermandosi di tanto in tanto a esaminare quelle opere d'arte che nel corso degli anni erano state collezionate dai re del Troicinet.

Accanto a una delle statue di marmo era fermo un valletto che indossava la livrea di Miraldra ed era armato con un'alabarda da cerimonia. Quando il re e la regina indugiarono a osservare la statua, il valletto fece un cenno a Casmir che, voltando il capo, riconobbe in lui la persona che gli era nota come "Valdez".

Re Casmir si guardò intorno nella galleria, poi si allontanò da Sollace e si rivolse al valletto.

– Così è questo il tuo punto di osservazione! – mormorò. – È una domanda che mi ero posto spesso.

– Non mi avresti trovato qui, oggi, se non avessi desiderato parlare con te. Non verrò più a Città di Lyonesse: i miei movimenti cominciano a destare curiosità fra i pescatori.

– Oh? – Il tono di Casmir era privo d'inflessione. – E cosa farai adesso?

– Intendo ritirarmi a una vita più tranquilla, in campagna.

Fingendo d'interessarsi alla statua, Casmir prese tempo per riflettere.

– Devi venire a Città di Lyonesse per un'ultima volta, in modo che ti possa ricompensare adeguatamente per i tuoi servizi. Magari potremmo anche studiare un nuovo metodo che ti garantisca un profitto privo di rischi.

– Credo di no – replicò, asciutto, Valdez. – Tuttavia, se qualcuno dovesse fare il mio nome, ad Haidion, prestagli attenzione, perché ti porterà notizie... arriva qualcuno.

Re Casmir si volse e procedette lungo la galleria con la Regina Sollace.

– Perché sei così accigliato? – gli domandò la moglie dopo un po'.

– Forse perché invidio a Re Aillas le sue belle statue – replicò Casmir, con una risata forzata. – Dobbiamo procurarci qualcosa di simile per Haidion.

– Preferirei una serie di autentiche reliquie per la mia chiesa.

Casmir, sprofondato nei suoi pensieri, le rispose distrattamente.

– Sì, sì, mia cara. Se lo desideri.

A dire il vero, gli eventi non stavano andando in maniera tale da soddisfarlo: quando una spia lasciava l'impiego, Casmir aveva piacere di terminare il rapporto con essa in maniera definitiva, in modo da impedirle di vendere altrove i propri servigi e magari di impiegare quanto aveva scoperto a detrimento del suo precedente padrone... con lentezza, acquistò consapevolezza di quanto stava dicendo la Regina Sollace.

– ... e Padre Umphred mi ha consigliato di fare l'acquisto prima che la nostra intenzione di comprare venga risaputa. Lui sa di tre autentiche schegge della Santa Croce che potremmo acquistare in questo momento per cento corone l'una. È risaputo che perfino lo stesso Santo Graal si trova da qualche parte nelle Isole Elder, e Padre Umphred ha avuto la possibilità di acquistare alcune mappe che forniscono l'esatta...

– Donna, ma di cosa stai parlando? – domandò Casmir.

– Delle reliquie per la cattedrale, è ovvio!

– Come puoi parlare di reliquie quando la cattedrale stessa non è altro che una tua allucinazione?

– Padre Umphred ritiene che con il tempo il Signore ti porterà di certo alla grazia – ribatté con dignità Sollace.

– Ah! Se il Signore desidera davvero tanto una cattedrale, che se la costruisca da solo.

– Pregherò per questo!

Mezz'ora più tardi, Re Casmir e la Regina Sollace ripassarono davanti alle statue, ma ora Valdez non era più visibile da nessuna parte.

Capitolo IV

I

LA *STAR REGULUS* SI ALLONTANÒ dal molo, e, con i pennoni tesi nello sforzo per bordeggiare, acquistò velocità e lasciò Miraldra. Re Casmir salì allora sul ponte e si arrestò vicino alla ringhiera di poppa, sollevando un braccio per salutare i notabili, con il volto improntato a un'espressione placida e benigna che poteva indicare solo soddisfazione per la visita ultimata.

Lasciato il porto, l'imbarcazione prese a salire e a scendere lunghe onde provenienti da ovest, e Casmir, scesa la scaletta, si ritirò nel salone principale, sedette su un grande seggio e, lo sguardo fisso oltre la murata di prua, si mise a riflettere sugli eventi degli ultimi giorni.

Apparentemente, e da un punto di vista esteriore, la visita era andata in tutto e per tutto secondo le prescrizioni dell'etichetta di corte, ma, nonostante i complimenti che i due si erano scambiati in pubblico, una cupa e profonda antipatia continuava a persistere fra di loro.

La profondità di quell'avversione reciproca lasciava perplesso Re Casmir, che si chiedeva quale ne fosse l'origine. La sua memoria per quanto riguardava i volti era molto precisa, e lui era certo di aver già incontrato Re Aillas in circostanze molto meno favorevoli. Alcuni anni prima, Granice, allora Re del Troicinet, era venuto in visita ad Haidion, a Città di Lyonesse, e al suo seguito vi era stato anche Aillas, allora un oscuro principino che non rientrava neppure nella linea di successione al trono. All'epoca, Casmir si era appena accorto di lui: possibile che quel bambino gli avesse lasciato un'impressione tanto profonda e sgradevole? Era improbabile; Casmir, un uomo pratico, non sprecava emozioni per questioni da poco.

Quel mistero gravava sulla mente del re, soprattutto perché era certo che qualcosa di significativo aspettasse solo di venire a sua conoscenza. Di tanto in tanto, la sua mente metteva a fuoco il volto di Aillas, sempre contratto in un'espressione di gelido odio, ma lo sfondo della scena rimaneva indistinto. Un sogno? Un incantesimo? Oppure la semplice discordia fra i governanti di due stati in competizione fra loro?

Quel problema gli tormentò i nervi fino a quando non decise di accantonarlo. Anche così, però, la sua mente non conobbe pace: dappertutto vi erano ostacoli che sorgevano a bloccare le sue ambizioni... alla fine, o almeno così Casmir diceva a sé stesso, quelle barriere sarebbero crollate, anche solo davanti alla nuda forza bruta della sua volontà, ma nel frattempo logoravano con la loro presenza la sua pazienza e gli tormentavano la vita.

Mentre Re Casmir se ne stava seduto sulla sedia a tamburellare con le dita sul bracciolo e a riflettere sull'andamento della propria esistenza, alla sua mente si affacciò un altro enigma, vecchio ormai di cinque anni. Si trattava del presagio pronunciato da Persilian, lo Specchio Magico, di sua spontanea iniziativa: un fenomeno unico. Senza alcuna richiesta da parte sua, Persilian aveva recitato i frammenti di una filastrocca, di cui Casmir ora rammentava solo più il senso, qualcosa del tipo di: "Casmir, Casmir! Tua figlia è Suldrun, ed è condannata a morire! Il suo primogenito, prima di morire, siederà di diritto alla Cairbra an Meadhan, né tu siederai a essa o su Evandig prima di lui!"*

– Ma vi siederò dopo di lui? – aveva domandato allora Casmir.

Persilian non aveva aggiunto altro: con malizia quasi palpabile, lo specchio aveva riflesso soltanto il volto di Casmir, distorto e congestionato dall'ansia.

Casmir aveva riflettuto a lungo su quel presagio, specialmente dopo che Suldrun era morta lasciando una sola figlia: l'imprevedibile e intrattabile Principessa Madouc.

La *Star Regulus* arrivò a Città di Lyonesse. Là Re Casmir e la famiglia reale scesero a terra e salirono su una carrozza bianca a doppie sospensioni, tirata da quattro unicorni dal corno dorato. Padre Umphred cercò di saltare a sua volta agilmente sul veicolo ma venne bloccato da

---

* Vedi Glossario III

un'occhiataccia rovente del re. Con un blando sorriso, il prete saltò di nuovo a terra.

La carrozza risalì lo Sfer Arct fino ai portali di Haidion, dove il personale del palazzo era in attesa, schierato secondo il grado, per offrire un formale benvenuto. Re Casmir rivolse ai servitori un breve cenno del capo poi, entrato nel palazzo, si ritirò nelle proprie stanze e si dedicò immediatamente agli affari del regno.

Due giorni più tardi fu avvicinato da Doutain, il suo Capo Falconiere, che gli porse una piccola capsula.

– Mio signore, nell'arrivare, un piccione si è posato sulla piccionaia occidentale.

– Ricompensa quella piccola creatura con grano e miglio! – raccomandò il re, subito interessato.

– È già stato fatto, Vostra Maestà, e in abbondanza.

– Buon lavoro, Doutain – mormorò Re Casmir, l'attenzione già concentrata sul messaggio: aprì il piccolo pezzo di carta e lesse:

Vostra Altezza:
Con mio dolore mi è stato ordinato di recarmi nell'Ulfland Meridionale, per svolgervi un servizio estremamente sgradevole e triste. Non posso più rimanere in contatto, almeno non per l'immediato futuro.

Il messaggio era firmato con un simbolo in codice.
Con un grugnito, Casmir gettò il foglietto nel fuoco.
Più tardi, nello stesso giorno, Doutain si presentò una seconda volta.
– Un piccione è arrivato alla piccionaia orientale, mio signore.
– Grazie, Doutain.
Il messaggio, contrassegnato da un simbolo diverso, diceva:

Vostra Altezza,
Per motivi che esulano dalla mia comprensione sono stato mandato nell'Ulfland Meridionale, per svolgervi incarichi che contrastano con le mie capacità e le mie inclinazioni. Per il momento, quindi, questa sarà la mia ultima comunicazione.

Con un altro grugnito, Casmir gettò anche quel messaggio fra le fiamme, poi sedette su una sedia e prese a tormentarsi la barba. Possibile che i due messaggi fossero una coincidenza? Improbabile, ma non impossibile. Poteva essere stato Valdez a tradire quei due? Ma Valdez aveva negato di conoscerne i nomi.

Tuttavia, era interessante il fatto che Valdez si fosse ritirato proprio in quel particolare momento. Se gli fosse riuscito di attirarlo a Lyonesse, forse la verità sarebbe saltata fuori. Casmir grugnì: Valdez era una volpe troppo astuta per correre un simile rischio, anche se il semplice fatto della sua venuta sarebbe già stato di per sé una prova quasi assoluta della sua buona fede.

II

La Regina Sollace era ormai da lungo tempo convertita alla cristianità, e Padre Umphred provvedeva a mantenere sempre acceso il suo fervore religioso. Ultimamente, la regina si era lasciata affascinare dall'idea della santità, e anche venti volte al giorno ripeteva a sé stessa:

– Santa Sollace di Lyonesse! Come suona bene! La Cattedrale della Beata Santa Sollace!

Padre Umphred, le cui ambizioni arrivavano a prendere in considerazione la mitra di vescovo o addirittura l'arcivescovato su tutta la Diocesi di Lyonesse, la incoraggiava nelle sue speranze di beatificazione.

– Ma certo, cara regina! Fra i sette atti santi, quello della creazione di una nobile casa di preghiera dove prima non ne esisteva nessuna dona al Signore Iddio la più esaltata e raffinata beatitudine e la sua gioia consacra i responsabili della sua erezione! Ah, quale gloria brilla nel futuro! Quali canti si levano dai cori celesti mentre essi contemplano la cattedrale che presto allieterà con la sua grazia la Città di Lyonesse!

– E a questo mi dedicherò con tutto il mio essere – promise Sollace. – Ma possiamo davvero dare il mio nome alla cattedrale?

– La decisione dovrà essere confermata da autorità più elevate, ma la mia influenza ha un notevole peso! Quando il suono delle campane echeggerà potente, i pater noster allieteranno l'aria e lo stesso Re Casmir s'inginocchierà dinnanzi all'altare per ricevere la mia benedizione, chi potrà negare al tuo nome l'appellativo di "Santissima"?

– "Sollace Santissima"! Sì! Suona bene! Oggi stesso porterò di nuovo la questione all'attenzione del re.

– Che vittoria, quando Casmir accetterà finalmente il Vangelo e si accosterà a Gesù! A quel punto, l'intero regno seguirà il suo esempio!

– Questo lo vedremo – rispose Sollace, con una smorfia. – Ma cerchiamo di conquistare una vittoria alla volta. Se davvero verrà santificata, tutto il mondo gioirà a questa notizia, e Sua Maestà ne rimarrà impressionato.

– Proprio così! Dobbiamo procedere un passo alla volta!

Quella sera, mentre Casmir se ne stava in piedi con la schiena rivolta al fuoco, Sollace entrò nella stanza, seguita da Padre Umphred che però, con modestia, scivolò nell'ombra.

Raggiante di speranza, la Regina Sollace attraversò la stanza e, dopo aver scambiato qualche saluto con il re, abbordò il discorso della nobile cattedrale da lei progettata, con alte torri campanarie da cui le campane diffondevano il messaggio della salvezza per tutta la campagna. Nel suo fervore, la donna non si accorse di come si erano socchiusi gli occhi azzurri di Casmir e di come gli si era serrata la bocca. Sollace descrisse l'edificio attribuendogli una grandiosità tale da lasciare stupito tutto il mondo cristiano, tanto ricco e maestoso da trasformare di certo Città di Lyonesse in una meta di pellegrinaggi.

Re Casmir, che aveva sentito solo cose che non gli riuscivano gradite, alla fine replicò:

– Che razza di assurdi discorsi sono questi? Quel grasso prete ti ha imbottita di nuovo delle sue sciocchezze? Riesco sempre a capire quando sei stata in sua compagnia: la sua presenza trasferisce sul tuo volto un'espressione simile alla sua, che è quella di una pecora morente.

– Mio signore! – gridò Sollace, indignata. – Tu confondi il trasporto della nostra santa estasi con l'espressione facciale che hai descritto in maniera tanto sgradevole!

– Non importa! Quell'uomo trama e complotta con viscida abilità, e lo trovo a bighellonare dovunque si posa il mio sguardo. A dire il vero, sono molto propenso a fargli alzare i tacchi da qui.

– Sire, rifletti su questo! La Cattedrale di Santa Sollace porterebbe il mio nome!

– Donna, abbi pietà! Puoi immaginare quanto costerebbe un simile edificio? Abbastanza da mandare il regno in bancarotta, mentre quel prete se ne va trotterellando di qua e di là pensando a come gli è riuscito di infinocchiare il Re e la Regina di Lyonesse!

– Non è così, mio signore! Padre Umphred è conosciuto e rispettato perfino a Roma! Il suo unico fine è la diffusione del cristianesimo!

Casmir si volse per attizzare il fuoco.

– Ho sentito parlare di queste cattedrali: vengono trasformate in luoghi di custodia per l'oro e i gioielli strappati agli abitanti del luogo, che poi non sono più in grado di pagare le tasse al re.

– La nostra è una terra ricca – insistette speranzosa Sollace. – Può sostentare una bella cattedrale.

– Di' a quel prete di portarmi un po' d'oro da Roma – ridacchiò Casmir – e allora ne spenderò una parte per costruire una bella chiesa.

– Buona notte, mio signore – replicò con dignità Sollace. – Mi ritiro nelle mie camere.

Re Casmir le fece un inchino e si girò verso il fuoco, cosa che gli impedì di notare l'uscita di Padre Umphred dalla stanza.

III

La prima questione urgente che Re Casmir si trovò a dover affrontare fu il ripristinò della rete di spionaggio. Un pomeriggio, si recò in una camera nell'ala più antica di Haidion, nella tozza Torre dei Gufi che si levava al di sopra dell'armeria: quella stanza, arredata in maniera spartana, aveva assistito a molte aspre sentenze e a una rapida amministrazione della giustizia.

Sedutosi a uno spoglio tavolo di legno, Re Casmir si versò un bicchiere di vino da una brocca di legno di faggio in un boccale dello stesso materiale e attese con ferrea calma.

Trascorsero alcuni minuti, senza che lui desse segni d'impazienza, poi uno strisciare di piedi e un borbottio di voci risuonarono nel corridoio e Oldebor, un funzionario che non aveva un titolo specifico,* fece capolino dalla porta.

– Vostra Maestà vuole vedere il prigioniero?

---

* Oldebor amava autodefinirsi: "Capo Sotto-Ciambellano Responsabile per gli Incarichi Speciali".

– Portalo dentro.

Oldebor avanzò ulteriormente nella stanza e fece un cenno alle proprie spalle. Due carcerieri, che indossavano grembiuli di cuoio nero e cappelli dello stesso materiale, diedero uno strattone a una catena e costrinsero un prigioniero a entrare, incespicando: era un uomo alto e magro, nei primi anni della maturità, vestito di una camicia sporca e pantaloni laceri. Nonostante le condizioni del suo vestiario, comunque, il prigioniero aveva un aspetto che colpiva, e anzi il suo atteggiamento appariva incongruamente tranquillo date le circostanze in cui si trovava, e addirittura improntato a disprezzo. Aveva spalle ampie e fianchi stretti, con gambe lunghe e forti e le mani di un nobile; i capelli, ora sporchi e arruffati, erano folti e neri, gli occhi di un limpido castano sotto la fronte bassa. Gli ampi zigomi, poi, convergevano verso una mascella sottile; un naso aquilino sormontava il mento ossuto e la pelle, di un cupo colore olivastro, sembrava possedere una strana sfumatura color prugna, come se il sangue ricco e cupo scorresse subito sotto la cute.

Seccato per il modo di fare controllato del prigioniero, uno dei carcerieri diede un altro strattone alla catena.

– Mostra un adeguato rispetto! – intimò. – Sei alla presenza del re!

– Buon giorno a te, sire – disse il prigioniero, rivolgendo a Casmir un cenno del capo.

– Buon giorno a te, Torqual – rispose il sovrano, con voce tranquilla. – Come ti sei trovato nella tua prigione?

– Le condizioni sono appena tollerabili, sire, e per qualcuno che non sia affatto schizzinoso.

Frattanto, un'altra persona era entrata nella stanza: un gentiluomo che si era ormai lasciato indietro la prima giovinezza, robusto e nervoso come un pettirosso, con lineamenti regolari, capelli castani ben tagliati e intelligenti occhi castani.

– Buon giorno, mio signore – salutò, inchinandosi al re.

– Buongiorno, Shalles. Conosci Torqual?

– Fino a questo momento – rispose Shalles, dopo aver esaminato il prigioniero – non ho mai avuto alcun contatto con questo gentiluomo.

– Il che torna a nostro vantaggio – commentò Casmir – perché eviterà possibili emozioni pregiudizievoli nei suoi confronti da parte tua. Carcerieri, toglietegli le catene, in modo che Torqual possa sedere comodamente, e poi ritiratevi nel corridoio. Oldebor, puoi aspettare fuori anche tu.

– Vostra Maestà! – protestò Oldebor. – Questo è un uomo disperato, senza più speranze o misericordia!

– È per questo che è qui. – Re Casmir esibì un leggero e glaciale sorriso. – Aspetta nel corridoio. Shalles è perfettamente in grado di proteggermi.

Mentre il gentiluomo così menzionato lanciava al prigioniero un'occhiata in tralice alquanto dubbiosa, i carcerieri rimossero le catene e si ritirarono nel corridoio insieme a Oldebor.

– Sedete, signori – invitò quindi Casmir, indicando un paio di panche. – Posso offrirvi un bicchiere di vino?

Torqual e Shalles accettarono entrambi da bere e si sedettero.

Casmir lasciò scorrere lo sguardo sui due uomini per qualche istante, poi disse:

– Voi due siete decisamente diversi, questo è chiaro. Shalles è il quartogenito figlio dell'onorevole cavaliere Sir Pellent-Overtrce, la cui tenuta include tre fattorie per un totale di sessantatré acri. Shalles ha imparato a comportarsi in modo nobile e cortese, e al tempo stesso si è abituato al cibo di qualità e al buon vino, ma fino a oggi non ha potuto soddisfare i propri gusti esigenti per carenza di fondi. Torqual, di te so ben poco, e mi piacerebbe approfondire l'argomento; forse sarai tanto gentile da dirci qualcosa di te.

– Con piacere. Tanto per cominciare, appartengo a una classe sociale che forse è composta da un singolo individuo: me stesso. Mio padre è un duca di Skaghane, e il mio albero genealogico è più lungo della storia delle Isole Elder; i miei gusti, come quelli di Shalles, sono molto esigenti: preferisco il meglio di tutto, e pur essendo uno Ska non me ne importa un accidente del fanatismo degli Ska.* Ho coabitato spesso e liberamente con donne del Sottopopolo e ho generato una dozzina di bastardi: per questo, gli Ska mi definiscono un rinnegato.

– Questo epiteto è poco appropriato ed è immeritato, perché non posso essere fedele ad una causa cui non mi sono mai votato. In effetti, la mia fedeltà è dedicata in tutto e per tutto all'unica causa che abbia

---

* Vedi Glossario II

mai abbracciato, e cioè quella del mio interesse personale, e io sono orgoglioso di questa incrollabile lealtà!

– Me ne sono andato da Skaghane quando ero ancora giovane, portando con me parecchi vantaggi: la forza, il vigore e l'intelligenza tipici degli Ska, che erano miei per diritto di nascita, e l'abilità nell'uso delle armi, cosa per cui devo essere grato solo a me stesso, visto che sono ben pochi, ammesso che ce ne siano, coloro che mi possono battere, specie con la spada.

– Allo scopo di mantenere un tenore di vita nobiliare, e siccome non avevo nessuna voglia di arrampicarmi lungo le complesse strutture gerarchiche degli Ska, sono diventato un brigante, rubando e uccidendo insieme ai migliori in quel campo. L'Ulfland Meridionale e quello Settentrionale offrivano però poche ricchezze da depredare, quindi mi sono spostato qui a Lyonesse.

– I miei progetti erano molto semplici e innocenti: non appena fossi riuscito a rubare abbastanza oro e argento da riempire un carro, era mia intenzione ritirarmi sul Teach tac Teach e diventare un barone locale, vivendo il resto dei miei giorni in relativo isolamento. A causa di uno scherzo della sorte, però, sono stato catturato dalle tue guardie, e ora attendo di essere sventrato e squartato, anche se sarei lieto di esaminare qualsiasi altro programma Vostra Maestà possa ritenere adeguato alla situazione.

– Hmm – fece Re Casmir. – La tua esecuzione è prevista per domani?

– Così mi è stato dato di capire.

Casmir annuì e si rivolse a Shalles.

– Cosa ne pensi di questo tipo?

– Ovviamente – rispose questi, lanciando a Torqual una lunga occhiata in tralice – quest'uomo è un furfante della peggiore risma, con la coscienza di uno squalo. In questo momento non ha nulla da perdere, quindi si sente libero di adottare un atteggiamento noncurante.

– Che valore daresti alla sua parola?

Shalles reclinò il capo da un lato con fare dubbioso.

– Questo dipende da quanto la stima che ha di sé stesso e la sua lealtà procedono di pari passo. Sono convinto che la parola "onore" ha per lui un significato differente da quello che ha per noi, e mi fiderei maggiormente di lui sulla base di una ricompensa da versarsi solo dopo che il servizio richiesto è stato effettuato. Tuttavia, magari solo per capriccio, Torqual potrebbe anche servirti bene: si vede che è un uomo intelligente, energico, deciso e, nonostante il suo stato attuale, sono pronto a scommettere che è anche pieno di risorse.

– Hai sentito il parere di Shalles – dichiarò Re Casmir, rivolgendosi allo Ska. – Qual è la tua opinione?

– È una persona acuta, e non posso obiettare alle sue osservazioni.

Re Casmir annuì e tornò a riempire di vino i tre boccali.

– La situazione attuale è questa: Re Aillas del Troicinet ha esteso il suo potere sull'Ulfland Meridionale, e così ostacola le mie ambizioni. Di conseguenza, intendo rendere quella contrada ingovernabile per i Troicinesi, e voi due dovrete lavorare a questo scopo, indipendentemente, o, se necessario, in coppia. Shalles, che ne pensi?

– Vostra Maestà, posso essere schietto? – domandò il gentiluomo, dopo un momento di riflessione.

– Certo.

– È un compito pericoloso, ma io sono disposto a servirti in esso, almeno per un limitato periodo di tempo, a patto che la ricompensa sia proporzionata al pericolo.

– Cos'hai in mente?

– Il cavalierato e una tenuta di almeno duecento acri.

– Dai un notevole valore a te stesso – grugnì Casmir.

– Sire, la mia vita, per quanto insulsa e squallida possa sembrare ad altri, è l'unica che mi è dato di vivere.

– Molto bene: così sia. Torqual, tu cosa rispondi?

– Accetto – rise Torqual – indipendentemente dal rischio, dalla tua sfiducia, dalla natura dell'impresa o da quella della ricompensa.

– In poche parole – spiegò Casmir, secco – io voglio che tu t'installi sulle alture dell'Ulfland Meridionale e che di là provochi quanti più disordini ti sarà possibile, ma solo a danno di coloro che cooperano con i Troicinesi. Dovrai contattare i baroni delle terre alte e consigliare loro la disobbedienza, l'insurrezione e il banditismo, insomma, una condotta simile alla tua. Hai capito cosa voglio da te?

– Alla perfezione! Accetto con entusiasmo la tua proposta.

– Lo pensavo. Shalles, come Torqual, anche tu ti dovrai recare da quei baroni che ti sembreranno d'indole più ribelle, consigliare loro come agire e coordinare le loro mosse. Se necessario, potrai usare anche la corruzione, sebbene preferirei la tenessi come estrema risorsa. Ti manterrai in stretto contatto con Torqual e mi farai periodicamente rapporto usando un sistema di comunicazione che organizzeremo.

– Sire, farò del mio meglio per soddisfarti, ma credo che sia opportuno stabilire ora la durata dei miei servigi per migliore comprensione reciproca.

Casmir tamburellò con le dita sul piano del tavolo, ma quando rispose la sua voce era tranquilla.

– Molto dipenderà dalle circostanze.

– Proprio così, sire, ed è per questo che desidero porre adesso un limite massimo alla durata dei miei servigi. Questo gioco in cui vuoi farmi impegnare è estremamente pericoloso e, per essere chiaro, non voglio aggirarmi per le brughiere tanto a lungo da finire ucciso.

– Hmm. E che termine suggeriresti?

– In considerazione del pericolo, un anno mi sembra fin troppo.

– In un anno riuscirai appena a familiarizzarti con il territorio – obiettò Casmir, con un grugnito.

– Sire, posso solo fare del mio meglio e poi, rammentalo, anche Re Aillas disseminerà le sue spie. Se verrò identificato, non sarò più utile alla tua causa.

– Hmf. Ci penserò su. Torna da me domani pomeriggio.

Shalles si alzò in piedi, s'inchinò e se ne andò. Allora il re si rivolse a Torqual.

– Forse Shalles è un po' troppo pavido per questo tipo di lavoro, ma è avido, e questo è un buon segno. Quanto a te, non mi faccio illusioni: sei un lupo, un abile assassino e un furfante.

– Mi piacciono anche le donne – sogghignò Torqual. – Di solito, quando le lascio piangono e tendono le braccia per trattenermi.

Re Casmir, che non apprezzava quel genere di argomenti, gli rivolse un'occhiata fredda.

– Ti fornirò le armi e, se lo vuoi, anche un piccolo gruppo di tagliagole. Se porterai a buon fine il tuo lavoro e, come Shalles, desideri condurre la vita di un nobile di campagna, troverò anche per te una tenuta adeguata. In questo modo, spero di darti motivo per servirmi bene e di garantirmi la tua lealtà.

– E perché no? – sorrise Torqual. – Come furfanteria, siamo piuttosto simili.

Dal punto di Re Casmir, quell'osservazione rasentava dappresso l'insolenza, e Torqual si guadagnò un'altra occhiata gelida.

– Ti riceverò ancora fra due giorni. Nel frattempo, continuerai a essere mio ospite.

– Però preferirei Haidion al Peinhador.

– Non ne dubito. Oldebor!

– Vostra Maestà? – Oldebor fece capolino dal corridoio.

– Riporta Torqual al Peinhador. Fagli fare un bagno, dagli abiti decenti e sistemalo in una cella pulita. Portagli anche un pasto di suo gradimento… entro limiti ragionevoli, è ovvio.

– Non potremo vedere il colore delle sue budella? – protestarono i carcerieri, rientrando nella stanza. – Lui è quanto di peggio c'è in circolazione.

– E uno Ska fino al midollo! – rincarò uno dei due. – Speravo di usare il coltello di persona.

– Un'altra volta – dichiarò Re Casmir. – A Torqual è stato affidato un pericoloso compito al servizio dello stato.

– Come vuole Vostra Maestà! Vieni avanti, sacco di sporcizia.

Torqual posò sul carceriere uno sguardo glaciale.

– Attento, carceriere! Presto verrò liberato per lavorare al servizio del re, e per puro capriccio, potrei venirti a cercare: allora vedremmo chi dei due lavora meglio con il coltello!

– Basta così! – Re Casmir ebbe un gesto d'impazienza, poi fissò a sua volta i carcerieri, ora sottomessi e a disagio. – Avete sentito le parole di Torqual: se fossi in voi, d'ora in poi lo tratterei con cortesia.

– Sarà come tu comandi, sire. Torqual, abbiamo solo scherzato. Stasera avrai vino da bere e pollo arrosto per cena.

– Oldebor – aggiunse ancora Re Casmir, con il suo abituale, freddo sorriso – fra due giorni voglio vedere di nuovo Torqual.

CAPITOLO V

I

TRE GIORNI DOPO LA PARTENZA di Re Casmir e del suo seguito a bordo della *Star Regulus*, anche Re Aillas partì alla volta dell'Ulfland Meridionale, accompagnato da una flotta di diciassette navi.

Fra il suo seguito vi erano anche Lord Maloof e Lord Pirmence, entrambi ribollenti di risentimento, mentre Dhrun e Glyneth erano rimasti a Domreis per ricevere un'educazione adeguata alla loro condizione. Entrambi avrebbero appreso il latino e il greco, la geografia, le scienze naturali, la calligrafia, la matematica di Pitagora, Euclide e Aristarco come anche il nuovo tipo di numerazione introdotto dai Mori. Attraverso la lettura di Erodoto, Tacito, Senofonte, Chavez di Avallon, Dioscoro di Alessandria, delle Cronache di Ys e della *Guerra dei Goti e degli Unni* di Khersom avrebbero acquisito una visione generale della storia. Avrebbero imparato i nomi delle stelle, dei pianeti e delle costellazioni e le varie teorie cosmologiche. Dhrun avrebbe poi seguito anche un corso di scienza militare, imparando l'uso delle armi e le strategie belliche, mentre sia Glyneth che Dhrun avrebbero seguito corsi relativi alle arti di corte, come la danza, la declamazione, la musica e i dettami dell'etichetta.

I due ragazzi, peraltro, se fossero stati liberi di agire, avrebbero preferito accompagnare Aillas nell'Ulfland Meridionale, al contrario dei nobili Maloof e Pirmence, ciascuno dei quali aveva avanzato almeno una dozzina di motivi per evitare di essere sradicato in maniera tanto rude dalle sue abitudini.

– Apprezzo la tua preoccupazione per il lavoro che lascerai qui in sospeso – aveva replicato Aillas alle proteste di Lord Maloof – ma ho maggior bisogno del tuo talento nell'Ulfland Meridionale: è quindi là che potrai meglio servire il tuo re e il tuo paese.

– Il mio lavoro qui è complesso e sofisticato – aveva obiettato Maloof – mentre qualsiasi contabile può pesare fagioli e contare cipolle.

– Ancora non comprendi la portata del mio progetto! Avrò bisogno che si facciano un inventario e una valutazione di ogni tenuta di quel paese, in modo da sapere con precisione la portata delle sue risorse e... cosa altrettanto importante... il numero di acri non occupati, non richiesti da alcuno, lasciati allo stato selvaggio o oggetto di disputa. A te spetterà il compito di dirigere una squadra di ispettori, cartografi e contabili alla ricerca di tutti i documenti esistenti in materia.

– Ma è un compito monumentale! – aveva esclamato Maloof, afflosciandosi.

– Di certo non è un lavoro che si possa portare a termine in un solo giorno, ma è solo un inizio. Mi aspetto che tu organizzi e controlli il ministero per il tesoro e il fisco dell'Ulfland Meridionale. In terzo luogo...

– Terzo? – Maloof aveva emesso un gemito. – Mi hai già assegnato lavoro per tutta la vita! La fiducia che riponi in me mi lusinga ma non poggia su basi reali: ho solo ventiquattr'ore al giorno per lavorare, non esistono altri spazi di tempo. E intanto quello che ho fatto qui a Domreis piomberà nel caos e nei guai!

– Ti riferisci al tuo lavoro come ministro del tesoro, suppongo.

– Ma certo! – Maloof era arrossito e aveva lanciato ad Aillas un'occhiata in tralice.

– Ho fatto qualche indagine e mi sono accertato che puoi tranquillamente assentarti e lasciarlo – e continuo a riferirmi al lavoro presso il ministero del tesoro – in abili mani. È tempo che sperimenti qualche cambiamento! Un uomo intelligente come te ha bisogno di una sfida per poter sfruttare appieno le sue capacità e anche per tenersi alla larga dai guai. L'Ulfland Meridionale, con i suoi intransigenti baroni e la minaccia degli Ska, è proprio il genere da sfida di cui hai bisogno.

– Ma io non so nulla e non voglio sapere nulla di problemi, conflitti e guerre! Io sono un uomo di pace!

– Lo sono anch'io! Ma anche un uomo di pace deve imparare a combattere. Il mondo è sovente brutale, e non tutti condividono i nostri ideali, quindi bisogna essere pronti a difendere sé stessi e i propri cari oppure rassegnarsi alla schiavitù.

– Io preferisco offrire consigli, usare il ragionamento, cercare di appianare e raggiungere un compromesso!

– Come politica preliminare e come primo tentativo di approccio, queste sono tattiche utili – aveva convenuto Aillas. – Se ci comportiamo in maniera ragionevole, manteniamo la coscienza pulita! Poi, se questo metodo cortese dovesse fallire e i tiranni ci dovessero attaccare, possiamo tagliare loro con zelo la testa, certi di essere nel giusto.

– Ho ben poca abilità in questo campo – aveva insistito Maloof, con voce cupa.

– Suvvia, Maloof, non ti sottovalutare! Sei abile e forte, anche se un po' in sovrappeso, e dopo qualche energica campagna ti ritroverai a galoppare e a brandire la tua ascia di guerra con altrettanto entusiasmo quanto tutti noi.

– Bah! Non sono il guerriero dalla testa calda per cui tu mi prendi. Sprecherò la mia vita, in quel luogo triste e selvaggio!

– Non sia mai detto! Troverai modo di impiegare bene la tua vita nell'Ulfland Meridionale, e troveremo il modo di applicare tutte le tue capacità, magari nel campo della repressione dello spionaggio. Forse... ma non ne sono certo... rimarrai sorpreso nell'apprendere che ho scoperto delle spie negli ambienti più altolocati!

– Vostra Maestà – aveva risposto a questo punto Maloof, sbattendo le palpebre e con aria sottomessa – sarà come tu comandi.

Quando era stato il suo turno, Lord Pirmence aveva usato una tattica diversa.

– Vostra Maestà, considero questa nomina un premio! Ricorderò sempre con gioia questa tua manifestazione di stima, ma sono un uomo modesto e devo assolutamente declinare tanto onore. No, sire! Non me lo imporre! Il mio rifiuto è definitivo e irrevocabile! Mi sono già guadagnato abbastanza onori per una sola vita: che tocchi ora ai giovani dal sangue bollente! – Lord Pirmence aveva eseguito un elegante inchino e avrebbe considerato chiusa la questione se Aillas non lo avesse richiamato.

– Lord Pirmence, la tua abnegazione ti fa credito, ma ti assicuro che fra le brughiere dell'Ulfland Meridionale ci sarà onore a sufficienza per tutti.

– Mi fa piacere sentirlo! Ma, ahimè, dimentichi la mia età avanzata! Anch'io ho i miei nemici: non più i crudeli cavalieri, gli orchi, i Goti o i Mori, ma fitte e dolori, abbassamenti della vista, l'asma, la mancanza di denti e la cachessia senile. Ho un'intima conoscenza della malaria, della gotta, dei reumatismi e della paralisi. Anzi, se vuoi proprio sapere la verità, mi sento quasi pronto a ritirarmi strisciando a Castello Lutez, per sprofondarmi fra i cuscini e quietare la mia tormentata digestione con una dieta di giuncata e farinata d'avena.

– Lord Pirmence – aveva replicato Aillas, serio – sono sconvolto dalla notizia del tuo stato di salute così decrepito.

– Ahimè! È una fine cui tutti dobbiamo giungere!

– Così mi è dato di capire. A proposito, sei al corrente del fatto che una persona che ti somiglia terribilmente frequenta il più turbolenti distretti di Domreis? No? E quel tizio non fa certo credito alla tua reputazione! Di recente, verso mezzanotte, mi è capitato di dare un'occhiata dentro la Locanda della Stella Verde, e ho visto questa persona che ti somiglia con un piede su una panca e l'altro su un tavolo, un boccale di sidro levato in alto e una canzone poco ortodossa sulle labbra. Il tutto mentre stringeva una di quelle donne da taverna con una morsa ferrea. Aveva un paio di baffi proprio uguali ai tuoi e sembrava godere quasi di un eccesso di esuberante buona salute.

– Come invidio quell'uomo! – aveva mormorato Lord Pirmence. – Mi chiedo quale sia il suo segreto.

– Forse lo scoprirai nell'Ulfland Meridionale. Ritengo indispensabile la tua presenza laggiù: dopo tutto, quando si va a caccia di una grossa preda, si fa ricorso al segugio più maturo, e io faccio affidamento su di te per imporre l'ordine ai baroni della brughiera.

Lord Pirmence aveva emesso un delicato colpo di tosse.

– Non sopravvivrei neppure per un singolo giorno ventoso su quelle rocce desolate!

– Al contrario! Rifiorirai in un clima più fresco! "Un ulflandese vive in eterno, a meno che venga abbattuto dall'acciaio, o venga soffocato dal cibo o affoghi ubriaco nel fango!" Così dice il detto, e presto tu sarai più in salute che mai!

– Invero, non sono io l'uomo che ti serve! – Lord Pirmence aveva scosso il capo. – Ho ben poco tatto nel trattare con zotici e villani, e anche con la migliore buona volontà di questo mondo finirei per danneggiare la tua causa.

– Strano – aveva mormorato Aillas. – Mi era stato riferito che di recente sei diventato un esperto nel campo della diplomazia segreta.

Lord Pirmence aveva fatto una smorfia, fissando il soffitto e prendendo a tormentarsi i baffi.

– Hum-ha! Non è affatto vero! E tuttavia... quando il dovere chiama, si deve ignorare ogni altra cosa e balzare sulla breccia.

– Questa è la risposta che mi aspettavo da te!

Un'ora prima della partenza, scendendo al molo, Aillas aveva trovato Shimrod che bighellonava appoggiato a un mucchio di balle e si era fermato a parlargli.

– Cosa ci fai qui?

– Aspettavo che ti facessi vivo.

– E perché non mi hai cercato a Miraldra? Con il salire della marea partirò alla volta dell'Ulfland Meridionale.

– Nessun problema. Vorrei accompagnarti, se è possibile.

– Sulla nave? A Ys?

– Così spero.

– Certo che puoi venire. – Aillas lo aveva scrutato attentamente in volto. – Percepisco la presenza di un mistero. A cosa è dovuta questa tua improvvisa nostalgia per l'entroterra?

– La città di Ys? Non la definirei entroterra.

– Vedo che non intendi dirmi nulla.

– Perché non c'è nulla da dire. Ho qualche piccolo affare da sbrigare in un luogo non lontano da Ys, e nel corso del viaggio spero di godere della tua compagnia.

– Imbarcati pure, allora, ma preparati a dover dormire nella sentina.

– Qualsiasi angolino, anche la cabina del capitano, mi andrà benone.

– Sono lieto di trovarti così accomodante. Vedremo cosa si potrà fare.

II

Spinte da un vento favorevole su un mare calmo e soleggiato, le navi del Troicinet attraversarono piacevolmente il Lir. Il secondo giorno di viaggio, aggirato Capo Farewell, le navi si trovarono di fronte a tre giorni di bonaccia, un solo miglio a ovest dalle elevate Alture di Kegan, orlate di schiuma candida.

Un miglio dopo l'altro, la flotta guadagnò terreno verso nord, finché la sagoma di Capo Kellas apparve all'orizzonte; una volta aggirato il capo e superato il colonnato del Tempio di Atlante, la flotta entrò nell'estuario del fiume Evander e andò ad ancorarsi ai moli di Ys.

A una ad una, le navi attraccarono, scaricarono truppe fresche e merci, caricarono a bordo le scorte d'acqua e i soldati che tornavano a casa e ripresero il mare.

Radunati i comandanti, Aillas si fece aggiornare sulle novità, buone e cattive. I suoi ordini per la cessazione di scorrerie, saccheggi e faide erano stati, per la maggior parte, rispettati. Alcuni dei baroni sostenevano con entusiasmo quel tentativo di ristabilire un po' di ordine pubblico, mentre altri sembravano più propensi solo ad aspettare, per fare il punto della situazione, prima di commettere atti che li avrebbero potuti condurre alla rovina. In effetti, ciascuno di loro attendeva che qualcun altro si facesse avanti e mettesse alla prova l'indole del nuovo re, ma quella pace, per quanto fragile e stentata, era comunque una buona notizia.

D'altro canto, i baroni non avevano ottemperato agli ordini di Aillas in tutta la loro portata: quasi nessuno aveva sciolto la sua compagnia di guardie armate in modo che gli uomini che la componevano potessero tornare a lavori più produttivi nei campi, nelle miniere e nelle foreste, e contribuire così a riportare una certa prosperità nella regione.

Aillas inviò immediatamente un messaggero in ogni castello, fortezza e roccaforte montana, richiedendo che tutti i baroni, cavalieri e duchi, o quale che fosse il titolo di cui si fregiavano, venissero a incontrarsi con lui a Stronson, il castello di Sir Helwig, nel cuore della brughiera.

Aillas si recò all'incontro scortato da Sir Tristano, da Lord Maloof, che era di umore nero, e da Lord Pirmence, che esibiva un atteggiamento distratto e distaccato, più trenta cavalieri e cento fanti.

Il giorno fissato per l'incontro fu per fortuna caldo e soleggiato, con la brughiera che odorava di edera, ginestre e felci, sullo sfondo del cui profumo si avvertiva il costante sottofondo dato dal primordiale odore del terriccio umido.

Radunato su un prato accanto al Castello di Stronson, il gruppo offriva uno splendido spettacolo, con il metallo che brillava e i colori dei blasoni che spiccavano sotto il sole. I baroni indossavano per lo più cotte di maglia ed elmetti di metallo; avevano tuniche, manti e calzoni dai colori sgargianti e di tessuto fine, e molte tuniche prive di maniche su cui erano ricamati emblemi personali o le armi della casata cui appartenevano. Quasi tutti erano accompagnati da un araldo che teneva in alto il gonfalone con le armi del suo signore.

Erano presenti trentasei dei quarantacinque baroni cui era stato ordinato di presentarsi al conclave: Sir Helwig fece l'appello e i presenti vennero a sedersi a un tavolo semicircolare, ciascuno con il proprio araldo e il proprio gonfalone alle spalle. La scorta di Aillas se ne rimase tranquilla da un lato, mentre non vi era tranquillità alcuna fra le file dei parenti e dei seguaci che avevano accompagnato i baroni a Stronson: essi se ne stavano raccolti in gruppetti distinti e continuavano a scambiare occhiate roventi con i componenti di quei clan con cui era in corso qualche faida.

Per parecchi minuti, Aillas non fece altro che osservare quei trentasei volti dall'espressione più o meno amichevole; in cuor suo, il giovane ritenne soddisfacente il risultato della convocazione, ma comprese che ignorare quei nove casi di contumacia sarebbe equivalso a mettere subito alla berlina la propria autorità. Questa era, in effetti, la prima prova cui essa veniva sottoposta, e i baroni presenti lo stavano fissando con curiosità mentre lui rimaneva in piedi da un lato, con Tristano e l'araldo di Sir Helwig, a controllare la lista degli assenti.

Aillas decise quindi di affrontare i baroni: quando si arrestò dinnanzi a loro, il volto avvenente e rasato di fresco in stridente contrasto con l'aspetto irsuto e indurito dei baroni della brughiera, dovette apparire quasi ridicolmente giovane e inesperto, e di certo i suoi antagonisti non si presero la briga di mascherare la loro opinione in proposito.

Più divertito che seccato, Aillas esordì con un educato saluto ed espresse la propria soddisfazione per la bella giornata che stava favorendo il loro incontro. Prese quindi la lista e chiamò i nomi dei novi assenti: non avendo ricevuto alcuna risposta, si rivolse a Sir Tristano.

– Manda un cavaliere con cinque soldati a casa di ciascuno di questi poltroni – ordinò. – Che i cavalieri esprimano loro la mia scontentezza e annuncino a ciascuno degli assenti che, visto che non mi ha voluto incontrare qui a Stronson e che non ha neppure inviato un cortese messaggio per spiegare la sua assenza, gli viene pertanto ordinato di presentarsi al mio accampamento di Ys. Che a ciascun assente sia fatto capire con estrema chiarezza che se non si presenterà da me entro questa settimana verrà privato della sua terra e ridotto al rango di persona comune, e le sue proprietà passeranno tutte al re. Questi poltroni siano anche informati che se non dovessero presentarsi la loro punizione sarà la prima voce del mio ordine del giorno e che li abbatterò a uno a uno. Che i cavalieri e la loro scorta partano immediatamente.

Aillas tornò a rivolgersi ai baroni, che manifestavano ora una cupa attenzione alle sue parole.

– Signori, come avete già sentito dire in precedenza, il Regno dell'Ulfland Meridionale non è più una terra senza legge. Le osservazioni che vi rivolgerò oggi saranno brevi ma della massima importanza. Primo: ordino che ciascuno di voi sciolga la sua compagnia di soldati armati in modo che questi uomini, liberati da altri incarichi, possano concentrare la loro attività sulla coltivazione del suolo e l'arricchimento del paese oppure si possano arruolare nell'esercito regio. Potete conservare alle vostre dipendenze i servi, i giardinieri e gli stallieri, ma non vi serviranno più né guarnigioni né soldati armati.

– Grazie a quest'economia e all'accrescimento delle vostre rendite, voi stessi vi ritroverete più ricchi, dopo aver pagato al tesoro regio quelle tasse che Lord Maloof al più presto fisserà per voi. I proventi di queste tasse non verranno sprecati in capricci o in vanagloria, ma verranno impiegati per migliorare l'economia locale. Ho intenzione di riaprire le vecchie miniere, di forgiare il ferro e, a tempo debito, di costruire navi. Dappertutto, nell'Ulfland Meridionale, vi sono rovine di antichi villaggi: ciascuno di essi è uno spettacolo squallido e ciascuno verrà ricostruito o rimpiazzato per alloggiare la popolazione. In questo nuovo stato di prosperità tutti avranno di certo il loro guadagno.

– Al fine che un esercito ulflandese possa proteggere l'Ulfland e che i soldati che ora vedete possano tornare in patria nel Troicinet, vi annuncio fin da ora che Lord Pirmence si occuperà di reclutare uomini forti e abili. Questo esercito offrirà ai vostri figli cadetti e ai vostri fratelli più giovani la possibilità di una carriera, con promozioni e ricompense basate però più sui meriti personali che sui diritti di nascita. Anche i soldati che licenzierete dal vostro servizio potranno fare carriera nell'Esercito Ulflandese.

– Per cominciare, intendo creare un contingente di mille uomini che verranno addestrati fino a diventare pari o anche superiori ai migliori combattenti del mondo, compresi gli Ska. Riceveranno adeguate uniformi, buon cibo, e verranno pagati in base alle tariffe adottate per l'esercito del Troicinet. Alla fine del periodo di leva verrà loro concesso un appezzamento di terra coltivabile.

– Questi primi soldati diventeranno un contingente scelto e aiuteranno nell'addestramento di nuovi soldati. Apprenderanno la rigidità della disciplina e come combattere per sconfiggere gli Ska, che finora hanno scorrazzato a loro piacimento per l'Ulfland Meridionale, saccheggiando e prendendo schiavi. Questi giorni di scorrerie appartengono ora al passato.

– Ho detto tutto quello che desideravo. Voi dovrete obbedire alle nuove leggi del regno o subire le conseguenze. Se desiderate pormi delle domande o sottoporre questioni importanti alla mia attenzione, eccomi qui, lieto di ascoltarvi e di rispondervi come meglio saprò. Per coloro che hanno sete, faccio notare che è stata aperta una botte di sidro.

I baroni si alzarono in piedi con fare un po' incerto, guardandosi intorno. Dopo un po', finirono per disperdersi in piccoli gruppi, e uno di essi, un individuo vicino alla mezz'età, alto, massiccio e con una cespugliosa barba nera, si avvicinò ad Aillas e lo fissò intensamente.

– Maestà, mi conosci?

Per pura fortuna, Aillas aveva sentito chiamare l'uomo per nome.

– Sei Sir Hune, dei Tre Pini.

– Io ti guardo, vedo poco più di un ragazzo e mi stupisco – dichiarò Sir Hune, annuendo.

– E perché mai, Sir Hune?

– Guardami! Io sono l'essenza stessa della brughiera! Ci vogliono entrambe le tue gambe per fare una delle mie braccia! Se ci mettessimo a bere entrambi da quella botte laggiù, potrei ingollare quattro pinte di sidro per ognuna delle tue ed essere ancora allegro e con l'occhio limpido quando tu stai già russando con la testa sul tavolo! Posso scagliare una lancia e trapassare una tavola di quercia, uccidere un toro con un solo colpo. Conosco ogni pista, roccia e ruscello della brughiera: so dove si annida il gallo cedrone e dove trovare le trote più grandi. Ma ecco che arrivi tu dal Troicinet, agiti un pezzo di carta sotto il naso a tutti noi e ti dichiari nostro re. Va tutto molto bene, ed è così che vanno queste cose, ma che ne sai tu della vita che si conduce nella brughiera? Hai forse condiviso i nostri giorni aspri e le notti gelide, hai strisciato per tagliare la gola a un nemico che desiderava tagliare la tua? E tuttavia noi dobbiamo obbedire ai tuoi ordini: non ti pare che questa sia un'assurdità? Te lo chiedo con estrema gentilezza.

– Sir Hune, quella che provi è una giusta emozione e giusta è anche la tua domanda. Sei invero un uomo imponente, e non desidero misurarmi con te nella lotta, ma ti andrebbe di fare con me una corsa a piedi, con la scommessa che il perdente dovrà portare indietro a spalle il vincitore?

Sir Hune scoppiò in una fragorosa risata e picchiò una manata sul tavolo.

– M'intendo ben poco di corsa. È questo quello che insegnerai ai tuoi soldati?

– Correranno di certo, anche se non in battaglia. E quanto alla vita su questa brughiera, la conosco più di quanto tu possa immaginare: un giorno, se avrai voglia di ascoltare, ti racconterò questa storia.

Sir Hune gli indicò i gruppetti di baroni.

– Ascolta le mie parole! Se speri di porre fine alle lotte e alle imboscate, di impedire gli attacchi notturni e le aggressioni... ebbene, giovane re, scoprirai presto di esserti addossato un ingrato compito. – Sir Hune si volse a guardare verso il prato e accennò con un pollice in direzione degli altri. – Guardali, ciascun clan separato dagli altri! Ciascun uomo trasuda odio per coloro che gli hanno fatto dei torti nel corso degli anni! E dimmi ancora, ragazzo: cos'altro abbiamo per cui vivere se non la caccia e gli inseguimenti, i saccheggi e le violenze e l'uccisione dei nostri nemici? Questa è la nostra vita, il nostro modo di viverla, e non abbiamo altro divertimento.

– È la vita di un animale – commentò Aillas, appoggiandosi allo schienale della sedia. – Non hai figli o figlie?

– Avevo quattro maschi e quattro femmine, e già due dei miei figli sono morti: laggiù c'è il loro assassino. Presto lo prenderò, lo inchioderò alla mia porta e cenerò guardandolo morire.

– Sir Hune, tu mi piaci – rispose Aillas, alzandosi in piedi – ma, se dovessi davvero commettere un'azione del genere, ti dovrò impiccare, sia pure con sommo rincrescimento. Preferirei di gran lunga impiegare la tua forza e quella dei tuoi figli nel mio esercito.

– M'impiccheresti? E che mi dici di Dostoy, allora, che ha ucciso i miei figli con le sue frecce nere?

– E quando è accaduto?

– La scorsa estate, prima dell'accoppiamento.

– E prima che emettessi i miei ordini. Araldo, raduna il gruppo perché presti attenzione.

Ancora una volta, Aillas si rivolse ai baroni, rimanendo in piedi appoggiato al pomo della spada.

– Ho parlato con Sir Hune, che ha avanzato motivo di lamentela contro Sir Dostoy.

Dal gruppo dei baroni si levarono una risata e una dichiarazione:

– Come osa quel furfante dal cuore nero lamentarsi in alcun modo quando ha le mani che gocciolano di sangue innocente?

– La cessazione degli omicidi deve avvenire in un momento ben preciso – dichiarò Aillas. – E io l'ho già fissato, ma mi ripeterò ancora una volta, usando termini che siate in grado di capire: chiunque commetta un omicidio, chiunque uccida per un motivo diverso dall'autodifesa... verrà impiccato. Intendo riportare la legge e l'ordine nell'Ulfland Meridionale, e quanto prima vi convincerete che faccio sul serio, tanto meglio sarà per tutti. Ho bisogno di buoni combattenti per il mio esercito, non voglio che invece gli uomini validi perdano tempo a uccidersi a vicenda e non voglio dover sprecare il mio tempo a impiccare tutti i baroni della brughiera. E tuttavia, se dovrò farlo, lo farò! Ora tornate alle vostre case e riflettete sulle mie parole.

III

Giunto a Ys, Aillas cercò Shimrod per tutto il campo, ma senza successo. Inviò allora un aiutante di campo a cercarlo nelle taverne del porto, ma con suo grande disappunto il mago risultò introvabile. Il giovane aveva la mente gravata da molti problemi e, tanto per cominciare, aveva sperato che Shimrod potesse fornirgli qualche piccolo incantesimo... di temporanea docilità, magari, da usare contro i soggetti come Sir Hune, o magari una magia che danneggiasse le armi del bellicoso barone. Aillas era certo che questo tipo di aiuto non avrebbe contraddetto l'editto di Murgen,* visto che poteva essere giustificato da un intento umanitario.

Aillas aveva anche sperato che Shimrod presenziasse alla riunione con i fattori di Ys, riunione resa ora necessaria dall'andamento delle cose. Tuttavia, dato che il mago era irreperibile, fu costretto a fare affidamento sulle proprie forze e ad affrontare i misteriosi oligarchi da solo.

Il primo passo da muovere era quello d'identificare le autorità responsabili, il che non era una cosa semplice; dopo adeguata riflessione, Aillas decise che Lord Pirmence era l'uomo adatto a quel compito e gli affidò l'incarico di organizzare la riunione.

Nel tardo pomeriggio, Pirmence venne a far rapporto.

– Una cosa insolita e bizzarra! – dichiarò il ministro, in risposta alla domanda di Aillas su come fosse andata la giornata. – Questa gente è scivolosa come un'anguilla, e non stento a credere che sia discendente dei Minoici di Creta!

– E questo cosa significa? Da dove viene tale deduzione?

– Non ho alcuna prova concreta, solo intuizioni. È gente dotata di quel misto d'innocenza e di mistero che era un attributo così affascinante dei Minoici. Oggi mi hanno sconcertato al punto da farmi quasi venire un colpo apoplettico. Ho chiesto dappertutto dove potevo trovare i loro governanti, o anche un consiglio degli anziani o un qualsiasi gruppo di persone influenti, ma come risposta ho ricevuto solo occhiate vacue e scrollate di spalle. Quando mi sono fatto più insistente, le persone da me interrogate, dopo essersi accigliate, aver scosso dubbiosamente il capo ed essersi guardate intorno perplesse, hanno negato che qui esista una simile forma di autorità. Se giravo loro le spalle, mi sentivo assalito dal sospetto che stessero ridendo della grossa

---

* L'editto di Murgen proibiva ai maghi di prendere parte ai conflitti secolari e, salvo piccole eccezioni, gli altri maghi erano ben lieti di ottemperare a questa legge.

a mie spese, ma ogni volta che mi sono voltato di scatto per sorprenderli nella loro insolenza ho verificato che se n'erano già andati per i fatti loro, e questa è la cosa più offensiva: li avevo annoiati al punto che non se la sentivano neppure di ridere.

– Alla fine, ho trovato un uomo che prendeva il sole su una panca, e quando l'ho interrogato questi ha avuto almeno la cortesia di darmi una spiegazione. Ho così scoperto che qui a Ys regna una sorta di tacito e generale accordo. La città è governata dagli usi e dai costumi, che prendono il posto della legge coercitiva, e il concetto di un'autorità centrale è sentito al tempo stesso come ripugnante e vagamente ridicolo. Ho allora chiesto al vecchio chi fosse qualificato a incontrarsi con Re Aillas in una riunione per la soluzione d'importanti questioni, ma lui mi ha risposto con una tipica scrollata di spalle e ha detto: "Non so di nessuna questione importante e non ritengo sia il caso di fare una riunione".

– A questo punto è arrivata una gentile dama che ha aiutato il vecchio ad alzarsi in piedi e lo ha portato via con sé. Dai suoi modi solleciti mi è parso di capire che il vecchio soffra di una forma avanzata di demenza senile, quindi può darsi che la sua analisi non sia stata del tutto accurata.

Pirmence fece una pausa per ridacchiare e tirarsi la barba, eAillas rifletté che la sua decisione di non impiccare immediatamente il nobile ma piuttosto di mettere a buon frutto la sua abilità nell'intrigo stava finora tornando a suo vantaggio.

– Che altro c'è?

– Mi sono rifiutato di lasciarmi abbattere da evasività, da strane idee e dai vaneggiamenti di un folle – proseguì Pirmence. – Mi sono detto che le leggi della natura dovevano funzionare a Ys con lo stesso rigore con cui operano altrove e che, inevitabilmente, i fattori più ricchi e influenti dovevano aver dimora nei palazzi più belli e antichi. Ho visitato parecchi di quei palazzi e ho informato i fattori che vi dimorano che, considerato che tutti a Ys negano che esista un consiglio di governo, mi prendevo l'autorità di nominarne uno e che questi gentiluomini ne erano adesso i membri. Inoltre, ho notificato che era loro primo e pressante dovere quello di incontrarsi con te domani a metà mattina.

– Astuto e ingegnoso! Ben fatto, Pirmence! Non sarebbe davvero un bello scherzo se finissi per trovare indispensabile la tua collaborazione?

– Ho ormai superato nella mia crescita intellettuale quella fase in cui si riesce a trovare comica ogni stranezza – replicò il ministro, scuotendo il capo con aria acida. – Quel che esiste è reale, e quindi è tragico, visto che tutto ciò che vive deve morire. Adesso solo le fantasie, i vapori che si levano dalle pure e semplici assurdità, riescono a sollecitare le mie risate.

– Ah, Pirmence, la tua filosofia va al di là della mia comprensione.

– Come la tua per me – ritorse con grazia da cortigiano il ministro.

Il giorno successivo, verso metà mattina, sei fattori scesero con passo calmo dalla città e raggiunsero il padiglione di seta blu dove Aillas li attendeva in compagnia di Lord Maloof e di Lord Pirmence. I fattori si somigliavano tutti: erano snelli e di carnagione quasi pallida, con lineamenti fini, occhi neri e capelli dello stesso colore tagliati corti e racchiusi in reticelle d'oro. Vestivano in maniera modesta, con bianche tuniche di lino e sandali, e nessuno era armato.

Aillas avanzò per salutarli.

– Signori, sono lieto di darvi il benvenuto. Sedetevi. Questi sono i miei aiutanti, Lord Maloof e Lord Pirmence, entrambi uomini colti ed esperti, del tutto dediti al raggiungimento dei nostri scopi comuni. Volete qualcosa da bere? – Senza attendere risposta, fece cenno a un cameriere, che colmò parecchi bicchieri di vino. I fattori, però, ignorarono la bevanda.

– La questione che dobbiamo discutere oggi è di considerevole importanza – aggiunse Aillas – e spero che la risolveremo con efficienza e decisione.

– La situazione è la seguente: a causa della debolezza dei governanti, degli attacchi degli Ska e della demoralizzazione generale, l'Ulfland Meridionale è diventato una landa senza legge, con l'eccezione di Vale Evander. È mia intenzione restaurare la legge e l'ordine, respingere gli Ska e alla fine riportare l'Ulfland Meridionale alla sua antica prosperità. Per conseguire tali scopi, non posso continuare troppo a lungo a fare affidamento solo sugli uomini e sulle risorse del Troicinet: entrambe le cose devono venire dall'Ulfland Meridionale stesso.

– Il mio primo intento è quello di formare un esercito in grado di garantire l'osservanza della legge e di sconfiggere gli Ska. Nessuno potrà essere esentato dal servizio militare, ed è questo lo scopo della nostra riunione odierna.

I fattori si alzarono in piedi, s'inchinarono e accennarono ad andarsene.

– Aspettate! – esclamò Aillas. – Dove andate?

– Non hai finito con quello che avevi da dire? – chiese uno dei fattori. – Avevi promesso che saresti stato breve.

– Non fino a questo punto. E ho anche detto che dobbiamo prendere delle decisioni. Vuoi agire tu da portavoce, oppure ognuno di voi preferisce esporre la propria opinione?

Aillas scrutò i volti che aveva dinnanzi, ma solo per trovarvi il vuoto più assoluto.

– Non sono abituato a tanta modestia – commentò poi. – Tu, signore, qual è il tuo nome?

– Vengo chiamato Hydelos.

– Ti nomino in questo momento Onorevole Hydelos, Capo del Consiglio. Voi sei formerete il consiglio stesso. E tu, signore, come ti chiami?

– Anch'io sono chiamato Hydelos.

– Ma guarda! E non avete altro nome con cui distinguervi, tranne Hydelos?

– I nostri nomi propri.

– E allora, qual è il tuo nome proprio? Cerchiamo di essere pratici.

– Olave.

– Olave, sei nominato sovrintendente alla coscrizione militare, e i due gentiluomini che ti siedono accanto saranno i tuoi assistenti. Recluterete soldati per l'Esercito Ulflandese in tutto il Vale Evander. Maloof, prendi nota dei loro nomi, propri o meno che siano. Tu, signore, come ti fai chiamare?

– Io sono Eukanor.

– Eukanor, tu sei il nuovo esattore delle tasse di Vale Evander, e il gentiluomo alla tua sinistra ti aiuterà. Maloof, registra i loro nomi. Hydelos, spero che questa riunione stia procedendo abbastanza in fretta da soddisfarti. Il tuo primo dovere sarà quello di fungere da supervisore, e non c'è bisogno che ti dia adesso tutti i dettagli; fungerai anche da collegamento fra me e gli altri membri del Consiglio, o da mio rappresentante, e mi dovrai presentare un rapporto giornaliero.

– Signore – rispose con gentilezza Hydelos – quello che chiedi è impossibile e non può essere fatto.

– Hydelos – rise Aillas – ti incito a guardare in faccia la realtà, non importa quanto tu sia riluttante a farlo. Dovrete cambiare tutto il vostro modo di vivere, almeno fino a che l'Ulfland Meridionale non sarà stato risanato. Non avete scelta, e non voglio sentire discussioni. Se voi sei non vorrete lavorare per me, sarò costretto a esiliarvi sull'Isola di Terns e a provare con altre sei persone di Ys, fino a quando troverò qualcuno disposto a cooperare o tutta la popolazione di Ys sarà stata trasferita su quell'isola brulla e sassosa.

– Considerando la situazione attuale, quello che vi sto chiedendo non è eccessivo e può essere portato a termine con facilità. Io sono il vostro re, e questi sono i miei ordini.

Hydelos replicò con un tono di voce nel quale la petulanza era tenuta attentamente a freno.

– Siamo esistiti per molti anni senza un re, senza un esercito e senza le tasse. Gli Ska non ci hanno mai minacciati e i baroni non sono un pericolo per noi. Perché ora ci dovremmo affrettare a obbedire a un invasore del Troicinet?

– Avete tollerato la presenza di Faude Carfilhiot a Tintzin Fyral, avete ignorato le scorrerie che gli Ska facevano per procacciarsi schiavi. Avete comprato la vostra pace a spese delle sofferenze altrui, ma ora questi giorni di spensieratezza sono finiti e dovrete condividere il costo della giustizia! Signori, farete bene a scegliere in questo preciso momento, perché non intendo aggiungere un'altra parola.

– Non ce n'è bisogno – rispose Hydelos con voce sommessa. – Siamo convinti.

– Molto bene. Maloof, fornisci loro in tutti i dettagli le informazioni su quanto va fatto. – Aillas si alzò in piedi, s'inchinò agli sconsolati fattori e si avviò.

Si arrestò però di scatto alla vista di un'alta figura che attraversava il campo, diretta verso di lui: adesso che la riunione era finita e tutti i problemi risolti, Shimrod aveva finalmente deciso di farsi vedere di nuovo.

CAPITOLO VI

I

PARECCHIO TEMPO PRIMA DI QUESTI EVENTI, poco dopo che Shimrod si era installato nella dimora di Trilda, nella Foresta di Tantrevalles, il sonno del mago era stato turbato da una serie di sogni, che gli si erano presentati una notte dopo l'altra, in una sequenza che aveva attirato fino all'ossessione la sua attenzione, per quanto l'andamento degli eventi lasciasse intendere che la conclusione del sogno poteva essere tragica e forse anche fatale.

Quei sogni erano stati straordinari sotto parecchi aspetti: per l'ambiente in cui si svolgevano, una spiaggia bianca con l'oceano da un lato e una villa di pietra candida dall'altro, che rimaneva sempre uguale, e per il fatto che nel loro svolgimento non vi era mai nulla d'illogico e di grottesco. Ma la qualità più sorprendente di quei sogni era stata l'eccezionale bellezza della donna che, insieme a Shimrod, era l'unica loro protagonista.

Nel primo sogno, Shimrod si era trovato in piedi vicino alla balaustra antistante la villa: il sole era caldo, la risacca percuoteva la riva con ritmo regolare e il mago attendeva con un senso di ansia. Dopo qualche tempo, guardando in direzione della spiaggia aveva scorto una donna che si stava dirigendo verso di lui; aveva i capelli scuri, era di altezza media e di corporatura snella, camminava a piedi nudi e indossava un abito bianco lungo fino al ginocchio e privo di maniche. La donna si era avvicinata senza fretta e era passata accanto a Shimrod, lanciandogli una sola occhiata e continuando per la sua strada. Il mago era rimasto a guardarla pieno di meraviglia e di desiderio.

Il sogno era poi svanito per andare in quel luogo, quale che sia, dove scompaiono i sogni dopo che il loro momento è trascorso, Shimrod si era destato ed era rimasto disteso, lo sguardo fisso nel buio.

La notte successiva il sogno si era ripresentato, e così anche la notte seguente a quella. Ogni volta, la donna aveva mostrato un po' più di attenzione nei suoi confronti, e alla fine si era fermata ad ascoltarlo mentre Shimrod le parlava. Il mago aveva cercato di scoprire la sua identità e perché si aggirasse da quelle parti, e lei gli aveva indicato un momento e un luogo in cui si sarebbero potuti incontrare al di fuori dei confini del sogno. Shimrod si era sentito pervadere da un senso di esaltazione, pur sapendo che quell'incontro poteva anche essere stato organizzato a suo danno. Di conseguenza, si era recato a chiedere consiglio a Murgen, nel suo castello di Swer Smod, sulle pendici del Teach tac Teach.

Murgen gli aveva svelato il complotto: la donna era Melanchte, e obbediva agli ordini di Tamurello. Qual era il loro intento? La cosa non era un mistero: Tamurello intendeva confondere e indebolire Murgen attraverso la distruzione di Shimrod, che ne era la clonazione.

Una sola questione era rimasta cosi insoluta, e cioè l'eterno e angoscioso interrogativo: "Come può una creatura così bella essere così malvagia?".

A questo riguardo, Murgen non aveva potuto fornire spiegazioni.

Shimrod si era presentato all'incontro, ma il complotto era stato messo a nudo e così il mago si era salvato. In seguito, nel corso della sua prima visita a Ys, Shimrod aveva scoperto la spiaggia su cui aveva visto passeggiare Melanchte e, un chilometro circa più a nord, aveva trovato la villa bianca accanto a cui, nei sogni, aveva atteso la donna.

Adesso era in grado di ricordare quell'episodio con distacco e anche con un pizzico di curiosità, senza contare che vi era anche un'altra questione, quella di un impegno cui non era stata tenuta fede. Il modo in cui Melanchte avrebbe potuto reagire messa di fronte a quell'impegno inadempiuto fu un interrogativo che, alla fine, indusse Shimrod a lasciare Ys senza dare nell'occhio e ad avviarsi lungo la spiaggia.

Arrivato alla villa, si arrestò accanto alla balaustra, con la forte sensazione di rivivere qualche cosa che era già successa: guardando verso la spiaggia, come aveva fatto nei sogni, vide Melanchte che si avvicinava.

Come in passato, la donna indossava un abito bianco lungo fino al ginocchio ed era a piedi nudi. Se rimase sorpresa nel vedere Shimrod, non lo diede a vedere, e la sua andatura rimase costante.

Melanchte arrivò al cancello: i suoi occhi guizzarono per un attimo in direzione del mago, poi la donna decise d'ignorarlo e salì i gradini che portavano alla terrazza, scomparendo nell'ombra proiettata dal colonnato.

Shimrod la seguì, entrando a sua volta nella villa, che non aveva mai visitato in precedenza.

Melanchte attraversò l'ingresso ed entrò in una camera con una serie di finestre ad arco che si affacciavano sull'oceano: sedutasi su un divano adiacente a un basso tavolino, si appoggiò all'indietro e si mise a fissare l'orizzonte.

Shimrod prese silenziosamente una sedia e si sistemò dalla parte opposta del tavolo, in modo da poter guardare la donna senza essere costretto a girare il capo.

Poco dopo, una cameriera entrò nella stanza portando un'alta brocca d'argento e versò a Melanchte un bicchiere di punch al vino, fragrante dell'aroma di arancio e limone: senza badare alla presenza del mago, la donna prese a sorseggiare la bevanda e tornò a fissare il mare.

Shimrod rimase a contemplarla con la testa inclinata in atteggiamento perplesso; prese in considerazione l'idea di bere direttamente dalla brocca, ma arrivò subito alla conclusione che un atto del genere, con il suo accenno di volgarità, poteva compromettere quel minimo di accettazione che gli era stata concessa. Ricorse quindi a un piccolo incantesimo: un uccellino azzurro e rosso volò nella stanza, girò intorno alla testa di Melanchte e andò a posarsi sul bordo del suo bicchiere: il volatile cinguettò un paio di volte, fece un bisognino nel bicchiere e volò via.

Con calma studiata, Melanchte si protese in avanti e posò il boccale sul tavolo.

A quel punto, Shimrod evocò un altro piccolo incantesimo e un ragazzo moro con un enorme turbante blu, camicia a strisce rosse e blu e calzoni azzurri a sbuffo, comparve sulla soglia con in mano un vassoio e un paio di coppe d'argento. Il ragazzo offrì il vassoio a Melanchte e rimase immobile in attesa.

Inespressiva in volto, la donna prese una delle coppe e la depose sul tavolo; il ragazzo si accostò allora a Shimrod, che accettò con grazia la coppa rimasta e ne bevve il contenuto con soddisfazione mentre il piccolo schiavo lasciava la stanza.

Con la bocca dagli angoli dolorosamente inclinati verso il basso, Melanchte tornò alla sua contemplazione dell'oceano.

Shimrod pensò: "Ma guarda come sta macchinando! Formula mentalmente un piano dopo l'altro e poi li scarta perché inefficaci o volgari o poco in armonia con la sua dignità. Non riesce a trovare delle parole che non la lascino vulnerabile a qualsiasi rimprovero o richiesta che io decida di rivolgerle, ma finché rimane in silenzio non s'impegna in alcun modo e così crede di tenermi a bada! Dentro di lei la tensione sta però aumentando e prima o poi dovrà prendere l'iniziativa".

Poi notò una contrazione agli angoli della bocca di Melanchte.

"È arrivata a una decisione" disse a sé stesso. "La soluzione più efficace ma meno educata sarebbe per lei quella di alzarsi e di lasciare la stanza: di certo, non la potrei seguire nel bagno e mantenere intatta la mia reputazione di galantuomo. Bene, vedremo! Il suo modo di agire mi illuminerà in merito al suo umore."

Ripiegato il capo all'indietro, Melanchte parve addormentarsi, e allora Shimrod sì alzò e si mise a guardarsi intorno nella stanza. Vi erano pochi mobili e una strana carenza di oggetti personali: nessun oggetto strano o artigianale, né pergamene o libri o cartelle. Su un tavolo laterale vi era una fruttiera di ceramica verde contenente una dozzina di arance, accanto alla quale erano sparpagliati a casaccio una dozzina di ciottoli di fiume che per un po' avevano attirato l'interesse di Melanchte. Tre tappeti della Mauritania erano stesi sul pavimento, intessuti in vivaci disegni blu, neri e rossi su fondo marrone, e un candeliere di pesante ferro nero pendeva dal soffitto. Sul tavolo dinnanzi a Melanchte una brocca di bronzo conteneva una dozzina di calendule arancioni, di certo sistemate là dalla cameriera. In sostanza, rifletté Shimrod, quella stanza era un ambiente neutro che non rifletteva nulla della personalità di Melanchte.

Alla fine, Melanchte si decise a parlare.

– Per quanto ancora hai intenzione di rimanere qui?

– Sono libero per il resto della giornata – rispose Shimrod, tornando a sedersi – e anche per questa notte, se necessario.

– Hai un atteggiamento davvero noncurante nei confronti del tempo.

– Noncurante? Non credo. È un argomento di grande interesse. Secondo gli Esq della Galizia, il tempo è una piramide con tredici facce, ed essi credono che l'umanità si trovi sul suo apice e possa contemplare dall'alto giorni, mesi e anni in tutte le direzioni. Questa è la prima premessa dello Thudhic Perduric, pronunciato da Thudh, il Dio del Tempo dei Galiziani, che ha tredici occhi tutt'intorno alla testa in modo da poter guardare contemporaneamente in tutte le direzioni. La capacità visiva del dio, ovviamente, è solo simbolica.

– E questa dottrina ha qualche immediata conseguenza?

– Direi proprio di sì. Le idee nuove stimolano la mente e ravvivano la conversazione. Per esempio, visto che stiamo ancora parlando di Thudh, forse t'interesserà sapere che ogni anno i maghi Esq alterano un centinaio di feti umani nella speranza che ne nasca finalmente uno con tredici occhi disposti tutt'intorno alla testa, l'incarnazione stessa di Thudh. Finora, il massimo che hanno ottenuto sono stati soggetti con nove occhi, che diventano sacerdoti del dio.

– Non trovo queste cose di grande interesse, e neppure la conversazione in generale. Potrai andartene non appena sentirai di poterlo fare senza apparire scortese.

– Quando riterrò giunto quel momento, lo farò – promise Shimrod. – Per adesso, però, se permetti, vorrei chiamare ancora la tua cameriera perché ci porti altro vino e magari prepari anche un po' di cozze con aglio e prezzemolo: servite con pane fresco sono un ottimo cibo, consumato dalle persone che hanno la coscienza a posto.

– Non ho fame – ribatté Melanchte, voltandosi da un lato.

– Sei stanca? – domandò subito Shimrod, con sollecitudine. – Sdraiati pure sul tuo letto: io verrò a tenerti compagnia.

Melanchte gli rivolse un lento sguardo dorato con la coda dell'occhio.

– Qualsiasi cosa faccia – replicò poi – preferisco farla da sola.

– Davvero? Ma in passato non era così: sei venuta a cercarmi più volte.

– Sono del tutto cambiata da allora, tanto che non sono più la stessa persona sotto nessun aspetto.

– E perché mai questa metamorfosi?

– Vivendo una vita isolata e tranquilla – dichiarò Melanchte, alzandosi in piedi – avevo sperato di evitare intrusioni nella mia intimità, e, entro certi limiti, ci sono riuscita.

– E ora non hai amici?

Con una scrollata di spalle, la donna gli volse le spalle e si accostò alla finestra. Shimrod le si avvicinò e gli giunse alle narici l'odore di viole.

– La tua è una risposta ambigua.

– Non ho amici.

– E Tamurello?

– Lui non è un amico.

– Spero che non sia il tuo amante.

– Rapporti del genere non hanno alcun interesse per me.

– E quali sono i rapporti che t'interessano?

Melanchte si lanciò un'occhiata alle spalle e, accortasi che Shimrod le era troppo vicino per i suoi gusti, si spostò di lato di un passo.

– Non ho pensato per nulla alla cosa.

– Desideri imparare la magia?

– Non mi interessa diventare una strega.

– Sei davvero un enigma – commentò il mago, tornando a sedersi. Batté le mani e la cameriera arrivò subito. – Melanchte, vuoi chiederle di servire il vino?

Con un sospiro, la donna fece un cenno alla cameriera, quindi tornò a sedersi sul divano con aria tesa e rassegnata; la domestica tornò poco dopo con il vino e un paio di bicchieri e servì sia Shimrod che Melanchte.

– Un tempo – commentò il mago – pensavo che fossi una bambina con un corpo da donna.

– E ora? – Melanchte ebbe un freddo sorriso.

– La bambina sembra essersene andata.

Il sorriso di Melanchte assunse una sfumatura malinconica.

– La donna è bella come il sorgere del sole – continuò Shimrod – e io mi chiedo se ne sia consapevole. Sembra osservare l'igiene, mostra di tenere con cura i capelli e ha il portamento di una donna che è del tutto consapevole del proprio fascino.

– Continui proprio ad annoiarmi – replicò Melanchte, con voce incolore.

– Sembra che tu sia contenta della tua vita e di te stessa – proseguì il mago, senza badare all'interruzione. – Eppure, quando cerco di entrare nella tua mente, mi perdo come se si trattasse di una giungla.

– È perché non sono del tutto un essere umano – spiegò Melanchte, secca.

– E chi te lo ha detto? Tamurello?

– Questi sono argomenti noiosi – dichiarò Melanchte, annuendo con indifferenza. – Quando te ne andrai?

– Presto. Ma dimmi ancora una cosa: quand'è stato che Tamurello ti ha detto una così straordinaria sciocchezza?

– Non mi ha detto nulla e io non so nulla. La mia mente è vuota, come il cielo nero dietro le stelle.

– Ritieni che io sia umano? – domandò Shimrod.

– Credo di sì.

– Io sono una clonazione di Murgen.

– Questa è una cosa che non capisco.

– In un tempo ormai remoto, Murgen si mise in cammino usando questo mio aspetto, in modo da poter agire, ascoltare e vedere come una persona diversa da sé stesso, il famoso Murgen. Io non so nulla di quel tempo, perché era lui a controllare le mie azioni e i ricordi relativi appartengono a lui. A ogni modo, attraverso il suo uso, la forma di Shimrod finì per acquisire sostanza e divenne reale, e non più collegata a Murgen.

"Adesso io sono Shimrod. Dovrei forse non considerarmi un uomo? Ne ho l'aspetto, provo fame e sete, mangio, bevo e a suo tempo elimino le scorie relative. Sono in grado di gioire e di piangere di dolore, e quando contemplo la tua bellezza provo un malinconico desiderio che è al tempo stesso dolce e doloroso. In breve, sono fin troppo umano, e se invece non è così non so proprio cosa sia quello che mi manca per esserlo.

Melanchte tornò a fissare il mare.

– La mia forma è umana e il mio corpo, come il tuo, svolge ogni umana funzione: posso vedere, sentire, assaporare. Ma sono svuotata, non ho emozioni, non faccio nulla se non passeggiare sulla spiaggia.

Shimrod si spostò sul divano, accanto a lei, e le circondò le spalle con un braccio.

– Permettimi di riempire questo vuoto.

– Sto bene come sono – ritorse Melanchte, lanciandogli uno sguardo un po' sardonico.

– Starai meglio quando sarai diversa, molto meglio.

Melanchte si liberò e si alzò, tornando alla finestra: Shimrod, che non trovava più altro da aggiungere, scelse questo momento per andarsene, e lo fece senza neppure una parola di saluto.

Il giorno successivo il mago tornò alla villa bianca, di proposito alla stessa ora della volta precedente: se Melanchte avesse seguito gli stessi orari, avrebbe appreso qualcosa sul suo umore. Rimase in attesa vicino alla terrazza per un'ora, ma la donna non apparve, e alla fine Shimrod si avviò verso Ys con aria pensosa.

Nel tardo pomeriggio, il bel tempo cedette di fronte a una fresca brezza che soffiava da ovest e che sospingeva nel cielo una massa di cirri tempestosi, tanto che il sole tramontò in un purpureo banco di nubi.

Nel corso della mattinata, l'indomani, sole e nuvole lottarono per ottenere il controllo del cielo, con i raggi di sole che di tanto in tanto trovavano un varco ma solo per essere subito soffocati. Il tempo rimase così fino al pomeriggio, quando nere pareti di pioggia si riversarono dal mare sulla città.

Agendo d'impulso, sul finire della giornata Shimrod si gettò il mantello sulle spalle e, dopo aver fatto acquisti al mercato, si avviò a lunghi passi lungo la spiaggia verso la villa bianca. Salì i gradini, attraversò la terrazza e si annunciò bussando con energia alla porta di legno intagliato.

Non avendo ricevuto risposta, bussò ancora. Alla fine il battente venne aperto di una fessura e la cameriera fece capolino.

– Lady Melanchte non riceve ospiti.

Shimrod oltrepassò la soglia.

– Eccellente, così non verremo disturbati da intrusi. Rimarrò per cena: qui ci sono alcuni ottimi bocconi di carne, che dovrai arrostire per bene con le erbe e servire con il vino rosso. Dov'è Melanchte?

– Nel salotto, vicino al fuoco.

– Troverò la strada da solo.

La cameriera tornò in cucina con aria dubbiosa mentre Shimrod, passando da una stanza all'altra, scopriva finalmente il salotto: una camera dalle pareti bianche e dal soffitto in travi di quercia, dove Melanchte era in piedi accanto al fuoco, per riscaldarsi. Quando il mago entrò, Melanchte lanciò un'occhiata nella sua direzione da sopra la spalla, poi tornò a fissare le fiamme con aria cupa.

– Sapevo che stanotte saresti venuto – commentò, senza guardarlo, quando Shimrod le si avvicinò.

Il mago le circondò la vita con un braccio, la trasse a sé e la baciò, ma senza incontrare alcuna reazione: sarebbe stato lo stesso se si fosse baciato la mano da solo.

– Allora… sei contenta di vedermi?

– No.

– Ma non sei neppure arrabbiata?

– No.

– Ti ho baciata un'altra volta, in passato. Rammenti?

Quando Melanchte si volse per guardarlo in faccia, Shimrod comprese che stava per udire un'affermazione che ormai conosceva fin troppo bene.

– Non ricordo quasi nulla di quell'occasione. Tamurello mi aveva dato tutte le istruzioni: dovevo prometterti tutto quello che avessi chiesto e, se necessario, acconsentire a qualsiasi tua richiesta. Ma questa necessità non si è presentata.

– E le promesse: dovranno venire infrante?

– Sono state pronunciate dalla mia bocca, ma erano promesse di Tamurello. Dovrai rivolgerti a lui per avere soddisfazione. – E Melanchte tornò a fissare il fuoco con un sorriso.

Shimrod, che la teneva ancora per la vita, la strinse di nuovo a sé e affondò il volto nei suoi capelli, ma Melanchte si liberò e si andò a sedere sul divano.

Shimrod le si sistemò accanto.

– Non sono certo l'uomo più saggio del mondo, come tu ben sai, e tuttavia sono molte le cose che posso insegnarti.

– Stai inseguendo un'illusione – insistette Melanchte, quasi con disprezzo.

– E perché?

– Sei condizionato dall'aspetto del mio corpo. Se guardandomi tu vedessi una vecchia dalla pelle gialla e incartapecorita e con il naso pieno di verruche, stanotte non saresti qui e di certo, anche essendoci, non mi avresti baciata.

– Non posso negare nulla di tutto questo, ma non credo di essere l'unico a reagire così. Perché hai scelto di vivere in un corpo del genere?

– Ci sono abituata, e so che è splendido. Tuttavia, quello che vive all'interno del corpo è il mio ego... è qualcosa che probabilmente non ha proprio nulla di attraente.

– Devo servire la cena qui vicino al fuoco? – domandò la cameriera, entrando nella stanza.

– Io non ho ordinato nessuna cena – obiettò Melanchte, guardandosi intorno con aria perplessa.

– Questo gentiluomo ha portato della carne scelta e mi ha ordinato di arrostirla per bene, e così ho fatto: carne arrostita con vino, aglio, limone e un po' di timo, insieme a pane fresco, piselli teneri e buon vino rosso da bere.

– Allora servici qui.

Nel corso della cena, Shimrod si diede da fare per raggiungere un'atmosfera di calore e di distensione, con ben poco incoraggiamento da parte di Melanchte che, subito dopo che ebbero finito, annunciò di essere stanca e di volersi ritirare.

– Sta piovendo – osservò Shimrod. – Credo che mi fermerò per la notte.

– La pioggia è cessata. Vattene adesso, Shimrod: non voglio altri che me stessa, nel mio letto.

– So prendere commiato altrettanto gentilmente quanto chiunque altro – replicò Shimrod, alzandosi in piedi. – Ti auguro la buona notte, Melanchte.

II

La pioggia, grigia e costante, scoraggiò Shimrod da altre spedizioni lungo la spiaggia, insieme ad altre considerazioni di ordine tattico che gli suggerivano una pausa nelle visite; un eccesso di zelo avrebbe potuto procurare più male che bene alla sua causa. Per il momento aveva già fatto abbastanza: aveva sottoposto all'attenzione di Melanchte l'unicità della sua personalità, le aveva dimostrato di essere gentile, costante, divertente e considerato, e al tempo stesso di desiderarla come qualsiasi normale essere umano; accennare qualcosa di più lo avrebbe fatto apparire grossolano, mentre manifestazioni di minore intensità avrebbero sminuito il fascino di Melanchte e l'avrebbero indotta a dubitare di sé stessa e di lui.

Shimrod rimase quindi seduto nella sala comune della Corda e l'Ancora, la sua preferita fra le taverne del porto, bevendo sidro, guardando la pioggia e riflettendo su Melanchte.

La donna costituiva senza dubbio un caso affascinante, con la sua bellezza che era un immenso tesoro e il suo corpo che pareva fin troppo fragile per sopportarne il peso. Si chiese se fosse davvero solo quella bellezza ad attirarlo, e quale altro potesse essere il fascino di Melanchte.

Lo sguardo fisso sugli scrosci di pioggia, il mago passò in rivista tutti quei tratti piacevoli che si trovavano in ogni donna bella e amata: Melanchte non ne possedeva nessuno, neppure quella misteriosa e indefinibile qualità che è di per sé la femminilità stessa.

La donna aveva affermato di avere la mente vuota, e Shimrod comprese che non poteva fare altro che crederle. Quel che più colpiva in lei era l'assenza di ogni forma di curiosità, umorismo, calore e simpatia; il totale candore di cui si serviva non era tanto vera onestà quanto indifferenza alla sensibilità di chi l'ascoltava, e Shimrod non riusciva a ricordare altra traccia di emozione in lei se non noia e una tenue ripugnanza che sembrava avvertire nei suoi confronti.

Shimrod bevve il sidro con aria avvilita, lo sguardo fisso sulla spiaggia su cui la villa bianca non era visibile a causa della pioggia... Di colpo, annuì fra sé, colpito dalla profondità di una nuova idea che gli era venuta: Melanchte costituiva l'ultimo atto compiuto dalla strega Desmëi e la sua estrema vendetta contro l'Uomo. Nello stato attuale, infatti, Melanchte era una tabula rasa su cui ogni uomo poteva proiettare la sua idealizzata idea di estrema bellezza; tuttavia, quando avesse cercato di possedere e di rendere propria tale bellezza, avrebbe trovato solo il vuoto e così, a seconda della sua capacità individuale, avrebbe sofferto come aveva sofferto la stessa Desmëi!

Presumendo che tali congetture fossero esatte, rifletté Shimrod, che effetto avrebbero avuto su Melanchte, quando ne fosse stata informata? Una volta al corrente delle proprie condizioni, la donna avrebbe desiderato di modificarle, e con quanto ardore? E il cambiamento sarebbe stato possibile, ammesso che lei lo avesse desiderato?

Aillas entrò nella taverna, si asciugò vicino al fuoco, quindi cenò insieme a Shimrod in un'alcova adiacente alla sala comune. Il mago s'informò sull'andamento del nuovo esercito ulflandese e il giovane dichiarò di non essere per nulla scoraggiato.

– In effetti, tutto considerato, non potevo aspettarmi progressi migliori: ogni giorno vi è un afflusso di nuove reclute e il numero complessivo continua a crescere. Oggi ne sono arrivati cinquantacinque: ragazzi robusti della brughiera e delle montagne, coraggiosi come leoni e pronti a insegnarmi l'arte della guerra, che secondo loro consiste nel nascondersi fra le ginestre fino a che non passa nelle vicinanze un gruppetto abbastanza piccolo di nemici, per poi tagliare un po' di gole, prelevare un po' di borse e ritirarsi il più in fretta possibile. Per loro, è tutto qui.

– E che mi dici dei tuoi nove baroni recalcitranti?

– Sono lieto di poter dire che si sono presentati tutti prima dello scadere del tempo stabilito: nessuno di loro si è comportato in maniera precisamente umile, ma almeno ho messo in chiaro un punto e non sono stato costretto ad addentrarmi nella brughiera... non ancora, almeno.

– Stanno temporeggiando, tenendoti d'occhio e studiando il modo migliore per fartela alle spalle.

– Vero, e prima o poi sarò costretto a impiccare un po' d'increduli Ulflandesi, anche se preferirei di gran lunga che si facessero ammazzare combattendo contro gli Ska– Invece perfino queste giovani teste calde parlano a bassa voce quando vengono nominati quei razziatori.

– Questo li dovrebbe incoraggiare a apprendere la disciplina degli Ska.

– Per sfortuna, sono convinti che gli Ska sono capaci di mangiarli vivi, quindi la battaglia è persa prima ancora che gli eserciti si siano affrontati. Dovrò portarli al combattimento in maniera molto graduale e fare affidamento sulle mie truppe troicinesi per vincere qualche battaglia. A quel punto, gli Ulflandesi vedranno messi in discussione il loro orgoglio e la loro virilità e saranno ansiosi di fare meglio degli stranieri troicinesi.

– Presumendo, ovviamente, che tu possa sconfiggere gli Ska con i tuoi soldati.

– Ho ben pochi timori al riguardo. È indubbio che gli Ska siano esperti nell'arte militare, ma sono relativamente pochi e ciascuno di loro deve combattere come cinque avversari. Parimenti è vero anche il contrario, per cui ogni perdita Ska equivale a cinque delle nostre, ed è proprio questo il mio piano: dissanguarli a poco a poco.

– Sembri rassegnato a una guerra con gli Ska.

– E come posso evitarla? Nel loro programma, l'Ulfland Meridionale è di certo la seconda vittima della lista, e non appena si sentiranno forti abbastanza saggeranno la nostra forza. Spero però che non avvenga prima che io sia pronto a riceverli.

– E quando le ostilità avranno inizio?

– Non intendo attaccare il grosso delle loro forze, questo è certo. Se avessi il completo appoggio dei baroni, le cose mi sarebbero più facili. – Aillas bevve un sorso dal suo bicchiere. – Oggi ho sentito una cosa strana da Sir Kyr, che è il figlio secondogenito di Sir Kaven, della Fortezza di Black Eagle. Tre giorni fa un cavaliere, che ha dichiarato di essere del Dahaut, e in particolare delle Paludi Occidentali, si è fermato alla Fortezza di Black Eagle. Ha detto di chiamarsi Sir Shalles e ha riferito con estrema serietà che presto scoppierà una guerra, che Re Casmir conquisterà il Troicinet, e che allora tutti quelli che adesso si sono schierati dalla parte di Re Aillas verranno cacciati dai loro castelli. Secondo lui, la cosa migliore sarebbe quella di organizzare una società segreta di resistenza per la difesa della libertà ulflandese.

– Presumo che tu stia ora cercando questo Sir Shalles – ridacchiò Shimrod.

– Con la massima decisione. Lo stesso Sir Kyr è già in viaggio a gran velocità verso la brughiera nel tentativo di rintracciare questo Sir Shalles, catturarlo e portarlo qui.

III

La pioggia cessò, e seguì un'alba limpida e dolce. Nella piazza, Shimrod vide arrivare la cameriera di Melanchte, diretta al mercato con un cesto, e andò a parlarle.

– Buon giorno a te. Sono io, Shimrod!

– Mi ricordo di te, signore. Hai buon gusto nello scegliere la carne.

– E tu sei brava nell'arrostirla.

– È vero, devo ammetterlo, ma il merito va in parte all'uso del vino: è la cosa migliore, per la carne di maiale.

– Non potrei essere maggiormente d'accordo. E la tua padrona ha apprezzato la cena?

– Ah, è una donna strana. Qualche volta, dubito che sappia che cosa sta mangiando, e credo che le importi anche meno. Ho notato che ha spolpato i tuoi bocconcini fino all'osso, quindi oggi ne comprerò ancora, insieme magari a un paio di polli ben grassi: mi piace farli a piccoli pezzi, friggerli in olio d'oliva con molto aglio e rovesciare il tutto sul pane.

– Hai l'anima di un poeta. Forse verrò…

– Mi dispiace doverti dire – lo interruppe la cameriera – che non mi è più concesso di lasciarti entrare in casa. È un peccato, considerato che la mia signora ha bisogno di qualcuno che l'ammiri. È tanto triste che sospetto sia sotto qualche incantesimo.

– Non mi sembra un'ipotesi impossibile. Tamurello viene a trovarla?

– Non ho mai visto nessuno farle visita, a parte te e, ieri, alcuni fattori della città che dovevano segnarla sui loro libri.

– Di certo conduce una vita molto ritirata.

– Forse non lo dovrei dire – iniziò la donna, esitando – ma stanotte ci sarà la mezzaluna cadente, e in queste sere, quando il tempo è bello, Lady Melanchte lascia la casa un'ora prima di mezzanotte e torna un po' più tardi, dopo che la luna è tramontata. In verità, ho paura per lei, visto che questa non è una costa tranquilla.

– Sei stata saggia a dirmelo. – Shimrod diede alla cameriera una corona d'oro. – Ti tornerà comoda quando ti sposerai.

– Questo è certo, e ti ringrazio di cuore! Per favore, non offenderti se ti ho detto che non puoi più entrare in casa.

– Mi chiedo il perché di questo divieto.

– È evidente che la dama non trova in te nulla che la diverta: tutto qui.

– Molto strano! – commentò Shimrod, con aria avvilita. – Ho avuto successo con dame di ogni lignaggio, dal più alto al più basso: una bella damigella un tempo si è innamorata di me, e la Duchessa Lydia di Loermel mi ha concesso notevoli favori. Eppure qui, su questa costa spoglia e dimenticata, una fanciulla che vive da sola nella sua villa mi impedisce di farle visita. Non è una farsa?

– Davvero molto strano, signore. – La cameriera sorrise. – Se venissi a bussare alla mia porta, io non ti manderei via.

– Aha! È una cosa che bisogna verificare! – Shimrod afferrò la cameriera, le stampò due sonori baci sulle guance e la lasciò andare, sorridente, verso il mercato.

IV

Shimrod si preparò con estrema cura per l'avventura notturna, indossando un mantello nero e sistemando il cappuccio in modo che gli coprisse i capelli color sabbia e gli lasciasse il volto in ombra. All'ultimo momento, e quasi come un ripensamento, passò sulle suole dei sandali un'acqua repellente, in modo da poter camminare sull'acqua, anche se dubitava che quella notte la cosa gli sarebbe servita. In altre occasioni, gli era tornata utile, salvo quando la violenta risacca rendeva la cosa fastidiosa.

Il crepuscolo lasciò il posto alla notte e la mezzaluna calante si levò con lentezza nel cielo. Alla fine, Shimrod si avviò lungo la spiaggia e una volta vicino alla villa, si arrampicò su una piccola duna, sistemandosi in un punto da cui poteva fare la guardia con comodità.

Dall'interno dell'edificio, la gialla luce delle lampade delineava una fila di alte finestre; poi le luci si spensero a una a una e la villa sprofondò nel buio.

Shimrod rimase in attesa mentre la luna descriveva il suo arco nel cielo, e alla fine dalla costruzione emerse una sagoma distinguibile solo come una chiazza che si spostava sulla sabbia: le dimensioni e l'andatura l'identificavano come Melanchte, e Shimrod la seguì mantenendosi a una discreta distanza.

La donna procedeva con decisione ma senza fretta, e per quel che Shimrod era in grado di capire non prendeva neppure in considerazione la possibilità di essere seguita.

Melanchte camminò per circa un chilometro, tenendosi appena

fuori dalla portata della risacca lucente, e alla fine arrivò a una piattaforma di pietra nera che sporgeva nel mare in modo da formare una
rozza piccola penisola lunga circa tre metri. Con il cattivo tempo, la
piattaforma era di certo percossa e sovrastata dalle onde, ma con la
bonaccia della luna calante il mare si limitava a lambirne le zone più
basse con un gorgoglio intermittente.

Giunta sulla piattaforma, Melanchte indugiò un momento per controllare il terreno circostante, e allora Shimrod si arrestò, si accoccolò a
terra e si abbassò il cappuccio sul volto.

Melanchte non mostrò di vederlo. Si arrampicò sulla roccia e si
avviò con precauzione verso la sua estremità, dove una liscia spalla di
pietra alta quanto un uomo creava una postazione sopraelevata rispetto
all'acqua: sedutasi sulla pietra, la donna si mise a fissare il mare.

Tenendosi basso, Shimrod sgattaiolò allora in avanti come un grosso
topo nero e si arrampicò sulla piattaforma, avanzando con estrema cautela
e controllando di continuo che non vi fossero pietre smosse quando…
da dietro le sue spalle giunse un soffocato rumore di lenti passi.

Shimrod si gettò di lato e si raggomitolò nell'ombra cupa di una
sporgenza rocciosa.

I passi si avvicinarono sempre più e, sbirciando da sotto l'orlo del
cappuccio, Shimrod vide una creatura vagamente illuminata dalla luna:
un torso tozzo, gambe massicce, una testa deforme sormontata da una
bassa cresta. L'aria smossa dal passaggio di quell'essere era impregnata
di un fetore che costrinse il mago a trattenere il respiro e poi a esalare
lentamente il fiato.

La creatura proseguì fino all'estremità della sporgenza, e Shimrod
udì una breve conversazione sommessa, poi silenzio. Si sollevò allora in
una posizione accoccolata e avanzò con cautela: la sagoma di Melanchte
si stagliava contro il cielo stellato e accanto a lei era accovacciata la
creatura che l'aveva seguita: entrambe fissavano il mare.

I minuti passarono, poi una sagoma scura che proveniva dal fondo
infranse la superficie marina, con un sibilo e un sommesso colpo di
tosse, e fluttuò verso l'estremità della sporgenza, issandosi all'asciutto
e accoccolandosi a sua volta accanto a Melanchte. Vi fu un'altra breve
conversazione che Shimrod non riuscì a seguire, poi i tre rimasero
seduti in silenzio.

La mezzaluna scese sempre più in basso, immergendosi in un tenue reticolato di nubi, e le tre creature si accostarono maggiormente le une alle altre, poi l'essere marino emise una morbida nota da contralto che Melanchte riprese con un registro leggermente più acuto cui l'essere di terra aggiunse una nota profonda e vibrante. L'accordo, se così lo si poteva definire, venne mantenuto per circa dieci secondi, poi i tre cantori mutarono tono in rapida successione, l'accordo si modificò e alla fine si spense nel silenzio.

Shimrod sentì un brivido sotto pelle: quel suono era strano e desolato, qualcosa che non aveva mai udito prima.

Il silenzio proseguì all'estremità della sporgenza, mentre i tre meditavano sulla qualità della loro musica, poi la creatura di terra emise un suono profondo e vibrante, cui Melanchte si unì con un acuto che precipitò lungo un'intera ottava mentre l'essere marino emetteva una nota in contralto che somigliava al tintinnio di una campanella sommersa. Il suono mutò timbro e registro, quindi il coro si spense ancora nel silenzio e Shimrod ne approfittò per tornare sulla spiaggia, dove si sentiva meno vulnerabile a qualsiasi tipo di magia potesse essere contenuto in quei suoni.

Trascorsero quindici minuti, durante i quali la mezzaluna assunse una tinta gialloverde e sprofondò nel mare. Alla tenue luce rimasta, i tre seduti sulla sporgenza erano quasi invisibili... ancora una volta lo strano accordo risuonò nell'aria, e di nuovo Shimrod si meravigliò per la malinconica dolcezza e l'indicibile solitudine da esso espressa.

Scese ancora il silenzio e passarono dieci minuti, poi l'essere di terra attraversò le rocce diretto verso la riva e Shimrod lo seguì con lo sguardo mentre risaliva un pendio e scompariva in un canalone... Attese ancora. Melanchte attraversò la sporgenza di roccia, balzò a terra e si avviò lungo la spiaggia; raggiunto il punto in cui era seduto Shimrod, la donna si arrestò e sbirciò nel buio.

Il mago si alzò allora in piedi, e quando Melanchte si volse e si rimise in cammino, le si affiancò. Lei non disse nulla.

– Per chi cantate? – domandò infine Shimrod.

– Per nessuno.

– Perché vai là?

– Perché mi va di farlo.

– Chi sono quelle creature?

– Fuoricasta come me.

– Parlate fra voi? O fate altro, oltre che cantare?

Melanchte rise, una risata strana e bassa.

– Shimrod, sei dominato dal tuo cervello, e sei pacifico come una mucca.

Il mago decise che stare zitto sarebbe stato più dignitoso di un rovente diniego, e così tornarono alla villa in silenzio.

Senza una parola o anche una sola occhiata, Melanchte attraversò il cancello e la terrazza e scomparve all'interno.

Shimrod continuò verso Ys, scontento e convinto di non essersi comportato in maniera corretta, anche se non avrebbe saputo dire in cosa aveva mancato. Inoltre, cosa ci avrebbe potuto guadagnare a comportarsi adeguatamente? Magari un posto nel coro?

Melanchte: tormentosamente, stranamente splendida!

Melanchte: che cantava al mare mentre la luna calante si avviava al tramonto!

Forse, mentre tornavano lungo la spiaggia, avrebbe dovuto afferrarla con passione e prenderla con la forza: almeno, così non sarebbe stato criticato per il suo eccessivo intellettualismo!

Ma anche questo programma, così attraente da un punto di vista superficiale, aveva le sue pecche: pur rifiutando qualsiasi accusa d'intellettualismo, infatti, Shimrod continuava comunque a comportarsi in un modo che aderiva ai precetti della galanteria che, in casi del genere, non ammettevano deroghe. Shimrod decise infine di non pensare più a Melanchte, e si disse che quella non era la donna per lui.

Il mattino successivo, l'alba annunciò un'altra giornata di bel tempo. Mentre Shimrod se ne stava seduto a un tavolo antistante la Corda e l'Ancora, immerso in cupe riflessioni, un falco scese in picchiata dal cielo, lasciò cadere un ramoscello di salice sul piano del tavolo dinnanzi a lui e volò via.

Il mago fissò il rametto con una smorfia poi, sapendo che non poteva fare altro, si alzò per cercare Aillas.

– Murgen mi ha convocato, e devo andare.

– Dove devi andare, e perché? – chiese Aillas, per nulla contento della novità. – E quando sarai di ritorno?

– Non ho risposta per queste domande. Quando Murgen mi chiama, io devo obbedire.

– Allora arrivederci.

Shimrod gettò le sue cose in una sacca, spezzettò il rametto fra le dita e declamò:

– Salice, salice, portami ora dove devo andare!

Si sentì aggredire da un vortice di vento e il suolo prese a roteare sotto i suoi piedi. Intravide le foreste montane, i picchi del Teach tac Teach ordinati in una lunga fila che si stendeva da nord a sud, quindi scivolò lungo un condotto d'aria che lo depositò accanto all'ingresso della dimora di pietra di Murgen, Swer Smod.

Una porta di ferro nero alta tre metri gli sbarrava il passo, con l'Albero della Vita intagliato nel pannello centrale; su di esso, lucertole di ferro si tenevano aggrappate al tronco, e dopo aver fatto saettare le ferree lingue forcute, si allontanarono verso posizioni più elevate; uccelli di ferro saltellarono da un ramo all'altro, dapprima sbirciando Shimrod e poi ispezionando con avidità il ferreo frutto che nessuno di loro osava assaggiare, emettendo di tanto in tanto qualche metallico cinguettio.

Shimrod pronunciò un incantesimo per placare il sandestin che controllava la porta:

– Porta, apriti a me, e lasciami passare illeso. Ascolta solo i miei desideri più sinceri, e non badare ai maliziosi capricci del mio oscuro inconscio.

– Shimrod – sussurrò la porta – la via è libera, anche se sei troppo meticoloso nelle tue affermazioni.

Senza mettersi a discutere, il mago avanzò verso la porta, che si aprì e rivelò dietro di sé un atrio illuminato da una cupola di pannelli di vetro verde, oro e rosso.

Shimrod scelse uno dei passaggi che si diramavano dall'atrio ed entrò nella sala privata di Murgen, che sedeva a un alto tavolo, con le gambe allungate verso il fuoco. Quel giorno, il potente mago aveva scelto di assumere le sembianze da lui conferite, molto tempo prima, a Shimrod: corpo alto e magro, volto scarno e ossuto, capelli color sabbia, bocca dall'espressione eccentrica e un modo di fare noncurante.

– Dovevi proprio presentarti a me con le mie sembianze? – chiese

Shimrod, arrestandosi di colpo. – È spiacevole ricevere istruzioni, o peggio, essere rimproverato in queste circostanze.

– Una svista – replicò Murgen. – In condizioni normali, non ti avrei mai fatto un simile scherzo, ma ora che ci penso l'esercizio di affrontare concetti poco familiari sentendoli uscire dalla tua stessa bocca potrebbe esserti molto utile.

– Con tutto il dovuto rispetto, mi sembra che sia un punto di vista un po' stiracchiato. – Shimrod avanzò nella stanza. – Bene, dunque, se proprio non vuoi mutare aspetto, vuol dire che mi siederò voltandoti parzialmente le spalle.

– Fa lo stesso. – Murgen agitò una mano in un gesto indifferente. – Vuoi bere qualcosa? – Schioccò le dita e sul tavolo apparvero una caraffa di sidro e una di birra, accompagnate da un vassoio di pane e carne fredda.

Shimrod si accontentò di un boccale di birra, mentre Murgen preferì bere del sidro da un bicchiere di peltro.

– I preti del tempio ti hanno trattato con cortesia? – domandò poi a Shimrod.

– Ti riferisci ai preti del Tempio di Atlante? Non mi sono mai preso la briga di porgere loro i miei rispetti, né loro mi hanno cercato. C'è forse qualche utilità nel fare la loro conoscenza?

– Sono depositari di antiche tradizioni, che sono disposti a esporre, e i gradini che scendono dal tempio sono impressionanti e meritano una visita. In un giorno sereno, quando il sole è alto nel cielo, un occhio acuto può fissare l'acqua e scorgere almeno trentaquattro gradini prima che il resto della scalinata scompaia nel fango. I preti sostengono che il numero dei gradini ancora in superficie sta diminuendo, e ritengono quindi che il livello del mare stia salendo o che la terra si stia inabissando.

– Difficile credere a entrambe le ipotesi – rifletté Shimrod. – Sospetto piuttosto che abbiano contato la prima volta i gradini con la bassa marea e che abbiano rifatto il conto quando l'alta marea era al massimo, il che li ha tratti in inganno.

– Questa è una spiegazione pratica, e sembra abbastanza plausibile. – Murgen lanciò un'occhiata a Shimrod. – Bevi parcamente: forse che la birra è troppo leggera?

– Niente affatto. Voglio mantenere la mente limpida: non sarebbe bello se entrambi ci ubriacassimo e più tardi ci destassimo con qualche dubbio sulle rispettive identità.

– Il rischio è minimo – replicò Murgen, bevendo dal suo bicchiere.

– È vero, ma intendo comunque rimanere ben sobrio fino a che avrò appurato il motivo per cui mi hai convocato qui, a Swer Smod.

– E perché lo avrei fatto se non perché mi serve il tuo aiuto?

– Non te lo posso rifiutare, e non te lo negherei neppure se potessi.

– Ben detto, Shimrod! Verrò subito al punto. In poche parole, sono infastidito da Tamurello: lui non sopporta la mia autorità e cerca di sovrastare la mia forza con la sua, con la speranza, è ovvio, di arrivare infine a distruggermi. In questo momento, il suo lavoro è in apparenza insignificante, e addirittura scherzoso, ma se lo si lascia continuare indisturbato potrebbe diventare pericoloso, in un modo che ti renderò chiaro con un'analogia: un uomo attaccato da una singola vespa ha ben poco da temere, ma se viene aggredito da diecimila vespe, il suo destino è segnato. Non posso concentrarmi a seguire l'attività di Tamurello con tutta la necessaria attenzione, perché questo mi distoglierebbe da altri lavori di estrema importanza, e perciò intendo assegnare a te tale compito. Se non altro, la tua vigilanza servirà a distrarre lui così come Tamurello spera di distrarre me.

– Potrebbe essere più saggio distruggerlo una volta per tutte – replicò Shimrod, fissando, accigliato, il fuoco.

– Più facile a dirsi che a farsi. In quel caso apparirei un tiranno, e gli altri maghi potrebbero decidere di coalizzarsi contro di me per difendersi, con conseguenze imprevedibili.

– E come potrò sorvegliarlo, allora? A cosa devo stare attento?

– A tempo debito ti darò le necessarie istruzioni. Ma ora dimmi, come vanno le cose nell'Ulfland Meridionale?

– Non c'è molto da riferire. Aillas sta addestrando un esercito di stupidi, giovani bestioni e comincia ad avere qualche successo. Adesso quando ordina loro di marciare a destra quasi tutti obbediscono. Ho cercato di stabilire un rapporto di amicizia con Melanchte, ma invano: lei ritiene che io pecchi di eccessivo intellettualismo, e non dubito che riuscirei a conquistarmi la sua approvazione se decidessi di entrare come quarta voce nel suo gruppo corale.

– Interessante! Melanchte è dunque appassionata di musica?

Shimrod riferì allora quanto aveva visto durante la notte della luna calante e Murgen commentò:

– Melanchte è confusa in merito alla propria identità, che Desmëi ha volutamente lasciato vuota, come beffa e vendetta contro la metà maschile dell'umanità.

– Non penserò più a lei – decise Shimrod, fissando con occhi ardenti il fuoco. – È quella che è.

– Una saggia decisione. Ora, a proposito di Tamurello... – Murgen impartì a Shimrod tutte le istruzioni necessarie, poi lo inviò di nuovo attraverso il cielo in un vortice d'aria, ma questa volta a sud e a est, verso Trilda, la dimora che il mago possedeva ai confini della Foresta di Tantrevalles.

V

L'antica via nota come la Vecchia Strada attraversava Lyonesse dal Capo Farewell, a ovest, fino a Bulmer Skeme, a est. In un punto posto circa a metà del suo percorso, non lontano dal villaggio di Tawn Twillett, un sentiero si diramava verso nord, passando per colline e vallette in mezzo a siepi di rovo e vecchi muretti di pietra, costeggiando sonnolente fattorie e valicando il fiume Sipp per mezzo di un basso ponte di pietra. Entrato nella Foresta di Tantrevalles, il sentiero procedeva al sole e all'ombra per un altro paio di chilometri, quindi sboccava nel Lally Meadow, oltrepassava la dimora di Shimrod, Trilda, e finiva accanto al molo di un taglialegna sul Lally Water.

Trilda, una costruzione in pietra e legno circondata da un giardino fiorito, era notevole per i suoi sei abbaini inseriti nell'alto tetto a due falde su timpano, due per ciascuna delle camere da letto situate al piano superiore. Il pianterreno comprendeva l'ingresso, due salotti, una sala da pranzo, quattro camere da letto, una biblioteca e sala da lavoro, una cucina con adiacenti la dispensa e la ghiacciaia, e parecchi ripostigli e bagni.

Quattro finestre dai pannelli di vetro smerigliato si affacciavano sul giardino antistante, e sui vetri di tutte le finestre era stato imposto un incantesimo di bassa magia in modo che rimanessero costantemente lucidi e puliti, senza traccia di polvere, chiazze d'insetti o strisce di pioggia.

Trilda era stata progettata da Hilario, un mago di seconda categoria con molte idee strane in testa, e costruita nell'arco di una notte da un gruppo di orchetti carpentieri che si erano fatti pagare con una derrata di formaggio. In seguito, era diventata proprietà di Murgen, che alla fine l'aveva donata a Shimrod. Una coppia di anziani paesani si curava del giardino e riordinava le stanze durante le assenze di Shimrod, ma evitava con estrema cura di entrare nella stanza da lavoro come per tema che qualche demone fosse in agguato dietro la porta, idea che Shimrod si era premurato di inculcare nella mente dei due. Le creature che si trovavano nella stanza, nonostante le zanne lucenti e le nere braccia levate, erano in effetti solo innocui fantasmi.

Arrivando a Trilda, Shimrod trovò tutto in ordine. I custodi avevano mantenuto una perfetta pulizia, tanto che non c'era neppure una mosca morta sui davanzali, i mobili brillavano per l'uso della cera d'api e il paziente lavoro di lucidatura, mentre la biancheria era riposta con cura e odorava di lavanda.

L'unica lamentela che Shimrod poteva avanzare era l'eccessiva pulizia. Il mago spalancò le finestre in modo che l'aria profumata del prato entrasse ed eliminasse l'odore di chiuso accumulatosi nei lunghi giorni caldi e nelle notti silenziose, poi passò da una stanza all'altra, spostando qualche oggetto qua e là in modo da alterare l'ordine perfetto imposto dai custodi.

Arrivato in cucina, accese il fuoco e si preparò una caraffa di tè, usando mentastro per la corposità, menta romana per il sapore e verbena al limone per l'aroma, quindi si ritirò con la bevanda nel salotto diurno.

Trilda sembrava molto tranquilla. Dall'altra estremità del prato, giungeva il ciangottio di un'allodola, e quando il canto cessò il silenzio parve più profondo che mai.

Shimrod sorseggiò il tè. C'era stato un tempo, ricordava, in cui aveva goduto della solitudine di per sé stessa, come una sorta di avventura, ma da allora gli eventi lo avevano cambiato: aveva scoperto di essere capace di amare, di recente si era abituato all'allegra compagnia di Dhrun e di Glyneth, e ultimamente anche a quella di Aillas.

Melanchte? Shimrod emise un suono ambiguo; riferita a Melanchte, la parola "amore" sembrava assumere un significato molto dubbio. La bellezza stimolava l'ammirazione e il desiderio, perché questa era la sua funzione organica, ma da sola non poteva generare l'amore, o almeno così Shimrod assicurò a sé stesso. Melanchte era solo un guscio vuoto, nulla più che un caldo, vivo simbolo di un grande potere, ma niente altro. Eccesso d'intellettualizzazione? Shimrod emise un verso di disgusto: quella donna si aspettava forse che lui smettesse di pensare?

Shimrod continuò a sorseggiare il suo tè. Era giunto per lui il momento di accantonare quell'ossessione e di dedicarsi al programma stabilito con Murgen, lavoro che poteva rivelarsi molto più eccitante di quanto desiderasse, al punto che forse si sarebbe ritrovato a pensare con malinconico rimpianto a questo placido interludio.

– Ti dovrai imporre all'attenzione di Tamurello! – lo aveva avvertito Murgen. – Dovrai interrompere bruscamente il suo lavoro e destare la sua ira! Non sono azioni di poco conto; bada a non commettere errori, perché lui troverà il modo di rispondere ai tuoi colpi, violento o astuto, e tu dovrai essere pronto a qualsiasi sorpresa!

Shimrod accantonò il tè, che non serviva più a rilassarlo, andò nella stanza da lavoro, e congedò il guardiano. Il nome della stanza era appropriato; in effetti, dovunque vi erano lavori che urlavano per attirare la sua attenzione. Sul tavolo centrale erano accumulati gli oggetti e gli articoli confiscati a Tintzin Fyral: attrezzi taumaturgici, *materia magica*, libri e oggetti di ogni sorta... tutto da ispezionare, classificare e poi riporre o gettare.

La prima e più urgente faccenda a cui si dedicò fu quella di scegliere dei congegni per controllare Tamurello e le sue azioni come Murgen gli aveva chiesto; tali congegni, quando Tamurello li avesse notati, come inevitabilmente sarebbe successo, sarebbero serviti a dissuaderlo da mosse arroganti o subdole, o almeno questa era la teoria di Murgen. Shimrod non scorgeva in essa alcuna pecca, salvo il fatto che lui stesso si veniva così a trovare nella posizione del capretto legato a un albero nella giungla per fare da esca a una tigre.

Murgen aveva accantonato con un gesto le sue inquietudini.

– La spavalderia di Tamurello va frenata, e questo sarà l'effetto del nostro programma.

– Quando avvertirà lo scurch* – aveva obiettato Shimrod – si limiterà a usare nuove tattiche e sotterfugi ancora più astuti.

– E tuttavia, si troverà nell'impossibilità di lanciarsi in imprese veramente imponenti, e sono queste che io temo di più.

– E nel frattempo si concederà il piacere di provocare una miriade di piccoli guai in maniera tale che la responsabilità non possa ricadere sulle sue spalle.

– Valuteremo i suoi crimini e lo puniremo di conseguenza, e presto Tamurello si trasformerà nel più mite fra i miti!

– Tamurello non è tipo da porgere l'altra guancia – aveva borbottato Shimrod. – È più probabile che mandi un sandestin† perché riempia di scarafaggi cornuti il mio letto.

– Tutto è possibile – aveva convenuto Murgen. – Se fossi in te, raddoppierei la vigilanza: i pericoli prevedibili possono essere schivati.

Tenendo presente l'avvertimento di Murgen, Shimrod circondò Trilda con un reticolato di filamenti sensibili, in modo da garantirsi almeno un minimo di sicurezza. Poi, rientrato nella stanza da lavoro, liberò uno dei tavoli dagli oggetti che lo occupavano e vi distese sopra una pergamena marrone fornitagli da Murgen.

La sostanza di cui era fatta la pergamena si fuse con la quercia del tavolo, che si trasformò in una grande mappa delle Isole Elder, con ciascun regno contrassegnato da un colore differente. A Faroli, la dimora di Tamurello, un punto di luce azzurra brillava per indicare che il mago si trovava là al momento. Se Tamurello si fosse messo in viaggio per un qualsiasi luogo, vicino o lontano, la luce ne avrebbe indicato gli spostamenti. Shimrod aveva chiesto a Murgen di fornirgli altre luci, in modo da poter seguire anche i movimenti di altre persone, ma il mago non aveva voluto saperne.

– Tu devi concentrarti esclusivamente su Tamurello, e su nessun altro.

---

* Scurch: termine intraducibile nell'inglese contemporaneo. Significa generalmente un "sussurro lungo i nervi", "un'abrasione psichica", "un disagio solo parzialmente registrato o sublimato da una mente già guardinga". Lo scurch è ciò di cui sono fatte le intuizioni e i timori irragionevoli.

† Sandestin: un tipo di essere fatato di cui i maghi si servono per i loro incantesimi. Molte formule magiche acquistano efficacia grazie alla forza di un sandestin.

– Dovremmo impiegare questo strumento in tutta la sua portata – aveva obiettato Shimrod. – Supponi di usare una luce rossa per contrassegnare la tua posizione: in questo caso, se una delle tue amanti, dopo averti sedotto, ti rinchiudesse in una segreta, io potrei ritrovarti facilmente e liberarti con la minima scomodità da parte tua.

– Un'eventualità remota.

La mappa era quindi rimasta com'era, e ora la luce azzurra indicava che Tamurello si trovava ancora nella propria casa, a Faroli.

I giorni passarono, e Shimrod li impiegò per affinare le proprie tecniche di sorveglianza, usando metodi poco vistosi in modo da permettere a Tamurello di ignorarli senza perderci in dignità, se così avesse preferito.

Questi, però, rifiutò di tollerare quella sorveglianza con grazia e tentò parecchi trucchi ai danni di Shimrod, che vennero bloccati dal sistema protettivo da lui installato. Nel frattempo, Tamurello si mise al lavoro per accecare i filamenti ottici inviatigli da Shimrod e per fracassare le conchiglie auditive con suoni acuti e concentrati.

Shimrod, che cominciava a prendere gusto all'incarico ricevuto, introdusse allora tutta una nuova serie di congegni che provocarono altrettanti attacchi di stizza a Tamurello: nel complesso, la strategia ordita da Murgen di monopolizzare le energie del mago mediante piccole seccature parve avere successo.

Il mese lunare si compì e si avvicinò ancora la sera della mezzaluna calante: irresistibilmente, il pensiero di Shimrod tornò allora alla candida villa sull'oceano, e per una frazione di secondo il mago prese in considerazione l'idea di effettuare a mezzanotte una seconda visita sulla sporgenza rocciosa che si protendeva verso l'oceano. L'idea si dissipò in fretta com'era venuta, e ancora una volta, Shimrod venne lasciato solo con immagini poco gradite e una tormentosa fragranza di violette.

– Via! Andatevene! Scomparite! Dissolvetevi! – Shimrod tentò di esorcizzare le visioni. – Svanite nel nulla e non tornate mai più a disturbarmi! Se non fosse assurdo, mi sentirei indotto a pensare che si tratti di un altro trucco di Tamurello, che prova a fare a me quello che io sto facendo a lui.

Quella stessa notte, Shimrod fu assalito dall'inquietudine, e uscì di casa per contemplare la luna: il prato era tranquillo, e non si udivano altro che i grilli e qualche lontano ranocchio; il mago vagabondò per il prato fino a raggiungere il vecchio molo su Lally Water, dove la luna aveva già iniziato il suo declino nel cielo. L'acqua era scura e tranquilla, e quando Shimrod vi scagliò dentro un ciottolo su di essa si allargarono ondine argentate. Un filamento di sorveglianza che gli fluttuava sul capo emise un improvviso avvertimento:

– Qualcuno è vicino; c'è stata una magia che si è dissolta!

Shimrod si volse, e non rimase del tutto sorpreso nello scoprire accanto alla riva una snella figura vestita di un abito bianco e un mantello nero: Melanchte. La donna stava fissando la luna e non pareva essersi accorta di lui, quindi il mago le volse le spalle e pretese a sua volta di non notarla.

Melanchte si avvicinò al molo e gli si arrestò accanto.

– Non sembri sorpreso di trovarmi qui.

– Mi chiedo soltanto come abbia fatto Tamurello a convincerti a venire.

– Non ha trovato nessuna difficoltà; in effetti, sono venuta di mia volontà.

– Strano! Stanotte saresti dovuta andare a sederti sulle rocce con i tuoi amici.

– Ho deciso di non andarci più.

– E come mai?

– Molto semplice. Avevo una possibilità di scelta: vivere o morire. Ho scelto di vivere, e questo mi ha posta davanti ad altre scelte: dovevo continuare a comportarmi come una fuoricasta e a cantare sulle rocce, o avrei fatto meglio a simulare il modo di comportarsi della razza umana? Ho deciso di cambiare.

– Non ti consideri umana?

– Tamurello – spiegò con voce sommessa Melanchte – mi ha informata che sono un'intelligenza neutra e senza molto vigore, celata dietro una maschera femminile. – La donna sollevò gli occhi e fissò Shimrod. – Tu che ne pensi?

– Credo che Tamurello ci stia ascoltando con il sorriso sulle labbra. Filamento: guarda con attenzione, in alto e in basso. Chi ascolta e guarda?

– Non percepisco nulla.

Shimrod emise un grugnito dubbioso.

– E quali sono le istruzioni che Tamurello ti ha dato?

– Ha detto che la maggior parte dell'umanità è grossolana, stupida, noiosa e volgare, e che da te avrei avuto modo di apprendere almeno questo.

– Un'altra volta. Adesso, Melanchte, ti auguro la buona notte.

– Aspetta, Shimrod! Hai affermato che sono bella, e hai cercato in tutti i modi di baciarmi. Stanotte, sono venuta qui a Trilda, e ora sei tu quello che si tira indietro. Non ti pare una strana contraddizione?

– Per nulla. Sono sconcertato, e cauto. I motivi di Tamurello sono fin troppo chiari, ma i tuoi sono dubbi; ritengo che tu abbia sopravvalutato la mia grossolanità e la mia stupidità. E ora, Melanchte, se vuoi scusarmi…

– Dove stai andando?

– Torno a Trilda. Dove, se no?

– E mi vuoi lasciare qui, sola, al buio?

– Sei già stata al buio da sola in passato.

– Andremo a Trilda insieme, visto che non ho un altro posto dove andare. E poi, come ti ho già detto, sono venuta qui di mia esclusiva volontà.

– Manifesti ben poco calore. Sembra quasi che tu ti stia costringendo ad affrontare una grande sfida.

– Si tratta di una nuova esperienza per me.

– Avrei potuto accoglierti con maggior piacere – ribatté Shimrod, controllando a fatica la propria voce – se tu non avessi ordinato alla cameriera di non aprirmi più la porta. Quando si cerca di indovinare la disposizione d'animo di una persona, un atto del genere acquista parecchio significato.

– Può darsi, ma la deduzione potrebbe essere errata. Devi tener presente che ti sei intrufolato senza permesso nella mia vita e che mi ha turbato la mente con i tuoi tentativi di persuasione. Alla fine, mi hai smossa, e ora sono qui, per il tuo tornaconto.

– Per il tornaconto di Tamurello.

Melanchte sorrise.

– Io sono io e tu sei tu. In che modo può preoccuparci Tamurello?

– La tua memoria è dunque tanto corta? Ho buoni motivi per essere preoccupato!

– Non mi ha dato nessun ordine. – Melanchte fissò lo sguardo sull'acqua. – Ha detto che tu eri qui a Trilda e che ti stavi rendendo noioso. Ha detto che se non fosse stato per Murgen ti avrebbe già da tempo spedito sulla faccia nascosta della luna a calci; ha detto che gli avrebbe fatto piacere se io ti avessi ammaliato e instupidito al punto di far somigliare i tuoi occhi a due uova sode e di farti cadere addormentato al mattino con la faccia nel porridge della colazione. Ha aggiunto anche che la tua è una mente di ordine inferiore, incapace di seguire più di un pensiero per volta, per cui se io fossi venuta a Trilda tu ti saresti completamente dimenticato dei tuoi intrighi, con sua grande soddisfazione. Adesso sai tutto.

– Meglio così – commentò Shimrod, fissando a sua volta l'acqua con aria incupita. – Mi chiedo quante altre calunnie sarebbero saltate fuori nei prossimi cinque minuti.

– Ebbene, io sono qui. – Melanchte indietreggiò di un passo. – Che facciamo? Me ne devo andare? Consulta le varie fazioni del tuo cervello, e magari arriverai a una decisione consensuale.

– Ho già deciso – dichiarò Shimrod. – Verrai a Trilda. Là – aggiunse, con cupa enfasi – avremo modo di scoprire chi dei due distrarrà maggiormente l'altro, e ogni mattina Tamurello riceverà un allegro saluto... Guarda la luna calante: sta già scomparendo verso occidente. È tempo di tornare a Trilda.

I due si avviarono in silenzio lungo il sentiero, e mentre camminavano una nuova, sconvolgente possibilità si affacciò alla mente di Shimrod: non poteva darsi che questa creatura che usava il nome di Melanchte non fosse altro che la falsa immagine usata da qualcuno che, al momento opportuno e più delicato, si sarebbe magari rivelato nella sua vera forma per punirlo della sua impudente sorveglianza?

L'idea non era improbabile, in teoria, ma per fortuna era un trucco facilmente individuabile.

Una volta nel salotto di Trilda, Shimrod versò due bicchieri di vino di melagrana.

– Il sapore di questo vino, come te, è al tempo stesso dolce e asprigno, tormentoso, misterioso e per nulla ovvio... Vieni, ti farò fare il giro della casa!

Shimrod le fece strada attraverso la sala da pranzo ("La quercia del tavolo è ricavata da un albero che cresceva proprio in questo punto"), il salotto ufficiale ("Nota le tappezzerie: sono state intessute nell'antica terra dei Parti"), e la portò infine nella sala da lavoro, dove Shimrod andò immediatamente a controllare la mappa: il punto di luce azzurra brillava a Faroli, nel lontano Dahaut settentrionale. Questo risolveva il suo sospetto che la donna che aveva accanto potesse essere un travestimento dell'ermafrodita Tamurello, cosa ormai da scartare.

Melanchte si guardò intorno senza molto interesse mentre Shimrod le descriveva qualcuno degli oggetti accumulati nella stanza e poi la conduceva davanti a un alto specchio, che riflesse l'immagine della donna in ogni minimo dettaglio. Quella prova quietò un altro timore di Shimrod: se si fosse trattato di un demonio o di un'arpia sotto false spoglie, lo specchio ne avrebbe riflesso la vera immagine.

Melanchte studiò lo specchio con assorto interesse, e il mago le spiegò:

– Questo è uno specchio magico, e vedi in esso riflessa la persona che ritieni di essere. Potresti anche dire: "Specchio, mostrami come appaio a Shimrod!" oppure, "Specchio, mostrami come appaio a Tamurello!" e potresti così vedere queste altre versioni di te stessa.

Melanchte si allontanò senza fare le prove che Shimrod le aveva suggerito, e il mago si soffermò accanto allo specchio, osservando:

– Potrei con la stessa facilità dire: "Specchio, mostrami come appaio a Melanchte!" ma devo confessare in tutta onestà che me ne manca il coraggio.

– Andiamocene da questa stanza – chiese Melanchte. – Odora di cervello.

Tornarono quindi nel salotto più piccolo, dove Shimrod accese il caminetto e si volse a fronteggiare Melanchte.

– Sei pensieroso. Come mai? – domandò lei, con voce sommessa.

– Mi trovo davanti a un dilemma – spiegò Shimrod, fissando le fiamme. – Ti interessa sentire di cosa si tratta?

– Ti ascolterò di certo.

– A Ys, solo poche settimane fa, Shimrod ha fatto visita a Melanchte, per rinnovare la loro conoscenza e magari scoprire qualche interesse comune che potesse ravvivare la loro vita. Alla fine, Melanchte gli ha sprezzantemente chiuso la porta in faccia.

"Questa sera, Shimrod stava passeggiando accanto al Lally Water, guardando il tramonto della luna, quando Melanchte gli è apparsa e ora, invece di essere Shimrod a cercarla, è lei che lo insegue, in modo da poterlo incantare e confondere proprio fra le pareti della sua casa e fargli smettere di molestare il suo amico Tamurello.

– Con franchezza forse poi non tanto ingenua, la donna ha riferito l'opinione tutt'altro che adulatoria che Tamurello ha di Shimrod, per cui adesso Shimrod si troverà costretto a gettare alle ortiche la stima che ha di sé stesso se finirà per soccombere ai suoi impulsi e alle lusinghe di Melanchte. D'altro canto, se si mostrerà incrollabile ed espellerà Melanchte da Trilda con la ramanzina che lei si merita, farà la figura di un individuo pomposo, inflessibile e sciocco.

– Il dilemma, quindi, non è in che modo o se conservare orgoglio, dignità e stima di sé stesso, ma in che modo gettarli alle ortiche.

– E per quanto ancora intendi meditare? – domandò Melanchte. – Io non ho la minima stima di me stessa, e sono in grado di prendere una decisione all'istante, in base alla mia inclinazione del momento.

– E forse questa è dopotutto la migliore forma di saggezza. Io ho un carattere molto forte e una volontà d'acciaio, ma non vedo motivo di manifestare tale forza inutilmente.

– Il fuoco è vivace e nella stanza fa caldo. Shimrod, aiutami a togliere il mantello.

Shimrod le si accostò, sganciò il fermaglio alla gola e le prese il mantello: chissà come, anche l'abito cadde al suolo, lasciando la donna nuda alla luce della fiamma. Shimrod pensò che non aveva mai visto nulla di più bello: quando l'abbracciò, il corpo di lei s'irrigidì per un attimo, poi divenne di nuovo flessibile.

Il fuoco era quasi consumato quando Melanchte disse con voce soffocata:

– Shimrod, ho paura.

– E perché?

– Quando ho guardato nello specchio, non ho visto niente.

VI

I giorni trascorsero calmi e tranquilli, senza particolari incidenti che li distinguessero uno dall'altro; di tanto in tanto, Shimrod aveva l'impressione che Melanchte cercasse di stuzzicarlo e di provocarlo, ma lui manteneva sempre una compostezza imperturbabile e in generale tutto procedeva bene. Melanchte sembrava essere, sia pure passivamente, soddisfatta e sempre accessibile ai desideri di Shimrod che ora, con acido divertimento, rammentava il passato: la distratta condotta della donna quando camminava nei suoi sogni, il suo atteggiamento annoiato durante le visite che le aveva fatto alla villa, il modo in cui gli aveva precluso l'accesso in casa sua... e ora! Le più esagerate fantasie amorose di Shimrod sembravano essersi concretizzate.

Ma perché? Questo era l'interrogativo che lo lasciava perplesso. C'era sotto per forza un qualche mistero, visto che Shimrod non riusciva a immaginare in che modo Tamurello potesse trarre vantaggio dalla situazione, considerato che la luce azzurra non si allontanava mai da Faroli.

Melanchte non forniva alcuna informazione spontanea, e l'orgoglio impediva a Shimrod di accantonare il proprio atteggiamento urbano ed equanime e di interrogarla energicamente.

Di tanto in tanto, nel corso di una conversazione, il mago le poneva qualche domanda all'apparenza innocua, ma di solito Melanchte gli rispondeva con uno sguardo vacuo o in modo evasivo o, ancor peggio, lo accusava di eccessivo intellettualismo.

– Quando c'è qualcosa che va fatta, io la faccio! Se mi prude il naso, lo gratto, ma senza fare prima un'agonizzata analisi della situazione!

– Grattati quanto vuoi, dato che ti fa piacere – replicava in quei casi Shimrod con voce cortese e austera.

Con il passare del tempo, la novità costituita dalla presenza di Melanchte diminuì, ma non così i suoi ardori amorosi che, forse per pura noia, aumentarono fino a oltrepassare i limiti di resistenza di Shimrod, che cominciò a sentirsi colpevole e umiliato al tempo stesso. Se avesse voluto, vi erano numerosi rimedi disponibili, come per esempio un elisir noto volgarmente come "L'Orso" con riferimento alla costellazione dell'Orsa Maggiore, che era sempre in cielo sia di giorno che di notte. Shimrod conosceva anche un incantesimo che operava lo stesso effetto, e che era popolarmente noto come "La Fenice", ma rifiutò di prendere in considerazione tali metodi per parecchi motivi. In primo luogo, Melanchte assorbiva già tanta parte del suo tempo che lui non osava neppure pensarci, e gli assorbiva anche tante energie da lasciarlo spesso in uno stato di stanco rilassamento che rendeva poco efficace la sua sorveglianza nei confronti di Tamurello. In secondo luogo... e questa era una contingenza che Shimrod non avrebbe mai previsto... quel rapporto cosi disadorno, privo di umorismo, simpatia e grazia, aveva gradualmente finito per perdere gran parte del suo fascino. Infine, poi, nella mente di Shimrod si era anche infiltrato il sospetto che Melanchte potesse non trovarlo all'altezza, sia per quantità che per qualità, ma il più delle volte accantonava orgogliosamente l'idea pensando che quello che era andato bene per le sue precedenti compagne doveva bastare anche a lei.

Trascorse un mese, e poi un altro ancora. Ogni mattina, dopo uno o due accessi di passione, Shimrod e Melanchte consumavano una tranquilla colazione a base di porridge, con crema e ribes, o magari tortine alla griglia con burro, marmellata di ciliegie o miele, prosciutto, crescione e uova, il tutto completato di solito o da una mezza dozzina di quaglie arrostite o da una trota fresca alla brace o ancora da salmone in salsa di aneto, con pane e latte freschi e fragole. Un paio di pallidi falloy* si occupavano di preparare e servire il pasto, e poi di sparecchiare e lavare le stoviglie.

Dopo colazione, Shimrod si recava talvolta nella stanza da lavoro, ma più spesso sonnecchiava sul divano per un paio d'ore, mentre Melanchte passeggiava sul prato. Talvolta, la donna sedeva in giardino e stuzzicava le corde di un liuto, ricavando dei suoni nei quali Shimrod non trovava nessuna sequenza, ma che sembravano compiacerla.

Dopo quei due mesi, insomma, Shimrod trovava ancora Melanchte altrettanto enigmatica quanto gli era parsa il giorno del suo arrivo; prese l'abitudine di guardarla con la coda dell'occhio, perplesso e meditabondo, atteggiamento che finì evidentemente per infastidire Melanchte, che un mattino, con una smorfia improvvisa, domandò:

– Mi osservi come un uccello fa con un insetto: perché?

Shimrod dopo un po' si riscosse e rispose:

– In gran parte, per il semplice piacere di vederti! Sei di certo la più splendida creatura vivente.

---

* falloy: una varietà di esseri molto simili alle fate, ma più grandi e di indole più gentile.

– Ma sono viva? – mormorò Melanchte, più a sé stessa che a lui. – Potrei non essere neppure reale!

Shimrod le parlò in quella maniera bizzarra che contribuiva a irritarla, anche se non quanto l'alternativa di una spiegazione logica:

– Sei viva, altrimenti saresti morta e io sarei un necrofilo. Dal momento che non lo sono, ne deriva che sei viva. Se non fossi reale, i tuoi vestiti… – Melanchte indossava ora un paio di pantaloni alla contadina marrone chiaro e una casacca – … non troverebbero sostegno e cadrebbero a terra in un mucchietto. Sei soddisfatta?

– E allora perché lo specchio non ha mostrato la mia immagine?

– Ti sei ancora specchiata di recente?

– No, perché temo quello che potrei vedere. O non vedere.

– Lo specchio ti rimanda la tua valutazione di te stessa. Tu non hai un'immagine personale perché Tamurello ha negato che ne esista una e gli hai creduto. Lo ha fatto per tenerti sottomessa, o almeno così suppongo. Dal momento che rifiuti di confidarti con me, non ti posso aiutare.

Melanchte lasciò vagare lo sguardo sul prato e, presa alla sprovvista, disse forse più di quanto avrebbe voluto.

– Il consiglio di un uomo servirebbe solo a indebolirmi.

– E come può essere? – si accigliò Shimrod.

– Perché così stanno le cose.

Il mago non rispose, e, dopo un po', Melanchte gridò ancora:

– Mi stai fissando di nuovo!

– Sì, per la meraviglia. Ma almeno adesso sto finalmente cominciando a intuire quello che non mi vuoi svelare, e sono molto meno meravigliato. In effetti, credo di sapere.

– Ma fai mai qualcos'altro, salvo che pensare? Tieni tutto il mondo sotto la tua fronte: una strana illusione priva di vita modellata da Shimrod! Ma cosa sai veramente?

– Tanto per comodità, limitiamo la discussione alla tua attuale presenza a Trilda. Tamurello ti ha mandata qui per distrarmi, questo è tanto chiaro da essere elementare. Mi sbaglio?

– Qualsiasi altra cosa ti dicessi, non ci crederesti mai!

– Sei intelligente. È ovvio che sono in errore, e tu eludi la mia domanda allo scopo di trarmi in inganno. Perché dovrei essere sorpreso? Mi hai ingannato in passato, ma ora ti conosco bene!

– Tu non mi conosci neppure un poco! Anzi, ancora di meno! Pensi e rifletti di continuo, e perfino quando siamo abbracciati riesco a sentire le rotelle che girano nel tuo cervello!

Sconcertato dalla veemenza di Melanchte, Shimrod riuscì solo ad aggiungere:

– Comunque, finalmente ti capisco.

– Sei un prodigio di ragione pura!

– Le tue idee sono del tutto sbagliate, ed è giusto che tu riconosca il tuo errore! Non ho il cuore di dirti tutto quanto, specialmente adesso che sei irritata. Hai vinto la guerra erotica: il Principio Femminile ha sconfitto quello Maschile! Puoi pure tenerti la tua vittoria: è vacua. Non parlerò più.

– No! – gridò Melanchte. – Ti sei spinto troppo oltre e devi parlare!

– Hai deciso di non andare più a cantare con i fuoricasta – replicò Shimrod, con una scrollata di spalle. – Hai scelto di unirti alla società umana ma a questo punto, volente o nolente, sei stata costretta ad adempiere a quella funzione al cui assolvimento Desmëi aveva improntato il tuo essere. Sono venuto alla tua villa e ho destato la tua ostilità. Sospetto si tratti di una strana emozione dolce e amara allo stesso tempo: ti piacevo e tuttavia non ti piacevo. A ogni modo, sono diventato il tuo primo antagonista. Mi hai davvero sconfitto? Pensa pure quello che più ti piace al riguardo, tanto non aggiungerò altro, a parte questo: riesci a tollerare Tamurello perché la sua mascolinità non è assoluta, il che gli impedisce di essere un antagonista. – Shimrod si alzò in piedi. – Ora ti prego di scusarmi. Ultimamente ho trascurato molte cose, e ora devo pensare ad assolvere i miei doveri.

Andò nella stanza da lavoro; i tavoli erano stati messi in ordine, e l'ambiente era tornato a essere un luogo piacevole in cui lavorare, anche se Shimrod aveva concluso ben poco nel corso degli ultimi due mesi.

Quel giorno, la prima cosa da fare riguardava il mago Baibalides, che viveva in una casa di roccia nera sull'Isola Lamneth, un centinaio di metri al largo della costa di Zysrod.

Aperto un armadietto, Shimrod prese una scatola da cui estrasse una maschera rappresentante Baibalides, dopodiché sistemò un teschio su un piedistallo e vi pose sopra la maschera, che parve animarsi immediatamente: le palpebre sbatterono e le labbra si socchiusero per permettere alla lingua di umettarle.

– Baibalides, riesci a sentirmi? – chiamò Shimrod. – È Shimrod che ti parla.

– Ti sento, Shimrod – rispose la bocca della maschera, con la voce di Baibalides. – Che cosa vuoi da me?

– Ho qui un oggetto che ho prelevato da Tintzin Fyral; si tratta di un tubo d'avorio su un lato del quale sono intagliate delle strane rune e sull'altro dei caratteri che formano il tuo nome. Mi chiedevo quale potesse essere l'uso del tubo e se tu ne rivendicassi la proprietà, o se invece si trattasse di un dono che avevi fatto a Faude Carfilhiot o a Tamurello.

– Conosco bene quel tubo – spiegò Baibalides. – È l'Osservatore Millenario di Gantwin, in grado di mostrare al proprio interno tutti gli eventi verificatisi negli ultimi mille anni. L'ho perso nel corso di una scommessa con Tamurello, che evidentemente lo ha regalato a Carfilhiot. Se non ti serve, sarei lieto di riacquistarne la proprietà. Ha un incalcolabile valore, se si desidera localizzare qualche tesoro sepolto o apprendere le imprese compiute dagli eroi del passato o ancora, su base più pratica, scoprire la paternità di qualcuno. Se ben ricordo, l'incantesimo che lo attiva è composto da tre risonanze e un trillo.

– È di nuovo tuo – dichiarò Shimrod. – Se mai me ne servirà l'uso, forse sarai tanto gentile da concedermi tale favore.

– Con piacere! – rispose di cuore Baibalides. – Festeggerò il ritorno di quel tubo con particolare soddisfazione, dal momento che sono convinto che Tamurello mi abbia imbrogliato nel corso della scommessa.

– Possibilissimo. Tamurello è un uomo dai gusti strani che, per pura perversità, preferisce il male al bene. Un giorno o l'altro esagererà nel provocare Murgen.

– Lo penso anch'io. La settimana scorsa, mi sono recato a un conclave in Etiopia, sul Monte Khambaste, e ho trovato Tamurello già là. Nel corso di quell'importante riunione, lui ha offeso una maga circassa che ha invocato su di lui la corrosione della Rovina Azzurra. Tamurello è stato costretto a fare alcune concessioni, ma in seguito ha invocato sulla maga l'afflizione di unghie dei piedi lunghe trenta centimetri, per cui adesso lei si deve far fare scarpe speciali.

Una cosa aveva attirato l'attenzione di Shimrod.

– La settimana scorsa, hai detto? E dov'è andato Tamurello, dopo il conclave?

– Forse è tornato a Faroli, ma non lo so per certo.

– Non ha molta importanza. Cercherò di farti avere al più presto il tuo tubo.

– Grazie, Shimrod!

La maschera perse la sua vitalità e Shimrod la ripose nell'armadietto insieme al teschio. Si accostò quindi alla mappa e osservò da vicino la luce azzurra che, con tanta costanza, da due mesi segnalava che Tamurello risiedeva a Faroli.

Con un attento controllo, Shimrod trovò ciò che lo aveva indotto in errore: una piccola sezione di membrana adesiva era stata applicata sulla mappa, immobilizzando al suo posto la luce.

Voltate con lentezza le spalle al tavolo, Shimrod esaminò con cura gli altri strumenti che riteneva stessero tenendo d'occhio le attività di Tamurello e scoprì che erano stati resi tutti inefficaci, in un modo o nell'altro, in maniera tale da non risultare evidente a un esame superficiale.

A questo punto Shimrod destò Facque, il sandestin che, nascosto sotto le spoglie di una testa di gorgone che decorava il camino, proteggeva la stanza da lavoro dagli intrusi.

– Facque, stai dormendo?

– Naturalmente no.

– Perché non hai fatto la guardia con diligenza?

– Per favore, non posso rispondere adeguatamente alle domande negative. Ci sono innumerevoli atti che non ho eseguito, e potremmo rimanere a parlare in eterno mentre io li elenco tutti nei dettagli.

– Allora – si corresse con pazienza Shimrod – hai sorvegliato con diligenza la mia stanza da lavoro?

– Certo, è ovvio.

– E perché non mi hai avvisato che c'erano degli intrusi?

– Perché devi continuare a presumere che si siano verificati fatti inesistenti? – protestò ancora con petulanza Facque.

– Hai notato qui degli intrusi? Anzi, meglio: chi è entrato in questa stanza negli ultimi due mesi?

– Tu, Murgen e la Femmina che è stata mandata qui per incantarti e confonderti.

– La donna è venuta anche da sola, quando io non ero presente?

– In parecchie occasioni.

– Ha fatto qualcosa alla mappa e agli altri strumenti?

– Ha immobilizzato la luce e ha alterato gli altri congegni.

– Non ha fatto niente altro?

– Ha fatto dei segni con lo stilo sul tuo Libro dei Logotipi.

– Non mi meraviglia che ultimamente la mia magia fosse così inefficace! – esclamò Shimrod, sorpreso. – Che altro?

– Nulla d'importante.

Shimrod rimosse il pezzo di membrana immobilizzante, e subito la luce azzurra prese a saettare avanti e indietro in tutte le direzioni, come per scaricare la pressione accumulata, per poi tornare a fermarsi ancora una volta su Faroli.

Rivolta la propria attenzione agli altri strumenti, con un po' dì difficoltà il mago riuscì a rimetterli tutti in funzione.

– Destati! – ordinò ancora una volta a Facque.

– Sono sveglio. Io non dormo mai.

– Tamurello, o chiunque altro, ha installato qualche strumento, di sorveglianza o di qualsiasi altro genere, qui a Trilda?

– Sì, e la donna può essere inclusa nell'elenco. In secondo luogo, Tamurello mi ha incaricato di riferirgli in merito alle tue attività: non avendo ricevuto istruzioni in senso contrario, l'ha accontentato. In terzo luogo, Tamurello ha cercato di servirsi di alcuni effimeri per lo spionaggio, ma senza grande successo.

– Facque, in questo preciso momento, definitivamente e senza eccezioni, ti ordino di desistere dal fornire qualsiasi informazione ad altri salvo che a Murgen e a me, e in particolare di non fornirne a Tamurello o a qualsiasi suo agente o strumento, e neppure all'aria in generale, in base all'ipotesi che anch'essa possa in qualche modo essere usata e diretta da Tamurello.

– Sono contento che tu abbia chiarito questo punto. In breve, Tamurello non deve ricevere informazioni di nessun genere.

– Proprio così, e questo include sia le informazioni positive che quelle negative, l'uso di silenzi codificati o la manipolazione di qualsiasi

congegno o segnale o di note musicali di cui Tamurello si potrebbe servire per strapparti informazioni. Non gli devi rispondere né iniziare
una conversazione, e questo divieto comprende qualsiasi altro tipo e
permutazione di comunicazione che posso aver dimenticato.

– Finalmente capisco quello che vuoi. Adesso è tutto a posto.

– Non tutto. Devo decidere come comportarmi con Melanchte.

– Non sprecare energie in proposito – consigliò Facque. – Sarebbe
del tutto inutile.

– E perché?

– Scoprirai che la donna ha lasciato questa casa.

Shimrod si precipitò fuori dalla stanza da lavoro e cercò dappertutto, ma Melanchte non si trovava da nessuna parte, e alla fine lui
tornò con tristezza nella stanza da lavoro.

VII

Tamurello si presentava di rado con il proprio aspetto naturale, prefe-
rendo aspetti esotici per una serie di ragioni, non ultima delle quali il
puro e semplice capriccio.

Quel giorno, quando uscì sulla balconata sovrastante il suo giardino ottagonale di Faroli, appariva come un giovane fragile e ascetico,
alquanto languido e pallido come il latte, con una corona di capelli
rosso arancio tanto sottili e luminosi da sembrare invisibili. Il naso era
affilato, le labbra e i fiammeggianti occhi azzurri suggerivano esaltazione spirituale, il che era quel che Tamurello voleva.

Il mago scese con lentezza la ricurva scalinata di vetro nero fino al
cortile. Ai piedi delle scale si fermò, avanzò ancora con lentezza e alla
fine, voltando il capo, mostrò di accorgersi solo allora di Melanchte,
che se ne stava da un lato, all'ombra di una mimosa in fiore.

Il ragazzo-uomo si accostò a Melanchte, e dei due fu lei ad apparire
più terrena e corporea mentre lo fissava con volto inespressivo: quella
mascolinità eterea ma ben definita era un atteggiamento per il quale
non poteva provare alcuna simpatia.

Tamurello si arrestò, squadrandola da capo a piedi, quindi si girò e,
sollevando con indolenza un indice, intimò:

– Vieni.

Melanchte lo seguì in un salotto e sedette rigidamente al centro di un divano. Dal suo punto di vista, i travestimenti di Tamurello non erano altro che mezzi da cui intuire il suo umore, e questo ragazzo-uomo la rendeva perplessa più che annoiata; nel complesso, non le importava proprio niente del modo in cui il mago sceglieva di mostrarsi, quindi accantonò in un angolo della mente tanto il suo aspetto quanto il possibile suo significato. Vi erano cose più importanti.

– Non sembra che tu abbia riportato alcun danno – commentò Tamurello, squadrandola ancora.

– Il compito affidatomi è stato portato a termine.

– Fin troppo! Ah, hum, così sia! Adesso sembra sia giunto il mio momento di dedicarmi a quello che ti riguarda.

– Se ben ricordo, sei turbata perché non ti riesce di uniformarti con facilità al tessuto del mondo. Questa è una legittima fonte di scontentezza, e di conseguenza vuoi che io effettui dei mutamenti nel mondo o, in caso di fallimento, in te. – Le labbra del ragazzo-uomo s'incurvarono in un sottile sorriso, e Melanchte pensò che non aveva mai visto Tamurello sotto un aspetto così acido.

– Tu hai detto che la mia mente funziona in disaccordo con quella delle altre persone – replicò con semplicità.

– L'ho fatto. In particolare, con la mente degli appartenenti all'altro sesso: si tratta dei tentativi di Desmëi di vendicarsi sul cosmo, e in particolare sulla sua metà maschile. Che razza di scherzo! Sono solo gli ingenui come il povero Shimrod che si espongono in pieno all'ira di Desmëi.

– In questo caso, rimuovi la sua maledizione dalla mia anima.

Il ragazzo-uomo fissò Melanchte con espressione grave e attenta, e infine disse:

– Temo che sia impossibile.

– Ma mi avevi assicurato…

– In tutta sincerità – l'interruppe Tamurello, sollevando una mano – mi manca l'abilità di farlo, e neppure lo stesso Murgen ci potrebbe riuscire.

Gli angoli della bella bocca di Melanchte s'inclinarono.

– La tua magia non può essere utile in un caso del genere?

– Va benissimo ordinare che si faccia qualcosa per magia – dichiarò con vivacità il ragazzo-uomo – ma ci vuole un agente intelligente o almeno abile che porti a termine l'opera. In questo lavoro di restauro, non esiste entità, sia uomo, sandestin, essere fatato, demone o qualsiasi altra creatura dal potere controllabile, in grado di comprendere tutti gli intricati aspetti della cosa. Di conseguenza, non lo si può attuare in un istante.

– E tuttavia, questa è stata la tua promessa.

– Ho detto che avrei fatto del mio meglio, e lo farò. Ascolta, e ti spiegherò il tuo problema, ma devi prestare molta attenzione, perché è un argomento difficile.

– Ti ascolto.

– Ogni mente è formata da diverse fasi di superimposizione. La prima è consapevole, ed è la coscienza, mentre le altre, pur non essendo meno attive, svolgono la maggior parte del loro lavoro nell'oscurità, lontano dalla luce dell'attenzione cosciente.

– Ogni fase usa strumenti diversi. La prima, o aperta, fase della mente si serve della logica, della curiosità, della differenziazione del probabile dall'assurdo, con un corollario noto come "umorismo" e un certo tipo di compassione proiettata nota come "giustizia".

– La seconda, la terza e le altre fasi hanno a che vedere con le emozioni, i riflessi e il funzionamento del corpo.

– Pare che ci siano delle lacune nella tua prima fase, che viene adempiuta dalla seconda, quelle delle interpretazioni emotive, con grande travaglio e difficoltà. Questa sembra essere la natura del tuo disturbo, e il rimedio consiste nel rinforzare la prima fase con un regime basato sull'uso e sull'addestramento.

– E come farei ad addestrarmi? – chiese Melanchte, perplessa.

– Ci sono due metodi evidenti: in primo luogo, posso alterare il tuo aspetto e trasformarti in una bambina, per poi introdurti in qualche famiglia nobile dove tu possa imparare secondo i normali procedimenti di crescita.

– Conserverei la mia memoria?

– Sta a te scegliere.

– Non voglio diventare una bambina – affermò Melanchte con una smorfia.

– Allora ti devi applicare all'apprendimento come uno studente:

dovrai dedicarti ai libri, allo studio e alla disciplina, in modo da imparare a pensare in maniera logica piuttosto che a riflettere in termini
emotivi.

– Sembra una noia terribile – borbottò Melanchte. – Studiare, rimu-
ginare sui libri, pensare, intellettualizzare… sono le abitudini che ho
deriso in Shimrod.

Il ragazzo-uomo la fissò senza eccessivo interesse.

– Prendi una decisione.

– Se fossi costretta a studiare non imparerei nulla e in compenso
impazzirei. Non puoi raccogliere una sufficiente quantità di saggezza,
esperienza, umorismo e compassione in un nodo e stamparlo nella
zona vuota del mio cervello?

– No! – La risposta del ragazzo uomo fu tanto brusca da indurre
Melanchte a domandarsi se Tamurello stesse dicendo tutto quello che
sapeva. – Prendi una decisione!

– Voglio tornare a Ys e riflettere.

Immediatamente, come se non stesse attendendo altro, Tamurello
pronunciò una serie di sillabe: un vortice sollevò in aria Melanchte e
la trasportò attraverso le nubi e sotto l'accecante luce del sole; poi la
donna intravide l'oceano e la linea dell'orizzonte e percepì il contatto
della soffice sabbia della spiaggia con i suoi piedi.

Melanchte si lasciò cadere seduta sulla sabbia calda, le braccia strette
intorno alle ginocchia. A sud, gli eserciti di Re Aillas se n'erano andati e
la spiaggia si stendeva vuota fino all'estuario. La donna osservò il gioco
delle onde: sollevandosi e gorgogliando, la risacca avanzò verso il mare.

Melanchte rimase seduta là per un'ora, poi si alzò in piedi, si scosse
via la sabbia dagli abiti ed entrò nella sua villa immersa nel silenzio.

Capitolo VII

I

Re Aillas aveva trasferito il quartier generale del suo esercito a Doun Darric, un villaggio in rovina sul fiume Malheu, appena quattro chilometri e mezzo a sud del castello di Sir Helwig, Stronson, e proprio nel cuore dell'Ulfland Meridionale. Doun Darric era stato uno dei primi villaggi a essere depredato dagli Ska, e ora solo mucchi di pietre e rovine indicavano il punto su cui sorgevano un tempo le case.

I vantaggi che Doun Darric offriva come quartier generale erano molteplici: le truppe non avevano più la possibilità di ubriacarsi nelle taverne portuali di Ys, non avevano modo di litigare con gli uomini della città, e le fanciulle di Ys erano così libere di recarsi al mercato senza essere importunate dalle galanti attenzioni dei giovani soldati. Cosa più importante di tutte, però, in questo modo le truppe erano vicine alla zona montana della brughiera, dove potevano far sentire agli abitanti il peso della loro presenza.

Aillas non aveva mai neppure osato sperare di riuscire a instaurare una pace immediata, simile a un soffice balsamo, sulle montagne e nelle brughiere dell'Ulfland Meridionale; le vendette e le guerre fra i clan erano cose intrinseche all'anima ulflandese, per cui il re poteva tranquillamente emettere dozzine di proclami che sarebbero rimasti lettera morta fino a quando il sovrano non si fosse deciso a spaventare, corrompere o comunque persuadere i baroni alla pace.

La maggior parte dei baroni che vivevano sulla fascia bassa della brughiera e sui pendii occidentali sosteneva Aillas, perché avevano avuto modo di fare intima conoscenza con i metodi degli Ska. I baroni delle zone più impervie, per la maggior parte poco più che capi di briganti, non solo erano i più scalmanati sostenitori di quel tipo di condotta che Aillas voleva impedire, ma erano anche i più gelosi della loro indipendenza. Adesso che l'esercito si era stanziato a Doun Darric, le minacce di Aillas acquistavano di colpo una portata più realistica.

Quasi subito, il giovane decise di trasformare Doun Darric in una base operativa permanente e fece venire da ogni zona del territorio muratori e carpentieri perché edificassero le strutture necessarie. Nel frattempo, la vecchia Doun Darric iniziò a risorgere, in un primo tempo in maniera temporanea, per opera dei lavoratori stessi che vi erano affluiti, e in seguito secondo un progetto steso in maniera più o meno noncurante da Sir Tristano, una sera che aveva deciso di esercitare la propria fantasia con l'aiuto di una bottiglia di vino. Sir Tristano aveva previsto una piazza per il mercato, adiacente al fiume, con botteghe e locande lungo il suo perimetro, ampie strade munite di canali fognari secondo il sistema troicinese, case di buona qualità, ciascuna con il suo giardino. Aillas, notando il progetto abbozzato dal cugino, si accorse che vi erano parecchi motivi a favore della sua realizzazione, compreso un incremento del prestigio reale.

Ad Aillas non piaceva Oäldes, la cadente e sciatta capitale dei precedenti sovrani, e Ys non poteva essere presa in considerazione come nuova capitale dell'Ulfland Meridionale; di conseguenza, il giovane designò Doun Darric come nuova capitale, e Sir Tristano aggiunse al progetto un piccolo ma grazioso palazzo reale che dava sul fiume Malheu da un lato e sulla piazza del mercato dall'altra. Sir Tristano cominciò poi a guardare al futuro, e accantonò un tratto di terreno lungo il fiume per destinarlo alla costruzione di abitazioni più pretenziose intrapresa dai membri delle nuove classi più facoltose che forse avrebbero scelto di venire a stabilirsi nella nuova città. I lavoratori, carpentieri, muratori, intonacatori, costruttori di tetti, vetrai, pittori e miscelatori di tinte, taglialegna e scavatori di pietre… tutti gioirono nell'udire le notizie, che garantivano loro una ragionevole prosperità per l'immediato futuro.

Le terre circostanti Doun Darric erano tornate per la maggior parte allo stato selvaggio, e Aillas ne selezionò una buona parte da distribuire in seguito ai suoi veterani, in base alle promesse fatte; altre aree furono vendute da Sir Maloof, a basso prezzo e con notevoli dilazioni, a quelle persone prive di sistemazione che desideravano rimetterle a coltura.

Tutte queste tangibili prove di permanenza sul posto tendevano a sostenere l'autorità del re, che non poteva ora più essere definito un avventuriero straniero intenzionato solo a depredare l'Ulfland Meridionale delle poche ricchezze che ancora gli rimanevano. Ogni nuovo giorno segnava l'arrivo di altri plotoni di volontari e coscritti provenienti da ogni zona dello stato e anche dall'Ulfland Settentrionale: uomini giovani e forti, di grande coraggio e spesso di nobile nascita, che vedevano nell'esercito la loro sola speranza di gloria e di carriera. Tutti questi nuovi arrivati erano pieni di orgoglio e molto intraprendenti, e spesso esibivano anche le concomitanti caratteristiche dell'ostinazione e della truculenza. La loro vita era guidata da un paio di regole standard: in primo luogo, bisognava essere sempre pronti a combattere e in secondo luogo in combattimento non vi era alcuna possibilità di resa onorevole. Lo sconfitto poteva fuggire, arrendersi o morire, ma tutte queste alternative erano egualmente sgradevoli.

Aillas si era ormai familiarizzato un poco con l'intrico di faide che dilaniavano la brughiera, e gli appariva chiaro che molti dei nuovi soldati si sarebbero trovati a lavorare gomito a gomito con vecchi nemici, situazione, questa, che sembrava invitare abbondanti spargimenti di sangue. D'altro canto, prendere nota di queste animosità e tenere separate le diverse fazioni gli parve la peggiore delle soluzioni, dal momento che sarebbe equivalso a riconoscere in maniera ufficiale l'esistenza delle faide cui voleva invece porre termine. Di conseguenza, le nuove reclute furono di volta in volta informate che nell'esercito del re non vi era posto per gli antichi dissidi e che questi dovevano essere dimenticati, dopodiché l'argomento veniva accantonato. In generale, i vari antagonisti, che ora indossavano tutti la stessa uniforme, dopo un periodo di sguardi altezzosi, mascelle rigide e labbra inarcate con disprezzo, finivano per adeguarsi alle circostanze per mancanza di qualsiasi altra pratica alternativa.

Vista e considerata l'ostinazione e la sicurezza di sé dimostrata dagli Ulflandesi, la prima fase dell'addestramento procedette con notevole lentezza, mentre gli ufficiali troicinesi affrontavano il problema con una buona dose di pazienza e di filosofia. Attraverso una serie di miglioramenti quasi impercettibili, i cocciuti ragazzi di montagna arrivarono alla fine a capire cosa ci si aspettava da loro e a portare l'uniforme con disinvoltura, e dopo qualche tempo si ritrovarono a istruire a loro volta le nuove reclute con un atteggiamento di indulgente disprezzo per la loro goffaggine.

Nel frattempo, una tesa calma regnava nella brughiera e sulle montagne... non quella data da una rilassata tranquillità, ma una calma che faceva pensare a sussurri sommessi, a orecchi tesi nel buio, a respiri trattenuti: una situazione innaturale che sembrava riflettersi sul paesaggio stesso, come se anche le montagne, i dirupi, le ginestre e le foreste di pini stessero osservando tutto, in attesa della prima violazione della legge reale.

Aillas inviò allora Sir Tristano con una scorta adeguata perché sondasse la situazione nei luoghi più lontani e chiedesse anche ulteriori informazioni su quel tizio, che si era autodefinito un cavaliere del Dahaut, di nome Sir Shalles. Al suo ritorno, Sir Tristano riferì di aver ricevuto ospitalità corretta, anche se fredda, che i baroni stavano sciogliendo le loro bande armate con calcolata lentezza e che in ogni casa gli era stata recitata una lunga litania di torti subiti da clan nemici. Quanto a Sir Shalles, questi non era certo rimasto inattivo, e si era fatto vedere qua e là, disseminando una stupefacente quantità di voci. Stando ai rapporti più attendibili, questo fantomatico Sir Shalles era un gentiluomo robusto, intelligente e credibile nelle sue affermazioni, anche se molte di queste erano per la loro natura ridicole o contraddittorie e lasciavano l'uditorio libero di credere quello che preferiva. Il cavaliere del Dahaut aveva dichiarato che Aillas era segretamente alleato con gli Ska e che alla fine i baroni dell'Ulfland Meridionale si sarebbero ritrovati a combattere per loro; aveva anche affermato che il nuovo re era soggetto a crisi convulse e che i suoi gusti sessuali erano al tempo stesso strani e disgustosi. Inoltre, parlando con la massima autorità, Sir Shalles aveva anche affermato che Re Aillas aveva intenzione di privare i baroni delle loro difese per poi schiacciarli con tasse spropositate e confiscare le loro terre quando non fossero stati in grado di pagarle.

– C'è altro? – domandò Aillas, quando Sir Tristano s'interruppe per riprendere fiato.

– Molte altre cose! Per esempio, è notorio che tu stai già inviando nel Troicinet navi cariche di fanciulle ulflandesi destinate alle taverne dei porti locali.

– E non si dice anche per caso che sono un adoratore di Hoonch, il dio cane? – chiese Aillas, ridacchiando. – O magari che ho avvelenato Oriante per poter diventare re dell'Ulfland Meridionale?

– Niente di tutto questo, per ora.

– Dobbiamo restituire la cortesia a questo loquace Sir Shalles. – Aillas rifletté per un momento. – Fa' circolare dappertutto la voce che sono ansioso di fare la sua conoscenza e che sono disposto a pagargli il doppio di quanto gli è stato promesso da Re Casmir, se si metterà a gironzolare per Lyonesse disseminando chiacchiere come queste sul conto dello stesso Casmir. Non andare di persona: basterà un messaggero.

– Eccellente! – approvò Sir Tristano. – Sarà fatto. E ora veniamo a un'altra questione: hai mai sentito parlare di un certo Torqual?

– Non credo. Chi è?

– Da quanto sono riuscito a sapere, si tratta di un rinnegato Ska che è diventato un bandito e si è rifugiato sulle colline. Mi hanno detto che di recente, aveva spostato la propria attività a Lyonesse, ma ora è tornato e si è stabilito in una roccaforte posta vicino al confine fra i due Ulfland, ha reclutato una banda di bestie in veste umana e se ne serve per compiere razzie nell'Ulfland Meridionale. Ha fatto sapere in giro di essere deciso ad attaccare, intrappolare, assediare e distruggere qualsiasi barone che decida di sottomettersi al tuo governo, e questo è uno dei motivi per cui i baroni che risiedono nella fascia che confina con l'Ulfland Settentrionale mostrano un'eccessiva riluttanza a schierarsi sotto la tua bandiera. E intanto Torqual si tiene al sicuro nell'Ulfland Settentrionale, dove tu non puoi andare a stanarlo senza correre il pericolo di stuzzicare gli Ska.

– Un bel problema – borbottò Aillas. – Hai qualche soluzione da proporre?

– Nulla di pratico. Non puoi fortificare la frontiera, e neppure fornire ogni castello di un'adeguata guarnigione, mentre una sortita nell'Ulfland Settentrionale servirebbe solo a far divertire Torqual.

– Lo penso anch'io. E tuttavia, se non riesco a proteggere i miei sudditi, loro non mi considereranno mai il loro re.

– È un problema insolubile. Questa opinione ti è di qualche aiuto?

– Prima o poi, questo Torqual morirà di vecchiaia: non posso sperare altro.

II

La tensione continuò a regnare nella fascia alta della brughiera: con ingenua convinzione, i baroni ulflandesi continuavano ad asserire l'immutabile realtà delle antiche faide, che non erano dimenticate né perdonate. L'animosità veniva mascherata, le rappresaglie sospese, mentre tutti aspettavano di vedere chi sarebbe stato il primo a sfidare il giovane re e, cosa ancor più interessante, in che modo Aillas avrebbe reagito alla sfida.

Poi la tensione si spezzò di colpo, con maestosa inevitabilità da giorno del giudizio universale.

Il responsabile della violazione non fu altri che il prode Sir Hune dei Tre Pini: con un gesto di assoluta e pesante sfida nei confronti della legge, infatti, questi tese un agguato a Sir Dostoy della Fortezza di Stoygaw, un mattino in cui Sir Dostoy si era avventurato nella brughiera per cacciare con i suoi falchi. Uno dei figli morì nello scontro che ne derivò, e un altro venne ferito ma riuscì a fuggire. Quanto a Sir Dostoy, fu legato e gettato sul dorso di un cavallo come un sacco di farina, quindi trasportato su per il pendio di Molk Mountain, oltre Goatskull Gap, attraverso la Blacken Moor e la Foresta di Kaugh e fino a Lammon's Meadow e al Castello dei Tre Pini. Una volta là, Sir Hune fece seguire i fatti alle minacce, e inchiodò Sir Dostoy alla porta del fienile, facendosi quindi servire una cena che consumò con gusto mentre gli scudieri del castello usavano il prigioniero come bersaglio per le loro frecce per uccelli.

Aillas fu informato dell'accaduto dal figlio secondogenito del nobile, che entrò al galoppo a Doun Darric, e la sua reazione fu immediata.

Prima ancora che il cadavere di Sir Dostoy si fosse raffreddato, un contingente di quattrocento uomini, abbastanza numeroso da scoraggiare qualsiasi intervento da parte dei membri del clan di Sir Hune, ma non tanto grande da essere difficile da manovrare, era già in marcia verso i Tre Pini. I soldati attraversarono la Valle del Malheu, seguiti alla massima velocità dai carri con le salmerie, percorsero la Strada della Miniera di Stagno, con la Molk Mountain che incombeva a est, ammantata di nubi, costeggiarono la Foresta di Kaugh e raggiunsero Lammon's Meadow.

Mezzo chilometro più a est, su una collinetta rocciosa, il Castello dei Tre Pini si ergeva dietro ai suoi bastioni.

Quando un messaggero informò Sir Hune della reazione reale il barone rimase alquanto sorpreso da tutta quella rapidità, e lo ammise con Thrumbo, il suo Arciere Capo.

– Ah, ah! Si muove in fretta e con energia! E allora? Terremo una riunione, io ammetterò il mio errore e prometterò di cambiare modo di agire, poi apriremo una botte e ci faremo una bella bevuta di vino e tutto andrà bene. Che i bastardi di Stoygaw abbiano quanto vogliono.

Quello fu il primo pensiero di Sir Hune, ma poi, cominciando a sentirsi a disagio, scrisse una lettera e la inviò in tutta fretta alle dimore degli altri membri del suo clan:

> *Vieni con tutti i tuoi uomini migliori ai Tre Pini, perché dobbiamo infliggere a questo reuccio una schiacciante sconfitta! Vieni subito: ti ritengo impegnato in base ai vincoli di sangue e al legame di clan.*

La lettera ricevette una scarsa risposta: solo una dozzina di uomini rispose a quell'invito alla guerra, e senza molto zelo. Sir Hune venne consigliato almeno una dozzina di volte di prendere un cavallo e di fuggire oltre le colline, nel Dahaut, ma quando finalmente anche lui arrivò a quella stessa decisione l'esercito reale era ormai giunto ai Tre Pini e l'aveva messo sotto assedio.

Sir Hune sollevò il ponte levatoio e rimase, cupo, in attesa di un invito a parlamentare. Ma fu un'attesa vana e nel frattempo le truppe troicinesi si prepararono all'attacco con sinistra efficienza, approntando un paio di massicci mangani che subito presero a scagliare grossi macigni oltre le mura, sui tetti e sulle strutture poste dietro di esse.

Sir Hune ne rimase sconcertato e oltraggiato; dov'era quell'invito a parlamentare che aveva atteso con tanta sicurezza? E gli piaceva ancor meno l'aspetto di una forca in fase di costruzione in un angolo: era robusta, alta e ben puntellata, come se fosse destinata a svolgere un lavoro pesante.

Il bombardamento continuò per tutta la notte. Quando poi i primi raggi di sole rischiararono il prato nebbioso, parecchie balle di paglia intrise di pece calda e di olio di pesce vennero incendiate e scagliate oltre le pietre, in modo da bruciare le strutture in legno e i magazzini; quasi subito colonne di fiamme e di fumo nero si levarono dall'ormai condannata costruzione dei Tre Pini.

Dall'interno giunsero rauche grida di rabbia e di orrore; non era così che le cose sarebbero dovute andare! Questo era un freddo e metodico lavoro di annientamento di Sir Hune e dei Tre Pini, e tutto per una così piccola offesa!

Sir Hune si preparò a quella che era ormai l'unica cosa da fare: un disperato tentativo di fuga che non poteva avere successo. Le porte si spalancarono e i guerrieri ne uscirono al galoppo, nella speranza di aprirsi un varco e di guadagnare la brughiera. Quando un nugolo di frecce abbatté i loro cavalli alcuni guerrieri balzarono in piedi e combatterono con le spade fino a che non furono a loro volta abbattuti dagli arcieri troicinesi, altri vennero catturati mentre giacevano storditi fra l'erba, e fra loro anche Sir Hune. Il barone fu legato, gli fu passata una corda intorno al collo e fu trascinato verso la forca.

Aillas si trovava a una distanza di una ventina di metri; per un momento, il suo sguardo incrociò quello di Sir Hune, poi il barone venne impiccato.

I superstiti della battaglia furono quindi condotti davanti ad Aillas per essere giudicati; fra loro, vi erano altri due baroni e sei cavalieri, che vennero tutti ritenuti ribelli, e, in quanto tali, inviati alla forca come Sir Hune.

Il resto dei prigionieri, una cinquantina di uomini, si teneva raggruppato con aria avvilita, in attesa di salire il patibolo, ma Aillas, dopo averli ispezionati, dichiarò:

– Da un punto di vista legale anche voi, come i vostri capi, siete ribelli e meritereste la forca. Tuttavia, deploro di vedere sprecati in questo modo uomini forti che dovrebbero sostenere la causa del loro paese invece che lavorare per danneggiarla.

– Offro quindi a ciascuno di voi una possibilità di scelta: potete essere impiccati in questo momento, oppure vi potete arruolare nell'esercito del re e servire con assoluta lealtà. Scegliete! E coloro che preferiscono l'impiccagione si avvicinino pure alla forca.

Seguì qualche borbottio teso, un po' di strisciare di piedi e qualche cupa occhiata in direzione del patibolo, ma nessuno si mosse.

– Come? Non c'è nessuno da impiccare? Allora coloro che si vogliono arruolare possono andare laggiù vicino a quei carri, e mettersi agli ordini del sergente.

Con aria sbigottita, gli ex-difensori dei Tre Pini si avviarono verso i carri.

Le donne e i bambini che abitavano nel castello se ne stavano raggruppati con aria desolata accanto alle mura ancora fumanti.

– Adesso va' a consolare le donne – ordinò Aillas a Sir Pirmence. – Consiglia loro di trovarsi una sistemazione presso qualche parente e, se necessario, assistile; il tuo tatto e la tua sensibilità saranno preziosi. Sir Tristano, accertati che non vi siano altri superstiti nel castello, invalidi o magari persone che potremmo voler conoscere meglio, come per esempio Sir Shalles del Dahaut. Sir Maloof, dove sei? Qui c'è possibilità di utilizzare i tuoi rari talenti; parla con la servitù del castello e trova dove Sir Hune teneva il suo tesoro e qualsiasi altra cosa preziosa, monete e oggetti in oro e argento. Fa' un inventario del tutto e confiscalo nell'interesse del tesoro regio, il che porterà almeno una sfumatura di soddisfazione su questa malinconica giornata.

Sir Maloof trovò ben pochi ori: qualche oggetto d'argento, come piatti e coppe, un centinaio di corone d'oro e qualche gioiello in granati, tormalina e diaspro; Sir Pirmence fu molto abile nel consolare le vedove e le indirizzò presso i relativi parenti; Sir Tristano tornò con notizie sgradevoli.

– Non ho trovato invalidi né persone nascoste, nella casa non ci sono altri superstiti se non quelli chiusi nelle segrete. Ho contato otto prigionieri e tre torturatori, poi non sono più riuscito a sopportare il fetore.

Il cuore di Aillas si raggelò.

– Torturatori, eh? Me lo sarei dovuto aspettare. Tristano, devi fare ancora una cosa: prendi un gruppo di uomini dallo stomaco robusto e scendi nelle segrete, libera i prigionieri e metti i ferri ai torturatori. Dopo, utilizzeremo i nostri nuovi soldati – Aillas accennò agli uomini di Sir Hune. – Ordina loro di portare qui alla luce del giorno tutti gli oggetti e gli strumenti che si trovano ora nelle segrete, poi ci assicureremo che nessun altro li possa più usare.

Quando vennero condotti fuori dalle segrete, gli otto prigionieri uscirono saltellando, zoppicando o strisciando, e comunque muovendo le gambe con estrema cautela e gemendo a ogni passo per le conseguenze di un'eccessiva familiarità con la ruota. Due di essi non potevano addirittura camminare in nessuna maniera, per cui vennero trasportati su un paio di barelle improvvisate, e tutti e otto erano in condizioni pietose, con gli abiti ridotti a stracci, il corpo puzzolente e incrostato di sporcizia, i capelli arruffati e impastati di lordura al punto di aderire al cranio. I sei in grado di camminare si strinsero gli uni contro gli altri, lanciando in giro occhiate in tralice, in parte timorose e in parte apatiche.

I tre torturatori si tennero in disparte, cupi e incerti ma mostrando un finto, distaccato disprezzo per le circostanze. Uno di essi era un grassone senza mento e con appena un accenno di collo; il secondo era un uomo anziano con le spalle larghe, la fronte alta e il mento lungo; il terzo era più o meno della stessa età di Aillas e cercava di sorridere con una spavalderia poco convincente, prima alle truppe e poi ai corpi appesi alla forca.

– State tranquilli – assicurò Aillas, con voce triste, rivolto ai prigionieri. – Siete liberi. Adesso nessuno vi farà più del male.

Uno dei sei rispose con voce rauca e sommessa.

– "Adesso" è ora, ma "prima" è ormai passato. Mi chiamo Nols, e mi ricordo del mio nome solo per potermi nascondere quando sento che mi chiamano. Tutto il resto è come un sogno.

Un altro guardò con meraviglia la forca, e l'indicò con un dito simile a un artiglio.

– Là c'è appeso Sir Hune, pesante come un pezzo di lardo! Non è una meraviglia? Sir Hune, il caro Sir Hune è morto! Questa vista mi è cara come quella del volto di mia madre!

– Vedo là Gissies, Nook e Luton! – disse Nols, indicando a sua volta. – Dovranno continuare a essere i nostri carcerieri?

– Niente affatto – dichiarò Aillas. – Verranno impiccati, il che costituisce forse una fine troppo dolce per loro. Sergente! Tira su questi tre orrori!

– Aspettate! – gridò il giovane Luton, cominciando a sudare. – Noi abbiamo solo obbedito agli ordini, niente di più! Se non lo avessimo fatto, una dozzina di altre persone sarebbero schizzate avanti per prenderci il posto!

– E oggi penderebbero dalla forca in vostra vece... Sergente, impiccali.

– Urrah! – esclamò Nols, con voce tremula, e i suoi compagni gli fecero eco con un rauco coro. – Ma che ne è di Black Thrumbo? Perché lui è libero e lo vedo là in piedi, tranquillo e con un sorriso così dolce e gentile sul volto?

– Chi è Black Thrumbo?

– Eccolo là. È l'Arciere Capo di Sir Hune, e ama la frusta per il modo in cui schiocca. Ah, Black Thrumbo, ti vedo! Perché non mi saluti? Hai avuto ben modo di conoscere sia me che il mio corpo, perché ora fai tanto il distaccato?

– Quale di loro è Thrumbo? – domandò Aillas, guardando nella direzione indicata da Nols.

– Quello con l'elmo di cuoio e la faccia tonda come una luna piena. È il capo dei torturatori.

– Thrumbo – ordinò Aillas – avvicinati alla forca, se non ti spiace: non ho bisogno di torturatori, nel mio esercito.

L'uomo si volse e tentò una fuga disperata verso la collina, sperando di guadagnarsi la libertà, ma, essendo corpulento e con poco fiato, venne subito catturato e condotto, singhiozzante e imprecante, alla forca. Un'ora più tardi, Aillas rientrò a Doun Darric con le sue truppe.

III

I baroni dell'Ulfland Meridionale furono convocati per un secondo conclave che si tenne a Doun Darric. In quest'occasione, un bue venne arrostito allo spiedo e buon vino preparato per accompagnarlo.

Questa volta, non vi furono assenti: tutti i baroni dell'Ulfland Meridionale erano presenti, e il loro umore, mentre conversavano fra loro, seduti al tavolo, era alquanto diverso dalla precedente occasione. Sembravano cupi e pensosi, preoccupati piuttosto che truculenti.

Aillas rese noto quanto aveva da dire prima che venisse consumato troppo vino, ma questa volta il giovane sovrano preferì rimanere seduto in silenzio, mentre una fanfara faceva tacere i presenti e un araldo, salito su una panca, leggeva una pergamena:

– Che tutti ascoltino queste parole, che sono quelle di Re Aillas! Io parlo con la sua voce! "Di recente, Sir Hune del Castello dei Tre Pini ha disobbedito ai miei espliciti ordini, e tutti i presenti sanno cosa è successo in seguito a questo. Nelle segrete di Sir Hune vi erano inoltre dei prigionieri, cosa contraria allo spirito, se non alla lettera, della mia legge. Fra breve tempo diramerò un codice per la regolamentazione della giustizia, simile a quello in vigore nel Troicinet e nel Dascinet. In ciascuna contea verranno nominati sceriffi e magistrati che amministreranno ogni forma di giustizia: alta, media e bassa. Le persone oggi qui presenti, quindi, sono esonerate da quella che può essere solo una pesante responsabilità. Tale responsabilità non sussiste già più. Tutti i prigionieri attualmente detenuti dovranno essere rilasciati e affidati alla custodia di alcuni miei rappresentanti, che accompagneranno ciascuno di voi nel suo viaggio di ritorno. Per il futuro, non potrete più murare, carcerare o comunque confinare nessuno dei miei sudditi, sotto pena d'incorrere nell'ira reale, che Sir Hune ha scoperto essere rapida e definitiva. Ho inoltre saputo che Sir Hune indulgeva nella tortura dei suoi nemici: si tratta di una cosa vile e ignobile, indipendentemente da come la si può giustificare. Dichiaro dunque in questa sede la tortura un'offesa capitale, in tutte le sue forme, punibile quindi con la morte e la confisca dei beni. In tutta onestà, e contrariamente alla mia inclinazione, non posso punire crimini commessi prima di tale proscrizione, quindi non dovete temere nulla del genere. Fra poco, Sir Tristano, Sir Pirmence e Sir Maloof interrogheranno ciascuno di voi, e dovrete dare loro tutte le informazioni relative ai prigionieri in vostra custodia, insieme ai loro nomi, alla condizione sociale e anche ai nomi dei torturatori alle vostre dipendenze. Partirete quindi subito per le vostre case, e i prigionieri elencati verranno consegnati ai miei rappresentanti, che prenderanno sotto la loro custodia anche i torturatori. Dal momento che non voglio lasciare queste persone libere di circolare fra la popolazione, ho intenzione di farle condurre qui a Doun Darric e probabilmente di usarle per costruire un corpo speciale nel mio esercito. Quelli di voi che ricorrono all'uso di torturatori non sono meno colpevoli dei torturatori stessi ma, come ho detto, non posso punire crimini commessi prima dell'entrata in vigore della mia proscrizione. Sir Pirmence, Sir Tristano e Sir Maloof stanno già circolando fra di voi: vi esorto a collaborare e a fornire dichiarazioni esatte, dal momento che verranno controllate."

– Queste, miei signori, sono le parole di sua maestà, Re Aillas.

IV

I baroni si erano ormai allontanati per lo più per andare a passare la notte presso qualche parente, nel corso del viaggio verso casa. Ciascuno era scortato da un cavaliere troicinese e da sei soldati, la cui presenza sarebbe servita a garantire l'esatto adempimento degli ordini di Re Aillas, il che, in molti casi, consisteva in uno scambio di prigionieri fra castelli ostili.

Quella sera, Aillas e Tristano rimasero alzati a lungo per discutere gli eventi della giornata. Nel corso delle conversazioni con i baroni, Sir Tristano non aveva reperito ulteriori notizie in merito a Sir Shalles, che era stato visto l'ultima volta al castello di Sir Mulsant, uno dei baroni più intransigenti.

– Il punto di vista di Mulsant non manca di logica – osservò Tristano. – Lui vive sotto i Cloud-cutters, dove prosperano i tagliagole. Dichiara che se dovesse sciogliere la guarnigione del castello non sopravvive- rebbe neppure per una settimana, e io sono propenso a credergli. E ora anche Torqual ha fatto il suo ingresso sulla scena: fino a quando non saremo in grado di tenerlo a freno, non potremo pretendere in tutta onestà che gli abitanti di quella zona rinuncino alle loro difese e abbraccino la nostra causa.

Aillas rifletté, cupo, su quell'affermazione.

– In verità, le possibili iniziative da prendere sono tutte sgradevoli. Se attacchiamo Torqual nell'Ulfland Settentrionale andiamo incontro a trascurabili possibilità di successo e sfidiamo gli Ska. Questo è più che mai il momento di non disturbare il can che dorme.

– Nessuno può trovare niente da ridire in merito.

Aillas emise un profondo sospiro e si riaccasciò sulla sedia.

– Ancora una volta le sognanti speranze affondano urtando contro le rocce della realtà. Devo rassegnarmi all'asprezza dei fatti. Fino a che Sir Mulsant e gli altri nelle sue condizioni non mi causeranno fastidi, li nominerò "Custodi della Frontiera".

– Questa è quella che si può definire "arte della sovranità pratica" – commentò Sir Tristano. Poi lui e Aillas cambiarono argomento.

Capitolo VIII

I

Arrivato a Città di Lyonesse, Shalles si recò immediatamente ad Haidion e, dopo qualche tempo, venne accompagnato in un piccolo salotto nella Torre dei Gufi dove Re Casmir era intento a studiare alcune carte e mappe. Shalles eseguì un inchino adeguato e aspettò fino a che Casmir ebbe chiuso la cartella con un gesto carico di decisione che chiunque avesse avuto la coscienza sporca avrebbe trovato minaccioso.

Alla fine, Re Casmir si volse, squadrò Shalles dalla testa ai piedi, come se non lo avesse mai visto prima, e gli indicò una sedia.

– Sir Shalles – esordì, quando l'uomo ebbe preso posto – vedo che hai fatto un viaggio faticoso: cos'hai da riferirmi?

Incoraggiato dall'uso del titolo onorifico da parte del sovrano, Shalles, che si era seduto sull'orlo della sedia, si rilassò un poco e rispose con parole accuratamente soppesate, visto che esse potevano significare la sua fortuna come anche non fruttargli nulla, se non fosse riuscito a guadagnarsi l'approvazione di Casmir.

– In generale, sire, non posso fornirti abbondanza di buone notizie. Re Aillas ha agito con decisione e in maniera efficace, tenendo i suoi subordinati in una posizione sbilanciata e negando loro le basi per atti d'insubordinazione. È popolare presso la gente comune e anche fra i nobili delle zone più basse della brughiera e delle coste, i quali attribuiscono maggiore valore a uno stato di ordine e di prosperità che a uno di libertà incondizionata, che comunque non hanno mai goduto.

– C'è stato qualche considerevole tentativo di resistenza contro questo re straniero?

– L'esempio più degno di nota è quello di Sir Hune, del Castello dei

Tre Pini. Ha violato apertamente le nuove leggi, e quasi prima ancora che avesse concluso il suo atto il suo castello era in rovina e lui pendeva dalla forca. Questo è un tipo di linguaggio che gli Ulflandesi sono in grado di comprendere.

Casmir emise un grugnito seccato, e Shalles proseguì:

– Aillas ha scoperto che le segrete dei Tre Pini erano piene di prigionieri, e ha allora indetto un conclave nel quale ha bandito ogni forma di giustizia privata, per poi svuotare tutte le segrete del territorio. In genere, quell'editto è andato incontro all'approvazione della gente, dato che non c'è nulla che i baroni temono più delle segrete dei loro nemici dove, se catturati, vengono puniti anche per i crimini commessi dai loro antenati.

– Nel ripulire le prigioni, Aillas ne ha anche confiscato tutte le attrezzature. Mi è stato detto che ha accumulato quaranta ruote, sette tonnellate di ferri e cento torturatori che ora formano un corpo speciale del suo esercito: adesso devono segnarsi le guance di nero e portano uniformi nere e gialle. Sono considerati dei paria e vivono separati dal resto dell'esercito.

– Bah! – borbottò Casmir. – Questo re dal cuore tenero puzza di eccessiva gentilezza. Che altro?

– Ti farò adesso un rapporto sulle mie attività, che sono state diligenti, pericolose e disagiate. – Con un entusiasmo alquanto forzato di fronte allo sguardo poco comprensivo di Casmir, Shalles descrisse quindi l'attività da lui svolta, senza mancare di menzionare i pericoli cui era andato quasi quotidianamente incontro. – Quando mi hanno messo una taglia sulla testa, ho alla fine deciso che non potevo continuare oltre. Le mie calunnie, per quanto popolari, non sono mai state corroborate da prove e non hanno mai avuto un'influenza di lunga durata. In effetti, nel corso del mio lavoro ho scoperto una cosa strana, e cioè che la nuda, stantia e stupida verità riesce a convincere più di qualsiasi affascinante menzogna, anche se quest'ultima si diffonde maggiormente. Comunque, ho dato ad Aillas abbastanza fastidio da indurlo a cercare con ogni mezzo di catturarmi, e sono riuscito più volte a sottrarmi alla cattura per un vero miracolo.

– E quale supponi sarebbe stato il tuo fato, se ti avessero preso? – chiese Re Casmir, con lo sguardo velato e la voce più tranquilla.

Shalles era molto percettivo e, dopo un'esitazione quasi impercettibile, rispose:

– Difficile a dirsi. Aillas ha fatto circolare un'offerta secondo cui sarebbe disposto a raddoppiare la paga che prendo da te se cambiassi bandiera. Credo però che avesse solo intenzione di rovinare la mia reputazione, e in effetti con la sua mossa mi ha privato di ogni credibilità.

Re Casmir annuì con aria pensosa.

– Voci relative a quest'offerta mi erano già pervenute tramite altri canali. Che mi dici di Torqual?

Shalles fece una pausa per riordinare le idee.

– Ho visto Torqual parecchie volte, anche se non spesso come avrei voluto. Lui va per la sua strada senza badare ai miei consigli, ma sembra che stia facendo i tuoi interessi, anche se è insaziabile nelle sue richieste d'oro da usare per aumentare il suo potere. Siamo stati entrambi presenti alla caduta dei Tre Pini, travestiti da contadini e nascosti fra la folla al limitare del prato. Torqual mi ha detto di aver proceduto come prima cosa a familiarizzarsi con il territorio e poi di aver assoldato un gruppo di seguaci; ha trovato un rifugio nell'Ulfland Settentrionale da dove può penetrare in quello meridionale per perpetrarvi le sue scorrerie e ha fatto sapere a tutti che le sue vittime preferite saranno coloro che obbediscono agli ordini del re... una tattica che induce, fra l'altro, gli Ska a ignorare le sue attività. Pensa di estendere gradualmente il suo potere su tutta la fascia settentrionale della brughiera. – A questo punto Shalles scrollò le spalle.

– Dubiti forse del suo successo? – domandò Re Casmir.

– A lungo andare, sì: lui pensa solo a distruggere, e questa non è una solida base su cui fondare il potere. D'altro canto, io non posso leggere nel futuro, e gli Ulfland sono due stati in cui può accadere di tutto.

– Così sembra – rifletté Re Casmir. – Così sembra.

– Avrei voluto poterti recare notizie più gradevoli per i tuoi orecchi – commentò, triste, Shalles – visto che la mia fortuna dipende dal riuscire a compiacerti.

Re Casmir si alzò in piedi e si accostò al fuoco, fissando lo sguardo sulle braci.

– Puoi andare – disse infine. – Domattina parleremo ancora.

Shalles eseguì un profondo inchino e si ritirò, per nulla contento:

visto che Casmir non lo aveva complimentato per il suo lavoro, non aveva osato affrontare l'argomento della ricompensa.

Il mattino dopo, Re Casmir s'incontrò ancora con Shalles e cercò di tirargli fuori altre informazioni relative a Torqual. Shalles, però, poté solo ripetere quanto gli aveva già detto il giorno precedente, e alla fine Re Casmir porse al suo agente un pacchetto sigillato.

– Nelle stalle ti attende un cavallo sellato: ho un altro piccolo incarico da affidarti. Cavalca a nord fino a entrare nel Pomperol per mezzo della Strada Icnield. Al villaggio di Honriot, svolterai a sinistra e ti addentrerai nel Dahaut fino alla Foresta di Tantrevalles; arriverai fino a Faroli e consegnerai questo messaggio nelle mani del mago Tamurello. Suppongo che lui avrà una risposta da affidarti.

II

Dopo qualche tempo, Sir Shalles ritornò ad Haidion e venne immediatamente ricevuto da Re Casmir, al quale consegnò un pacco.
Il sovrano non mostrò alcuna fretta di appurarne il contenuto e, accantonato l'involto sul tavolo, si rivolse invece a Shalles, chiedendogli in modo estremamente cortese come fosse andato il viaggio.

– È andato bene, sire. Ho raggiunto in tutta fretta Faroli, che sono riuscito a trovare senza eccessive difficoltà.

– Che te ne pare di Faroli?

– Una splendida dimora d'argento, vetro e prezioso legno nero. Pali d'argento sostengono il tetto, che sembra quello di una tenda dai molti lati se non fosse per il fatto che è rivestito di tegole verde-argento. Il cancello era custodito da un paio di leoni grigi, grandi il doppio del normale e con il pelo fine e lucido come seta. Si sono sollevati sulle zampe posteriori e mi hanno intimato: "Fermo, se ti è cara la vita!" Quando ho detto che ero un emissario di Re Casmir mi hanno lasciato passare senza difficoltà.

– E Tamurello? Mi hanno detto che non ha mai due volte lo stesso aspetto.

– Quanto a questo, sire, non saprei cosa risponderti. A me si è presentato come un uomo molto alto e sottile, dalla pelle pallidissima e con i capelli neri e ritti come una cresta. Gli occhi ardevano come carboni e la tunica era ricamata con simboli in argento. Gli ho consegnato il tuo messaggio, che ha letto immediatamente. Poi mi ha detto: "Aspetta qui. Non ti muovere neppure di un passo se non vuoi che i leoni ti facciano a brandelli."

– Ho aspettato, immobile come una statua, mentre i leoni mi tenevano d'occhio; infine Tamurello è tornato, mi ha consegnato il pacco che ho portato a vostra maestà e ha trattenuto i leoni in modo che me ne potessi andare. Ho fatto ritorno ad Haidion alla massima velocità, e non c'è altro da aggiungere.

– Ben fatto, Shalles. – Casmir posò gli occhi sul pacchetto, come se ora fosse giunto il momento di aprirlo, ma poi tornò a rivolgersi alla spia.

– E ora vorrai essere ricompensato per i tuoi servigi.

– Come piace a vostra maestà – replicò Shalles, inchinandosi.

– E quali sarebbero i tuoi desideri?

– Più di ogni altra cosa, sire, desidero una piccola tenuta vicino alla città di Poinxter, nella Contea di Graywold, dove risiede la mia famiglia e dove io sono nato.

– Una vita bucolica rende un uomo pigro e riluttante a muoversi per servire il suo re – obiettò Casmir, con una smorfia. – Finisce inevitabilmente per curarsi più degli alveari, dei vitelli e dei vigneti che delle necessità reali.

– In verità, maestà, sono giunto a un punto della mia vita in cui sento di non essere più in grado di affrontare avventure notturne e sinistri complotti. Il mio cervello si è appesantito di pari passo con il mio ventre ed è tempo che io mi metta a condurre un tipo di vita in cui la massima avventura della giornata è una volpe che si è intrufolata nel pollaio. In breve, maestà, ti prego di esonerarmi da ulteriori servizi; questi ultimi mesi mi hanno portato tanti spaventi e tante fughe precipitose che bastano per una vita intera.

– Hai in mente una tenuta in particolare?

– Non ho avuto il tempo di fare il giro della zona, sire.

– E quale tipo di tenuta ritieni di esserti guadagnato con questo breve periodo di fatiche?

– Se dovessi essere pagato solo in ragione della durata, sarebbero sufficienti tre corone d'oro. Se invece chiedi quale valore do alla mia vita, non la cederei per dieci carovane cariche di smeraldi, neppure se a esse fossero aggiunte a titolo persuasivo sei navi cariche d'oro. Di conseguenza, vorrei essere pagato tenendo conto dei rischi cui ho esposto la mia preziosa vita, degli astuti complotti e delle intelligenti menzogne, delle notti ventose che ho trascorso nella brughiera mentre gli uomini onesti dormivano nei loro letti. Vostra Maestà, mi sottometto senza discutere alla reale generosità. Posso dire solo che sarei contento di avere una casa gentilizia vicino a un corso d'acqua, con dieci acri di foresta e tre o quattro fattorie in affitto.

– Shalles – sorrise Re Casmir – se hai avuto la lingua altrettanto sciolta al mio servizio quanto l'hai al servizio dei tuoi interessi, le tue richieste sono moderate e oneste, quindi è così che le devo giudicare. – Il sovrano scrisse qualcosa su una pergamena, vi appose una firma svolazzante e porse il documento a Shalles. – Ecco qui una patente reale per una proprietà di cui ho lasciato in bianco il nome. Recati a Poinxter, trova qualcosa che corrisponda alle tue richieste e presenta questa patente all'alto magistrato della contea. Non ringraziarmi. Puoi andare.

Shalles eseguì un profondo inchino e se ne andò.

Re Casmir rimase a fissare il fuoco con aria meditabonda, il pacco inviato da Tamburello sempre abbandonato sul tavolo; poi convocò l'aiutante di cui si serviva per i compiti più disparati, Oldebor.

– Sire, cosa desideri?

– Ti ricorderai di Shalles.

– Distintamente, sire.

– È tornato da un breve periodo di servizio nell'Ulfland Meridionale aspettandosi una ricompensa esagerata e forse conoscendo un po' troppo a fondo i miei affari. La tua esperienza ti suggerisce qualche modo per trattare con lui?

– Sì, sire.

– Allora provvedi. È in viaggio alla volta di Poinxter, nella Contea di Graywold, e ha con sé un documento che reca la mia firma e che vorrei mi fosse restituito.

Re Casmir tornò a voltarsi verso il fuoco e Oldebor uscì dal salotto.

A questo punto Re Casmir aprì il pacchetto e vi trovò dentro un merlo impagliato montato su un piedistallo; fra le zampe dell'uccello vi era un pezzo di pergamena ripiegato su cui c'era scritto:

Per conversare con Tamurello, strappa una penna dal ventre dell'uccello e bruciala alla fiamma di una candela.

Casmir esaminò l'uccello impagliato, notando con aria critica le ali pendule, le penne mezze marce e il becco semiaperto; l'aspetto dell'uccello poteva avere o meno un significato sardonico ma Casmir, dignitosamente, decise di prendere in considerazione solo lo scopo esplicito dell'oggetto e del messaggio. Uscito dalla stanza, scese una lunga scala curva e oltrepassò una porta ad arco che immetteva nella Galleria Lunga. Proseguì con passo deciso, senza guardare né a destra né a sinistra, ma i soldati dislocati lungo la galleria si eressero di scatto sulla persona, consapevoli che lo sguardo apparentemente astratto di quei rotondi occhi azzurri incamerava invece ogni piccolo dettaglio.

Casmir entrò quindi nella Sala degli Onori, un'enorme camera dall'alto soffitto riservata alle più solenni occasioni di stato e in cui aveva giurato di riportare il trono Evandig e la tavola Cairbra an Meadhan. La Sala degli Onori ospitava ora un trono da cerimonia, una lunga tavola centrale e, tutt'intorno alle pareti, cinquantaquattro massicci seggi che rappresentavano le cinquantaquattro casate nobiliari di Lyonesse.

Con suo disappunto, Casmir trovò la principessa Madouc che giocava da sola fra i seggi, saltando da uno all'altro, rimanendo in equilibrio sui braccioli e strisciando sotto di essi.

Per un momento, Casmir rimase a guardarla, pensando che era una bambina strana, volitiva al punto da risultare intrattabile, che non piangeva mai salvo in qualche rara occasione in cui scoppiava in qualche singulto di rabbia se qualcuno aveva osato interferire nei suoi piani. Quanto erano diverse e al tempo stesso simili Madouc e sua madre Suldrun (così Casmir credeva che stessero le cose) la cui sognante docilità mascherava in effetti una decisione di carattere pari a quella dello stesso Casmir.

Madouc, che aveva finalmente percepito lo sguardo freddo fisso su di lei, interruppe il suo gioco e rivolse a Casmir un'occhiata in cui una moderata curiosità si mescolava al risentimento per quell'insolita e sgarbata invasione della sua intimità; come la Principessa Suldrun prima di lei, Madouc considerava infatti quella sala un suo dominio personale.

Casmir avanzò con lentezza, senza mai distogliere lo sguardo freddo dalla bambina, in modo da sgomentare la piccola peste. Gli occhi di Madouc si posarono allora sull'uccello imbalsamato, e, sebbene lei non ridacchiasse né sorridesse, Casmir comprese che era divertita dall'immagine che lui offriva in quel momento.

Annoiatasi di guardare sia Casmir che l'uccello, Madouc si rimise a giocare, balzò da un bracciolo a quello successivo e poi si volse per controllare se il re era ancora nella sala.

Casmir si arrestò accanto al tavolo e l'apostrofò con voce piana, che venne però resa aspra e raspante dall'eco.

– Che ci fai qui, principessa?

Madouc fornì al re l'informazione che sembrava desiderare.

– Sto giocando sulle sedie.

– Questo non è il luogo adatto per il tuo gioco. Va' a farlo da qualche altra parte.

Madouc balzò a terra e corse via saltellando dalla stanza, scomparendo senza lanciarsi neppure un'occhiata alle spalle.

Sempre con l'uccello in mano, Casmir girò dietro il Grande Trono di Haidion, passò in mezzo ai drappi alle sue spalle ed entrò nel magazzino sul retro, dove manipolò la serratura di una porta segreta. Il battente si spalancò a lui entrò in una stanza dove teneva tutti gli oggetti e gli artefatti magici. La sua proprietà più preziosa, lo Specchio Persilian, era andata perduta circa cinque anni prima, e ancora adesso Casmir non sapeva come fosse stato rubato e chi fosse il responsabile del furto, ritenendo di essere l'unico a conoscere l'esistenza di quella stanza segreta. Come si sarebbe meravigliato se avesse appreso la verità, e cioè che i colpevoli altri non erano che la Principessa Suldrun e il suo innamorato Aillas, allora Principe del Troicinet, i quali avevano preso Persilian solo nell'interesse dello specchio stesso.

Casmir si guardò sospettosamente intorno, per accertarsi che nessun'altra delle sue proprietà fosse scomparsa, ma tutto sembrava in ordine: un globo in cui vorticava una fiamma verde e porpora illuminava! l'ambiente, un demonietto rinchiuso in una bottiglia batté le dita contro il vetro nella speranza di attirare la sua attenzione e su un tavolo era posato un oggetto da usare per calcoli di astronomia che era stato donato agli antenati di Re Casmir dalla Regina Didone di Cartagine.

Come sempre, Casmir si chinò a esaminare l'oggetto, che era di una complessità stupefacente; la base era formata da un piatto circolare d'ebano su cui erano rappresentati i segni zodiacali, mentre la sfera centrale, in oro, rappresentava il sole, secondo quanto era stato detto a Casmir. Nove più piccole sfere d'argento ruotavano mediante anelli circolari intorno a quel centro, ma lo scopo del congegno era un segreto noto solo agli antichi. La terza sfera a partire dal centro era accompagnata da una più piccola, e descriveva un giro completo in un anno esatto, il che serviva solo a rendere Casmir ancora più perplesso: se quell'oggetto era un cronometro fabbricato per computare il passaggio degli anni, allora a cosa servivano le altre otto sfere, alcune delle quali si muovevano in maniera quasi impercettibile? Ormai Casmir non si dilungava più a speculare sulla possibile natura dell'oggetto, e si limitava a rivolgergli una rapida occhiata. Collocò l'uccello impagliato su uno scaffale e rimase a contemplarlo per un momento, ma alla fine gli volse le spalle: prima d'iniziare una conversazione con Tamurello doveva decidere con estrema cura gli argomenti di cui desiderava discutere.

Lasciata la camera segreta, riattraversò la Sala degli Onori e sbucò nella Galleria Lunga dove, per puro caso, s'imbatté nella Regina Sollace e in Padre Umphred, di ritorno da un giro in carrozza durante il quale avevano ispezionato vari luoghi che potevano essere adatti a ospitare la nuova cattedrale.

– È evidente qual è il punto migliore – dichiarò la regina, rivolta a Casmir. – Lo abbiamo visitato e misurato: si tratta di quell'area appena a nord dell'ingresso del porto.

– Una dolce aura di santità già avvolge la tua notevole sposa – affermò Padre Umphred con entusiasmo. – Ai lati del grande ingresso centrale della costruzione mi piacerebbe vedere erette due statue, fatte d'imperituro bronzo: da un lato il nobile Re Casmir, e dall'altro la santa Regina Sollace!

– Non ho forse dichiarato che il progetto non è attuabile? – domandò Re Casmir. – Chi pagherà per una simile assurdità?

– Il Signore provvederà – sospirò Padre Umphred, levando gli occhi al soffitto.

– Ma davvero? – chiese il sovrano. – E come e in che maniera?

– Non adorare altri dèi all'infuori di me! Così ha parlato il Signore sul Monte Sinai! Ogni nuovo cristiano potrà adeguatamente fare ammenda di tutti gli anni trascorsi nel peccato dedicando le sue ricchezze e il suo lavoro alla costruzione di un grande tempio, aprendosi così la strada del Paradiso.

– Se ci sono degli sciocchi disposti a spendere così i loro soldi, io non ho nulla da obiettare – commentò Casmir, scrollando le spalle.

– Allora abbiamo il tuo permesso di procedere? – esclamò con gioia la regina.

– A patto che rispettiate ogni dettame della legge regia.

– Ah, vostra maestà, queste sono notizie gloriose! – gridò Padre Umphred. – Ma, quali sono queste leggi di cui parli? Pensavo che qui prevalessero i normali usi e costumi.

– Non so cosa siano questi "normali usi e costumi" – dichiarò il re. – La legge è abbastanza semplice. In primo luogo, in nessuna circostanza cifre di denaro o articoli di valore possono essere esportati da Lyonesse a Roma.

Padre Umphred sussultò e sbatté le palpebre.

– Di tanto in tanto…

– Tutto il denaro raccolto – proseguì il re – dovrà essere dichiarato al Cancelliere del Tesoro Regio, che calcolerà la giusta tassa che verrà immediatamente dedotta dalla cifra. Spetterà sempre a lui fissare l'affitto annuale della terra utilizzata.

– Ah! – gemette Padre Umphred. – Che prospettiva scoraggiante! Non è possibile. Nessun potere secolare può tassare le proprietà della chiesa!

– In questo caso, devo ritirare il mio permesso! Che non sia costruita nessuna cattedrale a Città di Lyonesse, né ora né mai!

Re Casmir si allontanò, seguito dagli sguardi sconsolati della Regina Sollace e di Padre Umphred.

– È un uomo ostinato – commentò la regina. – Ho pregato a lungo che il Signore cospargesse il suo cuore con il balsamo della fede, e oggi ho creduto che le mie preghiere fossero state esaudite. Ma ormai ha preso la sua decisione, e, a meno di un miracolo, non cambierà più idea.

– Non posso operare miracoli – rifletté Padre Umphred – ma conosco alcuni fatti per apprendere i quali Casmir sarebbe disposto a dare molto.

– Di che fatti si tratta? – La Regina Sollace gli lanciò un'occhiata interrogativa.

– Cara Regina, devo pregare il Signore che mi guidi! Dovrà essere la luce celeste a indicarmi la via da seguire.

Il volto di Sollace assunse un'espressione petulante.

– Informami, e permettimi di consigliarti.

– Cara Regina, rara benedetta signora! Non è tanto facile! Devo pregare.

III

Due giorni più tardi, Casmir tornò nella stanza segreta, strappò una penna del ventre dell'uccello impagliato e la portò nel suo salottino privato, adiacente alla sua stanza da letto. Accesa una candela, infilò la penna nella fiamma dove essa bruciò con un piccolo sbuffo di fumo acre.

Osservando il fumo che si dissipava nell'aria, il re chiamò:

– Tamurello! Mi senti? Sono io, Casmir di Lyonesse.

Dall'ombra scaturì una voce.

– Ebbene, Casmir, cosa c'è?

– Tamurello! È tua la voce?

– Che cosa vuoi da me?

– Un segno che sto effettivamente parlando con Tamurello.

– Ti ricordi di Shalles, che ora giace in un canale di scolo con la gola tagliata?

– Mi ricordo di lui.

– E lui ti ha detto sotto quali sembianze mi ha visto?

– Sì.

– Gli sono apparso come il mago Amaca ac Eil di Ccerwyddwn in tutto il mio nero dreuhwy.*

---

* dreuhwy: antico termine gallese intraducibile. In modo approssimativo, indica un umore autoindotto di cupa e sovrumana intensità nell'ambito del quale è possibile qualsiasi grottesco eccesso di comportamento. È la completa identificazione dell'ego con l'afflato che anima l'irreale, lo strano, il terribile. Gli adepti del cosiddetto "Nono Potere" concepivano il "dreuhwy" come una condizione di liberazione, in cui la loro forza raggiungeva il suo culmine. A quanto pare, qui Tamurello accenna a quest'idea con spirito beffardo o come stravagante reazione all'insistenza piuttosto fastidiosa con cui Casmir gli ha chiesto di confermare la sua identità.

Re Casmir assentì con un grugnito.

– Ti ho chiamato per un motivo: le mie attività ristagnano, e questo mi provoca ira e frustrazione.

– Ah, Casmir, in fede mia, tu ignori la buona sorte che la Tagliatrice di Fili ha riversato su di te! Ad Haidion ti puoi crogiolare a tuo piacere al fuoco di una dozzina di caminetti, la tua tavola è ricca di cibi succulenti e profumati, dormi fra coltri di seta e vesti dei tessuti più belli e l'oro adorna la tua persona. Sembra che fra la tua popolazione vi sia abbondanza di voluttuosi ragazzi, quindi non hai da temere privazioni sotto questo aspetto. Quando qualcuno incorre nel tuo dispiacere ti basta pronunciare due parole e viene assassinato, se gli va bene, altrimenti finisce al Peinhador. Tutto considerato, ti ritengo un uomo fortunato.

Casmir ignorò le beffe, che esageravano i suoi appetiti, visto che in effetti lui era quasi austero nell'uso dei catamiti.

– Sì, sì, non ne dubito. E tuttavia, queste osservazioni si adattano a te come a me. Sospetto che tu senta spesso indispettito, quando gli eventi non ti soddisfano.

– Fra le due posizioni vi è una fondamentale differenza: sei tu quello che si rivolge a me, e non viceversa. – Dall'ombra scaturì una sommessa risata.

– Apprezzo la distinzione – ritorse, calmo, Casmir.

– A ogni modo, hai abilmente individuato il mio punto dolente. Murgen ha scoperto un paio delle mie debolezze di carattere e si sta comportando come se fosse la fine del mondo, il che forse un giorno corrisponderà al vero. Hai sentito parlare del suo ultimo trucco?

– No.

– C'è un mago di nome Shimrod che vive a Trilda, vicino al villaggio di Twamble.

– Conosco Shimrod.

– Incredibile a dirsi, Murgen ha nominato Shimrod controllore delle mie azioni, in modo da accertarsi che io obbedisca sempre alla sua volontà.

– Sembra una cosa indisponente.

– Non importa. Shimrod potrebbe anche divorarsi da solo come un serpente che si morde la coda, e per me sarebbe lo stesso. Mi è facile confonderlo: l'ho fatto in passato e lo farò ancora, e il povero Shimrod sprofonderà in qualche ignoto abisso.

– Può darsi – suggerì con cautela Casmir – che i nostri destini procedano di pari passo e che magari potremmo trarre profitto da un'alleanza.

La sommessa risata risuonò ancora dall'ombra.

– Potrei trasformare in teste di rana le teste dei tuoi nemici! Potrei trasformare in budino le pietre dei loro castelli! Potrei incantare il mare e farne scaturire guerrieri dagli occhi di madreperla all'infrangersi di ogni piccola onda! Ma non lo potrò mai fare davvero, anche se, per qualche follia, mi sembrasse consigliabile.

– Mi rendo conto che deve essere così – ribatté, paziente, Casmir. – e tuttavia…

– Tuttavia?

– Tuttavia c'è una cosa. Persilian lo Specchio Magico una volta mi ha parlato senza che io gli avessi posto nessuna domanda, e le parole da lui pronunciate sfidano sia la realtà di fatto che la ragione e mi causano una grande perplessità.

– E quali sarebbero queste parole?

– Persilian ha parlato così:

> *Al figlio di Suldrun riuscirà*
> *Prima che la sua vita sia finita*
> *Di sedere al posto che è suo di diritto*
> *Alla Cairbra an Meadhan.*
> *Se così siederà e profitto ne avrà*
> *Allora farà sua*
> *La Tavola Rotonda, con dolore di Casmir,*
> *Ed Evandig il Trono.*

"Così ha parlato Persilian, e non ha voluto aggiungere altro. Quando Suldrun ha generato una bimba, Madouc, sono andato a interrogare Persilian, ma era scomparso. Ho a lungo meditato sulla questione: fra quelle parole si cela la saggezza, se io avessi l'ingegno d'individuarla.

– Non m'importa nulla di te e dei tuoi affari – dichiarò la voce dopo un momento – e non voglio sentire rimproveri se le cose dovessero andare storte. Tuttavia, le forze che muovono il mio operato mi conducono in una direzione che può per qualche tempo correre parallela alla tua. L'impulso che mi muove è l'avversione, nei riguardi di Murgen e della sua clonazione Shimrod, e anche di Re Aillas del Troicinet, che a Tintzin Fyral mi ha arrecato un danno tremendo e irreparabile. Non mi considerare un amico, ma piuttosto un nemico dei tuoi nemici.

Casmir emise una cupa risatina: a Tintzin Fyral, Aillas aveva impiccato Faude Carfilhiot, l'amante di Tamurello, a una forca grottescamente alta e sottile come una zampa di ragno.

– Molto bene: sei stato chiaro.

– Non esserne troppo sicuro – rispose, brusca, la voce. – Le tue supposizioni al mio riguardo saranno di certo errate! In questo momento, le calcolate offese di Murgen mi hanno terribilmente adirato: si serve di quel ciarlatano di Shimrod per contrastarmi e lo usa come esca con la sua sorveglianza, e così Shimrod è diventato pomposo e pieno di sé e si aspetta che gli riferisca quotidianamente sulla mia condotta. Ah! Adotterò una condotta tale che, quando gliela mostrerò, gli arrostirà il sedere!

– Molto interessante. Ma cosa pensi della predizione di Persilian? Lui ha pronunciato la parola "figlio", mentre Suldrun ha generato solo una femmina: la predizione è forse falsa?

– Difficile rispondere! Queste apparenti contraddizioni servono di solito a celare una sorprendente verità.

– Se è così, quale potrebbe essere questa "sorprendente verità"?

– Sospetto che tua figlia abbia avuto un altro bambino.

– Non è possibile.

– Allora dimmi: chi era il padre?

– Un vagabondo senza nome: ero infuriato e l'ho fatto eliminare.

– Avrebbe avuto molto da dirti. Chi altri conosce il preciso svolgimento dei fatti?

– C'era una serva, e i suoi genitori, che hanno preso in custodia la piccola. – Casmir si accigliò, ripensando al passato. – La donna era una scrofa cocciuta, e non ha voluto rivelare nulla.

– La si potrebbe ingannare, o allettare. Anche i suoi genitori potrebbero essere a conoscenza di cose che non hanno rivelato.

– Mi sembra una fonte già sfruttata – grugnì Casmir. – I suoi genitori erano vecchi, e potrebbero essere morti.

– Può darsi. Tuttavia, se vuoi, ti posso mandare un uomo che è un segugio quando si tratta di fiutare un segreto.

– Mi andrebbe bene.

– Lascia che ti dia le necessarie istruzioni. L'uomo si chiama Visbhume. È un mago dai poteri molto limitati e dalle abitudini strane, dovute forse la qualche danno al cervello. Devi sorvolare sulle sue stranezze e impartirgli ordini precisi, dato che talvolta è un po' volubile. Visbhume non ha remore di sorta: se vuoi far strangolare tua nonna, sarà lieto di servirti con cura e cortesia oppure, se lo preferisci, con la stessa solerzia strangolerà invece la propria nonna.

– Si può aver fiducia nella sua costanza? – grugnì Casmir.

– Ma certo! Una volta iniziato un compito, la cosa lo ossessiona e non si ferma più, come se fosse spinto da un ritmo incessante nel cervello. Non si lascia fuorviare né dalla paura né dalla fame o dalla bramosia per una donna. Non gli interessano le normali procedure sessuali e io non sono neppure curioso riguardo alle sue personali abitudini.

– Non m'importa nulla di queste cose, a patto che faccia il suo lavoro – grugnì ancora Casmir.

– La sua mente lavora a senso unico. Però, controllalo attentamente, perché è un tipo strano.

IV

Una volta alla settimana, Re Casmir si recava ad amministrare la giustizia nelle fredde e grigie sale addette allo scopo e adiacenti alla vecchia Grande Sala, e là sedeva su un seggio posto su una piattaforma, davanti a un tavolo massiccio, con un soldato armato di alabarda sull'attenti a entrambi i lati.

In queste occasioni, il re indossava sempre un cappello di velluto nero circondato da una leggera corona d'argento e un ampio mantello di seta nera, in quanto riteneva giustamente che quel tipo di vestiario concorresse a incrementare l'atmosfera di tetra e implacabile giustizia che già aleggiava per la stanza.

Nel corso delle testimonianze, il re sedeva immobile, fissando con freddezza il teste, e pronunciava le sentenze con voce secca e chiara, senza riguardo per la condizione sociale e, nella maggior parte dei casi, con onestà, senza infliggere pene troppo aspre, in modo da incrementare la reputazione di saggio e giusto monarca di cui già godeva.

Alla fine dell'assise di quel giorno, un sottociambellano si avvicinò al tavolo.

– Mio signore, un certo Visbhume aspetta di essere ricevuto; afferma di essere qui per tuo ordine.

– Portalo qui. – Casmir congedò gli ufficiali della corte e ordinò alle guardie di prendere posto fuori dalla porta.

Entrando nella sala cupa e solenne, quindi, Visbuhme si trovò solo con il re. Avanzò a lunghi passi molleggiati, si arrestò molto vicino al tavolo e osservò Re Casmir con una placida curiosità da uccello e senza il minimo timore.

Casmir si trasse indietro sotto quello sguardo che gli sembrava troppo familiare e perfino sfrontato. Si accigliò e immediatamente Visbhume esibì un sorriso propiziatorio.

– Siedi – ordinò Casmir, indicando una sedia. Come Tamurello aveva preavvertito, di primo acchito Visbhume non faceva una buona impressione: era alto, con le spalle strette, il torace magro e i fianchi larghi, e si teneva chino in avanti, come ansioso di cominciare a svolgere i suoi compiti. La testa e il naso erano entrambi lunghi, i capelli neri sembravano dipinti sul cuoio capelluto e formavano uno stridente contrasto con la pelle biancastra. Ombre nere gli segnavano gli occhi e la bocca dalle labbra molli sembrava pendere sul mento appuntito.

Quando Visbhume si fu seduto, Casmir gli chiese:

– Sei tu Visbhume, l'uomo inviato qui da Tamurello?

– Sono io, sire.

Re Casmir incrociò le mani e rivolse al suo interlocutore il suo sguardo più glaciale.

– Dimmi qualcosa di te.

– Con gioia! Sono una persona dotata di molti talenti, alcuni dei quali insoliti o addirittura unici, anche se a un'occhiata superficiale posso sembrare una persona comune. Le mie capacità trascendono il mio aspetto: sono astuto, sottile, studio le scienze arcane, ho una memoria precisa e sono abile a risolvere i misteri.

– È un elenco di qualità impressionante – osservò Casmir. – Sei nobile di nascita?

– Sire, non so nulla della mia nascita, anche se alcune circostanze m'inducono a sospettare di essere il risultato di un amore ducale. I miei primi ricordi risalgono a una fattoria nel nord del Dahaut, nelle vicinanze di Wysrod March. In qualità di trovatello senza nome, sono stato costretto a una vita di fatica. A suo tempo, sono fuggito dalla fattoria e sono diventato prima il servo e poi l'apprendista del mago Hippolito, a Maule. Là ho imparato gli assiomi e i principi della Grande Arte e mi sono avviato verso una notevole carriera!

– Ma, ahimè, tutte le cose cambiano. Dieci anni fa, la Vigilia di Glamus, Hippolito è volato via da Maule su un ciottolo e non è più tornato. Dopo un rispettoso intervallo di tempo, ho preso possesso della casa; forse sono stato un po' troppo baldanzoso, ma sono fatto così, marcio seguendo una musica che gli altri orecchi non possono udire! Trombe incitanti...

Casmir ebbe un moto d'impazienza.

– Non mi interessano tanto i tuoi suoni interiori quanto i concreti dettagli delle tue capacità.

– Molto bene, signore. Le mie ambizioni hanno destato la malizia di una cabala invidiosa e sono stato costretto a fuggire per salvarmi la vita: ho aggiogato la capra dalle zampe d'acciaio di Hippolito a un carretto e ho lasciato Maule al galoppo. A tempo debito, mi sono alleato con Tamurello e ci siamo scambiati le rispettive cognizioni.

– Attualmente, non avevo nulla da fare, e quando Tamurello mi ha accennato ai tuoi problemi e mi ha pregato di aiutarti, ho acconsentito. Spiegami quindi le tue difficoltà, in modo che le possa meglio analizzare.

– Si tratta di un caso semplice – commentò Casmir. – Cinque anni fa, la Principessa Suldrun ha dato alla luce una figlia, l'attuale Principessa Madouc. Certe circostanze relative a quella nascita sono ancor oggi spiegabili solo con congetture. Per esempio, poteva trattarsi di un parto gemellare? Ma quando questi problemi si sono imposti alla mia attenzione, ormai tanto Suldrun quanto il padre del bambino erano morti.

– E a te è stato riferito che c'era una sola bambina?

– Esatto. In origine, la bambina era stata presa da Ehirme, una serva, e affidata alle cure dei suoi genitori, cui io l'ho ripresa. Vorrei ora conoscere tutti i dettagli della faccenda che all'epoca posso aver trascurato.

– Ah aha! E a ragion veduta! Chi era il padre?

– La sua identità non è mai stata chiarita. Non vedo altro punto da cui cominciare le indagini se non la serva, che a quel tempo abitava in una piccola fattoria a sud, lungo la Strada di Lirlong. I fatti sono ormai vecchi di cinque anni, ma ci possono essere ancora delle tracce.

– Ne sono certo! La verità completa verrà presto a galla!

V

Visbhume fece ritorno ad Haidion una seconda volta per riferire su quanto aveva scoperto, e nel suo entusiasmo venne ad arrestarsi a una distanza minima da Re Casmir, protendendo poi il capo in avanti.

– Ehirme, la serva, e tutta la sua famiglia si sono trasferiti nel Troicinet!

Appoggiandosi all'indietro per evitare la zaffata del fiato di Visbhume, Casmir indicò all'uomo una sedia.

– Siediti. Nel Troicinet, hai detto? E dove lo hai saputo?

Visbhume si sedette dopo aver eseguito un molteplice inchino.

– Ho saputo la notizia dalla sorella di Ehirme, il cui sposo pesca al largo di Took's Hole. Inoltre… – A questo punto Visbhume reclinò maliziosamente il capo da un lato. – Non riesci a immaginare?

– No. Vai avanti.

– Graithe e Wynes, il padre e la madre di Ehirme, hanno anche loro fatto i bagagli e spostato la loro residenza nel Troicinet. La sorella dice che stanno tutti molto bene e conducono una vita gentilizia, e in questo io individuo più che una traccia d'invidia che potrebbe colorire la testimonianza.

– Hai ragione. – Qui vi era abbondante materia di riflessione. Possibile che Re Aillas s'interessasse degli affari privati di Casmir? – Da quanto tempo vivono nel Troicinet?

– Parecchi anni. La donna non è riuscita a essere precisa e in effetti non credo che abbia un esatto senso del tempo.

– Bene, non importa. Sembra a questo punto che dovrai attraversare il Lir e recarti nel Troicinet.

– Ah, dolore e sgomento! – esclamò in tono lamentoso Visbhume. – Ma ci andrò anche se detesto il moto incerto delle imbarcazioni! Non è facile per me ignorare le umide profondità sottostanti, che non sono mai state create per l'uomo.

– Devi farlo. Aillas sta continuando a depredare l'Ulfland Meridionale e opporsi ai miei progetti. Va' dunque nel Troicinet e scopri la piena portata di questa faccenda, dal momento che la sua soluzione avrà influenza sulla successione al trono, dopo di me.

– Come può essere? – Visbhume si protese in avanti, vibrante di curiosità. – Il tuo erede è il Principe Cassander.

– Proprio così. Per il momento, devi preoccuparti solo dei problemi che ti ho esposto. Quali sono gli esatti dettagli relativi alla nascita della figlia di Suldrun? Può essere stato un parto gemellare? Se è così, dov'è l'altro bambino? Hai le idee chiare in merito?

– Sì, certo! Partirò immediatamente per il Troicinet per quanto tema ogni singola onda del crudele mare nero! Ma ora dico a esse, levatevi pure al massimo della vostra altezza: non riuscirete a bloccare il mio passaggio! Casmir, ti saluto.

Visbhume si volse e lasciò la stanza a lunghi passi saltellanti; Casmir, dopo aver scosso con fare cupo il capo, si dedicò ad altri affari.

Un'ora più tardi, il ciambellano annunciò un messaggero appena arrivato a Città di Lyonesse.

– Dice di essere venuto con la massima fretta, e che il suo messaggio è riservato ai tuoi orecchi soltanto.

– Il suo nome?

– Afferma che non significherebbe nulla, né per te né per me.

– Portalo qui.

Nella camera entrò un giovane dal volto orrendamente sfregiato; aveva gli abiti impolverati dal viaggio e sembrava non essere di classe molto elevata. Quando parlò, rivelò di avere un forte accento paesano.

– Maestà, sono stato mandato a te da Torqual, che dice di conoscerti bene.

– È vero. Parla.

– Ha bisogno di corone d'oro per poter obbedire ai tuoi comandi. Afferma di averti già mandato questo messaggio tramite Shalles, e vorrebbe sapere se gli hai già inviato l'oro richiesto per mezzo di Shalles stesso oppure no.

Re Casmir si sfregò l'arco del naso.

– Non ho dato a Shalles niente per Torqual, e lui non mi ha chiesto nulla per lui. Ma, perché Torqual ha bisogno di quest'oro?

– Non mi ha confidato i suoi motivi.

– E tu sei un suo associato?

– Lo sono. Il nuovo re ha proibito agli uomini di combattere e c'impedisce di prenderci le nostre giuste vendette. Ma vedi cosa ha fatto Sir Elphin di Floon Castle? Non m'importa nulla di Aillas e ancor meno delle sue leggi: dopo che avrò restituito quel che devo a Sir Elphin, Aillas mi potrà uccidere a piacer suo.

– Allora: cos'è questa faccenda di Torqual?

– Siamo fuorilegge e ci aggiriamo per la brughiera come un branco di lupi. Di recente, ci siamo trovati un covo dove nessuno ci può inseguire, e ora abbiamo bisogno di oro per sistemarlo e comprare una scorta di provviste, dato che è più facile comprarle che rubarle.

– E quanto oro saresti venuto a prendere?

– Cento corone d'oro.

– Cosa? Avete forse intenzione di nutrirvi di verdure scelte e miele di fiori di gelsomino? Ti fornirò quaranta corone: dovrete mangiare porridge d'orzo e bere latte di pecora.

– Posso prendere solo quello che mi dai.

– Dominici – chiamò Casmir, alzandosi e avvicinandosi alla porta.

– Vostra Maestà? – domandò il soldato di guardia alla porta.

– Ho una missione pericolosa per un uomo coraggioso.

– Sire, sono l'uomo che cerchi.

– Allora preparati: dovrai percorrere la strada settentrionale con una borsa d'oro e poi tornare a riferirmi della sua consegna. Questo gentiluomo, non conosco il suo nome, sarà la tua guida.

– Sarà fatto, sire.

CAPITOLO IX

I

IL CASTELLO DI CLARRIE sorgeva in una delle zone più remote dell'Ulfland Meridionale, ad appena una trentina di chilometri dal confine con l'Ulfland Settentrionale e all'ombra dei Cloud-cutter, tre desolati picchi del Teach-tac-Teach.

Il signore del castello e delle terre circostanti era Sir Loftus, uno dei baroni che si erano mostrati meno influenzabili dal governo del nuovo re e che basava la sua intransigenza su alcuni episodi di storia recente, e specificatamente sulle scorrerie dei procacciatori di schiavi Ska. Tali scorrerie si erano fatte sempre meno numerose nel corso degli ultimi anni, ma alcuni gruppi di Ska, per un motivo o per l'altro, continuavano a passare di tanto in tanto lungo la Strada Alta, appena pochi chilometri più a est.

Inoltre, fra i vicini di Lord Loftus vi erano dei soggetti come Mott di Motterby Keep ed Elphin di Floon che erano altrettanto intrattabili e, in molti casi, appartenevano a clan a lui ostili.

Il nemico tradizionale del Castello Clarrie era costituito da secoli dalla famiglia Gosse, di Fian Gosse, un castello che sorgeva in una gola trenta chilometri a sud di Clarrie. Al contrario di Lord Loftus, il giovane Lord Bodwy aveva deciso di schierarsi a favore di Re Aillas e dei suoi programmi, nella speranza di veder così cessare una sanguinosa faida che era già costata la vita a suo padre, ad alcuni zii e a innumerevoli parenti in tempi ancora più remoti.

Al conclave di Doun Darric, Bodwy si era accostato a Lord Loftus e aveva espresso la sua speranza che ora fiducia e amicizia potessero sorgere fra le due casate, impegnandosi a fare tutto quanto era in suo potere per arrivare a una riconciliazione e dichiarando che una continuazione delle ostilità non sarebbe tornata a vantaggio di nessuna delle due parti.

Lord Loftus aveva risposto in maniera piuttosto rigida, acconsentendo però a non prendere altre iniziative belliche contro Gosse.

Di conseguenza, un mese più tardi, Lord Bodwy rimase molto sorpreso da quanto gli venne riferito dal suo mandriano Sturdevant.

– Indossavano la livrea verde di Clarrie e le insegne di quella casa. Erano in quattro, anche se non sono riuscito a riconoscere nessuno. Comunque, sono stati estremamente insolenti e crudeli nel modo in cui hanno trattato il tuo bel toro Black Butz, e lo hanno trascinato al galoppo verso Clarrie mediante una catena attaccata all'anello che la bestia ha al naso.

Lord Bodwy si recò subito, insieme a Sturdevant, a Clarrie, castello dove da più di un secolo nessun membro della famiglia Gosse era andato con intenti pacifici. Lord Loftus lo ricevette con cortesia e Lord Bodwy osservò il grande atrio con curiosità, ammirando in particolare un bell'arazzo appeso alla parete.

– Vorrei che quello di ammirare il castello fosse il solo motivo della mia venuta – sospirò poi – ma a dire il vero, sono in ansia per il mio toro Black Butz. Sturdevant, racconta la tua storia.

– Signore, per farla breve, ieri Black Butz è stato portato via dal pascolo da quattro uomini che indossavano la livrea verde di Clarrie.

– Cosa? – Lord Loftus divenne altezzoso. – Adesso, oltre a tutto il resto, mi accusate anche di rubare il vostro bestiame?

– Assolutamente no! – dichiarò Lord Bodwy. – Ti rispetto troppo per questo. Ma devi convenire che le circostanze sono tali da rendere perplessi: Sturdevant ha visto con chiarezza la livrea di Clarrie indosso a uomini che non conosceva e le tracce, dopo aver condotto dentro alle tue terre, spariscono vicino al fiume Swirling.

– Hai il permesso di perquisire la casa, dappertutto – disse Lord Loftus, con voce gelida. – Io interrogherò i miei mandriani.

– Sir Loftus, non sono tanto ansioso di ritrovare Black Butz quanto di appurare i motivi di questo strano furto e di trovarne i colpevoli.

Pur possedendo molte altre ammirevoli qualità, Lord Loftus non era capace di assimilare immediatamente idee nuove o men che evidenti.

Il toro di Sir Bodwy era stato rubato, e Sir Bodwy era venuto subito da lui, da cui si poteva dedurre che Sir Bodwy lo considerava un ladro di bestiame, benché continuasse ipocritamente a negarlo.

Sir Loftus rimase ancor più confuso quando Black Butz venne trovato in una baracca alle spalle del suo granaio, macellato e scuoiato.

Trafitto dallo stupore, Sir Loftus riuscì infine a ritrovare l'uso della parola: convocò il balivo e ordinò di pagare cinque fiorini d'argento a Sir Bodwy, pur continuando a negare qualsiasi responsabilità personale riguardo al furto.

Bodwy non volle accettare i soldi.

– È evidente che non sei colpevole, e non posso prendere il tuo denaro. Manderò invece un carro a ritirare la carcassa, che domani sfrigolerà sullo spiedo. – Spinto da un impulso di generosità, il giovane barone aggiunse: – Forse tu e qualcuno dei tuoi congiunti gradirete visitare Fian Gosse e far festa con noi. Così, magari, questo strano evento finirà per avere un effetto opposto a quello che si voleva avesse.

– Signore, cosa intendi dire?

– Ti rammenti di quel cosiddetto Sir Shalles del Dahaut, che era così chiaramente un agente di Lyonesse?

– Mi ricordo di Shalles, anche se il suo collegamento con Lyonesse non è poi così palese.

– È solo una supposizione, è ovvio. E suppongo anche che Shalles non fosse l'unico agente al lavoro nella zona.

Lord Loftus scosse il capo con perplessità.

– Effettuerò un'attenta inchiesta. Ti ringrazio per l'invito, ma considerate le circostanze e il sospetto che ancora pende sul mio capo, temo di doverlo declinare.

– Sir Loftus, sono pronto a scommettere quello che vuoi che tu sei del tutto innocente e ti rinnovo il mio invito: che il povero Black Butz, dopo una fine tanto ignobile, possa almeno svolgere un utile servigio a vantaggio di entrambe le nostre casate!

Sir Loftus era dotato di una notevole ostinazione e riteneva le sue decisioni, una volta pronunciate, fisse e irrevocabili, in modo che nessuno potesse mai accusarlo di volubilità.

– Ti prego di scusarmi, Sir Bodwy, ma mi sentirò a disagio fino a che non avrò chiarito questo mistero.

Lord Bodwy ritornò a Fian Gosse e trascorsero cinque giorni tranquilli. Poi un giovane mezzadro si presentò a precipizio alla sua presenza con notizie che facevano presagire male: quattordici dei migliori capi di bestiame di Lord Loftus erano stati rubati durante la notte e condotti a sud. Alcuni mezzadri avevano identificato i ladri come mandriani di Fian Gosse in base ai loro modi furtivi e al fatto che nessun altro avrebbe osato commettere un simile atto.

Ma notizie anche peggiori dovevano ancora arrivare. Slevan Wilding, il nipote di Sir Loftus, aveva seguito le tracce fin dentro il territorio dei Gosse, e in un luogo chiamato Iron Tor era stato preso di mira dalle frecce di tre uomini che indossavano la livrea del clan Gosse. Colpito tre volte, al cuore, al collo e in un occhio, Slevan Wilding era morto istantaneamente; i suoi compagni avevano inseguito gli autori dell'imboscata, ma questi erano già fuggiti.

Nell'apprendere dell'agguato e dopo aver esaminato le frecce, Sir Loftus levò i pugni al cielo e inviò messaggeri fin nei luoghi più remoti della brughiera per convocare gli uomini del Clan Wilding al Castello di Clarrie. Non importava cosa dicesse la legge del re: Sir Loftus giurò di vendicare la morte di Slevan Wilding e di punire i ladri dal suo bestiame.

Lord Bodwy mandò subito alcuni messi a tutta velocità verso Doun Darric, quindi approntò Fian Gosse in modo che potesse sostenere tanto un attacco quanto un assedio.

I messaggeri giunsero a Doun Darric a mezzogiorno, le cavalcature ridotte in fin di vita: per fortuna, un battaglione di duecento uomini era in procinto di partire per il confine dell'Ulfland Settentrionale per una serie di manovre, e Aillas ordinò che puntasse invece verso Fian Gosse alla massima velocità.

Le truppe cavalcarono per tutto il pomeriggio, si concessero un'ora di riposo al tramonto, quindi ripresero il viaggio alla luce della luna piena, attraversando Bruden Moor, risalendo la Strada del Fiume Werling fino alla Brughiera dell'Uomo Morto e poi abbandonandola per deviare a nordest.

Verso mezzanotte, il vento cominciò a soffiare a raffiche e le nubi oscurarono la luna: sorse così il pericolo di sprofondare nelle sabbie mobili o di cadere in un crepaccio, quindi i soldati si ripararono in una macchia di larici e si raggomitolarono intorno ai fuochi incerti.

All'alba, si rimisero in marcia, nonostante il vento violento e le alterne scariche di pioggia: con i mantelli svolazzanti, attraversarono al galoppo il Blue Murdoch Fell e continuarono alla stessa forzata andatura sotto le nubi grigie seguendo un sentiero fra l'edera.

Alle due del pomeriggio giunsero a Fian Gosse... appena un'ora dopo che il castello era stato attaccato da Lord Loftus e dai membri del suo clan, che ammontavano in tutto a un centinaio. Per il momento, gli attaccanti si erano radunati fuori dalla portata delle frecce ed erano intenti a preparare scale, attrezzi particolarmente utili in questo caso perché le mura di Fian Gosse erano basse e i difensori pochi. Lord Loftus non aveva il minimo dubbio che il castello sarebbe caduto al primo attacco che, nelle sue intenzioni, avrebbe dovuto aver luogo con la luce della luna.

La comparsa delle truppe reali e dello stesso sovrano distrusse però i suoi piani e gli fece subito assaporare l'amarezza della sconfitta totale: se il sangue fosse stato versato adesso, sarebbe stato per la maggior parte sangue Wilding. Che fare, si chiese: ritirarsi? Combattere? Parlamentare? Non riusciva a vedere altra prospettiva che quella di finire umiliato.

Avvilito e pieno di sfida al tempo stesso, Lord Loftus rimase a fissare le truppe reali, l'elmo spinto all'indietro e le mani posate sul pomo della spada, la cui punta era conficcata nel terriccio ai suoi piedi.

Un araldo si staccò dalle truppe e smontò, fronteggiando Lord Loftus.

– Signore, ti parlo con la voce di Re Aillas, che ti ordina di riporre la spada e poi di farti avanti e spiegare il motivo della tua presenza qui. Quale messaggio dovrò riferire a Re Aillas?

Lord Loftus non rispose. Con selvaggia violenza rimise la spada nel fodero e si avviò a grandi passi verso Aillas, che era smontato di sella e lo stava aspettando: gli occhi di tutti, dei Wilding, dei difensori di Fian Gosse e delle truppe reali, seguirono ogni suo singolo passo.

A Fian Gosse, una pusterla si aprì scricchiolando e Lord Bodwy venne fuori con tre uomini di scorta e si avvicinò a sua volta ad Aillas.

Lord Loftus si arrestò a tre metri di distanza dal giovane re, e Lord Bodwy si fece avanti in silenzio da un lato.

– Consegna la tua spada a Sir Gyln, laggiù – ordinò, freddo, Aillas.

– Sei in arresto, con l'accusa di cospirazione allo scopo di assalto illegale e di atti sanguinosi di violenza.

Lord Loftus consegnò impassibile la spada.

– Ascolterò la tua difesa – aggiunse Aillas.

Lord Loftus parlò per primo, poi toccò a Lord Bodwy, poi ancora a Loftus, di nuovo a Bodwy e infine a Glannac, e tutta la storia venne riferita.

Aillas commentò con voce carica di disprezzo più che d'ira.

– Loftus, sei ostinato, troppo orgoglioso e inflessibile: non mi sembri crudele o malvagio, ma solo impetuoso fino alla stupidità. Riesci a capire quanto sei stato fortunato che io sia sopraggiunto al momento giusto, prima che fosse sparso del sangue? Se una sola vita fosse stata spenta dai tuoi, ti avrei ritenuto colpevole di omicidio e impiccato all'istante, riducendo poi il tuo castello a un ammasso di pietre.

– Il sangue di mio nipote Slevan è stato versato! Chi verrà impiccato per questo crimine?

– Chi è il colpevole?

– Uno dei Gosse.

– No! – gridò Bodwy. – Non sono tanto stolto!

– Proprio così – convenne Aillas, rivolto a Loftus. – Solo una persona impulsiva fino alla stoltezza come te poteva non individuare lo scopo di questo crimine, calcolato apposta per mettervi uno contro l'altro e provocarmi noie. Mi hai posto in una situazione difficile, e ora devo percorrere con cautela un sentiero che passa fra la saggezza e la cieca giustizia, perché non voglio punire la stoltezza per se stessa. C'è a tuo favore il fatto che Lord Pirmence ti ha trovato pulito per quanto riguarda prigionieri e torture, quindi dimmi: quale assicurazione puoi darmi che in futuro non prenderai più le armi per farti giustizia da solo ma le userai esclusivamente per autodifesa o al servizio del re?

– E che assicurazione può dare Bodwy che non ruberà ancora il mio bestiame? – sbottò Lord Loftus.

Bodwy scoppiò in una risata divertita.

– Hai rubato tu il mio toro Black Butz?

– No, e non farei mai una cosa simile.

– Non più di quanto la farei io a spese delle tue mandrie.

Lord Loftus fissò le colline, accigliato.

– Sostieni che è stato tutto un inganno?

– Molto peggio! – esclamò Lord Bodwy. – Qualcuno voleva che tu attaccassi e distruggessi Fian Gosse e che poi subissi le conseguenze del tuo gesto, con danno mio, tuo, di Re Aillas e di tutto il paese.

– Vedo dove vuoi andare a parare, ma solo un folle ordirebbe un simile piano.

– Non un folle – intervenne Aillas – a meno che non si possa definire così Torqual.

– Torqual? – Sir Loftus era perplesso. – Ma è un bandito!

– Al servizio di Lyonesse. Adesso parla, Loftus! Come mi puoi assicurare per il futuro la tua fedeltà, lealtà e obbedienza alle leggi dello stato?

Con malagrazia, Lord Loftus s'inginocchiò e si votò al servizio del re, in nome del proprio onore e della reputazione della casata.

– Questo dovrà bastare – convenne Aillas. – Sir Bodwy, cosa ne dici?

– Non ho lamentele da avanzare, a patto che qui finiscano per sempre tutti i sospetti fra i Wilding e i Gosse.

– Così sia, dunque. Sir Glyn, restituisci a Sir Loftus la sua spada.

Il cuore troppo pieno per poter parlare, Sir Loftus ripose la spada nel fodero.

– Il nostro nemico è Torqual – spiegò Aillas. – Si nasconde nell'Ulfland Settentrionale e viene qui per compiere le sue tristi imprese. Non dubito che in questo momento ci stia tenendo d'occhio dalla montagna o dalla foresta. Chiedo a entrambi di scoprire tutto il possibile sul suo conto. In questo momento, non possiamo penetrare nell'Ulfland Settentrionale perché provocheremmo gli Ska, cosa per cui non siamo ancora pronti. Presto o tardi, comunque, saranno loro ad accorgersi di noi, e dubito che aspetteranno i nostri comodi.

– Nel frattempo, ordinate ai vostri mandriani e mezzadri di fare la guardia con attenzione sulla brughiera: uomo, donna, bambino, chiunque ci aiuti a intrappolare Torqual avrà fatto la propria fortuna. Fate pure circolare questa promessa, se volete, e mettete anche in guardia i vostri parenti e compagni di Clan contro i trucchi di Torqual.

– Adesso, Lord Loftus, non posso lasciarti andar via impunito, perché ne soffrirebbe la mia reputazione. In primo luogo, ti considero in prova per cinque anni; secondo, t'infliggo una multa di venti corone d'oro da versarsi nel tesoro regio; terzo, dovrai organizzare una festa dell'amicizia per i membri del vostro clan, festa in cui non si dovranno portare armi né pronunciare parole ostili. Che siano musica e danze a porre fine allo spargimento di sangue fra vicini.

Lord Bodwy si volse verso Lord Loftus con il braccio proteso.

– Ecco la mia mano, per sigillare l'accordo.

Lord Loftus, per quanto ancora un po' rigido e profondamente umiliato, si sentì di colpo libero da tutto il bagaglio del passato: in un impulso di generosità caldo quanto quello di Bodwy, afferrò la mano protesa e la strinse.

– Non mi troverai mai in difetto. Spero che saremo buoni amici e vicini.

II

Aillas era appena tornato a Doun Darric quando i suoi presentimenti si realizzarono in maniera completa, facendo apparire secondari i problemi che lo avevano tormentato fino ad allora.

Da tempo attendeva un segno di ostilità da parte degli Ska, anche solo una scaramuccia o due, per mettere alla prova la forza dei suoi uomini. Invece di quel piccolo segno, gli Ska gli avevano sferrato un colpo duro e brutale, una sfida che gli permetteva solo due tipi di risposta. Poteva sottomettersi alla provocazione, e così andare incontro al ridicolo e perdere la faccia, oppure poteva combattere, il che significava gettarsi a capofitto in una guerra per cui non era ancora pronto.

L'azione degli Ska non poteva essere considerata una sorpresa. Aillas li conosceva molto bene, e sapeva che si ritenevano in guerra con il resto del mondo e che erano pronti a cogliere qualsiasi opportunità per estendere il proprio potere. Visto che sotto il regno di Aillas l'Ulfland Meridionale era diventato più forte e stabile, il nuovo sovrano andava prontamente eliminato: come prima mossa, con scarsa perdita di vite e di mezzi, gli Ska avevano preso la città di Suarach, sulla riva meridionale del fiume Werling e vicina al confine fra i due Ulfland.

In precedenza, gli Ska avevano sempre lasciato in pace Suarach, in modo da usarla come zona neutrale dove potevano commerciare con il resto del mondo. Le fortificazioni della città erano in rovina da tempo e Aillas, non disponendo né delle truppe né dei fondi necessari per fornire un'adeguata guarnigione, era stato costretto a lasciarla indifesa, nella speranza che gli Ska continuassero a considerarla una zona neutrale.

Essi si erano però mossi in fretta, e in modo da chiarire il tipo di politica che intendevano adottare nei confronti dell'Ulfland Meridionale: erano entrati a Suarach con quattro reggimenti misti di cavalleria e fanteria, e avevano preso la città senza andare incontro ad alcun tipo di resistenza.

Quindi avevano suddiviso la popolazione in gruppi di lavoro e, sempre con quella feroce intensità che caratterizzava le loro azioni, avevano riparato le fortificazioni, trasformando così Suarach in un mortale insulto ad Aillas e alla dignità del suo governo, insulto che lui non poteva ora ignorare senza veder tristemente diminuito il proprio prestigio.

Per due giorni, Aillas rimase chiuso nel proprio quartier generale di Doun Darric, valutando tutte le possibili mosse: un immediato contrattacco diretto a riprendere Suarach con la forza sembrava la scelta meno plausibile. Gli Ska avevano brevi linee di comunicazione e i loro guerrieri erano superiori ai rozzi soldati ulflandesi in ogni caratteristica che contraddistingue un combattente: per addestramento, disciplina, obbedienza agli ordini, armamenti e, cosa più importante di tutte, erano animati dalla convinzione quasi religiosa di essere invincibili. Aillas riteneva che le truppe troicinesi fossero migliori di quelle ulflandesi, ma sapeva che non potevano essere considerate uguali agli Ska* quando si trattava di pura abilità nel combattere.

---

* Un soldato Ska temeva una sola cosa, e cioè di perdere la stima dei compagni. Riusciva a migliorare la propria condizione sociale di civile soprattutto grazie ai trionfi militari e combatteva ogni scontro con una ferocia assoluta che scoraggiava gli avversari prima ancora che la lotta avesse davvero inizio. Per contro, nelle relazioni fra di loro gli Ska erano un popolo gentile e ossequioso delle leggi, che viveva secondo i dettami di una cultura unica e complessa, con una storia scritta vecchia di diecimila anni e tradizioni ancora più antiche. In origine, essi erano stati solo una piccola tribù che si era spostata a nord al seguito dei ghiacciai che si ritiravano e che poi era diventata la popolazione effettiva della Scandinavia solo per esserne scacciata quando erano 🐾

Seduto da solo nel cottage che era la sua attuale residenza a Doun Darric, Aillas rimase a fissare la pioggia che si riversava sulla brughiera: uno spettacolo triste, ma non più avvilente della situazione in cui lui ora si trovava. Se avesse impegnato truppe, navi e rifornimenti provenienti dal Troicinet per sopraffare gli Ska avrebbe rischiato di alienarsi la simpatia del suo popolo e in più si sarebbe esposto a un improvviso attacco da parte di Re Casmir di Lyonesse (che a ogni modo sarebbe stato ben felice di vederlo intrappolato in una guerra senza speranza contro gli Ska).

In questo momento, l'attenzione di ogni barone, cavaliere e signorotto dell'Ulfland Meridionale era concentrata su di lui; se non fosse riuscito a restituire il colpo, avrebbe perso credibilità come sovrano e sarebbe diventato un altro Oriante, impotente quando c'era da vedersela con gli Ska.

Mentre se ne stava alla finestra a guardare la pioggia, Aillas arrivò a una decisione improvvisa... che in effetti non era formata da un piano d'azione ma piuttosto da un elenco di cose che non doveva fare: niente assalti contro Suarach, niente rinforzi dal Troicinet salvo qualche nave da guerra per tormentare la flotta Ska, nessuna fuga di fronte alla situazione, facendo finta di nulla. Cosa gli rimaneva dunque? Solo le classiche armi di chi è inferiore di forze: l'abilità e l'astuzia.

Che dire dell'Ulfland Settentrionale? Gli Ska vi scorrazzavano a piacimento, usando quella regione come un'area selvaggia che prima o poi avrebbero occupato e di cui per ora sfruttavano le risorse di legname e minerali, impiegando i pochi sparsi abitanti per le squadre di lavoro, quando la cosa tornava loro utile. Lungo la striscia costiera nota come "Il Litorale", gli Ulflandesi erano stati completamente espulsi e sostituiti da numerosi Ska che vi avevano costruito i loro strani villaggi

---

sopraggiunti gli Ur-Goti (divenuti poi Scandinavi e Vichinghi e che avevano adottato molte abitudini e usi degli Ska, comprese le loro lunghe imbarcazioni.) Le tradizioni Ska parlavano di battaglie con orchi cannibali – evidentemente uomini di Neanderthal – che, era cosa certa, si erano poi mescolati a tutte le altre tribù umane, per cui ora solo gli Ska erano di pura discendenza umana, e tutti gli altri erano contaminati da sangue di Neanderthal. Per ulteriori dati sull'affascinante storia e psicologia degli Ska vedi il glossario in LYONESSE I: *Il giardino di Suldrun*.

e che coltivavano non solo i pochi acri di terra fertile, ma anche quei tratti di terreno che gli Ulflandesi avevano accantonato come pastura. Altrove nel territorio, pochi contadini abitavano squallidi villaggi, pronti a nascondersi all'avvicinarsi dei gruppi di schiavisti Ska, anche se a Xounges Re Gax manteneva ancora il suo nominale governo.

L'oscurità scese sulla brughiera intrisa di pioggia. Aillas consumò una cena a base di pane e lenticchie, poi rimase seduto ancora un paio d'ore da solo davanti al fuoco prima di andare a letto, dove alla fine il sommesso ticchettio della pioggia lo cullò fino a farlo addormentare.

Il mattino dopo, per qualche miracolo, il sole brillava in un terso cielo azzurro e la brughiera, scintillante sotto i suoi raggi, non sembrava più un luogo tanto tetro.

Dopo colazione, Aillas inviò un messaggio a Domreis, con l'ordine di approntare immediatamente sei navi da guerra e di farle partire per Ys, da dove avrebbero dovuto setacciare il Mare Stretto alla ricerca d'imbarcazioni Ska.

Poi s'incontrò con i capi militari e parlò loro a lungo, spiegando i problemi sorti e come sperava di risolverli; la loro reazione lo sorprese e rincuorò, in quanto scoprì che le sue idee coincidevano in generale con le proposte che essi volevano avanzare. Qualcuno osò perfino levare la voce in frasi di sfida contro gli Ska.

– Ci siamo piegati abbastanza a lungo a questi diavoli dal cuore nero! Ora mostreremo finalmente loro di che stoffa son fatti i guerrieri Ulflandesi!

– In passato ci hanno sconfitti, è vero! Ma perché? Solo perché sono ben addestrati e quindi ognuno di loro vale per tre! Adesso anche noi siamo addestrati!

– Io dico di metterci in marcia subito! Dritti verso il cuore dell'Ulfland Settentrionale e alla ricerca delle loro truppe! Non siamo le pecore belanti che loro credono!

– Ah, Sir Redyard! – esclamò Aillas, quasi ridendo. – Se solo tutto l'esercito condividesse la tua determinazione! I nostri problemi scomparirebbero! Ma per ora dobbiamo combattere con intelligenza più che con passione. L'unico punto vulnerabile degli Ska è la loro scarsezza numerica: non possono permettersi grosse perdite, non importa quanti avversari riescano a uccidere. D'altro canto, anch'io do altrettanto valore alla vita dei nostri uomini, e non intendo sprecarla, specialmente nell'entità di due per ciascuno Ska, neppure per arrivare alla vittoria. Dobbiamo colpire come banditi, mietere le nostre vittime e ritirarci prima di riportare danni a nostra volta: vinceremo la guerra in maniera graduale ma sicura. D'altro canto, cercare di affrontare gli Ska in una battaglia frontale significherebbe stare al loro gioco, e andremmo incontro a grandi perdite senza la certezza di vincere.

– È un modo diplomatico di esporre i fatti – notò Sir Gahaun. – Inoltre, se si considera che per una buona metà i vostri soldati hanno cominciato la carriera come banditi, potremo abbreviarne di parecchio l'addestramento.

– Addestramento! Sempre addestramento! – borbottò Sir Redyard. – Quando combatteremo davvero?

– Sii paziente combatterai fin troppo presto, te lo posso assicurare.

Una settimana più tardi, giunse ad Aillas un messaggio proveniente da Clarrie:

Qui c'è un'informazione che ti può interessare. Uno dei miei mandriani ha trovato tre dei capi che mi sono stati rubati in alto sulle colline, vicino al Monte Noc. Siamo andati sul posto con cautela e siamo riusciti a catturare uno dei ladri, colpito al fianco da una freccia. Prima di morire, ci ha detto altre cose sul conto di Torqual, che ora comanda una ventina di tagliagole ad Ang, un'antica fortezza in un luogo chiamato Gola dell'Urlo del Diavolo, che è imprendibile. Ha oro per comprare buone armi, cibo e bevande, e sembra che quest'oro provenga, come tu supponevi, da Re Casmir di Lyonesse, con cui Torqual si tiene in contatto.

III

Si dava il caso, però, che Re Casmir non fosse del tutto soddisfatto del lavoro di Torqual. Ancora una volta, il bandito inviò un messaggero con una richiesta d'oro, e questa volta Casmir pretese un rendiconto delle somme già sborsate e dei risultati ottenuti.

– Non sono convinto che il mio denaro venga speso in maniera adeguata – dichiarò. – A dire il vero, i miei informatori mi hanno riferito che lo stile di vita di Torqual è quasi lussuoso e che lui e i suoi tagliagole si cibano del meglio che il territorio può offrire. È così che viene sprecato il mio oro, in dolci e paste all'uva secca?

– E perché no? – ritorse il messaggero. – Il nostro covo è Ang, un luogo che offre poche più comodità di un mucchio di pietre. Dobbiamo forse morire di fame mentre svolgiamo il nostro lavoro? Quando la pioggia entra dalle finestre e il fuoco langue per mancanza di legna, Torqual può almeno offrire ai suoi uomini il conforto del buon cibo e del vino!

Con riluttanza, Casmir fornì altre venti corone, raccomandando però che Torqual e i suoi cominciassero a trarre il loro vitto da altre fonti.

– Vi suggerirei di piantare avena e orzo, di tenere bestiame, pecore e polli come fanno gli altri abitanti della regione, in modo da mitigare questa spietata dissipazione del mio tesoro.

– Sire, con il massimo rispetto per la tua saggezza, non è possibile coltivare avena e orzo su verticali pareti di pietra, e tanto meno allevarvi del bestiame.

Per quanto poco convinto, Casmir non aggiunse altro.

Trascorsero parecchi mesi, durante i quali nei due Ulfland si verificarono fatti importanti. I dispacci segreti provenienti da Doun Darric e da altri luoghi non facevano menzione alcuna di Torqual, e questo lasciò Casmir pieno di dubbi circa il suo operato.

Il messaggero tornò ancora per avere dell'altro oro, addirittura per un ammontare di cinquanta corone.

Per una volta, Re Casmir perse il consueto atteggiamento composto, e spalancò la bocca per lo stupore.

– Ho sentito bene?

– Sire, se hai afferrato la cifra di cinquanta corone, allora hai sentito bene. La compagnia insediata ad Ang è adesso composta da ventidue forti guerrieri, che devono essere nutriti, armati e vestiti in tutte le stagioni. Le altre nostre fonti di profitto ci stanno venendo meno e Torqual si sta riprendendo da una ferita. Nel frattempo, ti invia questo messaggio: "Se devo mantenere il mio gruppo a lavorare al tuo servizio, ho bisogno di oro!"

Re Casmir sospirò.

– Non avrete più nulla da me – ribatté, scuotendo il capo – perlomeno fino a che non avrò avuto le prove che il vostro operato vale una simile spesa. Puoi darmi questa garanzia? No?... Rosko! Questo gentiluomo se ne va!

Verso la sera di quello stesso giorno Rosko, uno dei sottociambellani di Re Casmir, annunciò con voce nasale e piena di disappunto, che un certo Visbhume chiedeva di essere ricevuto in privato dal re.

– Fallo entrare – ordinò, secco, Casmir.

Visbuhme venne avanti, oltrepassando lo sconcertato Rosko e procedendo con un passo saltellante che lasciava intuire energie a lungo trattenute e ora liberate. Come in precedenza, era avvolto in un mantello nero e portava in capo un allungato cappello da cacciatore, il che – insieme al saettare degli occhi scuri, al naso lungo e ricurvo e alla posizione protesa in avanti – contribuiva a dargli un aspetto di ansiosa curiosità. Si arrestò vicino al re, si tolse il cappello e, con un malizioso e sicuro sorriso, eseguì un elaborato inchino.

Casmir gli indicò una sedia posta a una certa distanza: il fiato di Visbhume era tutt'altro che fresco. Lui sedette con l'aria di un uomo che abbia fatto bene il suo lavoro e Re Casmir, dopo aver congedato Rosko con un cenno, gli chiese:

– Che notizie mi porti?

– Sire, ho appreso molte cose.

– Parla, dunque!

– Nonostante il mio terrore del mare crudele, ho attraversato il Lir con grande coraggio, come deve fare un agente privato di Vostra Maestà!

Visbhume non ritenne opportuno aggiungere che aveva trascorso quasi un mese a ispezionare i vascelli che percorrevano il Lir nella speranza di scoprire quale garantisse il tragitto più rapido, confortevole e sicuro.

– Quando sento il richiamo del dovere – proseguì – rispondo con l'insensata certezza del sole che sorge!

– Fa piacere sentirlo.

– Arrivato a Domreis, ho preso alloggio alla Locanda dell'Aquila Nera, che mi è parsa...

– Non c'è bisogno che tu mi descriva ogni particolare – lo interruppe il re, sollevando una mano. – Limitati a quello che hai scoperto.

– Come desideri, sire. Dopo poco più di un mese di caute indagini,

ho appurato in quale area risieda attualmente Ehirme. Mi sono recato
in quella località e là, dopo settimane di altre indagini, ho trovato tanto
la casa di Ehirme che quella dei suoi genitori.

"Con mia sorpresa, ho scoperto che la sorella di Ehirme non aveva
per nulla esagerato. A quella gente è stato concesso lo stato gentilizio
e vivono nel lusso, con servitori che spazzano il camino e lucidano
i gradini. Lei è adesso per tutti la "Dama Ehirme" e il suo sposo è il
"Gentiluomo Chastain". I suoi genitori sono il "Giusto e onorevole
Graithe e Dama Wynes". Le finestre della loro casa sono di vetro fine,
il tetto ha quattro camini e non si riesce al vedere il soffitto della cucina
per tutti i salami che ci sono appesi.

– Si tratta invero di un'elevazione nella scala sociale che ha dello
straordinario – commentò Casmir. – Procedi, ma condensa alquanto
i mesi e le settimane, altrimenti finiremo per stare qui seduti per un
tempo altrettanto lungo.

– Sarò breve, Vostra Maestà, addirittura conciso! Le domande da me
fatte in giro non mi hanno permesso di apprendere nulla in relazione
a quanto ci interessa, quindi ho deciso di porre le mie domande alla
Dama Ehirme in persona, e a questo punto ho incontrato una difficoltà,
perché lei non può parlare con chiarezza.

– Le ho fatto tagliare a metà la lingua – spiegò Re Casmir.

– Ecco la spiegazione! Il suo sposo è un tipo cupo e parco di parole,
quindi ho rivolto le mie domande a Graithe e a Wynes, e di nuovo
mi sono scontrato con un atteggiamento taciturno. Ma ormai ero
preparato alla cosa e, fingendomi un mercante di vino, ho servito loro
una libagione che li ha resi docili e li ha costretti a dire tutto quello che
sapevano.

Al ricordo, Visbhume piegò il capo da un lato ed esibì un largo
sogghigno.

Re Casmir attese, senza commenti, e alla fine Visbhume si riscosse
dai suoi piacevoli ricordi.

– Ah, che trionfo! – dichiarò. – E ora senti questa notizia! Il neonato
in origine affidato a Graithe e a Wynes era un maschietto! Un giorno,
quando lo hanno portato con loro nella foresta in un cesto, le fate di
Thripsey Shee hanno preso il bimbo e lo hanno sostituito con una femmina: la Principessa Madouc!

Re Casmir chiuse gli occhi e li tenne serrati per dieci secondi, ma a parte questo non manifestò altre emozioni; quando parlò, la sua voce risuonò pacata come al solito.

– E il bambino?

– Dopo di allora non lo hanno più rivisto, né da vicino né da lontano.

– Persilian mi aveva rivelato la verità, più di quanto potessi immaginare! – mormorò Re Casmir, con voce tanto sommessa da pensare che fosse destinata ai suoi soli orecchi.

Visbhume assunse un'aria di giudiziosa saggezza, come si addiceva al migliore consigliere di un re, e Casmir, dopo averlo fissato per un lungo momento, chiese, con la più mite delle voci:

– Con chi hai parlato della cosa? Con Tamurello?

– Con nessuno, salvo che con te! È una questione di discrezione!

– Hai fatto bene.

– Grazie, Maestà! – Visbhume balzò in piedi. – Quale sarà la mia ricompensa? Spero una piacevole tenuta.

– A tempo debito. Prima dobbiamo andare fino in fondo con questa faccenda.

– Ti riferisci al bambino? – chiese Visbhume, con voce spenta.

– Naturalmente. Adesso dovrebbe avere cinque anni, e forse vive ancora con le fate.

– Improbabile. – Visbhume fece una smorfia. – Le fate sono prone a capricci e debolezze, e i loro interessi non sono mai duraturi. Il bambino sarà stato già da tempo espulso nella foresta e probabilmente divorato dagli animali selvaggi.

– Ne dubito. Quel bambino deve essere rintracciato, identificato e portato qui ad Haidion. È una questione di estrema urgenza. Sai dove si trovi questo Thripsey Shee?

– Non lo so, sire.

– È chiaro che si deve trovare nelle vicinanze della vecchia residenza di Graithe e Wynes – spiegò Casmir con un cupo sorriso – il che significa oltre il villaggio di Glymwode, al limitare della foresta. Trova questo shee e interrogane le fate. Ricorri alla tua libagione della docilità, se necessario.

Visbhume emise un acuto verso di sgomento.

– Una parola, Vostra Maestà!

Voltando con lentezza il capo, Re Casmir gli rivolse un'occhiata fredda e azzurra come un lago artico.

– Hai altre informazioni da darmi?

– No, Vostra Maestà. Devo riflettere a lungo e bene sul modo migliore per adempiere ai tuoi ordini.

– Non perdere tempo. È una questione di estrema importanza... Cosa stai aspettando?

– Vostra Maestà, mi servono alcune cose.

– E cioè?

– Avrò bisogno di un destriero adeguato al mio stato e anche di una somma di denaro per coprire le spese.

– Presenta le tue richieste a Rosko: ci penserà lui.

IV

Lo Sfer Arct, entrando in Città di Lyonesse da nord, costeggiava l'ala più antica di Haidion e poi proseguiva attraverso la città fino al Chale, la spianata antistante il porto. Qui sorgeva la Locanda delle Quattro Malve, e qui Visbhume prese alloggio, in apparente inosservanza della raccomandazione di sbrigarsi fattagli da Re Casmir.

Cenò a base di aragosta fresca cotta in una salsa di vino, burro e aglio, e consumò una bottiglia del vino migliore che la locanda potesse offrire. Per quanto si trattasse di un pasto succulento, lo consumò senza piacere, in preda a un senso di cupa apprensione: se si fosse avvicinato agli esseri fatati per seccarli con le sue domande sarebbe certo diventato oggetto di una serie di scherzi maligni, in particolare perché le fate si divertivano a tormentare gli umani in cui percepivano paura e disgusto nei loro confronti, sentimenti entrambi presenti in Visbhume.

Finita la cena, andò a sedersi su una panca, su un lato della piazza e, mentre calava il crepuscolo, si mise a riflettere ancora sulla sua missione. Se solo fosse stato più diligente durante il suo apprendistato presso Hippolito! Ma si era accontentato di apprendere le tecniche più semplici e non si era mai applicato alle dure discipline che davano il completo comando della Grande Arte. Nel fuggire da Maule a bordo del carretto tirato dalla capra, si era impossessato di alcune proprietà di Hippolito: alcuni oggetti, libri, curiosità, e la cosa più preziosa, l'Almanacco di Twitten. Aveva riposto queste cose in un luogo segreto del Dahaut, dove adesso gli erano inaccessibili, visto che non aveva mai appreso il trucco del rapido trasferimento fisico nello spazio.

Visbhume si grattò il lungo naso: quello di viaggiare in fretta era un trucco che doveva farsi spiegare da Tamurello, quando fosse giunto il momento propizio. Fino a oggi, Tamurello non gli aveva insegnato assolutamente nulla, e anzi lo aveva ferito con i suoi salaci commenti, al punto che ora si sentiva riluttante a chiedere l'aiuto del mago per tema di ulteriori rabbuffi.

Eppure, a chi altri si poteva rivolgere? Le fate erano creature molto capricciose, e per guadagnarsi il loro favore o apprendere qualcosa che esse sapevano era necessario divertirle, deliziare i loro sensi, destare la loro avidità o magari la loro curiosità. O la loro paura.

Visbhume rifletté a lungo e infine andò a dormire.

Il mattino successivo affrontò ancora il problema.

– Io sono Visbhume! – si disse. – Visbhume l'astuto, il coraggioso, l'occhio d'aquila! Sono Visbhume il mago che chiama l'alba con la sua musica e marcia attraverso la vita con la fronte cinta dall'arcobaleno, al ritmo di una melodia gloriosa!

Ma poi, usando un'altra voce, si rispose da solo:

– Tutto questo è vero e molto bello, ma, nelle presenti circostanze, in che modo posso servirmi dei miei poteri?

Nessuno delle due voci gli offrì una risposta.

Verso la metà della mattinata, mentre se ne stava seduto sulla panca, venne accostato da un Moro massiccio e dalla barba nera, vestito con turbante e djellaba. Il Moro rimase per un momento a fissarlo con aria enigmatica e divertita, e infine domandò:

– Allora, Visbhume, come va?

Visbhume sollevò di scatto lo sguardi.

– Signore, sei in vantaggio su di me. Ci conosciamo?

– Chiediti, Visbhume – ridacchiò il Moro – chi è a conoscenza della tua presenza qui a Città di Lyonesse?

– Tre persone: Re Casmir, il suo servo Rosko e una terza persona che per discrezione preferisco non nominare.

– Potrebbe essere "Tamurello" il nome di questa persona che tu saggiamente non vuoi nominare per discrezione?

– Proprio così. – Visbhume scrutò il volto barbuto. – È un tuo aspetto che non conoscevo.

– A dire il vero – annuì Tamurello – somiglia al mio aspetto naturale e quindi è comodo da adottare. Sembri essere in stallo: qual è la difficoltà?

Visbhume spiegò il problema con assoluta franchezza.

– Re Casmir vuole che estorca delle informazioni agli esseri fatati, e io me ne sto qui seduto a passare in rivista una dozzina di metodi, nessuno dei quali va bene. A dire la verità, ho paura dei trucchi delle fate: mi potrebbero trasformare in un airone, o farmi venire un naso lungo un metro o spedirmi involo nel cielo su un vortice di vento.

– I pericoli sono reali, e per evitarli devi essere altrettanto abile quanto un innamorato con una donna schiva, oppure sedurle con qualcosa di meraviglioso.

– Benissimo – belò Visbhume – ma come?

Tamurello guardò in direzione del porto, e dopo un momento suggerì:

– Va' al mercato e compra otto matasse di filo rosso e otto di filo blu. Portamele qui e vedremo il da farsi.

Visbhume si allontanò in fretta per obbedire a Tamurello, e al suo ritorno, trovò il mago comodamente seduto sulla panca; accennò a sederglisi accanto, ma lui lo arrestò con un cenno.

– Qui c'è posto per una sola persona. Fra poco ti potrai sedere. Fammi vedere il filo… Ah, andrà benissimo! Adesso devi arrotolare sia il filo rosso che quello blu in due palle separate. Ho qui una bobina che sembra ricavata da un nodo di legno d'acero: dalle un'occhiata, se vuoi. – Tamurello esibì un oggetto che aveva circa quattro centimetri di diametro. – Noterai che è perforata e che non è veramente di legno.

– Di cosa può essere fatta?

– È una piccola e astuta creatura che io ho già istruito. Adesso ascolta con attenzione. Dovrai fare esattamente come ti dico, altrimenti ti toccherà una brutta fine e ti ritroverai a volare sul Madling Meadow sotto le sembianze di un airone o, cosa più probabile, di un corvo. Qualche volta le fate sono fin troppo pungenti nel loro umorismo.

– Non ti devi preoccupare: quando ascolto, sento, e quando sento, ricordo per sempre, dato che la mia memoria è come un registro intagliato nella pietra.

– Una caratteristica utile. Va' a Madling Meadow e presentati un paio d'ore dopo l'alba. Al centro del prato, noterai una collinetta sul cui lato cresce una contorta e vecchia quercia: quello è Thripsey Shee.

– Avanza sul prato, e non badare a eventuali suoni o a colpi, sberle o pizzicotti, perché non significano nulla. Le fate lo fanno solo per divertirsi, e non t'infastidiranno davvero, a meno che tu non scalci, imprechi o anche lanci occhiatacce in giro. Procedi con tranquilla dignità e loro s'incuriosiranno al punto di smettere di annoiarti.

– Arrivato alla vecchia quercia, lega un'estremità del filo rosso a un ramo, poi indietreggia fino a un paio di giovani betulle, srotolando alle tue spalle il filo rosso lungo il prato.

"Giunto alle betulle, getta il gomitolo di filo rosso fra i due tronchi, ma bada di non passare in mezzo anche tu. Fa' scorrere quindi un capo del filo blu nel foro della bobina e legalo in modo che non sfugga. Tira il gomitolo blu dietro a quello rosso e pronuncia le parole che ora ti dirò. – Tamurello si rivolse quindi alla bobina. – Adesso non badare alle mie parole, sto solo ripassando la formula. Visbhume, attento! Al momento giusto, pronuncia questa frase: "Bobina, al lavoro!". Poi dovrai indietreggiare ed evitare di guardare la bobina o in mezzo ai due alberi. È chiaro?

– Assolutamente e sotto ogni aspetto. C'è altro?

– Non posso prevedere cosa accadrà. Se le fate ti dovessero interrogare, dovrai chiedere: "Chi è che parla? Fatevi vedere; nessun uomo saggio svela il proprio sapere all'aria!". Quando si saranno fatte vedere, dovrai negare di essere a conoscenza della dislocazione dello shee, in modo che non ti possano accusare di uno scopo preciso. Quando ti chiederanno cos'hai fatto, rispondi: "Questo è un nesso per Hai-Hao, ma nessuno può passare senza il mio permesso".

– Ed è proprio così? – domandò Visbhume, incantato da quell'idea meravigliosa.

– Quel che conta è se le fate ti crederanno.

– Supponi che io finisca in tutta innocenza per ingannarle e che poi loro se ne ricordino e mandino i gufi a tormentarmi come hanno fatto con il povero Tootleman di Hoar Hill?

– Un'osservazione appropriata! A ogni modo, il nesso è reale, anche se dura solo finché il vento lo permette.

Visbhume pose altre domande, cercando di prevedere ogni possibilità, ma alla fine Tamurello divenne irrequieto e si alzò per andarsene.

– Un'ultima domanda! – esclamò Visbhume. – Se risponderanno alle mie domande, forse le fate saranno anche disposte a concedermi altri favori, come magari un Cappello della Saggezza, o Scarpe Rapide o una Borsa dell'Abbondanza per le mie necessità!

– Chiedi quello che vuoi – rispose Tamurello, con un sorriso che parve a Visbhume alquanto sprezzante. – Cautela, però: rammenta che le fate non apprezzano molto l'avidità.

Con quelle parole, si alzò in piedi e si avviò a passo tranquillo attraverso la piazza, verso la Sfer Arct.

Visbhume lo seguì con occhi incupiti: il modo di fare di Tamurello non era sempre gentile e cortese come avrebbe dovuto essere quello di un vero amico... ah, bene, tutto considerato, Tamurello era certo una degna persona, e bisognava accettare gli scherzi e le beffe che, dopo tutto, erano l'essenza della vera amicizia.

Visto che la giornata era appena all'inizio, anche Visbhume s'incamminò lungo lo Sfer Arct, e, giunto ad Haidion, cercò il sottociambellano Rosko.

– Sono il gentiluomo Visbhume. Sua Maestà mi ha concesso di ricevere una borsa di monete d'oro e d'argento, un cavallo di qualità con tutti i finimenti, e quant'altro può essermi necessario. Per ordine del re, devi esser tu a soddisfare le mie esigenze.

– Aspetta qui – intimò Rosko. – Devo verificare ogni dettaglio della tua richiesta.

– È un insulto! – strillò Visbhume. – Riferirò la tua condotta a Re Casmir!

– Fa' pure! – replicò Rosko, e andò a dare istruzioni allo stalliere.

Un'ora più tardi, Visbhume lasciò Città di Lyonesse in sella ad una massiccia giumenta bianca dalla groppa ampia e dalla testa pendula. Con voce stridula per l'indignazione, Visbhume aveva chiesto allo stalliere una bestia migliore.

– Devo forse viaggiare per adempiere agli incarichi del re come se fossi un contadino che deve consegnare un paio di sacchi di rape? Nelle stalle di Haidion non c'è dunque orgoglio, che si forniscono ai gentiluomini ronzini del genere?

Lo stalliere si batté un colpetto sugli orecchi per indicare una sordità
che Visbhume sospettò essere finta, e la borsa che gli venne consegnata
non rivelò tracce del caldo brillio dell'oro.

Raggiunta la Vecchia Strada, svoltò a est e continuò a cavalcare fino
al tramonto, arrestandosi per la notte al villaggio di Pinkersley, dove
alloggiò alla Locanda della Volpe e l'Uva. Il giorno successivo arrivò
a Little Saffield e svoltò a nord all'incrocio; passò la seconda notte a
Tawn Timble e l'indomani arrivò a Glymwode: trascorse il pomeriggio
a effettuare un'esplorazione dei dintorni, e ad appurare tramite una
serie di caute domande dove fosse Madling Meadow. La località si
trovava un chilometro e mezzo addentro alla Foresta di Tantrevalles,
lungo un sentiero di taglialegna. Visbhume tornò quindi a Glymwode
e trascorse la notte alla Locanda dell'Uomo Giallo.

Nelle prime ore del mattino dopo si avviò a cavallo lungo il sentiero
dei tagliaalegna e alla fine raggiunse Madling Meadow. Smontò di sella
e legò il cavallo a un albero; poi, al riparo dell'ombra della foresta,
osservò il prato, che offriva un'immagine bucolica, animata solo dal
ronzio degli insetti. Botton d'oro, margherite e dozzine di altri fiori
punteggiavano di colore l'erba e nel limpido cielo azzurro fluttuavano
sbuffi di nuvole candide. Al centro del prato si ergeva una collinetta
su cui cresceva una contorta quercia, ma in giro non si vedeva nessun
essere vivente.

Preparò i rotoli di filo, poi uscì dall'ombra e si incamminò sotto
la luce del sole in mezzo a un silenzio che sembrava essere diventato
più intenso. Attraversò con sicurezza il prato, senza guardarsi intorno;
giunto alla collinetta, si fermò e sentì qualcuno tirargli gli abiti, ma non
vi badò. Tirò invece fuori il gomitolo di filo rosso e ne legò un capo a un
ramo della vecchia quercia.

Da dietro la collinetta giunse una risatina miagolante, subito soffocata, ma Visbhume parve non aver udito e, voltatosi, si mise a srotolare
il filo rosso dirigendosi verso le due giovani betulle non lontane dal
limitare del prato. Alle sue spalle risuonarono un fruscio e qualche
sussurro sommesso, ma di nuovo lui non parve udire, così come non
prestò attenzione quando qualcosa gli tirò ancora gli abiti mentre
procedeva attraverso il prato srotolando il filo. Arrestatosi davanti alle
betulle, fece rotolare in mezzo a esse il gomitolo rosso, ora alquanto

rimpicciolito, poi estrasse quello di filo blu e, seguendo le istruzioni di Tamurello, lo legò alla bobina. Fece rotolare fra gli alberi anche il secondo gomitolo, gettò la bobina in aria e ordinò:

– Bobina, fa' il tuo lavoro!

Memore della lunga lista di ammonimenti di Tamurello, si affretto quindi a spostarsi indietro e da un lato. Con gli occhi socchiusi e un beato sorriso sulle labbra, fissò lo sguardo sul prato, mentre alle sue spalle e fuori dal suo campo visivo risuonava un suono acuto, come se qualcuno avesse fatto strisciare un punteruolo su un filo teso.

Le strette spalle di Visbhume tremavano per la curiosità, ma la paura era ancora più intensa e lui ritrasse il collo così come un cane metterebbe la coda fra le gambe.

– Sarei davvero uno stolto a ignorare le raccomandazioni! – disse a sé stesso. – E, più di ogni altra cosa, non sono uno stupido!

Qualcosa lo colpì allo stinco, e lui non vi badò, ma quando un paio di dita gli pizzicarono il sedere gli sfuggirono un sussulto e uno strillo che provocarono uno scroscio di quiete risatine.

Parole d'indignazione gli salirono alle labbra: le fate si stavano prendendo davvero troppe libertà con la sua persona!... Si spostò di dieci passi da un lato, si volse a mezzo e lanciò un'occhiata dall'altra parte di Madling Meadow. Meraviglia delle meraviglie! In mezzo a una nebbia luminosa che avvolgeva la collinetta, scorse una meravigliosa costruzione in giaietto e vetro color latte. Snelle colonne sostenevano molteplici cupole, alte arcate, e ancora cupole, le une sopra alle altre, insieme a centinaia di terrazze e balconate, e – ancora più in alto – un gruppo di torri sormontate da pennoni e bandiere. Nelle camere ombrose si scorgevano candelieri incrostati di diamanti e pietre di luna che emettevano raggi di luce rossa, blu, verde, porpora...

Questo era quello che Visbhume aveva l'impressione di vedere, ma quando cercava di studiare con attenzione un particolare l'immagine si confondeva in mezzo alla nebbia.

Anche altre sagome fluttuavano dentro e fuori fuoco. Il filo rosso teso in mezzo al prato sembrava ora una strada fatata di lucido porfido rosso fiancheggiata da due splendide balaustre. Lungo quella strada correvano gli esseri fatati, avanti e indietro, controllando dove mettevano i piedi e indicando prima in direzione della bobina e poi verso lo shee. Altri saltellavano, correvano e giocavano sulle balaustre, e tutti sembravano godere di quella novità meravigliosa. Più vicino, impegnati a contemplare con solennità l'operato della bobina, vi erano altri esseri fatati intenti a discutere, a darsi di gomito, a stuzzicarsi o semplicemente a saltellare sull'erba, ma soprattutto a studiare ciò che la bobina aveva creato, che sembrava affascinare tutti quanti. Con la coda dell'occhio, e quasi contro la propria volontà, Visbhume percepì una configurazione molto strana, tanto che gli bastò intravederla fugacemente per rimanerne affascinato.

– Infimo essere umano, mortale, intruso – chiese una voce sottile, vicino al suo orecchio – perché hai fatto ciò che hai fatto?

Visbhume guardò qua e là, fingendo meraviglia, quindi disse, come se volesse rivolgersi al cielo:

– Com'è strano il frusciare del vento fra le foglie! Mi è quasi parso di sentire una voce! Ah, voce del vento, parlami del tuo selvaggio vagabondare! Parla, vento!

– Stolto! Il vento non parla!

– Ho sentito una voce! Voce, hai parlato? Se è così, sii coraggiosa e mostrati, perché non mi posso compromettere alla cieca!

– Guarda, allora, mortale, e vedrai ciò che vedrai.

La nebbia si allontanò dalla collinetta, rivelando il castello fatato in tutto il suo splendore; una schiera di esseri fatati circondava Visbhume, alcuni seduti, altri nascosti fra l'erba, e a circa sei metri di distanza c'erano Re Throbius e la Regina Bossum in tutta la loro regalità:

Throbius portava una corona di sceleone, quel fragile metallo ricavato dai raggi di luna riflessi sull'acqua, le snelle punte che terminavano con zaffiri azzurro chiaro. L'abito, di velluto azzurro intessuto con i boccioli di salice, aveva uno strascico di tre metri che era retto da sei demonietti dal volto tondo e dagli occhi ammiccanti che ridacchiavano arricciando il naso.

Qualcuno teneva il tessuto troppo lento, qualche altro tirava per rimediare e qualcun altro ancora improvvisava un tiro alla fune con il tessuto, sempre tenendo d'occhio Throbius per evitare di essere scoperto e punito.

La Regina Bossum vestiva di giallo zafferano, la corona sormontata da topazi, e il suo strascico era retto da piccole fate che si comportavano con estrema correttezza e lanciavano occhiate di disapprovazione ai demonietti di Throbius.

Davanti a Throbius e a Bossum c'era Brean, l'Araldo Reale, che prese ancora la parola.

– Mortale, sai di essere entrato nel Madling Meadow? Contempla, ecco le loro maestà Re Throbius e Regina Bossum! Spiega agli orecchi reali e a quelli dei notabili qui riuniti lo scopo delle tue manovre su questo prato che consideriamo nostro dominio!

Visbhume eseguì un sestuplo inchino.

– Informa le loro maestà che sono orgoglioso e deliziato che si siano degnate di notare la mia piccola concatenazione, che in effetti è un nesso per Hai-Hao.

L'araldo ripeté il messaggio, Re Throbius rispose qualcosa e Brean tornò a rivolgersi a Visbhume.

– Le loro maestà desiderano conoscere il tuo nome e la tua condizione, in modo da poter valutare con giustizia la tua condotta e stabilire la pena da infliggere per la tua offesa, se offesa è stata.

– Offesa? Certo non sono colpevole di nulla! – gridò Visbhume, con stridula voce di contralto. – Questo non è forse Stangle* Meadow, dove posso sperimentare in pace il mio meraviglioso nesso?

– Stolto mortale! Hai aggiunto offesa all'offesa! Simili parole non devono essere pronunciate in presenza dei Sempiterni. La consideriamo una manifestazione di cattivo gusto. Inoltre, questo non è Stangle Meadow, bensì Madling Meadow, e dinnanzi a te puoi vedere Thripsey Shee.

– Ah, sembra che abbia sbagliato, e vi faccio le mie scuse. Ho sentito parlare di Thripsey Shee e della sua notevole popolazione: non ha forse perfino fornito alla casa reale di Lyonesse la Principessa Madouc?

L'araldo Brean guardò, incerto, Re Throbius, che fece un cenno a Visbhume.

– Vieni avanti, mortale. Perché hai stabilito il tuo nesso sul nostro prato?

---

* Stangle: la sostanza cui si riducono da morti gli esseri fatati. Un termine che implica orrore, calamità e putrefazione e che provoca timore e inquietudine fra gli esseri fatati che preferiscono pensare di essere immortali, pur non essendolo affatto.

– Sire, sembra che abbia sbagliato strada. Il nesso non era destinato a Madling Meadow, per quanto sia un luogo affascinante. Ma vorrei sapere del bambino che così saggiamente avete accudito cinque anni fa: dove si trova adesso? Vorrei parlare con lui.

– Di che ragazzo parli? – cominciò Throbius. Poi, dopo che la Regina Bossum gli ebbe sussurrato qualcosa all'orecchio. – Se n'è andato nella foresta e non sappiamo nulla di lui.

– È un peccato. Da tempo sono curioso sul suo conto.

In un angolo, c'era un essere fatato con il corpo di ragazzo e il volto di ragazza che si grattava incessantemente: testa, pancia, gamba, sedere, naso, gomito, collo. Sollevando lo sguardo sospese le grattate quanto bastava per gridare:

– Si tratta di quel piccolo spaccone che chiamavano Tippit. Gli ho rifilato un mordet* come si deve!

– Dov'è il buon Skepe dal braccio lungo? – chiese Re Throbius.

– Sono qui, Sire.

– Taglia un bel ramo e spolvera i calzoni di Falael con tre bei colpi e mezzo.

– Non è onesto! – ululò immediatamente Falael. – Ho solo detto la verità.

– In seguito, quando dirai la verità, fallo con meno soddisfazione e vanagloria. Il tuo mordet ci ha provocato delle umiliazioni! Devi imparare ad agire con tatto.

– Ah, Vostra Maestà, ho già appreso il tatto dal tuo augusto esempio! Forse ne so anche troppo, tanto che ammanto la mia reverenziale meraviglia dinanzi al trascendente potere di vostra maestà con un velo di spavalderia! Ti chiedo di richiamare Skepe dalla sua opera!

Da tutt'intorno al prato giunsero mormorii di assenso e di approvazione, che ebbero influenza anche su Re Throbius.

– Ben detto, Falael! Skepe, riduci il tuo lavoro di un solo energico colpo!

– Questa è una buona notizia, Maestà, ma è solo un inizio – aggiunse Falael. – Posso proseguire con le mie osservazioni?

– Ho già sentito abbastanza.

---

* mordet: invocazione fatata di cattiva sorte. Una maledizione.

– In questo caso, sire, non aggiungerò altro, specialmente se vorrai acconsentire a mitigare il mio prurito.

– Impossibile; il prurito deve continuare allo scopo di curare la tua malizia che ha ormai stancato molti di noi.

– Vostra Maestà – intervenne Visbhume – se mi concedessi di parlare in privato con Falael, credo che potrei persuaderlo a pentirsi.

Re Throbius si accarezzò la barba verde oro.

– Mi sembra un atto gentile, che certo non può arrecare nessun male.

Falael affrontò un accesso di prurito sotto l'ascella sinistra, quindi seguì Visbhume in disparte.

– Bada bene che non ho voglia di sentire prediche e che se proverai a toccarmi con una croce cristiana ti trasformerò i denti in cirripedi.

Skepe si rivolse con fare speranzoso a Re Throbius.

– Se li pesco affiancati come si deve, posso arrivare loro dietro in silenzio e prendere due piccioni con un solo colpo?

Re Throbius rifletté, poi fece un cenno negativo.

– La tua sferza è troppo corta.

Visbhume, avendo udito lo scambio di frasi, badò bene di mettersi in modo da poter tenere d'occhio Skepe, poi si rivolse a bassa voce a Falael.

– Intercederò per te presso Re Throbius se soddisferai la mia curiosità riguardo al ragazzo chiamato Tippit, anche se non posso promettere che il re ascolterà i miei consigli.

– Farai meglio a intercedere per te stesso – rise, sprezzante, Falael. – Credo che verrai trasformato in un corvo.

– Niente affatto! Ne sono certo! Parlami di quel ragazzo chiamato Tippit.

– C'è poco da dire. Era detestabile e vanesio, e sono stato io a provocare la sua espulsione dallo shee.

– E dov'è andato?

– Nella foresta, ma non è finita così. Rhodion, monarca di tutti gli esseri fatali, con grande ingiustizia lo ha liberato dal mio mordet, e ha concesso alla ragazza, Glyneth, il potere di parlare con gli animali, mentre io ne ho ricavato solo questo fastidioso prurito.

– Glyneth, hai detto? E poi?

– Non me ne sono più occupato, perché avevo già abbastanza guai. Se ne vuoi sapere di più, devi andare da Glyneth.

– E chi erano il padre e la madre del ragazzo?

– Taglialegna, contadini, semplici esseri umani. Non seccarmi oltre, perché non so altro. – Falael accennò ad allontanarsi ma venne bloccato da un'altra violenta crisi di prurito.

– Ma dov'è il ragazzo, adesso? – domandò Visbhume. – Con che nome è conosciuto?

– Non me ne importa un accidente e spero di non rivederlo più, perché di certo gli giocherei qualche brutto scherzo e me ne deriverebbero altri guai. E ora, intercedi per me come promesso. Se non riuscirai, ti rifilerò un mordet come si deve.

– Posso solo tentare. – Visbhume tornò a rivolgersi a Re Throbius. – Vostra Maestà, Falael è fondamentalmente pentito: è stato traviato dai suoi compagni, che lo hanno fatto cadere in disgrazia. Come estraneo disinteressato ti supplico, maestà, di temperare in quest'occasione la giustizia con la pietà prima che io rimuova il nesso e la strada dal tuo dominio.

– La tua è una richiesta difficile.

– Vero, ma dal momento che Falael prova un sincero rimorso, un'ulteriore dimostrazione del tuo malcontento sarebbe futile.

– Un favore in cambio di un favore – decise Re Throbius. – Acconsentirò a perdonare Falael se tu lascerai il tuo affascinante nesso qui a Madling Meadow.

– Vostra Maestà ha parlato – dichiarò Visbhume, inchinandosi – e io acconsento.

Il gruppo di esseri fatati esplose in un coro di risa deliziate per la vittoria conseguita dall'astuto Re Throbius a spese di quello strano mortale: vi furono alcuni salti, capriole, battiti di tacchi a mezz'aria e gighe di gioia.

– Vostra Maestà, anche se ho perso il mio prezioso nesso, è stato per una buona causa – disse ancora Visbhume, inchinandosi – e ora chiedo il tuo permesso di andarmene.

– Prima le cose più importanti – osservò Re Throbius. – C'è ancora una questione in sospeso. Skepe, somministra tre colpi e mezzo meno uno a Falael, come specificato.

– Vostra Maestà! – esclamò Visbhume, sgomento. – Ma è proprio la battuta ciò che avevi acconsentito a risparmiare al povero Falael!

– Niente affatto! Ho acconsentito a perdonare Falael, e l'ho perdonato in pieno. La battuta andrà a punire altri scherzi che non sono stati scoperti, e di certo Falael se la merita abbondantemente.

– La sua colpa non sarà allora cancellata dal tuo perdono?

– Forse, ma il peso della decisione grava ancora nell'aria: sono stati ordinati due colpi e mezzo, e l'ordine dev'essere eseguito. Dal momento che insisti per allontanare questi colpi da Falael, la logica delle circostanze li dirotta sulla tua stessa pelle. Dango, Pume, Thwither: giù i calzoni di Visbhume e che tenga pronto il suo posteriore. E ora, Skepe, fa' il tuo dovere!

– Ai-hi-yi! – gridò Visbhume.

– Uno!

– Ai-ee-ha!

– Due!

– Oo-oh! Oo-ah!... *Zappir tzug muig lenka! Groagha teka.** Ma il mezzo era più forte degli altri due colpi messi insieme!

– Sì, questo è talvolta implicito nella natura delle cose – convenne Re Throbius. – Ma non ha importanza. Hai avuto quello che volevi, e Falael è stato perdonato, anche se non sono molto certo del suo rimorso: guarda come se ne sta seduto su un palo con un sogghigno di pura gioia sulle labbra!

Recuperati i calzoni, Visbhume s'inchinò per l'ennesima volta.

– Vostra Maestà, lascio voi tutti al godimento del vostro nesso.

– Hai il mio permesso di andare. Dobbiamo studiare questo affascinante nesso.

Visbhume si avviò attraverso il prato, guardandosi indietro da sopra una spalla: Re Throbius avanzò con lentezza fino a trovarsi di fronte al nesso, quindi mosse un lento passo in avanti, e un altro... Visbhume smise di guardare e non si voltò più indietro fino a che non ebbe raggiunto l'ombra della foresta.

---

* Intraducibile: imprecazioni nel dialetto pre-celtico dei contadini di Wysrod, che erano rinomati per la sonora qualità dei loro epiteti. Gli studiosi noteranno che in questo particolare dialetto l'elisione delle vocali è in fase molto avanzata.

Madling Meadow appariva come lo aveva visto la prima volta; la collinetta sosteneva la vecchia quercia contorta e fra le due giovani betulle pendeva un groviglio di filo rosso e blu che sussultava, sobbalzava e sembrava raccogliersi in una sorta di bozzolo... Visbhume sciolse le redini con mani tremanti, montò in sella e si allontanò a tutta velocità.

V

Arrivato a Città di Lyonesse, Visbhume si recò immediatamente ad Haidion, e in questa occasione fu il Gran Siniscalco Sir Mungo a riceverlo di persona e ad accompagnarlo sulla terrazza antistante la camera da letto reale, dove Re Casmir se ne stava seduto a rompere e a mangiare noccioline.

A un segnale del sovrano, Sir Mungo approntò una sedia per Visbhume, il quale l'accostò il più possibile al tavolo. Casmir rivolse su di lui un tranquillo sguardo in cui si mischiavano disgusto e curiosità.

– Sei appena arrivato?

– Sono appena smontato di sella, Vostra Maestà! E sono venuto in tutta fretta a riferirti le mie scoperte.

Re Casmir si rivolse a un valletto da sopra la spalla.

– Portaci dei boccali di sidro: queste noci mi hanno messo sete e certo Visbhume si vorrà lavare la polvere dalla gola. – Il valletto se ne andò e il sovrano aggiunse: – Sir Mungo, non avrò bisogno di te... E ora, Visbhume, quali sono le tue notizie?

Visbhume spostò la sedia ancora più vicino.

– Mediante gli sforzi più astuti, sono riuscito a strappare informazioni a una categoria di creature che hanno come loro più allegra abitudine quella di ingannare e beffare gli esseri umani! Ma io le ho stupite tutte e sono riuscito a farmi dire questo: il bambino che loro chiamano Tippit è stato espulso dallo shee in un periodo imprecisato del tempo passato, e in seguito sembra essersi fatta amica una ragazza di nome Glyneth, che sarà ora la mia nuova fonte d'informazioni.

Il valletto portò due boccali colmi e un piatto di biscotti: senza attendere un invito da parte di Re Casmir, Visbhume afferrò uno dei boccali e bevve un sorso abbondante.

– Molto interessante – commentò Casmir.

Visbhume si protese in avanti e appoggiò un gomito sul tavolo.

– E ora, chi è questa Glyneth? Potrebbe trattarsi di quella Principessa Glyneth del Troicinet che occupa una così strana posizione alla corte di Miraldra? Rammenta che Ehirme, Graithe e Wynes, tutti in qualche! modo collegati al bambino, si sono trasferiti nel Troicinet, dove vivono in prosperità. E qui abbiamo un altro caso analogo!

– Le tue sembrano deduzioni logiche. – Re Casmir bevve a sua volta, poi gettò a terra i gusci delle noccioline per trovare un posto su cui appoggiare il proprio gomito. – Il bambino dovrebbe ora avere cinque anni* e si deve trovare nel Troicinet, ma dove? Con Ehirme?

– Non vi sono bambini di quest'età nella casa di Ehirme, lo posso garantire personalmente.

– E con Graithe e Wynes?

– Li ho osservati per parecchi giorni: vivono soli.

In parte per sfuggire alla cospiratoria vicinanza di Visbhume, Re Casmir si alzò e si avvicinò alla balaustra, da cui poteva scorgere i tetti di Città di Lyonesse, con le loro tegole color ocra, il porto e l'ampiezza del Lir. Voltatosi, lanciò un'occhiata a Visbhume.

– Se non altro, c'è una via d'indagine ancora aperta.

Visbhume si alzò e si affiancò al re, un'espressione dubbiosa sul volto.

– Ti riferisci alla Principessa Glyneth?

– E a chi altri? Devi tornare nel Troicinet e appurare che cosa sa. È una fanciulla affascinante e aggraziata, d'indole amabile e di natura apparentemente fiduciosa.

– Non avere timori a questo proposito! Risponderà alle mie domande in ogni dettaglio! E se cercherà di essere reticente, tanto meglio! Non mi dispiace mai dover persuadere qualche ragazza giovane e forzarla all'obbedienza: è a questo punto che il lavoro si trasforma in piacere.

Re Casmir indirizzò a Visbhume una fredda occhiata in tralice: di tanto in tanto, il sovrano soddisfaceva la propria propensione per la

---

* Dhrun, o "Tippit", come lo chiamavano le fate, aveva vissuto a Thripsey Shee per poco più di un anno, secondo il conto umano. Il tempo delle fate procede molto più in fretta, quindi a Dhrun sembrava di aver vissuto quasi nove anni nello shee. Casmir, ignaro di questa discrepanza, pone l'età di Dhrun intorno ai cinque anni piuttosto che intorno a quella effettiva di quattordici.

compagnia di ragazzi di un certo tipo, ma a parte questo evitava con cura gli eccessi licenziosi che ravvivavano la corte di Re Audry, ad Avallon.

– Confido che nei tuoi trasporti non dimenticherai lo scopo dell'interrogatorio.

– Non temere! Le difficoltà svaniscono quando metto a punto le mie piccole tecniche. Dove posso trovare Glyneth?

– A Miraldra, suppongo, oppure a Watershade.

VI

Visbhume prese di nuovo alloggio alle Quattro Malve, cenò presto e andò ancora a sedersi sulla panchina nella piazza, ma quella sera non fu avvicinato da nessun Moro massiccio, e neppure da Tamurello sotto altre spoglie.

Rimase a guardare il sole che tramontava sul Lir, dove una brezza da ovest aveva sollevato una serie di onde increspate e crestate di bianco, la cui vista lo indusse a distogliere lo sguardo con un brivido. Se fosse stato davvero un amico buono e fedele, Tamurello gli avrebbe fornito un rapido mezzo per viaggiare e spostarsi in fretta da un luogo all'altro, in modo da risparmiargli l'incostante moto di una nave e lo scomodo passo della malconcia giumenta bianca.

Visbhume rifletté sul piccolo tesoro di oggetti magici che aveva nascosto nel Dahaut. Alcuni dei congegni più semplici funzionavano in un modo che lui era in grado di comprendere; altri, come l'Almanacco di Twitten, potevano rispondere a un suo più attento studio e altri ancora rimanevano fuori dalla portata delle sue attuali capacità. E tuttavia, chi poteva dirlo, magari fra quegli oggetti ve n'era qualcuno in grado di fornirgli il rapido mezzo di trasporto di cui aveva bisogno.

Giunse così a una ferma decisione e l'indomani mattina, invece d'imbarcarsi alla volta del Troicinet, come Re Casmir avrebbe di certo voluto, si avviò a cavallo su per lo Sfer Arct verso nord, quindi tagliò lungo la Vecchia Strada, andò a est fino alla Strada di Icnield e quindi a nord attraverso il Pomperol e fino al Dahaut. Arrivato al villaggio di Glimwillow, si recò in un luogo segreto e recuperò un grosso baule rinforzato in ottone che conteneva le cose che aveva portato via da Maule.

Preso alloggio in una camera privata all'Insegna della Mandragola, per tre giorni passò in esame il contenuto del baule. Quando finalmente si rimise in viaggio verso sud lungo la Strada di Icnield, aveva indosso una sacca di cuoio giallo contenente un assortimento di quegli articoli che gli parevano più facili da usare e qualcun altro dall'affascinante potenziale, come l'Almanacco di Twitten. Non era però riuscito a trovare nessun arnese o congegno facile da adoperare, e che lo potesse trasportare nel modo più comodo e veloce fin nel Troicinet, quindi era ancora costretto a servirsi della giumenta bianca. A Slute Skeme vendette la giumenta e, con molti timori, s'imbarcò su un mercantile carico di legname alla volta di Domreis.

Tre giorni di caute indagini gli permisero di appurare che in assenza del Principe Dhrun... attualmente nel Dascinet per una visita ufficiale... la Principessa Glyneth si era ritirata a Watershade.

Il mattino successivo si mise in cammino lungo la strada costiera, ma una tempesta di vento e pioggia lo persuase a interrompere il viaggio nella città di Hag's Head, sotto il Capo Haze, dove prese alloggio alle Tre Lamprede. Per passare il tempo, si dedicò allo studio dell'Almanacco di Twitten, e rimase così affascinato dal vasto assortimento di opportunità apparsogli di colpo davanti che protrasse la permanenza per un altro giorno e poi per un secondo e un terzo ancora, anche se il tempo si era ristabilito.

Le Tre Lamprede offrivano un alloggio confortevole e comodo: Visbhume mangiava bene, beveva bene e passava lunghe ore al sole a meditare sui meravigliosi calcoli di Twitten e sulla non meno notevole conversione in fatto della sua teoria. Chiese poi penna, inchiostro e pergamena e cercò di elaborare alcuni calcoli personali, con estrema meraviglia degli altri ospiti della locanda che alla fine giunsero alla conclusione che quello strano uomo dovesse essere un astrologo, intento a calcolare il moto e l'andamento dei pianeti, congettura che gli piacque e che non cercò in alcun modo di alterare.

Intanto si dedicava anche ad altre attività collaterali, e in particolare a dormitine sotto il sole e a lunghe passeggiate sulla spiaggia, in cui cercava di farsi accompagnare dalle cameriere. Ce n'era una in particolare che destava il suo interesse, una ragazza dai capelli biondi e dalla pelle candida che, per quanto molto giovane, cominciava a esibire una serie di piacevoli attributi.

L'interesse di Visbhume per quegli attributi divenne così manifesto che il locandiere venne di persona a rimproverarlo.

– Signore, devo chiederti di badare a come ti comporti! Queste giovani cameriere non sanno come difendersi dalla tua lascivia, e io ho consigliato loro di rovesciarti addosso un secchio d'acqua gelata, se cercherai ancora di infastidirle.

– Amico, stai osando più di quanto si convenga alla tua condizione – replicò, altezzoso, Visbhume.

– Può darsi. A ogni modo, basta con il tuo atteggiamento e con gli inviti sulla spiaggia.

– Questa è pura insolenza! – tempestò Visbhume. – Attento! Sono quasi tentato di trasferirmi altrove!

– Fa' come ti pare: nessuno ti rimpiangerà alle Tre Lamprede. A dire il vero, il tuo strano comportamento sta mettendo in allarme i miei clienti abituali, che ti ritengono un po' tocco. Comincio a considerarti tale anch'io, ma in base alla legge non ti posso buttare fuori a meno che tu non commetta qualche scorrettezza, cosa cui stai andando molto vicino. Quindi attento!

– Locandiere – dichiarò Visbhume con la massima dignità – sei tristo e sciocco. Alle ragazze piace il mio modo di fare, altrimenti perché mi verrebbero sempre così vicine ridacchiando e flirtando e mettendosi in mostra?

– Ah! Scoprirai quanto piaci loro quando raffredderanno i tuoi ardori con una bella secchiata di acqua gelida. Nel frattempo, puoi anche pagare subito il tuo conto, nel caso ti senta sopraffatto dall'indignazione e ti venga l'idea di andartene nottetempo.

– È un'osservazione troppo offensiva per essere rivolta a un gentiluomo!

– Non ne dubito, e sto sempre bene attento a non farlo.

– Mi hai offeso. Pagherò il conto e abbandonerò immediatamente la locanda. Non aspettarti però nulla di mancia.

Visbhume lasciò le Tre Lamprede e prese alloggio alla Locanda del Corallo di Mare, dalla parte opposta della città, dove si fermò per altri tre giorni nei quali continuò lo studio dell'Almanacco fino a quando i suoi stessi calcoli non lo incitarono a rimettersi in viaggio. Acquistò un calesse trainato da un piccolo e vivace pony che affrontò la strada con passo sostenuto e un regolare ticchettio degli zoccoli lustri.

Passò davanti alle Tre Lamprede sedendo con orgoglio a cassetta, poi imboccò la strada che portava alla Valle del Fiume Rundle e la risalì fino al Green Man's Gap e oltre il Ceald.

VII

Una strana e dolce malinconia si era di recente impadronita di Glyneth che sovente, anche quando era in compagnia dei suoi amici e di Dhrun, avrebbe preferito starsene sola. Altre volte, quando sgusciava via e si ritrovava davvero sola... perversità delle perversità... ecco che un indefinibile senso di disagio la angustiava, come se da qualche parte stesse accadendo qualcosa di meraviglioso e lei desiderasse prendervi parte ma, povera ragazza dimenticata, non fosse stata invitata e nessuno si fosse accorto della sua assenza.

Divenne malinconica e irrequieta. Di tanto in tanto, immagini affascinanti venivano a tormentarla, frammenti ancor meno tangibili di un sogno a occhi aperti, filamenti e fantasie che mostravano folli feste alla luce della luna in cui lei era corteggiata da galanti sconosciuti, oppure volava sulla terra e sul mare in una magica nave in compagnia di colui che amava più di ogni cosa e che a sua volta l'amava.

Ora che Dhrun se n'era andato da Domreis e le loro lezioni avevano subito un'interruzione, Glyneth trascorse ancora un paio di giorni a Miraldra che però, senza Dhrun o Aillas, sembrava aver perduto ogni fascino; quindi si trasferì a Watershade, decisa a leggere tutti i libri raccolti nella biblioteca di Sir Ospero. Cominciò con entusiasmo e lesse *Lagronius: le Cronache* e *Memorie di Nausicaa*, e cominciò perfino la lettura *dell'Iliade*, ma poi le crisi di sogni a occhi aperti divennero sempre più frequenti e finì per accantonare i libri.

Quando il lago era calmo e azzurro sotto la luce del sole, le piaceva uscire in barca completamente sola e starsene distesa a contemplare le alte nubi bianche. Non vi era occupazione più dolce di quella: le sembrava di diventare una cosa sola con questo mondo che amava così tanto e che per un po' le appariva tutto suo, da godere e possedere. Qualche volta, poi, quei sentimenti diventavano troppo intensi ed allora si levava di scatto a sedere, stringendosi le gambe con le braccia e respingendo le lacrime che le colmavano gli occhi.

Così si abbandonava sempre più a queste crisi romantiche e, di tanto in tanto, arrivava perfino a chiedersi se qualcuno le avesse fatto un incantesimo, mentre Dama Flora cominciava a preoccuparsi perché la sua adorata Glyneth aveva smesso di saltare staccionate e di scalare alberi.

A mano a mano che i giorni passavano, Glyneth cominciò a sentirsi sola, e prese l'abitudine di recarsi saltuariamente al villaggio per far visita a un'amica, Lady Alicia di Black Oak Manor; altrettanto spesso si recava nel bosco a cogliere fragole.

Il giorno precedente a quello in cui Dhrun sarebbe dovuto tornare, si alzò per tempo e, dopo una certa riflessione, decise appunto di andare a cogliere fragole. Salutò Dama Flora con un bacio, prese il cestino e si avviò verso il bosco di Wild Wood.

A mezzogiorno non aveva ancora fatto ritorno a Watershade, e quando non rientrò neppure per il tramonto, i servi si misero alla sua ricerca, ma invano.

All'alba del giorno successivo, un messaggero venne inviato a Domreis: l'uomo s'imbatté in Dhrun, lungo la strada, ed entrambi proseguirono in tutta fretta alla volta di Miraldra.

CAPITOLO X

I

PER AILLAS, L'OCCUPAZIONE DI SUARACH da parte degli Ska costituiva qualcosa di più di un semplice problema militare: quell'azione, perpetrata con deliberata freddezza, gli aveva anche inflitto una notevole umiliazione personale. Secondo la mentalità ulflandese, una provocazione del genere richiedeva una rappresaglia dal momento che, per il modo di pensare di quella popolazione, una persona che subiva un'umiliazione in seguito a un atto deliberato di qualcun altro si portava addosso il fetore di quella vergogna fino a che il nemico non era stato punito o fino a che l'offeso non era morto nel tentativo di punirlo. Di conseguenza, mentre continuava a occuparsi dei suoi affari, Aillas si sentiva messo in evidenza e contaminato, ed era consapevole che tutti gli occhi erano fissi su di lui.

Ignorò comunque nel miglior modo possibile quell'esame furtivo e accelerò e perfezionò il più possibile l'addestramento delle proprie brigate. Di recente, aveva notato con sollievo che un nuovo spirito si era impadronito dei soldati, divenuti scattanti e precisi mentre prima erano lenti e restii a seguire cadenze poco familiari. Quei cambiamenti sembravano riflettere una riluttante fiducia nelle capacità belliche dell'esercito, ma Aillas era ancora in dubbio circa il grado di resistenza e di coesione delle sue truppe di fronte a un massiccio e accurato massacro perpetrato dagli Ska, che nel passato erano riusciti a distruggere non solo le armate nord-ulflandesi, ma anche quelle, più forti numericamente, di Godelia e del Dahaut.

Era un aspro problema, che non offriva comode soluzioni. Se Aillas avesse rischiato uno scontro e le cose fossero andate male, il morale dei soldati sarebbe andato in briciole e lui avrebbe perso credibilità come condottiero, ed era evidente che, occupando Suarach, gli Ska avevano appunto sperato d'indurlo a impegnarsi sconsideratamente in una battaglia preordinata, in cui la cavalleria pesante del nemico avrebbe potuto schiacciare l'esercito ulflandese come un martello può schiacciare una noce. Aillas non aveva però nessuna intenzione di rischiare un simile confronto, almeno non per l'immediato futuro, pur essendo consapevole che se avesse atteso troppo prima d'intraprendere una qualsiasi azione gli Ulflandesi, che per temperamento erano portati a reagire in modo rapido e selvaggio a ogni provocazione, sarebbero potuti diventare cinici e passivi.

Di ritorno dalla brughiera alta con un gruppo di coscritti, Sir Pirmence incrementò con le proprie parole i timori di Aillas.

– Non riuscirai mai ad addestrarli meglio di così – affermò. – Hanno bisogno di mettersi alla prova e di verificare se le tue idee pagane sono giuste.

– Molto bene – dichiarò Aillas – allora li metteremo alla prova, ma sarò io a scegliere il terreno dello scontro.

Pirmence esitò e parve discutere interiormente con sé stesso, quindi avanzò, baldanzoso, di un passo e disse:

– Posso riferirti *anche* un'altra notizia, basata su solide fonti d'informazione: Castello Sank è una fortezza appena oltre il confine, verso nord.

– Sì dà il caso che lo sappia fin troppo bene.

– Il signore del castello è un certo Duca Luhalcx, ma attualmente si trova a Skaghane con la famiglia e buona parte del suo seguito, per cui Castello Sank è poco difeso.

– Questa è una notizia interessante – commentò Aillas. Due ore più tardi ordinò che sei compagnie di cavalleria leggera ulflandese e di arcieri e due compagnie di cavalleria pesante, due di fanteria e un plotone di trentacinque cavalieri troicinesi si preparassero a partire da Doun Darric, al tramonto dell'indomani, in modo da evadere meglio la sorveglianza degli Ska.

Aillas era consapevole che spie Ska tenevano d'occhio ogni suo movimento, e per neutralizzarne l'attività aveva creato un corpo segreto di controspionaggio. Prima ancora di emettere gli ordini relativi alla partenza, dispose i componenti di questa polizia segreta tutt'intorno al campo, cosicché potessero intercettare eventuali corrieri che cercassero di lasciare Doun Darric.

Il sole scomparve a occidente e giunse il crepuscolo. Aillas era seduto al proprio tavolo da lavoro, intento a studiare alcune mappe, quando udì un tramestio di passi e voci soffocate, poi la porta si aprì e Sir Flews, il suo aiutante di campo, fece capolino nella stanza.

– Sire, la polizia ha effettuato un arresto.

Sir Flews parlava con eccitazione a stento contenuta, e Aillas si alzò dal tavolo.

– Che entrino.

Sei uomini entrarono nella stanza, due di essi con le braccia legate dietro la schiena, e Aillas spalancò la bocca per lo stupore nello scorgere un giovane snello dagli occhi neri e dai capelli scuri tagliati secondo lo stile degli Ska e, accanto a lui, Sir Pirmence.

Hilgretz, capitano della polizia segreta e fratello minore di Sir Ganwy di Koll Keep, avanzò per fare rapporto sull'accaduto.

– Ci siamo appostati e quasi subito dopo che era sceso il buio abbiamo notato una luce che lampeggiava all'interno del campo. Abbiamo agito con estrema cautela e così abbiamo catturato lo Ska appostato sulla cresta della collina. Quando poi abbiamo seguito la luce fino alla sua fonte, abbiamo trovato Sir Pirmence.

– Questa è una triste situazione – dichiarò Aillas.

– Davvero cupa – convenne Sir Pirmence.

– Mi hai tradito già a Domreis, e allora ti ho portato qui nella speranza che ti redimessi. E invece ecco che mi hai tradito di nuovo.

Sir Pirmence fissò Aillas con sospetto, come una vecchia volpe dai capelli argentati.

– Sapevi del mio lavoro a Domreis? Com'è possibile, visto quanto sono stato discreto?

– Non c'è nulla di discreto quando Yane si mette a indagare: sia tu che Maloof siete dei traditori, ma, piuttosto che uccidervi, avevo pensato di approfittare delle vostre doti.

– Ah, Aillas, è stata una mossa magnanima ma eccessivamente sottile: io non sono riuscito a intuire le tue intenzioni. E così il povero Maloof ha trasgredito anche lui.

– Lo ha fatto, e ora paga il suo debito. Anche tu stavi lavorando bene, e avresti potuto salvare la vita, come spero faccia Maloof.

– Maloof danza a una musica diversa dalla mia, o, per meglio dire, non sente alcuna musica e non riuscirebbe a muovere un passo di danza neppure se la stessa Tersicore venisse a dargli lezioni.

– Se non altro, lui ha desistito dal tradire, o almeno così suppongo. Perché tu non hai fatto altrettanto?

– Chi lo sa? – Sir Pirmence sospirò e scosse il capo. – Ti odio, e al tempo stesso nutro per te un profondo affetto. Disprezzo la tua imberbe semplicità e al tempo stesso gioisco per le tue imprese. Desidero il tuo successo ma mi sforzo di ridurti alla disperazione. Cosa c'è che non va in me? Dov'è il mio difetto? Forse vorrei essere te, e, visto che non posso, sento di doverti punire per questo. Oppure, se preferisci, il fatto nudo e crudo è che sono nato con animo di traditore.

– E che mi dici di Castello Sank? La tua informazione era solo un'esca per trascinare alla morte me e molti bravi combattenti?

– No, sul mio onore! Sorridi! Fa' pure: sono troppo orgoglioso per mentire, e ti ho detto solo la pura verità.

Aillas rivolse lo sguardo verso lo Ska.

– E tu, hai nulla da confessare?

– Nulla.

– Sei giovane, hai una lunga vita dinnanzi a te; se ti risparmio, mi dai la tua parola di non lavorare più a mio danno e neppure a danno dell'Ulfland Meridionale?

– Non potrei in buona fede garantirti una cosa del genere.

Aillas prese Hilgretz da un lato.

– Devo affidare questa faccenda alle tue mani. Non possiamo creare agitazione nel campo intero appendendo per il collo Sir Pirmence e lo Ska sotto gli occhi di tutti proprio prima di metterci in marcia: provocherebbe troppe domande e troppe congetture.

– Lascia fare a me, sire. Li porterò nella foresta e sistemerò le cose in silenzio.

– Fa' pure come credi – replicò Aillas, tornando a studiare le sue mappe.

II

Il bagliore del crepuscolo coloriva ancora l'orizzonte verso occidente, e a est una tenue luna gialla stava sorgendo sui picchi del Teach tac Teach quando Aillas si arrampicò su un carro e si rivolse alle truppe.

– Adesso ci metteremo in marcia per combattere. Non attenderemo che gli Ska ci attacchino: li attaccheremo noi per primi, e così insegneremo loro qualcosa di nuovo e magari riusciremo anche a vendicarci per qualcuno di quei crimini che essi hanno perpetrato a danno di questa terra.

– Ormai sapete perché siete stati addestrati tanto a lungo e con tanta durezza: perché possiate essere all'altezza delle capacità belliche degli Ska. Ora siete abili quanto loro tranne che sotto un aspetto: gli Ska sono dei veterani e quindi commettono pochissimi errori. Vi ripeto quindi ancora una volta il mio avvertimento: dovremo soltanto eseguire i piani approntati per la battaglia, niente di più e niente di meno! Non lasciatevi indurre in tentazione da qualche finta o da qualche apparente improvviso vantaggio sul nemico; magari sarà un vantaggio effettivo, e in quel caso ne approfitteremo, ma con cautela. Molto più probabilmente, si tratterà di una trappola che vi potrebbe costare la vita.

– Noi però abbiamo davvero un vantaggio: gli Ska sono pochi e non si possono permettere ingenti perdite, per cui la nostra strategia sarà quella di infliggere loro il massimo possibile di perdite subendone il minimo indispensabile e basta. Questo significa colpire e fuggire! Attaccare, ritirarsi e attaccare ancora! Con la massima attenzione agli ordini; non voglio eroismi, solo competenza e durezza.

– Non c'è altro da dire. Buona fortuna a noi tutti.

Quattro delle compagnie ulflandesi e due compagnie di cavalleria pesante troicinese agli ordini di Sir Redyard partirono quindi verso nordest, allo scopo di mettere sotto sorveglianza la strada fra Suarach e Castello Sank, mentre le restanti compagnie puntarono direttamente verso nord e verso il castello, attraversando un territorio che Aillas aveva già conosciuto in maniera amara.[*]

---

[*] Vedi LYONESSE I: *Il giardino di Suldrun*, dove sono spiegate in dettaglio le circostanze relative alla cattura di Aillas e al suo soggiorno a Castello Sank.

Sank serviva come base amministrativa del distretto e punto di passaggio per le squadre di lavoro e per gli schiavi diretti alla grande fortezza occidentale di Poëlitetz, e la famiglia padrona del castello, nel periodo in cui Aillas vi aveva servito come schiavo, era formata dal Duca Luhalcx, dalla sua sposa Chraio, dal figlio Alvicx e dalla figlia Tatzel, più numerosi nobili. Affranto e solitario, Aillas si era in certa misura infatuato di Tatzel che, per il modo stesso in cui stavano le cose, si era a stento accorta della sua presenza.

A quell'epoca, Tatzel aveva quindici anni: una ragazza snella e piena di energia, dal portamento altezzoso e noncurante che la distingueva da chiunque altro, dotata di uno stile deciso, stravagante ed esuberante, anche se un po' troppo brusco e personale per essere definito aggraziato. Aillas l'aveva vista come una creatura dotata d'immaginazione e di intelligenza ed era rimasto affascinato da ogni dettaglio del suo modo di comportarsi. Tatzel camminava con passi un po' più lunghi del necessario, con una certa baldanza irrequieta e un'espressione di pensosa concentrazione e decisione, come se avesse una missione di estrema importanza da portare a compimento. I suoi capelli neri erano tagliati all'altezza degli orecchi secondo il tipico stile degli Ska, ma erano abbastanza lunghi da fluirle sulle spalle. Per quanto snella ed energica, la sua persona era adeguatamente arrotondata e femminile, e quando lei gli passava vicino Aillas aveva spesso desiderato di protendere le braccia e di afferrarla, ma aveva sempre tenuto a freno i propri impulsi perché sapeva che se avesse compiuto un simile gesto e la ragazza lo avesse riferito al padre lui sarebbe stato forse castrato. Attualmente Tatzel doveva trovarsi a Skaghane con la famiglia, e questo provocò in Aillas una fitta di delusione non indifferente, visto che da molto tempo i suoi sogni a occhi aperti riguardavano il momento in cui avrebbe potuto incontrare di nuovo la ragazza in circostanze ben diverse.

Mentre la luna si levava sempre più alta nel cielo, le colonne lasciarono Doun Darric, poiché Aillas aveva intenzione di marciare di notte con la luce lunare a indicare il cammino e gruppi di esploratori che segnalassero la presenza di pantani e sabbie mobili; nelle ore diurne i soldati si sarebbero nascosti in qualche boschetto o in una depressione della brughiera. Se non fossero stati intercettati o dirottati da qualche imprevisto, il giovane riteneva che la spedizione avrebbe raggiunto

Castello Sank in quattro notti di marce forzate. Il territorio che attraversavano era stato devastato per anni e non avrebbero incontrato che qualche mietitore o qualche pastore ai quali sarebbe importato ben poco del passaggio notturno di un esercito, per cui Aillas sperava di riuscire ad arrivare a Castello Sank senza che fosse stato dato l'allarme.

Poco prima del mattino del terzo giorno, gli esploratori condussero le truppe sulla strada principale proveniente dalle vecchie miniere di stagno, che veniva talvolta usata dagli Ska per le loro scorrerie nell'Ulfland Meridionale. Una strada che in passato Aillas aveva percorso con una corda intorno al collo.

Durante la giornata i soldati riposarono al riparo e al tramonto ripresero il cammino: non si erano ancora imbattuti in nessun gruppo di Ska, grande o piccolo che fosse.

Poco prima dell'alba giunse loro agli orecchi uno strano, costante suono raspante che Aillas riconobbe immediatamente: era il rumore della segheria, dove l'energia derivante da un mulino ad acqua faceva scorrere lame d'acciaio lunghe tre metri, per tagliare a pezzi i tronchi di pino e di cedro trasportati con i carri dai picchi del Teach tac Teach dalle squadre di taglialegna.

Castello Sank era vicino: Aillas avrebbe preferito far riposare i suoi soldati dopo la marcia notturna, ma non vi era alcun luogo dove nascondersi e inoltre se avessero continuato avrebbero raggiunto il castello in quella languida ora che precede il sorgere del sole, quando il sangue scorre più lento e le reazioni sono meno pronte.

Questo non valeva però per i soldati ulflandesi che, con il battito del cuore sempre più accelerato, avanzarono lungo la strada a una velocità sempre maggiore, con gli zoccoli che sollevavano la polvere, i finimenti che tintinnavano e le armi che emettevano aspri suoni metallici, sagome scure stagliate contro il chiarore che precedeva l'alba.

Dinnanzi a loro apparve Castello Sank, con la singola, grande torre che si levava dalla rocca interna.

– Dritti all'attacco! – gridò Aillas. – Entrate prima che abbassino il cancello esterno!

Cinquanta cavalieri partirono in una carica improvvisa, con i fanti che li seguivano di corsa. Nella loro arroganza, gli Ska avevano tralasciato di chiudere le porte in legno e ferro delle mura esterne e le truppe ulflandesi riuscirono a fare irruzione nel cortile senza incontrare opposizione. Anche le porte della cittadella e del castello interno si offrivano spalancate, ma le sentinelle, riprendendosi dall'iniziale immobilità, reagirono in tempo e chiusero la pusterla in faccia ai cavalieri al galoppo mentre dalle baracche uscivano una dozzina di guerrieri Ska, ancora mezzo svestiti e male armati, che vennero fatti subito a pezzi, il che pose fine alla battaglia.

Gli arcieri fecero la loro comparsa sulle mura della cittadella, ma molti furono uccisi dagli arcieri ulflandesi che si erano intanto arrampicati sulle mura esterne, molti altri vennero feriti e i superstiti si misero al riparo. Un uomo balzò poi giù dal tetto della cittadella, corse fino alle stalle tenendosi basso, afferrò un cavallo e partì al galoppo verso la brughiera.

– Inseguitelo per un paio di chilometri, poi lasciatelo scappare – ordinò Aillas. – Tristano! Dov'è Tristano?

– Sono qui. – Tristano era il comandante in seconda della spedizione.

– Prendi un gruppo nutrito di uomini e va' alla segheria. Uccidi gli Ska e chiunque cerchi di opporre resistenza, poi brucia i magazzini e rompi la ruota, ma lascia intatto il mulino: un giorno ci tornerà utile. Agisci in fretta e riporta qui le squadre di lavoro. Flews! Manda esploratori in tutte le direzioni, onde evitare che veniamo sorpresi a nostra volta.

Le costruzioni esterne del castello, con le botteghe e le baracche furono date alle fiamme, i cavalli vennero portati fuori dalle stalle e poi anche a esse venne appiccato il fuoco. I cani addestrati per la caccia all'uomo furono sterminati e i loro canili andarono a incrementare il rogo, cui si aggiunsero anche i dormitori sul retro del giardino delle cucine dopo che i servi furono fatti uscire.

Gli schiavi della casa vennero condotti al cospetto di Aillas, che lasciò scorrere gli occhi su di loro fino a che ebbe individuato un uomo alto e calvo con una faccia volpina dalla pelle giallastra e le palpebre pesanti: Imboden, il maggiordomo. Più in là vi era un uomo snello e avvenente, con il volto dall'espressione mutevole e i capelli prematuramente argentati: Cyprian, il sovrintendente degli schiavi. Aillas sapeva bene che erano entrambi due parassiti che si servivano degli uomini posti ai loro ordini per i propri interessi e fece loro un cenno perché venissero avanti.

– Imboden, Cyprian! È un piacere vedervi! Vi ricordate di me?

Imboden non disse una sola parola, consapevole che parlare era inutile, indipendentemente dall'identità dell'uomo che lo stava interpellando, e rivolse gli occhi al cielo con aria annoiata. Cyprian, che era di temperamento più vivace, studiò in volto Aillas e lanciò una lieta esclamazione di sorpresa.

– Ti ricordo bene, anche se adesso mi sfugge il tuo nome. Hai deciso di suicidarti, per aver fatto ritorno a questo modo?

– Il fatto di essere qui oggi è la realizzazione di disperati sogni e di speranze – dichiarò Aillas. – Ti ricordi di Cargus, che era cuoco qui? E di Yane, che lavorava nella lavanderia? Come sarebbero felici di poter essere oggi qui invece che nel Troicinet, dove hanno ora entrambi il titolo di conte.

– Riesco a immaginare la tua soddisfazione e la loro – replicò Cyprian con un tranquillo sorriso. – Soddisfazione condivisa, in misura più o meno grande, da tutti noi! Urrah! Adesso siamo uomini liberi!

– Per te e imboden si tratterà di una libertà breve e amara.

– Suvvia, signore! – esclamò, angosciato, Cyprian, i grandi occhi grigi colmi di lacrime. – Non siamo tutti compagni dei tempi andati?

– Rammento ben poca amicizia, e ricordo invece la paura di essere traditi. Nessuno potrà mai sapere quanti uomini hai mandato a morte, ma se anche si trattasse di uno solo, sarebbe già abbastanza. Flews, prepara una forca e appendi questi due ben in alto e in piena vista dalla cittadella.

Imboden andò incontro alla morte senza una sola parola; anzi, con la sua condotta riuscì a comunicare ai presenti un senso di annoiato disprezzo nei confronti di tutti coloro che erano coinvolti nella cosa. Cyprian, invece, scoppiò in lacrime e protestò a gran voce.

– Questa è una vera infamia! Non è giusto che io, che ho compiuto così tante buone azioni, debba ora conoscere una simile crudeltà! Non hai pietà? Quando penso a tutta la mia gentilezza…

Dal gruppo di coloro che erano stati sottomessi ai suoi ordini giunse un coro di risa ironiche e frasi beffarde.

– Appendetelo ben in alto! È ancora più astuto di Imboden, che almeno non ha mai finto di essere diverso da com'era! Per questo rettile l'impiccagione è fin troppo poco!

– Tiratelo su! – ordinò Aillas.

Sir Tristano tornò allora dal mulino con i suoi uomini, seguito da un gruppo di schiavi sgomenti, fra i quali Aillas trovò un'altra sua vecchia conoscenza: Taussig, che era stato il suo primo sovrintendente. Taussig, vecchio, zoppo, intrattabile e con una sola meta nella vita: portare a termine il suo periodo di schiavitù obbligatoria. Il vecchio riconobbe subito Aillas, e senza troppo piacere.

– Vedo che ti sei vendicato di Imboden e Cyprian. Sarò io il prossimo?

– Se dovessi impiccare tutti quelli che mi hanno fatto del male – replicò Aillas con un'amara risata – dovrei lastricare dovunque le strade di cadaveri. Non ti favorirò in nessun modo, ma neppure ti danneggerò.

– Mi hai già danneggiato! Per diciassette anni ho lavorato per gli Ska: mi bastavano ancora tre anni e poi avrei potuto godere della mia ricompensa, cinque acri di buona terra, una casa e una sposa. Tu mi hai privato di tutto questo.

– Dal tuo punto di vista il mondo è davvero un luogo tetro, e forse hai ragione.

Aillas rivolse quindi la propria attenzione ai servi della casa ed ebbe conferma di quanto già sapeva, e cioè che il Duca Luhalcx, con la moglie Chraio e la figlia Tatzel, era in visita a Skaghane. Correva voce che il duca era stato mandato lontano per una missione speciale di grande importanza, mentre le dame Chraio e Tatzel erano attese da un momento all'altro. Attualmente Sir Alvicx era signore del castello, con una guarnigione di una quarantina di guerrieri, compresi parecchi cavalieri di notevole rango e valore.

Aillas conosceva bene le fortificazioni della cittadella di Castello Sank: le mura erano alte e la pietra robusta. Avendo marciato in fretta e con equipaggiamento leggero, non aveva portato con sé le attrezzature da assedio e comunque non c'era il tempo per un attacco prolungato alla fortezza; lui era a caccia di selvaggina più grossa.

Aillas si rivolse agli schiavi liberati della casa e del mulino.

– Siete di nuovo uomini liberi come l'aria, e la via verso sud è aperta davanti a voi. Andate a Doun Darric, sul fiume Malheu e presentatevi a Sir Maloof, che vi troverà un lavoro. Nel caso aveste voglia di uccidere un po' di Ska, vi potete arruolare nell'esercito del re. Fatevi dare delle provviste dal commissario che c'è laggiù e caricatele sui cavalli, armatevi come meglio potete e consegnate a Sir Maloof questi cavalli prelevati dalle stalle del duca. Narles, ricordo che sei un tipo come si deve, quindi ti affido il comando. Per la vostra massima sicurezza vi consiglio di viaggiare di notte e di nascondervi di giorno. Non dovreste però avere fastidi, la regione è sgombra dagli Ska.

– Ci sono degli Ska alle miniere di stagno – disse uno degli ex-schiavi.

– In questo caso, state alla larga dalle miniere a meno che non abbiate voglia di tendere un'imboscata a quegli Ska e di conquistare una vittoria per il vostro nuovo re.

– La paura che proviamo in questo momento è troppo forte – replicò Narles, con voce sommessa. – Ci servirà ogni minima parte del nostro coraggio semplicemente per fuggire.

– Dovete agire come vi sembra meglio – convenne Aillas. – Vi consiglio comunque di andarvene subito e vi auguro buona fortuna.

Gli ex-schiavi si allontanarono, pieni di diffidenza.

Passò un giorno, e un altro ancora, nel corso dei quali Aillas inflisse quanti più danni possibile al castello e alle sue mura. Tre volte gli esploratori rientrarono al castello per annunciare l'arrivo di cavalieri Ska, sempre dalla direzione dì Poëlitetz. I primi due gruppi erano piccoli, ciascuno composto da una dozzina di uomini che entrarono ciecamente in trappola per trovarsi circondati da arcieri con l'arco teso. In entrambi i casi l'ordine di arrendersi pena la morte venne ignorato e gli Ska, chinandosi sulla sella e piantando gli speroni nei fianchi dei cavalli cercarono di uscire dalla trappola, finendo sterminati e liberando così Aillas dal difficile problema di disporre di eventuali prigionieri.

Il terzo gruppo si rivelò una cosa diversa, essendo formato da un'ottantina di cavalieri pesanti provenienti da Poëlitetz ed evidentemente diretti verso una nuova sede.

Ancora una volta, Aillas preparò un'imboscata con gli arcieri e un gruppo di cavalieri a cavallo, appostandosi in un boschetto adiacente alla strada. Il contingente Ska arrivò in vista: guerrieri veterani e cauti che avanzavano in fila per quattro, muniti degli elmetti conici di acciaio smaltato di nero tipici degli Ska, di cotte di maglia e di gambali, e armati di corte lance, spade e catene con palle di ferro, le cosiddette "stelle del mattino", oltre che degli archi e delle faretre colme di frecce appesi al pomo della sella.

Mentre la colonna avanzava con passo calmo lungo la strada, un contingente di trentacinque cavalieri troicinesi attaccò al galoppo uscendo dal boschetto, le lance puntate, e colpì la retroguardia nemica; in mezzo a un coro di urla d'orrore, le lance trapassarono le cotte di maglia, sollevarono di sella i guerrieri e li lasciarono cadere nella polvere ai lati della strada.

Risalito il pendio su cui si trovava il boschetto, i cavalieri Troicinesi riformarono lo schieramento e attaccarono ancora mentre dal folto degli alberi pioveva un nugolo di frecce, ciascuna indirizzata con precisione. A quel punto, il comandante degli Ska urlò ai suoi uomini di abbandonare quel luogo di morte e la colonna si avviò al galoppo, ma solo per imbattersi in un nuovo ostacolo: in quel momento, infatti, quattro corde vennero tagliate sul pendio e una grossa quercia si abbatté sulla strada, facendo piombare gli Ska in un caos momentaneo.

Alla fine, combattendo disperatamente corpo a corpo, gli Ska riuscirono a raccogliersi in un piccolo gruppo. Tre volte Aillas chiese loro di arrendersi, prima di assalirli ancora con i suoi cavalieri, e per tre volte gli Ska assorbirono il colpo e si schierarono di nuovo alla meglio, scagliandosi contro i nemici con il volto improntato ad austerità.

Non vi fu nessuna resa: morirono tutti su quella strada bagnata di sole.

Aillas ricondusse i suoi soldati a Castello Sank con animo triste; una vittoria come quella appena conseguita, che era stata in effetti solo un massacro di uomini valorosi, non portava esultanza. Era un atto necessario, su questo non vi erano dubbi, visto che era l'unica tattica che poteva far vincere loro la guerra, e tuttavia non riusciva a provare orgoglio per il suo operato, e fu lieto di scoprire che anche le truppe condividevano il suo stato d'animo.

Tutto considerato, aveva comunque motivo di sentirsi soddisfatto: aveva subito poche perdite e i suoi uomini avevano manovrato con impeccabile precisione, mentre per gli Ska la perdita di così tanti veterani era un vero e proprio disastro.

– Se devo ricorrere alle imboscate, lo farò – borbottò Aillas fra sé. – Al diavolo la cavalleria, per lo meno fino a che non avrò vinto questa guerra.

Giunto a Castello Sank, inviò dei carri sul luogo dello scontro per recuperare le armi dei caduti, visto che l'acciaio ska, forgiato con infinita pazienza, eguagliava quello di migliore qualità reperibile in tutto il mondo, compreso il favoloso acciaio di Cipangu e le lame, di qualità un po' inferiore, di Damasco.

Era ormai il momento di procedere verso ovest e di affrontare quelle truppe provenienti da Suarach che potevano essere sfuggite al controllo di Sir Redyard.

All'alba, le truppe di assedio si prepararono a partire, le sacche delle selle piene di gallette, formaggio e frutta secca, visto che era imprevedibile quello che sarebbe potuto succedere nei giorni a venire.

Pochi minuti prima della partenza, però, uno degli esploratori arrivò a precipizio al campo, annunciando che un gruppo di Ska stava arrivando da nord-ovest, lungo la strada che portava al Litorale Ska e a Skaghane. Il gruppo era formato da parecchie persone di rango e dalla loro scorta, fra le quali una dama che poteva benissimo essere Lady Chraio, un'altra dama di mezz'età e un giovane. La scorta consisteva in una dozzina di cavalieri armati in maniera leggera, il che indicava chiaramente come nell'Ulfland Settentrionale non fosse ancora giunta notizia di quanto era accaduto a Castello Sank.

Aillas ascoltò il rapporto con molto interesse.

– Che ne è di Lady Tatzel? – chiese poi. – Non è con gli altri?

– Non posso dirlo con certezza, sire, dato che non conosco quella dama e che ho per forza dovuto spiare la colonna da una certa distanza. Se è di mezz'età, potrebbe essere una delle due donne che ho visto.

– È giovane, e tanto snella da sembrare quasi un ragazzo.

– C'è un giovane che cavalca in mezzo al gruppo. Io l'avevo scambiato per un ragazzo, ma potrebbe essere questa Lady Tatzel in abiti maschili. Non è una cosa insolita fra gli Ska.

Aillas convocò Sir Balor, uno dei suoi capitani ulflandesi e gli impartì alcuni ordini.

– Scegli il terreno dell'attacco in modo da poter circondare il gruppo e uccidi solo se necessario. Per nessun motivo dovrai fare del male alle due dame o al ragazzo. Manda i prigionieri a Doun Darric sotto adeguata scorta e raggiungici poi alla massima velocità.

Sir Balor si allontanò verso nord-ovest con cinquanta uomini, e nello stesso tempo il grosso delle truppe ulflandesi e troicinesi si mise in marcia verso Suarach, lasciando solo un gruppo di soldati a mantenere l'assedio e ad annientare altri Ska che si fossero avventurati nelle vicinanze.

Aillas, che era stato preso dall'irrequietudine fin da quando aveva appreso della colonna in avvicinamento, giunse a una decisione impulsiva e, affidato il comando delle truppe a Sir Tristano, si lanciò all'inseguimento di Sir Balor, distante già più di un chilometro.

Era una giornata calda e luminosa, in cui la brughiera mostrava il suo aspetto migliore, pervasa dalla dolce fragranza dell'edera, dall'odore pungente della ginestra e da quello ancora più aspro e fumoso del suolo umido.

L'aria limpida sembrava rendere ancora più nitido ogni più piccolo dettaglio e nell'oltrepassare la vetta di un'altura Aillas poté ammirare una vista panoramica perfetta: a destra e a sinistra la distesa verde e ondulata della brughiera, costellata di qualche sporgenza rocciosa o di occasionali boschetti di larici, ontani o cipressi. Più oltre, il panorama si perdeva verso l'orizzonte, con chiazze più scure che indicavano lontane foreste. Circa un miglio più a ovest, scorse il gruppo di Ska avviato con noncurante sicurezza alla volta di Castello Sank.

Sir Balor e i suoi uomini, che si tenevano in una depressione del terreno, non erano ancora visibili e gli Ska stavano procedendo con passo tranquillo, evidentemente ignari del pericolo.

Le due formazioni si avvicinarono. La colonna degli Ska, raggiunta la sommità di una piccola altura si arrestò, forse per far riposare le cavalcature o per ammirare il paesaggio, o magari perché un qualche segnale subliminale aveva messo sul chi vive i suoi componenti: un velo di polvere, un debole tintinnio metallico o un soffocato suono di zoccoli. Per un momento, gli Ska rimasero fermi a studiare il terreno circostante, e Aillas, per quanto ancora troppo distante per discernere ogni dettaglio, si sentì pervadere da un brivido di eccitazione e da un più cupo e sardonico piacere al pensiero che una di quelle macchie confuse potesse essere Lady Tatzel.

La colonna si rimise in marcia, e in quel momento, con sorpresa e sgomento di Aillas, il gruppo di uomini di Sir Balor, invece di sfruttare la copertura della depressione per aggirare il nemico, ne emerse al galoppo a poche centinaia di metri a sud rispetto agli Ska. Aillas imprecò fra sé: Sir Balor avrebbe dovuto inviare un solo uomo in esplorazione, mentre così aveva perduto ogni occasione per cogliere la preda di sorpresa.

Gli Ska impiegarono un solo istante per fare il punto della situazione, quindi deviarono verso nordest, in una direzione che, così speravano, li avrebbe portati più vicino a Castello Sank, magari più vicino di quanto gli assalitori osassero spingersi. Sir Balor cambiò direzione per intercettarli e questo strappò ad Aillas una seconda imprecazione contro lo stesso Sir Balor e le sue manovre da testa calda. Se l'ulflandese avesse invece permesso alla preda di avvicinarsi al Castello, l'avrebbe mandata nelle mani delle truppe che lo cingevano d'assedio, e se Lord Alvicx avesse allora tentato una disperata sortita per salvare la madre e la sorella, forse anche lo stesso castello sarebbe stato espugnato.

Ma Sir Balor, come un mastino che abbia fiutato la selvaggina, sembrava pensare solo ad accorciare le distanze dalla preda e portò le proprie truppe attraverso la brughiera in uno scatenato inseguimento. Gli Ska deviarono a nord, verso un boschetto e, più oltre, verso una collinetta rocciosa sovrastata dalle rovine di un'antica fortezza. Sir Balor e le sue forze avanzarono alla massima velocità, i cavalli più rapidi che guadagnavano impercettibilmente terreno sugli Ska e i più lenti sparsi alle loro spalle. Aillas si trovava ancora più indietro, ma ora riusciva a distinguere i singoli componenti della colonna inseguita e, individuato il cosiddetto giovane, fu certo che si trattasse di Tatzel, anche se indossava un abito da uomo color verde cupo, stivali bassi e un largo mantello nero.

Era ovvio che gli Ska stavano puntando verso l'antica fortezza nella speranza di poter così resistere meglio alle superiori forze attaccanti: s'inoltrarono nella foresta e poco dopo ne riemersero, seguiti da Sir Balor e dai suoi uomini.

Quando gli Ska cominciarono a risalire l'altura, Aillas frugò in mezzo a loro con lo sguardo: dov'era Tatzel? Dov'era il giovane con il vestito verde e il mantello nero? Non lo si vedeva da nessuna parte.

Con una risata, Aillas fece arrestare il proprio cavallo e rimase a guardare mentre Sir Balor e i suoi uomini uscivano al galoppo dal boschetto, separati dalla preda ora solo da un centinaio di metri.

Aillas tenne gli occhi fissi sul boschetto: non appena le truppe ulflandesi ne furono emerse, un cavaliere isolato ne uscì e partì di gran carriera alla volta di Castello Sank, indubbiamente con l'intenzione di procurare soccorsi ai compagni assediati sulla collinetta.

La direzione seguita dal cavaliere lo avrebbe portato un po' a nord rispetto a dove si trovava Aillas che, dopo aver esaminato il terreno, voltò il cavallo e si diresse verso un punto dove poteva sperare d'intercettarlo con maggiore facilità.

Tatzel si avvicinò, piegata sul collo del cavallo, i riccioli neri agitati dal vento della corsa; volse il capo e, nello scoprire che Aillas la stava inseguendo da vicino, non riuscì a reprimere un grido di costernazione. Dato uno strattone alle redini, fece quindi deviare la cavalcatura verso nord, lontano da Castello Sank e in una direzione che Aillas non era troppo ansioso di esplorare. Impetuosa o saggia che fosse la sua decisione, il giovane non ebbe un attimo d'incertezza: mai, prima di allora, era riuscito a portare allo scoperto una preda tanto preziosa e ora, comunque andassero le cose, non poteva rinunciare all'inseguimento, non importava dove lo avrebbe condotto. Ebbe così inizio un selvaggio inseguimento attraverso la brughiera dell'Ulfland Settentrionale.

Tatzel montava una giovane giumenta nera, snella, con le gambe lunghe ma con il torace non abbastanza ampio e forse con una resistenza ancora minore del suo fiato; il roano di Aillas, per contro, era più grosso e pesante, e di una razza selezionata per la sua resistenza, per cui il giovane non dubitava affatto che prima o poi sarebbe riuscito a raggiungere Tatzel, specialmente su un terreno ineguale. Di conseguenza, nel corso dell'inseguimento cercò di spingere la ragazza verso le montagne e sempre più in alto, lontano sia da Castello Sank che dalla zona pianeggiante della brughiera dove lei avrebbe potuto trovare aiuti sotto forma di un insediamento o di un gruppo in marcia di Ska.

Tatzel sembrava intenta soltanto a sfruttare a suo massimo vantaggio la velocità della giumenta, ma il terreno della brughiera era impervio e talvolta pericoloso, per cui nessuno dei due cavalli riuscì a guadagnare rispetto all'altro. Non avendo con sé l'arco, Aillas non poteva neppure piantare una freccia in corpo alla giumenta per costringerla a fermarsi.

Percorsero un chilometro, e un altro ancora, poi i cavalli cominciarono a cedere e, avendo una bestia più resistente, Aillas iniziò a guadagnare un metro dopo l'altro, tanto che presto avrebbe raggiunto

Tatzel. In preda a una disperazione di cui in vita sua non aveva mai conosciuto l'eguale, la ragazza deviò bruscamente su per un canalone roccioso che passava fra un paio di sporgenze montane e conduceva in una zona ancor più elevata della brughiera, forse nella speranza di potersi nascondere in qualche anfratto e lasciare che Aillas procedesse oltre alla sua ricerca.

Ma fu una manovra inutile: non vi erano ripari del genere e comunque Aillas, distante ormai solo una ventina di metri, non poteva essere ingannato con tanta facilità. Il canalone s'ingolfò a poco a poco di cespugli di larice e di ontano, e allora Tatzel cercò di risalire una parete del canyon, smontando e sospingendo dinnanzi a sé il cavallo su per le piattaforme di irregolare roccia nera fino a raggiungere la superficie della cima. Aillas cercò di seguirla, ma quando la ragazza cominciò a fargli rotolare addosso dei massi fu costretto a risalire la parete per un sentiero diverso, il che permise a Tatzel di guadagnare qualche metro in più di vantaggio.

Aillas arrivò in cima allo sperone di roccia, i cui lati scendevano sotto forma di ripidi canaloni, e alle proprie spalle vide un panorama che gli diede l'impressione di poter spingere il proprio sguardo innanzi all'infinito, sotto il ventoso cielo atlantico: poteva scorgere la distesa grigio-edera della brughiera, i cupi pendii e le chiazze nere delle foreste. Tatzel stava risalendo con passo incerto l'alto costone, tirandosi dietro la giumenta sfinita, e Aillas la seguì, cominciando di nuovo ad accorciare le distanze. La ragazza rimontò in sella e ripartì alla massima velocità possibile, percorrendo un pianoro sul quale incombeva ormai vicina la mole del Teach tac Teach e, in particolare, il Noc, il primo dei Cloud-cutters.

Aillas le andò dietro, ma, con notevole avvilimento, scoprì che il suo cavallo si era stirato un tendine ed era quindi azzoppato. Con un'imprecazione, tolse alla bestia la sella e le redini e la lasciò libera. Quello era davvero un serio contrattempo, e, di colpo, Aillas si rese conto di quanto fosse stato folle a lanciarsi all'inseguimento di Tatzel senza lasciare un messaggio o una parola d'avvertimento.!

A ogni modo, non era ancora tutto perduto. Si caricò in spalla le sacche e riprese l'inseguimento a piedi: la giumenta di Tatzel era tanto sfiancata e il terreno roccioso tanto difficile da percorrere, che anche appiedato riprese ben presto a guadagnare sulla preda: gli mancavano ormai un paio di minuti per raggiungerla.

Tatzel se ne rese conto e si guardò intorno con aria disperata, senza trovare nulla che la potesse aiutare. Scorgendo la sua espressione quando la ragazza si volse a guardarlo, Aillas non poté trattenere un senso di pietà.

Ma poi indurì il proprio cuore.

– Tatzel, cara piccola Tatzel dalla testa tenuta così orgogliosamente alta! Hai visto tante altre persone provare disperazione, paura e dolore; quindi perché non dovresti ora provarli un po' anche tu?

Tatzel giunse a una decisione; se avesse proseguito, Aillas l'avrebbe raggiunta. Accortasi che alla sua sinistra si apriva una vallata dalle erte pareti sassose, si soffermò un momento, trasse un profondo respiro, poi balzò di sella e sospinse il proprio cavallo giù per il pendio: scivolando, slittando e accoccolandosi con le zampe, gli occhi bianchi dal terrore, la giumenta scese il pendio nitrendo follemente. Poi perse l'equilibrio e cadde rotolando in un grottesco agitarsi di zampe e collo lungo una pendenza sempre maggiore, fino a che andò a sbattere in pieno contro un masso e giacque immobile.

Tatzel cercò di scendere a sua volta, artigliando il terreno e aggrappandosi ai cespugli, ma poi incontrò una zona di ghiaione che scivolò sotto i suoi piedi e le fece perdere l'appiglio, creando una valanga che la trascinò fino alla base del pendio, dove giacque intontita. Dopo un minuto, cercò di muoversi, ma la gamba sinistra rifiutò di sostenere il suo peso e lei si afflosciò a terra per il dolore, fissando l'arto lesionato.

Aillas osservò dall'alto quella disastrosa discesa poi, visto che la fretta non era più necessaria, trovò un sentiero meno pericoloso per arrivare in basso.

Tatzel era accasciata contro una roccia, il volto pallido per il dolore; la giumenta si era rotta la schiena e ora si contorceva ansando e schiumando bava rossastra, per cui Aillas si affrettò a ucciderla; poi ritornò da Tatzel e si lasciò cadere su un ginocchio accanto a lei.

– Sei ferita?

– Ho la gamba rotta.

Aillas la trasportò fino al morbido letto sabbioso di un fiume, quindi cercò di raddrizzarle la gamba con la massima delicatezza possibile:

gli parve che si trattasse di una frattura netta, senza che l'osso si fosse scheggiato, e ritenne che una steccatura sarebbe stata sufficiente.

Si alzò in piedi e si guardò intorno; in tempi remoti, la valle di quel fiume aveva ospitato alcune fattorie che erano ormai ridotte a poche rovine e a qualche staccionata di pietra. Non vide alcuna creatura vivente né fiutò odore di fumo, ma vicino al fiume scorse i resti di una pista, il che indicava che la valle non era del tutto deserta, cosa che si sarebbe potuta rivolgere a suo svantaggio.

Raggiunto il bordo del fiume, tagliò un paio di dozzine di rami di salice e, tornato da Tatzel le porse alcune strisce di corteccia.

– Masticala: ti aiuterà a sopportare il dolore.

Recuperò quindi dal cavallo morto il mantello della ragazza, la coperta della sella, la piccola sacca di cuoio nero dal fermaglio d'oro e anche le cinghie e le fibbie della sella.

Diede alla ragazza altra corteccia da masticare, poi tagliò con il coltello la gamba dei pantaloni fin sopra il ginocchio sottile, per denudare la frattura.

– Non sono un dottore – disse – e posso fare solo quello che ho visto fare ad altri. Cercherò di non farti soffrire troppo.

Tatzel non aveva nulla da dire visto che, più di ogni altra cosa, era confusa dalla situazione dato che Aillas non sembrava né feroce né minaccioso. Inoltre, se aveva intenzione di aggredirla, perché si prendeva prima il disturbo di curarle la gamba e di steccarla, cosa che avrebbe solo potuto poi ostacolarlo?

Aillas tagliò una striscia di mantello e l'avvolse intorno alla gamba fino a formare una specie di cuscino, poi regolò i rami di salice in modo che fossero della giusta lunghezza e infine raddrizzò l'arto. Tatzel sussultò ma non emise alcun grido durante l'operazione, e Aillas legò le stecche intorno alla gamba. Mentre la ragazza chiudeva gli occhi con un sospiro, le mise sotto la testa il mantello piegato come un cuscino, allontanandole dalla fronte i riccioli umidi di sudore per studiare i limpidi e pallidi lineamenti. Era in preda a sentimenti contrastanti e ai ricordi della sua permanenza a Castello Sank; allora aveva desiderato di poter toccare Tatzel, di renderla consapevole della sua presenza, mentre adesso che lo poteva fare a suo piacimento era frenato da tutta una serie di nuove costrizioni.

Tatzel aprì gli occhi e scrutò il suo volto.

– Ti ho già visto prima... non riesco a ricordare dove.

Ha già dimenticato le sue paure, pensò Aillas, e si disse che forse lui era troppo franco di espressione. A ogni modo, la ragazza sembrava agire in base a quell'ineffabile certezza della propria posizione, tipica degli Ska che, se fosse stata meno innocente, avrebbe potuto essere considerata arroganza. Così come stavano le cose, serviva solo a rendere più divertente il gioco.

– Non sei un Ulflandese – dichiarò Tatzel. – Di dove sei?

– Sono un gentiluomo del Troicinet.

Tatzel fece una smorfia, forse di dolore o forse per uno spiacevole ricordo.

– Un tempo a Sank avevamo un servo del Troicinet che poi è fuggito.

– Io sono fuggito da Sank.

Tatzel lo squadrò con spassionata curiosità.

– A quell'epoca, tutti hanno avuto parole aspre al tuo riguardo perché ci avevi avvelenati. Il tuo nome è "Hails" o "Ailish" o qualcosa del genere.

– Di solito vengo chiamato "Aillas".

Tatzel non parve collegare l'Aillas servo all'Aillas re del Dascinet, del Troicinet e dell'Ulfland meridionale, anche se conosceva il nome di quel sovrano.

– Sei stolto ad aggirarti da queste parti – commentò, senza inflessione di voce. – Quando ti cattureranno forse verrai castrato.

– In questo caso, spero di non essere catturato.

– Eri insieme a quei banditi che ci hanno attaccati?

– Non erano banditi ma soldati al servizio del Re dell'Ulfland Meridionale.

– È la stessa cosa.

Tatzel richiuse gli occhi e rimase distesa, tranquilla; Aillas, dopo un momento di riflessione, si alzò in piedi e considerò il terreno circostante. Era importante trovare un riparo per la notte, ma ancor più un luogo in cui nascondersi, dato che la pista adiacente al fiume mostrava di essere ancora usata e sembrava collegare l'Alta Strada Ventosa con gli insediamenti e i depositi che gli Ska avevano nella bassa brughiera.

A una certa distanza verso l'interno della vallata, notò una capanna

in rovina che poteva ancora fornire rifugio a qualche pastore e ai vagabondi di quelle colline. Il sole stava già calando dietro le montagne e
presto sarebbe scesa la notte.

– Tatzel – chiamò, abbassando gli occhi. Lei sollevò le palpebre.

– Laggiù c'è una capanna dove ci possiamo riparare per la notte. Ti
aiuterò a stare in piedi se mi metti le braccia intorno al collo… su, forza.

Aillas scoprì che il cuore gli stava battendo molto più in fretta del
normale a causa della calda pressione del corpo di Tatzel contro il
suo, delle braccia che lo stringevano e della fragranza di pino, verbena
e geranio che emanava dalla sua persona: non avrebbe più voluto
lasciarla andare.

– Circondami con un braccio e io sosterrò il tuo peso… muovi
un passo.

Capitolo XI

I

PER UN ISTANTE, dopo che Aillas ebbe sollevato Tatzel in piedi, i due rimasero immobili, le braccia di lei intorno al collo di lui, i loro volti a pochi centimetri di distanza, e nella mente di Aillas passarono in un lampo le immagini dei tristi giorni trascorsi a Castello Sank. Poi, con un profondo sospiro, distolse gli occhi.

Un passo dopo l'altro, i due procedettero lungo la pista, con Tatzel che saltellava e Aillas che ne sosteneva il peso, e alla fine raggiunsero la capanna, tutto ciò che rimaneva di un'antica fattoria: un luogo piacevole, accanto a un ruscello che scendeva da una gola alberata alle spalle della costruzione. Rozzi blocchi di pietra sostenevano l'intelaiatura di legno di cedro del tetto e le tegole di mica, una porta di vecchio legno grigio pendeva dall'ingresso e all'interno vi erano un tavolo e una panca da un lato e un focolare con un rozzo camino dall'altro.

Aillas depose Tatzel sulla panca e le sistemò comodamente la gamba, scrutandola in volto.

– Senti dolore?

Tatzel rispose solo con un breve cenno di assenso e un'occhiata di meraviglia per la stupidità della domanda.

– Riposa come meglio puoi. Tornerò fra un momento.

Aillas raccolse altri rami di salice che crescevano folti vicino alla riva del fiume, e notò nell'acqua alcuni pigri gamberi e una nobile trota che poltriva nell'ombra. Portati i rami a Tatzel, ne staccò la corteccia e gliela diede.

– Masticala. Ti porterò un po' d'acqua.

Accanto alla capanna, il corso d'acqua era stato approfondito e sbarrato da una diga in modo da formare una piccola polla, in cui vide un secchio di legno lasciato immerso in modo che non seccasse e non si rompesse; con animo grato, se ne servì per portare l'acqua nella capanna, quindi raccolse erba, felci e rami di cespuglio che ammucchiò sul pavimento per formare un letto. Trovata un po' di legna secca sul greto del ruscello, la portò all'interno e ben presto riuscì anche ad accendere il fuoco.

Seduta al tavolo, Tatzel, sembrava immersa nei propri pensieri e lo guardava senza interesse.

Il crepuscolo era sceso sulla valle ma Aillas uscì di nuovo e questa volta rimase assente per una buona mezz'ora. Quando tornò, aveva con sé parecchi pezzi di fresca carne rossa, avvolti in foglie, e anche un ramo carico di bacche di sambuco che depose accanto a Tatzel. Inginocchiatosi vicino al focolare, appoggiò la carne su una pietra piatta e la tagliò in strisce sottili che poi infilò in uno stecco e mise ad arrostire sulla fiamma.

Quando la ritenne cotta a puntino, la portò a tavola: Tatzel, che aveva piluccato fino ad allora le bacche, mangiò anche un po' di carne, ma con lentezza e senza molto appetito. Bevve un po' d'acqua, poi bagnò il fazzoletto e si lavò le dita.

– Forse troverai difficoltà nell'espletare i tuoi bisogni – disse quindi Aillas, scegliendo con cautela le parole. – Qualora lo desideri, vedrò di aiutarti come meglio posso.

– Non mi serve il tuo aiuto – ritorse lei, in tono secco.

– Come vuoi. Quando sarai pronta per dormire ti sistemerò il letto.

Tatzel agitò il capo in maniera nervosa, come per indicare che avrebbe preferito dormire altrove, per esempio nel proprio letto a Castello Sank, poi si mise a fissare impassibile le fiamme. Dopo qualche tempo, si volse a scrutare Aillas come se si fosse accorta solo allora della sua presenza.

– Hai affermato che sono stati i soldati e non i banditi ad attaccare il mio gruppo?

– L'ho fatto ed è così.

– Che cosa ne sarà di mia madre?

– Hanno l'ordine di risparmiare quante più vite sia possibile. Credo che tua madre verrà catturata e inviata come schiava nell'Ulfland Meridionale.

– Una schiava? Mia madre? – Tatzel lottò con quell'idea, poi l'accantonò come una possibilità troppo grottesca per essere anche solo presa in considerazione.

Lanciò un'occhiata in tralice ad Aillas, pensando: *Che strana persona! In certi momenti cupo e attento come un uomo maturo e in altri poco più di un ragazzo. Stupefacente, cosa si può trovare fra i propri schiavi! È un episodio che mi lascia estremamente perplessa: perché mi ha inseguita in maniera così spietata? Spera d'incassare un riscatto?*

– Cosa sei tu? – chiese. – Un soldato? Un bandito?

– Sono più un soldato che un bandito – replicò Aillas, dopo un momento di riflessione – ma in effetti non sono nessuna delle due cose.

– E allora cosa sei?

– Te l'ho già detto: un gentiluomo del Troicinet.

– Non so nulla del Troicinet. Perché ti sei spinto così lontano da ogni protezione? Già nell'Ulfland Meridionale ti potevi considerare al sicuro!

– In parte sono venuto per punire gli Ska per i saccheggi e la cattura di tanti schiavi e, per dire la verità, in parte anche... – Aillas s'interruppe di scatto, volse lo sguardo verso le fiamme e decise di non aggiungere altro.

– E per dire la verità? – lo incitò Tatzel.

– A Castello Sank, sono stato costretto a fare il servo – replicò Aillas, con una scrollata di spalle. – Ti ho guardata spesso, mentre andavi di qua e di là, e sono giunto ad ammirarti. Avevo promesso a me stesso che un giorno sarei tornato e ti avrei incontrata in condizioni diverse. È uno dei motivi per cui sono qui.

– Sei davvero pertinace – commentò Tatzel, dopo un momento di riflessione. – Sono molto pochi gli schiavi riusciti a fuggire da Castello Sank.

– Sono stato ricatturato e mandato a Poëlitetz – aggiunse Aillas. – E sono fuggito anche di là.

– Tutto questo è confuso e complesso – dichiarò Tatzel, seccata – e va al di là dei limiti della mia comprensione e del mio interesse. Tutto quello che so è che mi hai provocato dolore e seccature, i tuoi desideri di schiavo mi sembrano disgustosi e assai insolenti, e trovo che tu manchi di educazione nel manifestarli così apertamente.

– Hai proprio ragione! – rise Aillas. – I miei desideri e sogni a occhi aperti mi appaiono per quelli di un ragazzino meno che imberbe, ora che li ho espressi in parole. E tuttavia, ho solo risposto con assoluto candore alla tua domanda, cosa che è servita anche a chiarire i miei pensieri. O, per meglio dire, sono stato costretto a fare alcune ammissioni con me stesso.

– Ecco che parli ancora per enigmi – sospirò Tatzel. – E a me non importa affatto di risolverli.

– È abbastanza semplice. Quando i sogni romantici a occhi aperti di due persone corrono paralleli, quelle persone finiscono per diventare amiche o magari innamorarsi. Ma quando così non è, esse non trovano alcun piacere nella reciproca compagnia. È un concetto semplice, anche se sono pochi quelli che si prendono la briga di comprenderlo.

Tatzel fissò lo sguardo sul fuoco.

– Personalmente, non m'importa un bel niente dei tuoi rimpianti e delle tue fantasie. Spiegali ad altre persone cui credi possano sembrare affascinanti.

– Per ora li terrò per me.

– Sono sorpresa che la tua banda abbia osato avventurarsi così lontano dall'Ulfland Meridionale – commentò ancora la ragazza, dopo qualche istante.

– La spiegazione è molto semplice: visto che siamo venuti per attaccare Castello Sank, era necessario spingersi almeno fino a esso.

– E siete stati respinti? – chiese Tatzel, mostrandosi finalmente sconcertata.

– Al contrario. Abbiamo lasciato intatta la cittadella solo perché non avevamo portato con noi le macchine da guerra, ma abbiamo distrutto tutto il possibile prima di spostare oltre le nostre forze.

– Ma è un atto crudele! – esclamò Tatzel, fissandolo con aperta meraviglia.

– Non è altro che tardiva giustizia, ed è stato solo l'inizio.

Tatzel riprese a fissare le fiamme con aria cupa.

– E cosa intendi fare di me?

– Obbligarti a servire come fanno gli Ska. Ora sei la mia schiava, quindi comportati di conseguenza.

– Non è possibile! – gridò Tatzel, furiosa. – Sono una Ska, e di nobile nascita!

– Ti dovrai abituare all'idea. È un peccato che tu abbia una gamba rotta e non possa obbedire ai miei ordini.

Tatzel puntò i gomiti sul tavolo, appoggiando il mento sui pugni serrati, mentre Aillas si alzava in piedi e stendeva il mantello della ragazza sul letto di fronde.

– Mastica un altro po' di corteccia di salice, in modo da poter dormire senza dolore.

– Non voglio altra corteccia.

– Mettimi le braccia intorno al collo in modo che ti possa stendere sul letto – suggerì Aillas, chinandosi su di lei.

La ragazza obbedì dopo una leggera esitazione e il giovane la sistemò sulle fronde, slacciandole e sfilandole gli stivaletti.

– Stai comoda?

Tatzel lo fissò con volto inespressivo, come se non avesse udito la domanda e Aillas, voltatele le spalle, uscì ad ascoltare i suoni notturni. Fuori regnavano la quiete e il silenzio, spezzati solo dal mormorio del fiume. Rientrato nella capanna, inclinò il tavolo, lo mise di traverso contro la porta e lo puntellò con la panca; poi spense il fuoco e, toltisi gli stivali, si sdraiò accanto a Tatzel e coprì entrambi con il proprio mantello prima di guardare in direzione della macchia pallida che era il volto della ragazza.

– Hai mai dormito prima con un uomo?

– No.

– Grazie a quella gamba rotta, la tua verginità è al sicuro – commentò il giovane con un grugnito. – Mi distrarrebbe sentirti strillare perché ti fa male; credo di essere un uomo che ama troppo le comodità.

A parte un verso sprezzante, Tatzel parve non avere nulla da dire: si girò in modo da dare le spalle al giovane e presto il suo respiro si fece regolare.

Il mattino successivo, il sole sorse in un cielo limpido. Aillas preparò una colazione di gallette e formaggio presi dalle sue sacche e subito dopo condusse Tatzel in una depressione isolata, posta una cinquantina di metri su per il dirupo alle spalle della capanna. La ragazza borbottò e protestò, ma Aillas fu irremovibile.

– Queste colline sono popolate da banditi che sono poco meglio di animali selvaggi. Non ho né arco né frecce, e se ne arrivassero in più di due non ti potrei proteggere. Se fossero più di due Ska a trovarci, non potrei proteggere me stesso. Quindi te ne dovrai stare nascosta durante il giorno fino a che ce ne andremo da qui.

– E quando sarà? – domandò Tatzel, con una sfumatura di stizza.

– Al più presto possibile. Non ti muovere fino a che non ti verrò a prendere, a meno che passino parecchi giorni, nel qual caso vorrà dire che sono morto.

Aillas tornò quindi nella valle. Per prima cosa ricavò una gruccia da un robusto ramo di betulla e da un pezzo piegato di legna secca, poi tagliò un ramo di salice, gli tolse la corteccia e ne ricavò un arco di scarsa qualità, visto che il salice non aveva la resistenza del legno di frassino o di tasso. Il noce e la quercia si spezzavano troppo facilmente, l'ontano era troppo fragile e il castagno sarebbe andato abbastanza bene ma purtroppo non ce n'era a portata di mano. Preparò quindi alcune frecce, anch'esse di salice, usando delle strisce di stoffa al posto delle piume; infine si costruì una lancia da pesca tagliando a metà un'estremità di un ramo di betulla con quattro diramazioni, affilandole tutte e incastrando un ciottolo nel taglio per tenerle separate, per poi legare una trentina di centimetri di asta al tutto per evitare che si spezzasse.

Con quelle operazioni si era fatta circa l'una del pomeriggio. Aillas scese al fiume con la lancia improvvisata, e dopo un'ora di sforzi pazienti e abili riuscì a infilzare una bella trota di circa un chilo e mezzo. Era intento a pulire il pesce vicino all'acqua quando sentì un rumore di cavalli che si avvicinavano, e subito si nascose.

Su per la strada arrivarono due cavalieri, seguiti da un carro trainato da un paio d'irsuti cavalli da fatica guidato da un ragazzo di una quindicina d'anni dai capelli color paglia e dall'aria contadina. I due cavalieri avevano invece un aspetto più sinistro: indossavano cotte di maglia messe insieme alla meno peggio ed elmi di cuoio con protezioni per il collo e gli orecchi. Pesanti spadoni pendevano loro dalla cintura e archi e frecce erano appesi alle selle insieme a corte asce da battaglia. Il più grosso dei due, all'incirca della stessa età di Aillas, era un tipo scuro, cupo, con maligni occhi piccoli, una barba incolta e il naso a becco. L'altro, più vecchio forse di una quindicina d'anni, sedeva curvo in sella ed era appariva sottile, scattante e duro come il cuoio. Aveva un volto pallido e strano, con gli zigomi eccessivamente larghi, rotondi occhi grigi e una piccola bocca dalle labbra sottili che lo faceva quasi assomigliare a un serpente.

Aillas comprese subito che si trattava di fuorilegge e si congratulò con sé stesso per aver nascosto Tatzel su per il canalone, dato che i cavalieri avevano notato il cavallo morto ed erano alquanto perplessi per la sua presenza.

Arrivati alla capanna, i due si arrestarono e parlottarono fra loro; quindi si chinarono a osservare le tracce rimaste sulla sabbia, smontarono con cautela e, legati i cavalli al carro, fecero per avvicinarsi alla capanna, arrestandosi di scatto per la sorpresa.

Aillas s'irrigidì e venne raggelato dallo sgomento. Anche Tatzel aveva sentito i cavalli che si avvicinavano, e in quel momento aggirò l'angolo della capanna saltellando su un piede, per poi apostrofare i due uomini con fare sicuro e autoritario, anche se Aillas non poteva udire le sue parole. La ragazza fece un cenno in direzione del carro, e il giovane dedusse che doveva aver richiesto di essere trasportata al più vicino castello o sede amministrativa degli Ska.

I due uomini si scambiarono uno sguardo sogghignante di reciproca intesa e perfino il ragazzo, che fissava a bocca aperta la scena dal carro, sbatté le palpebre con perplessità.

Aillas ribolliva di emozioni contraddittorie: furia per l'enormità della follia commessa da Tatzel, seguita da un impeto di profonda tristezza per quello che ora le sarebbe accaduto e quindi un altro impeto di rabbia ma di tipo diverso. Indipendentemente da quanto fosse irato per il suo comportamento, non poteva rimanere fuori dai guai in cui la ragazza si era cacciata e sperare di mantenere il rispetto di sé stesso. Con la sua arroganza e presunzione, Tatzel aveva quindi messo in pericolo non solo sé stessa ma anche lui.

I due uomini le si avvicinarono e si arrestarono di fronte a lei, squadrandola da capo a piedi e scambiando apprezzamenti. Gettato indietro il capo, la ragazza impartì con disperazione una nuova serie di ordini.

L'uomo magro e curvo le pose una domanda cui lei rispose in tono gelido prima di fare un altro cenno in direzione del carro.

– Sì, sì – parve dire uno degli uomini. – Tutto a suo tempo, ma prima le cose più importanti! È stata una sorte davvero propizia quella che ci ha fatti incontrare qui tutti e tre e dobbiamo celebrare in maniera appropriata. È un vero peccato che non ce ne siano due come te.

Tatzel indietreggiò di un passo, incespicando, e si guardò disperatamente intorno.

– Adesso si sta chiedendo perché non arrivo a passo di carica per dare una lezione a quei ruffiani – si disse Aillas, sardonico.

L'uomo massiccio e barbuto passò un braccio intorno alla vita della ragazza e la trasse a sé, cercando di baciarla. Tatzel si contorse a destra e a sinistra, ma alla fine il bandito riuscì nell'intento; poi l'uomo magro gli batté un colpo sulla spalla e i due scambiarono alcune parole, in seguito alle quali il più giovane si trasse indietro con aria cupa, o per paura o perché inferiore di posizione.

L'uomo più anziano parlò in tono calmo ma efficace e l'altro scrollò le spalle con acquiescenza, quindi entrambi si prepararono a un gioco che avrebbe stabilito chi dei due avrebbe avuto Tatzel per primo. Il più giovane conficcò un ramo nel terreno e tracciò una linea nella polvere a una distanza di tre metri da esso, poi i due trassero di tasca alcune monete e si posero sulla linea, tirandole a turno verso il ramo. Il ragazzo balzò giù dal carro e venne a osservare il gioco con quello che sembrava qualcosa di più di un noncurante interesse.

Approfittando di quella distrazione, Aillas corse fino al carro mentre davanti alla capanna aveva inizio una discussione sulle possibili infrazioni alle regole e il ragazzo veniva chiamato a fare da arbitro. Questi decise la questione e il gioco riprese secondo le regole modificate, non senza borbottii e scambi di parole roventi fra i due giocatori.

Frattanto, Tatzel aveva continuato a protestare furiosamente fino a quando le era stato imposto di tacere: si era allora messa a guardare la scena con la bocca tesa in una cupa smorfia.

Aillas aveva intanto raggiunto i cavalli e si era impadronito di un arco e di una manciata di frecce.

Il gioco si concluse e risultò vincitore il giovane massiccio, che rise con orgoglio e si congratulò con Tatzel per la sua fortuna, quindi afferrò di nuovo la ragazza e, con una frase sguaiata e una strizzata d'occhio al compagno, la condusse nella capanna.

L'uomo più anziano scrollò le spalle e ringhiò un ordine al ragazzo, che corse al carro e tornò con una sacca di vino; i due si accoccolarono accanto alla capanna e si misero a bere.

Aillas si avvicinò loro in silenzio, una freccia incoccata e pronta, quindi scivolò fino alla porta silenzioso come un'ombra, ed entrò.

Tatzel era distesa nuda sul letto d'erba, con il bandito inginocchiato su di lei; nel vedere la sagoma immobile stagliata sulla soglia, la ragazza ebbe un sussulto che indusse l'uomo a guardare all'indietro da sopra la spalla. Il bandito balzò subito in piedi, cercando a tentoni la spada, e aprì la bocca per urlare la propria rabbia, ma in quel momento Aillas lasciò partire la freccia, che penetrò nella bocca aperta e inchiodò la testa dell'uomo a una trave della parete di fondo, dove il bandito morì in uno spasmodico contorcersi di braccia e gambe.

Aillas tornò all'esterno in silenzio com'era entrato e, aggirato l'angolo, trovò l'uomo anziano con la testa gettata all'indietro e la sacca di vino inclinata contro le labbra, mentre il ragazzo lo fissava con affascinata invidia. Guardando oltre l'orcio di vino, gli occhi del ragazzo misero poi a fuoco Aillas e dalle sue labbra scaturì un grido in falsetto. Il bandito volse di lato i pallidi occhi tondi e grigi e scorse a sua volta il giovane: lasciata cadere la sacca di vino, balzò in piedi e afferrò la spada. Con espressione triste e grave, Aillas tirò una seconda freccia e l'uomo si afflosciò sulle ginocchia, artigliò per un momento l'asta che gli sporgeva dal petto e crollò al suolo.

Quando si mise in cerca del ragazzo, Aillas lo scorse che correva a precipizio lungo la strada da cui era venuto, tanto in fretta che un momento più tardi scomparve dal suo campo visivo.

Fatto capolino nella capanna, vide poi che Tatzel si stava rivestendo, la schiena rivolta al cadavere e gli occhi pensosamente abbassati; sentendosi anche lui di umore riflessivo, andò a dare quindi un'occhiata nel carro, che era coperto da una tela cerata di lino di buona qualità sotto cui era ammassata una notevole quantità di provviste, sufficienti a nutrire una dozzina di uomini per un mese.

Aillas scelse alcune cose: un sacco di farina, due pezzi di pancetta, sale, due formaggi rotondi, un otre di vino, un bel mazzo di cipolle, oca conservata, un barilotto di pesce sotto sale e un sacchetto di uva e albicocche secche. Avvolse il tutto nella tela cerata e assicurò il pacco sul dorso del migliore dei due cavalli da tiro, ora promosso a cavallo da soma.

Tatzel si venne a sedere sulla porta della capanna, dove prese a pettinarsi con aria timida i corti riccioli neri. Ricordando la gruccia che le aveva preparato, dopo una leggerissima esitazione Aillas andò a prenderla, insieme alla trota che aveva pescato, e gliela consegnò.

– Questa ti potrà aiutare a camminare.

Rientrato ancora una volta nella capanna, raccolse i loro mantelli, li scosse e lanciò un'ultima occhiata al cadavere: la prossima persona che fosse entrata là dentro avrebbe certo avuto una grossa sorpresa.

– Vieni – intimò, tornando fuori all'aria aperta. – Fra non molto questo posto brulicherà di Ska, a seconda di quanto il ragazzo dovrà correre prima di trovare qualcuno cui riferire l'accaduto.

– Qualcuno sta già arrivando. – Tatzel indicò su per la pista. – Farai meglio a fuggire, finché sei in tempo a salvarti.

Voltandosi, Aillas scorse un vecchio con quattro capre che si stava avvicinando. Indossava abiti di fibra di tiglio, sandali di paglia e un basso cappello a tesa ampia di paglia intrecciata. Ciascuna delle capre portava sulla groppa un fagotto. Quando arrivò all'altezza della capanna, il vecchio lasciò scorrere uno sguardo privo di curiosità da Aillas a Tatzel, e avrebbe proseguito senza una parola se il giovane non avesse chiesto:

– Puoi fermarti un momento, se non ti spiace?

Il vecchio obbedì, con educazione ma senza entusiasmo.

– Sono straniero in questi luoghi – disse Aillas – e forse tu mi potrai dare qualche indicazione.

– Farò del mio meglio, signore.

– Dove porta questa strada? – volle sapere Aillas, indicando verso la valle.

– Prosegue per quindici chilometri fino a Giostra, che è un villaggio e un avamposto Ska, dove loro hanno parecchie baracche.

– E nell'altra direzione?

– Ci sono parecchie deviazioni, ma se si rimane sulla strada principale si arriva alla Brughiera Alta e si trova la Strada Ventosa per Poëlitetz.

Ailles annuì; era più o meno come si era aspettato.

– Vieni con me – ordinò quindi, facendo un cenno al vecchio. – Puoi legare le capre al carro, se vuoi.

Con fare dubbioso, l'uomo seguì Aillas nella capanna, dove il giovane gli mostrò i due cadaveri.

– Sono venuti su dalla strada con il carro, mi hanno aggredito e io li ho uccisi. Sai chi sono?

– Quello con la barba è un mezzosangue Ska, mentre l'altro era noto come Fedrik il Serpente. Entrambi erano banditi al servizio di Torqual, o almeno così si diceva.

– Torqual... è un nome che ho già sentito.

– È un capo di banditi, e il suo covo è Castello Ang, dove non è possibile attaccarlo.

– Dipende molto da chi attacca e come. Dove si trova questa fortezza, in modo che possiamo evitarla?

– Circa diciassette chilometri più oltre lungo la pista troverete tre pini, con un cranio d'ariete inchiodato a ciascuno di essi. A quel punto c'è una biforcazione e la strada a destra porta ad Ang. L'ho vista una volta sola, e l'accesso era custodito da due cavalieri in armatura impalati. Non ci tornerò mai più.

– Vedo che la seconda delle tue capre porta sulla groppa un bel tegame di ferro. Saresti disposto a barattarlo con un cavallo, un carro e una provvista di cibo per un anno?

– Mi sembra un baratto onesto, dal mio punto di vista – replicò il vecchio, con cautela. – Ovviamente, queste cose sono tue, perché tu le possa cedere.

– Ne ho reclamato la proprietà e nessuno me l'ha disputata. Tuttavia, se concludiamo il baratto, il mio consiglio è che tu porti la roba in un luogo nascosto il più in fretta possibile, se non altro per evitare l'invidia altrui.

– È un saggio consiglio – convenne il vecchio – e acconsento allo scambio.

– Inoltre, tu non ci hai visti e noi non abbiamo mai visto te.

– Proprio così. In questo momento sento solo l'eco di voci spettrali portate dal vento.

II

Il sole era basso alle spalle di Aillas e di Tatzel mentre risalivano la valle tirandosi dietro il cavallo da soma assicurato alla sella della ragazza; il giovane portava personalmente entrambi gli archi e le faretre.

Il fondo della vallata si restrinse sempre più e divenne tanto ripido da far sì che le acque del fiume gorgogliassero e precipitassero al di sopra di un masso caduto nel loro letto, e pini e cedri fecero la loro comparsa in boschetti o isolati; canaloni e gole confluivano nella valle da tutti i lati, ciascuno con un ruscelletto che ne seguiva il fondo.

Nel tardo pomeriggio prese a soffiare il vento, spingendo dinnanzi a sé le nubi e lasciando presagire un'imminente pioggia in arrivo dal mare: una prospettiva poco entusiasmante.

Poi il tramonto tinse d'oro le alte coste montane e le valli iniziarono a riempirsi d'ombra; Aillas svoltò in una delle vallette laterali, e dopo aver condotto a mano il cavallo per un centinaio di metri lungo le rive di un rigagnolo, trovò una radura erbosa protetta dal vento e dove si poteva accendere un fuoco senza che venisse scorto da eventuali vagabondi notturni, di passaggio sulla strada.

Tatzel non trovò il luogo scelto dal giovane di suo piacimento e si guardò intorno con un'aria di evidente disapprovazione.

– Perché ci dobbiamo fermare in questo luogo così rozzo?

– Per evitare che qualche sconosciuto ci disturbi durante la notte.

– Ci stiamo addentrando sempre più in zone selvagge: dove mi stai portando? O forse non lo sai neppure tu?

– Spero di trovare una strada che ci faccia oltrepassare in modo sereno e pacifico la brughiera alta e poi ci riporti verso l'Ulfland Meridionale e quindi verso Doun Darric. Alla fine ti condurrò a Domreis, nel Troicinet.

– Non m'interessa di visitare questi luoghi – ribatté, fredda, Tatzel. – I miei desideri non contano dunque nulla?

– Scoprirai che, in qualità di schiava, i tuoi desideri vengono del tutto ignorati – rise Aillas.

Tatzel si acciglò e parve non udire. Il giovane procedette allora a raccogliere la legna per il fuoco e dispose alcune pietre in modo da creare un focolare: nel far questo, scoprì uno strato di duro serpentino verde di quasi trenta centimetri quadrati e spesso non più di due centimetri e mezzo. Accese il fuoco, tirò fuori la trota e si rivolse a Tatzel, che sedeva su un tronco vicino e stava seguendo i preparativi con aria annoiata.

– Questa volta sarai tu a cucinare, mentre io preparerò un riparo per la notte.

– Non so nulla di queste cose – replicò Tatzel, scuotendo il capo.

– Ti spiegherò io quello che devi fare. Taglia il grasso del prosciutto e cuocilo con lentezza nel tegame in modo che non bruci. Intanto taglia a pezzi la trota, e quando il grasso è pronto friggila stando attenta a non bruciarla. Quando il pesce sarà ben rosolato, metti il tegame da un lato, mescola un po' di farina e acqua e prepara delle frittelle sottili, che poi dovrai premere sulla piastra, a quel punto calda a dovere. – Aillas indicò la lastra di serpentino. – Quando le frittelle saranno cotte da un lato, girale dall'altro.

– Sono cose che non m'interessa d'imparare.

– Posso tagliare una sferza da un albero e batterti fino a farti chiedere pietà, anche se sono molto stanco. Oppure posso cucinare personalmente e servirti di tutto punto. O ancora, posso lasciarti senza cena e al freddo, il che è la cosa che mi provocherebbe la minor fatica. Tu cosa suggerisci?

Tatzel piegò la testa da un lato con atteggiamento riflessivo, ma non propose nulla.

– A dire il vero, non mi va di picchiarti, e ancora meno di servirti, quindi sembra proprio che dovrai cucinare o saltare la cena. E ricorda che domattina sarà di nuovo lo stesso.

– Mangerò le albicocche e berrò il vino – ritorse Tatzel, sprezzante.

– Non farai nulla del genere. Inoltre, provvedi a prepararti un letto, tanto a me non importa se preferisci rimanere tutta la notte seduta sotto la pioggia.

Tatzel continuò a fissare incupita il fuoco, le braccia strette intorno alle ginocchia, e intanto Aillas ricavò una tenda dalla tela cerata e cominciò a preparare un letto raccogliendo bracciate d'erba.

Accorgendosi che si trattava di un letto utilizzabile da una sola persona, Tatzel emise una sibilante imprecazione e si mise con furia a preparare la cena; solo allora Aillas raccolse altra erba e ingrandì il giaciglio.

I due mangiarono in silenzio: per Aillas, la trota fritta accompagnata dalle frittelle, da qualche fetta di cipolla e da un buon sorso di vino fu il pasto migliore che avesse mai consumato. In alto, il vento sibilava fra gli alberi e scendeva ad agitare la fiamma del fuoco. Finito di mangiare, andò ad abbeverare i cavalli e li impastoiò in un punto dove potevano brucare a sazietà.

Bevve quindi un ultimo sorso di vino e, notando che Tatzel lo stava osservando di nascosto, sorrise.

– Dove hai messo il coltello? – domandò, riferendosi al coltello che la ragazza aveva usato per fare a pezzi la trota.

Dopo un attimo di esitazione, Tatzel infilò una mano sotto la tunica ed estrasse l'arma dalla cinta dei calzoni; Aillas protese in fretta una mano e la recuperò.

– Mi hai fatto male – protestò Tatzel, massaggiandosi il polso.

– Meno di quanto avresti potuto farmene tu mentre dormivo.

Tatzel replicò con un'annoiata scrollata di spalle. Dopo un momento, Aillas si alzò in piedi e sistemò al riparo della tenda le provviste che potevano essere rovinate dalla pioggia, quindi prese gli archi e provò prima uno e poi l'altro, osservandone la qualità e la portata. Erano entrambi resistenti e precisi, ma uno dei due era migliore e perciò lo sistemò sotto l'erba della sua parte di letto insieme alle frecce, in modo da averlo a portata di mano ma senza che Tatzel se ne potesse impadronire. L'altro lo bruciò nel fuoco.

Tatzel lo stava osservando con gli angoli della bocca abbassati.

– Sono perplessa – dichiarò.

– Davvero? E di cosa si tratta, questa volta?

– Perché ti ostini a tenermi prigioniera? Io preferirei essere libera, e ti sono solo d'ostacolo nel viaggio. A quanto pare non intendi neppure approfittare di me come donna.

– Non potrei costringermi a toccarti – borbottò Aillas, ripensando agli eventi della giornata.

– Che strano! Di colpo diventi rispettoso del mio rango!

– Sbagliato.

– Allora a causa di quel bandito. – Tatzel sbatté le palpebre e Aillas ebbe l'impressione di vedere le lacrime brillarle negli occhi. – Cos'avrei potuto ottenere combattendo? Sono in potere degli altri, schiavi fuggiti e predoni, e ora sono indifferente a tutto: fa' pure di me ciò che vuoi.

– Risparmiami questi atteggiamenti drammatici – ritorse Aillas, in tono sprezzante. – Te l'ho già detto la scorsa notte e te lo ripeto adesso: non m'imporrei mai a te.

– Quali sono i tuoi progetti? – Tatzel gli lanciò un'occhiata in tralice. – La tua condotta mi lascia perplessa.

– È tutto molto semplice. Io sono stato schiavizzato e costretto a servirti a Castello Sank, con mia notevole rabbia. Ho giurato che un giorno ci sarebbe stata una resa dei conti, e ora sei tu la schiava che deve soddisfare i miei capricci. Cosa ci potrebbe essere di più semplice? La simmetria degli eventi possiede perfino una specie di geometrica bellezza: prova a goderne come faccio io!

Tatzel si limitò a serrare le labbra.

– Io non sono una schiava! Sono Lady Tatzel di Castello Sank!

– Quei banditi sono forse rimasti impressionati dal tuo rango?

– Erano Altri, ma in parte di sangue Ska.

– E questo cosa importa? Erano entrambi depravati, e li ho uccisi con piacere.

– Con le frecce e a tradimento – lo derise Tatzel. – Non oseresti mai affrontare diversamente uno Ska!

– In un certo senso, è vero – ammise Aillas, con una smorfia. – Per quanto mi riguarda, la guerra non è un gioco e neppure un'occasione per far sfoggio di cavalleria, ma piuttosto una cosa spiacevole da portare a termine cercando di farsi il minor male possibile... Conosci uno Ska di nome Torqual?

All'inizio, Tatzel parve restia a rispondere.

– Conosco Torqual – disse infine. È un mio terzo cugino, ma l'ho visto una volta soltanto. Non è più considerato uno Ska, e ora se n'è andato in un'altra terra.

– È tornato, e il suo covo è lassù, sotto il Noc. Stanotte abbiamo bevuto il suo vino e mangiato le sue cipolle. La trota invece era mia.

Tatzel guardò giù per la gola, verso un punto dove un animale notturno aveva fatto frusciare le foglie. Poi riportò lo sguardo su Aillas.

– Si dice che Torqual paghi in fretta i suoi conti sospesi, e sospetto che pagherai un caro prezzo per questa cena.

– Preferirei di gran lunga godere del bottino di Torqual gratuitamente. A ogni modo, nessuno sa cos'abbia in serbo il futuro. Questo Ulfland Settentrionale è una terra oscura e terribile.

– A me non è mai parsa tale – replicò Tatzel, in tono calmo.

– Perché non sei mai stata una schiava fino a oggi... Vieni, è ora di dormire. Il ragazzo del carro riferirà ad altri di aver visto una nobildonna

Ska e presto la valle pullulerà di soldati Ska, per cui domani voglio partire per tempo.

– Dormi, allora – rispose Tatzel, in tono indifferente. – Io rimarrò seduta ancora per un po'.

– In questo caso, ti dovrò legare con una corda, per evitare che te ne vada a zonzo di notte. In questo luogo circolano strane creature quando è buio: vuoi forse essere trascinata in qualche tana?

Con malagrazia, Tatzel raggiunse zoppicando il letto.

– Dovrò comunque usare la corda come misura di sicurezza, visto che ho il sonno profondo e potrei non risvegliarmi più se durante la notte mi cadesse in testa un masso. – Aillas fece passare una corda intorno alla vita di Tatzel, la strinse con un nodo che la ragazza non era in grado di sciogliere, e legò l'altra estremità intorno alla propria vita, in modo da costringere la prigioniera a stargli molto vicino.

Tatzel si distese e Aillas la coprì con il mantello; la luna, piena per tre quarti, splendeva attraverso una fessura fra il fogliame e batteva in pieno sul volto di lei, addolcendone i lineamenti e rivestendoli di una grazia affascinante. Aillas rimase per un momento a guardarla, chiedendosi quale potesse essere la natura del sorriso in parte assonnato e in parte sprezzante che le aveva piegato le labbra per un momento... poi distolse gli occhi prima che qualche immagine potesse prendere consistenza nella sua mente e si distese a sua volta, coprendosi con il mantello. Aveva forse trascurato qualche cosa? Le armi? Erano tutte al sicuro. La corda? I nodi erano fuori dalla sua portata. Alla fine si rilassò e si addormentò.

III

Aillas si destò un'ora prima dell'alba: non aveva piovuto e riuscì a trovare un carbone ancora ardente fra le ceneri della sera prima. Lo coprì di erba secca e riattizzò il fuoco mentre Tatzel strisciava fuori dal letto sbadigliando e rabbrividendo, e si raggomitolava davanti alla fiamma per riscaldarsi le mani. Aillas andò a prendere la pancetta e la farina, che la ragazza finse di non vedere; il giovane pronunciò alcune chiare parole e alla fine Tatzel, pur saettandogli roventi occhiate, si mise a friggere la pancetta e altre frittelle mentre lui sellava i cavalli e preparava tutto il resto per la partenza.

Consumarono la colazione nella quiete totale che precede l'alba, e nessuno dei due pronunciò una parola.

Aillas caricò quindi il cavallo da soma, aiutò Tatzel a montare in sella e insieme lasciarono la radura. Ritornato sulla pista, Aillas si fermò per guardarsi in giro e ascoltare ma non individuò nulla di strano e ancora una volta si misero in cammino lungo la vallata, mentre Aillas teneva sotto stretta sorveglianza la strada alle loro spalle.

Quello che stavano attraversando era un territorio pericoloso, e il giovane spinse i cavalli alla massima andatura possibile, in modo da poter superare al più presto la deviazione per Castello Ang.

Con il passare dei chilometri, il paesaggio divenne sempre più maestoso: i picchi si levavano ora erti ai lati della vallata, qualche volta partendo da una base di grandi macigni e altre da macchie di grossi pini e abeti.

Facendo capolino da oriente, il sole venne a illuminare tre pini che si levavano alti a lato della pista, un cranio di ariete inchiodato a ciascuno di essi, nel punto in cui una strada si biforcava sulla destra. Con alacrità e con uno stato d'animo più leggero, Aillas si affrettò a lasciarsi alle spalle quel minaccioso bivio.

I cavalli iniziarono a dare segni di stanchezza, sia per il passo imposto loro dal giovane sia per la crescente pendenza del terreno: la pista si arrampicava infatti sempre più in su, contorta e piena di curve che passavano sotto sporgenze di roccia e intorno a massi crollati, stendendosi poi ogni tanto su qualche raro prato montano prima di riprendere a salire.

Un'ora dopo aver oltrepassato il bivio per Ang, Aillas si diresse verso un cantuccio nascosto da una foresta di pini, smontò di sella e aiutò Tatzel a fare altrettanto, spiegando che avrebbero riposato là per il resto della giornata, in modo da correre meno rischi d'incontrare altri viandanti che, in quelle zone, potevano solo essere una fonte di pericolo. Tatzel parve giudicare la sua prudenza al tempo stesso furtiva e ridicola.

– Sei timido come un coniglio. Vivi forse tutta la tua vita dominato dalla paura, sbirciandoti in giro e pronto a sussultare con gli occhi spalancati a ogni sussurro?

– Mi hai colto in flagrante. Sono tormentato da mille timori.

Deve proprio essere la massima umiliazione, quando un uomo viene giudicato un codardo dai suoi stessi schiavi.

Tatzel emise una risata beffarda e si distese su un tratto di sabbia soleggiata.

Aillas si appoggiò con la schiena al tronco di un albero e si guardò intorno. Nonostante tutto, il commento di Tatzel lo aveva irritato: possibile che lo giudicasse davvero un pauroso solo perché esercitava una normale cautela? Molto probabilmente sì, dato che secondo esperienza della ragazza gli uomini avevano sempre viaggiato tranquilli e senza eventi spiacevoli.

– Fra non molto, anche gli Ska sbirceranno intorno impauriti – le disse. – Adesso non stanno più tormentando un gruppetto di poveri paesani: devono fare i conti con l'esercito troicinese e questo è un altro paio di maniche.

– Se tutti i troicinesi sono prudenti come te, incontreremo ben poche difficoltà.

– Può darsi. – Aillas scrutò ancora le vette circostanti ma vide solo rocce e aria. Nubi lacere sospinte dal vento percorrevano di tanto in tanto il cielo, coprendo per un momento il sole, le loro ombre che le seguivano rapide lungo il fondo della vallata.

Tatzel lo stava osservando, ancora distesa con il capo appoggiato sulle braccia.

– Cosa stai cercando?

– Qualcuno di guardia sulle alture… farai meglio a riposare, se puoi, perché d'ora innanzi viaggeremo di notte.

Tatzel chiuse gli occhi e poco dopo parve essersi addormentata.

A mezzogiorno pranzarono a base di prosciutto, formaggio e frittelle fredde mentre il sole oltrepassava lo zenith e le nubi arrivavano in schiere sempre più fitte, fino a nasconderlo completamente. Raggomitolata nel mantello, Tatzel borbottò a causa delle gelide folate di vento e chiese ad Aillas di alzare la tenda.

Il giovane però scosse il capo.

– Questo è un tempo che va bene per i codardi! Esploratori e sentinelle sono accecati dalla nebbia e i banditi lavorano solo con il bel tempo. Vieni! Ce ne andiamo!

Mise via prosciutto e formaggio e ripresero la marcia.

Il pomeriggio passò con lentezza e senza comodità; un'ora prima del tramonto, la violenza delle folate di vento aumentò mentre il tetto di nubi si frantumava qua e là e una dozzina di raggi di sole scendeva a trapassare il selvaggio panorama sottostante, portando chiazze di colore in uno scenario altrimenti molto squallido.

Aillas decise di fare una pausa per far riposare i cavalli, e nel guardare nella direzione da cui erano venuti vide dietro di sé la valle in tutta la sua ampiezza, mentre dall'altra parte, ora solo più ad un chilometro e mezzo di distanza, il limitare di un pianoro tagliava la linea dell'orizzonte.

Riprendendo il cammino lungo la pista, si sentì ancora una volta esposto agli occhi di eventuali sentinelle che potevano essere state poste a guardia della valle.

Quando la pista raggiunse l'ultima, ripida salita, smontò di sella per risparmiare il cavallo, camminando con lentezza, un passo dopo l'altro, fino a sentirsi a sua volta sfinito e con il fiato corto. Si arrestò per riposare e la sosta permise anche ai cavalli di riprendersi dalla fatica. Il gruppetto era circondato da fitte ombre, con i raggi del sole sempre più basso che trapelavano a illuminare le nubi verso est.

Il giovane si rimise in cammino lungo la pista tortuosa che, dopo molti serpeggiamenti e una salita finale, sbucò sul pianoro: a sud si ergevano i Cloud-cutters, a est c'era il baluardo finale del Teach tac Teach, ora rivestito dal bagliore del tramonto, e a sud il pianoro si perdeva nella nebbia e nelle nuvole.

A cento metri di distanza, un uomo alto, avvolto in un mantello nero, era fermo a fissare con aria meditabonda il paesaggio, apparentemente immerso in profondi pensieri e con le mani posate sull'elsa della spada, infilata nel fodero e con la punta appoggiata al terreno. Il cavallo dello sconosciuto era legato a un vicino cespuglio e l'uomo, dopo aver lanciato un'occhiata obliqua a Tatzel e ad Aillas, parve ignorarli, il che andava fin troppo bene al giovane, che procedette fino a oltrepassare lo sconosciuto come se questi non esistesse.

L'uomo si volse lentamente verso di loro, e il tramonto tinse di oro cupo e nero i suoi lineamenti mentre pronunciava una sola parola.

– Fermi!

Aillas arrestò il cavallo e lo sconosciuto venne avanti con calma. I capelli neri circondavano una fronte bassa dalle sopracciglia saturnine che sovrastavano luminosi occhi nocciola. Gli zigomi erano pronunciati, la bocca ampia e ben conformata anche se un po' pesante, il mento corto e massiccio: caratteristiche che, insieme al contrarsi di un muscolo lungo la guancia sinistra, davano un'impressione di forza appassionata tenuta sotto controllo, anche se a fatica, da una sardonica intelligenza. L'uomo parlò ancora, con voce che era al tempo stesso aspra e melodiosa.

– Dove state andando?

– Stiamo percorrendo la Strada Ventosa per tornare nell'Ulfland Meridionale – rispose Aillas. – Chi sei tu, signore?

– Il mio nome è Torqual. – Gli occhi dell'uomo si fissarono su Tatzel e lui mormorò: – E chi è questa dama?

– Per il momento si trova al mio servizio.

– Signora, non sei forse una Ska?

– Sono una Ska.

Torqual si avvicinò ulteriormente, e Aillas pensò che era un uomo dotato di notevole forza, come indicavano le ampie spalle, il torace profondo e i fianchi stretti. Un uomo, pensò, che Tatzel non avrebbe certo giudicato furtivo né pavido, e neppure prudente.

– Giovanotto – dichiarò Torqual, con voce melodiosa – reclamo la tua vita. Hai invaso un territorio che considero mio: smonta e inginocchiati, in modo che ti possa tagliare la testa con tutto comodo. Morirai nella tragica luce dorata di questo tramonto. – Torqual estrasse la spada dal fodero con uno stridio di acciaio contro acciaio.

– Preferirei non morire, signore – replicò con cortesia Aillas – e di certo non voglio morire in ginocchio. Ti chiedo il permesso di attraversare questo territorio senza rischio per i miei beni o per la mia compagna.

– Il permesso è negato, anche se devo ammettere che hai parlato sensatamente e con voce tranquilla. Ma fa lo stesso.

Smontato di sella, Aillas snudò a sua volta la spada, un'arma snella e leggera, adatta al tipo di scherma che gli era stato insegnato nel Troicinet. Il coltello! Dov'era il coltello su cui aveva fatto affidamento? Ma lo aveva usato per tagliare il formaggio consumato a mezzogiorno e lo aveva messo via con le provviste.

– Signore – disse – prima di continuare questa discussione, ti posso offrire un po' di formaggio?

– Non mi va il formaggio, anche se l'idea mi diverte.

– In questo caso, concedimi un attimo per tagliarmi un paio di bocconi, visto che ho fame.

– Non ho tempo da perdere mentre tu mangi formaggio: preparati invece a morire.

Con quelle parole, Torqual avanzò e menò un fendente con la spada, ma Aillas balzò di lato e il colpo andò a vuoto. Torqual provò ancora ma questa volta la sua lama scivolò lungo quella del giovane.

Aillas finse un affondo e subito la lama di Torqual scattò verso l'alto in un modo che avrebbe tagliato il giovane in due se la mossa non fosse stata una finta; Aillas comprese allora che il suo avversario era uno spadaccino dotato anche di abilità e non solo di forza.

Torqual tornò all'attacco, spingendo indietro Aillas, che deviò una serie di colpi – tutti in grado di tagliarlo in due – apparentemente sempre per un pelo. All'ultimo colpo, però, il giovane sferrò un selvaggio contraccolpo che raggiunse l'avversario alla spalla. Torqual fu così costretto a tirarsi a fatica indietro per riprendersi, e Aillas si accorse in quel momento che lo Ska aveva un coltello alla cintura.

La bocca di Torqual si spalancò in un'espressione concentrata, perché non si era aspettato una simile resistenza: colpì ancora e Aillas rispose sollevando il braccio sinistro in una maniera goffa che gli lasciava scoperto il fianco. Torqual cercò di effettuare un difficile rovescio ma Aillas lo parò senza difficoltà e ripeté l'affondo con la stessa goffa mossa del braccio sinistro.

Torqual attaccò, Aillas reagì e colpì nel segno, raggiungendo il torace dell'avversario a pochi centimetri dal cuore e facendone uscire sangue.

Lo Ska spalancò maggiormente la bocca e socchiuse gli occhi, ma per il resto parve ignorare la ferita; Aillas notò però che ora aveva portato la mano sinistra al coltello.

Torqual attaccò ancora e di nuovo Aillas deviò i suoi colpi mentre l'avversario sembrava aprire la difesa tanto da permettere un affondo. Il giovane si fece avanti e sollevò il braccio in modo da esporre il fianco sinistro: immediatamente, Torqual colpì con il coltello, ma Aillas nello stesso istante gli trafisse con la spada il lato interno del gomito fino a far uscire la punta dell'arma dall'altra parte, e il coltello cadde dalla mano resa inerte.

Aillas balzò sul coltello e lo raccolse quasi prima che avesse toccato terra, quindi sorrise a Torqual e iniziò a sua volta ad attaccare con una serie di affondi e di fendenti che erano al di là delle capacità di difesa dello Ska.

– Inginocchiati, Torqual, in modo che ti possa uccidere con minor fatica!

Aillas fece ruotare in cerchio la punta della spada, schivò, fece una finta e un affondo, e costrinse l'avversario a indietreggiare sempre di più.

Torqual trasse un profondo respiro e con un potente urlo partì alla carica ruotando la spada come una falce; Aillas indietreggiò e per un momento Torqual rimase con il torace scoperto. Il giovane scagliò quindi il coltello con tutte le proprie forze, tanto da farlo penetrare fino all'elsa nel petto dell'avversario, che barcollò sconcertato all'indietro. Con un affondo, Aillas gli trafisse allora il collo con la spada e con un urlo di sgomento lo Ska barcollò all'indietro fino all'orlo del pianoro, cadde e rotolò giù, sempre più in basso, fino ad arrestarsi in fondo, in un nero e tristo fagotto.

Aillas si guardò intorno: dov'era Tatzel? La ragazza era già ad un paio di centinaia di metri di distanza, diretta alla massima velocità verso nord, anche se un po' rallentata dal fatto che doveva portarsi dietro il cavallo da carico, legato alla sua sella, e il cavallo di Aillas, legato a quello da soma. Era quindi costretta a un goffo piccolo galoppo, che sarebbe però bastato a lasciare indietro Aillas se questi non avesse avuto a disposizione il cavallo di Torqual.

Tatzel si guardò indietro da sopra la spalla, e Aillas notò il lampo di disperazione che le passò sul volto: il giovane avrebbe potuto essere furente per quella fuga, se non si fosse sentito esultante per la vittoria su Torqual.

Sciolse il cavallo del bandito e partì all'inseguimento, seccato che ancora una volta Tatzel avesse scelto di fuggire verso nord, sempre più addentro alla landa desolata che si stendeva fino al confine con Godelia.

Nel formulare quella riflessione, fu colto da una nuova idea, che prese in considerazione per un momento e poi rifiutò: era una cosa troppo ardita e impulsiva, forse anche poco pratica... L'idea gli tornò ancora in mente. Era davvero un progetto irrealizzabile? Probabilmente sì, e anche avventata. D'altro canto, tuttavia, quando tutto fosse finito, sarebbe forse stata invece la mossa più astuta e coraggiosa di tutte.

Tatzel stava proseguendo la fuga con cupa determinazione, nella speranza che il cavallo di Aillas cadesse e si rompesse una gamba, e dato il vantaggio che aveva ci vollero alcuni chilometri prima che Aillas riuscisse a raggiungerla. Appena l'ebbe ripresa, le tolse di mano le redini senza dire una sola parola e rallentò al passo l'andatura degli animali.

Tatzel era furibonda, ma anche lei non aveva nulla da dire. Quando scese il crepuscolo Aillas preparò il campo in una piccola macchia di larici montani e quella sera cenarono a base di oca conservata, di proprietà di Torqual.

Capitolo XII

I

IL VENTO SOFFIAVA sulla brughiera alta, gemendo e sibilando fra i larici, mentre Aillas se ne stava disteso sotto la protezione della tela cerata; cupa e tesa al suo fianco, Tatzel fissava le nubi che passavano davanti alla luna.

C'erano molte cose su cui riflettere. Probabilmente, nell'Ulfland Meridionale la sua assenza non era ancora stata notata perché ciascuno dei suoi comandanti lo credeva altrove, e comunque, tutto considerato... Aillas indirizzò un sorriso contrito alla luna... lui avrebbe di nuovo agito nello stesso modo e sopportato gli stessi disagi, se non altro per ottenere quelle nuove percezioni che gli avevano sgombrato l'animo da una certa confusione. Inoltre, cosa ancora più importante, gli era venuto in mente un nuovo e meraviglioso progetto: al pensiero delle sconcertanti sorprese che ancora attendevano Tatzel, Aillas ridacchiò.

La ragazza, che era anche lei sveglia a guardare la luna, trovò il suo umore in completo disaccordo con il proprio.

– Perché stai ridendo? – domandò, risentita. E poi, non avendo ricevuto un'immediata risposta, aggiunse: – Gli uomini ridono alla luna quando hanno perduto il senno.

Aillas ridacchiò ancora.

– La tua ingratitudine mi ha rovinato il cervello: rido per non piangere.

– La tua vanità si è accresciuta solo perché Torqual è inciampato ed è precipitato – ribatté, sprezzante, Tatzel.

– Povero Torqual! Ho trascurato di avvertirlo che combattere contro uno straniero può essere pericoloso e lui ha subito una tremenda ferita! Gentile Torqual, così modesto e buono! La sua morte reca dolore a noi tutti!*

Tatzel non disse altro e la notte passò tranquilla.

Il mattino successivo fecero colazione accoccolati intorno a un piccolo fuoco e Aillas, guardando nella brughiera, scorse a non più di un chilometro di distanza una carovana di cavalieri Ska che scortavano un convoglio di carri carichi, dietro ai quali camminavano una trentina di uomini, con una corda legata intorno al collo.

Spense immediatamente il fuoco per evitare che il fumo potesse attirare la loro attenzione.

– Quella è la Strada Ventosa che porta a Poëlitetz. Sono già stato qui in passato – spiegò a Tatzel.

Lei rimase a guardare con malinconia il passaggio della carovana, e Aillas provò una fitta di pietà e anche un senso di colpa: era giusto vendicarsi di tutti i torti che gli erano stati fatti, a spese di una ragazza tanto giovane?

E perché no? Si rispose con rabbia. Lei era una Ska: condivideva e sosteneva in pieno la filosofia Ska, non aveva mai mostrato neppure la minima preoccupazione per gli schiavi di Castello Sank; quindi perché doveva essere considerata esente da ritorsioni?

Perché non era stata lei a ideare lo stile di vita degli Ska, fu l'automatica risposta, perché aveva assimilato i concetti della filosofia Ska insieme al latte materno facendone gli assiomi su cui basare la propria esistenza, perché era una Ska suo malgrado e non per sua libera scelta!

Ma lo stesso si sarebbe potuto dire per qualsiasi altro membro della sua razza, uomo o donna, giovane o vecchio, e Tatzel non mostrava in alcun modo di essere disposta a modificare le proprie idee: si rifiutava semplicemente di prendere in considerazione l'affermazione di Aillas secondo cui adesso era una schiava, e quindi era colpevole quanto qualsiasi altro Ska ed era inutile intenerirsi per lei.

Comunque, era impossibile negare che Aillas avesse scelto proprio Tatzel come bersaglio di particolari attenzioni, anche se non aveva previsto nessuna delle attuali difficoltà. Aveva voluto solo... che cosa?

---

* Torqual sopravvisse tanto alle ferite quanto alla caduta. Riuscì a strisciare fino alla pista dove venne soccorso da un paio dei suoi seguaci che lo riportarono a Castello Ang dove, qualche tempo dopo, guarì del tutto.

Costringerla a riconoscere in lui una persona di valore, rendere reali i sogni che aveva intessuto a Castello Sank, concedersi il piacere della sua compagnia, conoscere intimamente la sua vita e i suoi pensieri, conquistarsi la sua buona opinione, farla innamorare di sé... Ancora una volta, provò un senso di sardonico divertimento: quelle mete, fissate con tanto innocente fervore, ora gli apparivano assurde. In qualsiasi momento, avrebbe potuto soddisfare le proprie brame a spese di Tatzel, cosa che lei, così sembrava, si aspettava e che, così gli diceva l'istinto, non le sarebbe riuscita del tutto sgradita. Spesso, quando avvertiva la sua calda presenza accanto a sé, il giovane provava l'impeto di liberarsi da ogni freno, ma ogni qualvolta la bramosia cominciava a ribollirgli nel cervello, immancabilmente una serie di riflessioni insorgeva a spegnere quel fuoco. In primo luogo, lo spettacolo cui aveva assistito entrando nella capanna lo aveva disgustato e l'immagine gli indugiava ancora nella mente; in secondo luogo, Tatzel si era impossessata del suo coltello, e questo poteva solo far supporre che avesse avuto l'intenzione di ucciderlo, supposizione che faceva sbollire ogni ardore; in terzo luogo Tatzel era una Ska e, come tale, considerava Aillas un ibrido dovuto all'incrocio dei neandertaliani cannibali con i veri uomini, quindi più in basso di lei nella scala evolutiva: in breve, un Altro. Infine, visto che non gli riusciva di ammaliare Tatzel con i metodi convenzionali, l'orgoglio gli impediva di prenderla con la forza e senza altra considerazione se non quella di soddisfare i propri desideri. Se Tatzel aveva inclinazioni amorose nei suoi confronti, che fosse lei a fare la prima mossa: il che era, ovviamente, una possibilità molto remota. E tuttavia... anche se forse lo aveva immaginato... qualche volta aveva l'impressione che lei lo stuzzicasse, sfidandolo a prenderla, il che lasciava supporre che condividesse almeno in parte i suoi sentimenti.

Era uno spinoso problema. Forse un giorno, o meglio una sera, quando si fosse presentato il momento giusto, gli sarebbe riuscito di scoprire quali fossero i veri sentimenti della ragazza, e allora magari i suoi sogni a occhi aperti si sarebbero trasformati in piena e splendida realtà.

Mentre Aillas rifletteva, la carovana si era allontanata.

– Vieni – ordinò, brusco. – Ci muoviamo.

Il giovane, che aveva da tempo recuperato il coltello lasciato nel formaggio, impacchettò le provviste e le caricò sul cavallo da lui montato in precedenza, perché ora usava lo stallone nero di Torqual, soluzione che lasciava libera la groppa del vecchio cavallo da soma. Aillas aiutò Tatzel a montare in sella e ripresero il viaggio, dirigendosi però verso nord.

Come Aillas si era aspettato, Tatzel rimase sconcertata dalla scelta della direzione, e alla fine sbottò in una domanda:

– Perché ci dirigiamo a nord? L'Ulfland Meridionale è alle nostre spalle!

– Vero: un viaggio lungo e difficile, con gli Ska e altri banditi fitti come mosche lungo il tragitto.

– Ripeto: perché andiamo a nord?

– Dinnanzi a noi c'è la strada che va dal Litorale a Poëlitetz, e più oltre vi è un territorio selvaggio che si stende fino a Godelia. È un territorio disabitato, dove non vi sono né banditi né Ska che ci possano derubare. A Dun Cruighre troveremo una nave troicinese che ci porterà comodamente nell'Ulfland Meridionale.

Tatzel lo fissò con l'aria di dubitare della sua sanità mentale, poi scrollò le spalle con apatia.

Un'ora più tardi arrivarono alla strada che andava dal Litorale alla grande fortezza montana di Poëlitetz: dato che non si scorgeva nessuno né a destra né a sinistra, Aillas spronò i cavalli e i due la attraversarono senza difficoltà.

Viaggiarono per tutto il giorno nella brughiera priva di sentieri; lontano verso est vi era il costone montano che separava l'Ulfland Settentrionale dal Dahaut, mentre a ovest e a nord la brughiera scompariva nella nebbia. Su quell'alto tavolato crescevano solo ginestre, felci e rozza erba, con qualche macchia rada di tassi o un boschetto di sparuti larici. Talvolta, un falco solcava il cielo, alla ricerca di qualche quaglia o di un giovane coniglio, e i corvi svolazzavano sulla distesa di terra desolata.

Con il trascorrere delle ore pomeridiane, una frotta di pesanti nubi nere apparve da ovest, una linea che ben presto avanzò fino a incombere su tutto il cielo e che preannunciò l'imminenza di una tempesta e di una brutta nottata. Aillas accelerò l'andatura della piccola brigata e cominciò a studiare il terreno circostante nella speranza di trovare qualche forma di riparo.

Le avanguardie della tempesta coprirono il sole, creando uno scenario di malinconico splendore, e alcuni raggi di sole continuarono a cadere qua e là sulla brughiera: uno di essi scese in pieno su un basso edificio dalle pareti di pietra imbiancata e dal tetto formato da uno spesso strato di terriccio su cui crescevano ciuffi d'erba. Il fumo usciva dal camino, e nel cortile adiacente alla vaccheria Aillas scorse una dozzina di pecore e altrettanti volatili da cortile.

Con un senso di speranza sempre crescente si diresse verso l'abitazione, e giunto vicino alla porta smontò di sella facendo cenno a Tatzel d'imitarlo.

– Giù da quel cavallo! Non ho nessuna voglia di un altro folle inseguimento per la brughiera.

– Aiutami, allora: la gamba mi pulsa per il dolore.

Il giovane sollevò quindi la ragazza di sella e la depose a terra, poi si avvicinarono entrambi alla porta.

Prima che potessero bussare, il battente venne spalancato da un uomo robusto di mezz'età, con il volto arrossato e tondo e i capelli rosso arancio tagliati in modo che gli sormontassero gli orecchi come il cornicione di una casa.

– I nostri saluti a te, signore – esordì Aillas. – Quello che ci porta qui è una necessità molto semplice: cerchiamo cibo e riparo nel corso di questa notte che si annuncia tempestosa, cose per cui siamo disposti a pagare un prezzo adeguato.

– Posso offrirvi riparo – replicò il mezzadro. – Quanto al pagamento, quello che è "adeguato" per me potrebbe non esserlo per voi: talvolta questo genere d'incomprensioni porta la gente a litigare.

– Ecco un mezzo fiorino d'argento – offrì Aillas, dopo aver frugato nella propria borsa. – Se è sufficiente, avremo eliminato il problema.

– Ben detto! – esclamò il fattore. – Il mondo vivrebbe sempre in uno stato di estrema gioia se tutti fossero così sbrigativi e di cuore aperto come te. Dammi la moneta.

– Con chi sto parlando? – domandò Aillas, obbedendo.

– Il mio nome è Cwyd. E chi sei tu, signore? E la tua dama?

– Io sono Aillas, e lei si chiama Tatzel.

– Mi sembra alquanto cupa e irritata. La batti spesso?

– Devo ammettere che non lo faccio.

– Ecco la risposta! Battila sonoramente, e spesso! Questo le tingerà di rosa le guance! Non c'è niente di meglio per mettere una donna di buon umore che una buona battuta ricostituente, dal momento che così si comportano in maniera giuliva negli intervalli di tempo allo scopo di posporre la battitura successiva.

Una donna venne a unirsi a loro.

– Cwyd dice la verità! Quando Cwyd solleva la mano contro di me, io rido e sorrido con tutto il buon umore del mondo e la mia testa è piena di pensieri allegri. Le battute inflittemi da Cwyd hanno svolto per bene la loro funzione! E tuttavia, dopo è lo stesso Cwyd a diventare cupo, perché assolutamente sconcertato. Come hanno mai fatto gli scarafaggi a finire nel suo budino? E come mai in questa casa le ortiche crescono solo nella sua biancheria? Qualche volta, mentre lui dorme al sole, una pecora gli passa vicino e gli espleta addosso i suoi bisogni, ed è capitato che gli spettri lo abbiano assalito alle spalle nel buio e lo abbiano picchiato spietatamente con mazze e bastoni.

– Devo ammettere – annuì Cwyd – che quando Threlka viene percossa per le sue mancanze, dopo succede sempre qualcosa di strano! Comunque, il concetto di base è logico. La tua dama ha un aspetto debilitato, come se avesse mangiato dell'arsenico.

– Non mi pare.

– In questo caso, un paio di buone sferzate potrebbero liberare la bile che c'è nel suo sangue, e dopo lei si metterebbe a cantare e a saltellare con noi. Cosa ne pensi, Threlka? – In disparte, l'uomo confidò ad Aillas: – Threlka è una strega di settimo grado, ed è molto più saggia di tante altre.

– In primo luogo – replicò la donna – questa ragazza ha una gamba rotta. Stanotte gliela curerò e dopo dovrebbe soffrire di meno. Ma cantare e saltellare? Non credo proprio. Non ha il cervello a posto.

– Un parere sensato – convenne Cwyd. – E ora, Aillas, occupiamoci dei cavalli, prima che la tempesta scoppi. Stanotte ci sarà un vero finimondo, e mi sembra che una sola moneta d'argento sia una misera ricompensa per i disagi che vi farò evitare.

– Questo è il tipo di ripensamento che di solito rovina una salda amicizia – commentò Aillas.

– Indipendentemente da quanto possa essere ragionevole? – chiese, ansioso, Cwyd.

– La fiducia, una volta creatasi, non deve mai diventare uno strumento di avarizia! Era un saggio detto caro a mio parere.

– Sembra una cosa logica – ammise Cwyd – ma bisogna ricordare che l'"amicizia" è solo una cosa temporanea, mentre la "ragione" trascende ogni umano capriccio e il passare stesso del tempo.

– E l'"avidità"?

– Definirei l'avidità come una conseguenza della condizione umana – meditò Cwyd. – Una condizione che nasce dalla turbolenza e dall'ineguaglianza. In nessun paradiso, luogo dove indubbiamente esistono condizioni ottime, l'avidità esercita la minima forza. Ma quaggiù noi siamo solo uomini che lottano lungo la strada della perfezione, e l'"avidità" è una tappa di tale strada.

– Un punto di vista interessante – osservò Aillas. – Sono nel giusto se ritengo di aver appena sentito le prime gocce di pioggia?

I cavalli furono messi al riparo nella stalla e nutriti con una generosa quantità di fieno, poi Aillas e Cwyd tornarono in casa.

Threlka preparò per cena una saporita zuppa di cipolle, verdure, orzo e montone, con latte, pane e burro, e Aillas vi contribuì con quanto rimaneva dell'oca e con una buona quantità di formaggio. Mentre mangiavano, il vento si mise a ruggire e a ululare, e la pioggia cominciò a tamburellare con costante violenza sullo spesso tetto di terra. Almeno una dozzina di volte Aillas ringraziò la provvidenza per aver fatto loro incontrare quel riparo.

Cwyd parve avere la stessa idea.

– Sentite come ulula la tempesta: sembra un gigante ferito! – esclamò. E poco dopo, gli occhi fissi su Aillas, aggiunse: – Poveri i viaggiatori che devono subire tanta ferocia mentre noi ce ne stiamo seduti al caldo accanto al fuoco. – E poco dopo: – In circostanze come queste, il termine "avidità" rimane fermo da un lato mentre quello di "gratitudine" marcia avanti in trionfo, come gli eserciti conquistatori di Palaemone.

– Quando infuria la tempesta – replicò Aillas – è il momento in cui la gente diviene più consapevole dell'umanità che ci accomuna tutti e, come te e Threlka, si sente disposta a offrire ospitalità a coloro tanto sfortunati da trovarsi in posizione di svantaggio, proprio come anche tu, in un momento di bisogno, potresti sperare di riceverne! In questi casi, il pensiero di un pagamento è fonte d'imbarazzo, e spesso l'ospite esclama: "Ma per chi mi prendi, per uno sciacallo? È una cosa che riscalda il cuore, incontrare persone come voi qui sulla brughiera!"

– Proprio così! – trillò Cwyd. – Quassù sulla brughiera alta dove le condizioni di vita sono dure, "condividere" è la parola d'ordine e ciascuno dà quel che può senza esitazioni! Io ho aperto la mia dispensa e acceso il più allegro dei fuochi; tu sei nella stessa disposizione d'animo con le tue monete d'argento superflue e così rendiamo onore l'uno all'altro!

– Le cose stanno proprio così – ammise Aillas. – Farò il conto delle mie monete d'argento e lascerò a te tutte quelle superflue! Ora che ci siamo accordati, direi però di non insistere oltre sull'argomento.

Quando ebbero finito di cenare, Threlka fece sedere Tatzel su una sedia, con la gamba lesa appoggiata a uno sgabello, quindi tagliò via i calzoni di panno verde, ormai sporchi e macchiati.

– Questo non è un colore adatto alla guarigione – dichiarò. – Ti troveremo altri abiti normali che ti faranno bene. Puoi toglierti anche la tunica... Suvvia, ragazza – insistette la donna, quando Tatzel esitò – a Cwyd non interessa nulla del tuo seno: ne ha visti esemplari simili a centinaia su vacche e pecore, sempre tutti uguali. Qualche volta penso che la modestia sia un semplice trucco di cui ci serviamo per pretendere di essere diversi dagli animali. Ma, ahimè, siamo molto simili a essi! Comunque prendi, indossa questa blusa, se proprio ti senti a disagio.

Threlka tagliò le stecche e le gettò nel fuoco.

– Brucia, legno, brucia! Dolore, trasformati in fumo e vola via su per il camino: non disturbare più Tatzel! – La donna versò sulla gamba lesa uno sciroppo nero contenuto in una brocca e vi sbriciolò sopra alcune foglie secche, quindi fasciò lo stinco con una lenta benda che annodò con un rozzo cordino rosso. – Ecco fatto! Domattina non avrai più nulla.

– Ti ringrazio – rispose Tatzel. – La stecca era estremamente fastidiosa. Come posso ripagare le tue cure?

– Non voglio altro che il piacere di vederti sorridere – replicò Threlka. – Oh, se proprio vuoi, puoi darmi come ricordo tre dei tuoi capelli: mi basterà.

– Non è abbastanza – intervenne Aillas. – Ecco un penny d'argento, che vale un'intera testa di capelli e che non può essere utilizzato per scopi magici se dovesse finire in mani sbagliate.

– Questa sì che è saggezza – commentò Cwyd. – E ora è il momento di andare a dormire.

La tempesta ruggì e si lamentò per tutta la notte sulla brughiera, e accennò a placarsi un poco solo con il sopraggiungere dell'alba. Il sole sorse in mezzo a un cataclismatico assortimento di tinte nere, bianche, rosa, rosse e grigie, quindi parve far sentire la propria potenza e attraverso un cielo stranamente nero trafisse la brughiera con lunghi raggi di luce rosata.

Cwyd accese il fuoco; Threlka preparò il porridge che servì per la colazione insieme a latte, fragole e fette di pancetta fritta fornita da Aillas.

Tolse quindi la fasciatura alla gamba di Tatzel e la gettò nel fuoco con una formula magica:

– Alzati, ora, Tatzel, e cammina! Sei di nuovo sana!

Con cautela, la ragazza provò ad appoggiarsi sull'arto leso e, con sua soddisfazione, non avvertì né dolore né rigidità.

Aillas e Cwyd andarono quindi a sellare i cavalli, e il giovane chiese:

– Se ti volessi interrogare sul tipo di territorio in cui intendo addentrarmi, saresti contento se, in segno di gratitudine, ti elargissi parecchie monete di rame?

– La nostra conversazione ha sollevato tutta una serie d'interessanti questioni – rifletté Cwyd. – Ti potrei descrivere ogni svolta di una lunga strada, elencando ognuno dei pericoli che incontrerai e come superarlo, salvandoti così la vita una dozzina di volte, e allora tu mi ricompenseresti grato con una sacca d'oro. Tuttavia, se poi magari mi scappasse detto che l'uomo con cui speravi d'incontrarti all'arrivo è morto, tu potresti ringraziarmi a parole e non darmi nulla, anche se le informazioni e il loro effetto fossero stati gli stessi. Non ti pare che si tratti di uno squilibrio intrinseco alla situazione?

– Lo è davvero – convenne Aillas. – Ma il paradosso risiede ancora una volta nelle distorsioni arrecate al tessuto della nostra vita dall'avidità, per cui suggerirei di liberarci da questo indegno vizio e di cercare di aiutarci a vicenda con pieno e generoso zelo.

– In breve – grugnì Cwyd – rifiuti di pagare le mie informazioni per il loro valore.

– Se anche tu mi salvassi la vita una volta soltanto, come ti potrei ripagare? È per questo che tali servizi vengono solitamente resi senza chiedere nulla in cambio.

– E tuttavia, se io ti salvassi la vita una dozzina di volte, e salvassi anche quella di tuo padre e di tua madre e la virtù di tuo sorella, e poi tu mi pagassi anche una sola moneta di rame, io dopo potrei andare a bere un boccale di birra alla tua salute.

– Molto bene – acconsentì Aillas. – Dimmi quello che sai: può darsi che valga una moneta di rame.

Cwyd sollevò le mani in un gesto sconsolato.

– Se non altro, trattando con te ho esercitato la lingua... dove sei diretto?

– A nord, fino a Dun Cruighre, in Godelia.

– Hai scelto la strada giusta. A un giorno di cavallo, a nord di qui, la brughiera finisce con una lunga pendenza nota come Cam Brakes. Si tratta di una serie di piattaforme o terrazze disposte come gradini che, secondo la leggenda, il gigante Cam avrebbe intagliato personalmente in modo da poter risalire con maggior facilità dal lago Quyvern alla brughiera. Sulla prima e più elevata terrazza troverai molte antiche tombe, verso cui dovrai mostrare il massimo rispetto. Si tratta di un luogo consacrato dagli antichi Rhedespiani, che abitavano questi luoghi tremila anni fa: gli spettri vi abbondano, e si dice che sovente fra essi vengano rinnovate antiche amicizie e sfogati vecchi rancori. Se per caso dovessi vedere qualcuno di questi spettri, non emettere alcun suono, non interferire con loro e, più di ogni altra cosa, non acconsentire ad agire da arbitro presso i loro tribunali spettrali. Questa è la mia prima informazione.

– Ed è davvero interessante!

– Sulla seconda terrazza vive un demone che ha il potere di cambiare aspetto. Vi verrà incontro con fare dolce e amichevole e vi offrirà vino, cibo e riparo. Non accettate nulla, neppure un sorso d'acqua, e attraversate tutta la terrazza, non importa a prezzo di quali sforzi, prima che il sole scompaia dal cielo. Al tramonto, infatti, il demone riassume il suo vero aspetto e la vostra vita sarebbe in pericolo. Inoltre, se accetterete i suoi doni sarete perduti. Questa è la seconda informazione.

– Ancora migliore della prima!

– La terza terrazza, quella centrale, è bella e scevra da pericoli, e qui vi potrete riposare, se lo volete… Tuttavia, vi consiglio di non entrare in nessun luogo chiuso, capanna o buco, e di ringraziare adeguatamente per ogni beneficio che trarrete dalla terra il dio Spirifiume, che governa quel luogo ed è anche un buon duca sul pianeta Marte. Questa è la terza informazione.

– Interessante, come le altre.

– La quarta e quinta piattaforma di solito non presentano pericoli per i viaggiatori, anche se tutte le terrazze sono stregate, in misura maggiore o minore. Oltrepassatele senza indugi e arriverete al Lago Quyvern, dove troverete le Corna di Kernuun, una locanda di proprietà di Dildahl il Druido. Questi sembra un uomo gentile e offre ospitalità a prezzi moderati, ma in realtà è tutto un imbroglio e voi non dovete mangiare per nessun motivo il suo pesce! Ve lo servirà in molte maniere, in polpette e bocconcini e in pasticcio o sotto forma di zuppa, ma voi farete bene a mangiare solo le cose di cui vi è stato specificato il prezzo. Questa è la quarta informazione.

– Sono tutte istruzioni preziose.

– La riva orientale del Lago Quyvern non è sicura, per la presenza di buche e sabbie mobili e paludi, e quella occidentale è un luogo che esula dalla mia comprensione. Vi abbondano gli arci-druidi e anche una setta di arci-druidesse, con cui tengono riunioni sociali per discutere i dettami del loro credo. Si dice che nel corso dei banchetti mangino carne di bambini, secondo un antico rituale. Le isole del Lago Quyvern sono tutte consacrate ai druidi, e se vi azzardate a mettere piede su una di esse la vostra vita sarà in pericolo. Ecco la quinta informazione.

– Sempre più interessante! Sono impressionato dal tuo sapere!

– Il Lago Quyvern sfocia nel fiume Solander, che a sua volta scorre a nord fino allo Skyre, dove Godelia si allargherà dinnanzi a voi come un cattivo odore. E questa è la sesta informazione. – A questo punto Cwyd fece un gesto che indicava la fine del discorso e rimase fermo con un sorriso modesto, come in attesa di ulteriori lodi da parte di Aillas.

– Ah, Cwyd, mio caro amico, le tue sono davvero informazioni estremamente utili. C'è altro?

– Non ti ho già detto abbastanza? – domandò l'uomo, in tono dolente.

– Lo hai fatto, ma non vorrei che stessi tenendo per te altre tre o quattro informazioni, nell'eventualità che io mi dimostri un ingrato in merito alle prime sei.

– No, ti ho riferito tutto quello che so e che può esserti utile.

– Allora eccoti in cambio una corona d'oro, e sappi che mi ha fatto piacere trascorrere una sera con te. Inoltre, ti dirò questo: io sono amico del mago Shimrod e del Re dell'Ulfland Meridionale e del Troicinet. Se gli eventi futuri ti dovessero portare vicino a una di queste due persone, non avrai che da fare il mio nome e le tue necessità verranno soddisfatte.

– Signore, mi spiace di vederti andare via, al punto che ti offro di fermarti un altro giorno e una notte per tre quarti della somma fissata ieri.

– Molto generoso, ma non posso indugiare oltre.

– In questo caso, ti auguro buona fortuna per il tuo viaggio.

II

Aillas e Tatzel lasciarono la casa di Cwyd e Threlka; la ragazza indossava ora blusa e pantaloni di taglio contadino e di stoffa tessuta in casa, si era lavata, e il fatto di essere guarita e di indossare abiti puliti l'aveva messa in uno stato d'animo quasi allegro, avvelenato solo dalla presenza dell'odioso Aillas, che pretendeva ancora di considerarsi il suo padrone... Il suo modo di comportarsi continuava a lasciarla perplessa. A Sank, in base a quanto lo stesso Aillas aveva ammesso, lui era giunto ad ammirarla, ma ora che si trovavano insieme su questa desolata brughiera dove avrebbe potuto comportarsi come più preferiva, sembrava bloccato da un frigido autocontrollo... forse la deferenza di un servo nei confronti di una dama Ska di nobile nascita?

Tatzel prese a studiarlo di nascosto. Per essere un Altro, era abbastanza attraente, e lei aveva già da tempo notato che sembrava un tipo pulito; la sera precedente, nell'ascoltare la conversazione fra lui e Cwyd, la ragazza era rimasta sorpresa nel sentire un linguaggio così flessibile e fluente uscire dalle labbra di un ex-servo. E poi c'era la questione del duello con Torqual: Aillas aveva attaccato l'universalmente temuto guerriero Ska con sicurezza quasi noncurante, e alla fine era stato Torqual ad avere la peggio.

Tatzel decise che Aillas non considerava sé stesso alla stregua di un servo; ma allora, perché rimaneva così freddo e distante anche quando, per puro capriccio e curiosità, lei cercava di stuzzicarlo? Sempre in misura minima, era ovvio, e con la situazione sotto perfetto controllo, ma lui si ostinava a ignorarla.

Poteva essere colpa di qualche difetto che era in lei? Aveva forse un cattivo odore? Tatzel scosse il capo, perplessa: il mondo era davvero un luogo strano. Si guardò intorno. Dopo la tempesta, l'aria era quieta e fresca, e qualche nube vagava ancora nel cielo, mentre più avanti la brughiera sembrava dissolversi nel nulla, in parte per una vaga nebbia e in parte a causa delle Cam Brakes, dove il terreno scendeva in una serie di terrazze.

Al tramonto, Aillas decise di accamparsi a poco più di un chilometro dalle terrazze, e il mattino successivo attese che il sole fosse già sorto da un'ora e mezza prima di rimettersi in cammino verso nord. Quasi subito arrivarono al limitare delle terrazze, con le distanti regioni che si allargavano dinnanzi a loro e il Lago Quyvern che si stendeva ai piedi del quinto dislivello.

Una pista appena visibile conduceva lungo un fiumiciattolo che precipitava giù per il primo pianoro; dopo qualche centinaio di metri, però, il corso d'acqua s'infilò in un'erta gola e la pista, evidentemente tracciata da animali che venivano a bere, scomparve del tutto.

Smontati di sella, Aillas e Tatzel discesero a piedi il pendio e finalmente arrivarono alla prima terrazza, un bel prato ampio circa un chilometro e mezzo, cosparso di fiori rossi e azzurri; grosse querce si levavano isolate le une dalle altre, ciascuna ammantata di una sua veneranda individualità, e alle spalle del prato una lunga fila di tombe sfidava il tempo e gli elementi. Su ciascuna spiccava una placca incisa con gli antichi caratteri rhedespiani ora incomprensibili per i viventi, e Aillas si chiese se fosse possibile persuadere gli spettri citati da Cwyd a leggere quelle iscrizioni e a contribuire così al sapere degli studiosi contemporanei. Decise che era un'idea interessante e che prima o poi avrebbe dovuto parlarne con Shimrod.

JACK VANCE

Tenendosi alla larga dalle tombe e senza avvistare spettri, Aillas e
Tatzel arrivarono al limitare della terrazza, lo superarono e affrontarono
la seconda discesa verso quella successiva che finalmente raggiunsero.

– Adesso dobbiamo stare in guardia – disse Aillas a Tatzel. – Secondo
Cwyd, qui vive una creatura malvagia che si può presentare sotto qualsiasi aspetto; non dobbiamo accettare doni né favori da nessuno! Mi
hai capito? Non prendere nulla da chiunque, altrimenti il demone si
approprierà della tua vita! Ora attraversiamo la terrazza con la massima
rapidità possibile.

Anche questa spianata, come la precedente, era un nastro di prato
lungo circa un chilometro e mezzo, punteggiato da querce solitarie, con
un boschetto di olmi e castagni che sulla sinistra nascondeva la visuale
verso ovest.

A metà strada s'imbatterono in un giovane che veniva avanti a piedi:
era avvenente, con la pelle fresca, la barba dorata e i capelli corti, ricci
e biondi; portava un bastone, una sacca e un piccolo liuto, e aveva
una daga alla cintura. La casacca e i calzoni marroni erano semplici e
comodi e il cappello verde esibiva una sgargiante piuma rossa. Quando
fu vicino ad Aillas e a Tatzel sollevò la mano in un gesto di saluto.

– Salve, dove siete diretti?

– Verso Godelia, che è la nostra immediata destinazione. E tu?

– Sono un poeta vagabondo e vado dove mi porta il vento.

– Sembra una vita piacevole e senza preoccupazioni – commentò
Aillas. – Non provi mai il desiderio di avere una vera casa tutta tua?

– È un dolceamaro dilemma. Trovo spesso luoghi che mi inducono
a fermarmi, e vi rimango fino a che non mi vengono in mente altri
luoghi dove ho trovato gioia e meraviglie, e allora mi sento spinto di
nuovo a viaggiare.

– E nessun luogo ti soddisfa del tutto?

– Mai. Quello che cerco è sempre oltre le montagne.

– Non ti posso offrire alcun ragionevole consiglio, tranne questo:
non indugiare qui nel tuo vagabondaggio! Supera le terrazze prima che
questo giorno sia finito e vivrai più a lungo.

Il vagabondo scoppiò in una tranquilla risata.

– La paura visita solo chi è già spaventato. La cosa più allarmante
che ho visto oggi sono stati uno stormo di uccelli e una macchia di

ottima uva che però sono stanco di portarmi dietro. – L'uomo porse un paio di grossi grappoli d'uva ad Aillas e a Tatzel.

La ragazza allungò la mano con evidente soddisfazione, ma il giovane le abbassò di colpo il braccio e fece indietreggiare i cavalli.

– Ti ringrazio, ma non abbiamo voglia di mangiare. Su queste terrazze si è saggi a non dare e a non accettare nulla. Buon giorno a te.

Aillas e Tatzel proseguirono, la ragazza con atteggiamento risentito.

– Non ti avevo avvertita di non accettare nulla finché ci troviamo su questa terrazza? – chiese, secco, Aillas.

– Non sembrava un demone.

– E non ti pare che fosse proprio questo il suo intento? E dov'è adesso?

Si guardarono alle spalle nella direzione da cui erano venuti, ma non c'era più traccia del giovane vagabondo.

– È molto strano – mormorò Tatzel.

– Come ha asserito lo stesso demone, il mondo è un luogo pieno di meraviglie.

Quasi nel momento stesso in cui Aillas pronunciava quelle parole, una bambina vestita di bianco balzò in piedi da sotto un albero dov'era intenta a intrecciare ghirlande di fiori: aveva lunghi capelli dorati, occhi azzurri ed era graziosa come uno dei suoi fiori selvatici.

– Signore, dama, dove andate così in fretta? – chiese, facendosi avanti.

– Fino al Lago Quyvern e oltre – rispose Aillas. – Dobbiamo riunirci al più presto ai nostri cari. E tu? Ti aggiri sempre con tanta libertà in questi luoghi selvaggi?

– È una regione pacifica. E nelle notti di luna gli spettri vengono fuori e marciano al suono della loro musica spettrale, offrendo uno spettacolo che val la pena di vedere, dato che hanno armature d'oro, d'acciaio nero e d'argento, ed elmi con alte creste. È un bello spettacolo!

– Lo credo. Ma dove vivi? Non vedo casa o capanna qui intorno.

– Laggiù, vicino alle querce: là c'è la mia casa. Non volete venire a visitarla? Mi hanno mandata a raccogliere noci ma ho perso tempo con i fiori. Prendi, ecco una ghirlanda per te, visto che hai un così bel volto e una voce così dolce.

Aillas trasse indietro il cavallo.

– Alla larga, tu e i tuoi fiori! Mi fanno starnutire! Spicciati, ora, prima che Tatzel ti tiri il naso. Non troverai certo le noci fra i pioppi!

– Sei un uomo rozzo e crudele! – gridò la bambina, indietreggiando. – Mi hai fatta piangere!

– Non importa.

Aillas e Tatzel procedettero oltre, lasciando la bambina sola e malinconica, ma quando dopo un momento si volsero a guardare, non la videro più.

Il sole si levò sempre più in alto nel cielo, e i due raggiunsero l'estremità della terrazza senza ulteriori interruzioni. Aillas si arrestò per scegliere il punto migliore per scendere il pendio, e il cavallo da soma ne approfittò per abbassare la testa e brucare al volo una manciata d'erba dal prato.

Immediatamente un vecchio sbucò, di corsa, da dietro un albero, i capelli e la lunga barba del tutto bianchi.

– Fermi! – gridò. – Come osate rubare l'erba del mio pascolo, quasi sotto il mio stesso naso? Avete commesso un furto e siete insolenti!

– Niente affatto! – gridò Aillas. – Le tue accuse non reggono.

– Cosa? Come puoi contraddirmi? Abbiamo entrambi visto l'infrazione mentre veniva commessa!

– Non posso testimoniare in merito a nessuna infrazione. In primo luogo, non hai recintato la tua proprietà con uno steccato, come richiede la legge. In secondo luogo, non hai eretto né pali né cartelli che vietino quello che è comunque un nostro diritto per legge, e cioè il sicuro passaggio attraverso pascoli e prati non coltivati. In terzo luogo, dov'è il bestiame per cui conservi questo foraggio? A meno che tu non possa provare il danno subito, non hai in effetti riportato nessuna perdita.

– Cavilli legali! Sofisticherie! Sei abile nell'usare quelle parole in virtù delle quali i poveri contadini come me vengono multati e resi impotenti! A ogni modo, non voglio che mi consideri un avaro, quindi ti faccio ora dono del foraggio che il tuo cavallo ha prelevato dalla mia riserva privata.

– Rifiuto il tuo dono! – esclamò Aillas. – Puoi addurre qualche articolo di legge emanato da Re Gax? Se no, non puoi dimostrare la proprietà dell'erba.

– Non ho bisogno di provare nulla! Qui sulla seconda terrazza il dono di un regalo è certificato dalla sua accettazione. Il cavallo, in qualità di tuo agente, ha accettato il dono e tu ne sei diventato beneficiario per estensione.

In quel momento, il cavallo da soma sollevò la coda e svuotò il contenuto del proprio intestino.

– Come vedi – replicò Aillas, indicando il mucchio di sterco – il cavallo ha assaggiato il tuo dono e lo ha rifiutato. Non c'è altro da dire.

– Furfante! Non è la stessa erba!

– È abbastanza simile, e non possiamo aspettare tanto da dimostrare il contrario. Buon giorno, signore!

Aillas e Tatzel spinsero i cavalli oltre il limitare della terrazza e iniziarono la discesa che portava alla terza spianata. Alle loro spalle si udì un ululato di rabbia, seguito da una sfilza di imprecazioni e poi da un melodioso richiamo.

– Aillas! Tatzel! Tornate indietro! Tornate indietro!

– Non rispondere – ammonì Aillas. – Non guardare neppure!

– Perché?

Aillas abbassò il capo e si chinò in avanti.

– Potresti vedere qualcosa che non ti piacerebbe, me lo dice il mio istinto.

Tatzel lottò con la propria curiosità, ma alla fine seguì il consiglio del giovane e ben presto i richiami non si sentirono più.

La discesa era ripida e l'andatura lenta, per cui erano già le due del pomeriggio quando raggiunsero la terza terrazza, un altro piacevole prato alberato con tratti erbosi, polle e ruscelli tortuosi.

– Questa è la terrazza che più sta a cuore al dio Spirifiume – spiegò Aillas, contemplando il panorama – e sembra che l'abbia trattata davvero con amore.

Tatzel si guardò intorno senza molto interesse.

Mezz'ora più tardi, nell'attraversare un boschetto di querce, s'imbatterono in un giovane cinghiale a caccia di ghiande. Aillas incoccò immediatamente una freccia e disse:

– Spirifiume, se quella bestia laggiù ha per te un particolare valore, falla fuggire, o, se preferisci, devia la mia freccia.

Lasciò partire il dardo ed esso si conficcò profondamente nel cuore della bestia.

Aillas smontò di sella, e mentre Tatzel guardava con aria disgustata da un'altra parte, fece a pezzi la carcassa e legò d un ramo le parti migliori per trasportarle.

Tenendo sempre presenti le raccomandazioni di Cwyd, esclamò:

– Spirifiume, ti ringraziamo per la tua generosità... – Aillas sbatté le palpebre: era accaduto qualcosa, un lampo di cento colori aveva solcato l'aria, si era udito un accordo di cento strumenti. Lanciò un'occhiata a Tatzel. – Hai notato nulla?

– È passato in volo un corvo.

– Niente colori? Nessun suono?

– Niente.

Ripresero ancora una volta il cammino e si addentrarono nella foresta; notata una macchia di funghi che crescevano all'ombra, Aillas fermò il cavallo e smontò di sella, facendo cenno a Tatzel.

– Vieni, non hai più la scusa della gamba ferita: aiutami a raccogliere i funghi.

La ragazza lo raggiunse senza rispondere e per un po' raccolsero funghi di svariate qualità, poi Aillas ringraziò ancora una volta Spirifiume per la sua generosità e i due ripresero il cammino.

Arrivarono al limitare della piattaforma con un paio di ore di luce ancora a disposizione e si trovarono dinnanzi una ripida discesa alquanto difficile. Il lago Quyvern dominava ora il panorama verso ovest e su di esso era possibile scorgere le chiazze boscose di una dozzina di isolette, su due delle quali le rovine di altrettanti antichi castelli si fronteggiavano separate da un chilometro d'acqua; fra le due costruzioni sembrava vibrare ancora per il ricordo di mille avventure: dolori e gioie, romantici desideri e azioni orrende, tradimenti notturni e cavalleresche azioni diurne.

Aillas non si sentì per nulla propenso ad affrontare un'altra difficile discesa in quella giornata: Cwyd aveva raccomandato la terza piattaforma come un buon posto per accamparsi e fino a quel momento i suoi si erano rivelati validi consigli. Il giovane si allontanò quindi dal limitare della terrazza e procedette fino a un piccolo prato attraversato da un ruscelletto che scaturiva dalla foresta, e là sistemarono il campo.

Smontato di sella, scavò una piccola fossa in cui accese un fuoco di legno secco di quercia, poi sistemò da un lato uno spiedo in cui era infilata la carne, in modo che arrostisse e che il grasso potesse colare nel tegame mentre Tatzel provvedeva a far girare lo spiedo. Il grasso sarebbe servito in seguito a cucinare i funghi, che Tatzel era incaricata di tagliare e di pulire. Accettando la realtà con aria cupa, la ragazza si mise al lavoro.

Aillas nel frattempo picchettò i cavalli, rizzò la tenda e raccolse l'erba per il letto, poi si lasciò cadere con la schiena appoggiata a un lauro e la fiasca del vino a portata di mano.

Tatzel era inginocchiata accanto al fuoco, con i riccioli neri legati da un nastro e, ripensando a quando era stato schiavo a Castello Sank, Aillas cercò di rammentare la prima volta che l'aveva vista: una snella creatura spensieratamente sicura di sé, che camminava con lunghi passi decisi dettati dalla sua naturale energia.

Sospirò: con il suo volto affascinante e la sua vitalità, Tatzel aveva a suo tempo fatto una profonda impressione a un giovane dal cuore dolente. E ora?

Stette a guardarla mentre lavorava: la sicurezza era stata sostituita da cupa infelicità, e l'amara realtà della sua attuale esistenza aveva tolto la patina lucida alla sua vitalità.

Avvertendo l'attenzione del giovane fissa su di sé, Tatzel gli lanciò a sua volta una rapida occhiata da sopra la spalla.

– Perché mi guardi in questo modo?

– Un capriccio.

– Qualche volta sospetto che tu sia pazzo – commentò la ragazza, tornando a guardare il fuoco.

– Pazzo? – Aillas meditò sulla parola. – E perché mai?

– Non mi sembra ci sia altra ragione che giustifichi il tuo odio nei miei confronti.

– Non provo alcun odio – rise Aillas, bevendo un sorso di vino. – Anzi, stanotte mi sento ben disposto perché vedo che in effetti ho nei tuoi confronti un debito di gratitudine.

– Ti è facile pagarlo: basta che tu mi dia un cavallo e mi lasci andare per la mia strada.

– In questo territorio selvaggio? Non ti farei per nulla un favore. Inoltre, la mia gratitudine è di natura indiretta e te la sei guadagnata a dispetto di te stessa.

– Ecco che la pazzia s'impadronisce ancora di te – borbottò Tatzel.

Aillas sollevò la fiasca e bevve ancora, poi l'offrì a Tatzel, che però scosse sdegnosamente il capo; il giovane bevve allora un terzo sorso dal recipiente ormai piuttosto floscio.

– Forse le mie osservazioni sono poco chiare, quindi mi spiegherò. Al Castello Sank, mi sono innamorato di una certa Tatzel che, sotto certi punti di vista, ti somigliava ma che era essenzialmente una creatura immaginaria. Questo fantasma che viveva nella mia mente possedeva qualità che io credevo dovessero essere innate in una creatura dotata di tanta grazia e intelligenza.

– A ogni modo, sono fuggito da Castello Sank e sono andato per la mia strada, sempre appesantito da questo fantasma che ora serviva solo a distorcere le mie percezioni. Alla fine, sono tornato nell'Ulfland Meridionale e, quasi per caso, i miei sogni più assurdi si sono realizzati e io sono riuscito a catturarti: a catturare te, la vera Tatzel. E così… che ne è stato del fantasma? – Aillas fece una pausa per bere ancora, inclinando il più possibile la fiasca. – Quella creatura perfetta è svanita e ora mi riesce perfino difficile rammentarla. La vera Tatzel continua a esistere, certo, è stata lei a liberarmi dalla tirannia della mia immaginazione, ed è per questo che le sono grato.

Dopo una singola e breve occhiata lanciatagli in tralice, Tatzel si era voltata verso il fuoco, risistemando lo spiedo da cui il cinghiale che arrostiva esalava un magnifico profumo; preparò poi la pastella per le frittelle e si mise a cuocere i funghi nel grasso, mentre Aillas andava a cogliere un po' di crescione come contorno.

A suo tempo, la carne fu cotta a puntino e i due cenarono con quanto di meglio quella terra aveva da offrire.

– Spirifiume! – esclamò Aillas – stai certo che i tuoi doni ci recano un grande piacere e che noi ti siamo grati per l'ospitalità! Bevo alla tua salute!

Spirifiume non rispose né con un bagliore di luce né con un suono, ma quando Aillas sollevò la fiasca, ormai tanto vuota da essere quasi piatta, scoprì che era invece di nuovo gonfia al massimo della sua capacità e conteneva un vino dolce, frizzante e fresco.

– Spirifiume! – gridò ancora Aillas. – Sei un dio secondo il cuor mio! Se mai ti dovessi stancare dell'Ulfland Settentrionale, ti prego di trasferirti nel Troicinet.

Il sole indugiava ancora nel cielo, e Tatzel, sedutasi anche lei sotto l'albero, prese a strappare piccole margherite azzurre e a legarle inconsciamente in una ghirlanda.

– Ho pensato a quello che mi hai detto... – dichiarò d'un tratto. – E provo un vero e proprio torrente di emozioni! Siccome tu hai rimuginato sui tuoi sogni a occhi aperti, io sono stata costretta a soffrire senza colpa! Scomodità, pericolo, indegnità... li ho dovuti sopportare tutti! Sebbene a Sank non ti avessi mai detto neppure una parola...

– Ah, ma lo hai fatto! Dopo il mio breve duello con tuo fratello! Non ti ricordi di esserti fermata nella galleria per parlare con me?

– Eri tu? – Tatzel lo fissò con occhi inespressivi. – Non me n'ero quasi accorta. Comunque, indipendentemente da quanto fosse grande la somiglianza fra me e le tue illusioni, la realtà rimane la stessa.

– E quale sarebbe?

– Io sono una Ska, e tu un Altro. Anche sotto forma di sogni, le tue sono idee impossibili.

– Pare proprio che sia così. – Aillas ripassò in rivista i propri ricordi. – Se avessi avuto modo di conoscerti meglio quando ero ancora a Castello Sank, non mi sarei mai preso la briga di catturarti, quindi la beffa ricade su entrambi. Ma, di nuovo, non ha importanza: tu sei tu e io sono io. Il fantasma è svanito.

Tatzel prese la sacca del vino e bevve; poi, sollevandosi sulle ginocchia e sedendosi all'indietro sui talloni, si volse in modo da guardare dritto in faccia Aillas e fece mostra quasi per la prima volta dell'animazione tipica dell'antica Tatzel, parlando con fervore.

– Sei così sballato e contorto che mi viene quasi voglia di ridere di te! Dopo avermi inseguita sulla brughiera, avermi fatto rompere una gamba e avermi provocato almeno una dozzina di umiliazioni, ti aspetti che io venga strisciando da te con fare adorante, felice di essere la tua schiava, sollecitando le tue attenzioni e sperando con tutto il mio cuore di non sfigurare nel confronto con i tuoi sogni a occhi aperti! Dici di trovare che gli Ska mancano di emotività, ma la tua condotta nei miei confronti è completamente egoistica! E ora sei lì tutto incupito perché non vengo da te singhiozzando e supplicandoti di essere indulgente. Non è una farsa?

– Tutto ciò è vero – ammise Aillas, con un profondo sospiro – e in tutta giustizia lo devo ammettere. Sono stato spinto da una passione romantica a cercare di rendere reale un sogno, sono disposto a dirlo, accennando solo di sfuggita al fatto che gli Ska mi avevano reso loro schiavo e che quindi avevo diritto a vendicarmi; tu sei una prigioniera di guerra, perché se gli Ska non avessero preso Suarach, noi non avremmo attaccato Castello Sank. Se poi ti fossi sottomessa immediatamente alla cattura, non ti saresti rotta la gamba; non avresti sofferto nessuna umiliazione e non ti saresti venuta a trovare qui isolata, nella brughiera, con me.

– Bah! Al mio posto, tu avresti fatto qualcos'altro piuttosto che cercare di fuggire?

– No. E tu, al mio posto, avresti forse fatto qualcos'altro piuttosto che cercare di catturarmi?

Tatzel lo fissò in volto per cinque secondi abbondanti.

– No... e tuttavia, prigioniera di guerra o schiava o qualsiasi altra cosa, io sono sempre una Ska e tu un Altro, e questa è la realtà.

III

Il mattino successivo, nell'accingersi a mettere via la sacca del vino, Aillas scoprì che era di nuovo colma come se il suo contenuto non fosse stato toccato, e ancora una volta rivolse ferventi ringraziamenti al gentile dio Spirifiume per quello che sembrava un incalcolabile tesoro. Riordinato con la massima cura il luogo dove si erano accampati in segno di rispetto per il loro ospite, Aillas e Tatzel si avviarono giù per il pendio: adesso vi era una certa scioltezza nel loro rapporto, come se l'aria fra di loro fosse stata liberata da ogni traccia di nebbia, anche se mancava pur sempre un vero sentimento cameratesco.

Il pendio era molto ripido, i rami e i cespugli fastidiosi, ma alla fine raggiunsero la quarta terrazza, la più stretta e più fittamente alberata di tutte, in alcuni punti larga meno di un chilometro. Gli alberi abbondavano: aceri, castagni, frassini, querce levavano alti i rami fronzuti e ammantavano la terrazza di un velo d'ombra punteggiato di sole.

Cwyd non aveva detto nulla in merito alla quarta piattaforma, quindi Aillas non aveva ragione di temere qualche imminente pericolo; l'aria era tuttavia impregnata di uno strano odore che il giovane trovava sconcertante e anche minaccioso, a un livello primordiale, soprattutto perché non gli riusciva d'identificarlo.

Tatzel si guardò intorno con espressione perplessa e gli lanciò uno sguardo: notando che anche lui era sconcertato, non aprì bocca.

Percependo l'odore, i cavalli, agitarono la testa e scartarono di lato, il che contribuì ad accrescere il disagio del giovane che, fatte arrestare le cavalcature, frugò con lo sguardo la foresta in tutte le direzioni, scorgendo però solo il suolo ombrato e tappezzato di foglie secche chiazzate dalla luce del mattino.

Il giovane si riscosse; tardare non poteva servire a nulla, quindi diede un colpo di redini e il gruppetto riprese il cammino.

Tutt'intorno regnava una quiete irreale, e Aillas continuò a guardare a destra e a sinistra e a girarsi indietro per scrutare la strada già percorsa, ma senza vedere nulla. Quanto a Tatzel, la ragazza era immersa nei propri pensieri, lo sguardo fisso lontano, in mezzo agli orecchi della sua cavalcatura, e non si accorse della tensione di Aillas.

Per altri dieci minuti cavalcarono in silenzio; filtrando fra i rami, la luce del sole giocava strani scherzi alla vista, e d'un tratto una visione incredibile apparve ad Aillas, che trattenne il fiato. Illusione? Non lo era affatto! Due grandi creature alte almeno quattro metri li stavano osservando placidamente da una distanza di appena una trentina di metri. Avevano tozze gambe gialle, di conformazione quasi umana, mentre il torso e le braccia avrebbero potuto appartenere a mostruosi orsi; rigidi peli gialli circondavano loro la testa creando un effetto che faceva pensare a enormi puntaspilli di satin giallo, ed era impossibile individuare qualsiasi lineamento dei volti. Quella era di certo la fonte dell'odore.

Le due gigantesche creature se ne stavano immobili, le enormi teste voltate... verso Aillas e Tatzel? Il giovane sentì i capelli rizzarglisi sulla nuca. Quelli non erano né orchi né giganti, né altre creature di questo mondo, e non sembravano neppure demoni; erano creature che esulavano da ogni conoscenza e leggenda umana, e gli sarebbero rimaste impresse nella mente per molto tempo. Tatzel, che procedeva un po' più avanti, non le vide, e non udì neppure lo sconcertato sussulto di Aillas.

Pochi minuti più tardi arrivarono all'estremità della quarta terrazza e trovarono un sentiero che permise loro di scendere fino alla quinta senza difficoltà, di attraversarla e di oltrepassare l'ultimo pendio fino alle rive del Lago Quyvern; là la pista si unì alla strada che fiancheggiava la riva e i due tornarono ancora una volta nella società umana.

Lungo la riva orientale cresceva una fitta foresta di pini, mentre a ovest vi erano insenature e promontori rocciosi; duecento metri più avanti si vedeva un agglomerato di costruzioni in legno che comprendevano anche un ostello, o forse una locanda.

Nel risalire la strada, Aillas e Tatzel passarono accanto alla bottega di un costruttore di barche, posta sulla riva e adiacente a un molo a cui erano assicurate una mezza dozzina di piccole imbarcazioni.

Una scialuppa arrivò in quel momento dal lago, manovrata da un uomo dal lungo volto pallido e dai flosci capelli neri che gli scendevano sulle spalle. L'uomo accostò la barca al molo, l'assicurò con una corda, prese un canestro colmo di pesce e salì a riva, soffermandosi a squadrare Aillas, Tatzel e i loro quattro cavalli con uno sguardo lento e misurato.

Il pescatore trasportò il canestro fino alla strada, lo depose a terra e si rivolse ad Aillas con voce profonda.

– Viaggiatori, da dove siete venuti e dove andate?

– Veniamo da molto lontano – rispose Aillas. – Abbiamo lasciato l'Ulfland Meridionale e attraversato la brughiera fin qui. La nostra destinazione verrà stabilita da Tshansin, Dea degli Inizi e delle Fini, che cammina su una ruota.

Il pescatore esibì un sorriso di divertito e pacato disprezzo.

– È una superstizione pagana. Per natura, non sono propenso a cercare di fare proseliti, ma la verità è che una saggezza unificata governa il Tricosmo, trapelando dalle radici della Quercia Fondatrice Kahaurok per creare le stelle del cielo.

– Questa è la credenza dei druidi. Sembra che il tuo pensiero si basi sulla dottrina dei druidi.

– C'è una sola Verità.

– Forse un giorno approfondirò la materia – replicò Aillas – ma per ora m'interessa solo qualche informazione su quella locanda laggiù.

– La casa che vedi è chiamata le Corna di Kernuun. Io sono Dildahl, il proprietario, e la tengo a disposizione degli arci-druidi che vi si fermano nel corso dei loro pellegrinaggi verso luoghi segreti. Tuttavia, se i viandanti sono disposti a pagare le tariffe da me fissate, metto a loro disposizione stanze molto comode.

– E quali possono essere queste tariffe? Sono elevate? È bene informarsi in anticipo su queste cose.

– Tutto considerato, sono tariffe oneste, anche se variano da un articolo all'altro, come è logico aspettarsi. L'alloggio per voi due in una camera privata con bei pagliericci di paglia fresca e brocche di acqua sorgiva vi costerà due monete di rame. Una cena a base di pane e lenticchie più una colazione di porridge vi verrà a costare un'altra moneta. Gli altri piatti costano di più. Servo quaglie eccellenti, quattro per ogni spiedino, per due monete di rame, e una generosa porzione di cacciagione con avena, uva passa, mele e noci costa lo stesso. Il pesce varia di prezzo a seconda della stagione e della quantità di cui dispongo.

– Ho sentito dire che alcune delle tue tariffe sono esorbitanti – osservò Aillas – eppure queste cifre non sono irragionevoli.

– Sei tu che devi fare una valutazione personale in merito. In passato sono stato truffato da imbroglioni e vagabondi spiantati, quindi ho imparato a proteggermi dall'indigenza. – Dildahl sollevò il cesto del pesce. – Allora vi posso aspettare alla locanda?

– Devo passare in rassegna il contenuto del mio portafoglio. Io non sono un ricco arci-druido per il quale una manciata di monete di rame vale quanto una di ghiande.

– Eppure – commentò il locandiere, osservando le cavalcature – però hai cavalli belli e robusti.

– Ah, ma sono l'unica cosa di valore che posseggo.

Dildahl scrollò le spalle e se ne andò.

IV

Quando Aillas ebbe terminato gli affari che doveva sbrigare in riva al lago era ormai tardo pomeriggio; il vento aveva abbandonato il cielo e la distesa d'acqua era piatta come uno specchio in cui ciascuna isoletta si rifletteva. Dopo aver scrutato il cielo, il lago e il panorama, Aillas disse a Tatzel:

– Sembra che ci dovremo mettere alla mercé del vorace Dildahl.

Forse saremo costretti a mangiare con moderazione, visto che non ho con me molto denaro. E tu ne hai?

– Non ho nulla.

– Con un po' di normale cautela ce la dovremmo cavare abbastanza bene, anche se in quel Dildahl c'è qualcosa che desta i miei sospetti.

I due si presentarono quindi nella sala comune delle Corna di Kernuun dove trovarono il locandiere, ora munito di un grembiule e di un cappello bianco che sembrava in certa misura trattenere i suoi capelli neri, che parve contento di vederli.

– Per un po' ho pensato che aveste deciso di continuare il viaggio.

– Abbiamo concluso qualche piccolo affare e poi ci siamo ricordati delle comodità che la tua locanda offriva, per cui eccoci qui.

– Bene! Vi posso offrire una serie di camere solitamente occupate dai più augusti fra i druidi, complete di bagno con acqua calda e sapone di olio d'oliva, nel caso vi sentiste inclinati a concedervi qualche lusso…

– Sempre al costo di due monete di rame? In questo caso…

– La tariffa presenta una sostanziosa differenza.

Aillas tastò la propria borsa, facendo tintinnare le poche monete che conteneva.

– Dovremo moderare i nostri desideri in modo che si adattino alle nostre sostanze. Non vorrei alloggiare e mangiare come un sacerdote e poi trovarmi nell'imbarazzo quando venisse il momento di pagare il conto.

– A questo proposito – replicò Dildahl – insisto sempre perché gli ospiti che non mi sono raccomandati da qualcuno mi consegnino una dichiarazione di garanzia proprio per evitare situazioni imbarazzanti. Per favore, firma questo documento.

E così dicendo, Dildahl porse ad Aillas un pezzo di buona pergamena su cui era scritto, in bella calligrafia:

Con la presente, io, il sottoscritto, confermo la mia intenzione di usufruire di cibo e alloggio per me e il mio seguito presso la locanda nota come le Corna di Kernuun, di cui l'Onorevole Dildahl è il proprietario. Acconsento a pagare adeguate e prefissate tariffe per l'alloggio e anche per il cibo consumato da me e dal mio seguito. Come garanzia per il pagamento delle suddette tariffe offro i cavalli che sono ora in mio possesso, insieme a selle, briglie e altri finimenti. Nel caso non dovessi pagare le tariffe specificate nel conto presentatomi da Dildahl, detti cavalli diverranno, con annessi e connessi, proprietà di Dildahl a saldo del conto dovuto.

Aillas si accigliò.

– Questa dichiarazione ha un tono alquanto minaccioso.

– Può allarmare solo qualcuno che abbia in mente di evitare di pagare il conto. Sei una persona del genere? In questo caso, non ho alcun interesse a mettere a tua disposizione il cibo della mia cucina e la comodità delle mie stanze.

– Ben detto – commentò Aillas. – Tuttavia non riuscirò a dormire bene se non avrò prima aggiunto una piccola postilla. Dammi la penna.

– Cosa hai intenzione di scrivere? – chiese, sospettoso, Dildahl.

– Lo vedrai – replicò Aillas, e aggiunse:

Questo documento non avrà alcun valore nei confronti degli abiti indossati da Aillas e dalla sua compagna, delle loro armi, degli effetti personali, degli ornamenti, delle sacche di vino, dei portafortuna o di qualsiasi altro loro avere.

AILLAS del TROICINET

Dildahl lesse con attenzione la postilla, scosse le spalle con noncuranza e sistemò la pergamena sotto il bancone.

– Venite, vi mostrerò la camera.

Dildahl li condusse in un paio di grandi e piacevoli stanze, con le finestre che davano sul lago e una camera da bagno separata.

– Queste stanze vengono a costare due monete? – chiese Aillas.

– Naturalmente no! – esclamò Dildahl, attonito. – Mi era parso di capire che voleste godere dei lussi forniti dalla mia locanda.

– Solo al prezzo di due monete di rame.

– La camera più economica è umida e per di più non è pronta – dichiarò il locandiere, accigliandosi.

– Dildahl, se vuoi che io mi consideri vincolato a pagare il tuo conto, ti dovrai attenere alle tariffe che hai citato.

– Bah! – borbottò il locandiere, abbassando il labbro inferiore fino a mostrare una gengiva arrossata. – Per mia comodità, potete occupare queste stanze per tre monete.

– Ti prego di mettere la tariffa per iscritto in modo da evitare che più tardi possano sorgere dei malintesi – chiese Aillas, e, mentre guardava Dildahl che scriveva, aggiunse: – No, no! Non tre monete a testa! Tre monete complessivamente.

– Sei un ospite fastidioso – borbottò l'uomo. – C'è poco guadagno a servire quelli come te.

– Un uomo può spendere solo quello che possiede! Se esagera, ci rimette i cavalli.

– A che ora volete cenare? – grugnì Dildahl.

– Non appena ci saremo rinfrescati in questo comodo bagno.

– Per un prezzo così basso, l'acqua calda non è compresa.

– Ah, bene! Dal momento che ti abbiamo fatto irritare; ci dovremo rassegnare all'acqua fredda.

– È solo la tua misera frugalità che trovo reprensibile – ritorse Dildahl, andandosene.

– Spero che c'insegnerai come essere generosi quando scenderemo a cena.

– Vedremo.

A cena, i due si trovarono soli nella stanza comune, fatta eccezione per due druidi vestiti di marrone che stavano consumando il loro pasto in un angolo. Quando i druidi ebbero finito e si avvicinarono al bancone per pagare, Aillas attraversò con noncuranza la sala e rimase a guardare mentre ciascuno dei due depositava sul banco una moneta di rame e se ne andava.

– E allora? – chiese Dildahl, apparentemente seccato dal fatto che Aillas fosse stato vicino mentre avveniva il pagamento. – Cosa volete mangiare?

– Cosa c'è a disposizione, stasera?

– La zuppa di lenticchie è bruciata.

– Mi è parso che quei druidi mangiassero una bella trota marrone. Friggine un paio anche per noi, con verdure e insalata. Cos'avevano i drudi nell'altro piatto?

– La mia specialità: code di gambero con uova e mostarda.

– Allora servila anche a noi, con pane, burro e magari un po' di conserva di frutta.

– Ai tuoi ordini. – Dildahl s'inchinò. – Vuoi anche del vino?

– Ci puoi portare una fiasca di qualsiasi vino ti paia abbastanza economico da rientrare nella tariffa pattuita, ma ti prego di scegliere sempre con parsimonia. Siamo altrettanto poco danarosi quanto quei druidi.

Ad Aillas e Tatzel venne servita una cena impeccabile che Dildahl portò loro con estrema educazione. Tatzel, tuttavia, lo tenne d'occhio con aria preoccupata.

– Mi sembra che stia segnando un po' troppe cifre su quel conto.

– Per quanto mi riguarda può andare avanti a scriverne fino al giorno del giudizio universale. Se diventasse troppo insolente, ti basterà dichiarare di essere Lady Tatzel di Castello Sank e lui modificherà immediatamente i suoi modi. Conosco la sua razza.

– Credevo di essere ora solo Tatzel la schiava.

– È vero – ridacchiò Aillas. – Forse le tue proteste non verrebbero ascoltate, dopotutto.

I due salirono in camera per andare a dormire, e la notte trascorse senza incidenti.

Il mattino successivo fecero colazione con porridge, uova e pancetta, e Aillas, contando sulle dita, arrivò a calcolare quella che gli parve una cifra onesta per l'ospitalità fornita da Dildahl: dieci monete di rame, equivalenti a mezzo fiorino d'argento.

Andò quindi al banco per pagare e Dildahl, sfregandosi allegramente le mani, gli presentò una serie di cifre il cui totale era di tre fiorini d'argento e quattro pennies.

Con una risata, Aillas gli restituì il conto.

– Non ho neppure intenzione di discutere con te. Qui c'è mezzo fiorino d'argento, e due pennies extra perché la mostarda era buona. Ti offro questa somma come pagamento: sei disposto ad accettarla?

– Certo che no! – esclamò Dildahl, arrossandosi in volto e spalancando il cascante labbro inferiore.

– Allora mi riprenderò i miei soldi e ti augurerò il buon giorno.

– Credi forse di spaventarmi? – ruggì il locandiere. – In questo momento ho a portata di mano il tuo impegno firmato! Hai rifiutato di pagare le mie tariffe, quindi ora i tuoi cavalli mi appartengono!

Aillas e Tatzel si allontanarono dal bancone.

– Reclama tutto ciò che vuoi – replicò il giovane – tanto non posseggo più nessun cavallo: ieri, prima di venire qui, li ho venduti in cambio di una barca. Addio, Dildahl.

V

La barca era una scialuppa a fasciame sovrapposto, con connessure fissate con viti d'ottone, una tarchia, e il timone passato attraverso l'arcaccia secondo il nuovo stile, e misurava circa quattro metri e mezzo.

Aillas la spinse al largo a forza di remi, quindi issò la vela che venne gonfiata da una brezza mattutina che soffiava da ovest e che spinse il battello verso nord, seguito da una scia gorgogliante.

Tatzel si sistemò comodamente a poppa, e il giovane ebbe l'impressione che si stesse godendo il fresco del mattino. Dopo un po', la ragazza gli lanciò un'occhiata da sopra la spalla.

– Adesso dove siamo diretti?

– Come prima, a Dun Cruighre, in Godelia.

– È vicino a Xounges?

– Xounges si trova proprio dall'altra parte dello Skyre.

Tatzel non aggiunse altro e Aillas, pur perplesso per quello strano interessamento, evitò di fare domande.

Viaggiarono sul lago per due giorni, oltrepassando le dodici isolette dei druidi, su una delle quali scorsero un enorme corvo di vimini che destò lo stupore di Tatzel.

– In autunno – le spiegò Aillas – alla vigilia del giorno che essi chiamano "Suaurghille", i druidi danno fuoco al corvo e si scatenano in una grande orgia sotto di esso. Dentro il corvo vengono arse vive due dozzine di loro nemici, e, se mettiamo piede sull'isola, andremo a tenere loro compagnia. Qualche volta la sagoma ha la forma di un cavallo, o di un uomo, o magari di un orso o di un bue.

All'estremità settentrionale, le acque del lago erano più basse e piene di canne, ma alla fine si trasformavano nelle sorgenti del fiume Solander. Tre giorni più tardi, guardando innanzi a sé, Aillas scorse le alture che fiancheggiavano l'estuario del Solander: sulla destra, vi era il Regno del Dahaut, mentre sulla sinistra vi era ancora l'Ulfland Settentrionale.

L'estuario si allargò quindi fino a gettarsi nello Skyre, e la barca si trovò a superare onde più grosse di quanto le sarebbe piaciuto e di quanto garbasse a Tatzel, mentre l'aria era permeata dall'odore di salsedine. Sospinta da un forte vento da ovest, la scialuppa prese ad avanzare a una velocità di quattro o cinque nodi, e gli spruzzi di acqua fredda andarono ad aumentare il disagio della ragazza.

Più avanti, sulla sinistra, all'estremità di una penisola sassosa si levavano i bastioni fortificati di Xounges, mentre sulla destra c'era ora Godelia, la terra dei Celti, dove finalmente apparve Dun Cruighre.

Scrutando i moli della città, Aillas fu lieto di vedere non solo una grossa nave mercantile troicinese, ma anche una delle sue nuove navi da guerra.

Fece quindi affiancare la scialuppa alla nave da guerra, sotto gli sguardi curiosi del suo equipaggio.

– Ehi, amico! – gridò uno dei marinai – tieniti alla larga! Cosa credi di fare?

– Gettami una scaletta e chiama il tuo capitano – ordinò Aillas.

La richiesta venne soddisfatta, e dopo aver legato la scialuppa il giovane tenne ferma l'estremità della scala finché Tatzel non fu arrivata sul ponte, poi salì a sua volta. Nel frattempo, era sopraggiunto anche il capitano, e il giovane lo trasse in disparte.

– Signore, mi riconosci?

L'uomo lo fissò attentamente, e gli occhi gli si dilatarono.

– Vostra Maestà! Cosa ci fai qui, e in queste condizioni?

– È una lunga storia. Per ora, tu mi conosci solo come "Aillas", e niente di più. Sono qui, per così dire, in incognito.

– Come vuoi tu, signore.

– La dama è una Ska, ed è sotto la mia protezione. Vedi se riesci a trovarle una sistemazione appartata in modo che possa fare un bagno, e procurale abiti puliti. Sono ormai tre giorni che sta male ed è in bilico fra la vita e la morte.

– Subito, signore! E devo dedurre che gradiresti anche tu qualcosa del genere?

– Se non ti fosse di troppo disturbo, gradirei fare un bagno e cambiarmi d'abito.

– Il disturbo per me non va neppure preso in considerazione, signore. Quello di cui disponiamo non è molto lussuoso ma è a tua completa disposizione.

– Ti ringrazio, ma prima di tutto quali sono le notizie dall'Ulfland Meridionale?

– Posso riferirti solo notizie di terza mano, ma si dice che un contingente Ska proveniente da Suarach sia stato sorpreso in campo aperto da un nostro battaglione e che ci sia stata una grande battaglia, di quelle che vengono ricordate a lungo. Gli Ska erano già in notevoli difficoltà quando sono stati attaccati da un'altra delle nostre colonne provenienti da est, che li ha colti alle spalle. Sono stati annientati e mi hanno informato che ora Suarach è di nuovo in mani ulflandesi.

– E tutto questo è accaduto durante la mia assenza – rifletté Aillas. – A quanto pare, non sono poi così indispensabile come credevo.

– Quanto a questo, signore, non potrei dirlo. Noi abbiamo tenuto sotto controllo il Mare Stretto, bloccandone l'accesso agli Ska, e così li abbiamo messi in grosse difficoltà. Adesso siamo qui solo per fare rifornimento, e in effetti eravamo sul punto di ritirare l'ancora quando sei salito a bordo.

– Che ne è di Re Gax, a Xounges. È ancora vivo?

– Si dice che sia ormai in punto di morte e che un tirapiedi degli Ska sarà il prossimo re. Per lo meno, queste sono le notizie che mi sono giunte.

– Ti prego di rinviare la partenza e di mostrarmi un luogo dove possa pulirmi un po'.

Mezz'ora più tardi, Aillas s'incontrò con Tatzel nella cabina del capitano. La ragazza aveva gettato i vecchi abiti e indossava ora una lunga veste di lino marrone che un marinaio era andato a comprare a terra. Si accostò con lentezza ad Aillas e gli posò le mani sulle spalle.

– Aillas, ti prego, portami a Xounges e lasciami sul molo! Mio padre si trova là in missione speciale, e non desidero che di riunirmi a lui. – Tatzel scrutò il volto del giovane. – Invero, non sei un uomo privo di gentilezza. Ti supplico, lasciami libera! Non posso offrirti altro che il mio corpo, anche se non sembra che tu lo voglia: lo puoi avere adesso, se solo mi porterai a Xounges. Se poi non vuoi nulla da me, ci penserà mio padre a ricompensarti.

– Ma davvero! E come?

– In primo luogo, ti libererà per sempre dalla schiavitù, così non dovrai temere più di essere catturato di nuovo! E ti darà dell'oro, tanto da poterti comprare un pezzo di terra nel Troicinet e non aver più bisogno di nulla.

Fissando quel volto dall'espressione addolorata, Aillas non riuscì a trattenere una risata.

– Sei estremamente persuasiva, Tatzel. Andremo a Xounges.

Capitolo XIII

I

Mentre Aillas e la sua poco soddisfacente schiava Tatzel attraversavano le lande selvagge dell'Ulfland Settentrionale, parecchi altri eventi si erano verificati in svariate zone delle Isole Elder.

A Città di Lyonesse, la Regina Sollace e il suo consigliere spirituale, Padre Umphred continuavano a studiare disegni per la futura cattedrale che speravano avrebbe esposto una splendida facciata all'estremità del Chale, riempiendo di estasi religiosa tutti coloro che l'avessero vista.

La Regina Sollace aveva ricevuto l'assicurazione di essere santificata e di andare incontro alla beatitudine eterna nel caso la cattedrale fosse stata eretta, assicurazione datale da Padre Umphred, il quale aspirava a una più modesta ricompensa: l'Arcivescovato della Diocesi di Lyonesse.

Vista la cocciuta opposizione di Re Casmir al progetto, la Regina Sollace si era fatta meno certa che le sue speranze si sarebbero concretizzate, ma Padre Umphred continuava a rassicurarla di continuo:

– Cara signora! Cara signora! Non permettere mai all'ombra della disperazione di contaminare la regale bellezza delle tue guance! Scoraggiamento? Abolisci questa parola: via via, via! Spediscila nell'odiosa palude di colpa, eresia e vizio in cui sguazzano gli ottenebrati di questo mondo!

– È bello sentire le tue parole – sospirava Sollace – ma la sola virtù, anche se accompagnata da mille preghiere e da lacrime di santa passione, non sarà sufficiente ad addolcire il cuore di Casmir.

– Non è così, mia cara signora! Ho delle parole da sussurrare all'orecchio di Re Casmir che ci procureranno due o magari anche quattro cattedrali! Ma sono parole che vanno sussurrate al momento giusto.

Quell'incoraggiamento da parte di Padre Umphred non era una novità; già in altre occasioni il prete aveva fatto accenni del genere, e la Regina Sollace aveva ormai imparato a controllare la curiosità con un cenno del capo.

Quanto a Re Casmir, questi non voleva in alcun modo veder diminuita la propria autorità. I suoi sudditi seguivano una grande varietà di credenze: c'erano alcuni zoroastriani, qualche cristiano, panteisti, druidi e qualche esponente della classica teologia romana, alcuni gotici e un generale substrato di antico animismo e di credenza nei Misteri Pelasgici. Quel miscuglio di religioni andava benissimo a Casmir, il quale non voleva avere nulla a che fare con l'ortodossia romana, per cui i discorsi di Sollace in merito alla cattedrale erano diventati per lui un vero tormento.

A Falu Ffail, in Avallon, Re Audry sedeva con i piedi in un bacile di calda acqua saponata, in attesa che avesse inizio il pedicure reale, mentre ascoltava dispacci giunti da fonti vicine e lontane, che gli venivano letti dal sottociambellano Malrador, cui era sempre affidato quell'ingrato compito.

Re Audry rimase particolarmente scosso dalle notizie inviate da Sir Lavrilan di Ponzo il quale, dietro suo suggerimento e seguendo le tattiche dettate da due intimi consiglieri del re, Sir Arthemus e Sir Gligory, aveva effettuato un grande attacco contro Wysrod, ma solo per essere respinto dai Celti.

Sir Lavrilan chiedeva energicamente rinforzi e sottolineava la necessità di cavalleria leggera e di arcieri, visto che i picchieri e i giovani cavalieri raccomandati da Arthemus e Gligory se l'erano cavata molto male contro i baldanzosi Celti.

Re Audry si appoggiò ai cuscini e sollevò le mani in un gesto di disgusto.

– Cos'è andato storto, questa volta? Sono sconcertato da tanta inettitudine. No, Malrador, non voglio sentire altro! Mi hai già inacidito la giornata con il tuo gracchiare: qualche volta ho il sospetto che tu ci goda a rendermi infelice.

– Vostra Maestà! – gridò Malrador. – Come puoi pensare questo di me? Faccio solo il mio dovere, nulla di più! E, con tutto il rispetto, ti sollecito a sentire quest'ultimo dispaccio, giunto appena un'ora fa dalle paludi. Sembra che nei due Ulfland stiano avvenendo cose notevoli, riguardo alle quali Vostra Maestà deve essere aggiornato.

Re Audry scrutò Malrador tenendo le palpebre socchiuse e la testa appoggiata all'indietro contro i cuscini.

– Spesso mi diletto a pensare che forse ti dovrei incaricare non solo di leggermi i dispacci, ma anche di dare loro una risposta, risparmiandomi così una seccatura.

A questa battuta, Sir Arthemus e Sir Gligory, che sedevano poco lontano, si misero a ridacchiare.

– Sire – replicò Malrador, inchinandosi – non oserei mai presumere tanto. Queste sono dunque le notizie inviate da Sir Samfire dalle paludi. – E si mise a leggere il dispaccio, che riferiva dei successi conseguiti da Troicinesi e Ulflandesi contro gli Ska. Sir Samfire aveva poi aggiunto alcuni suggerimenti in un tale linguaggio che Re Audry dimenticò le condizioni in cui era e pestò un piede. Due cameriere e un barbiere arrivarono di corsa per rimuovere i piedi dal catino e sistemarli su un cuscino, in modo che la pedicure potesse proseguire.

– Sire – suggerì il barbiere, con educazione – ti vorrei consigliare di rimanere immobile mentre ti taglio le unghie dei piedi.

– Sì, sì – rispose Audry. – Sono sconcertato dal linguaggio di Samfire... pensa forse di potermi imporre la strategia da seguire?

Arthemus e Gligory fecero schioccare la lingua ed emisero suoni turbati, ma Malrador fu tanto incauto da osservare:

– Vostra Maestà, credo che Samfire abbia solo cercato di mettere la situazione nella prospettiva più chiara, in modo che tu potessi ricevere il massimo delle informazioni.

– Ta-ta-ta! Malrador, ora ti schieri anche tu contro di me! Si tratta di eventi lontani, al di là delle paludi, e intanto questi irritanti Celti si fanno beffe di noi! Non sono per nulla intimiditi dal grande Dahaut! Bah, devono essere puniti, e li farò affogare nel loro stesso sangue, visto che questa sembra essere la loro scelta. Arthemus? Gligory? Perché veniamo così bistrattati? Rispondete a questo! Per tutti i noiosi fannulloni che puzzano di vacca! Qual è la spiegazione?

Arthemus e Gligory fecero gesti indignati e si tirarono i baffi, mentre Re Audry si rivolgeva con voce amara a Malrador.

– Ebbene, hai fatto come volevi. Adesso hai finito? Mi porti sempre notizie che mi preoccupano quando non sono dell'umore adatto per affrontarle!

– Sire, il mio compito è quello di leggere i dispacci. Se ti tenessi nascoste cose poco piacevoli, allora sì che avresti motivo di rimproverarmi.

– Questo è vero, Malrador – sospirò Re Audry. – Sei un uomo fedele! Va', e scrivi queste parole su una pergamena: "Sir Lavrilan dal Ponzo: ti porgiamo i nostri saluti. È tempo che ti pulisca il burro dal mento e, magari con l'esempio, infonda uno spirito pugnace nelle tue truppe! Solo nel mese scorso mi hai assicurato che avremmo rotto la testa a un migliaio di stupidi Celti. Quale fol-de-rol mi rifilerai la prossima volta?" Apponi il mio sigillo e la mia firma e manda il dispaccio con il corriere più veloce.

– Molto bene, sire. Sarà fatto, e la tua reprimenda arriverà a destinazione.

– È più che una reprimenda, Malrador! È un ordine! Voglio vedere le teste di quei Celti che sogghignano in cima alle nostre picche; voglio che il potere del Dahaut faccia fuggire quei buffoni come un branco di conigli spaventati!

– Sir Arthemus e Sir Gligory comandano entrambi ottime brigate – osservò con fare grave Malrador. – Perché tenerli lontani dalla linea del fuoco quando sono entrambi impazienti di un bello scontro?

Arthemus e Gligory batterono le mani con apparente entusiasmo.

– Ben detto, Malrador! Adesso va' a scuotere Sir Lavrilan mentre noi discutiamo alcune cose con Sua Altezza.

Non appena Malrador se ne fu andato, Arthemus e Gligory si affrettarono a giustificare e ad accantonare la sconfitta di Wysrod, quindi deviarono la conversazione su argomenti più piacevoli, e i tre s'immersero nei progetti su come intrattenere Re Adolphe di Aquitania nel corso della sua imminente visita; e così procedettero le cose nel Dahaut.

In un'altra zona delle Isole Elder, Torqual, con la pura forza di volontà, riuscì a guarire dopo essere stato in punto di morte. Nella sua villa bianca, sulla spiaggia vicino ad Ys, Melanchte continuava a pensare cose inimmaginabili; a Swer Smo e a Trilda, Murgen e Shimrod erano intenti nelle rispettive ricerche. Tamurello, invece, era lontano da Faroli e, stando alla parola del mago Raught Raven, si era ritirato in cima a un monte dell'Etiopia per un periodo di meditazione.

E la Perla Verde? Un paio di giovani orchetti, imbattutisi nel candido scheletro di Manting, si misero a giocare con le ossa, prendendo a calci il teschio come una palla, usando la pelvi come un elmo e scagliando le vertebre contro un gruppo di driadi che si affrettarono ad arrampicarsi sugli alberi, da dove presero a stuzzicare gli orchetti con voce dolce.

Il terriccio della foresta ricoprì sempre di più la perla, e trascorsero l'estate, l'autunno e l'inverno. Con il sopraggiungere della primavera, molti semi cominciarono a germogliare nell'area circostante il punto in cui era sepolta la perla: giovani piante innalzarono gli steli, che crebbero con insolito vigore e si coprirono di lucide foglie e di una profusione di splendidi fiori, ciascuno diverso dagli altri e da qualsiasi altro fiore esistente.

II

Xounges era una fortezza fin dai tempi preistorici. La città occupava la piatta sommità di una collina di pietra, delimitata per tre lati da pareti che scendevano a piombo verso il mare per un'altezza di sessanta metri, mentre sul quarto lato una stretta sella di granito lunga un centinaio di metri la collegava all'entroterra.

Quattrocento anni prima, l'Ulfland era un regno potente, che comprendeva sia l'Ulfland Settentrionale che quello Meridionale (anche se ne rimanevano fuori Ys e Vale Evander), Godelia e quelle che erano adesso le Paludi del Dahaut, al di là di Poëlitetz. A quel tempo, Re Fidwig, esercitando appieno il suo megalomaniaco potere, aveva decretato che Xounges diventasse una roccaforte imprendibile. Diecimila uomini avevano lavorato per vent'anni per creare un sistema di fortificazioni basato su pareti di granito profonde dodici metri alla base e alte trentasei, che intercettavano la strada nel punto in cui era più stretta e ancora dove essa entrava in città, per poi protendersi nello Skyre allo scopo di proteggere il porto da qualsiasi attacco dal mare.

Quasi come se si trattasse di un'idea tardiva, Re Fidwig aveva poi ordinato la costruzione di un palazzo, e Jehaundel era stato edificato secondo la stessa scala prodigiosa adottata per le mura.

Pur avendo perduto molto della sua antica magnificenza, Xounges manteneva comunque l'imprendibilità di sempre; l'aristocrazia vi possedeva ancora alte case di pietra e formava il nucleo del piccolo esercito che difendeva la città dagli Ska.

Jehaundel era adesso il palazzo di Re Gax, e pur mostrando la massiccia facciata sulla piazza del mercato, come le abitazioni degli altri nobili, aveva a sua volta abbandonato ogni pretesa di antica gloria. Molte ali erano state chiuse, come anche i piani superiori a eccezione dell'appartamento di Re Gax, una serie di cupe stanze dai tappeti di lana e arredate con mobili massicci sfregiati dall'uso di secoli. Il combustibile era diventato troppo costoso, e la camera dove Re Gax giaceva morente era riscaldata solo da un piccolo fuoco.

In gioventù, Gax era stato un uomo di notevole statura e forza; per trent'anni, mentre gli Ska facevano avanzare i loro neri battaglioni, prima sul litorale e poi attraverso l'Ulfland Settentrionale, il suo regno era andato di male in peggio. Lui aveva combattuto duramente e sofferto gravi ferite, ma gli Ska erano inesorabili e avevano distrutto il suo esercito, annientando tre orgogliose armate del Dahaut accorse in suo aiuto in base al trattato di reciproca alleanza. Alla fine, gli Ska avevano spinto Gax con le spalle al muro, o meglio dietro le mura di Xounges, dopodiché era sopraggiunta una situazione di stallo. Gli Ska non lo potevano colpire in quella fortezza, ma al tempo stesso Gax era impossibilitato ad alzare anche un solo dito contro di loro.

Di tanto in tanto, emissari Ska si presentavano a Gax con tiepide proposte di amnistia se avesse aperto le porte di Xounges e abdicato in favore di un successore designato da loro stessi. Gax aveva respinto tutte quelle proposte nella malinconica speranza che Re Audry facesse ancora una volta onore al patto di reciproco aiuto e inviasse un grande esercito per ricacciare in mare gli Ska.

In questa politica il re era generalmente sostenuto da tutti i suoi sudditi, i quali non vedevano nessun tornaconto nel trovarsi sottoposti al dominio degli Ska. Anche Sir Kreim, il diretto successore di Gax, aveva adottato la stessa linea d'intransigenza, ma per motivi del tutto diversi da quelli del vecchio sovrano. Sir Kreim era un uomo massiccio di mezz'età, con folte e basse sopracciglia nere, capelli dello stesso colore e una riccia barba scura che contrastava violentemente con il pallore della carnagione. Era avido e di gusti rozzi, animato da una sfrenata ambizione che lo induceva a sperare, una volta ottenuto il trono, di poter usare la situazione per il proprio tornaconto, o mediante un'alleanza con gli Ska oppure abdicando dietro pagamento di una ricompensa che gli avrebbe permesso di comprarsi una lussuosa tenuta nel Dahaut.

I giorni passavano e Re Gax ci metteva un tempo terribilmente lungo a morire, tanto che, se si doveva credere alle voci, Sir Kreim riusciva ormai a contenere la propria impazienza solo a prezzo di grandi sforzi e aveva forse anche preso in esame alcuni metodi per affrettare l'andamento naturale delle cose.

Il ciambellano Rohan, avendo appreso che Sir Kreim aveva elargito notevoli favori alle due guardie poste davanti alla soglia della camera di Re Gax, ordinò che nuove serrature fossero applicate ai battenti e fece trasferire le due guardie a un permanente servizio notturno sulle mura esterne, dove pioggia e vento servivano solo a incitare a una più attenta vigilanza. Rohan escogitò anche un sistema per accertarsi che il cibo di Re Gax fosse il più sano di tutta Xounges, obbligando ciascuno dei cuochi delle cucine reali ad assaggiarlo prima che venisse servito.

Prendendo nota di quelle precauzioni, Sir Kreim si congratulò con Rohan per la sua fedeltà e si dispose con animo cupo ad attendere che Re Gax si spegnesse di morte naturale.

Nel frattempo, la situazione di stallo persisteva. Non solo Re Audry non era venuto in soccorso di Gax, ma gli Ska avevano avuto l'ardire di penetrare nel Dahaut e di occupare la fortezza di Poëlitetz. Oltraggiato, Re Audry aveva emesso una serie di proteste vivacissime, seguite da avvertimenti e poi da minacce. Gli Ska non gli avevano neanche badato e alla fine Re Audry aveva rivolto altrove la propria attenzione, dicendosi che a tempo debito avrebbe radunato uno splendido esercito con cento carri da guerra, mille cavalieri in piena armatura e diecimila fanti e che allora, fra bagliori di acciaio e di argento, quell'esercito si sarebbe abbattuto sugli Ska e li avrebbe ricacciati urlanti nel mare. Audry aveva mandato a Re Gax un documento in cui affermava questa ferma decisione da lui presa.

Re Gax raramente lasciava il letto. Avvertiva lo svanire della forza vitale che era in lui, e talvolta gli sembrava di percepire il passare delle ore e dei minuti come se fossero granelli di sabbia. Il suo volto, un tempo dalla carnagione rossiccia, era adesso teso e grigio, ma gli occhi erano ancora accesi dal costante bagliore dell'intelligenza. Il sovrano rimaneva immobile per lunghe ore, appoggiato ai cuscini e con le braccia adagiate sulle coltri, a fissare il tremolio del fuoco nel camino.

Di tanto in tanto, sotto l'occhio attento di Rohan, riceveva la visita dei suoi consiglieri e di qualche estraneo, compresa una delegazione di Ska di alto rango: i duchi Luhalcx e Ankhalcx con il loro seguito di nobili minori. Gli Ska, pur esprimendosi con linguaggio brusco e franco, si comportarono in una maniera del tutto corretta in cui Re Gax non poté trovare nessuna pecca.

Nel corso della prima udienza concessa agli Ska e tenuta per forza di cose nella stanza da letto del sovrano, erano stati presenti anche Sir Kreim e altri due nobili. Il Duca Luhalcx aveva precisato la missione che gli era stata affidata.

– Vostra Altezza, siamo spiacenti di trovarti malato, ma tutti gli uomini devono morire, e sembra che il tuo momento sia vicino.

– Finché mi rimane un po' di vita, sono vivo – aveva replicato Re Gax, con un tenue sorriso.

Il Duca Luhalcx si era inchinato con un gesto secco.

– Il mio commento doveva essere solo un esordio per introdurre il mio messaggio, che ora ti esporrò. La nazione Ska governa l'Ulfland Settentrionale, e intende riportarlo all'antica gloria. Espanderemo il nostro potere prima a sud e poi a est, e la città di Xounges è per noi una seccatura, un masso che ci blocca il cammino. Dobbiamo tenere sotto controllo le sue vie d'accesso per evitare che arrivino rinforzi dal Dahaut, il che piazzerebbe una forza nemica sul nostro fianco e metterebbe in pericolo il nostro controllo di Poëlitetz. Vogliamo sia la città di Xounges che il legittimo controllo dell'Ulfland Settentrionale, in modo da poter rescindere il trattato con il Dahaut. Quando avremo il fianco sicuro, saremo poi liberi di soggiogare l'Ulfland Meridionale, dove il nuovo re comincia a diventare fastidioso.

– Non ho nessun interesse ad accelerare le vostre conquiste, anzi, tutt'altro.

– Comunque morirai, e gli eventi andranno avanti senza di te. Non vi è un principe reale nella legittima linea di successione…

A questo punto Sir Kreim si era fatto avanti con indignazione.

– Assurdo e inesatto! Io sono il diretto successore e sarò il prossimo re dell'Ulfland Settentrionale!

Il Duca Luhalcx aveva sorriso.

– Comprendiamo molto bene le tue ambizioni, dato che ce le hai già comunicate in parecchie occasioni. Non intendiamo comprare né Xounges né il titolo reale da te. – Il duca si era volto verso Re Gax, che aveva seguito quello scambio di frasi con un gelido sorriso. – Chiediamo che Vostra Altezza nomini immediatamente come proprio successore l'uomo da noi designato.

– Maestà! – aveva gridato Sir Kreim. – L'insolenza di tale proposta è superata solo dalla sua fredda arroganza! La dobbiamo rifiutare con indignazione, è ovvio!

– Noi – aveva proseguito Luhalcx, senza badare all'interruzione – garantiremo in cambio a te e a tutti gli attuali abitanti di questa città l'amnistia per gli atti commessi contro di noi, e non confischeremo né ricchezze né proprietà. Acconsenti a questa proposta?

– Certamente no! – aveva gridato Sir Kreim.

– Sir Kreim, ti prego di lasciare che risponda da solo – aveva detto Re Gax, con irritazione, quindi si era rivolto al Duca Luhalcx. – Siamo sopravvissuti all'ostilità degli Ska per molti anni. Perché non dovremmo riuscirci ancora?

– Tu puoi garantire una linea politica solo finché sei in vita. Dopo la tua morte Sir Kreim, se dovesse diventare re, cercherebbe di estorcerci una fortuna, e la soluzione più semplice per noi sarebbe quella di pagarlo e poi recuperare la somma tassando la gente di Xounges. Ti assicuro che neppure una moneta di quanto Sir Kreim chiederà uscirà dalle nostre casse.

– Non ci sarebbero negoziazioni del genere! – aveva protestato, secco, Sir Kreim. – E se anche ci fossero, sareste prima costretti a stipulare un condono economico oltre che fisico nei confronti della popolazione!

– Sir Kreim! – era intervenuto, brusco, Re Gax. – Per oggi ho sentito a sufficienza le tue interruzioni. Puoi lasciare la stanza!

Sir Kreim si era inchinato e se n'era andato.

– Supponiamo che il nuovo re continuasse la mia linea politica: che accadrebbe allora? – aveva chiesto Re Gax.

– Non mi va di rivelare i nostri piani nei dettagli. Ti basti sapere che ci sentiremmo obbligati a prendere Xounges con la forza.

– Se è tanto semplice, perché non l'avete fatto prima?

Il Duca Luhalcx aveva riflettuto per un momento, poi aveva risposto:

– Ti dirò questo: noi non consideriamo Xounges imprendibile, e se decidessimo per un assedio, allora andreste incontro a un blocco assoluto e a privazioni altrettanto assolute. Avreste solo pioggia da bere ed erba da mangiare. E se fossimo costretti a prendere Xounges con la forza e andasse perduta anche una singola, preziosa vita Ska, ogni uomo, donna e bambino di Xounges conoscerebbe poi le catene della schiavitù.

Re Gax aveva fatto un lieve gesto con le fragili dita.

– Va'. Rifletterò sulle opportunità che mi si offrono.

Il Duca Luhalcx si era inchinato e la delegazione si era ritirata.

Gli Ska erano tornati una settimana dopo; e Sir Kreim era stato ammesso anche a quella riunione, a patto che tenesse la bocca chiusa fino a che non fosse stata chiesta la sua opinione.

Dopo aver porto i propri complimenti a Re Gax, il Duca Luhalcx aveva domandato:

– Vostra Altezza è giunta a una decisione in merito alla nostra proposta?

– Hai ragione quando dici che la vita mi sta lasciando – aveva osservato Gax, scosso da un violento colpo di tosse. – Dovrò scegliere un successore, e presto, se non voglio morire senza aver compiuto quest'ultimo dovere.

– Nel qual caso Sir Kreim diverrebbe re?

– Esatto. A meno che io non nomini qualcun altro, come per esempio il buon Rohan qui presente, prima di morire.

– Al posto dell'eccellente Rohan, gli Ska preferirebbero il Duca Ankhalcx. La sua nomina garantirebbe a Xounges tutti i vantaggi di cui ho parlato.

– Terrò a mente la tua raccomandazione.

– Quando avverrà la cerimonia dell'incoronazione?

– Presto. Ho mandato un corriere a Re Audry, chiedendogli un consiglio. La risposta dovrebbe arrivare prima della fine della settimana, e fino ad allora non avrò altro da aggiungere.

– Ma non hai escluso il nostro candidato, il Duca Ankhalcx?

– Non ho ancora raggiunto una ferma decisione. Se Re Audry mobiliterà immediatamente un grande esercito e marcerà a ovest, di certo non vi aprirò le porte della città.

– In questo caso, procederesti comunque alla nomina del tuo successore?

Gax aveva riflettuto un momento.

– Sì.

– E quando avrà luogo la cerimonia?

– Fra sette giorni a partire da oggi. – Gax aveva chiuso gli occhi.

– E non mi darai un'anticipazione sulle tue intenzioni?

– Molto dipende dalle notizie che arriveranno da Avallon – aveva risposto Gax, con gli occhi sempre chiusi. – Invero, mi aspetto ben poco, e la mia sarà una morte amara.

Gli Ska se n'erano andati, le labbra strette e borbottando fra loro.

III

La nave da guerra troicinese attraccò a un molo del porto di Xounges e Aillas scese a terra insieme a Tatzel, al capitano e a un paio di marinai.

Il gruppetto oltrepassò una pusterla e imboccò un tunnel lungo una decina di metri, raggiungendo una stretta strada pavimentata che saliva, tortuosa, fino alla piazza del mercato. La facciata di Jehaundel incombeva dalla parte opposta della piazza: una serie di blocchi di pietra massiccia priva di qualsiasi grazia. Il gruppo attraversò la piazza ed entrò nel palazzo dall'entrata principale, che venne aperta da un portiere.

Un alfiere venne loro incontro nell'echeggiante atrio di pietra.

– Signore, quali affari ti conducono qui?

– Sono un gentiluomo dell'Ulfland Meridionale e chiedo di essere ricevuto da Re Gax.

– Re Gax è malato e riceve poche persone, specialmente se il motivo della visita è di poca importanza.

– Il mio non lo è.

L'alfiere andò allora a chiamare l'alto cancelliere nel suo ufficio, e questi chiese:

– Sei per caso un altro corriere inviato da Avallon?

– No. – Aillas prese in disparte l'ufficiale. – Sono qui per una questione di estrema urgenza. Mi devi condurre direttamente da Re Gax.

– Ah, ma non ho il permesso di farlo. Qual è il tuo nome e come mai hai tanta fretta?

– Accenna alla mia presenza solo con Re Gax e in privato. Digli che sono un intimo amico di Sir Tristano del Troicinet, che forse anche tu ricorderai.

– Lo ricordo, infatti! Qual è, allora, il nome che devo annunciare?

– Re Gax avrà piacere che il mio nome sia riferito a lui soltanto.

– Da questa parte, se non ti dispiace.

L'Alto Cancelliere condusse Aillas e gli altri nella galleria principale e indicò alcune panche sistemate lungo le pareti.

– Vi prego di sedervi. Quando il re vi potrà ricevere il ciambellano Rohan vi verrà a chiamare.

– Rammenta! Non una parola con nessuno, salvo Re Gax!

Trascorse mezz'ora, poi giunse il ciambellano Rohan, un uomo massiccio e dalle gambe corte, di età matura, con pochi ciuffi di capelli grigi e un'espressione di costante sospetto, che scrutò il gruppo con immediata diffidenza prima di rivolgersi ad Aillas, che si era alzato per andargli incontro.

– Il re ha accolto in maniera favorevole il tuo messaggio. Adesso sta parlando con gli Ska, ma ti riceverà al più presto.

La riunione nella camera di Re Gax fu davvero breve. Sir Kreim, già presente, stava fissando il fuoco con aria cupa quando entrarono i duchi Luhalcx e ankhalcx. Re Gax indicò ai due un giovane gentiluomo biondo, vestito con lo stile sfarzoso tipico della corte di Avallon.

– Questo è il corriere giunto dal Dahaut. Signore, ti prego di leggere ancora una volta il messaggio di Re Audry.

Il corriere srotolò una pergamena e lesse:

– All'attenzione di Gax, Re dell'Ulfland Settentrionale: Reale cugino, ti mando i miei più cari saluti! Per quanto riguarda i briganti Ska, ti consiglio di aggredirli con le unghie e con i denti e di difendere la tua grande città ancora per un breve periodo di tempo, fino a quando avrò risolto un paio di scottanti questioni locali. Poi, uniti, distruggeremo questa piaga umana dal cuore nero una volta per tutte! Sii di buon animo, dunque, e sappi che prego perché la tua salute continui a essere buona. Il sottoscritto, Audry, Re del Dahaut.

– Questo è il messaggio di Re Audry – commentò quindi Re Gax. – Come mi aspettavo, non ha intenzione di fare nulla.

Con un cupo sorriso, Luhalcx annuì.

– Allora, che ne pensi della mia proposta?

Non riuscendo più a reprimere la propria furia, Sir Kreim esclamò:

– Sire, ti prego di non assumere nessun impegno fino a che non avremo discusso fra noi!

Gax lo ignorò e si rivolse invece a Luhalcx.

– Esponi la tua proposta su carta, sottolineando con cura le tue garanzie. Fra tre giorni ci sarà l'incoronazione.

– Di chi?

– Prima portami questo solenne documento scritto.

Luhalcx e ankhalcx s'inchinarono e uscirono dalla stanza, scendendo le scale e imboccando la grande galleria; da un lato sedeva un gruppetto di cinque persone, fra cui una giovane donna che gridò, con voce vibrante:

– Padre! Non mi lasciare qui!

Tatzel balzò in piedi, e avrebbe attraversato di corsa la galleria se Aillas non l'avesse afferrata per la vita, respingendola a sedere sulla panca.

– Ragazza, siedi in silenzio e non seccare!

Luhalcx spostò incredulo lo sguardo da Tatzel ad Aillas, per poi riportarlo sulla figlia.

– Cosa ci fai qui?

– Rivolgi a me le tue domande! – intervenne Aillas. – Questa ragazza è la mia schiava.

Luhalcx spalancò la bocca per lo stupore.

– Che idiozia è mai questa? Uomo, sei certo in errore! Questa è Lady Tatzel, una nobildonna Ska. Come può essere tua schiava?

– In base al solito sistema, di cui tu, più di ogni altro, devi conoscere bene lo svolgimento. In breve, l'ho catturata, e l'ho assoggettata alla mia volontà.

Il Duca Luhalcx avanzò con lentezza, gli occhi brillanti.

– Non puoi trattare in questo modo una nobildonna Ska e poi parlarne con tanta noncuranza davanti a suo padre!

– Non ci trovo nulla di difficile, e tu non ti sei mai sconvolto per questo. Ma ora che la scarpa calza il tuo piede, di colpo l'idea ti sembra incredibile. Non percepisci un che d'irreale?

Con un sorriso da lupo, il Duca Luhalcx portò la mano alla spada.

– Ti ucciderò, e così realtà e irrealtà spariranno entrambe.

– Padre! – gridò Tatzel. – Non combattere con lui! È un vero demone con la spada e ha fatto a pezzi Torqual!

– A ogni modo – intervenne Aillas – non ho intenzione di combattere con te. In questo palazzo sono sotto la protezione di Re Gax, e i suoi soldati accorreranno a un mio richiamo e ti rinchiuderanno in una segreta.

Il Duca Luhalcx spostò incerto lo sguardo da Aillas a un paio di soldati che se ne stavano immobili poco distante, seguendo la discussione con la fredda impassibilità di una lucertola.

Il ciambellano Rohan entrò in quel momento nella galleria e si avvicinò ad Aillas.

– Adesso Sua Altezza ti riceverà.

– Deve ricevere di nuovo anche me! – intervenne il Duca Luhalcx. – Questo è un caso intollerabile di cui lui deve ergersi a giudice.

Rohan tentò di protestare che una simile agitazione avrebbe potuto far male a Re Gax, ma le sue rimostranze non furono ascoltate; tuttavia, davanti alla porta della stanza da letto del sovrano, fu irremovibile nel permettere l'accesso solo ad Aillas, a Tatzel e al Duca Luhalcx, che avanzò a grandi passi e interpellò Re Gax a poca distanza dal suo letto.

– Vostra Altezza, porto una lamentela alla tua attenzione. Mentre percorrevo la galleria del tuo palazzo, ho trovato questo tizio con mia figlia, che lui tiene con sé con la forza, sostenendo che è sua schiava! Gli ho chiesto di consegnarmela: una nobildonna Ska non può subire simili indegnità!

– Questa sottomissione alla schiavitù della ragazza ha avuto luogo qui a Jehaundel, mentre lei era sotto la protezione del mio tetto? – chiese con voce soffocata Re Gax.

– No, è accaduto altrove.

– Signore, cos'hai da dire? – domandò il re, spostando gli occhi su Aillas.

– Vostra Altezza, mi appello alla legge naturale. Il Duca Luhalcx ha ridotto in schiavitù molte persone dell'Ulfland Settentrionale e Meridionale, compreso – si dà il caso – il sottoscritto. Lui non si ricorda di me, ma per un lungo periodo di tempo mi ha costretto a fare da servo nel suo castello, Sank, dove ho avuto modo di conoscere Tatzel. Sono fuggito da Sank, sono ridiventato un uomo libero e poi, quando mi si è presentata l'opportunità, ho catturato Tatzel e ne ho fatta la mia schiava.

– Hai in tua custodia schiavi ulflandesi? – chiese allora Gax a Luhalcx. – Ne ho – rispose il duca, con zoppicante dignità, perché cominciava a capire come sarebbe stato risolto il caso.

– Allora, in tutta logica, come puoi protestare? Anche se l'attuale situazione deve causarti dolore.

– Il tuo giudizio è giusto e onesto, e accetto il rimprovero per le mie proteste – ammise Luhalcx, chinando il capo. Poi si rivolse ad Aillas: – Quanto oro richiedi per la restituzione di mia figlia?

– Non conosco nessun modo per misurare in oro il valore di una vita umana – osservò con lentezza il giovane. – Prendi pure tua figlia, Luhalcx: a me non serve. Tatzel, ti affido alla custodia di tuo padre, e ora vi prego di andarvene entrambi in modo che possa conferire con Re Gax.

Il Duca Luhalcx rispose con un secco cenno del capo, poi prese Tatzel per mano e lasciò la camera con lei. Adesso erano presenti solo Rohan e un paio di guardie, vicino alla porta.

– Sire, gli affari che devo sbrigare con te richiedono la massima segretezza – disse Aillas a Re Gax.

– Rohan – gracchiò Re Gax – lasciaci soli. Guardie. Prendete posto fuori dalla porta.

Rohan lasciò con riluttanza la camera e le guardie lo accompagnarono, appostandosi all'esterno; solo allora il giovane si rivolse al vecchio sovrano.

– Sire – esordì – il mio nome è Aillas.

Mezz'ora più tardi Rohan, che cominciava a preoccuparsi, fece capolino nella stanza.

– Stai bene, sire?

– Molto bene, Rohan: non ho bisogno di nulla. Puoi andare.

– Ti fidi di Rohan? – volle sapere Aillas quando il ciambellano fu uscito.

Re Gax scoppiò in una secca risatina.

– È opinione generale che Kreim sarà il prossimo re, e che carica e guadagni andranno a lui, mentre io sono considerato, cosa abbastanza esatta, in punto di morte.

– Ma non morto – corresse Aillas.

– Rohan si dedica al mio benessere giorno e notte, e io lo considero uno dei pochi veri amici che ho.

– In questo caso, che prenda pure parte alla discussione.

– Come vuoi. Rohan!

Rohan si presentò tanto in fretta da far pensare che stesse origliando.

– Sire?

– Desideriamo che tu contribuisca alla nostra discussione con la tua saggezza.

– Molto bene, Sire.

– La cerimonia dell'incoronazione avrà luogo fra tre giorni a partire da oggi – annunciò Aillas. – La migliore soluzione sembra essere quella di cedere la città e la corona agli Ska, il che significa che Sir Kreim dovrà fare la sua mossa stanotte o domani notte, se non vuole vedere i suoi sogni andare in frantumi.

Gax fissò con malinconia lo sguardo sul fuoco.

– Se diventasse re, non potrebbe difendere anche lui Xounges come ho fatto io?

– Forse, se ci fosse costretto. Tuttavia, Xounges non è imprendibile come tu credi. Ci sono sentinelle di pattuglia sulle alture, di notte?

– Per quale ragione? Cosa potrebbero mai vedere, se non acqua e schiuma?

– Se dovessi attaccare Xounges, aspetterei una notte buia e serena, mi farei calare una scala di corda da qualcuno appostato sulle alture e la userei per far arrampicare i miei guerrieri, in attesa in barca. Poi farei calare altre scale e farei salire molti più guerrieri. In breve tempo, riuscirei così a introdurre nella tua città centinaia di uomini.

– Non dubito che tu abbia ragione – annuì debolmente Re Gax.

– E inoltre, come è sorvegliato il porto?

– Al tramonto, due pesanti catene bloccano l'accesso, in modo che non possa entrare alcuna imbarcazione, né grande né piccola, e poi viene chiusa la pusterla.

– Le catene non possono bloccare dei nuotatori; in una notte buia, mille uomini potrebbero con tutto comodo entrare nel porto, trainandosi dietro le armi su piccole zattere, per poi nascondersi a bordo di navi già all'ancora, fino all'alba. Quando poi la pusterla venisse sollevata, basterebbe piazzare un paio di pali per impedire che venga riabbassata: lasciando le navi e attaccando subito, l'esercito acquisterebbe il controllo di Xounges in un'ora.

– Gli anni mi hanno appesantito il cervello – gemette Re Gax. – Inutile dire che bisognerà apportare dei cambiamenti.

– Una buona idea, ma per ora ci sono questioni più pressanti da risolvere e dobbiamo tenere presente ogni possibilità. E con questo mi riferisco a Sir Kreim.

Il pomeriggio trascorse. Al tramonto, Re Gax cenò a base di farinata d'avena e qualche boccone di carne, una mela e un bicchiere di vino bianco. Un'ora più tardi, vi fu il cambio per le due guardie poste vicino alla porta del sovrano, e Rohan venne a riferire con indignazione che i due nuovi uomini di guardia erano cugini della moglie di Sir Kreim. Era chiaro che vi era stata corruzione, dichiarò Rohan, furioso, se non altro, per il modo in cui era stata aggirata la sua personale autorità.

L'oscurità scese su Xounges, Re Gax si preparò a dormire e Rohan si ritirò nel proprio alloggio.

La quiete avvolse Jehaundel. Nel camino della stanza del re il fuoco ardeva basso e un paio di candele affisse alla parete proiettavano una morbida luce gialla che lasciava in ombra l'alto soffitto.

Dal corridoio giunse un sommesso rumore di passi, poi la porta si socchiuse di uno spiraglio e una figura massiccia venne delineata dalle luci che ardevano nel corridoio alle sue spalle.

La figura entrò in silenzio nella stanza e, dal letto, Gax gracchiò:

– Chi è là? Ehi, guardie! Rohan!

– Gax, buon Re Gax – mormorò l'ombra – hai già vissuto abbastanza e ora è giunto il tuo momento.

– Rohan! – chiamò Gax con voce soffocata. – Dove sei? Chiama le guardie!

Rohan uscì dalla propria stanza.

– Sir Kreim! Cosa significa tutto questo? Stai disturbando Re Gax!

– Rohan, se desideri servirmi ora e più tardi anche nel Dahaut, stai zitto. Gax ha già vissuto fin troppo e ora deve morire. Lo soffocherò con un cuscino e sembrerà che sia morto nel sonno. Se interferirai sarà a tuo rischio e pericolo!

Sir Kreim si accostò al letto e prese un cuscino.

– Aspetta! – esclamò allora una voce. Guardandosi intorno, Sir Kreim vide un uomo fermo dall'altra parte della stanza con la spada sguainata. – Sir Kreim, sei tu quello che sta per morire.

– Chi sei? – gracchiò il nobile. – Guardie! Portatemi il fegato di questo stolto importuno!

Dalla camera di Rohan uscirono tre marinai troicinesi che andarono a piazzarsi vicino alla porta e quando le guardie entrarono, vennero afferrate e uccise. Sir Kreim attaccò Aillas; vi fu un cozzare di acciaio e subito il nobile ulflandese indietreggiò con una ferita al petto, ma prima che potesse rinnovare l'attacco uno dei marinai lo prese alle spalle, lo gettò a terra e gli trafisse il cuore.

Il silenzio scese di nuovo nella stanza, poi Gax parlò:

– Rohan, chiama dei portantini e fai gettare dalle alture questi tre cadaveri. Provvedi tu a tutto, io mi rimetto a dormire.

IV

Il giorno precedente l'incoronazione, Aillas andò a passeggiare sulle famose mura di Xounges, e arrivò alla decisione che erano davvero a prova di attacco, se sorvegliate da attenti difensori.

Mentre se ne stava sui bastioni a fissare lo Skyre, con un piede appoggiato a una rientranza e i gomiti sul merlo chiazzato di licheni, vide poco lontano il Duca Luhalcx con suo fratello, il Duca Ankhalcx, entrambi avvolti in ampi mantelli neri, e Tatzel, che portava un grigio abito di lana lungo fino al ginocchio, un mantello nero, calze grigie che le lasciavano scoperto il ginocchio e stivaletti neri alla caviglia. Un piccolo cappello di feltro rosso ornato da una corta piuma le proteggeva i capelli dal vento. Dopo una fugace occhiata, Aillas non prestò più attenzione ai tre, e rimase sorpreso quando il Duca Luhalcx avanzò con decisione verso di lui, lasciando Ankhalcx e Tatzel insieme, una cinquantina di metri più indietro.

Aillas si sollevò sulla persona, e non appena Luhalcx gli si fermò dinnanzi gli rivolse un breve inchino.

– Buon giorno, signore.

Luhalcx rispose all'inchino.

– Signore, ho molto pensato alle circostanze che ci hanno fatto incontrare, e vi sono certe idee che mi sento obbligato a esporti.

– Parla.

– Ho cercato di mettermi nei tuoi panni, e credo ora di poter capire come mai ti sei sentito indotto a inseguire e a catturare Lady Tatzel. Anch'io la ritengo una persona dotata di molto fascino. Mia figlia mi ha descritto nei dettagli il vostro viaggio attraverso le terre selvagge della brughiera e la generale cortesia e preoccupazione che hai mostrato nei suoi confronti, certo non dovute a qualsiasi considerazione legata al suo stato sociale.

– Del tutto esatto.

– Hai mostrato più pazienza di quanta temo ne avrei avuta io stesso al tuo posto, e sono perplesso per i motivi che hanno regolato la tua condotta.

– Sono personali e non tornano comunque a discredito di Lady Tatzel. In parole semplici, non sono capace d'impormi con la forza a una donna.

– Questo sembra farti credito – replicò Luhalcx, con un gelido sorriso – anche se, così dicendo, sembra che io stia implicitamente denigrando la politica degli Ska... Non importa. I miei sentimenti si possono tradurre nella gratitudine che provo per il fatto che Tatzel non abbia sofferto nessun male e, in mancanza di meglio, voglio ringraziarti per questo particolare aspetto della faccenda.

– Signore – ritorse Aillas, con una scrollata di spalle – accetto la tua cortesia ma non posso accettare i tuoi ringraziamenti, dato che le mie azioni non erano dirette a tuo beneficio, anzi – se mai – avevano un intento opposto. Lasciamo semplicemente le cose come stanno.

Il Duca Luhalcx ebbe un mezzo sorriso di rammarico.

– Sei un tipo permaloso, questo è certo.

– Tu sei un mio nemico. Hai ricevuto notizie da casa, di recente?

– Nulla di nuovo. Cosa è successo?

– Secondo il capitano della mia nave, le truppe ulflandesi, con l'aiuto di un contingente troicinese, hanno ripreso Suarach e distrutto la guarnigione Ska.

– Se è vero, sono ben tristi notizie. – Il volto di Luhalcx era diventato impassibile.

– Dal mio punto di vista, voi non avevate nulla da fare a Suarach fin dall'inizio. – Aillas fece una pausa, poi aggiunse: – Voglio darti un consiglio, e se sei saggio seguirai le mie istruzioni alla lettera. Torna a Castello Sank, impacchetta tutte le tue preziose reliquie, i ritratti e i ricordi dei tempi andati i tuoi libri e porta tutto a Skaghane, perché presto, molto presto, Castello Sank finirà raso al suolo.

– I tuoi sono tristi presagi, ma sono inutili perché noi non abbandoneremo il nostro sogno. Prima conquisteremo le Isole Elder, e poi scateneremo la nostra grande vendetta contro i Goti che ci hanno scacciati dalla Norvegia.

– Gli Ska hanno la memoria lunga.

– Sogniamo come popolo, e ricordiamo come popolo! Io stesso ho visto nel fuoco delle immagini che non erano visioni, ma ricordi. Abbiamo scalato i ghiacciai e trovato una valle sperduta; abbiamo combattuto contro i guerrieri dai capelli rossi che cavalcavano i mammuth, abbiamo distrutto i mezzi-uomini cannibali che abitavano quella terra da un milione di anni. Rammento tutto questo come se fossi stato presente di persona.

– Signore – replicò Aillas, indicando il mare. – Guarda queste onde che giungono dall'Atlantico! Sembrano inarrestabili! Dopo migliaia di chilometri di costante avanzata, colpiscono un'altura e in un istante vengono ridotte a schiuma.

– Ho udito le tue osservazioni e le considererò con la dovuta attenzione – rispose, conciso, il Duca Luhalcx. – C'è solo più una questione che mi tormenta il cervello: la salvezza della mia sposa, Lady Chraio.

– Non so nulla di lei. Se è stata catturata, sono certo che verrà trattata con la stessa cortesia che tu useresti a una donna ulflandese prigioniera.

Il Duca Luhalcx fece una smorfia, s'inchinò e andò a raggiungere il Duca Ankhalcx e Tatzel; per qualche minuto ancora, i tre rimasero a guardare dai bastioni, poi si volsero e tornarono nella direzione da cui erano venuti.

Nel tardo pomeriggio, una densa cortina di nubi fra il grigi e il porpora sorse da ovest e oscurò il sole, facendo scendere su Xounges un prematuro crepuscolo. Seguì una notte di assoluta oscurità segnata da torrenti di pioggia a intervalli irregolari, che diminuirono d'intensità quando l'alba colorì il cielo di un umido bagliore, violaceo come una melanzana.

Un paio d'ore più tardi la pioggia si trasformò in acquerugiola e il cielo parve presagire una schiarita per quando avrebbe avuto luogo l'incoronazione, più tardi, nel corso della giornata. Aillas arrivò di corsa dal porto percorrendo il passaggio e la stretta strada, e attraversò la piazza fino a oltrepassare il massiccio portone frontale di Jehaundel.

Nell'atrio consegnò il mantello bagnato a un valletto, poi si avviò lungo la galleria principale. Tatzel usciva proprio allora dal salone, dov'era andata a osservare i preparativi per la cerimonia; nello scorgere Aillas, la ragazza esitò, poi venne avanti guardando dritto dinnanzi a sé in un modo che provocò al giovane una sensazione di dejà vu: ebbe l'impressione di trovarsi di nuovo nella galleria di Castello Sank, con Tatzel che procedeva verso di lui senza badare ad altro che ai propri pensieri.

La ragazza continuò ad avvicinarsi, lo sguardo perso in lontananza; era chiaro che Aillas non era nelle sue grazie, e il giovane pensò per un momento che lei lo avrebbe oltrepassato senza parlare. Invece all'ultimo istante si arrestò, quasi a malincuore, e lo squadrò con un'occhiata gelida.-

– Perché mi fissi in maniera tanto strana?

– Ho avuto una bizzarra sensazione: mi è sembrato di essere di nuovo a Castello Sank, e la cosa mi raggela ancora adesso.

La bocca imbronciata di Tatzel si contrasse.

– Sono sorpresa che tu sia ancora qui. Il capitano della nave non è ansioso di ripartire?

– Ha deciso di rimandare la partenza ancora di un paio di giorni, il che mi ha consentito di concludere gli affari che mi hanno portato qui.

– Pensavo che fossi venuto per riportarmi da mio padre. – Tatzel gli rivolse un'occhiata perplessa.

– Questo era uno dei miei scopi. E poi, Re Gax mi ha graziosamente permesso di presenziare alla cerimonia di oggi, che sarà di certo un evento storico che non vorrei perdermi a nessun costo.

Tatzel scrollò le spalle con indifferenza.

– Non mi sembra poi una cosa tanto importante. Ma forse hai

ragione. Adesso devo andare a fare i miei preparativi, anche se nessuno presterà attenzione a *me*.

– Forse ti guarderò io – replicò Aillas. – L'espressione del tuo volto mi ha sempre affascinato.

V

La pioggia continuò a cadere per tutto il pomeriggio, riversandosi su Xounges da un livido cielo nero, picchiettando sui tetti e sibilando nelle acque verde ardesia dello Skyre.

All'interno del salone di Jehaundel, una tenue luce umida filtrava attraverso le finestre alte e strette, e quattro grandi fuochi proiettavano una luce più allegra, intensificata dalle torce attaccate alle pareti.

Una dozzina di gonfaloni dai colori ormai sbiaditi che rappresentavano la gloria del Vecchio Ulfland pendevano dalle pareti di pietra, le loro imprese ormai dimenticate; tuttavia, la vista di quegli stendardi portava ancora le lacrime agli occhi dì molti fra gli Ulflandesi venuti a celebrare l'incoronazione del nuovo re… cerimonia che tutti sentivano come destinata a estinguere le poche residue scintille dell'antico onore.

Oltre agli esponenti della grande nobiltà, erano presenti alcuni nobili di rango minore e un gruppo di otto Ska, che se ne stavano da un lato con aria austera, più gli ambasciatori venuti da Godelia e dal Dahaut e un gruppo di marinai troicinesi.

Un paio di attempati araldi suonò una fanfara e Sir Pertane, l'Alto Cancelliere, dichiarò:

– Annuncio l'imminente arrivo di Sua Maestà Re Gax.

Sei valletti entrarono nella sala con una portantina che sosteneva un trono su cui sedeva il vecchio re, la trasportarono su una bassa piattaforma mediante una passerella e ve la lasciarono. Re Gax, che indossava una tunica rossa bordata di pelliccia nera e portava la corona dell'Ulfland Settentrionale e un berretto rosso, sollevò una fragile mano verso l'assemblea.

– Vi do il benvenuto. Chi lo desidera, si sieda pure, chi invece preferisce il sostegno dei piedi a quello del posteriore, rimanga pure in piedi.

Fra i presenti vi fu un po' di movimento, accompagnato da qualche mormorio.

– La morte è venuta a bussare alla mia porta – continuò Re Gax. – Detesto farla entrare nella mia casa, perché si dice sia un'ospite restia ad andarsene, ma la sento anche ora che bussa! Ci sono altri che riescono a udire questo suono, oppure è destinato ai miei soli orecchi? Ma non importa, non importa: ho un ultimo atto da compiere, prima di lasciar entrare la mia visitatrice.

"Notate tutti! Porto sul capo l'antica corona, che un tempo parlava con voce sonora di gloria e di onore! Questa era la corona dell'Ulfland, quando la nostra terra incombeva grande fra gli stati delle Isole Elder! Allora non vi era un "Settentrione" e un "Meridione" nella nostra terra, ed essa riuniva tutto il territorio a ovest di Hybras, da Godelia a Capo Farewell! Oggi io la porto come simbolo d'impotenza e di sconfitta, e i confini del mio regno sono pari alla distanza cui arriva la mia voce; gli Ska hanno conquistato la nostra terra e hanno trasformato in un luogo selvaggio le fattorie in cui un tempo la nostra gente coltivava la terra.

Re Gax si guardò intorno nella sala e puntò un dito bianco.

– Ecco là gli Ska. Il Duca Luhalcx mi consiglia di abdicare a favore del Duca Ankhalcx; lui conosce le nostre antiche leggi e ha qui il suo candidato. Il Duca Luhalcx sostiene che, nominando come sovrano uno Ska, non farei altro che legittimare la realtà di fatto.

– L'argomentazione di Luhalcx è sensata, ma altri hanno avanzato argomentazioni ancora migliori, asserendo che se la corona passasse non agli Ska ma all'attuale re dell'Ulfland Meridionale, allora la nostra terra sarebbe ancora unita sotto un solo sovrano che si è impegnato a espellerne gli Ska e a riportarvi la legge e l'ordine. Sono argomentazioni molto valide, visto che nell'Ulfland Meridionale regna già un nuovo clima di orgoglio e di coraggio e che le forze sud-uflandesi hanno sferrato duri colpi agli Ska, pur essendo solo all'inizio della loro opera.

– Tali argomentazioni non possono essere ignorate, quindi la stessa testa che già porta la corona dell'Ulfland Meridionale, porterà da ora in poi anche questa corona che ora poggia sul mio indegno capo.

– La cerimonia è nulla a meno che il Re dell'Ulfland Meridionale si trovi qui per ricevere la corona dalle tue mani! – gridò con passione il Duca Luhalcx. – Mi hai citato la legge tu stesso!

– L'ho fatto, e la seguiremo in ogni formalità. Sir Pertane, fai la tua convocazione!

L'Alto Cancelliere si rivolse all'assemblea:

– Dov'è colui al quale Re Gax, sovrano dell'Ulfland Settentrionale, ha ordinato di comparire al suo cospetto? Sarò più specifico: dov'è Aillas, Re del Dascinet, del Troicinet, di Scola e dell'Ulfland Meridionale? Che annunci la sua presenza, se si trova qui!

Aillas si fece avanti e si accostò alla piattaforma.

– Sono qui.

– Aillas, vuoi accettare da me questa corona appartenuta ai nostri comuni antenati e portarla con tutto il possibile onore?

– Lo voglio.

– Aillas, sei disposto a difendere questa terra contro i suoi nemici e al tempo stesso a soccorrere i deboli e i poveri? A proteggere l'agnello dal lupo, a restituire il trovatello ai parenti e a concedere la stessa giustizia ai nobili e ai plebei?

– Farò tutto questo, nella misura in cui ne sarò capace.

– Aillas, ti condurrai sempre e comunque in maniera regale, fuggendo avidità e bramosie, trattenendoti da crudeli manifestazioni della tua ira, lasciando sempre che la pietà moderi la tua giustizia?

– Lo farò, nella misura in cui ne sarò capace.

– Aillas, vieni avanti. – Gax baciò la fronte del giovane, che notò come gli occhi del vecchio fossero colmi di lacrime. – Aillas, figlio mio – e vorrei che tu fossi davvero mio figlio – hai fatto di me un uomo felice! Con gioia cedo a te questa corona e te la poso sul capo. Adesso sei Aillas, Re dell'Ulfland, e che nessuno discuta la mia decisione! Druidi, dove siete? Venite avanti e santificate il mio gesto in nome di Cronus il Padre, di Lug il Luminoso e di Apollo il Saggio!

Dall'ombra uscì un uomo magro dalla lunga tonaca marrone, che appese al collo di Aillas una collana di sacre bacche rosse, ne schiacciò una con le dita e sfregò con il succo le guance e la fronte del giovane, cantilenando intanto delle frasi in una lingua sconosciuta. Poi, senza altri rituali, si ritirò nell'ombra e Sir Pertane annunciò, con voce sonora:

– Che tutti sappiano che, in base alle leggi di questa terra, questi è il nuovo Re dell'Ulfland, e che nessuno faccia confusione in proposito! Araldi! Andate in giro per la città e diffondete questa grande e lieta notizia!

A un segnale di Gax, i valletti tornarono sulla piattaforma, sollevarono la portantina e trasportarono il sovrano nella sua stanza.

Aillas andò intanto a sedersi su una sedia posta sulla piattaforma.

– Gentiluomini e dame: per il momento vi posso dire solo una cosa. Nell'Ulfland Meridionale ho già alquanto migliorato le condizioni di vita tanto dei nobili quanto della gente comune; la nostra marina controlla il Mare Stretto e gli Ska, che un tempo lo solcavano da pirati, ora non osano più uscire dal porto. Sulla terraferma, stiamo continuando con le nostre tattiche, infliggendo le massime perdite possibili agli Ska e subendone il minimo inevitabile. È un tipo di guerra che essi non potranno condurre a lungo, e presto o tardi si dovranno ritirare sul Litorale. Luhalcx, mi hai sentito: non intendo fare nessun mistero in merito alla nostra strategia. La vista del sangue ulflandese non ti ha mai disturbato, quindi preparati a vedere anche il colore del sangue Ska! Vi andrebbe di mandare a sud una grande armata per occupare la mia capitale, Doun Darric? Fatelo! Troverete la città vuota, e intanto le nostre truppe saccheggeranno il Litorale e non lasceranno in piedi una sola casa Ska. Poi piegheremo verso sud e vi verremo incontro, tormentando le vostre truppe come un cane da caccia fa con la preda, e saranno molto pochi quelli di voi che riusciranno a rivedere Skaghane.

– È una triste predizione.

– È solo il principio. Le navi da guerra troicinesi solcano ora il Mare Stretto con la stessa tranquillità con cui navigherebbero sul Lir e presto cominceremo ad attaccare anche Skaghane: il fumo si leverà ora da una città ora dall'altra, con vostra disperazione. Ascoltate il mio consiglio e ponete fine alla vostra rapacità.

– Riferirò il tuo messaggio ai miei pari.

– Spero sinceramente che si lascino persuadere dalle mie parole. Quanto alla tua permanenza qui a Xounges, sentiti a tuo agio; tu e i tuoi siete venuti come ospiti e ve ne andrete come ospiti, quando più vi farà comodo. E allorché descriverai l'accaduto ai tuoi pari, spero che sotto-lineerai la mia predizione, il cui senso è questo: se non rinunceranno alla loro antica ossessione, così come io ho rinunciato alla mia vendetta contro di te, conosceranno grandi dolori.

– Noi siamo abituati a soffrire, Re Aillas.

Guardando oltre il Duca Luhalcx, Aillas scorse Tatzel, che se ne stava un po' in disparte Fissando il volto pallido della ragazza, sentì per un momento il desiderio di attraversare la stanza e di andare a parlarle, ma poi alcuni alcuni Ska si mossero e la nascosero al suo campo visivo, quindi il giovane si alzò e andò verso la camera di Gax con l'idea di fare un po' di compagnia al vecchio.

Arrivato all'appartamento reale, bussò alla porta, e Rohan gli aprì.

– Sono venuto per stare un po' con Re Gax, se non è troppo stanco per la cerimonia – disse Aillas con voce sommessa.

– Sire, non sei giunto in tempo. Re Gax non si stancherà mai più: è morto.

VI

Aillas rimase a Xounges ancora tre giorni, durante i quali fu molto occupato. Partecipò alle cerimonie cupe e fastose, accompagnate dalle preghiere dei druidi, che seguirono il funerale di Re Gax; riorganizzò il sistema di sorveglianza della città e tentò di nominare Rohan viceré, ma senza successo.

– Nomina invece Sir Pertane – rispose Rohan. – È sempre stato più che fedele a Re Gax, ed è tipo da apprezzare una simile promozione; inoltre è un uomo indeciso e un po' ottuso, quindi farai meglio ad avvertirlo che sarò io a dare le direttive politiche e che lui dovrà seguire le mie istruzioni, cosa che non lo seccherà affatto.

– Fra breve – spiegò Aillas – spero di poter piazzare qui a Xounges tre o quattro compagnie di soldati in gamba. Dato che ora possiamo attaccare in qualsiasi punto lungo lo Skyre, gli Ska andranno incontro a grandi problemi e fastidi quando cercheranno di difendersi. È evidente che in questa regione le loro forze sono molto sparpagliate, quindi si dovranno concentrare per difendere lo Skyre, il fiume Solander e magari anche il Lago Quyvern, oppure dovranno abbandonare l'intera area, il che esporrà ai nostri attacchi la strada per Poëlitetz. D'altro canto, se decideranno d'inviare qui altri battaglioni, s'indeboliranno altrove. Non importa quanto possano essere valorosi: non riusciranno a difendere un territorio tanto vasto da un nemico che non segue le tattiche in cui essi eccellono.

– Sono convinto che tu abbia ragione, e per la prima volta in tanti anni vedo per noi un bagliore di speranza. Stai certo che in tua assenza Xounges sarà ben sorvegliata. Vorrei inoltre suggerirti d'inviare qui esperti militari che addestrino i nostri uomini in modo che possano entrare nel tuo esercito. I nostri anni di passività sono finiti.

Aillas salpò da Xounges all'alba; aggirato Capo Tawzy, la nave da guerra veleggiò a sud lungo il Mare Stretto incontrando solo un'altra nave troicinese, visto che ora gli Ska si spingevano in mare unicamente di notte.

Aillas sbarcò a Oaldes e, preso un cavallo, raggiunse alla massima velocità Doun Darric, dove ricevette un caldo benvenuto da Sir Tristano, da Sir Redyard e dagli altri membri del suo Stato Maggiore che, dopo tre settimane di assenza, erano ormai molto preoccupati.

– Li avevo avvertiti che eri sano e salvo – dichiarò Tristano. – Ho un certo istinto in questo campo, che mi ha detto che ti eri imbarcato in qualche notevole avventura. Avevo ragione?

– Assolutamente! – Aillas riferì quanto era accaduto in quell'intervallo di tempo, ascoltato da un uditorio affascinato.

– Le nostre novità non possono in alcun modo stare alla pari con le tue – osservò Tristano. – Non è più successo nulla d'importante da quando abbiamo ripreso Suarach. Adesso ci spingiamo a nostro piacimento nell'Ulfland Settentrionale a caccia di vittorie, che ormai è difficile conseguire, visto che gli Ska si guardano bene dal circolare in piccoli gruppi. – Tirò poi fuori un pacchetto. – Questi sono i dispacci da Domreis che, in tua assenza, mi sono preso la libertà di leggere. Ce n'è uno che trovo piuttosto strano: è firmato S-T, il che farebbe pensare a Sion-Tansifer, ma le parole che contiene non sono certo sue.

– È così che Yane mantiene la sua coltre d'invisibilità; se il messaggio venisse intercettato e in esso vi fosse qualcosa di strano o spiacevole, la colpa ricadrebbe su Sion-Tansifer. – Aillas lesse il dispaccio.

È arrivata a Domreis la nave Parsis, proveniente da Città di Lyonesse. Fra i passeggeri vi era un certo Visbhume, che sembra essere un mago di piccolo calibro e anche una spia al servizio di Re Casmir. Era già venuto qui una volta con la Parsis e aveva fatto un sacco di domande relative a Dhrun, a Glyneth, a Ehirme e agli altri membri della sua famiglia, cosa di cui essi mi hanno informato solo di recente. Visbhume si è ora trasferito nel villaggio di Wysk, vicino a Watershade, dove si aggira per la foresta con lo scopo apparente di cercare rare erbe. È tenuto sotto sorveglianza, ma c'è sotto qualcosa e gli auspici non sono dei migliori. È ovvio che l'iniziativa è di Casmir, ma chi c'è dietro di lui? Sono tentato di suggerirti di tornare a casa, preferibilmente insieme a Shimrod.

S-T

Aillas rilesse il dispaccio, accigliandosi a ogni parola, poi guardò Sir Tristano.

– Hai visto Shimrod?

– Non di recente. Ti aspettavi di trovarlo qui?

– No... Sembra che io debba tornare a Domreis a tutta velocità. Quando abbaia un barboncino, lo si può ignorare, ma quando ad abbaiare è un vecchio cane da caccia bisogna afferrare le armi.

VII

La nave da guerra *Pannuc* arrivò nel porto di Domreis in una soleggiata mattina d'estate, ancorandosi a un molo posto proprio sotto le mura di Miraldra. Senza attendere la passerella, Aillas balzò a riva e corse al castello, dove trovò il siniscalco Sir Este che sonnecchiava nella grande sala che usava come ufficio.

– Vostra Altezza! – esclamò Sir Este, balzando in piedi. – Non sapevo del tuo arrivo!

– Non importa. Dov'è il Principe Dhrun?

– È via da tre giorni: è a Watershade per passare l'estate.

– E la Principessa Glyneth?

– È anche lei a Watershade.

– E Sir Yane?

– Da qualche parte nel castello, o forse in città. O magari nella sua tenuta. A dire il vero, non lo vedo da ieri.

– Cercalo, per favore, e mandalo nelle mie camere.

Aillas fece un rapido bagno caldo e si cambiò d'abito; quando passò in salotto, trovò Yane che lo attendeva.

– Finalmente! – esclamò questi. – Il re viaggiatore ritorna, preceduto da voci sconvolgenti!

Con una risata, Aillas gli gettò un braccio intorno alle spalle.

– Ho molto da raccontarti! Saresti sorpreso se ti dicessi che ora sono Re di tutto l'Ulfland, legittimamente eletto? E non dubito che questo stia tormentando le budella reali di Casmir. Non sei sorpreso?

– Le notizie ci sono giunte due giorni fa tramite un piccione.

– Ho in serbo anche altre sorprese! Ti ricordi del Duca Luhalcx di Castello Sank?

– Lo ricordo bene.

– Sarai contento di sapere che gli ho torto il naso per bene e nella maniera più soddisfacente! Adesso rimpiange il giorno in cui ha offeso Cargus, Yane e Aillas!

– Queste sì che sono belle notizie! Dimmi qualcosa di più!

– Ho catturato Lady Tatzel e me la sono portata dietro attraverso la brughiera come una schiava. Se l'avessi posseduta come lei si aspettava mi avrebbe odiato ritenendomi un bruto insolente. L'ho restituita illesa a suo padre e ora mi odia ancora di più.

– È tipico della natura femminile.

– È vero. Mi aspettavo effusioni, ringraziamenti, lacrime di gioia e inviti sentimentali, invece non ho avuto nulla di tutto questo, solo acida ingratitudine. Ma ora veniamo a cose più urgenti, e cioè alle tue premonizioni che mi hanno condotto qui in tutta fretta! Che mi dici? È evidente che si sono risolti in un falso allarme!

– Per nulla! La situazione è immutata e sento l'imminenza di un guaio con la stessa intensità di prima.

– E tutto a causa del mago Visbhume?

– Proprio così. Quell'uomo suscita i miei più profondi sospetti. È un agente di Casmir, questo è certo, anche se i fatti conducono ad altri misteri.

– E quali sono questi fatti?

– Già tre volte si è recato ad Haidion, dove è stato ricevuto immediatamente. È venuto nel Troicinet a bordo della *Parsis* e ha indagato con cautela su Dhrun e Glyneth per poi portare le notizie raccolte a Casmir. Di recente è tornato, sempre con la *Parsis*, e attualmente risiede in un villaggio a meno di quindici chilometri da Watershade. Adesso capisci il perché dei miei sospetti?

– Non solo li capisco, ma li condivido. Si trova ancora a Wysk?

– Alloggia al *Gatto e l'Aratro*, ed è inutile dire che è sotto sorveglianza. Qualche volta studia un libro con la copertina di cuoio, qualche altra va in giro su un assurdo calesse tirato da un pony o si aggira per la foresta in cerca di erbe. Le ragazze del villaggio lo evitano con cura perché cerca sempre d'indurle a tagliargli i capelli o a massaggiargli il collo o a sederglisi in grembo e giocare a un gioco che lui chiama "Furetti in Caccia". Quando poi si rifiutano di andare con lui nel bosco in cerca di erbe, diventa petulante.

– Domani devo consultare i miei ministri, altrimenti penseranno male di me – dichiarò Aillas, con un sospiro d'ansia. – Poi andremo a Watershade... visto che abbiamo a che fare con un mago, sarei lieto di avere qui Shimrod, ma non posso chiamarlo ogni volta che uno di noi ha un brutto presentimento, altrimenti finirà per perdere la pazienza. Ah, vedremo. Adesso ho una fame da lupo, e il cibo a bordo della *Pannuc* era appena decente. Chissà se la cucina ci potrà fornire una cena saporita, magari un pollo, o uova al prosciutto con rape al burro e porri.

Mentre mangiavano, Yane aggiornò Aillas sulla questione della nave da guerra segreta di Casmir. La nave era stata varata con ogni precauzione nel Blaloc e, stando ai rapporti, era davvero una bella imbarcazione, con tavole di quercia robusta e chiodi di bronzo, murate basse, vela latina per una maggiore rapidità, portelli per quaranta remi da usare in caso di bonaccia. Per evitare che venisse notata, per le rifiniture e per l'installazione della velatura la nave era stata rimorchiata di notte fino a un cantiere più addentro all'Estuario del Murmeil. Tuttavia le navi troicinesi si erano fatte avanti e avevano tagliato i cavi di rimorchio, cosicché la nave era uscita dall'estuario ed era andata alla deriva in mare aperto. All'alba, le navi troicinesi avevano recuperato la gomena e rimorchiato lo scafo fino a sud del Dascinet, in una profonda insenatura, dove sarebbe stato munito di vele e aggiunto alla marina troicinese. Yane riferì che Casmir si era infuriato per la perdita, al punto di strapparsi la barba a manciate.

– Che Casmir costruisca pure dozzine di navi! – esclamò Aillas. – Noi continueremo a portargliele via fino a che non gli rimarranno più peli sulla faccia.

Mentre i due consumavano frutta e formaggio, Dhrun fece irruzione nella stanza, sporco per il viaggio e con un'espressione sconvolta.

– Dhrun! – esclamò Aillas, balzando in piedi. – Cosa è successo?

– Glyneth è scomparsa! È sparita da Watershade e io non ho potuto impedirlo: è successo il giorno prima del mio arrivo!

– Com'è scomparsa? Qualcuno l'ha rapita?

– È andata in giro per la foresta di Wild Woods, come fa spesso, e non è più tornata! Non lo si sa per certo, ma si ritiene che sia responsabile della cosa un tizio chiamato Visbhume, perché è scomparso anche lui.

Aillas si afflosciò su una sedia mentre il mondo, fino a pochi minuti prima così bello e luminoso, gli appariva grigio e cupo, e un peso incombente gli schiacciava il cuore.

– L'avrete cercata, suppongo!

– Sono uscito immediatamente con Noser e Bunce. L'abbiamo seguita abbastanza bene fino a una radura nella foresta ma là abbiamo perso la pista. Ho chiamato altri uomini e una squadra l'ha cercata dappertutto e la sta cercando ancora. Io sono corso qui per chiedere aiuto e mi sono fermato lungo la strada solo per cambiare cavallo! Sono proprio sollevato di trovarti qui, perché non so più cosa fare!

Aillas circondò con un braccio le spalle del figlio.

– Buon Dhrun, io non avrei potuto fare di più o meglio di così! Qui c'è l'opera della magia, e noi non possiamo nulla contro di essa.

– Allora dobbiamo chiamare Shimrod!

– E lo chiameremo! Vieni!

Aillas precedette gli altri nello studio adiacente al salotto; su uno sgabello, vi era un trespolo con un gufo impagliato: dal becco del gufo pendeva un cordoncino azzurro con in fondo una perla d'oro.

– Ah! – esclamò Aillas. – Shimrod ci ha preceduti!

Tirò con gentilezza il cordoncino, e il gufo disse:

– Sono andato a Watershade. Raggiungetemi là.

Capitolo XIV

I

Giunse il tempo del grande solstizio, un periodo denso di significato per gli astronomi. I cieli notturni erano governati dalle gentili costellazioni estive: Ophiuchus, Lyra, Cepheus, Deneb il Cigno. Arturus e Spica – le nobili costellazioni primaverili – sprofondarono verso occidente, mentre da est sorse Altair, che contemplava dall'alto il cupo Antares, e lo Scorpione se ne stava disteso a sud.

Sotto le fresche stelle estive, in tutte le Isole Elder la gente continuava le proprie attività, qualche volta con gioia, come per l'incoronazione di Aillas da parte di Re Gax, qualche altra con rabbia, come per Casmir infuriato per il furto della nave. Altrove i mariti sgridavano le mogli e le mogli trovavano nuovi difetti nei loro sposi; nelle locande e nelle taverne dei villaggi regnavano spacconeria, ghiottoneria e ubriachezza, con un gran cozzare di boccali, tintinnare di monete e scoppi di risate. Alle Corna di Kernuun, vicino al Lago Quyvern, l'avarizia era personificata dal locandiere Dildahl, e a questo punto è forse il caso di raccontare altri particolari relativi a Dildahl che altrimenti si potrebbero perdere nella scia di eventi più importanti.

Due giorni prima del solstizio, un gruppo di druidi si presentò alle Corna di Kernuun per consumare il pasto di mezzogiorno, e nonostante una doppia porzione dell'ottimo bollito e della coscia d'agnello arrosto di Dildahl, la loro conversazione mantenne toni di veemente indignazione, tanto che alla fine il locandiere non riuscì più a trattenere la curiosità.

Gli bastò qualche domanda per scoprire che una banda di fuorilegge sacrileghi aveva invaso l'isoletta sacra di Alziel, aveva incendiato il grande corvo di vimini e liberato le vittime sacrificali, rendendo impossibile lo svolgimento dell'abituale rito annuale. L'accaduto, così sostenevano i druidi, era in qualche modo collegato all'incoronazione del nuovo re a Xounges, che aveva inviato bande di tagliagole a tormentare gli Ska.

– Oltraggioso! – esclamò Dildahl. – Ma, se erano a caccia degli Ska, perché mai hanno distrutto il corvo e rovinato la cerimonia?

– Possiamo solo pensare che un corvo sia il feticcio personale del nuovo re. L'anno prossimo costruiremo una capra e allora indubbiamente non ci saranno problemi.

Nel tardo pomeriggio, un paio di viaggiatori di mezz'età arrivarono alla locanda; guardando dalla finestra, Dildahl stimò che non si trattasse di persone di rango eccessivamente elevato, anche se gli abiti, le medaglie d'argento sui cappelli e le qualità dei cavalli indicavano un buon grado di prosperità.

I due smontarono di sella, legarono i cavalli a un palo ed entrarono nella locanda, dove trovarono Dildahl, l'alto e saturnino locandiere, ad aspettarli davanti al bancone. Ordinarono cibo e alloggio per la notte e fornirono i nomi di Harbig e Dussel.

Dildahl acconsentì a soddisfare tutte le loro esigenze e poi, citando l'irrevocabile regola della casa, porse loro da firmare un documento ciascuno.

Leggendo, Harbig e Dussel scoprirono che si trattava di un fermo impegno secondo il quale il cliente, se non avesse pagato il conto, avrebbe dovuto consegnare a saldo del dovuto il proprio cavallo, completo di sella e brighe.

Harbig, il più anziano dei due, s'accigliò nel notare i termini alquanto rigidi in cui era steso l'impegno.

– Non è un linguaggio un po' aspro? Dopotutto, noi siamo uomini onesti!

– O forse – aggiunse Dussel – i tuoi prezzi sono così alti che l'alloggio per una notte viene a costare quanto un cavallo?

– Guardate voi stessi! – rispose Dildahl. – Là sulla lavagna c'è indicato il menù del giorno. Stasera c'è bollito con rafano e cavolo, oppure, se preferite, un buon piatto di agnello brasato con piselli e aglio, o una saporita zuppa di lenticchie. I prezzi sono segnati con chiarezza.

Harbig studiò la lavagna.

– I tuoi prezzi sembrano sostanziosi ma non eccessivi – commentò. – Se le porzioni saranno abbondanti e non avrai bruciato l'aglio, non riceverai lamentele da parte mia. Che ne dici, Dussel?

– Sono d'accordo in tutto tranne che per una cosa – replicò l'altro viaggiatore, un uomo corpulento dal volto simile a una luna piena. – Dobbiamo ancora verificare quanto ci verrà a costare l'alloggio.

– Hai ragione: una saggia precauzione! Locandiere, quanto chiedi per l'affitto della camera, compresi tutti gli extra come l'acqua, le tasse, il riscaldamento, la pulizia e la ventilazione e il libero accesso al bagno?

Dildahl citò le tariffe per i vari tipi di sistemazione possibili, e i due viaggiatori scelsero una camera con tariffe e servizi di loro gradimento.

– Adesso – concluse Dildahl – abbiamo chiarito tutto e manca solo la vostra firma su questo documento. Qui e qui, se non vi dispiace.

Harbig esitò ancora.

– Sembra tutto a posto, ma perché dobbiamo sottoporre i nostri poveri cavalli alla vergogna di essere considerati dei pegni? Non so perché, ma questa condizione del contratto mi lascia in ansia.

Dussel annuì, pensoso.

– Sembra garantire al viaggiatore un certo nervosismo per tutta la durata della sua permanenza.

– Ah! – esclamò Dildahl. – Non potete immaginare i trucchi e gli imbrogli di astuti criminali che un povero locandiere è costretto a subire! Non dimenticherò una coppia di giovani dall'aria in apparenza innocente che sono arrivati a cavallo dalle Terrazze e mi hanno chiesto il meglio di quanto potevo offrire. Con gentilezza, li ho serviti secondo i loro ordini, al punto di sconvolgere tutta la cucina per la preparazione di piatti speciali e la cantina alla ricerca del vino migliore. Il mattino dopo, quando ho presentato loro il conto, hanno sostenuto di non avere i soldi per pagare. E quando ho detto che allora avrei dovuto prendere in pagamento i loro cavalli hanno riso e mi hanno risposto: "Non abbiamo cavalli! Li abbiamo venduti in cambio di una barca!" Quel giorno ho imparato una lezione amara e costosa, e ora custodisco i pegni nel mio fienile!

– Un triste racconto – convenne Dussel. – Allora, Harbig, che facciamo? Firmiamo?

– Che male ce ne può venire? – chiese Harbig. – Questi sembrano prezzi onesti, e noi non siamo due indigenti o gente che scappa di notte senza pagare.

– Così sia – convenne Dussel. – Ma, in tutta coscienza, devo aggiungere una postilla. Padrone, scrivi: "Il mio cavallo ha un notevole valore e deve essere custodito con cura".

– Buona idea! – esclamò Harbig. – Lo scriverò anch'io… Ecco fatto! E stanotte mi lascerò alle spalle ogni prudenza! Anche se mi costerà un intero penny, ho intenzione di assaporare il bollito speciale di Dildahl, con salsa di rafano, burro e pane!

– Concordo di tutto cuore! – convenne Dussel.

All'ora di cena, Harbig e Dussel scesero in sala da pranzo e sedettero a un tavolo, ma quando chiesero una porzione di bollito, Dildahl riferì con aria addolorata che la carne si era bruciata nella pentola e aveva dovuto gettarla tutta ai cani.

– Comunque, ho dell'ottimo pesce da offrirvi. Anzi, il pesce è la nostra specialità!

– Allora – dichiarò Harbig – credo che al posto della carne bollita mi accontenterò dell'agnello, e non essere parco con l'aglio!

– Lo stesso per me! – esclamò Dussel. – E che ne diresti di stappare una bottiglia di vino rosso, buono ma economico?

– Proprio quel che ci vuole – convenne Harbig. – Dussel, sei davvero un uomo dotato di gusto!

– Ahimè! – sospirò Dildahl. – A mezzogiorno sei druidi sono venuti qui e ciascuno di loro ha mangiato agnello in abbondanza, e stasera il garzone di cucina ha mangiato il pane che rimaneva per cena. Ma non importa. Vi posso offrire un succulento pasticcio di code di gambero o trota in abbondanza cotta nel burro e vino.

– Questi piatti non figurano nel menù – osservò Harbig, studiando la lavagna. – Quanto costano? Poco, suppongo, visto che hai il lago davanti alla porta!

– Il pesce è il nostro forte! Che ne dite di due dozzine di sardelle con limone e acetosa?

– Saporito, non ne dubito, ma voglio sapere il prezzo! Quanto costa?

– Oh oh, non lo so con certezza! Dipende dall'abbondanza della pesca! – Harbig studiò il menù con aria dubbiosa.

– La zuppa di lenticchie potrebbe essere saporita.

– È finita – dichiarò Dildahl. – Che ne dite di un ottimo salmone con burro di capperi, e di un'insalata di crescione e prezzemolo?

– E quanto cosa?

Dildahl agitò una mano con aria di deprecazione.

– Potrebbe essere molto o anche poco.

– Il salmone mi appetisce – dichiarò Dussel. – Questo sarà la mia cena.

– Io prenderò la trota – decise Harbig. – Con un adeguato contorno.

– D'accordo. – Dildahl s'inchinò, fregandosi le mani.

I due ricevettero il pesce richiesto, lo mangiarono con gusto, accompagnato da due bottiglie di vino, e andarono a letto.

Il mattino dopo, Dildahl servì loro una colazione di porridge e quagliata; Harbig e Dussel la consumarono in fretta e chiesero il conto.

Con un cupo sorriso, Dildahl porse a ciascuno dei due la nota di quanto doveva pagare.

– Ho letto bene? – gridò Harbig, sgomento. – O forse i numeri sono scritti al contrario? Il mio conto è di diciannove fiorini d'argento e quattro pennies.

Anche Dussel era ugualmente sconcertato.

– Per un piatto di salmone, sono abituato a pagare non più di mezzo scellino o al massimo una buona moneta di rame, ma qui si richiedono addirittura ventuno fiorini d'argento! Harbig, siamo desti o stiamo ancora dormendo e vagando in qualche terra immaginaria?

– Siete svegli, e i miei prezzi sono reali – replicò, secco, Dildahl. – Qui alle Corna di Kernuun, il prezzo del pesce è molto elevato perché lo cuciniamo secondo ricette segrete.

– E sia. Se dobbiamo pagare, pagheremo – concluse Harbig.

Con aria cupa, i due viaggiatori aprirono la borsa e tirarono fuori le monete d'argento fino a raggiungere la somma richiesta.

– E ora – disse quindi Harbig – se non ti spiace portaci i nostri cavalli, perché abbiamo fretta di rimetterci in viaggio.

– Immediatamente!

Dildahl impartì un ordine allo sguattero che corse al fienile e tornò un momento più tardi ancor più a precipizio.

– Signore, il granaio è spalancato, la porta è rotta e i cavalli sono spariti!

– Cosa? – gridò Harbig. – Ho sentito bene? Il mio grande campione Nebo, che non vale meno di cento pezzi d'oro? O forse anche duecento?

– E il mio destriero venuto dal Marocco che mi è costato cento corone d'oro e che non rivenderei per meno di trecento? – urlò, non meno sgomento, Dussel.

– Dildahl, lo scherzo è durato abbastanza! – dichiarò, severo, Harbig. – Restituiscici all'istante i cavalli oppure pagaci l'equivalente del loro valore, perché erano davvero cavalli preziosi! Per Nebo pretendo duecento corone d'oro!

Dussel valutò di aver subito una perdita ancora maggiore.

– Per Ponzante, voglio duecentocinquanta corone d'oro, anche solo per approssimarsi al valore effettivo!

Finalmente, Dildahl ritrovò la voce.

– Ma questi prezzi sono assolutamente oltraggiosi! Con una singola corona d'oro! potrei comprare il migliore cavallo che ci sia!

– Ah, ah! I nostri cavalli sono come il tuo pesce. Paga immediatamente quattrocentocinquanta corone d'oro!

– Non potete sostenere una così folle richiesta! – continuò Dildahl. – Andatevene, altrimenti lo stalliere vi picchierà per bene e vi butterà nel lago!

– Prenditi il disturbò di dare un'occhiata alla strada – suggerì Harbig – e noterai che vi sono accampati venti soldati dell'esercito di Aillas, Re dell'Ulfland. Rimborsaci il valore dei cavalli o preparati a scalciare appeso alla forca reale.

Dildahl corse alla porta e, con bocca spalancata e labbro pendulo, prese atto dell'accampamento militare. Con lentezza, si girò verso Harbig.

– E perché mai questi soldati sono venuti a Lago Quyvern?

– In primo luogo, per attaccare gli Ska e scacciarli dalla regione; in secondo luogo, per investigare sulle voci di furfanteria che circolano a proposito della gestione delle Corna di Kernuun e per impiccarne il padrone nel caso le accuse risultassero fondate.

– Te lo ripeto ancora una volta – aggiunse Dussel, con tono severo. – Paga quanto chiediamo per i nostri cavalli o chiederemo la protezione del re.

– Ma non possiedo una simile somma! – protestò Dildahl. – Vi restituirò i vostri fiorini, e questo vi dovrà bastare!

– Bah! Non basta! Adesso prenderemo possesso della tua locanda come tu fai con i cavalli dei tuoi clienti, "a saldo completo del debito". Dussel puoi finalmente vedere realizzato il tuo sogno! Sei proprietario di una bella locanda di campagna! Come primo passo, appropriati delle monete contenute in quel cassetto e dell'oro chiuso nella cassaforte di Dildahl.

– No, no, no! – gridò Dildahl – Non il mio prezioso oro!

– Dildahl, fammi vedere dove tieni la cassaforte – ingiunse Dussel, senza badare a quel grido disperato. – Poi te ne dovrai andare, e subito. Ti lasceremo i vestiti che indossi.

– Ma quanto sta accadendo è incredibile! – protestò Dildahl, che non riusciva ancora a rassegnarsi all'accaduto.

Harbig inarcò le sopracciglia con aria dubbiosa.

– Non avrai certo creduto di poter continuare in eterno a derubare i tuoi clienti!

– È tutto un errore! Di certo dev'essere possibile appellarsi!

– Sii grato di trattare con noi, e non con il sergente di quel plotone – replicò Harbig. – Lui ha già scelto un albero adatto e preparato una robusta fune.

– Noto strane coincidenze – gemette Dildahl. – Come fate a essere tanto informati sul conto di quelle truppe?

– Io sono il loro capitano, e Dussel, se proprio lo vuoi sapere, era il capo cuoco di Jehaundel. Adesso che Re Gax è morto, i suoi servigi non sono più richiesti e lui ha sempre desiderato gestire una locanda di campagna. Non ho forse ragione, Dussel?

– In tutto e per tutto! Adesso, Dildahl, mostrami la cassaforte e poi va' per la tua strada!

Dildahl prese a gemere e a protestare a gran voce.

– Abbiate pietà! Mia moglie ha le gambe malate e non può camminare! Le vene le sporgono come serpenti purpurei! Dobbiamo forse strisciare nella polvere sulle mani e sulle ginocchia!

– Dildahl sembra essere piuttosto bravo in cucina, specialmente quando prepara il pesce – osservò Harbig, rivolto a Dussel. – Perché non lo tieni qui come cameriere e sottocuoco, mentre sua moglie si rende utile mungendo le mucche, preparando burro e formaggio, coltivando e raccogliendo rape, carote e porri, sempre in ginocchio per non stancarsi le gambe? Tutto grazie alla misericordia di Re Aillas, naturalmente.

– Dildahl, che ne dici? – chiese Dussel. – Sei disposto a servirmi con fedeltà e senza imbrogli?

Dildahl levò gli occhi al cielo e serrò i pugni.

– Se proprio devo, lo farò.

– Molto bene. In primo luogo, mostrami dove si trova la tua... o meglio, la mia cassaforte.

– Sotto la pietra del focolare, nel mio salotto privato.

– Ora il mio salotto. Trasferisciti immediatamente in una delle case circostanti e poi frega questo pavimento fino a far brillare ogni trave del colore della paglia fresca! Non voglio vedere né polvere né macchie sul pavimento della Locanda del Lago, che certo diventerà un luogo di ritrovo per la nobiltà di Xounges!

II

A Twitten's Corner, nella Foresta di Tantrevalles, si tenevano ogni anno tre fiere, alle quali venivano acquirenti e venditori da tutte le Isole Elder, umani ed esseri fatati, ciascuno nella speranza di scoprire qualche meraviglioso incantesimo, oggetto o elisir che portasse fortuna alla sua vita oppure oro alla sua borsa.

La prima e l'ultima di queste cosiddette "Fiere degli Orchetti", avevano luogo in coincidenza con l'equinozio d'autunno e di primavera, mentre la fiera intermedia aveva inizio la sera che i druidi definivano *Pignal aan Haag,* che le fate della Foresta di Tantrevalles chiamavano *Summersthawn* e che gli archivisti Ska conoscevano come *Soltra Nurre,* secondo il primitivo linguaggio norvegese. Era la sera che segnava l'inizio dell'anno lunare, e cioè la notte della prima luna nuova, dopo il solstizio d'estate. Per motivi ignoti, questa notte era diventata un periodo di insolite influenze e di indirette pressioni da parte di entità che per questo breve periodo si destavano e acquistavano coscienza, tanto che i viandanti che in tale notte si venivano a trovare in luoghi elevati, spesso avevano l'impressione di udire voci sussurranti e il battito di lontani cavalli al galoppo.

Nella locanda chiamata *Al Sole Ridente e alla Luna Piangente* questa era la sera di *Freamas*, e significava ore d'incessante lavoro per il locandiere Hockshank. Anche prima di Freamas, la locanda si riempiva di persone di ogni tipo che venivano per incontrarsi in un'atmosfera di cameratismo, per vendere, acquistare, barattare, o anche solo per guardare e ascoltare, o magari per cercare un amico perduto di vista da tempo o un nemico, o per recuperare un oggetto di cui erano stati private: le esigenze erano disparate come le persone stesse.

Fra di esse vi era anche Melanchte, arrivata in anticipo in modo da poter affittare un appartamento.

Per Melanchte, la fiera costituiva un momento d'introspezione e un ambiente in cui la sua presenza attirava poca attenzione e ancor meno curiosità. Hockshank, il locandiere, non badava troppo ai clienti, a patto che pagassero in oro o in argento, che non provocassero fastidi e non esalassero odori fastidiosi o sgradevoli, quindi la sala comune ospitava un assortimento di esseri fatati, ibridi, tipi originali e creature indefinibili, oltre a persone come Melanchte, dall'aspetto in apparenza comune.

Arrivata per tempo il giorno precedente Freamas, la donna andò a guardare la costruzione delle bancarelle tutt'intorno al prato: molti mercanti avevano già esposto la loro merce nella speranza di attirare l'occhio dei clienti meno facoltosi, prima che spendessero altrove i loro soldi.

Melanchte passò con lentezza da una bancarella all'altra, ascoltando senza commenti i richiami dei venditori ed esibendo un tenue sorriso quando vedeva qualcosa che le piaceva. Lungo il limitare orientare del prato, s'imbatté in un'insegna dipinta in verde, giallo e bianco:

Questa è la bottega
dell'onorevole e unico

⇒ZUCK⇐

Venditore di oggetti che non hanno uguali
sotto la volta dell'universo!
I MIEI PREZZI SONO ONESTI, LE MIE MERCI SONO
SPESSO DI NOTEVOLE QUALITÀ!

Non si DANNO GARANZIE!
Non si ACCETTANO RESTITUZIONI!
Non si FANNO RIMBORSI!

Zuck in persona era fermo dietro il banco: un individuo basso e grasso, con il volto rotondo e il cranio quasi calvo, gli occhi atteggiati a un'espressione innocente e interrogativa. Il naso arrotondato e gli occhi color prugna e leggermente appuntiti agli angoli facevano supporre che nelle sue vene vi fosse del sangue fatato, impressione accentuata dalla sfumatura verdognola del suo colorito.

Zuck veniva con regolarità a vendere le sue merci alla fiera, ed era specializzato in *materia magica:* cioè in quelle sostanze da cui di solito si ricavavano pozioni ed elisir. Questa volta, le sue merci comprendevano anche una novità: fra i vassoi di piccole boccette di bronzo e i cubi di gomma trasparente un singolo fiore spiccava in un vaso nero.

Esso attrasse immediatamente l'attenzione di Melanchte, perché era notevole non solo per la forma ma anche per il colore, tanto vivo e intenso da sembrare palpabile: un misto di nero brillante, porpora, azzurro ghiaccio e rosso carminio.

Incapace di staccare lo sguardo dal fiore, chiese:

– Zuck, buon Zuck, che fiore è mai questo?

– Non saprei dirtelo, adorabile dama. Un tizio della foresta mi ha portato questo singolo bocciolo perché ne potessi valutare il valore sul mercato.

– E chi può mai essere questo meraviglioso giardiniere?

Zuck si appoggiò un dito al naso, rivolgendole il sorriso tipico di chi la sa lunga.

– Si tratta di un falloy, e di natura schiva: insiste per rimanere anonimo, in modo da evitare lunghe discussioni teoriche e da non rischiare che il suo segreto gli venga rubato.

– Ma allora i fiori crescono qui intorno nella foresta, da qualche parte!

– Proprio così. Sono pochi, e ciascuno è più bello degli altri.

– Allora ne hai visti altri.

– A dire il vero no – affermò Zuck, sbattendo le palpebre. – Quel falloy è molto bravo nel decantare la merce ed è terribilmente avido. Io ho però insistito nel mantenere bassi i prezzi perché non voglio rovinarmi la reputazione.

– Devo comprare quel fiore. A proposito, quanto chiedi?

Zuck sollevò con aria blanda gli occhi al cielo.

– La giornata è quasi finita e la vorrei concludere con una vendita rapida, in modo che serva da auspicio per domani. Per te, bella dama, chiederò una somma minima: cinque corone d'oro.

– Così tanto oro per un solo fiore? – domandò Melanchte, con aria d'innocente sorpresa.

– Ah, il prezzo ti sembra alto? In questo caso, prendilo per tre corone, perché ho fretta di chiudere.

– Zuck, caro Zuck, raramente porto con me monete d'oro!

– E allora che tipo di monete hai con te? – domandò Zuck, con voce alquanto piatta.

– Guarda! Ecco un bel fiorino d'argento! Per te, Zuck, per te soltanto, e io prenderò il fiore. – Melanchte protese la mano sul banco e sollevò il fiore dal vaso.

Zuck fissò la moneta con aria dubbiosa.

– Se questa è per me, cosa rimane per il falloy?

– Lo pagheremo la prossima volta che ci porterà altri fiori – rispose Melanchte, accostando i petali al viso e baciandoli. – Li voglio tutti, fino all'ultimo.

– È un brutto modo di concludere affari – borbottò Zuck – ma suppongo che dovremo fare a modo tuo.

– Grazie, caro Zuck! Il fiore è superbo e lo è anche il suo profumo: sembra esalare dalle spiagge stesse del paradiso!

– Ah, bah. I gusti variano: per quanto mi riguarda, io sento solo un odore fastidioso.

– È ricco, e apre la porta su stanze che non avevo mai visitato prima.

– Un bocciolo di tanto valore è certo svenduto per un solo fiorino d'argento – rifletté Zuck.

– Eccone un altro, a tutela dei miei interessi! Rammenta, tutti i fiori devono essere venduti a me, e a me soltanto!

– Così sarà – promise Zuck, inchinandosi – ma tu devi essere pronta a pagare un buon prezzo!

– Non mi troverai avara! Quando tornerà ancora quel giardiniere?

– Non posso saperlo con certezza, visto che si tratta di un falloy.

III

Quando il crepuscolo fu sceso sul prato Melanchte fece ritorno alla locanda, e dopo un po' scese nella sala comune, scegliendo un tavolo posto in ombra. Per cena le venne servita una terrina fumante di stufato di lepre, funghi, prezzemolo e vino, con un pezzo di pane fresco, insalata e una brocca di vino di uva sultanina. Un granello di polvere scese fluttuando dall'alto e si posò sul vino, dove formò una bolla.

Accortasi dell'accaduto, Melanchte s'immobilizzò mentre dalla bolla scaturiva una voce, così sommessa che la donna fu costretta a chinarsi in avanti per sentirne le parole.

Fu un messaggio breve, poi Melanchte si riappoggiò allo schienale della sedia, la bocca piegata in una smorfia di noia.

– Di nuovo – borbottò fra sé. – Mi tocca di nuovo usare il mio fuoco purpureo per riscaldare quel gelido monumento al decoro. Ma non devo necessariamente mescolare una cosa con l'altra... a meno che non me ne venga il capriccio.

Si mise ad annusare il suo fiore mentre, nella distante Trilda, Shimrod, intento a studiare un antico documento nella sua stanza da lavoro, veniva assalito da un improvviso senso di disagio.

Accantonato il documento, il mago si alzò in piedi con lentezza. Chiuse gli occhi e gli apparve l'immagine di Melanchte, come se fluttuasse nell'acqua scura, nuda e con i capelli che le incorniciavano il volto.

Shimrod si acciglió: a un livello molto elementare, quell'immagine era stimolante, mentre a un livello più elevato destava solo scetticismo. Dopo un momento o due di riflessione nel silenzio della sua stanza da lavoro, protese una mano e toccò una campanella d'argento.

– Parla! – disse una voce.

– Melanchte è apparsa alla mia mente, mentre fluttuava nuda in un corso d'acqua scura – spiegò Shimrod. – Ha interrotto i miei studi e mi ha agitato il sangue per poi sparire con un sorriso freddo e insolente. Non si sarebbe presa tanto disturbo se non avesse in mente qualcosa.

– In tal caso, scopri il suo scopo, così saprai meglio come reagire.

– Questa è la notte di Freamas – ragionò Shimrod – quindi la troverò di certo a Twitten's Corner.

– Allora va' a Twitten's Corner.

– Molto bene, lo farò.

Tirati fuori altri libri e altre cartelle, Shimrod ne sfogliò le pesanti pagine di pergamena fino a trovare il testo che cercava e lo lesse con estrema attenzione, memorizzandone ogni sillaba, mentre una falena che girava in cerchio intorno alla fiamma della candela concludeva la propria esistenza in uno sbuffo di fumo.

Shimrod preparò quindi una borsa con alcuni oggetti che potevano tornargli comodi o essergli necessari. Una volta ultimati i preparativi uscì sulla strada antistante Trilda, pronunciò alcune parole, chiuse gli occhi e indietreggiò di tre passi. Quando riaprì gli occhi, si trovò accanto all'alto palo di ferro che segnava la dislocazione di Twitten's Corner, nella Foresta di Tantrevalles. Il crepuscolo aveva ceduto il posto alla notte e le morbide stelle bianche brillavano fra le aperture nel fogliame, mentre una cinquantina di metri più a est splendeva l'allegra luce gialla delle finestre del *Sole Ridente e la Luna Piangente*, verso cui si diresse.

La porta rinforzata in ferro era stata bloccata in posizione aperta per lasciar entrare il vento notturno e Hockshank, il locandiere, se ne stava dietro il bancone, intento a tagliare un pezzo di cacciagione. I tavoli erano tutti occupati, e in un angolo in ombra Shimrod scorse Melanchte che sedeva apparentemente assorta a studiare i riflessi della luce nel vino, e che sembrava non essersi accorta della sua presenza.

Il mago si avvicinò al bancone.

Hockshank gli lanciò un'occhiata in tralice con gli occhi dorati che tradivano il sangue fatato che gli scorreva nelle vene; i suoi capelli erano come pelliccia color paglia vecchia, stava leggermente chino in avanti sulla persona e aveva i piedi coperti di pelliccia giallo-grigia, con piccoli artigli neri al posto delle unghie.

– Mi sembra di averti già avuto come cliente – disse – ma non ho memoria per i nomi e comunque non ho stanze da affittare, se ne cerchi una.

– Sono Shimrod, di Trilda. In passato, riflettendo con cura sulle possibili soluzioni oppure trasferendo qualcuno dei tuoi clienti nella stalla,

sei sempre riuscito a trovare una camera che io potessi usare, e la cosa
ha sempre reso felici entrambi.

– Shimrod, mi ricordo di te – replicò il locandiere, senza smettere di
lavorare – ma stanotte la stalla è già piena: se anche mettessi sul banco
una borsa piena d'oro, non potrei trovarti una stanza.

– Una borsa piccola o una grande?

– Stanotte sia l'una che l'altra ti procurerà solo una panca nella
stanza comune. Ho troppi clienti, e sono già dovuto scendere a difficili
compromessi. – Hockshank indicò con il coltello. – Vedi a quel tavolo
laggiù quelle tre imponenti matrone di corporatura robusta?

– Sono dignitose in maniera impressionante – convenne Shimrod,
voltandosi a guardare.

– Proprio così. Sono le Vergini Sacre del Tempio di Dis, nel Dahaut.
Ho assegnato loro un dormitorio di sei letti da usare congiuntamente a
quei tre gentiluomini laggiù con i grappoli d'uva fra i capelli. Spero che
riescano a conciliare le loro divergenze filosofiche senza disturbare gli
altri ospiti della locanda.

– E che mi dici di quella dama che siede sola in quell'angolo laggiù?

Hockshank lanciò un'occhiata dall'altra parte della stanza.

– È Melanchte, la semi-strega, e occupa l'appartamento dietro la
Porta delle Due Lucertole Verdi.

– Forse la potresti convincere a dividere il suo alloggio con me.

Hockshank smise di tagliare.

– Se solo fosse così facile a farsi, lo dividerei io stesso e ti lascerei a
tenere compagnia a Dama Hockshank.

Shimrod si volse e raggiunse un tavolo in un angolo, dove cenò a
base di cacciagione, con verdure e orzo.

Melanchte si decise finalmente a mostrare di essersi accorta della
sua presenza e, attraversata la stanza, scivolò sulla sedia di fronte alla
sua, chiedendo in tono leggero:

– Ti ho sempre considerato un vero esempio di galanteria! Sono
dunque così in errore nel giudicarti?

– Sotto molti aspetti, sì. Come mai critichi la mia galanteria?

– Dato che sono stata io a chiamarti qui, avresti anche potuto venire
al mio tavolo.

– Quel che affermi è valido, in senso astratto – convenne Shimrod.

– Tuttavia, in passato ti ho trovata imprevedibile e spesso pungente nelle tue recriminazioni: è uno dei tuoi piccoli difetti. Ho quindi esitato a mostrare pubblicamente che ci conoscevamo, per timore di metterti in imbarazzo, e ho aspettato che tu mi facessi un segnale.

– Buono, modesto, appartato Shimrod! Avevo ragione, dopotutto! La tua cavalleria è assoluta!

– Grazie. Inoltre, volevo mangiare tranquillo prima che tu mi dicessi qualcosa in grado di rovinarmi l'appetito.

Melanchte sorrise al fiore che teneva ancora fra le dita.

– Forse non ho proprio nulla da dirti.

– E allora perché mi hai convocato con un segnale tanto esplicito? A meno che in questo momento i ladri non stiano saccheggiando Trilda.

Il sorriso di Melanchte, mentre lei faceva ruotare il fiore fra le dita, si fece vago.

– Forse volevo solo farmi vedere in compagnia del famoso Shimrod per acquistare una maggior reputazione.

– Bah! Qui non mi conosce nessuno, a parte Hockshank.

– In effetti, nessuno sembra essersene accorto – convenne Melanchte, guardandosi intorno. – E la ragione è semplice: si tratta della tua modestia. Gli aspetti drammatici che Tamurello ama assumere si ritorcono per la maggior parte contro di lui, mentre tu sei più astuto e ti nascondi sotto una forma che ti offre maggiori vantaggi.

– Davvero? E come? – Shimrod la fissò senza capire.

Melanchte lo scrutò da sotto alle palpebre socchiuse, la testa reclinata da un lato.

– Tu simuli l'uomo universale con assoluta convinzione! Hai i capelli tagliati corti nello stile dei contadini, e il loro colore è quello della paglia usata. I tuoi lineamenti sono magri e ossuti, ma tu ne moderi l'asprezza con un'espressione da sempliciotto che rassicura chiunque. Indossi un abito da contadino, e nel cenare fai mostra dell'appetito di chi ha lavorato lunghe ore nei campi. Tutte queste caratteristiche offrono un grande vantaggio, come certo capirai. Nessun nemico assocerebbe mai quello che sembra essere uno stupido spilungone con il pericoloso e scaltro Shimrod! È un astuto travestimento!

– Grazie! I tuoi complimenti sono difficili da conquistare, e li accetto con piacere… Ragazzo! Altro vino!

– Hockshank ti ha trovato una stanza per la notte? – domandò Melanchte, continuando a fissare il fiore con un sorriso.

– Mi ha offerto una panca qui, nella stanza comune, ma spero ancora di procurarmi qualcosa di meglio.

– Chi lo sa?

Il ragazzo portò il vino in una brocca di ceramica verde, decorata con uccelli azzurri e accompagnata da un paio di boccali dello stesso materiale; Shimrod li riempì di vino fino all'orlo.

– Allora: mi hai convocato qui, mi hai descritto come un essere noioso e stupido, mi hai distolto dal mio lavoro. Hai qualche altro scopo?

Melanchte scrollò le spalle; indossava un abito marrone in cui appariva snella come una bambina.

– Potrei averti chiamato perché mi sentivo sola.

Shimrod inarcò notevolmente le sopracciglia.

– Fra tutta questa gente? Vi sono i tuoi servi e cantori che ti raggiungerebbero volentieri sulle rocce della spiaggia!

– In vero, Shimrod, ti volevo vedere per chiedere la tua opinione sul mio fiore. – Gli fece vedere il fiore i cui petali multicolori apparivano ancora freschi come se lo stelo fosse stato appena colto. – Annusalo! È un odore unico!

Shimrod fiutò e lanciò un'occhiata in tralice al fiore.

– Di certo ha colori vividi e i petali sono ben modellati. Non ne ho mai visto uno simile.

– E il profumo?

– Un po' troppo forte. Mi fa pensare a... – Shimrod fece una pausa e si massaggiò il mento.

– A cosa?

– Mi è venuta una strana immagine davanti agli occhi: una scena di fiori in guerra fra loro e di una grande carneficina. Fiori con braccia e gambe verdi che giacciono morti o mortalmente feriti mentre altri si levano alti e orgogliosi dopo averli sterminati. L'odore che sento è quello del campo di battaglia.

– Che modo sottile e complesso di descrivere un odore.

– Forse hai ragione. Come hai avuto questo fiore?

– L'ho acquistato alla bancarella del mercante Zuck, che non mi ha voluto dire nulla circa la sua provenienza.

– Abbiamo discusso del mio aspetto e del fiore – commentò Shimrod, bevendo un sorso di vino. – Quale altro argomento t'interessa ora?

Melanchte scosse il capo con rammarico.

– La prima volta che ci siamo incontrati non nutrivi sospetti, mentre ora mi scocchi ciniche occhiate da sopra l'orlo del bicchiere.

– Sono invecchiato. Non è il normale corso della vita? Quando per la prima volta ho conosciuto me stesso come Shimrod, ho provato un'esuberanza che non so descrivere! Murgen era disperato per la mia condotta, e non voleva neppure sentire la mia voce, ma a me non importava nulla, saltellavo come un capretto e viaggiavo ficcandomi in nuove avventure a ogni passo.

– Ah! Stanotte vengono fuori i tuoi segreti! Fra essi sono compresi anche una sposa acquisita in questo periodo di sventatezza e magari un mucchio di figli?

– Decisamente non c'è nessuna sposa – rise Shimrod. – Quanto ai figli, chi può saperlo? Ho condotto la vita del vagabondo, libero come un uccello e fin troppo suscettibile al fascino delle belle fanciulle, fate, falloy o umane che fossero. Se ho generato dei figli, non ho idea di quanti o chi siano e di come se la cavino oggi. Qualche volta me lo chiedo, ma all'epoca non riflettevo mai su queste cose. Ora però è tutto passato: lo Shimrod che siede qui stanotte è più posato e astuto, travestito da paesano. E che mi dici della tua vita, in questo periodo?

– Tamurello è tornato dal Monte Khambaste – sospirò Melanchte – e l'aria si è subito riempita d'intrighi e di voci, che potrebbero interessarti oppure no.

– Sono disposto ad ascoltare.

Melanchte fissò il fiore come se lo vedesse per la prima volta.

– Vi presto ben poca attenzione. Di tanto in tanto, sento un nome che conosco, e allora giro la testa e ascolto. Per esempio, conosci il mago Visbhume?

– Non mi è noto questo nome. Chi è questo Visbhume, e perché è degno di nota?

– Per nulla in particolare. A quanto pare, in passato è stato apprendista presso un certo Hippolito, ora defunto.

– Ho sentito parlare di Hippolito. Viveva nel nord del Dahaut.

– Visbhume è andato da Tamurello per proporgli qualche folle progetto, e Tamurello lo ha buttato fuori – spiegò Melanchte, e poi aggiunse in tono affettato: – Visbhume è un uomo senza principi.

– E come mai?

– Oh... chi lo sa? Privo del sostegno di Tamurello, Visbhume si è dichiarato pronto a servire Re Casmir di Lyonesse: pensano di attaccare Re Aillas del Troicinet.

– E quali sono le loro intenzioni? – chiese Shimrod, cercando di apparire poco interessato.

– È circolata la voce che volessero servirsi della Principessa Glyneth per i loro piani... Mi sembri stupito e sconvolto da questa piccola diceria.

– Davvero? Ammetto di essere affezionato alla Principessa Glyneth. Farei del mio meglio per impedire che le capiti qualcosa di male.

Melanchte si appoggiò allo schienale della sedia e sorseggiò pensosamente il vino; quando parlò, la sua voce era sommessa e calma, anche se un orecchio attento avrebbe potuto percepirvi una sfumatura di beffa e di noia.

– È stupefacente come le piccole e caste vergini possano suscitare simili stravaganti impeti di cavalleria, mentre altre persone di ugual valore, ma magari affette da gozzo o da qualche segno di vaiolo, possono giacere sofferenti in un canale di scolo senza destare quasi nessuna attenzione.

Shimrod emise una malinconica risata.

– Il fatto è reale! La spiegazione deriva da sogni a occhi aperti e da concetti ideali molto più potenti della giustizia, della verità e della pietà messe insieme, ma non è reale! Non è però questo il caso di Glyneth: lei emana gentilezza e non ignorerebbe mai una persona sofferente in qualche fosso. È sempre allegra, pulita e fresca come la luce del sole, arreca piacere al mondo anche solo con la sua esistenza.

Melanchte parve sconcertata dal fervore delle osservazioni di Shimrod.

– E in Shimrod lei ha un devoto campione. Ero ignara di tanta devozione da parte tua.

– La conosco bene, e l'amo come se fosse mia figlia.

Melanchte si alzò in piedi, la bocca curva in una smorfia.

– Lo avevo dimenticato. L'argomento mi annoia.

– Melanchte, ti stai forse ritirando per la notte? – chiese Shimrod, alzandosi a sua volta.

– Sì: la stanza comune è diventata rumorosa. Puoi unirti a me, se vuoi.

– Mancandomi un'alternativa migliore, accetto. – Shimrod la prese sottobraccio e i due rientrarono nell'appartamento, dietro la Porta delle Due Lucertole Verdi.

Là Shimrod accese le candele inserite in un candelabro sul tavolo mentre Melanchte si arrestava nel centro della stanza e rimaneva a guardarlo, il fiore infilato tra i capelli. La donna lasciò scivolare a terra l'abito marrone e rimase nuda alla luce delle candele.

– Shimrod, non sono bella?

– Oltre ogni dubbio, ma togli quel fiore, non ti dona.

– Ma a me piace! – Melanchte s'imbronciò. – Shimrod, baciami.

– Metti via quel fiore! Lo trovo repellente!

– Come vuoi! – Melanchte gettò il fiore sul tavolo. – Adesso mi vuoi baciare?

– Farò di meglio – dichiarò Shimrod, e così trascorsero le prime ore della notte.

A mezzanotte, mentre i due giacevano uno accanto all'altra, il mago chiese:

– Ho la spiacevole sensazione che tu abbia qualcos'altro da dirmi sul conto del mago Visbhume.

– Sì, è così.

– E allora perché non me lo hai detto?

– Perché temevo che ti saresti agitato e avresti compiuto qualche atto immediato e inutile.

– Che tipo di atto?

– Adesso non puoi più rimediare. Visbhume è già andato a Watershade e ne è ripartito, passando per una delle sue botole private: un luogo chiamato Tanjecterly.

Un senso di gelo pervase Shimrod.

– E ha portato Glyneth con sé?

– Così si dice. Ma non puoi tentare nulla per impedirlo: la cosa è già stata fatta!

– E perché Visbhume lo ha fatto?

– Lavorava per conto di Casmir. Inoltre, se si deve credere a Tamurello, questo è il tipo di lavori che piacciono a Visbhume.

– Deve essere consapevole che ha accorciato di parecchio la sua vita – dichiarò Shimrod.

– Mi piaci di più di quando ti comporti così – dichiarò Melanchte, stringendolo a sé, ma lui la respinse.

– Avresti dovuto dirmelo subito, se ne avevi davvero l'intenzione.

– Ah, Shimrod, devi ricordare che i sentimenti che provo per te sono contrastanti. Con te mi sento rilassata e perfino felice, ma dopo un po' avverto il bisogno di farti del male e di farti soffrire in ogni modo possibile.

– Sei fortunata che io non condivida questi tuoi desideri, anche se li provochi in ogni modo – commentò Shimrod, mentre si vestiva.

– Questo è proprio quello che temevo – osservò Melanchte. – Il cavalleresco Shimrod che si precipita a Tanjecterly per salvare la sua bella Glyneth.

– Dov'è Tanjecterly? Come ci si arriva?

– La via per giungervi è spiegata in uno dei libri più rari che esistano e che Visbhume ha rubato a Hippolito.

– E come si chiama questo libro?

– L'Almanacco di Twitten, o qualcosa del genere… Shimrod! Te ne vuoi andare davvero?

L'unica risposta fu il suono della porta che si richiudeva alle spalle del mago e Melanchte si riaddormentò quasi subito con una scrollata di spalle.

Il mattino successivo, piena di ansia, si recò alla bancarella di Zuck, ma rimase delusa.

– Ho parlato con il falloy – spiegò Zuck – ma non ci saranno altri fiori per questa fiera: quello era l'unico. In autunno ce ne saranno degli altri, perché i boccioli si stanno già formando, ma il falloy ha detto che li dovrai pagare in oro, perché l'argento non è abbastanza per una simile merce.

Melanchte emise una sommessa imprecazione.

– Zuck, tornerò qui in autunno, e tu dovrai conservare quei boccioli per me soltanto! Siamo d'accordo?

– A patto che li paghi in oro!

– Quanto a questo, non vi sono difficoltà.

IV

Tornato a Trilda, Shimrod andò immediatamente nella stanza da lavoro e consultò l'Indice Pantologico, trovandovi un riferimento a "Tanjecterly".

La fonte delle informazioni relative a Tanjecterly è l'estremamente raro e alquanto sospetto "Almanacco di Twitten". Tanjecterly vi è descritto come uno della serie, o ciclo, di dieci mondi sovrimposti, fra i quali è compreso anche il nostro. I collegamenti fra essi sono difficili da trovare e di natura evanescente.

Secondo l'Almanacco Tanjecterly, somiglia al nostro mondo sotto alcuni aspetti comuni, ma per altri ne differisce invece in maniera notevole. Si dice che gli abitanti siano di vari tipi e che includano anche alcune tribù di persone dall'aspetto umano mentre in altri casi la somiglianza è meno che superficiale. L'ambiente di Tanjecterly è descritto come dannoso e addirittura letale per quelle persone che vi si rechino senza aver preso le dovute precauzioni. D'altro canto, Tanjecterly può anche essere solo una delle fiabe create da Twitten, visto che le sue burle e i suoi capricci sono ben documentati altrove. Si dice peraltro che l'"Almanacco" sia un'opera di grande complessità e di intrinseca coerenza, il che sembra conferire credibilità al libro.

Shimrod diede un colpetto alla campana d'argento, e la voce disse:

– Lavori fino a tardi, Shimrod.

– Sono stato convocato a un incontro con la Strega Melanchte. L'ho vista alla *Locanda del Sole Ridente e della Luna Piangente*, e ho pensato subito che mi avesse chiamato perché aveva delle notizie da darmi. Così era, infatti, anche se se l'è presa terribilmente comoda. Mi ha parlato di un mago di poco conto, un certo Visbhume, ex-apprendista di Hippolito. Visbhume ha parlato con Tamurello, che lo ha inviato da

Re Casmir di Lyonesse. In seguito, secondo Melanchte, Visbhume si è recato a Watershade dove, per motivi che non sono del tutto chiari, ha rapito Glyneth e l'ha portata a Tanjecterly. L'indice elenca Tanjecterly come un luogo forse immaginario menzionato da Twitten nel suo "Almanacco".

– E quali sono i tuoi piani?

– Posso solo fare quello che Melanchte, e forse anche Tamurello, si aspettano da me. Andrò a Watershade, e spero di scoprire che è tutto uno scherzo, o che la situazione è tale da permettermi d'interferire con i piani di Visbhume. Se le cose saranno diverse, dovrò andare dove Visbhume ha portato Glyneth, e cioè a Tanjecterly.

– Sembra un complicato intrigo – commentò la fredda voce. – Come te, anch'io sospetto che sia stato Tamurello a istruire Melanchte. Lei ha già avuto in passato un notevole successo nel persuaderti a balzare nel caos che regna nell'inframondo, e indubbiamente sia Melanchte che Tamurello avranno pensato che se l'intrigo aveva già funzionato così bene allora, lo avrebbe fatto anche ora. È evidente che vogliono che tu ti precipiti a Tanjecterly per non tornarne mai più, il che sarebbe davvero un bel colpo per loro, visto che indebolirebbe me e distruggerebbe te. Per nessun motivo ti dovrai avventurare a Tanjecterly: è una trappola palese!

– Secondo: Visbhume sta lavorando per conto di Casmir, quindi lo scopo potrebbe anche essere quello di confondere, distrarre e danneggiare Re Aillas. Di recente ho avuto la sensazione, ora confermata dall'accaduto, che Tamurello abbia finalmente trovato l'insolenza d'ignorare il mio editto, cosa per cui lo dovrò punire!

– Tutto molto interessante, ma che ne sarà di Glyneth? – obiettò Shimrod.

– Non so nulla di Tanjecterly, quindi devo compiere delle indagini. Ti farò sapere domattina cosa sono riuscito a trovare, ma nel frattempo tu dovrai consigliare Re Aillas. Comunque, per nessun motivo tu, lui o il Principe Dhrun vi dovrete avventurare a Tanjecterly.

– E allora come potremo salvare Glyneth?

– Manderemo un nostro agente. Ma ora devo studiare la cosa.

V

Al tramonto Aillas e Dhrun, con i cavalli sudati e sfiniti, attraversarono il fossato sul vecchio ponte levatoio e arrivarono a Watershade.

Shimrod venne loro incontro, e Aillas e Dhrun lo scrutarono in volto, nella speranza di scorgervi qualche traccia di sollievo: il mago però scosse il capo.

– Conosco qualche dato confuso, e le indicazioni sono le peggiori possibili. Non oso neppure azzardare ipotesi su cosa stia accadendo a Glyneth. Venite dentro e vi riferirò quello che so. In questo momento, un'isterica premura non ci servirà a nulla, e almeno per stanotte dovremo sedere quieti, riposare e formulare piani come meglio possiamo.

– Non mi colmi certo di ottimismo – osservò Aillas.

– Non ce n'è da infondere. Venite. Weare ha preparato la cena e intanto vi parlerò di Tanjecterly.

– Dov'è Tanjecterly? – chiese Dhrun.

– Lo saprai.

Aillas e Dhrun mangiarono un po' di carne fredda con il pane mentre Shimrod parlava.

– Comincerò dall'inizio. Alcune centinaia di anni fa, il Mago Twitten ha compilato personalmente oppure ha ottenuto da altre fonti un volume divenuto poi noto con il nome di Almanacco di Twitten. Questo stesso mago, per scopi sconosciuti, ha collocato quel palo di ferro all'incrocio nella Foresta di Tantrevalles, per quanto alcune leggende sostengano cose diverse.

"L'Almanacco, così mi è stato detto, descrive i cicli di altri mondi, uno dei quali è Tanjecterly, ed era di proprietà del mago Hippolito, che sembra aver istruito il suo apprendista Visbhume nel suo uso. Quando Hippolito è scomparso, presumibilmente perché è morto, Visbhume si è portato via l'Almanacco.

– So qualcosa di questo Visbhume – interloquì Aillas. – Stando ai rapporti, si tratta di una persona strana e spiacevole che lavora al servizio di Casmir. È venuto in precedenza nel Troicinet, ha assillato Dama Ehirme e la sua famiglia con domande relative a Dhrun, e sembra che loro gli abbiano accennato qualcosa in merito alle circostanze della nascita del ragazzo, cose di cui Casmir è ancora all'oscuro.

– Questa può essere la causa dell'atto di Visbhume – commentò Shimrod. – Ha preso Glyneth in modo da scoprire tutto il possibile sull'argomento.

– Mostrami il passaggio per Tanjecterly! – chiese Aillas, con i denti serrati. – Se le ha messo addosso un solo dito gli romperò tutte le ossa.

– Proprio così – replicò Shimrod, con un triste sorriso. – Murgen ritiene che il vero responsabile di tutto sia Tamurello, e che lui speri che tutti coloro che amano Glyneth si precipitino sconsideratamente a Tanjecterly e vi si perdano per sempre. Murgen ha proibito atti di questo genere.

– Ma allora che possiamo fare? – chiese Dhrun.

– Nulla, fino a che non sapremo qualcosa da Murgen.

VI

Il mattino dopo, Dhrun fece strada fino alla capanna del taglialegna, nel cuore della foresta di Wild Woods, dove i cani avevano perso le tracce di Glyneth. Come in precedenza, la capanna sorgeva isolata e apparentemente deserta nella piccola radura.

Aillas si accostò e accennò a oltrepassare la soglia, ma venne bloccato da un brusco grido:

– Fermo, Aillas! Sta indietro! Se ti è cara la vita, non entrare in quella capanna!

Murgen si fece avanti, quest'oggi sotto le spoglie di un alto ed eretto boscaiolo dai corti capelli bianchi, e si rivolse a Dhrun.

– Hai seguito le tracce di Glyneth fino a questo posto. Sei entrato nella capanna?

– No, signore. I cani si sono arrestati davanti alla soglia e si sono messi ad agire in maniera bizzarra. Ho dato un'occhiata, ho visto che la capanna era vuota e, siccome mi dava una sensazione strana, sono venuto via.

– Un atto ragionevole e saggio. Vedi quel bagliore dorato tutt'intorno alla porta? È appena visibile alla luce del giorno, ma segna l'ingresso a Tanjecterly, che è ancora aperto. Se desideri arrecare una grande gioia a Casmir non hai che da oltrepassare quella soglia.

– Posso chiamare attraverso l'apertura? – domandò Aillas.

– Chiama pure! La voce non può fare alcun male.

Aillas si accostò all'ingresso e gridò:

– Glyneth! Sono Aillas! Mi senti?

Gli rispose un profondo silenzio. Aillas si volse con riluttanza e vide che Murgen stava disegnando qualcosa sul terriccio davanti alla capanna: un quadrato con il lato di sei metri lungo il cui perimetro tracciò altri segni con meticolosa cura prima di spostarsi all'indietro. Murgen trasse poi da una sacca una piccola scatola, intagliata in un singolo blocco di cinabro rosso, e ne gettò il contenuto all'interno del quadrato.

Un denso vapore riempì l'interno del disegno, poi si dissipò con una leggera esplosione rivelando una struttura di pietra grigia, il cui unico accesso era una porta di ferro nero adornata da un pannello rappresentante l'Albero della Vita.

Murgen si avvicinò alla porta, la spalancò e fece cenno agli altri:

– Venite.

Nell'oltrepassare la porta, Aillas avvertì un senso di familiarità che lo lasciò perplesso, come se fosse già passato di là una volta, mentre Shimrod individuò con precisione dove si trovavano: l'accesso alla grande sala di Swer Smod.

– Venite – incitò ancora Murgen. – È bene affrettarsi. I dieci mondi scivolano e si muovono uno al di là dell'altro. Il passaggio aperto da Visbhume sembra resistente, ma non si può sapere quando si chiuderà. Dato che noi non vi possiamo entrare, abbiamo bisogno di un agente adeguato. Io ho svolto tutte le ricerche necessarie e ora ve ne mostrerò la sintesi. Venite nel mio studio.

Murgen li condusse in una stanza costellata di tavoli, mensole e armadietti straripanti di strani macchinari: le finestre a est davano sulle pendici del Teach-tac-teach, e, più oltre, sulla scura distesa della Foresta di Tantrevalles.

Murgen indicò loro una panca.

– Sedete, se volete... Osservate questo armadietto: mi è costato molta fatica e una dozzina di debiti nei luoghi più svariati, ma così sia. L'armadietto brilla di una luce giallo-verde e in effetti è costituito dalla sostanza di Tanjecterly. La creatura che si trova al suo interno è un giovane e feroce siaspico delle Montagne di Tanjecterly. Adesso è puramente schematico, ma una volta attivato sarà fatto anche lui della sostanza di Tanjecterly e costituirà l'armatura della nostra costruzione. Esso possiede anche altre virtù: è forte, attento, agile e astuto, non conosce la paura ed è fedele fino alla morte. Le sue pecche, d'altro canto, sono altrettanto consistenti: è selvaggio e diventa un mostro di furia distruttiva se provocato o talvolta anche senza provocazione. È inoltre soggetto a improvvisi capricci, che spingono i membri della sua specie a camminare anche per diecimila chilometri pur di poter mangiare un particolare frutto. Questa è la base del nostro agente.

Aillas osservò la creatura con aria dubbiosa. Superava di qualche centimetro il metro e ottanta e aveva una forma rozzamente umana, con la testa pesante appoggiata su spalle massicce, lunghe braccia, mani munite di artigli e speroni che sporgevano dalle nocche. Un pelame nero gli copriva la cute, scendeva in una striscia lungo la schiena e avvolgeva la regione pelvica.

I lineamenti erano grezzi e crudeli, la fronte bassa, il naso corto, la bocca stretta; gli occhi dorati apparivano come due fessure sotto uno strato di cartilagine.

– Di per sé questa non è la bestia, che a noi sarebbe inutile – spiegò ancora Murgen – bensì i suoi principi costruttivi, che ne definiscono la natura. La scorsa notte ho effettuato una ricerca attraverso un centinaio di mondi e un milione di anni, e pur non essendo del tutto soddisfatto, nel breve tempo disponibile non sono riuscito a trovare di meglio. – Il mago chiuse l'armadietto contenente il feroce siaspico e ne aprì un altro in cui vi era un uomo giovane e forte, vestito con calzoni di cuoio fermati alla vita da una cintura. – Questa creatura ci appare come un uomo perché così la interpretano i nostri occhi, e non è necessario pensarla diversa. Vive fra le lontane lune di Achenar ed è abituata a provare terrori estremi e a vivere in costante vicinanza con la morte. Sopravvive perché è spietata e intelligente, e si chiama Kul l'Uccisore. A noi appare come un giovane uomo forte e avvenente, e useremo questa matrice quando lo uniremo al feroce siaspico, cosa che faremo adesso.

Murgen avvicinò gli armadietti, poi si accostò a un tavolo, prese quello che sembrava un foglio di carta tagliato in maniera particolare e

lo sovrappose a un altro. Lavorò per un momento con i fogli, gli armadietti e alcuni macchinari, poi esclamò:

– Ora! La sintesi è fatta, e chiameremo il suo prodotto "Kul".
Osserviamolo.

Aprì lo sportello e rivelò un essere che possedeva le caratteristiche
congiunte dei precedenti due. La testa poggiava su un corto collo tozzo,
e aveva lineamenti meno rozzi e brutali; mani, piedi, braccia e gambe
avevano tratti più umani e Kul indossava i calzoni di cuoio mentre la
pelliccia nera gli copriva solo la testa, il collo e parte della schiena.

– Kul non è ancora vivo – spiegò Murgen – e ha bisogno di un'altra
componente: direzione, completa intelligenza e comunione empatica
con la nostra umanità. Uno qualsiasi di voi tre può fornire tali qualità,
perché ciascuno di voi, a modo suo, ama Glyneth. Shimrod, io credo
che tu sia il meno adatto. So che Dhrun darebbe volentieri la vita per
Glyneth, ma la qualità che io cerco risiede in Aillas.

– Ti darò tutto ciò che ti serve.

– Significherà sofferenza e stanchezza – lo avvertì Murgen, fissandolo – perché dovrai infondere la forza del tuo spirito e una buona
quantità del tuo rosso sangue umano in questa creatura. Kul non saprà
nulla di te, ma le sue virtù umane, se tale parola è adeguata, saranno le
tue. – Murgen accennò con il capo agli altri due. – Dhrun, Shimrod,
aspettate fuori.

I due lasciarono la stanza da lavoro, e, dopo circa un'ora, Murgen li
raggiunse.

– Ho inviato Aillas a Watershade. Ha dato più di quanto mi aspet-
tassi, e ora è debole. Lasciatelo riposare e fra una settimana sarà di
nuovo sé stesso.

– E che ne è della creatura Kul?

– Gli ho dato le necessarie istruzioni ed è già entrato a Tanjecterly.
Venite, vediamo quali notizie ci manderà.

I tre attraversarono l'atrio e si ritrovarono nella radura di Wild
Woods: Murgen dissolse la struttura di pietra e con i compagni si avvicinò alla capanna del taglialegna.

Una bottiglia di vetro nero volò fuori dalla costruzione e atterrò ai
loro piedi. Murgen ne estrasse un messaggio:

Non ho trovato nelle vicinanze né Glyneth né Visbhume. Ho interrogato uno che ha visto quanto è successo: Glyneth è sfuggita a Visbhume, che ora la insegue. La pista è chiara e la seguirò.

Capitolo XV

I

IN UNA LIMPIDA MATTINA D'ESTATE, Glyneth si alzò con il sole, si lavò il viso e si pettinò i capelli, che ora erano cresciuti tanto da penderle in riccioli color oro cupo oltre gli orecchi. Erano capelli splendidi, o almeno così le diceva la gente, pieni di bagliori e sfumature, ma forse un po' più lunghi di quanto fosse comodo, visto che il vento li arruffava con facilità ed era necessaria molta cura per tenerli puliti. Tagliarli o non tagliarli? Glyneth rifletté sulla questione. I giovani galanti di corte le avevano più volte assicurato che quei capelli lunghi si adattavano meravigliosamente ai contorni del suo viso, ma l'unica persona della cui opinione le importava non sembrava neppure accorgersi se i suoi capelli fossero lunghi o corti.

– Ah, ah – mormorò Glyneth, fra sé – credo però che lui smetterà presto di comportarsi in modo così sciocco, perché ora penso di sapere cosa devo fare.

In quella limpida mattinata, consumò una colazione a base di porridge, con uova sode e un bicchiere di latte fresco; aveva dinnanzi a sé un'intera giornata da trascorrere da sola ma queste erano le sue ultime ore di solitudine, visto che Dhrun sarebbe arrivato a Watershade per passarvi l'estate.

Glyneth prese in considerazione l'idea di andare a cavallo fino al villaggio, ma il giorno precedente, quando si era recata dalla sua amica Lady Alicia, al Castello di Black Oak, un uomo strano, che viaggiava su un calesse trainato da un pony l'aveva fermata e le aveva rivolto un mucchio di sorprendenti domande.

Con educazione lei aveva confermato la propria identità, ammettendo anche di conoscere molto bene il Principe Dhrun, meglio di chiunque altro. Era dunque vero che Dhrun aveva vissuto per un certo tempo in uno shee di fate? A questo punto Glyneth si era scusata e aveva troncato la conversazione.

– Non posso confermare nulla di tutto questo in base alle mie conoscenze personali, signore. Se davvero la cosa t'interessa, perché non vai a corte e non rivolgi le tue domande direttamente a Re Aillas? In questo caso apprenderesti quali di questi fatti sono reali e quali sono solo fantasticherie.

– Un buon consiglio! Oggi è una bella giornata per cavalcare! Dove sei diretta?

– A visitare degli amici. Buon giorno a te, signore!

Quella mattina, Glyneth decise che non le andava di rischiare d'incontrare di nuovo quello strano gentiluomo... le era quasi parso che la stesse aspettando al varco il giorno precedente... e preferì recarsi a fare una passeggiata nel bosco.

Prese il cestino per le fragole, diede un bacio a Dama Flora e le promise di essere di ritorno in tempo per mangiare a pranzo le fragole che aveva intenzione di cogliere, quindi si mise in cammino verso Wild Woods.

Trovò la foresta nelle condizioni migliori, con il fogliame che brillava di un migliaio di sfumature di verde sotto i raggi del sole, e la brezza proveniente dal lago che mormorava nel passare fra i rami.

Glyneth conosceva un luogo dove le fragole crescevano con un'abbondanza apparentemente costante, ma mentre camminava lungo il sentiero la sua attenzione venne attirata dalla farfalla più bella che avesse visto. L'insetto prese a svolazzarle davanti con ali nere, arancioni e rosse lunghe una dozzina di centimetri e di sagoma insolita. Glyneth accelerò il passo nella speranza che la farfalla si posasse da qualche parte, permettendole di osservarla meglio, ma essa aumentò la velocità e alla fine raggiunse una radura, entrando in una capanna di taglialegna.

Che strano, pensò Glyneth! *Una farfalla davvero sciocca!* Guardò oltre la soglia, e pur avendo l'impressione di scorgere uno strano bagliore giallo-verde, non vi badò: entrò nella capanna e si guardò intorno, ma la farfalla era scomparsa e su un vecchio tavolo posto dall'altra parte della stanza vi era un pezzo di pergamena su cui lesse:

*Forse potrai essere sorpresa, ma va tutto bene e andrà sempre
bene. Il tuo buon amico Sir Visbhume ti aiuterà e ti arrecherà
grande gioia. Te lo ripeto! Non temere! Fidati completamente
del nobile Sir Visbhume e obbedisci a lui solo.*

Era davvero strano, pensò Glyneth. Perché sarebbe dovuta rimanere
sorpresa? E fidarsi di Visbhume e obbedirgli? Non era probabile che lo
facesse! Però non poteva negare che ci fosse nell'aria qualcosa di insolito: prima la farfalla, e ora una strana luce che pervadeva la stanza! Vi
era una magia all'opera! Glyneth aveva avuto fin troppe esperienze in
fatto di magia e non ne desiderava altre, quindi si volse verso la porta,
decisa a lasciar perdere la farfalla e le fragole e a tornare subito a casa, al
sicuro, il più in fretta possibile.

Uscì dalla capanna: ma, dov'era la foresta? Guardandosi intorno
scorse uno strano panorama, e si chiese dove fosse finita.

Due soli si trovavano allo zenith nel cielo grigio-edera, e giravano
pigri l'uno intorno all'altro, uno verde e l'altro giallo limone. Una corta
erba blu ricopriva il fianco di una collina che scendeva verso un fiume
dal corso lento e calmo che attraversava da destra a sinistra un'ampia e
piatta pianura. Nel punto in cui esso incrociava l'orizzonte, un oggetto
simile a una luna nera incombeva nel cielo, e al solo guardarlo Glyneth
avvertì uno spasimo d'incontrollabile timore che rasentava l'orrore.
Sempre più spaventata, volse altrove lo sguardo.

Dall'altra parte del fiume, basse colline e piccole valli si alternavano
con maestosa e ritmica successione fino a fondersi le une con le altre;
una catena di montagne nere e ocra si diramava in diagonale sulla
sinistra per poi perdersi all'orizzonte, mentre più vicino, lungo le rive
del fiume, crescevano alberi verdi dalla chioma quasi perfettamente
sferica e di colore rosso cupo, blu o verdazzurro. Sulla riva, un uomo di
bassa statura era intento a scavare nel fango con una vanga: indossava
un abito da contadino marrone scuro e un cappello a tesa ampia ne
nascondeva i lineamenti; cento metri più oltre, sulla riva, una barca era
legata a un rozzo molo.

Scrutando il panorama, Glyneth non poté fare a meno di meravi-
gliarsi per la luminosità e la chiarezza dei colori: quelli non erano i
colori della Terra! Dov'era andata a finire?... Da dietro le sue spalle

giunse il suono di un educato colpetto di tosse e nel voltarsi di scatto vide seduto su una panca adiacente alla capanna lo stesso strano individuo che le aveva rivolto la parola il giorno precedente. La ragazza lo fissò con un misto di meraviglia e costernazione.

Visbhume si alzò in piedi e s'inchinò. Non portava né mantello né cappuccio, solo una voluminosa casacca di seta nera con le maniche ampie ed eccessivamente lunghe, tanto che gli arrivavano alla punta delle dita, e con il colletto legato da una lunga cravatta di seta a pallini rossi e neri. I calzoni – anch'essi voluminosi e in seta nera – ricadevano fin quasi al suolo e lasciavano appena intravedere le lunghe babbucce nere.

– Non ci siamo già incontrati in precedenza? – domandò, con il più garbato degli accenti.

– Ci siamo parlati sulla strada, ieri – rispose Glyneth e, con voce tremante di speranza, aggiunse: – Per favore, mi puoi indicare la via per tornare nella foresta? Sono attesa a casa per pranzo.

– Ah ah ah! – esclamò Visbhume. – Deve trovarsi qui da qualche parte.

– Lo penso anch'io, ma non riesco a trovarla… perché sei qui?

– In questo momento, sto ammirando lo splendido panorama di Tanjecterly. Tu sei Glyneth, credo, e se posso dirlo la tua persona contribuisce non poco ad accentuare la bellezza di questo scenario incantevole.

Glyneth si accigliò e fece una smorfia, ma non le venne in mente nulla da dire che non suonasse offensivo.

Visbhume continuò a parlare, ancora con voce educata e fine.

– Tu puoi chiamarmi Sir Visbhume. Sono un cavaliere di alto rango, versato in tutte le arti della cavalleria e in tutte le arti di corte che ora sono di moda in Aquitania. Ti verranno enormi benefici dalla mia protezione e dai miei insegnamenti.

– Molto gentile da parte tua, signore, e spero proprio che m'insegnerai come far ritorno nella foresta. Devo essere a Watershade entro un'ora, se non voglio che Dama Flora si preoccupi terribilmente per me.

– Questa è una vana speranza – rispose Visbhume, con fare grandioso. – Dama Flora dovrà trovare il modo di placare la sua preoccupazione, perché la porta funziona in una sola direzione e noi dovremo ora trovare l'apertura a essa corrispondente.

Glyneth si guardò intorno con aria dubbiosa.

– E come si fa a trovarla? Dimmelo, e io la cercherò.

– Non c'è nessuna fretta. – Una traccia di asprezza trapelò nella voce di Visbhume. – Questa mi pare una splendida occasione, visto che non c'è nessuno che possa disturbarci o porci divieti, come spesso accade! Ci rilasseremo e trarremo godimento ciascuno dalle capacità dell'altro. Io sono molto abile in molti campi e presto batterai le mani per la felicità, da quanto sei fortunata.

Glyneth gli saettò una rapida occhiata in tralice e rimase in silenzio, pensosa... quell'uomo non sembrava un essere terreno. Con cautela, suggerì:

– Tu non sembri allarmato da questo strano luogo! Non preferiresti essere a casa con la tua famiglia?

– Ah, ma io non ho famiglia! Sono un menestrello vagabondo; conosco una musica dall'energia quasi palpabile, una musica capace di accelerarti il sangue e di far danzare da soli i tuoi piedi!

Estrasse dalla borsa un violino corredato da un archetto sproporzionatamente lungo e suonò una bella giga mettendosi a danzare, scalciando e saltellando con i gomiti alti, e continuando a emettere una musica stridula anche se vivace.

Alla fine, con gli occhi lucenti, si arrestò.

– Perché non stai ballando?

– Invero, Sir Visbhume, sono preoccupata e vorrei trovare la via dì casa. Mi puoi aiutare?

– Vedremo, vedremo – replicò con fare distratto Visbhume. – Vieni a sedere vicino a me e dammi prima un paio d'informazioni.

– Signore, permettimi di accompagnarti a Watershade, dove potremo parlare con calma.

Visbhume sollevò una mano.

– No, no! Io so tutto quello che c'è da sapere sulle giovani e astute damigelle che dicono "sì" quando intendono "no" e invece dicono "no" quando vogliono dire "ma certo, Visbhume, prego"! Desidero parlare qui, dove il tuo candore ti renderà la mia preferita in assoluto: non è un bel trattamento? Ora vieni a sederti e lasciami godere della tua deliziosa presenza.

– Preferisco stare in piedi! Dimmi di cosa desideri parlare.

– Sono curioso in merito al Principe Dhrun e alla sua prima infanzia. Mi sembra un figlio un po' troppo grande per un padre tanto giovane.

– Signore, le persone interessate potrebbero non gradire che io mi metta a spettegolare con uno sconosciuto.

– Ma io non sono uno sconosciuto! Sono Visbhume, e sono molto attratto dalla tua fresca bellezza! Qui a Tanjecterly non c'è nessuno che possa cavillare, guardarci male o gridare allo scandalo e ci possiamo concedere la più audace intimità possibile... Ma, ah, forse mi sono lasciato sfuggire troppe cose! Pensa solo alla mia ricerca della verità! Mi bastano pochi dati per quietare la mia curiosità. Avanti, cara, dimmi tutto!

Glyneth cercò di apparire tranquilla.

– Tu e io faremo meglio a tornare a Watershade: là potrai rivolgere le tue domande direttamente a Dhrun, che certo ti risponderà con cortesia. In questo modo ti guadagnerai la mia buona opinione e io non avrò sensi di colpa.

– Colpa, mia cara? – ridacchiò Visbhume. – Mai! Vieni vicino a me, e accarezzerò i tuoi lucidi capelli e magari ti ricompenserò con un bacio.

Glyneth indietreggiò di un passo: lo scopo dichiarato di Visbhume non lasciava presagire nulla di buono, in quanto, se l'avesse maltrattata, poi non avrebbe certo osato lasciarla andare per timore che lo denunciasse. Di conseguenza, l'unico modo in cui si poteva proteggere era negandogli le informazioni che voleva.

Visbhume la stava guardando in tralice, con un sorriso volpino, come se fosse in grado d'interpretare i suoi pensieri.

– Glyneth, io sono una persona che danza a un ritmo allegro! E tuttavia, per necessità e giustizia, qualche volta sono costretto a un ritmo più pesante. Non sopporto gli eccessi a causa dei quali l'affezionata fiducia si riduce in frantumi per sempre, quando le cose vanno storte. Capisci cosa intendo?

– Vuoi che ti obbedisca e mi farai del male se mi rifiuterò.

– Una risposta brusca e diretta – ridacchiò Visbhume. – La musica di queste parole non è bella. E tuttavia...

– Sir Visbhume, non me ne importa un accidente della tua musica, e devo anche aggiungere che, a meno che tu non mi mostri in tutta cortesia come lasciare questo posto, dovrai rispondere a Re Aillas delle tue azioni, com'è certo che il sole sorge e tramonta.

– Re Aillas? Oh, là! I soli di Tanjecterly non sorgono e non tramontano, descrivono solo aggraziate curve nel cielo. Suvvia, il tessuto del nostro amore non si è ancora lacerato! Dimmi quello che desidero sapere… che poi non è gran cosa… se non vuoi che ti obblighi a una docile obbedienza. Ti darò una dimostrazione, in modo da farti conoscere il mio potere. Guarda!

Si accostò a un cespuglio e ne staccò un fiore con venti petali rosa e bianchi.

– Vedi questo bocciolo? Non è forse bello e innocente? Guarda cosa faccio.

Visbhume estrasse le lunghe dita bianche dalle maniche enormi, e, un petalo dopo l'altro, fece a pezzi il fiore, rivolgendo un sorriso a Glyneth ogni volta che staccava un petalo, mentre la ragazza l'osservava con l'animo pervaso da un timore sempre più grande.

Visbhume gettò via il fiore distrutto.

– In questo modo ho acquisito una nuova ricchezza nell'anima, ma è solo un assaggio, mentre mi andrebbe un pranzo completo. Guarda ancora!

Frugò nella borsa ed estrasse un fischietto d'argento: s'avvicinò di nuovo ai cespugli e si mise a suonare. Glyneth notò che alla borsa era attaccato un fodero contenente un piccolo stiletto e mosse un passo in quella direzione, ma in quel momento Visbhume si volse in modo da tenere i suoi movimenti sotto controllo.

Un uccellino dalla testa crestata di piume azzurre venne a volare vicino alla siepe per ascoltare; Visbhume produsse con dita abili una serie di arpeggi e di trilli e l'uccello piegò il capino da un lato, affascinato da quella musica splendida e strana.

Glyneth, in virtù di una magia delle fate, aveva ricevuto il dono dì parlare e di capire il linguaggio di tutte le creature e ora gridò all'uccello:

– Vola via! Vuole farti del male!

L'uccellino cinguettò a disagio, ma Visbhume lo afferrò e lo portò fino alla panca.

– Adesso, mia cara, guarda e rammenta, perché tutto quello che faccio ha uno scopo.

Sotto gli occhi sgomenti di Glyneth, eseguì una serie di atrocità sulla povera creatura, e alla fine ne gettò i resti per terra, pulendosi con aria infastidita le dita su un ciuffo d'erba e sorridendo.

– È così che il mio sangue si riscalda, e questo aggiunge un dolce sapore alla nostra reciproca conoscenza. Vieni più vicina, dolce Glyneth, perché sono pronto ad accarezzare la tua calda persona.

Glyneth trasse un profondo respiro e contorse il volto fino ad atteggiarlo a una caricatura di sorriso. Con lentezza, si avvicinò a Visbhume, che gongolò di gioia.

– Ah, dolcezza, dolcezza, dolcezza! Ti comporti proprio come si conviene a una fanciulla! – Protese le braccia, ma Glyneth gli diede uno spintone ben assestato contro il petto ossuto e lo fece rotolare all'indietro, la bocca atteggiata a un purpureo O di stupore, poi afferrò la borsa, sguainò lo stiletto, e mentre Visbhume avanzava barcollando verso di lei sferrò un colpo. L'uomo le deviò il braccio e lo stiletto trapassò entrambe le guance e la bocca del mago: era un'arma magica, e poteva essere estratta solo dalla mano che aveva inferto la ferita. Con un folle urlo di dolore, Visbhume ruotò su sé stesso e Glyneth, afferrata la borsa, si mise a correre con la massima rapidità, giù per il pendio e verso il fiume, puntando verso il molo distante un centinaio di metri, mentre il mago le veniva dietro, l'arma ancora conficcata nelle guance.

Glyneth corse al molo e balzò sulla barca; il pescatore intento a scavare nel fango della riva gridò con rabbia:

– Alt! Non molestare la mia barca! Non fare scherzi!

Era un linguaggio strano, ma il dono ricevuto permise a Glyneth di capire la frase, il che non le impedì di sciogliere il cavo d'ormeggio e di spingersi verso il centro del fiume proprio mentre Visbhume arrivava di corsa al molo, dove si arrestò agitando le braccia e cercando di gridare, ma con lo stiletto che gli bloccava la lingua le parole erano quasi incomprensibili.

– … mia borsa… Glyneth torna indietro! Non sai quello che fai!… i buchi d'accesso al nostro mondo, non torneremo più!

Glyneth cercò i remi ma non li trovò, e intanto la barca fu afferrata dalla corrente e spinta verso valle; Visbhume le corse dietro lungo la riva, urlando incomprensibili minacce e suppliche, fino a che fu arrestato da un affluente che lo costrinse a rimanere dov'era e a guardare

Glyneth che scompariva dal suo campo visivo, portando con sé la sua borsa.

Dopo un po', riuscì a trovare un traghetto manovrato da due uomini che pretesero il pagamento anticipato per condurlo dall'altra parte. Non avendo denaro, fu costretto a cedere loro la fibbia d'argento di una scarpa.

Sulla riva opposta del fiume, trovò una bottega di fabbro il cui proprietario, dietro pagamento della fibbia rimasta, acconsentì a tagliare via l'impugnatura dello stiletto e procedette a estrarre l'arma con un paio di pinze mentre lui urlava per il dolore.

Visbhume prese quindi da una tasca della voluminosa manica una scatola bianca e rotonda, l'apri e ne prelevò una tavoletta di giallo balsamo ceroso che spalmò con un sospiro di sollievo su entrambe le ferite, attenuando il dolore e guarendo i tagli. Poi, riposto il balsamo nella scatola e la scatola nella manica, e infilati in un'altra tasca i due pezzi dello stiletto, riprese l'inseguimento di Glyneth.

Quando però raggiunse la riva del fiume principale, trovò la superficie vuota: la barca era ormai scomparsa alla vista.

II

La barca discese il fiume, con le rive che scivolavano rapide da entrambi i lati, mentre Glyneth stava seduta rigida e immobile, per timore che l'imbarcazione potesse beccheggiare e farla cadere nell'acqua cupa e profonda. Era certa che non le sarebbe piaciuto esplorare le profondità di quel fiume e si lanciò una triste occhiata alle spalle; a ogni istante che passava si allontanava sempre più dalla capanna e dal passaggio per tornare là da dove era venuta.

– I miei amici mi aiuteranno – disse a sé stessa, ricordandosi che si doveva sempre e comunque aggrappare a questa convinzione... perché sapeva quanto fosse vera.

Poi fu assalita da un'altra idea che la sgomentò: e se le fossero venute fame e sete? Poteva correre il rischio di mangiare e bere le cose di Tanjecterly? Era probabile che ne sarebbe rimasta avvelenata; con l'occhio della mente, si vide addentare un frutto e subito provare un senso di soffocamento, diventare nera e gonfiarsi fino a essere una disgustosa parodia di sé stessa.

– Devo smetterla di pensare a queste cose! – si ordinò, con decisione. – Aillas mi aiuterà, non appena si accorgerà della mia sparizione, e anche Shimrod, e il mio caro Dhrun… Quanto prima faranno, meglio sarà, perché questo è un posto orribile!

Gli alberi sferici dal fogliame rosso, blu e blu-nero orlavano le rive, e in parecchie occasioni Glyneth scorse anche delle bestie: un toro bianco con la testa da insetto e spuntoni lungo la schiena, e una specie di uomo magrissimo e alto quasi quattro metri, con il collo e il volto sottili e adatti a frugare fra il fogliame alla ricerca di frutta e noci.

Glyneth procedette a indagare sul contenuto della borsa di Visbhume. Trovò un libro rilegato in cuoio che sembrava essere una copia recente di un libro antico intitolato l'*Almanacco di Twitten*, una piccola bottiglia di vino e una scatoletta con un pezzo di pane e un po' di formaggio; era evidente che si trattava delle scorte di cibo di Visbhume, e suppose che sia la bottiglia sia la scatola si riempissero sempre per magia ogni volta che venivano vuotate. Notò anche altri oggetti il cui scopo non era altrettanto palese, fra cui una mezza dozzina di provette di vetro piene d'insetti vivi.

Adesso che era lontana da Visbhume, non si sentiva più così disperata. Presto o tardi, i suoi amici l'avrebbero trovata e riportata a casa, di questo era certa… ma perché Visbhume continuava a insistere con tutte quelle domande sulla nascita di Dhrun? L'unica spiegazione logica poteva essere che agisse per conto di Re Casmir, nel qual caso qualsiasi informazione da lui acquisita sarebbe certo tornata a svantaggio di Dhrun.

Poi la barca attraversò un tratto di secche paludose e Glyneth ne approfittò per afferrare un ramo galleggiante, che usò come palo per raggiungere la riva. Da lì si guardò intorno in cerca di Visbhume, ma senza vederne traccia. Quando si girò verso valle, scorse una serie di alture sassose che scendevano da un alto costone fino all'acqua, e le contemplò con diffidenza, pensando all'assortimento di bestie pericolose che vi si poteva celare. La barca e il tozzo individuo vestito di marrone che scavava nel fango facevano pensare che vi fosse da qualche parte una popolazione umana… ma dove? E che tipo di esseri umani?

Indugiò sulla riva, scrutando con aria dubbiosa il paesaggio: una dolorosa e infelice figurina in un bell'abito azzurro. Poteva anche darsi che tutta la magia di Shimrod non fosse sufficiente a trovarla e che lei finisse per dover trascorrere il resto dei suoi giorni sotto i due soli di Tanjecterly... a meno che Visbhume non l'avesse raggiunta e ipnotizzata con il piffero d'argento.

Sbatté le palpebre per ricacciare indietro le lacrime; la cosa di maggiore urgenza era trovare rifugio da Visbhume.

Le rocce che scendevano fino all'acqua la rendevano perplessa: se si fosse arrampicata sul vicino costone, avrebbe potuto scrutare dall'alto un vasto tratto di territorio e magari individuare un insediamento umano, ma quella soluzione non mancava di temibili rischi perché gli stranieri non erano dovunque accolti con gentile ospitalità, neppure fra i popoli della Terra.

Esitando, rifletté sul modo in cui riuscire meglio a sopravvivere; la barca sembrava offrire un certo grado di sicurezza, ed era riluttante a lasciarsela alle spalle.

La sua indecisione venne però troncata in maniera brusca quando dall'acqua emerse un sinuoso tentacolo di una circonferenza pari a quella della sua cintola e terminante con una testa a cuneo, con un singolo occhio verde e una grande bocca dentata. L'occhio si fissò su di lei e la bocca si spalancò mostrando l'interno rosso cupo, poi la testa scattò in avanti, ma Glyneth aveva già fatto un balzo all'indietro.

La testa e il collo scomparvero con lentezza sott'acqua e la ragazza indietreggiò tremando dalla barca, che non sembrava più una fonte di protezione... bene, dunque, non rimaneva che risalire il costone.

Staccò i ramoscelli attaccati al grosso ramo raccolto, in modo da poterlo usare come randello, bastone o anche come una rozza lancia, si passò intorno alla spalla la cinghia della borsa di Visbhume e con tutto il coraggio di cui disponeva si avviò verso valle, lungo la riva del fiume e verso le alture.

Arrivata senza incidenti alla base delle rocce ne scalò il primo tratto, soffermandosi quindi con il respiro affannoso a scrutare la direzione da cui era venuta, dove scorse con sgomento una nera forma saltellante e lontana: quasi certamente Visbhume.

Le rocce erano a portata di mano ed era sicura che le avrebbero offerto un nascondiglio, quindi si arrampicò su per una salita fiancheggiata da mucchi di strani massi a spirale... che mentre passava in mezzo a essi di colpo si srotolarono e si rizzarono di scatto.

Glyneth sussultò per il terrore, trovandosi circondata da alte e sottili creature grigie come sassi e con teste appuntite, nelle quali gli occhi rotondi e neri come piatti di vetro e lunghe proiezioni nasali creavano un effetto di malinconica infelicità che però non aveva nulla di rassicurante. Una delle creature fece cadere un cappio di corda intorno al collo della ragazza e la condusse a passo rapido lungo un sentiero fra le rocce.

Dieci minuti più tardi, il gruppo raggiunse una spianata pianeggiante alle cui spalle si levavano alte punte pietrose, e là le anguille-orchetti gettarono Glyneth in un recinto, già occupato da una rotonda creatura con sei zampe di colore rosa scuro e con il corpo sormontato da un oggetto che faceva pensare a un enorme polipo arancione frangiato da centinaia di occhi che crescevano su filamenti.

Quegli occhi si girarono verso Glyneth, scrutandola, ma ormai la ragazza era in uno stato che andava al di là del terrore e in cui le emozioni erano come anestetizzate... tutto le appariva irreale. Chiuse gli occhi e li riaprì, ma non era cambiato nulla.

Le pareti del recinto erano fatte di rami intrecciati in maniera rozza, e dopo averne provata la resistenza decise che non le sarebbe costata troppa fatica aprire un buco sufficiente a farla passare. Scrutò per un momento le anguille-orchetti, chiedendosi quale potesse essere l'attimo migliore per tentare la fuga; per il momento, il gruppo era raccolto intorno a un buco nella pietra, di un metro circa di diametro, e da cui esalavano volute di fumo, o forse di vapore.

Parecchie delle anguille-orchetti smossero la sostanza contenuta nella fossa con pale dal manico lungo, e di tanto in tanto una di esse assaggiò quello che rimaneva sulla pala con aria da intenditrice. Dopo una conversazione sommessa, le creature parvero raggiungere un accordo generale, poi due di esse entrarono nel recinto e tagliarono con abilità due zampe alla bestia rosa. Ignorando le strida di dolore dell'animale, lasciarono cadere le zampe nella fossa, mentre altre alimentavano il fuoco con balle di vegetazione. Una strana creatura nera che somigliava a un gambero e ruggiva e lottava contro le corde che la legavano, venne poi trascinata fino alla fossa e gettata dentro di essa: le sue strida raggiunsero un crescendo, quindi scemarono fino a un lamentoso gorgoglio e tacquero.

Gli occhi dall'aria dolente delle creature erano adesso voltati verso Glyneth, che finalmente scoppiò a piangere.

– Com'è triste e orribile che debba morire in questa fetida fossa quando non ne ho proprio nessuna voglia!

Un suono acuto e selvaggio giunse dalla pista: il rumore del piffero magico di Visbhume. Le anguille-orchetti s'immobilizzarono per un momento, poi si volsero e si scambiarono segni agitati.

Il mago apparve, procedendo a passo deciso e a tempo con la musica, con qualche saltello particolarmente stravagante per accompagnare un accordo che gli sembrava più azzeccato degli altri.

Le anguille-orchetti presero a tremare e a sussultare, come costrette contro la loro volontà, e saltellarono su e giù dove si trovavano mentre Visbhume intonava una giga sfrenata.

Alla fine il mago smise e gridò delle frasi in una lingua che Glyneth intuì essere quella delle anguille-orchetti.

– Chi è il padrone, qui, signore dell'irresistibile tap-tap-a-tapping?

– Sei tu, sei tu! – sussurrarono all'unisono le creature. – Le Anguille Progressive sono tue seguaci! Metti via la tua temibile arma! Dobbiamo forse saltellare fino allo sfinimento?

– Vi mostrerò quanto sono misericordioso, ma prima un ultimo balletto, per il vostro bene e perché vi rammentiate meglio di me.

– Risparmiaci! – gridarono le creature che si erano autodenominate Anguille Progressive. – Vieni, assaggia il buon fango della nostra fossa! Metti via la magia e mangia il nostro fango!

Glyneth aveva impiegato quell'intervallo per praticare un'apertura nei rami del recinto, e ora sgusciò fuori.

– Via, via! – disse a sé stessa. – Fuggi, fuggi, fuggi!

– La smetterò – replicò Visbhume, indicando con un dito – e porterò via quella creatura che ora crede di poter fuggire dal recinto. Prendetela e conducetela qui da me!

Le Anguille Progressive balzarono tutt'intorno a Glyneth, e una di esse l'afferrò per i capelli, ma in quel momento una grossa pietra, più grande di un paio di pugni serrati, si abbatté con un sibilo sul muso dell'anguilla-orchetto e la ridusse a una polpa informe.

Altre pietre caddero dal fianco della montagna e Glyneth si girò di scatto in uno stato che rasentava l'isterismo: non rimase per nulla tranquillizzata nel vedere la sagoma di una mostruosa creatura, che sembrava per metà bestia e per metà uomo, stagliarsi nera contro il cielo color lavanda. La creatura indugiò per un momento a studiare la scena sottostante, poi balzò giù dalle rocce con assoluto disprezzo per la forza di gravità, saltando, correndo, scivolando e infine piombando in mezzo al gruppo delle Anguille Progressive. Sguainò quindi la spada dal fodero che portava alla cintura di cuoio e cominciò a fare a pezzi gli avversari, con furioso zelo, mentre Glyneth indietreggiava, terrorizzata dai suoni orrendi generati dal combattimento: teste con occhi dilatati e vacui per la sorpresa rotolarono a terra, torsi tagliati a metà si afflosciarono al suolo, per strisciare intorno scalciando scioccamente e finendo inevitabilmente nella fossa.

Sibilando e sospirando, le Anguille Progressive fuggirono fra le rocce, nonostante gli ordini urlati da Visbhume, che alla fine emise un suono violento con il piffero e bloccò le anguille-orchetti nella loro fuga.

– Ferme! – strillò Visbhume. – Attaccate questa bestia, con tutta la vostra forza e da tutte le direzioni! Fuggirà davanti alla vostra violenza!

Le Anguille Progressive contemplarono la scena del massacro con occhi vacui.

– Sferrate colpi potenti! – le esortò ancora Visbhume. – Scagliate pietre e altri oggetti, o perfino nauseabondi rifiuti! Prendete le lance e trapassate quella creatura!

Alcune anguille-orchetti prestarono attenzione agli ordini e raccolsero sassi da lanciare, ma l'ira di Visbhume non era ancora appagata.

– Attaccate! Catturateli! Guidate i vermi da battaglia! All'attacco, tutte!

L'uomo-bestia pulì la spada su un cadavere e rivolse a Glyneth una smorfia di labbra tirate e denti smaglianti che era difficile da interpretare; indietreggiando, la ragazza incespicò e cominciò a scivolare nella fossa, ma l'essere l'afferrò per un braccio e la trasse al sicuro. Glyneth si guardò intorno con occhi dilatati, alla ricerca di una via facile per lasciare quel luogo orrendo; con la coda dell'occhio, intravide una pietra che stava descrivendo una traiettoria verso il basso e scattò da un lato, mentre il missile si fracassava nel punto in cui lei si era trovata un momento prima. Un'altra pietra andò a colpire l'uomo-bestia alla spalla, e questi si volse con un grande urlo di rabbia, ma preferì non attaccare ancora. Si gettò invece Glyneth sulle spalle e si allontanò a grandi balzi su per il fianco della montagna.

Visbhume scoppiò subito in una serie di grida indignate.

– Stai portando via la mia borsa, una mia proprietà privata! Lasciala immediatamente! Il furto è un crimine! Quella borsa è mia soltanto, con tutte le cose preziose che contiene!

Glyneth tenne ancor più stretta la borsa mentre veniva trasportata su per il pendio a una velocità tale da farle girare la testa.

Finalmente, la creatura si arrestò e la depose a terra; la ragazza si aspettava di essere divorata o qualcosa del genere, invece l'uomo-bestia andò a dare un'occhiata nella direzione da cui erano venuti e poi si volse con fare quasi noncurante, senza accenno di minaccia, il che le fece trarre un sospiro di sollievo. Si rimise in ordine i vestiti, tutti sottosopra, poi restò ferma con la borsa di Visbhume stretta fra le braccia, chiedendosi con preoccupazione che intenzioni avesse nei suoi confronti quella creatura.

L'uomo-bestia emise dei suoni, con fatica, come se trovasse la propria laringe uno strumento nuovo e poco familiare, e Glyneth si mise ad ascoltare con attenzione. Se quella creatura aveva davvero intenzione di farle del male, allora perché faticava tanto a spiegarsi? Di colpo, si rese conto che l'uomo-bestia voleva solo rassicurarla, e allora tutte le sue paure si dissolsero: nonostante ogni sforzo per controllarsi, cominciò a piangere.

Intanto la creatura continuava a emettere suoni, sempre più intellegibili, e Glyneth, concentrandosi sull'ascolto, smise di piangere.

– Parla piano – incitò. – … Ripeti quello che hai detto!

Con voce spessa e strascicata, l'essere cominciò a formare parole comprensibili.

– Ti aiuterò… Non avere paura.

– Ti hanno mandato per aiutarmi? – chiese Glyneth, con voce tremula.

– Un uomo con i capelli bianchi mi ha mandato. Si chiama Murgen. Io sono Kul! Murgen mi ha spiegato cosa devo fare.

– E cioè? – domandò Glyneth, con crescente speranza.

– Ti devo riportare là da dove sei entrata in questo luogo, più in fretta che posso. C'è poco tempo, perché ho dovuto camminare tanto per trovarti. Siamo qui già da troppo tempo.

– E che accadrebbe se rimanessimo qui troppo a lungo? – domandò Glyneth, con un senso di cupa premonizione.

– In quel caso te lo dirò. – Kul andò a guardare giù per il pendio. – Dobbiamo scappare! I vermi delle rocce stanno arrivando con lunghe lance appuntite per far sgorgare il mio sangue. Un uomo vestito di nero dà loro gli ordini!

– È Visbhume. È un mago, e io gli ho sottratto la borsa, cosa che lo ha fatto infuriare.

– Fra poco lo ucciderò. Puoi camminare o ti devo portare?

– Posso camminare senza problemi, grazie. Non è dignitoso viaggiare sulle tue spalle con il sedere per aria.

– Vedremo quanto potrai correre in fretta.

Ripresero a salire il pendio fino a che Glyneth cominciò ad ansare, dopodiché Kul se la caricò ancora in spalla e continuò la salita a grandi balzi.

Guardando indietro, Glyneth riuscì a scorgere solo il vuoto e lontane sagome, più in basso. Kul sembrava ignorare gravità ed equilibrio, e alla fine Glyneth preferì tenere gli occhi chiusi.

Arrivato in cima al costone, Kul la depose a terra.

– Adesso, se andiamo laggiù, dietro quella foresta, arriveremo alla piccola casa. Credo ci rimangano ancora un paio d'ore prima che la porta si chiuda. Se tutto andrà bene, sarai presto a casa.

– E che ne sarà di te? – chiese Glyneth, lanciandogli un'occhiata in tralice.

– Non me lo hanno detto. – Kul apparve perplesso.

– Non hai una casa qui, o degli amici?

– No.

– Mi sembra strano.

– Vieni, abbiamo poco tempo.

I due si misero a correre lungo il costone, e Kul accelerò sempre più il passo; quando Glyneth non fu più in grado di proseguire, se la caricò di nuovo sulle spalle e scese il pendio in tralice con lunghi balzi. Raggiunto il limitare della foresta, depose ancora una volta il suo carico.

– Vieni, vediamo com'è la situazione.

Si addentrarono sotto le sfere di fogliame blu cupo o rosso prugna e guardarono in direzione del prato.

La capanna si trovava a una distanza di un centinaio di metri. Visbhume procedeva lungo la riva del fiume in groppa a una grande creatura nera a otto zampe, dalla superficie dorsale piatta come una tavola, con un complicato intrico di corna, filamenti sormontati da occhi e tubi nutrizionali che formavano la testa. La schiena piatta era lunga circa sei metri e su di essa Visbhume viaggiava in tutta comodità, appollaiato sui cuscini della panca più alta di un howdah bianca.*

Alle sue spalle procedeva un gruppo di una ventina di Anguille Progressive armate di lance, più una dozzina di altre creature munite di armatura nera metallica e di elmetti alti e conici collegati all'armatura. Questi cavalieri-orchetti erano armati con mazze e spade e avanzavano su gambe corte e massicce.

– Ascolta con attenzione, perché c'è poco tempo – disse Kul. – Io andrò all'estremità più lontana della foresta e mi farò vedere. Se verranno ad attaccarmi, tu corri nella capanna: intorno alla porta, noterai un alone di luce dorata. Fermati ad ascoltare; se non sentirai nulla, la via è sicura e potrai passare. Se però dovessi udire suoni aspri, o qualsiasi tipo di rumore, non avventurarti all'interno, perché significherà che il buco si sta chiudendo, e tu verresti ridotta a un migliaio di pezzettini. È tutto chiaro?

– Sì, ma che ne sarà di te?

– Non temere per me. Presto, ora, tieniti pronta!

– Kul! – gridò Glyneth. – Ti devo aspettare?

– No! – esclamò Kul, con un gesto urgente. Poi si allontanò di corsa nella foresta.

Pochi istanti più tardi, Glyneth sentì Visbhume urlare:

– Ecco là la bestia! All'attacco! Trapassatela con le lance, fracassatela con le mazze! Colpitela con tutta la vostra forza e precisione! Tagliate a pezzettini quell'orrida creatura: che il suo sangue rosso scorra e sgorghi! Ma fate bene attenzione a non ferire la fanciulla!

I neri cavalieri-orchetti corsero avanti con passo pesante, affiancati

---

* howdah: specie di portantina solitamente montata sulla groppa degli elefanti, in India. N.d.T.

dalle Anguille Progressive, mentre Visbhume si teneva prudentemente in retroguardia.

Glyneth attese quanto più a lungo le fu possibile poi, scelto il momento adatto, uscì di corsa dalla foresta.

Visbhume la vide all'istante, e fatta voltare la sua lunga cavalcatura la diresse in modo da intercettarla, seguito dalle Anguille Progressive che sibilavano e sussurravano.

Glyneth si arrestò di scatto: non aveva alcuna speranza di raggiungere in tempo la capanna, quindi si ritirò nella foresta.

– Aspetta! – gridò Visbhume. – Vuoi davvero tornare a Watershade? Allora fermati e ascoltami!

La ragazza si arrestò, incerta, e il mago diresse il grosso animale in modo da piazzarsi fra lei e la capanna.

– Rispondi, Glyneth, cos'hai da dire?

– Voglio tornare a Watershade!

– Proprio così! E allora mi devi rivelare quello che voglio sapere!

Glyneth fece una smorfia, indecisa e tormentata; certo sia Dhrun che Aillas le avrebbero consigliato di svelare ogni cosa, se così poteva salvarsi, ma Visbhume era uomo da rispettare un patto?

Glyneth sapeva bene che non lo era.

Alcune Anguille Progressive stavano strisciando verso di lei, con l'intento di balzare in avanti all'improvviso e di afferrarla, quindi indietreggiò nella foresta. Presa da un'ispirazione improvvisa, si arrestò di nuovo, infilò una mano nella borsa di Visbhume e, estratta una delle boccette piene d'insetti, la scagliò nel mezzo del gruppo di Anguille Progressive.

Per un istante, le creature rimasero immobili, gli occhi dilatati per la costernazione, poi lasciarono cadere le lunghe lance e, sibilando e sussurrando, si slanciarono di corsa nel prato, rotolandosi di tanto in tanto nell'erba con le braccia e le gambe che si agitavano. Alcune si gettarono nel fiume e non ne riemersero più, altre s'infilarono nel fango lungo la riva e strisciarono verso valle alla massima velocità.

– Glyneth – gridò Visbhume – i minuti volano via! Io sarò al sicuro, visto che ho la mia misteriosa via di uscita, ma tu sarai perduta per sempre!

– Visbhume! – gridò di rimando Glyneth, con il suo tono più

accattivante. – Lasciami tornare a Watershade! Fallo! E io ti ringrazierò, anche se sei stato tu a portarmi qui. E sarà lo stesso Re Aillas a rispondere alle tue domande.

– Ah ah! Sembro dunque tanto stolto? Re Aillas mi farà impiccare in un attimo! Perché cavilli con me mentre i preziosi minuti scivolano via? Vedo che la porta è ancora aperta, ma l'aura dorata comincia a svanire! Parla!

– Prima lasciami passare!

– Sono io a porre le condizioni, non tu! – urlò, rabbioso, Visbhume. – Parla, adesso, altrimenti oltrepasserò la porta e ti abbandonerò alle Anguille Progressive!

Kul emerse improvvisamente dalla foresta e si scagliò verso Visbhume, il quale mandò un grido allarmato e mise il suo destriero in posizione di difesa, con un paio di tentacoli protesi verso l'uomo-bestia.

Questi raccolse una delle lunghe lance e avanzò, girando in cerchio e tentando qualche finta, l'arma sempre in posizione di lancio, ma Visbhume continuò a proteggersi con l'alto collo dell'animale, e intanto i cavalieri-orchetti uscirono dalla foresta.

Visbhume emise un lamento.

– C'è poco tempo! Lasciami, in modo che possa tornare sulla Terra! Come osi molestarmi così? Cavalieri, uccidete questa bestia, e presto! L'aura sta svanendo: devo forse rimanere a Tanjecterly?

– Glyneth! – gridò Kul. – Attraversa il passaggio!

La ragazza aggirò l'uomo-bestia e la creatura a otto zampe e corse di nuovo verso la capanna. Si arrestò però di scatto: i cavalieri avevano attaccato Kul con le mazze, ma l'uomo-bestia aveva schivato i colpi ed era piombato in mezzo a loro. Per un momento, Glyneth riuscì solo a vedere una massa in movimento, poi i cavalieri sommersero Kul sotto la semplice preponderanza del loro numero.

Con un urlo d'angoscia, Glyneth afferrò una lancia e corse in avanti, colpendo uno dei cavalieri. Una pesante gamba protetta da armatura le sferrò un calcio allo stomaco e la fece cadere all'indietro; poi, sotto i suoi occhi, la massa del cavaliere parve esplodere verso l'esterno e verso l'alto. Kul apparve in mezzo al mucchio, una mazza in ciascuna mano e intento a fracassare teste. Accortosi di Glyneth, gridò:

– Va' alla capanna! Fuggi, finché puoi!

– Non ti posso lasciare a combattere da solo! – rispose, disperata, la ragazza.

– Devo forse morire per nulla? – Kul ebbe un gemito di frustrazione. – Salvati: fallo per me!

Con orrore di Glyneth, un cavaliere in armatura nera levò in alto la mazza e la calò con tutta la sua forza sull'uomo-bestia; Kul evitò il colpo schivando di lato, e scivolò ancora una volta sull'erba. Con un singhiozzo di disperazione, Glyneth si volse verso la capanna, ma solo per trovare sulla sua strada Visbhume che la precedeva correndo con lunghi passi, in punta di piedi, ansioso soltanto di fuggire da Tanjecterly.

Il mago arrivò alla capanna seguito da vicino da Glyneth, e si arrestò con un gemito di disperazione.

– Ah, dolore, e sgomento accumulato al dolore! L'oro è svanito! La porta è chiusa!

Anche Glyneth si arrestò di scatto, inorridita; l'aura dorata che circondava l'apertura era sparita del tutto, lasciando solo legno stagionato.

Visbhume si volse con lentezza verso di lei, gli occhi gialli, e Glyneth indietreggiò, mentre il mago parlava con voce resa gutturale dall'ira.

– Adesso devo fare giustizia! Per colpa tua, sono bloccato qui a Tanjecterly per un tempo lungo e incerto! La colpa è tua e tua sarà la punizione! Preparati a eventi al tempo stesso dolci e amari, e di lunga durata!

Scattò in avanti con il volto contorto e Glyneth cercò di schivarlo, ma invano, perché il mago teneva le braccia allargate e con le dita protese. La ragazza si lanciò alle spalle uno sguardo disperato, e scorse solo un prato disseminato di cadaveri... Non le restava che gettarsi nel fiume... Un'ombra si levò, incombente, su Visbhume, e Kul, con il sangue che sgorgava da una dozzina di ferite, sollevò il mago per il collo e lo gettò a terra, dove rimase a contorcersi e a piagnucolare mentre l'uomo-bestia avanzava con la spada sguainata.

– No! – gridò Glyneth. – Dobbiamo prima farci dire quello che sa!

Kul si lasciò cadere, seduto, sui gradini della capanna e Glyneth gli si accostò.

– Sei ferito? sanguini! E io non ho modo di curarti!

– Non ti preoccuparci – Kul scosse stancamente il capo.

– Che medicine e balsami ci sono in questa borsa? – chiese Glyneth a Visbhume.

– Nessuna medicina!

– E come hai curato le tue ferite quando ti ho colpito? – insistette la ragazza, scrutandolo da vicino.

– Porto solo sostanze per il mio uso personale! – protestò il mago, con voce sottile. – Adesso ridammi la borsa, perché ne avrò bisogno!

– Visbhume, come hai curato la guancia?

– Non ti interessa! – esclamò, irritato, il mago. – È una cosa privata.

Con fatica, Glyneth raccolse la spada di Kul.

– Dimmelo subito, Visbhume, altrimenti ti taglierò una mano e starò a guardare come fai a curarti! – Sollevò la spada, e il mago, dopo aver lanciato un'occhiata sgomenta al piccolo volto pallido, infilò la mano in una tasca cucita nell'interno della manica. Tirò fuori prima il piffero d'argento, poi il violino con l'archetto, quindi i due pezzi dello stiletto rimpiccioliti per magia e infine una rotonda scatola bianca che porse con fare sprezzante a Glyneth.

– Sfrega questa cera sulla ferita, ma non sprecarla, perché costa molto.

Glyneth depose con cautela la spada e applicò il balsamo sulle varie ferite e contusioni riportate da Kul, per quanto Visbhume protestasse per la generosità con cui si serviva delle sue proprietà. Con grande meraviglia, Glyneth vide i tagli richiudersi e la pelle risanarsi sotto l'effetto magico del balsamo; Kul sospirò e la ragazza, che aveva cercato di usare la massima gentilezza possibile, si allarmò immediatamente.

– Perché sospiri? Ti ho fatto male?

– No… strane idee mi entrano nella mente. Immagini di luoghi che non ho mai conosciuto.

Visbhume si alzò in piedi e si rassettò gli abiti; quindi disse, con gelida dignità:

– Adesso prenderò la mia borsa, monterò sulla mia bestia da trasporto e me ne andrò da questo luogo infelice! Mi avete arrecato danni incalcolabili, danneggiando il mio corpo e impedendomi di lasciare, com'era mio diritto, Tanjecterly! Tuttavia, considerate le circostanze, controllerò la mia amarezza e cercherò di far buon viso a cattiva sorte. Glyneth, la mia borsa, subito! Poi monterò sulla mia cavalcatura e mi separerò da voi.

– Siedi per terra – ordinò, secco, Kul. – Se dovessi correre, sono troppo stanco per inseguirti. Glyneth, avvicinati a quei cadaveri laggiù e porta qualche cinghia e una corda.

– Che altro c'è, adesso!? – gridò Visbhume, con voce squillante. – Non mi avete già causato abbastanza guai?

– Direi proprio di no – sogghignò Kul.

Glyneth portò le cinghie richieste, e l'uomo-bestia ne ricavò un collare per il collo di Visbhume, con un guinzaglio lungo almeno sei metri. Nel frattempo, Glyneth perquisì con cautela il mago alla ricerca di tasche segrete e ne sequestrò tutti gli oggetti magici che riuscì a trovare, riponendoli nella borsa. Visbhume alla fine la smise di protestare e rimase accoccolato, immerso in un cupo silenzio. Quanto all'animale con otto gambe che il mago aveva usato come cavalcatura, si era allontanato di poco e si era messo a brucare placidamente sul prato con i tubi a ventosa; Kul si arrampicò sul dorso piatto e gettò a terra un paio di ancore per evitare che l'animale se ne andasse.

– Adesso, sei disposto a rispondere alle nostre domande e a dirci quello che dobbiamo sapere? – chiese Glyneth a Visbhume.

– Chiedi – scattò il mago. – Ti devo servire o rischiare la salute del mio povero corpo danneggiato, che sento già pieno di lividi. È un grande svilimento, per una persona del mio stato.

– Abbiamo fame: cosa possiamo mangiare?

Visbhume riflettè per un momento, poi si leccò le labbra.

– Visto che anch'io ho fame, ti svelerò come procurarti cibo in abbondanza. Nella borsa troverai una scatola; preleva un pezzo di stoffa e stendilo per bene, poi facci cadere sopra una goccia di vino, un pezzetto di pane e uno di formaggio.

Glyneth seguì le istruzioni alla lettera, e immediatamente il pezzo di stoffa si allargò fino a diventare un'ampia tovaglia di damasco, carica di ogni genere di cibo. I tre mangiarono a sazietà, e alla fine del pasto la stoffa riassunse le dimensioni iniziali.

– Visbhume, tu stai tramando qualcosa fra te e te – dichiarò Glyneth. – Se i tuoi piani ti saranno d'aiuto, allora potremo biasimare solo noi stessi; quindi saremo vigili e ci mostreremo ben poco pietosi se ci farai arrabbiare.

– Bah! – borbottò il mago. – Potrei ordire una dozzina di piani al minuto o circondarmene come quell'albero laggiù si circonda di foglie, ma a che servirebbe?

– Se anche lo sapessi, non te lo direi di certo.

– Ah, Glyneth, le tue parole mi fanno male! In passato, sentimenti teneri esistevano fra noi; lo hai dimenticato tanto in fretta?

Glyneth fece una smorfia ma non rispose e chiese invece:

– Come possiamo mandare un messaggio a Murgen?

– A che scopo? – Visbhume parve sinceramente perplesso. – Sa che siete qui?

– In modo che possa riaprire il passaggio e salvarci.

– Per quanto potente, Murgen non può aprire un'altra porta quando il pendolo sta ondeggiando.

– Spiegati, se non ti spiace.

– Ho usato una parabola. Non esiste un vero pendolo. Quando vi è una certa pulsazione, il tempo diviene statico sia qui sia sulla Terra, e allora si può aprire un passaggio in un modo o in un altro. Vedi la luna nera che si muove nel cielo verso nord? Da essa parte un raggio che arriva fino al polo centrale e lungo quel raggio si può aprire un nodo, se le pulsazioni sono in sincronia. È una cosa che richiede un calcolo esatto, dal momento che il tempo procede con una velocità differente qui e sulla Terra: qualche volta procede più in fretta sulla Terra e qualche volta qui, ed è solo quando il tempo procede in entrambi i luoghi con la stessa velocità, determinata dalle pulsazioni, che si può aprire un passaggio. Altrimenti, si potrebbero aprire porte dovunque e in qualsiasi momento.

– Come si può riaprire la porta, quando e dove?

Visbhume si alzò in piedi, e con aria annoiata – o forse solo distratta – accennò a togliersi il collare, ma Kul diede al guinzaglio uno scossone tale che il mago fu costretto a saltellare in maniera ridicola per mantenere l'equilibrio.

– Non ci provare più – intimò Kul. – Reputati fortunato che quella cinghia passi solo intorno al tuo collo e non attraverso fori negli orecchi, e rispondi alle domande senza cercare di confonderci con eccessiva verbosità.

– Non solo mi volete rubare tutto il mio prezioso sapere senza darmi nulla in cambio, ma continuate anche a tenermi legato per il collo, come se fossi un cane o un'Anguilla Progressiva.

– Se non fosse per te, adesso non saremmo qui. Lo hai dimenticato?

– Cerchiamo di essere pratici – cominciò Visbhume con fare altezzoso. – Devo prendere io la direzione delle operazioni, dato che il sapere è mio, e voi dovrete confidare che terrò a cuore i nostri comuni interessi. Altrimenti dovrò scendere in intricati dettagli per insegnarvi... – S'interruppe di scatto accorgendosi che Kul stava tendendo di nuovo il guinzaglio.

– Rispondi! – intimò l'uomo-bestia.

– Mi sto preparando a un'attenta risposta! – si lamentò Visbhume. Poi si schiarì la gola. – La tua condotta manca di ogni gentilezza! Si tratta di una materia complessa e, temo, al di fuori della vostra comprensione. Il tempo si muove mediante una pulsazione qui e una sulla Terra, e ogni fase è formata da nove tremiti, o pulsazioni, o, ancor meglio, da contrazioni interne ed esterne che partono dal nodo centrale che possiamo chiamare "sincronicità". È chiaro? No? Come supponevo: è inutile procedere oltre, vi dovrete fidare di me.

– Non mi hai ancora risposto – intervenne Glyneth. – Come faremo a tornare sulla Terra?.

– Ma ve lo sto spiegando! Fra la Terra e Tanjecterly, la sincronicità dura per un periodo che va da sei a nove giorni e che, come abbiamo visto, è appena finito. Poi la sincronicità si allontana, lungo il raggio che collega la luna nera al nodo centrale. Alla prossima pulsazione, la porta si aprirà in un altro luogo, ma nessuno è così accogliente come Tanjecterly. Hidmarth e Skurre sono mondi demoniaci; Underwood è vuoto, salvo che per un suono gemente; Pthopus è una singola, torpida anima. Tutti questi mondi sono stati scoperti da Twitten, l'Arcimago che ha compilato un almanacco di grande valore.

Glyneth tirò fuori un libro lungo e stretto, dalla copertina in metallo e con il dorso simile a un fodero in cui era inserita un'asta di metallo nero con nove lati e con un pomello d'oro all'estremità. Estraendo la barra, vide che su di essa erano incisi molti caratteri in oro.

– Lascia che mi rinfreschi le idee – disse Visbhume, allungando con noncuranza la mano. – Ho dimenticato i miei calcoli.

Glyneth tenne il libro fuori dalla sua portata.

– A cosa serve l'asta?

– È uno strumento ausiliario. Rimettila a posto e dammi il libro.

Glyneth ripose la barra nella guaina e aprì il volume. La prima pagina, scritta in strani caratteri con code allungate e sporgenze ricurve, era illeggibile ma qualcuno, forse Visbhume, vi aveva unito un foglio che sembrava contenere una traduzione del testo originale. Glyneth lesse ad alta voce:

> *Questi nove luoghi, insieme alla Terra Geana, formano i dieci mondi di Chronos, e lui li ha infilati tutti nel suo asse. Mediante astuti sforzi, sono riuscito a bloccare questo asse e a renderlo fisso: tale è la grandezza della mia impresa.*
>
> *Fra tutti i nove mondi, metto in guardia contro Paador, Nith e Woon; Hidmarth e Skurre sono luoghi purulenti infestati da demoni. Gheng può forse essere la patria dei sandestin ma non è una cosa sicura, e Pthopus è davvero un luogo insulso. Solo Tanjecterly è in grado di tollerare la presenza di esseri umani.*
>
> *In ogni sezione, l'almanacco dettaglia il ciclo di vibrazioni e indica il modo in cui si possono praticare entrate e uscite. Con l'almanacco, c'è la chiave, e solo la chiave è in grado di trapassare il tessuto e di permettere il passaggio. Non perdete la chiave! L'almanacco diverrebbe inutile!*
>
> *I calcoli devono, essere effettuati con precisione. Alla periferia della vibrazione, la chiave può aprire una porta dove essa sì trova. Il nodo centrale è immutabile, e sulla Terra si trova dove io l'ho fissato. Su Tanjecterly, si trova al centro di Parley Place, nella città di Aphrodiske, dove abitano molte tristi anime.*
>
> *Questo è il dominio di Chronos. Alcuni dicono che sia morto, ma se qualcuno desidera scoprire il suo spirito, basta che pizzichi l'asse e avrà modo di scoprire la verità.*
>
> *Queste sono le parole di Twitten, della Terra Geana.*

Glyneth sollevò gli occhi dall'almanacco.
– Dove si trova Aphrodiske?
Visbhume ebbe un gesto petulante.
– Da qualche parte dall'altro lato della pianura... un lungo viaggio.
– E là potremmo tornare sulla Terra?
– Quando la pulsazione è bassa.
– E quando sarà?
– Lasciami vedere l'almanacco.
Glyneth tolse la chiave e porse l'almanacco a Kul.

– Lascia che lo guardi, ma tieni le dita alla sua gola.

– Rimetti a posto la chiave! – gridò Visbhume, con voce tragica. – Non hai sentito l'ammonimento di Twitten?

– Non la perderò. Leggi quello che devi leggere.

Visbhume studiò gli indici e i calcoli che aveva già effettuato.

– Il tempo verrà misurato dalla luna nera, quando avrà raggiunto una posizione opposta all'attuale.

– E quanto ci vorrà?

– Una settimana? Tre settimane? Un mese? Non c'è altra unità di misura che la luna nera. Sulla Terra, si tratterebbe di un tempo molto diverso, breve o lungo: non lo so.

– E se useremo la chiave ad Aphrodiske, in che punto della Terra sbucheremo?

– A Twitten's Corner – ridacchiò Visbhume. – Dove, se no?

– Abbiamo il tempo di arrivare ad Aphrodiske?

– È esattamente la stessa distanza che c'è fra Watershade e Twitten's Corner.

– È molto, ma non è troppo lontano – rifletté Glyneth, poi protese la mano. – Dammi l'almanacco!

– E io che ti aveva presa per una piccola creatura debole e flirtante! – brontolò Visbhume. – Sei dura come l'acciaio!

Poi, con malagrazia, obbedì all'ordine.

– Laggiù c'è la bestia da viaggio di Visbhume, comunque si chiami. È placida e pronta all'uso. Perché non andiamo fino ad Aphrodiske in modo comodo ed elegante?

– In piedi! – Kul diede uno strattone al guinzaglio. – Ordina alla tua bestia di lasciarsi usare da noi.

Visbhume obbedì controvoglia, le ancore vennero issate a bordo la bestia si avviò sulla pianura di Tanjecterly con Glyneth e Kul sistemati sulla portantina e Visbhume seduto sconsolato con le gambe penzoloni sul dorso.

CAPITOLO XVI

I

LA CAPANNA DEL TAGLIALEGNA si levava desolata nella foresta, ormai priva della sua magia; un raggio di sole penetrava in diagonale attraverso la porta e disegnava un rettangolo di luce sul pavimento, lasciando nell'ombra il vecchio tavolo e la panca. Il silenzio circostante era rotto solo dal sospiro del vento tra le fronde.

Tutto ciò che era accaduto – o sarebbe potuto accadere – in quella capanna era ormai parte di un triste e arido passato, svanito per sempre.

A Watershade, Aillas, Dhrun e Shimrod trascorsero sette giorni di tetra solitudine, nel corso dei quali il mago, per una volta serio e triste, poté solo riferire che Murgen non si era disinteressato del caso.

Le care stanze familiari in cui ora l'allegra presenza di Glyneth era solo un ricordo erano troppo malinconiche perché vi si potesse sostare, e così Shimrod fece ritorno a Trilda mentre Aillas e Dhrun rientrarono a Domreis.

Il Castello di Miraldra era triste e cupo, e là Aillas s'immerse nelle questioni di stato mentre Dhrun cercava senza molto successo di riprendere gli studi interrotti. Alcuni dispacci provenienti dall'Ulfland Meridionale attirarono l'attenzione di Aillas: gli Ska avevano raccolto e armato di tutto punto un potente esercito, concentrato sul Litorale, con l'esplicito intento di penetrare con la forza nell'Ulfland Meridionale, distruggere le truppe ulflandesi e occupare Suarach, Oäldes e magari anche la stessa Ys.

Aillas e Dhrun s'imbarcarono su una nave che portava nell'Ulfland Meridionale nuove truppe provenienti dal Dascinet e da Scola, sbarcarono a Oäldes e raggiunsero immediatamente Doun Darric a cavallo.

Nel corso di una riunione, Aillas apprese che di recente non vi erano stati grossi scontri, il che gli andava bene, visto che la sua strategia prevedeva d'infliggere il massimo numero di perdite agli Ska senza subirne molte a sua volta: un tipo di guerra per il quale aveva esplicitamente modellato il suo esercito e che poneva gli Ska in una condizione di svantaggio. In effetti, essi avevano già perduto il controllo della parte meridionale dell'Ulfland Settentrionale, dove rimaneva solo la roccaforte di Castello Sank.

Aillas preparò una lettera per Sarquin, il Re-Eletto degli Ska:

All'attenzione del nobile Sarquin, Re-Eletto: Io sono Re dell'Ulfland Settentrionale per diritto ed elezione, e vedo che i tuoi eserciti calpestano ancora il mio suolo e tengono in schiavitù i miei sudditi.

Ti chiedo di ritirare le tue truppe sul Litorale, di liberare tutti gli Ulflandesi tenuti schiavi e di rinunciare ai tuoi tentativi di aggressione contro la mia terra. Se adempierai immediatamente alle mie richieste, non chiederò indennizzi di sorta.

Se però non presterai orecchio a questa ingiunzione, la tua gente verrà uccisa e il sangue Ska scorrerà a fiumi. Adesso i miei eserciti sono superiori per numero alle tue truppe, e sono stati addestrati a colpire ripetutamente e a schivare ogni contrattacco. Le mie navi controllano il Mare Stretto e noi possiamo bruciare le vostre città costiere a nostro piacimento. In breve tempo, vedrete colonne di fumo nero levarsi dalle coste di Skaghane, e la tua gente conoscerà la stessa disperazione e lo stesso dolore che voi avete inflitto al mio popolo.

Ti chiedo di rinunciare a questo vano sogno di conquista: tu non ci puoi danneggiare, mentre noi possiamo distruggerti e infliggerti grandi dolori.

Queste sono le parole di
AILLAS,
Re del Troicinet, del Dascinet, di Scola e dell'Ulfland.

Aillas sigillò la lettera e l'affidò a un cavaliere Ska prigioniero perché la consegnasse. Trascorse una settimana, e l'unica risposta al messaggio fu un improvviso movimento delle truppe Ska: il grande esercito nero lasciò il Litorale e avanzò verso oriente con minacciosa decisione.

Aillas non aveva la minima intenzione di attaccare un così forte contingente, ma mandò immediatamente alcune pattuglie perché attirassero la cavalleria leggere Ska a tiro dagli arcieri appostati, e altri gruppetti perché si mantenessero alla retroguardia per tormentare di continuo i carri delle vettovaglie e disturbare le linee di comunicazione.

L'esercito Ska si divise in due gruppi di eguale consistenza, il primo dei quali puntò verso la città di Kerquar, a ovest, e il secondo verso Blackthorn Heath, a est e nel cuore dell'Ulfland Settentrionale.

Le pattuglie ulflandesi si fecero sempre più baldanzose, arrivando addirittura a portarsi tanto vicine agli Ska da poter gridare loro insulti, nella speranza di attirare qualche testa calda lontano dal grosso delle truppe e di farla poi a pezzi in un'imboscata. Di notte, le sentinelle Ska temevano di continuo per la loro vita e spesso venivano assassinate, tanto che alla fine gli stessi Ska si decisero a inviare piccoli gruppi che tendessero a loro volta delle imboscate; ciò servì ad attenuare un po' la pressione esercitata dagli Ulflandesi, anche se gli Ska persero più di quanto avessero guadagnato.

Piccoli segni indicavano una costante erosione del morale del nemico. In passato, gli Ska avevano sempre attaccato chiunque impunemente e si erano considerati invincibili, ma ora che si erano di colpo trasformati in prede e vittime, quel manto d'invincibilità si era rivelato come una cosa inconsistente ed essi avevano riflettuto a lungo sulla recente sconfitta subita che non riuscivano in alcun modo a spiegare.

Aillas si chiese se poteva indurre il nemico a compiere nuovi errori strategici che potessero poi essere sfruttati dalle truppe ulflandesi, e insieme ai suoi comandanti studiò attentamente le mappe, elaborando nuovi piani di battaglia, ciascuno accompagnato da annotazioni che riguardavano ogni possibile contingenza che si potesse presentare.

Ebbe così inizio un'intricata e ben ritmata serie di operazioni: attacchi e ritirate, finte ancor più baldanzose indirizzate contro le città del Litorale che poi finirono per trasformarsi in effettive scorrerie combinate con assalti dal mare. Alla fine, come Aillas aveva sperato, la parte di esercito di stanza a Kerquar deviò verso nord-ovest, con la conseguenza che l'altra metà insediata a Blackthorn Heath si venne a trovare priva di possibili rinforzi, nell'eventualità di un improvviso attacco. A questo punto, sembrava ormai inevitabile che qualsiasi piano Ska d'invadere l'Ulfland Meridionale fosse costretto a subire un notevole ritardo.

Aillas inviò subito un contingente di cavalleria leggera a tormentare e a tenere impegnata quella metà dell'esercito nemico, senza però mai scontrarsi con il duro e ben addestrato nucleo della cavalleria Ska. Contemporaneamente, spedì contro Castello Sank, la fortezza che proteggeva il sud-est, uno speciale contingente equipaggiato con due dozzine di massicce balestre, catapulte e altre macchine da guerra. Nelle sue intenzioni si doveva trattare di un attacco rapido e brutale, e così fu, sebbene la guarnigione fosse stata riordinata e rinforzata.

Dopo sei ore, le mura esterne avevano ceduto e la cittadella era sottoposta a un attacco diretto, i parapetti delle mura esposti al tiro degli arcieri appostati su alte torri di legno, mentre gli altri macchinari scagliavano dapprima grosse palle di pietra per infrangere i tetti e poi sfere di fuoco per incendiare le travi infrante. I difensori combatterono con disperato coraggio e due volte fu necessario respingere una carica da parte di cavalieri in armatura.

Nel corso della seconda notte, verso la conclusione dell'attacco, con le fiamme che si levavano ruggenti, Aillas ebbe l'impressione di scorgere Tatzel sulle mura. Portava un elmo da arciere ed era armata con un arco dal quale lasciava partire una freccia dopo l'altra contro gli attaccanti. Le parole salirono alla gola del giovane, ma lui le ricacciò indietro e rimase a fissarla, affascinato. La ragazza guardò in basso e lo vide: incoccata una freccia, cominciò a tendere la corda dell'arco con tutta la sua forza, inarcandosi all'indietro, ma prima che potesse far partire il colpo un dardo proveniente dall'alto le si conficcò nel petto.

Tatzel abbassò gli occhi con espressione sgomenta e lasciò andare la freccia, che urtò contro il merlo accantoz a cui era appostata e venne deviata. Poi parve afflosciarsi sulle ginocchia e scomparve dietro il parapetto.

Aillas non era certo che si trattasse di lei, ma più tardi Tatzel non fu trovata fra i superstiti, e il giovane non ebbe alcuna voglia di frugare fra i cadaveri inceneriti alla sua ricerca.

Appresa la notizia dell'assalto a Castello Sank, l'esercito Ska attendato a Blackthorn Heath tolse il campo e compì un disperato tentativo per arrivare sul posto in tempo per far cessare l'assedio. Per la fretta, le truppe non assunsero il consueto compatto ordine di marcia e si precipitarono a nord in una colonna disordinata: era l'errore che Aillas non solo aveva atteso, ma aveva addirittura cercato di provocare. In un luogo chiamato Tolerby Scrub, le truppe ulflandesi tesero un agguato al nemico, e sessanta cavalieri troicinesi guidarono la carica contro il cuore stesso dell'esercito Ska, ritirandosi quasi subito mentre un contingente di cavalleria Ulflandese eseguiva la stessa manovra dalla parte opposta.

Non fu una battaglia facile, e si concluse con la vittoria solo quando sopraggiunse sul luogo dello scontro anche il contingente di ritorno da Castello Sank.

Vi furono pochi superstiti fra gli Ska e molte perdite e molti feriti fra gli Ulflandesi e i Troicinesi; contemplando il luogo del massacro, Aillas volse le spalle nauseato. Tuttavia, adesso era padrone di tutto l'Ulfland Settentrionale, a parte qualche area circostante il Litorale, del Litorale stesso e delle vicinanze della grande fortezza di Poëlitetz.

Due settimane più tardi, scortato da cinquanta cavalieri, si avvicinò al rimanente esercito Ska, vicino alla città di Twock, e inviò avanti un araldo, protetto dalla bandiera di tregua, con un messaggio:

Aillas, Re del Troicinet, del Dascinet, di Scola e dell'Ulfland, chiede di poter parlare con il comandante in capo dell'esercito degli Ska.

Un paio di araldi sistemarono quindi un tavolo sul prato, lo coprirono con un panno bianco, vi disposero intorno delle sedie e appesero ad alcuni pali il gonfalone nero e argento degli Ska e un altro, diviso in quattro, sui cui spiccavano gli emblemi di Troicinet, Dascinet, Ulfland e Scola.

Affiancato da due cavalieri e da un paio di araldi, Aillas si fermò in attesa a una decina di metri dal tavolo: passarono dieci minuti, poi dall'esercito Ska emerse un gruppo simile al suo.

Aillas avanzò fino al tavolo, imitato dalla sua controparte, un uomo alto e magro, con lineamenti taglienti, occhi neri e capelli scuri brizzolati.

– Sono Aillas, Re di Troicinet, Dascinet, Scola e Ulfland – si presentò Aillas, inchinandosi.

– Sono Sarquin, Re-Eletto di Skaghane e di tutti gli Ska.

– Sono lieto d'incontrare una persona che detiene la massima autorità, perché questo mi facilita il compito. Sono qui per trattare la pace. Noi abbiamo riconquistato il nostro territorio e vinto la guerra, al tutti gli effetti. L'odio che nutriamo nei vostri confronti rimane, ma non vale la pena di versare altro sangue. Potresti ancora combattere, ma ormai sei inferiore numericamente e hai di fronte guerrieri che valgono almeno quanto i tuoi; se deciderai di continuare la guerra, questo vuol dire che a Skaghane rimarranno solo donne, vecchi e bambini. In questo preciso momento potrei far sbarcare a Skaghane un contingente di tremila uomini e non ci sarebbe nessuno a fermarmi.

– Non desidero vedere altri uomini coraggiosi feriti o morti, tuoi o miei che siano, quindi questi sono i miei termini di pace.

– Dovrai ritirare immediatamente tutte le tue truppe dall'Ulfland, Poëlitetz compresa. Non potrete portare con voi le ricchezze o i tesori accumulati nell'Ulfland e neppure mandrie di cavalli, bovini, pecore o maiali. I cavalieri potranno tenere i loro destrieri, ma tutti gli altri cavalli dovranno essere consegnati.

– Potrai mantenere il possesso sovrano del Litorale e servirtene per il benessere del tuo popolo.

– Dovrete liberare tutti gli schiavi, i servi e i prigionieri ora in vostra custodia, qui o a Skaghane o sul Litorale o in qualsiasi altro luogo, e consegnarli con trattamento gentile e umano presso la città di Suarach.

– Dovrete acconsentire a non cospirare con i nemici del mio regno, a non allearvi con essi, a non fornire loro consigli, conforto o assistenza. In particolare mi riferisco a Re Casmir di Lyonesse, ma includo anche qualsiasi altro avversario.

– A parte questo, non pretendo altro da voi, né riparazioni né indennizzi, e neppure intendo infliggervi punizioni per i danni arrecati al mio popolo da voi devastato nella vostra brama di conquista.

– Sono termini generosi, e se li accetterai potrai tornare a Skaghane con onore, perché i tuoi guerrieri hanno combattuto con coraggio, e queste sono certo condizioni che vi possono consentire comodità, prosperità e, a suo tempo, fratellanza e amicizia con le nazioni delle Isole Elder. Se li rifiuterai, non solo non guadagnerai nulla, ma attirerai anche la rovina sul tuo popolo e sul tuo paese.

– Non possiamo essere amici, ma non è necessario che siamo nemici. Queste sono le mie proposte: le accetti o le rifiuti?

Sarquin, Re-Eletto degli Ska, rispose con due sole parole:

– Le accetto.

Aillas si alzò in piedi.

– In nome di tutti gli uomini che altrimenti perderebbero la vita, ti ringrazio per la tua saggia decisione.

Sarquin si alzò, s'inchinò e tornò presso le sue truppe. Mezz'ora più tardi, l'esercito degli Ska tolse il campo e si avviò verso il Litorale.

II

La guerra era vinta. Le truppe Ska lasciarono Poëlitetz e vennero immediatamente sostituite da una guarnigione di guerrieri ulflandesi. Audry, Re del Dahaut, a suo tempo protestò contro questo atto di Aillas, sostenendo che Poëlitetz era situata sul territorio del Dahaut.

Aillas replicò che sebbene avesse citato molti punti interessanti tecnicamente e si fosse servito della logica astratta con abilità, Re Audry non si rendeva per nulla conto di quale fosse la realtà di fatto. Fece notare che, storicamente, Poëlitetz serviva a proteggere l'Ulfland dal Dahaut e non sarebbe servita proprio a nulla se controllata dalle truppe del Dahaut. Inoltre, il Great Scarp segnava una linea di confine molto meglio definita dello spartiacque del Teach-tac-Teach.

Infuriato, Re Audry gettò a terra la lettera di Aillas e non si prese la briga di rispondere.

Aillas e Dhrun tornarono quindi nel Troicinet, lasciando a Sir Tristano e a Sir Maloof il compito di sovrintendere all'evacuazione degli Ska, che peraltro si svolse con scrupolosa precisione.

Pochi giorni dopo il ritorno di Aillas e di Dhrun a Domreis, Shimrod fece la sua comparsa a Miraldra. Dopo cena, Aillas, Dhrun e Shimrod andarono a sedere accanto al fuoco in un piccolo salotto, e dopo un momento d'imbarazzo il giovane sovrano si costrinse a chiedere:

– Suppongo che tu non abbia nulla da dirci, vero?

– Ci sono state delle strane circostanze, ma in pratica non è cambiato nulla.

– Di che strane circostanze si tratta?

– Ordina altro vino – suggerì Shimrod – perché è un lungo e arido racconto.

– Altre due… no, tre bottiglie di vino – ordinò Aillas al valletto – perché dobbiamo mantenere in forma la voce di Shimrod.

– In forma o meno che sia la mia voce, molto di quanto ci era ignoto rimane ancora tale – replicò il mago.

– Ancora? – domandò Aillas, notando un'indefinibile esitazione nella voce dell'amico e aggrappandosi a quella parola.

– Ancora, tuttora, prima e adesso. Ma ti dirò quello che sono venuto a sapere, così vedrai tu stesso che è ben poca cosa. In primo luogo, ti voglio spiegare che Tanjecterly è uno fra i dieci mondi, compresa la nostra buona Terra Geana, che il vecchio padre Chronos fa girare in cerchio. Alcuni di questi mondi sono governati da demoni, altri sono tali da essere inutilizzabili anche per loro. Visbhume ha usato la sua chiave per aprire un passaggio per Tanjecterly, ma sembra che talvolta tali passaggi si aprano anche da soli e gli uomini vi cadano dentro involontariamente, con loro enorme sorpresa, scomparendo così per sempre. Questo però è del tutto secondario. Un certo indomabile mago chiamato Ticely Twitten ha studiato questi mondi e il suo almanacco misura quelle che lui definisce "pulsazioni" o "vibrazioni". Per esempio, a Tanjecterly lo scorrere del tempo non corrisponde al nostro: un minuto qui può valere un'ora là e viceversa.

– Interessante – commentò Aillas. – E allora?

– Il mio racconto inizia con Twitten. Hippolito di Maule acquistò il suo almanacco, che poi finì nelle mani di Visbhume. Per ragioni a noi ignote, Casmir ha inviato Visbhume a interrogare Glyneth, e lui l'ha portata a Tanjecterly per svariati motivi, uno dei quali era la speranza, da parte di Tamurello, che io o Murgen finissimo scioccamente per cadere in trappola, inseguendolo. Invece, come tu sai, abbiamo mandato Kul per salvare Glyneth, ma, in mancanza di fatti concreti, è difficile stabilire se abbia avuto successo…

III

La bestia da trasporto partì nella direzione che Glyneth aveva deciso di chiamare est, opposta al punto nel cielo in cui lei aveva per la prima volta scorto la luna nera. Quello strano oggetto celeste si era adesso spostato in maniera percettibile, deviando verso nord ma rimanendo alla stessa altezza di prima sull'orizzonte.

Per dieci chilometri, la bestia corse lungo la riva del fiume, con le pianure aperte che si stendevano a sud rispetto a essa; in lontananza, una banda di esseri dalle gambe lunghe seguì con interesse il loro passaggio e tentò perfino di avvicinarsi con aria minacciosa, ma l'animale accelerò l'andatura e le creature persero interesse all'inseguimento.

Il fiume deviò quindi verso nord, e la bestia iniziò l'attraversamento di quella che sembrava un'interminabile steppa di corta erba azzurra, punteggiata da qualche rado e sferico albero.

Kul cavalcava sulle spalle anteriori dell'animale, in piedi e con le gambe leggermente divaricate, mentre Glyneth era appollaiata in alto sui cuscini della portantina, in una posizione da cui poteva guardare in tutte le direzioni. Se avesse voluto, sarebbe potuta scendere sul tappeto che copriva la schiena dell'animale e spostarsi fin dove Visbhume se ne stava raggomitolato sui quarti posteriori della bestia, gli occhi colmi di risentimento per l'indegnità costituita dal guinzaglio e dal collare.

Per un certo periodo, Glyneth ignorò il mago, a parte qualche occasionale occhiata per accertarsi che non stesse combinando qualcosa, ma alla fine scese sul tappeto e gli si avvicinò, chiedendo:

– Non fa mai notte, qui?

– Mai.

– E allora come facciamo a calcolare il passare del tempo e a sapere quando bisogna dormire?

– Dormi quando sei stanca – scattò Visbhume. – Questa è la regola. Quanto al calcolo del tempo, la luna nera funge da orologio.

– E quanto dista Aphrodiske?

– Difficile a dirsi. Forse parecchie centinaia di leghe. Twitten non ha tracciato mappe per nostro comodo e diletto. – Visbhume ebbe un'idea e si leccò le labbra. – Tuttavia, i suoi calcoli sono esatti. Portami l'almanacco e vedremo cosa riesco a ricavarne.

Glyneth ignorò la richiesta e spostò lo sguardo di lato, studiando il paesaggio circostante.

– A quest'andatura, percorreremo di certo quattro o cinque leghe all'ora. La bestia si stancherà presto?

– È abituata a mangiare erba e a riposare per un tempo equivalente a quello che passa a correre.

– Allora in cinquanta ore ci permetterà di coprire cento leghe, secondo i miei calcoli.

– Sono conti abbastanza esatti, ma non calcolano i pericoli e i ritardi.
Glyneth lanciò un'occhiata ai soli che giravano in cielo.

– Sono tanto stanca che potrei dormire in piedi.

– Anch'io sono stanco – ammise Visbhume. – Fermiamoci a riposare. Per quanto sia stanco, sono disposto a fare il primo turno di guardia, per permettere a te e alla bestia di dormire.

– Bestia? Kul?

– Proprio così.
Glyneth si spostò davanti, fino a raggiungere Kul.

– Sei stanco?
L'uomo-bestia considerò per un momento le proprie condizioni.

– Sì, sono stanco.

– Non ci dovremmo fermare per dormire?

– Non vedo nessuna minaccia immediata – ammise Kul, dopo aver scrutato il paesaggio.

– Visbhume si è gentilmente offerto di fare il primo turno di guardia, in modo che tu e io possiamo dormire.

– Ah! Visbhume mostra una rara magnanimità d'animo!

– E conosce anche molti temibili trucchi.

– Proprio così. Il nostro potrebbe rivelarsi un sonno profondo… e lungo. Tuttavia, ho trovato nella cassetta degli attrezzi un bel pezzo di corda, e forse Visbhume ci potrà essere lo stesso utile.

Raggiunto un punto in cui due alberi crescevano a una distanza di una quindicina di metri uno dall'altro, Kul fece arrestare l'animale e gettò l'ancora.

– Che si fa ora? – chiese Visbhume, con notevole interesse. – Riposiamo? Sarò io a montare il primo turno di guardia? Se è così, toglimi il guinzaglio, in modo che possa guardare con comodo a destra e a sinistra.

– Ogni cosa a suo tempo – replicò Kul, prelevando la corda dalla cassetta degli attrezzi. Ne legò un capo d uno dei due alberi e fece cenno al mago. – Mettiti esattamente qui, a metà strada fra i due alberi.

Accigliato, Visbhume obbedì. Kul gli tolse il guinzaglio dal collo e vi annodò intorno la corda, fissandola poi all'altro albero in modo che fosse tanto tesa da bloccare il mago fra le due piante, nell'impossibilità di spostarsi in ciascuna direzione quanto era necessario per riuscire a liberarsi, pur avendo braccia e gambe libere.

Glyneth manifestò la propria approvazione.

– Adesso lo possiamo perquisire per bene! Ha tasche nelle maniche e nei pantaloni, e magari anche nelle scarpe!

– Non mi deve essere dunque concessa neppure l'intimità della mia persona? – gridò, furente, Visbhume. – Questo tipo di perquisizione è contrario a ogni regola di educazione.

Kul frugò con cura gli abiti del mago, e fu subito chiaro che Glyneth, per timore di accostarsi troppo, non aveva perquisito Visbhume con sufficiente cura; infatti Kul scoprì ancora un corto tubo d'ignota utilità, una scatola marrone contenente una casetta in miniatura e, nelle cuciture dei pantaloni, due pezzi di rigido e resistente cavo d'acciaio. Dall'interno della cintura sbucò una daga, mentre gli stivali, la cravatta e il risvolto dei pantaloni parvero privi di merci di contrabbando.

Glyneth esaminò la casetta in miniatura.

– Sembra una casa magica. Come si fa per ingrandirla?

– È un oggetto di estremo valore – protestò Visbhume – e non permetto a tutti di usarlo.

– Visbhume – minacciò Kul – fino a questo momento la tua pelle è rimasta per lo più intatta, hai mangiato bene e hai viaggiato sull'animale. Se questa situazione ti aggrada, rispondi immediatamente alle domande e con sincerità, altrimenti andrai incontro a grossi guai.

– Metti per terra la miniatura – sbottò, furente, il mago – e grida: "Casa ingrandisci!" Quando poi vorrai ridurne le dimensioni, dovrai gridare: "Casa, rimpicciolisci"!

Glyneth pose subito a terra la casetta in miniatura e gridò:

– Casa, ingrandisci!

Un momento più tardi aveva dinnanzi una casetta di bell'aspetto, con il fumo che già usciva dal camino.

– Visbhume, farai il primo turno di guardia, come hai gentilmente proposto – decise Kul. – Se ti è rimasto ancora qualche trucco a disposizione, cosa di cui sono quasi certo, non provare a servirtene, perché sarò sul chi vive.

Entrata nella casa, Glyneth trovò un comodo letto e vi si gettò sopra, addormentandosi all'istante.

Quando si destò, dopo un imprecisato periodo di tempo, trovò Visbhume che dormiva per terra, accanto alla casa, e Kul che sonnecchiava sulla soglia; attraversò la stanza e accarezzò la pelliccia nera che copriva il cranio del guerriero. Kul sollevò gli occhi.

– Sei sveglia.

– Starò io di guardia. Ora dormi.

Kul si alzò dalla sedia e si guardò intorno nella stanza. Per un momento, Glyneth pensò che si sarebbe steso sul pavimento, ma invece si sdraiò sul letto e si addormentò immediatamente.

Visbhume si svegliò poco più tardi, ma Glyneth fece finta di non accorgersene; il mago studiò la situazione attraverso le palpebre appena socchiuse, con gli occhi che brillavano gialli come quelli di una volpe.

– Glyneth! – sussurrò, dopo aver osservato la ragazza per qualche minuto.

Glyneth si volse a guardarlo.

– La creatura dorme? – chiese Visbhume.

Lei annuì.

– Tu sai che i tuoi interessi in realtà coincidono con i miei – dichiarò il mago, con la sua voce più accattivante – con quelli del potente e possente Visbhume! Dunque, vuoi allearti con me in maniera sacra e assoluta? Sconfiggeremo quel mostro bestiale, con le sue minacce e i suoi disgustosi atteggiamenti.

– Davvero? E poi?

– Sai quanto amore nutro per te! Riesci a provare almeno una frazione di tale sentimento per me?

– E poi?

– E poi andremo ad Aphrodiske e torneremo sulla Terra all'arrivo della vibrazione.

– E quando sarà?

– Fra poco, prima di quanto tu possa pensare!

– Visbhume! Mi stai allarmando! Abbiamo tempo a sufficienza?

– Se tutto andrà bene e sarò io a comandare.

– Ma come facciamo a sapere quanto abbiamo ancora a disposizione?

– Grazie alla luna nera. Il momento giungerà quando il raggio si girerà verso il diametro esattamente opposto alla porta da cui siamo entrati. Adesso, vuoi unirti a me in un'alleanza profonda e assoluta?

– Kul è terribile e forte.

– Lo sono anch'io! Lui crede che io abbia perduto ogni potere? Lo spero proprio! Allora, sei con me?

– Certamente no.

– Cosa? Preferisci quella bestia a me, Visbhume, che vivo e danzo al suono di musiche eccitanti?

– Dormi, finché puoi, Visbhume! Con le tue sciocchezze non fai dormire Kul.

– Per l'ultima volta – disse Visbhume, con voce bassa e quasi sibilante – mi hai beffato, e come lo rimpiangerai!

Glyneth non rispose.

Quando Kul si destò, i tre fecero colazione a base di latte, pane, burro, formaggio, cipolle e prosciutto trovati nella dispensa, poi Glyneth gridò:

– Casa, rimpicciolisci!

Il cottage tornò in fretta alle originali dimensioni in miniatura e la ragazza lo ripose con cura nella scatola, poi salirono in groppa alla bestia da trasporto e si rimisero in viaggio attraverso la pianura.

Quel giorno, Visbhume espresse il desiderio di condividere con Glyneth le comodità della portantina.

– Da questo punto soprelevato ho un ampio campo visivo! Posso notare i pericoli in un attimo e a una grande distanza!

– Il tuo posto è in retroguardia – puntualizzò Kul – dove puoi individuare i pericoli che ci possono essere alle nostre spalle, e la migliore posizione per svolgere il tuo compito è sui quarti posteriori dell'animale, proprio come ieri. Spicciati! La luna nera rotola nel cielo e dobbiamo arrivare ad Aphrodiske per tempo.

L'animale si mise in cammino attraverso la spianata d'erba azzurra con un passo ondeggiante che faceva dondolare in maniera ritmata il tappeto. Kul s'inginocchiò alla base della portantina, protendendosi in avanti in modo tale che le sue spalle massicce colmavano quasi del tutto lo spazio fra le corna oculari della bestia; Glyneth se ne stava comodamente distesa sui cuscini della portantina, una gamba snella che dondolava pigramente, mentre Visbhume si teneva raggomitolato sull'estremità opposta del tappeto, fissando con aria cupa il terreno che si lasciavano alle spalle.

Verso nord apparve una fitta foresta di alberi blu cupo e porpora; avvicinandosi maggiormente, scorsero anche una grande dimora di legno scuro, costruita secondo uno stile elegante e imponente, con molte strette vetrate, torri e cupole, oltre a dozzine di elaborati ornamenti che non sembravano avere altro scopo che quello di apportare varietà alla struttura. Per i gusti di Glyneth, lo stile era un po' troppo eccentrico, anche se in quel luogo antistante la vasta e monotona pianura uno stile valeva l'altro; la ragazza sedette più eretta sulla persona per non offrire un'immagine sciatta a qualche possibile osservatore appostato dietro le finestre alte e strette.

Mentre passavano accanto all'edificio, venne aperto un portone e ne uscì un cavaliere in armatura completa di lucido metallo nero e marrone con l'elmo adorno di una splendida cresta di dischi, aste e punte. Il cavaliere era montato in sella a una creatura che sembrava una tigre nera dalle zampe piatte, con una fila di corna appuntite sulla fronte, e teneva in pugno una lunga lancia cui era attaccata una bandiera purpurea con un emblema rosso cupo, argento e blu.

Il cavaliere si arrestò a una trentina di metri di distanza e Kul fece educatamente fermare la bestia.

– Chi siete mai voi, che attraversate tutta l'ampiezza del mio dominio senza chiedere neppure il permesso? – domandò il cavaliere.

– Siamo stranieri in questo luogo, messer cavaliere – rispose Glyneth – e nessuno ci aveva informati che questo era il tuo dominio. Stando così le cose, vuoi essere tanto cortese e gentile da concederci il permesso di proseguire?

– Parole dolci e ben scelte – dichiarò il cavaliere – e mi sentirei indotto a essere clemente se non temessi che altri, meno cortesi di voi, si possano sentire indotti a prendersi una simile libertà.

– Signore! – esclamò Glyneth. – Le nostre labbra saranno sigillate come da sbarre di ferro! La tua clemenza non verrà mai risaputa e noi parleremo solo dello splendore della tua cavalcatura e della galanteria della tua condotta. Adesso vorremmo porgere i migliori ossequi a te e ai tuoi cari e ritirarci al più presto dal tuo cospetto.

– Non tanto in fretta! Non ho forse già parlato? Siete sotto detenzione. Smontate e venite a Lorn House!

– Stolto! – gridò Kul, alzandosi in piedi. – Torna alla tua dimora, fintanto che hai ancora la vita!

Il cavaliere abbassò la lancia e Kul balzò giù dall'animale, con grande sgomento di Glyneth.

– Torna su, Kul! – esclamò la ragazza. – Fuggiremo via e lasceremo che ci dia la caccia a suo piacimento!

– La sua cavalcatura è troppo veloce – dichiarò Visbhume. – Dammi il tubo che mi hai preso e gli scaglierò contro un baco di fuoco. Anzi, meglio, dammi il pezzo di specchio che c'è nella mia borsa!

Glyneth trovò lo specchio e lo porse a Visbhume, proprio mentre il cavaliere puntava la lancia contro Kul e incitava in avanti la tigre nera. Il mago fece un gesto rapido con la mano e lo specchio s'ingrandì fino a riflettere il cavaliere e la sua cavalcatura, poi Visbhume fece sparire di colpo lo specchio e il cavaliere andò a sbattere contro la propria immagine riflessa. Entrambe le lance vibrarono e i due cavalieri caddero a terra, dove ripresero il duello con le spade, mentre le due tigri rotolavano per terra in una palla ruggente.

Kul balzò sulla bestia da trasporto avviandola verso est mentre il combattimento infuriava ancora alle loro spalle.

– Hai fatto un buon lavoro, che ti frutterà la nostra considerazione quando faremo i conti finali – dichiarò Glyneth, avvicinandosi a Visbhume. – Adesso ridammi lo specchio.

– Sarebbe molto meglio che lo tenessi io – obiettò con disinvoltura il mago. – In caso di emergenza, potrò così agire più in fretta.

– Rammenti l'ammonimento di Kul? Era ansioso di combattere contro quel cavaliere, ma tu gli hai negato l'esercizio che gli serviva, e ora lui potrebbe essere un po' nervoso.

– Aaagh, il bruto mostruoso! – borbottò sotto voce Visbhume, restituendo con riluttanza lo specchio.

Trascorse altro tempo e vennero percorse altre leghe. Glyneth cercò di raccapezzarsi con i calcoli contenuti nell'almanacco di Twitten, ma senza successo, e Visbhume si rifiutò d'insegnarle come si faceva, sostenendo che era necessario imparare prima due lingue arcane e un sistema matematico esotico, ciascuno con un suo particolare modo di rappresentazione grafica. Glyneth trovò anche una mappa, che Visbhume le spiegò senza troppo entusiasmo.

– Queste sono le Lakkadys Hills, il Fiume Mys e la capanna. Qui c'è la grande Steppa Tang-Tang, abitata solo da alcuni rozzi cavalieri e da gruppi di bestie nomadi, ed è qui che ci troviamo attualmente.

– E questa città sul fiume è Aphrodiske?

Visbhume studiò la carta.

– Sembra essere la città di Pude, sul Fiume Haroo. Aphrodiske è qui, oltre questa foresta e oltre la Steppa dei Mendicanti Dolenti.

Glyneth fissò con aria dubbiosa la luna nera, che aveva già percorso un notevole tratto nel cielo.

– C'è ancora molta strada. Arriveremo in tempo?

– Molto dipende dalle circostanze che si presenteranno. Se a comandare fosse un esperto capitano di lunghi viaggi quale sono io, allora le cose potrebbero procedere senza difficoltà.

– Daremo la dovuta considerazione ai tuoi consigli, e farai bene a stare in guardia contro eventuali cavalieri ladroni e bestie nomadi.

I viaggiatori passarono attraverso la Steppa di Tang-Tang senza incontrare né altri cavalieri né bestie nomadi, anche se avvistarono in lontananza animali dal collo lungo, intenti a nutrirsi dei frutti degli alberi, e qualche raro gruppo di lupi a due zampe che saltellavano e correvano qua e là. Di tanto in tanto, le creature si arrestavano e sollevavano la testa per meglio valutare la bestia da trasporto con i suoi passeggeri, Glyneth che dondolava nella portantina, Kul sotto di lei e Visbhume accovacciato sul dietro.

Assalito da un'ondata di sonno, il mago si distese sul tappeto sotto la calda luce del sole; udendo un rumore improvviso, Glyneth si volse di scatto e vide che uno dei lupi si era avvicinato furtivamente, era balzato sul tappeto e ora stava seduto addosso a Visbhume, succhiandogli il sangue attraverso strani orifizi che aveva nel palmo delle zampe anteriori.

Kul balzò immediatamente sul dietro del tappeto, afferrò il lupo, gli torse il collo e lo gettò giù. Visbhume lanciò un'occhiata rovente prima a Kul e poi al cadavere del lupo, ora fatto a pezzi da quattro della sua stessa specie, quindi riacquistò il controllo.

– Se non fossi stato privato di tutte le mie cose, questo oltraggio non si sarebbe verificato.

– Tanto per cominciare, non avresti dovuto portarmi qui – ritorse Glyneth, con un'occhiata sprezzante.

– Non devi biasimare me: ho ricevuto l'ordine da una persona molto in alto.

– Da chi? Da Casmir? Questa non è una scusa sufficiente! E perché vuole sapere tante cose su Dhrun?

– Un portento, o qualcosa del genere, lo ha messo in allarme – replicò in tono amaro Visbhume, sincero solo a causa dello spavento per l'attacco del lupo e trovando comodo riversare ogni colpa su Casmir. Glyneth insistette con altre domande, ma Visbhume si rifiutò di rispondere fino a che Glyneth non avesse esaudito in maniera altrettanto soddisfacente la sua curiosità, suggerimento che suscitò nella ragazza una risata sprezzante e divertita, al che Visbhume aggiunse, in tono cupo: – Io non dimentico mai gli insulti!

Il viaggio riprese. I lupi li seguirono saltellando per qualche tempo, ma alla fine, con un coro di ululati di protesta, deviarono verso sud.

I piedi in corsa dell'animale divorarono le leghe, mentre la luna nera continuava a spostarsi nel cielo. Il gruppo si fermò per riposare una seconda e una terza volta, e in ciascuna occasione Glyneth ingrandì la casa magica e fece apparire un bel banchetto che tutti divorarono fino a sentirsi sazi.

A Visbhume venne però proibito di bere troppo, perché quando beveva cominciava a vantarsi fino ad annoiare, e a quel punto, il mago si slanciò in una serie di lamentele dolorose per la situazione in cui si trovava.

Glyneth rifiutò di ascoltarlo.

– Ancora una volta, ti faccio notare che questi guai li hai provocati tu.

Visbhume cercò di confutare quell'affermazione, ma Glyneth lo interruppe.

– Né Kul né io abbiamo tempo da sprecare in sciocchezze. Invece… – la ragazza posò sul tavolo la borsa del mago – spiegami… e ti ricordo come la pensa Kul in merito alla tua poca chiarezza… come si fa a scagliare i bachi di fuoco con questo tubo.

– Tu non puoi farlo – rispose Visbhume, sorridendo e tamburellando con le dita sul piano del tavolo in armonia con qualche musica interiore.

– E tu come faresti?

– In primo luogo, mi servirebbero i bachi di fuoco. Ce ne sono nella borsa?

– Non lo so. – Glyneth tirò fuori una fiasca. – Cosa c'è qui dentro?

– Quello è il sensibilizzatore mentale di Hippolito. Una goccia stimola la mente e aiuta a conquistarsi un'invidiabile reputazione per umorismo e astuzia; due gocce accentuano in maniera invidiabile le tendenze estetiche, al punto che una persona così stimolata è in grado di trasformare il disegno di una ragnatela in un poema epico.

– Tre gocce?

– Nessun essere umano ci ha mai provato, ma forse Kul desidera sperimentare qualcosa di sublime e di estetico. Per uno come Kul, raccomando anche quattro o cinque gocce.

– Kul non è un esteta. Questi sono i tuoi balsami medicinali e il tonico per i capelli… Cosa c'è in questa bottiglietta verde?

– Quella, mia cara Glyneth – spiegò con delicatezza Visbhume – è una tintura di sublimazioni erotiche: serve ad addolcire caste fanciulle in precedenza ritrose a ogni ragionamento e stagione, e induce meravigliose emozioni. Se ingerito da un gentiluomo, anche di età avanzata, rinvigorisce lo slancio e ridesta gli ardori di una persona che, per qualsiasi motivo, stia diventando, diciamo così, distratta.

– Dubito che avremo bisogno di questo tuo disgustoso tonico – ribatté, fredda, Glyneth, estraendo altri oggetti dalla borsa. – Qui ci sono le boccette d'insetti, lo specchio e il tubo. Il panno, con pane, vino e formaggio, il violino e l'archetto. Il fischietto. Cavi metallici: a cosa servono?

– Sono utili quando si deve superare un baratro o le mura di un castello: gli incantesimi perentori sono difficili da usare.

– E dove sono i bachi di fuoco?

– La questione è irrilevante – insistette Visbhume, con un gesto distratto.

– Kul! – strillò Glyneth. – Non ucciderlo!

Kul si lasciò ricadere con lentezza sulla sedia mentre Visbhume si raggomitolava in un angolo. Assalita da un'improvvisa ispirazione, Glyneth indicò una fila di bottoni dorati che segnava tutta la lunghezza delle maniche del mago.

– I bottoni! Visbhume, sono questi i bachi di fuoco?... Kul, abbi pazienza. E tu, stacca i bottoni.

– Meglio ancora, Visbhume, mangiane qualcuno.

– Mai! – Il mago sollevò un volto sgomento.

– Allora dammeli!

– Non oso! – gridò Visbhume. – Non appena vengono staccati, bisogna soffiarli attraverso il tubo.

Kul tagliò allora dalle maniche del mago le due lunghe strisce di tessuto nero cui erano cuciti i bottoni dorati, e da quel momento, a ogni gesto che Visbhume faceva, i bianchi gomiti ossuti sporgevano dalle aperture. Glyneth arrotolò quindi le due strisce di stoffa intorno al tubo fino a ottenere un fagotto.

– E ora, ci vuoi spiegare come si fa ad usare questa roba?

– Si stacca un bottone, lo si infila nel tubo in modo che la testa sia girata dalla parte opposta, e lo si soffia contro la persona che si vuole attaccare.

– Quali altri trucchi ci nascondi ancora?

– Nessuno! Non ne ho più! Mi avete ripulito! Sono impotente!

– Per il tuo bene – replicò Glyneth, riponendo ogni cosa nella borsa – spero che tu stia dicendo la verità, dato che la tua slealtà serve solo a incattivirmi.

Come in precedenza, i tre dormirono a turno. Visbhume protestò e si rifiutò di dormire all'esterno per paura dei branchi di lupi, per cui alla fine gli venne concesso di sistemarsi nella dispensa, con la porta chiusa per prevenire una eventuale fuga.

A suo tempo, la bestia da trasporto riprese il viaggio attraverso la pianura divenuta ora una savana ondulata e punteggiata di alberi dal colore ora un po' diverso: ocra, nero o marrone, rispetto al fogliame carminio che caratterizzava i dintorni del fiume Mys.

Più avanti si ergeva un albero gigantesco alto centoottanta metri; i primi rami partivano dal tronco in gruppi di sei, ciascuno culminante in una grossa sfera scura di fogliame giallo marrone e distanziato dagli altri; poi seguivano strati di rami altrettanto simmetrici che si succedevano fino alla cima. In lontananza, erano visibili altri alberi come quello, alcuni anche più alti.

Quando l'animale da trasporto passò sotto la pianta, i passeggeri notarono con stupore che a sessanta metri dal suolo alcune strane creature a due gambe avevano ricavato veri e propri appartamenti nel tronco, collegandoli con fragili balconate. Il popolo arboreo mostrò una grande agitazione al passaggio dei viaggiatori, e si affollò sulle balconate, indicando e facendo gesti di sfida. I gesti osceni con cui Visbhume rispose servirono solo ad accentuare la loro indignazione.

La luna nera continuava intanto il suo inesorabile cammino nel cielo. Glyneth cercò di calcolare quanta strada avessero percorso e quanto tempo rimanesse loro, ma riuscì solo a confondersi le idee. Visbhume finse di essere altrettanto incerto, ma quando ricevette l'ordine di scendere a terra e di correre dietro all'animale fino a che non gli si fossero schiarite le idee si mostrò subito capace di fornire un esauriente rapporto.

– Osservate quella stella rosa laggiù. Quando la luna nera le passerà sotto, la via per Twitten's Corner sarà aperta. Questi sono i miei calcoli, ma non sono esatti fino al minuto, e per questo ero riluttante a esporli – concluse, con aria virtuosa.

– E quanto dista ancora Aphrodiske?

– Lasciami esaminare la mappa che c'è nell'almanacco.

Glyneth, forse in un eccesso di cautela, rimosse la chiave prima di porgere il libro a Visbhume. Questi puntò un indice storto e ossuto.

– Sembra che ci troviamo qui, vicino al fiume chiamato Haroo, che credo di aver notato poco oltre, sulla sinistra. La città di Pude segna l'inizio del territorio abitato, e qui c'è la Strada delle Pietre Rotonde che oltrepassa la Foresta Nera e attraversa la Piana dei Gigli fino ad Aphrodiske, qui, dove c'è questo simbolo. Dopo Pude, ci saranno ancora una quarantina di leghe da percorrere e temo che il tempo rimasto sia scarso. Ho paura che abbiamo dormito troppo e viaggiato poco.

– E che accadrebbe se arrivassimo tardi?

– Dovremmo aspettare vicino all'asse.

– Ma se tornassimo alla capanna, al punto di partenza, dovremmo attendere di meno: non ho ragione?

– Proprio così! Sei una ragazza molto intelligente, quasi quanto sei bella.

– Ti prego di tenere per te i tuoi complimenti – ingiunse Glyneth, a labbra serrate. – Mi danno la nausea. E quando la pulsazione sarà di nuovo favorevole vicino alla capanna, nel caso dovessimo tornarci?

– Quando la luna sarà di nuovo nel punto del cielo in cui era prima. Osserva queste annotazioni: si riferiscono all'azimut della luna nera.

Glyneth andò da Kul per riferirgli quanto aveva appreso.

– Molto bene – decise questi. – Dormiremo di meno e viaggeremo più in fretta.

Due o tre leghe più avanti, incrociarono una strada proveniente da nord, dov'erano visibili le case di un piccolo villaggio; la strada aggirava una altura boscosa e si dirigeva a est. Kul incitò l'animale verso la strada, ma la creatura preferiva correre sull'erba azzurra che forniva un terreno più morbido. Secondo Visbhume, la strada arrivava forse fino ad Aphrodiske stessa: il mago indicò ancora la mappa.

– Prima bisogna attraversare il fiume Haroo, qui vicino alla città di Pude, e dopo c'è Aphrodiske, al di là della Piana dei Gigli.

Il fiume Haroo scendeva dai pendii di un'ordinata catena di montagne e attraversava la strada per Aphrodiske, che valicava il corso d'acqua mediante un ponte di pietra a cinque arcate adiacente al villaggio definito "Pude" da Visbhume.

– Chi abita il villaggio? – volle sapere Glyneth. – Sono creature di questo mondo?

– È gente della Terra che nel corso dei secoli è finita inavvertitamente a Tanjecterly attraverso i passaggi. Alcuni sono stati spediti qui per un motivo o per l'altro da maghi come Twitten, e anch'essi devono rassegnarsi a vivere a Tanjecterly.

– Sembra un triste destino. Com'è crudele essere strappati a coloro che ami o ti amano! Non sei d'accordo, Visbhume?

– Qualche volta – replicò il mago, con un altezzoso sorriso – piccole e severe punizioni sono necessarie, specie quando si ha a che fare con fanciulle cocciute che rifiutano di spartire con altri le loro ricche doti.

Kul volse il capo e fissò Visbhume, il cui sorriso si dissolse all'istante.

Un carro sopraggiunse lungo la strada, trasportando una dozzina di contadini che si volsero a guardare con meraviglia il passaggio dell'animale. L'attenzione sembrava fissa prevalentemente su Kul, e parecchi di loro saltarono giù dal carro e afferrarono i forconi, come per difendersi da un imminente attacco.

– Che atteggiamento strano – osservò Glyneth. – Noi non li abbiamo certo minacciati. Sono paurosi o semplicemente ostili verso gli stranieri?

Visbhume emise una risatina flautata.

– Sono timorosi, e ne hanno ben donde. Sulle montagne vivono i feroci, che si sono certo fatti una brutta reputazione. Prevedo dei problemi, e credo che saremmo saggi ad allontanare Kul.

Glyneth si rivolse a Kul.

– Vieni sulla portantina, sulla panca più bassa, e tira le tende, in modo da non allarmare la gente del villaggio.

Con una certa riluttanza, Kul obbedì, mentre Visbhume si faceva avanti con aria guardinga e prendeva il posto dell'uomo-bestia, lanciando un'occhiata a Glyneth.

– Nel caso ci facciano domande, dirò che siamo pellegrini diretti ad Aphrodiske per visitarne i monumenti.

– Stai attento alle tue parole – ammonì Kul, da dietro le tende.

Glyneth, ora in preda a un senso di disagio, frugò nella borsa e trasse fuori una Boccia del Tormento, che ripose nella propria tasca.

L'animale attraversò a passo svelto il ponte e imboccò la strada principale del villaggio; Visbhume sembrava guardingo e continuava a girare il capo a destra e a sinistra. Toccò un punto carnoso sulla testa dell'animale ed esso rallentò sensibilmente l'andatura.

– Cosa stai facendo? – ringhiò Kul. – Mantieni un passo veloce!

– Vuoi forse destare commenti negativi? È meglio attraversare quest'area abitata a un passo sobrio e pacato, in modo da non essere presi per irresponsabili.

Da un'alta struttura di pietra nera lavorata uscirono tre uomini vestiti con aderenti pantaloni neri, voluminose tuniche di cuoio verde ed elaborati cappelli a tesa larga. Il primo dei tre sollevò una mano.

– Alt!

Visbhume fece arrestare l'animale.

– A chi ho il privilegio di rivolgermi? – chiese.

– Io sono l'Onorevole Fulgis, Conestabile e Magistrato del villaggio di Pude. E voi chi siete?

– Innocenti pellegrini diretti ad Aphrodiske per ammirarne le bellezze.

– Molto bene, ma avete pagato il tributo per l'uso del ponte?

– Non ancora, signore. Quanto è il pedaggio?

– Per una bestia come questa che vedo qui davanti, dieci buoni dibbet di puro tolk.

– Ah, bene! Temevo che potessi chiedermi un tassello del tappeto, che vale venti dibbet.

– Era mia intenzione includere il tassello nel pedaggio.

– Cosa? – Visbhume balzò a terra. – Non è un po' eccessivo?

– Preferireste riattraversare il ponte e guadare il fiume a nuoto?

– No. Glyneth, passami la borsa in modo che possa pagare a Sir Fulgis quanto gli è dovuto.

Glyneth obbedì senza parlare, e Visbhume trasse Fulgis in disparte e gli mormorò qualcosa all'orecchio, con aria seria.

– Ci sta tradendo! – sussurrò Kul attraverso la tenda. – Fa' correre la bestia!

– Non so come si fa!

Visbhume tornò e condusse l'animale in un cortile circondato da mura.

– Cosa stai facendo? – chiese Glyneth, in tono aspro.

– Temo che dovremo sottostare ad alcune formalità. Kul potrebbe essere scoperto, diventare violento ed essere quindi trattato duramente. Tu, mia cara, puoi scendere dalla portantina.

Kul balzò fuori dal nascondiglio, afferrò l'animale da trasporto per le corna e lo costrinse a uscire al piccolo galoppo dal cortile. Alcuni guerrieri arrivarono di corsa e scagliarono dei cappi, afferrando Kul che, sbalzato a terra, rimase intontito per un momento; durante quell'intervallo di tempo, venne legato per bene, mani e piedi, con molti giri di corda e trascinato in una cella munita di sbarre, dall'altra parte del cortile.

– Ben fatto! – disse il conestabile, rivolto a Visbhume. – Un feroce come quello avrebbe potuto fare molti danni.

– È una bestia astuta, e ti vorrei suggerire di ucciderla subito, in modo da porre fine alla minaccia che rappresenta.

– Dobbiamo aspettare il sindaco, che forse farà venire Zaxa e ci offrirà un bello spettacolo.

– E chi sarebbe questo Zaxa? – domandò Visbhume, in tono blando.

– Il difensore della legge e il boia. Dà la caccia ai feroci sui Monti Glone e gode a sminuire il loro orgoglio selvaggio.

– Zaxa darà un bello spettacolo a spese di Kul. Adesso però ci dobbiamo rimettere in cammino perché abbiamo poco tempo a disposizione. In segno della mia stima, ti voglio donare due tasselli, che valgono molti dibbet. Glyneth, possiamo andare. È un piacere esserci liberati di quella bestia scontrosa.

IV

L'animale da trasporto si avviò con passo deciso verso est fiancheggiando la Strada delle Pietre Rotonde, con Visbhume che viaggiava comodamente seduto sulla portantina e Glyneth che se ne stava raggomitolata in basso con aria infelice. Una volta tornato in possesso della borsa, il mago aveva effettuato un'attenta ispezione del suo contenuto per accertarsi che Glyneth non avesse sequestrato nulla per il proprio uso; soddisfatto che tutto fosse come doveva essere, aveva preso l'almanacco e, scoperto un errore nei propri calcoli, si era immerso in una nuova e affrettata serie di misurazioni senza però scoprire nulla di allarmante.

Rassicuratosi infine in merito alla situazione, aveva tirato fuori il violino, aveva allungato al massimo l'archetto, e si era lanciato in un assortimento di tintinnanti melodie: dolci e rapide, gighe e quickstep, ballate allegre e canzoni ritmate e lamentosi addii. Teneva i gomiti ora alti e ora bassi, battendo i piedi sul pavimento della portantina in piena sintonia con la musica.

I contadini che si trovavano lungo la strada si fermavano meravigliati a guardare il grande animale a otto zampe con in groppa Visbhume, che suonava allegramente, e Glyneth che se ne stava tutta cupa più sotto; quando tornavano alle loro fattorie, poi, si lanciavano in lunghi racconti sulle cose strane che avevano visto e l'eccellente musica che avevano udito.

D'un tratto, Visbhume si ricordò di un altro aspetto dei suoi calcoli che non aveva ancora preso in considerazione: accantonati archetto e violino, apportò le necessarie correzioni ottenendo un risultato così soddisfacente che, a metà strada da Aphrodiske, decise che la luna nera gli avrebbe messo a disposizione un periodo di tempo più che sufficiente per i suoi scopi, il che gli causò una grande esaltazione.

In quel punto la strada si addentrava nella Foresta Nera e Visbhume fece deviare l'animale fino a raggiungere una piccola radura d'erba azzurra, ombreggiata da alberi con un fogliame di una tonalità più cupa di blu. Là si arrestò e gettò a terra l'ancora. Con modi solenni, scese sul prato, prese la casa in miniatura e la fece ingrandire, quindi si rivolse a Glyneth, ancora appollaiata sulla panca più bassa della portantina.

– Puoi scendere, mia cara.

– Preferisco rimanere qui.

– Glyneth – insistette Visbhume, in tono secco e con una sfumatura di minaccia – scendi da quell'animale, se non ti spiace. Abbiamo cose importanti da discutere.

La ragazza balzò a terra, ignorando la mano offertale dal mago che, con un freddo sorriso, le indicò la porta della casa. Glyneth entro e si sedette, mentre Visbhume chiudeva la porta e faceva scattare la serratura.

– Hai fame? – domandò Visbhume.

– No. – Appena pronunciato il diniego, Glyneth si rese conto di aver commesso un errore, perché qualsiasi perdita di tempo poteva tornare a suo vantaggio.

– Hai sete?

Glyneth scrollò le spalle con indifferenza e Visbhume prese il vino dalla credenza e versò due bicchieri colmi.

– Mia cara, finalmente siamo genuinamente e intimamente soli! Non è un pensiero eccitante? Ho a lungo atteso e desiderato questo momento, ignorando nel frattempo insulti e offese, come si addice a un cavaliere. Simili cose sono solo le contorsioni e gli strilli di menti inferiori. La mia galanteria mi consente di accantonarle, come una nave coraggiosa oltrepassa gli spruzzi delle onde invidiose. Bevi, ora! Che buon vino porti calore alle tue vene!... Cosa? Rifiuti il vino, spingi da parte il bicchiere? Invero, non sono per nulla contento! Al posto di due occhi scintillanti e di una bocca eccitata trovo occhi socchiusi, spalle curve, narici dispeptiche e un cupo comportamento! Questo è un momento che richiede gaiezza! Sono alquanto perplesso per la tua posizione: stai accoccolata e mi guardi in tralice come se fossi un topo intento a mangiare un pezzo di formaggio! In piedi, dunque!

Comportiamoci come si conviene a due innamorati! Sii tanto gentile da slacciare i tuoi abiti e lasciali scivolare in modo che possa ammirare il tuo corpo snello!

– Non farò nulla del genere!

– Davvero? – sorrise Visbhume. – Che peccato che mi manchi il tempo sufficiente per rispondere a dovere a ogni tua mossa! Ma in quest'occasione bisogna andare subito al sodo e risolvere la questione come meglio si può. Prima, per ragioni che ti saranno chiare fra breve, devo sapere ciò che m'interessa, che poi è lo scopo per cui ti ho portata qui. Spicciati, dunque, in modo che ci resti più tempo da dedicare al nostro piacere!

– Che cosa desideri sapere? – domandò Glyneth, per guadagnare tempo.

– Ah ah! Non riesci a immaginarlo?

– Davvero no. Sono perplessa.

– Allora te lo spiegherò con chiarezza! Dopo tutto, perché non dovrei spiegatelo? Certo non potrai mai usare quello che sai a mio danno! Sbaglio, forse?

– No.

– Certo che non sbaglio! Ascolta, dunque! Re Casmir ha sentito una profezia relativa al figlio primogenito della Principessa Suldrun, ma vi è un mistero che circonda questo figlio. La Principessa Madouc è una bambina scambiata, ma che ne è stato del bambino che le fate hanno preso con loro? C'era un bambino che ha lasciato Thripsey Shee e che è diventato tuo compagno di avventure: il suo nome è Dhrun, ma sembra troppo grande per poter essere il figlio di Suldrun. Chi è, dunque, la madre di Dhrun? E dov'è il bambino che le fate hanno preso e sostituito con Madouc? Dovrebbe avere adesso cinque o sei anni, e la profezia dice che lui siederà sul trono Evandig prima di Casmir, o qualcosa del genere, e Casmir è ansioso di trovarlo.

– In modo da poterlo uccidere?

Visbhume sorrise e scrollò le spalle.

– È così che agiscono i re. Adesso riesci a capire la portata e il motivo della mia curiosità? Riesci a capirlo?

– Sì!

– Eccellente! Allora, in tutta gentilezza, ti chiedo di dirmi quello che sai in proposito, e di conseguenza ti porrò una semplice e innocua domanda: chi è la madre di Dhrun?

– Dhrun non ha mai conosciuto sua madre. È stato allevato dalle fate e ha trascorso la maggior parte della fanciullezza in maniera strana. Una volta, mi ha rivelato il nome della madre di Madouc, una fata che si era unita a un uomo: si chiamava Twisk.

– Parole, parole, parole! – gridò, agitato, Visbhume. – E non rispondono alla mia domanda! Ancora una volta: chi era la madre di Dhrun?

Glyneth scosse il capo.

– Anche se lo sapessi, non te lo direi, dato che potrebbe andare a beneficio di Re Casmir, nostro nemico.

– Metti alla prova la mia pazienza! – scattò Visbhume. – Ma ho il rimedio adatto! – Tirò fuori dalla borsa la boccetta verde. – Questa, come ricorderai, è l'unica e vera Essenza dell'Amore. Una sola goccia desta desideri in ogni centimetro dell'anima femminile e incoraggia prodigi di valore nell'uomo. Supponi che ti costringa a inghiottire non una sola goccia, ma due o anche tre: allora, mi diresti quello che voglio sapere in un attimo, e non saresti più tanto restia a uscire dai tuoi abiti!

Le lacrime presero a scorrere sulle guance di Glyneth: che triste modo di finire la propria esistenza! Era evidente che Visbhume aveva intenzione di ucciderla subito o, tutt'al più, di abbandonarla a Tanjecterly.

Il mago avanzò verso di lei con la boccetta.

– Vieni, dunque, piccola volpe, apri quella bella boccuccia. Ti darò una sola goccia; se non basterà ci sarà sempre tempo per dartene un'altra.

V

Chiuso in cella, nella città di Pude, Kul sfregò le corde che gli legavano le braccia contro una sporgenza dello stipite della porta, fino a tagliarle. Sciolse le corde che gli legavano le gambe, fracassò la porta della cella con un solo spintone e sbucò di corsa nel cortile. Un paio di guardie balzarono avanti per bloccarlo ma vennero gettate a terra, poi Kul prelevò una spada dal casotto di guardia e uscì di corsa in strada, dirigendosi verso est.

Fulgis, il conestabile, organizzò l'inseguimento con un gruppo di uomini fra cui figurava anche Zaxa, una creatura ibrida per metà uomo e per metà batrace, con braccia simili a travi e una spessa pelle grigia a prova di lancia, freccia, artiglio o zanna. Zaxa cavalcava un piccolo animale simile a quello di Visbhume ed era armato con la famosa spada Zil, mentre gli altri componenti del gruppo avevano cavalcature di vario genere.

Gli inseguitori partirono a gran velocità e dopo un po' raggiunsero Kul, che si addentrò nella Foresta Nera; quelli gli andarono dietro, chiamandosi fra loro e gridando insulti, ma Kul si lanciò loro addosso da un albero, annientò otto guerrieri e scomparve. A quel punto, i membri del gruppo si fecero più cauti, consultandosi fra loro e scambiandosi attente istruzioni, agli ordini di Zaxa. Kul li prese alle spalle e attaccò una seconda volta, operando un'altra strage: quando Zaxa arrivò sulla scena, però, l'uomo-bestia era svanito di nuovo, ma solo per uscire con un balzo dall'ombra degli alberi, afferrare il conestabile Fulgis e fracassargli la testa contro un tronco.

Alla fine, tuttavia, fu costretto ad affrontare Zaxa.

– Feroce – ruggì questi – Sei astuto e coraggioso, ma ora dovrai pagare per gli assassinii che hai commesso, e sarà un conto salato.

– Zaxa – replicò Kul – lascia che ti dia un suggerimento: va' per la tua strada e lasciami andare per la mia. Così, nessuno dei due verrà ferito dall'altro. È un piano che torna a profitto di entrambi: riesci a percepire la saggezza della mia proposta?

Zaxa indietreggiò, sbattendo le palpebre e riflettendo.

– Non dubito che ci sia qualcosa di vero in quello che dici – replicò infine – ma io sono venuto fin qui con il dichiarato ed espresso scopo di staccarti la testa con la mia bella spada Zil, per cui adesso mi sembra che farei la figura dello sciocco se mi girassi e tornassi a Pude a mani vuote. La gente della città mi chiederebbe: "Zaxa, non sei partito ventre a terra dalla città per distruggere il feroce?" E io potrei rispondere solo: "È vero! Era questo il mio intento!" A quel punto commenterebbero di certo: "Ah, allora l'astuto bruto si è sottratto alle tue ricerche." E io sarei costretto a ribattere: "Al contrario! Ci siamo incontrati, ci siamo scambiati qualche frase educata e poi io sono tornato a casa." La gente della città non direbbe nulla ad alta voce, ma sono certo che perderei la loro stima e quella del vicinato. Di conseguenza, anche a prezzo di qualche rischio, sono obbligato ad ucciderti.

– E se morissi prima tu?

Zaxa scoppiò a ridere e si batté il petto robusto.

– Non appena ti avrò messo le mani addosso, la partita sarà chiusa. Preparati a far conoscenza con l'infinito dell'aldilà!

I due si scontrarono. Alla fine, ansante, insanguinato e con un braccio rovinato, Kul si erse sul cadavere di Zaxa e si guardò intorno nella radura. Gli abitanti del villaggio, però, visto come stava andando lo scontro, si erano già allontanati e nell'abbassare lo sguardo sulla grossa carcassa grigia, Kul avvertì quasi un senso di pietà.

Raccolta Zil, la splendida spada di Zaxa, raggiunse poi barcollando la cavalcatura del nemico e partì alla ricerca di Glyneth e di Visbhume.

Appena un chilometro più in giù lungo la strada, avvistò l'animale ancorato e la casa; si avvicinò tenendosi nascosto, smontò di sella e raggiunse la porta: dall'interno, gli giunse un improvviso rumore di vetro infranto.

Kul spalancò la porta con la forza e si soffermò sulla soglia: Visbhume, che stava cercando di strappare gli abiti di Glyneth, sollevò gli occhi in preda al panico.

Una bottiglietta di vetro verde giaceva in pezzi nel focolare, dove Glyneth l'aveva scagliata. Kul mandò Visbhume a sbattere contro il muro con tanta violenza da farlo afflosciare a terra privo di sensi.

Glyneth gli corse incontro singhiozzando.

– Che cosa ti hanno fatto! Oh, il tuo braccio! Mio povero caro meraviglioso Kul, sei ferito!

– Non troppo gravemente. Io sono vivo, e Zaxa sta scoprendo quanto sia grande l'infinito dell'aldilà.

– Siedi su questa sedia e vediamo cosa posso fare per te.

VI

L'animale da trasporto riprese ancora una volta il viaggio verso est e verso Aphrodiske, seguendo la Strada delle Pietre Rotonde. In un armadio sul retro della casa magica, Glyneth aveva trovato degli abiti con cui sostituire quelli lacerati da Visbhume: un paio di calzoni contadineschi a strisce grigie, una casacca di grezzo lino blu e un giustacuore bianco e nero. La ragazza aveva fatto del suo meglio per curare le ferite di Kul, medicando tagli e contusioni e preparando una fascia che sorreggesse il braccio sino a che l'osso fratturato non si fosse saldato. Zaxa aveva però affondato le zanne nella spalla dell'uomo-bestia, e in seguito all'iniezione di saliva velenosa la ferita si era infettata e gonfiata.

– Prendi il coltello e pratica un taglio – aveva ordinato Kul. – Lascia scorrere il sangue, quindi spargi sopra la polvere curativa.

Grigia in volto, Glyneth aveva tratto un profondo respiro e, con mano ferma, aveva praticato un profondo taglio nella ferita, provocando la fuoriuscita di sostanza infetta seguita da un getto di sano sangue rosso. Kul aveva emesso un gemito di sollievo e le aveva accarezzato i capelli; poi, con un altro sospiro, aveva distolto lo sguardo.

– Certe volte, ho strane visioni: ma non era previsto che sognassi, e in particolare che facessi sogni impossibili.

– Anche io faccio ogni tanto sogni impossibili – aveva risposto Glyneth. – Mi lasciano confusa e talvolta mi spaventano. Tuttavia, come posso fare a meno di amarti, se sei tanto coraggioso e gentile?

– Così si voleva che fossi – aveva spiegato Kul, con un'amara risata. Poi aveva concentrato la propria attenzione su Visbhume. – Ti ucciderei in questo preciso momento, se non avessimo ancora bisogno della tua guida. Come procede il moto della luna?

– Che accadrà se vi guido in modo corretto? – aveva chiesto a sua volta il mago, alzandosi faticosamente in piedi.

– Ti sarà concesso di vivere.

Visbhume aveva esibito la caricatura di un sorriso sicuro e disinvolto.

– Accetterò questa condizione. La luna nera è vicina alla vibrazione. Avete indugiato troppo.

– Allora partiamo.

Visbhume aveva fatto il gesto di prendere la sua borsa, ma Glyneth gli aveva ordinato di stare indietro; lei stessa aveva rimpicciolito e riposto la casetta e poi i tre erano saliti sull'animale e ancora una volta si erano messi in cammino verso la stella rosa, ora quasi in contatto con la luna nera.

Come in precedenza, Glyneth aveva preso posto sulla portantina, Kul si era accoccolato fra le corna dell'animale e Visbhume sui quarti posteriori, lanciando occhiate in tralice ai suoi lati con occhi liquidi e grandi quanto quelli di un lemure.

Glyneth era tormentata da molte emozioni, ciascuna delle quali le pareva tanto intensa da spezzarle il cuore. Nonostante l'uso del balsamo e delle polveri, Kul non era più quello di prima: forse, pensò, aveva perso troppo sangue, e così la sua pelle era impallidita e la scioltezza era sparita dai suoi movimenti. La ragazza sospirò, pensando al suo imminente ritorno sulla Terra: Tanjecterly era già diventato la realtà per lei, e la Terra un mondo fantastico nascosto dietro le nuvole.

Il veloce passo dell'animale da trasporto permise loro di lasciarsi alle spalle una lega dopo l'altra e di raggiungere la strada che attraversava la Piana dei Gigli; in lontananza, apparvero una linea di basse colline, una città di case grigie, e, un po' più a nord, una bassa e piatta cupola di metallo grigio-argentato.

Visbhume si accostò alla portantina e si rivolse a Glyneth.

– Mia cara, ho bisogno dell'almanacco, per poter trovare il grande asse.

Glyneth tolse la chiave dalla custodia e porse il libro al mago, che lo consultò con attenzione e studiò una piccola carta dettagliata.

– Ah! – esclamò quindi. – Spostiamoci su un lato della cupola: dovremmo vedere una piattaforma e, su di essa, un palo di ferro.

– Vedo la piattaforma! – indicò Glyneth. – E anche il palo!

– Allora andiamo avanti in tutta fretta! La luna nera ha dato inizio alla pulsazione, e qui il tempo a disposizione è breve, senza pause o riposo!

L'animale attraversò la campagna alla massima velocità, arrivando accanto alla cupola.

– Questo è un vecchio tempio, forse ormai abbandonato – spiegò Visbhume. – Sulla piattaforma! Glyneth, la chiave!

– Non ancora, e comunque sarò io a usarla!

Visbhume emise un verso seccato.

– Non è questo che avevo in mente: non va bene!

– A ogni modo, tu non passerai fino a che io e Kul non saremo al sicuro dall'altra parte.

– Bah! – parve cedere Visbhume. – Presto, alla piattaforma!... Glyneth, scendi! Kul, giù dal tuo trespolo! Al palo!

Glyneth raggiunse i gradini che portavano sulla piattaforma e Kul scese stancamente a terra e la seguì. In quel momento, Visbhume tirò fuori di tasca il piffero e suonò un arpeggio acuto e discorde. L'animale da trasporto emise un muggito di rabbia, abbassò la testa e partì alla carica contro Kul mentre Visbhume saltellava ed emetteva note stridule e poco armoniche. Kul tentò di balzare da un lato, ma le sue gambe avevano perso agilità e l'animale lo infilzò con le corna e lo gettò in aria.

Glyneth si precipitò piangendo verso la forma immobile, poi sollevò su Visbhume uno sguardo colmo di orrore e di odio.

– Ci hai traditi ancora una volta!

– Non più di quanto abbiate fatto voi! Guardami! Io sono Visbhume! Tu rivolgi parole affettuose a questa bestia che è solo in parte un uomo: non è naturale! E invece disprezzi me che sono il prode e nobile Visbhume!

– Kul è vivo! – esclamò Glyneth, ignorando le sue parole. – Aiutami!

– Mai! Sei impazzita? Ora spicciamoci! Kul è vivo, o vuoi che ordini all'animale di calpestarlo?

– No! – urlò Glyneth, fissandolo con orrore.

– Allora dimmi: Chi era la madre di Dhrun? Dimmelo!

– Non dirgli nulla! – sussurrò Kul.

– No, glielo dirò, tanto non fa molta differenza. Suldrun era la madre di Dhrun, e Aillas è suo padre.

– Com'è possibile, visto che Dhrun ha ora dodici anni?

– Un anno in uno shee di fate vale quanto dieci anni di vita altrove.

Visbhume emise un grido esultante.

– Queste sono le notizie che stavo cercando! – Strappò la chiave di mano a Glyneth e balzò indietro come se stesse danzando al suono di una musica impetuosa che lui solo riusciva a sentire, poi si esibì in un profondo inchino. – Invero, Glyneth, sei davvero una piccola sciocca! Se tu avessi parlato molto tempo fa, ci saremmo risparmiati entrambi fatica e sofferenze, da cui non mi deriva alcun profitto! Per quel che importa di me a Casmir! Si limiterà a lodarmi per i risultati che ho ottenuto e a definirmi una persona efficiente.

– E ora, sei disposta a tornare sulla Terra con modi sottomessi e a sottostare alla mia volontà?

Glyneth lottò per mantenere la voce calma.

– Non posso lasciare Kul! – affermò e, volgendo il capo in modo da non dover guardare Visbhume, aggiunse: – Portaci entrambi sani e salvi sulla Terra, e io mi sottometterò alla tua volontà.

Visbhume agitò un dito con aria saputa.

– No! Kul deve rimanere qui! Mi ha trattato villanamente e ora deve essere punito. Vieni, Glyneth!

– Non me ne andrò senza di lui!

– E sia! Rimani, allora, e consola quella bestia che ami con così strana passione! Ora consegnami la borsa!

– No.

– E allora io suonerò il piffero.

– E io ti scaglierò addosso una Boccia del Tormento: avrei dovuto farlo prima!

Visbhume emise un'imprecazione, ma non osò indugiare oltre.

– Me ne vado sulla Terra, a godere onori e ricchezze: addio!

Balzò sulla piattaforma, inserì la chiave e scomparve.

Glyneth s'inginocchiò accanto a Kul, che se ne stava disteso con gli occhi chiusi, accarezzandogli la fronte.

– Kul, mi senti?

– Ti sento.

– Sono qui con te. Pensi di poterti arrampicare sull'animale? Ti porterò in un angolo tranquillo della foresta dove potrai riposare fino a che starai bene.

– Quell'animale è una creatura poco affidabile – replicò Kul, aprendo gli occhi. – Mi ha fatto molto male.

– Solo dietro incitazione del piffero di Visbhume. Altrimenti sembra una creatura tranquilla ed ha il passo veloce.

– Questo è vero. Ebbene, vediamo se riesco a salire sul suo dorso.

– Io ti aiuterò.

Attratti dall'inconsueta attività, parecchi abitanti della città erano affluiti sul posto, e alcuni cominciarono a deridere Glyneth per i suoi tentativi di aiutare Kul. La ragazza non vi badò, e alla fine l'uomo-bestia in parte s'arrampicò e in parte cadde sul dorso dell'animale. Gli astanti si erano ora stretti tutt'intorno e avevano cominciato a staccare tasselli dal tappeto: estratta una Boccia del Tormento dalla borsa, Glyneth la scagliò in mezzo alla folla, che subito si disperse fra grida di dolore, consentendo all'animale di procedere.

Un'ora più tardi, la ragazza condusse la bestia su un prato riparato da un boschetto, dove lasciò cadere l'ancora e ingrandì la casa. Kul rimase per qualche tempo in uno stato d'intontimento, e Glyneth lo vegliò con ansia: la sua immaginazione le stava giocando strani scherzi, oppure strani mutamenti si stavano verificando in Kul, facendo sì che la sua espressione si modificasse e in certi momenti diventasse addirittura confusa?

Kul aprì gli occhi e trovò Glyneth che lo fissava.

– Ho fatto sogni bizzarri – mormorò con voce stanca. – Quando cerco di ricordarli, mi gira la testa.

Poi si agitò e cercò di sollevarsi, ma Glyneth lo costrinse a distendersi di nuovo.

– Stai quieto, Kul! Riposa, e non pensare ai sogni!

Kul chiuse gli occhi e proseguì sommessamente.

– Murgen mi ha parlato. Ha detto che devo proteggerti e riportarti sana e salva alla capanna. È giusto che io ti ami, perché questo è il motivo per cui vivo, ma tu non devi sprecare con me le tue emozioni. Io sono per metà bestia, e una delle voci che sento è quella di un feroce; un'altra voce è spietata e crudele, e mi incita a imprese innominabili. La terza voce è la più forte, e quando essa parla, le altre due tacciono.

– Anch'io ho riflettuto a lungo e profondamente – dichiarò Glyneth. – Tutto ciò che dici è vero. Io sono intimorita dalla tua forza e ti sono grata per la tua protezione, ma quella che amo è un'altra parte di te: amo la tua gentilezza e il tuo coraggio, e queste qualità non ti sono state insegnate da Murgen, provengono da qualche altra fonte.

– Gli ordini di Murgen mi echeggiano nella mente: devo proteggerti e riportarti sana e salva alla capanna e, visto che non abbiamo un luogo migliore dove andare, quella sarà la nostra destinazione.

– Per la via da cui siamo venuti?

– Per la via da cui siamo venuti.

– Partiremo non appena ti sentirai abbastanza forte da poter viaggiare.

Capitolo XVII

I

Due giorni prima dell'ultima Fiera degli Orchetti, Melanchte arrivò alla Locanda vicina a Twitten's Corner e nota come *Al Sole Ridente e alla Luna Piangente*, affittò il solito appartamento e uscì subito sul prato, nella speranza di trovare Zuck e di ricordargli l'accordo fatto in merito ai fiori.

Zuck era appena arrivato e con l'aiuto di un ragazzo dall'aspetto comune era intento a scaricare oggetti e mercanzia da un carretto tirato da un pony. Alla vista di Melanchte, accennò educatamente con il capo e si toccò la tesa dell'ampio cappello con due dita, continuando con il suo lavoro: a quanto pareva, non aveva ancora dedicato la propria attenzione all'incetta di fiori per lei.

La donna emise un sibilante suono d'irritazione e affrontò Zuck, che stava ordinando gli scaffali.

– Hai dimenticato il nostro accordo?

Zuck smise un attimo di lavorare e le lanciò una vacua occhiata in tralice, poi il suo volto si schiarì.

– Ah, sì! Ma certo! Sei quella dama tanto ansiosa di comprare i fiori!

– Proprio così, Zuck. Te ne sei scordato così in fretta?

– Certamente no! Ma ci sono molti piccoli dettagli che mi affollano la mente e mi distraggono. Solo un momento.

Impartì alcune istruzioni al ragazzo, quindi condusse Melanchte verso una panca poco distante.

– Devi capire che nel mio mestiere capita spesso di trattare con persone che parlano molto ma posano ben poche monete d'oro sul banco. Se ben ricordo, volevi un altro fiore o due, per adornare la tua bella chioma.

– Voglio tutti quei fiori, che si tratti di uno, due, dieci o cento.

Zuck annuì con lentezza e guardò verso la parte opposta del prato.

– Finalmente ci comprendiamo a vicenda! Quei fiori costano somme rilevanti, io ho già una lista di clienti altrettanto impazienti quanto lo sei tu, e devo ancora sentire il mio giardiniere in merito alla produzione del suo giardino segreto.

– Gli altri clienti dovranno cercare altrove, e tu sarai pagato adeguatamente, non temere!

– In questo caso, presentati domattina a quest'ora alla mia bancarella e spero di poterti dare notizie precise da parte del mio giardiniere.

Melanchte non riuscì a strappargli altre informazioni, e il mercante rifiutò in modo particolare di svelare l'identità del misterioso personaggio che coltivava quei fiori meravigliosi, così alla fine la donna tornò alla locanda, agitata e insoddisfatta ma impossibilitata ad appagare i propri desideri.

Non appena Melanchte si fu allontanata, Zuck tornò pensosamente al proprio lavoro; dopo un po', chiamò il ragazzo che, ispezionato più da vicino, sembrava un falloy, o forse un falloy con qualche carattere di orchetto e di umano. La sua statura era quella di un giovane umano, accompagnata da una notevole scioltezza di movimenti; la pelle aveva un colore argentato, i capelli erano di un pallido verde-oro e gli occhi erano enormi, con le pupille color argento cupo e a forma di stella a sette punte. Era un bel ragazzo, calmo, pacato e alquanto ingenuo: Zuck aveva scoperto che era un buon lavoratore e gli dava una paga soddisfacente, per cui in generale non vi erano attriti fra i due. Il mercante chiamò il ragazzo per nome.

– Yossip! Dove sei?

– Qui, signore, sto riposando sotto il carretto.

– Vieni qui, se non ti dispiace: ho una commissione da affidarti.

Yossip si presentò davanti alla bancarella.

– Di che commissione si tratta?

– Nulla d'importante o di difficile. Se ben ricordi, quest'estate sei venuto un giorno al lavoro con un bel fiore nero che, mi pare, hai lasciato sul banco e che io ho poi dato a uno dei miei clienti.

– Ah, sì, un fiore del mio giardino segreto.

Zuck ignorò l'osservazione.

– Ho in mente di sistemare qualche piccola decorazione per distinguere il nostro banco e farlo spiccare fra la massa. Per questo scopo, un po' di quei fiori sarebbero proprio quello che ci vuole. Dove hai trovato quel bocciolo nero?

– Nella foresta, lungo il Viottolo di Giliom, in un luogo che io considero personale e segreto. Quest'estate ho trovato un solo fiore, anche se ho notato molti boccioli.

– Qualche fiore potrebbe essere sufficiente. Dopotutto, non siamo fiorai o erboristi! Quanto dista questo giardino? Dammi le indicazioni, e io andrò a prendere solo i fiori che mi servono.

– Non ricordo bene la distanza e non saprei darti punti di riferimento – rispose Yossip, esitando. – Io stesso trovo quel posto con difficoltà. Tuttavia, se vuoi i fiori, ordina e io li porterò qui.

– Buona idea – convenne Zuck. – Prendi il carretto, in modo da fare in fretta. Parti per il viottolo di Giliom immediatamente, ma non cogliere né boccioli chiusi né spore di semi, solo i fiori del tutto sbocciati. In questo modo, non danneggeremo la pianta.

– Hai ragione – ammise Yossip. – Avrò bisogno di un coltello tagliente per recidere gli steli e di un po' di pane e formaggio da mangiare lungo la strada visto che, se ben ricordo, dovrò percorrere il viottolo forse anche per sei chilometri.

– Allora va', e non perdere tempo!

Non appena Yossip se ne fu andato, Zuck chiuse la bancarella, prese in prestito un cavallo dal proprietario di un banco vicino e seguì il ragazzo, procedendo con cautela e regolandosi in base ai rumori del carretto.

Ogni volta che il viottolo descriveva una svolta, accelerava l'andatura, in modo da vedere la strada oltre la curva, e poi riprendeva con calma fino alla svolta successiva, così da rimanere vicino a Yossip, ma sempre senza essere visto.

Il rumore del carretto cessò di colpo. Zuck scese di sella, legò il cavallo e avanzò a piedi: il veicolo era fermo in mezzo al viottolo, ma Yossip non era visibile da nessuna parte.

– Bel colpo – mormorò fra sé Zuck. – È qui che si trova il misterioso giardino! È tutto quello che volevo scoprire!

Adesso doveva solo tornare in fretta alla bancarella, e Yossip non avrebbe mai saputo che il suo segreto non era più tale.

Spinto dalla curiosità, Zuck avanzò furtivamente, nella speranza di localizzare meglio dove fossero i fiori: scese lungo la strada con passo cauto, ma dopo un po' si mise addirittura a correre in punta di piedi, saettando rapide occhiate a destra e a sinistra.

Yossip emerse dall'ombra tenendo in mano un piccolo mazzo di quattro fiori, e non parve per nulla sorpreso di trovare là Zuck.

– Sono venuto qui in tutta fretta – spiegò il mercante – perché ho deciso di usare pavesi e nastri colorati per decorare la bancarella, invece di rovinare i fiori. Per questo, volevo informarti subito del cambiamento di programma.

– Gentile da parte tua – rispose Yossip. Il ragazzo sembrava avere difficoltà a parlare, e biascicava le parole. – Ma cosa devo fare di questi fiori che ho già tagliato?

– Portali con te. Anzi, meglio, dalli da tenere a me. Ce ne sono altri in boccio?

– Pochissimi.

Zuck si accigliò e lanciò un'occhiata in tralice al ragazzo.

– Perché parli in maniera così strana?

Yossip sorrise, scoprendo i denti argentati.

– Mentre lavoravo, ho smosso il terreno e ho scoperto questa splendida gemma – spiegò, togliendosi di bocca una luminosa sfera verde. – La porto così perché è più comodo.

– Stupefacente! Lasciamela esaminare.

– No, Zuck! Hai scoperto il segreto del mio giardino con l'inganno. Per natura, io sono accomodante e perfino ingenuo, ma in quest'occasione devo pronunciare una sentenza, e la tua malafede va punita con la morte. – Così dicendo, Yossip trapassò il collo di Zuck con il coltello usato per i fiori, quindi gli trafisse il cuore e infine, per fermare gli spasimi, infilò l'arma in un orecchio fino all'elsa. – E ora, Zuck, abbiamo posto fine in maniera adeguata alle tue manovre furtive! Non dirò altro in merito.

Fece rotolare il cadavere in un fosso, quindi tornò al prato con il cavallo usato da Zuck, legato dietro il carretto.

Quando restituì la bestia al proprietario, questi chiese, meravigliato:

– E dov'è il buon Zuck, che è corso via tanto di fretta?

– È andato a esaminare un nuovo tipo di mercanzie. Intanto, sarò io a prendermi cura della bancarella.

– È una grande responsabilità per un giovane inesperto come te! Se dovessi trovarti in difficoltà o avessi il sospetto che ti stanno imbrogliando chiamami, e ci penserò io a sistemare le cose!

– Grazie, signore! Sono molto sollevato.

Mancavano ancora un paio d'ore al tramonto, quindi Yossip aprì la bancarella, sistemò i fiori in alcuni vasi e, dopo qualche esitazione, mise in mostra anche la perla verde, sistemandola in un piattino su uno scaffale.

– È una gemma splendida – disse a sé stesso – ma cosa posso mai farmene io! Non mi piacciono gli orecchini o altri ornamenti simili. Bene, vedremo. Ma quella gemma mi dovrà fruttare un buon prezzo, altrimenti non la venderò.

Il mattino successivo, Melanchte si presentò di buon'ora e cominciò a guardare qua e là. Quando scorse i fiori, lanciò un gridolino di gioia.

– Dov'è il buon Zuck?

– Sta cercando nuove merci – spiegò Yossip. – La bancarella è affidata a me.

– Almeno, ha trovato i fiori! Portali qui: sono miei e non devono essere venduti a nessun altro!

– Come desideri, signora.

Melanchte prese possesso dei fiori: erano davvero di una bellezza sconcertante, e i loro colori sembravano vibrare per la forza stessa della loro natura. Ciascuno dei quattro era diverso dagli altri ed emanava una personalità unica. Nel primo, un vivido arancio si mescolava al rosso vermiglio, al rosso prugna e al nero; nel secondo, il verde mare era unito al porpora e a un lucido blu-nero; il terzo era di un nero lucido con strisce di uno stridente giallo ocra e un ciuffo scarlatto nel centro e il quarto presentava una dozzina di anelli concentrici di petali di volta in volta bianchi, rossi e blu.

Melanchte non chiese quale fosse il prezzo, e gettò sul banco quattro corone d'oro.

– Quando ne avrai degli altri?

Yossip comprese immediatamente da che parte soffiasse il vento: Zuck lo aveva ingannato in maniera molto maggiore di quanto lui avesse supposto. Comunque, bene o male che fosse, non era possibile punirlo una seconda volta.

Rifletté un momento, poi rispose:

– Forse avrò altri fiori per domani, signora.

– Rammenta che devono essere conservati per me sola! Mi affascina la loro bizzarra complicazione!

– Per assicurarti il loro possesso – replicò con scioltezza il ragazzo – ti consiglierei di pagare adesso una sufficiente quantità di monete d'oro. Altrimenti, domattina qualcuno potrebbe essere più svelto di te.

Con disprezzo, Melanchte gettò sul banco altre cinque corone d'oro giallo, convalidando così l'accordo.

Il crepuscolo scese sul prato. Vi erano parecchie lampade appese fra gli alberi, e molti clienti preferivano la notte per passeggiare fra i banchi di vendita e contrattare l'acquisto degli articoli che destavano il loro interesse.

Nella locanda, Melanchte consumò una parca cena a base di un'ala di pollo e di una rapa cotta nel miele e nel burro, con i fiori sistemati davanti a sé in quattro vasi separati, in modo da poterli contemplare separatamente o tutti insieme, a suo piacimento.

Un gentiluomo saturnino dai capelli scuri e dagli abiti sfarzosi, con baffi curati, una piccola barba e lineamenti taglienti, si accostò al suo tavolo, s'inchinò, si tolse il cappello e sedette senza altre cerimonie.

Melanchte riconobbe Tamurello ma non fece alcun commento mentre il mago osservava i fiori con curiosità.

– Molto affascinanti e, direi, unici. Dove crescono boccioli così straordinari?

– Quanto a questo, non lo so per certo. Li compro a una bancarella della fiera. Annusali uno dopo l'altro: ciascuno ha un odore diverso che è in sé stesso una cascata di significato, e significati nei significati. Ciascuno è una sfilata di sottili aromi senza nome.

Tamurello annusò i quattro fiori uno dopo l'altro per due volte, poi li fissò con una smorfia sulle labbra.

– Gli odori sono squisiti, e mi ricordano qualcosa cui non riesco a dare un nome... il pensiero si annida in un angolo della mia mente e non vuole farsi avanti! Una sensazione irritante!

– La ricorderai fra breve. Come mai sei qui, in un luogo dove vieni così di rado?

– Sono qui per curiosità. Solo pochi istanti fa c'è stato un tremito al Palo di Twitten: potrebbe significare molto o forse poco, ma vale sempre la pena d'investigare su un tremito di questo genere... Ah! Ma guarda chi è appena entrato nella locanda! È Visbhume, e devo parlare immediatamente con lui.

Visbhume si fermò accanto al banco, guardandosi intorno alla ricerca di Hockshank che però era impegnato altrove.

– Visbhume, che ci fai qui? – chiese Tamurello, fermandoglisi accanto.

Visbhume sbirciò il gentiluomo dalla barba nera che gli si rivolgeva con tanta familiarità.

– Signore, sei in vantaggio su di me.

– Sono Tamurello, in un aspetto che uso spesso quando sono in giro.

– Ma certo! Ora ti riconosco, per la chiarezza del tuo sguardo! Tamurello, è un piacere vederti!

– Grazie. Cosa ti conduce qui in questa stagione?

Visbhume gonfiò le guance e agitò un dito ammonitore.

– Suvvia, chi può spiegare i capricci di un vagabondo? Un giorno qui, il giorno successivo là! Qualche volta il cammino è aspro, qualche altra davvero difficile, e capita a volte di andare avanti sotto il vento e la pioggia, spinti soltanto dal lontano bagliore della propria stella! Per ora, desidero solo che Hockshank mi trovi una comoda camera per la notte.

– Temo che la tua richiesta non verrà soddisfatta. La locanda è piena.

– In questo caso – osservò Visbhume, con aria depressa – dovrò cercarmi un po' di fieno nel granaio.

– Non è necessario! Vieni fuori un momento.

Con una certa riluttanza, Visbhume seguì Tamurello fuori dalla porta e sulla strada. Tamurello sollevò gli occhi verso il cielo e indicò un punto in cui la luna brillava su una dimora con tre torri, una terrazza e una balaustra che la circondava.

– Là riposerò questa notte – dichiarò. – Ma, prima che aggiunga altro, sarei curioso di sapere come mai ti trovi qui mentre dovresti essere a lavorare duramente al servizio di Re Casmir, dietro mia raccomandazione.

– Vero, Vero! Con la tua solita acutezza d'ingegno hai intuito come stanno le cose! Credo che ora mangerò qualcosa per cena. Se mi vuoi scusare...

– Fra un momento. Prima dammi, come è andata fra te e Casmir?

– Abbastanza bene.

– È stato contento delle tue informazioni?

– Non gli ho ancora riferito nulla, in verità. Ma le cose che ho scoperto finora son di così poco conto che forse non mi prenderò neppure il disturbo di riferirle.

– Cos'hai scoperto, in effetti?

– Signore, credo che farei meglio a conservare queste cosette di poco conto per i soli orecchi di Casmir.

– Ma davvero, Visbhume? Certo non avrai segreti con me?

– Ognuno di noi ha i suoi piccoli segreti – ritorse Visbhume, seccato.

– Di un certo tipo, in certi momenti e con certe persone – dichiarò Tamurello. – Non a Twitten's Corner, sotto la luce della luna e mentre si parla con me.

Visbhume agitò nervosamente le mani.

– Allora, se proprio insisti, lo saprai – decise, e aggiunse con calore: – Dopotutto, chi mi ha raccomandato a Casmir se non il mio buon amico Tamurello?

– Proprio così.

– Ho scoperto questo. Casmir è tormentato per una predizione relativa al figlio primogenito di Suldrun.

– So della predizione dello Specchio Persilian e delle preoccupazioni di Casmir.

– Il fatto è semplice, ma molto interessante. Il figlio primogenito di Suldrun ha per padre Aillas, Re del Troicinet. Il bambino si chiama Dhrun, e in un solo anno trascorso nello shee delle fate è cresciuto come se ne fossero passati nove.

– Interessante! – commentò Tamurello. – E come hai ottenuto queste informazioni?

– Ho lavorato, con enorme fatica e astuzia. Ho portato Glyneth nel mondo di Tanjecterly, e là avrei scoperto ogni cosa con facilità se Shimrod non avesse inviato un grosso mostro a tormentarmi. Ma io sono indomabile: ho ottenuto le mie informazioni, ho ucciso quella bestia e sono tornato da Tanjecterly con quel che volevo sapere.

– E la Principessa Glyneth?

– È rimasta a Tanjecterly, dove non può raccontare l'accaduto.

– Una saggia precauzione! Hai ragione! Informazioni di questo tipo vanno tenute segrete e riservate al minimo numero possibile di menti. A dire il vero, Visbhume, una sola mente è più che sufficiente per questo tipo d'informazioni.

– Due menti vanno benissimo – obiettò Visbhume, indietreggiando di un passo.

– Temo di no. Visbhume...

– Aspetta! – gridò il mago. – Hai dimenticato la mia fedeltà? La mia costante e instancabile efficienza? La mia capacità di eseguire imprese impossibili?

– Queste argomentazioni sono davvero sensate! – rifletté Tamurello. – Sei al tempo stesso loquace e convincente e così ti sei salvato la vita. A partire da ora, tuttavia... – Fece un gesto e pronunciò una sola parola: gli abiti di Visbhume si afflosciarono al suolo e dal mucchietto nero strisciò fuori un serpentello verdastro che sibilò una volta contro il mago e poi saettò nella foresta.

Tamurello rimase fermo sulla strada silenziosa ad ascoltare i rumori soffocati che giungevano dalla locanda: il mormorio delle voci, il rumore delle stoviglie, le grida saltuarie con cui Hockshank chiamava il garzone.

Il suo pensiero andò quindi per un momento a Melanchte. In effetti, i fiori che lei aveva erano affascinanti, e lui avrebbe approfondito l'argomento il mattino successivo. Quanto al fascino della stessa Melanchte, i suoi sentimenti in proposito erano ambigui e piuttosto sulla difensiva; lui era stato l'amante del fratello di lei, e ora la donna lo trattava con un freddo e sorridente distacco in cui Tamurello aveva spesso l'impressione di percepire una venatura di disprezzo.

Il mago ascoltò ancora per un momento i rumori della locanda, poi lanciò un'occhiata in direzione della foresta, da dove il serpente verdastro lo fissava con occhi ardenti. Tamurello ridacchiò a causa della semplice logica della situazione, poi allargò le braccia, agitò le dita e si sollevò in aria verso la propria dimora volante.

Cinque minuti più tardi, anche Shimrod apparve sulla strada; come Tamurello si soffermò ad ascoltare e, uditi solo i rumori provenienti dalla locanda, oltrepassò la soglia.

II

Shimrod si presentò al banco e anche questa volta Hockshank si protese in avanti per provvedere alle sue richieste.

– Di nuovo, Sir Shimrod, sono al completo. Tuttavia, ho notato che la splendida Dama Melanchte è venuta a visitare la fiera e ha già comprato un mazzo di fiori tanto bello da fare invidia a chiunque. Forse potrebbe acconsentire ancora una volta a dividere l'appartamento con un caro e fidato amico.

– O anche con un completo sconosciuto, se gliene venisse il capriccio. Bene, vedremo. Stavolta, sono giunto preparato, e in effetti non ho alcun bisogno della sua ospitalità. Tuttavia, chi può sapere come andrà a finire la serata? Per pura galanteria, andrò a porgerle i miei omaggi e magari a bere un bicchiere di vino con lei.

– Hai già cenato? – chiese Hockshank. – Stasera il pasticcio di lepre è impeccabile e i miei galletti lo sono altrettanto. Senti come sfrigolano sullo spiedo!

– Mi hai indotto in tentazione. Assaggerò un galletto con mezzo pane croccante.

Shimrod raggiunse il tavolo di Melanchte.

– Solo pochi minuti fa – osservò la ragazza – Tamurello era seduto su quella stessa sedia ad ammirare questi fiori. È per questo che sei qui?

– Per i fiori? No. Per Tamurello? Forse. Murgen mi ha mandato a investigare a proposito di un tremito del Palo di Twitten.

– Il Palo di Twitten è al centro dell'attenzione, pare. Tamurello è venuto per lo stesso motivo.

– Deve aver usato un aspetto nuovo – commentò Shimrod, guardandosi intorno nella sala. – Qui non vedo nessuno che potrebbe essere lui, a parte forse quel giovane con gli anelli di rame e gli orecchini di giada.

– Stanotte Tamurello era un nobile austero, ma non è qui. Ha visto un suo compare, Visbhume, è uscito con lui e non è tornato, e neppure il suo amico.

– Quanto tempo fa è successo? – domandò Shimrod, cercando di dare un tono noncurante alla voce.

– Solo pochi minuti fa. – Melanchte sollevò uno dei fiori. – Non è splendido? La sua essenza è tale da farlo addirittura vibrare di vita: parla di qualcosa che non riesco neppure a immaginare! Guarda come brilla e come contrastano fra loro i suoi colori! E l'odore è intossicante!

– Sì, forse. – Shimrod balzò in piedi. – Tornerò fra qualche istante.

Uscì dalla locanda e raggiunse la strada, guardandosi a destra e a sinistra: non c'era in giro nessuno. Inclinò il capo per ascoltare, ma gli giunsero all'orecchio solo i rumori della locanda. Si avviò a passo calmo verso Twitten's Corner scrutando verso nord, sud, est e ovest: le quattro strade si diramavano dall'incrocio, vuote e pallide sotto la luce della luna, gli alberi che le fiancheggiavano tristemente.

Ritornò di nuovo verso la locanda, e su un lato della strada, per metà in un fosso, scorse un mucchio di vestiti: avvicinatosi con lentezza, s'inginocchiò e trovò nel fagotto un grosso libro grigio con un'asta d'oro infilata nel costone.

Si accostò, con il libro, alla luce dorata che fuoriusciva dalle finestre della locanda per leggere il titolo, poi infilò una mano in tasca ed estrasse un campanello d'argento, contro cui batté con l'unghia.

– Sono qui – disse una voce.

– Sono vicino alla locanda di Twitten's Corner. Poco prima del mio arrivo, Visbhume è entrato nella locanda: se il palo ha tremato, dev'essere stato a causa sua. Tamurello lo ha incontrato e lo ha condotto fuori, e ora temo che Visbhume sia scomparso, morto o svanito. Si è lasciato alle spalle gli abiti e l'Almanacco di Twitten, che ora ho qui con me.

– E Tamurello?

Sollevando gli occhi, Shimrod scorse la dimora del mago delineata nella luce della luna.

– Ha portato con sé un castello volante: lo vedo ora nel cielo.

– Arriverò domattina sul presto. Nel frattempo, prendi ogni precauzione! Non far nulla a favore o dietro istigazione di Melanchte, non importa quanto le sue richieste possano sembrare innocenti! Tamurello è irrequieto: ha sofferto sul Monte Khambaste e ora ha scoperto che non gli è servito a nulla ed è pronto a fare qualsiasi cosa, per quanto disperata, irrevocabile o anche solo tragica. Stai in guardia.

Shimrod tornò nella locanda e scoprì che Melanchte, per chissà quale motivo, se n'era andata.

Consumò la cena che aveva ordinato e rimase per qualche tempo a guardare la gente della foresta che faceva baldoria, ma alla fine uscì e si recò in una vicina radura, dove pose per terra una casa in miniatura molto simile a quella che Visbhume portava nella sua borsa.

– Casa, ingrandisci! – ordinò.

Poi salì sul portico e aggiunse:

– Casa, innalzati!

Alte gambe retrattili spuntarono agli angoli della casa che si sollevò fino alla sicura altezza di una ventina di metri dal suolo della radura.

La notte trascorse tranquilla e l'alba venne a illuminare la Foresta di Tantrevalles. Quando il sole si levò al di sopra delle chiome degli alberi, Shimrod uscì sul portico della sua dimora portatile.

– Casa, scendi! – ordinò, e poi: – Casa, rimpicciolisci!

La dimora di Tamurello fluttuava ancora nel cielo allorché Shimrod entrò nella locanda per fare colazione.

Melanchte uscì in silenzio dalla propria stanza, virginale come una giovane pastorella di Arcadia nell'abito bianco lungo fino al ginocchio e con i piedi calzati da sandali; non prestò alcuna attenzione a Shimrod e sedette in un angolo, cosa che andava benissimo al mago.

Melanchte impiegò pochissimo tempo a far colazione e, lasciata la locanda, uscì sul prato dove la fiera era già in pieno svolgimento. Shimrod la seguì con noncuranza e le si affiancò quando arrivarono al prato.

– Che cosa vuoi comprare oggi?

– Ho ordinato un altro mazzo di fiori. Sono diventati la mia passione e li apprezzo molto.

– Non è strano che abbiano una simile influenza su di te? – rise Shimrod. – Non temi di cadere vittima di qualche incantesimo?

Melanchte gli lanciò uno sguardo sorpreso.

– Ma di quale incantesimo si potrebbe mai trattare se non di quello della pura bellezza? Sono il mio più caro amore! I loro colori sono come una musica per me e il loro profumo mi fa sognare!

– Spero che si tratti di sogni piacevoli: l'odore di alcuni di essi è notevolmente fastidioso.

Melanchte gli rivolse uno dei suoi rari sorrisi.

– I sogni sono svariati. Alcuni sono davvero sorprendenti, e altri temo valichino i limiti della tua immaginazione.

– Non ne dubito affatto! Simili estasi mi sono negate dalla mia anima gretta e popolana. – Shimrod si guardò intorno nel prato. – E dov'è questo mercante di sogni?

– Laggiù! – indicò Melanchte. – Vedo Yossip, ma dove sono i miei bei fiori? Certo li avrà messi da parte per me.

Quindi raggiunse di corsa la bancarella.

– Buon giorno a te, Yossip, dove sono i miei fiori?

Il ragazzo scosse dolorosamente il capo.

– Signora, in questo caso, la verità è più semplice, elementare e convincente di qualsiasi bugia, quindi ti dirò solo e tutta la verità. Questa mattina, quando sono andato a tagliare i fiori, ho trovato uno spettacolo doloroso: ogni pianta era morta come se la grandine l'avesse devastata! Non ci sono più piante, e neppure fiori!

– Com'è possibile? – sussurrò Melanchte, irrigidendosi. – Deve proprio finire sempre così? Perché ogni volta che trovo qualcosa di bello che mi è caro la sorte me lo porta via? Yossip, come puoi essere tanto crudele? Per tutta la notte ho desiderato quei fiori!

– Invero, signora – replicò Yossip, scrollando le spalle – non è colpa mia e quindi non ti restituirò le monete che mi hai pagato in anticipo.

– Yossip – intervenne Shimrod – permettimi di citarti il primo principio etico degli affari: se non cedi nulla di valore, non puoi aspettarti nulla in pagamento, indipendentemente da qualsiasi altra cosa. Parlo solo in qualità di spettatore disinteressato.

– Non posso rinunciare a tutto quell'oro! – esclamò Yossip. – Le mie piante sono state distrutte, e io merito compassione e non un'altra sventura! Che la signora scelga qualcos'altro fra i miei tesori! Ho tutto in mostra! Questo è una rarità: un ciottolo nero che viene dal fondo del fiume Stige! E osservate questa commovente scena di un bambino che accarezza la madre, rappresentata in un mosaico di occhi d'uccello. Ho un'abbondante scelta di amuleti, tutti di grande potere, e questo magico pettine di bronzo che rinvigorisce i capelli, repelle i parassiti e cura la scabbia. Sono tutti articoli di pregio.

– Non ne voglio nessuno – replicò Melanchte. – Però... lasciami vedere quella gemma verde che hai in mostra.

Yossip sibilò fra i denti e, con riluttanza, prese la scatoletta in cui riposava la perla.

– Non sono certo di volermi separare da questo splendido oggetto.

– Suvvia! Hai dichiarato tu stesso che era tutto in vendita! Questi gentiluomini lo possono testimoniare! – Melanchte indicò Shimrod e altri due passanti che si erano fermati a seguire la discussione.

– Di nuovo, in qualità di spettatore disinteressato, devo confermare l'affermazione di Melanchte – disse Shimrod, ma parlò con voce distratta, perché stava frugando nella memoria alla ricerca di un particolare che gli sfuggiva: da qualche parte, aveva sentito parlare di una perla verde, ma non rammentava più in che occasione, ricordava solo che si trattava di una qualche specie di oggetto malvagio.

– Ho sentito anch'io! – dichiarò un giovane e florido contadino, con i capelli biondi nascosti da un cappello verde scuro da boscaiolo. – Non so nulla della disputa, ma posso confermare quello che ho sentito con questi due buoni orecchi.

Con fare stizzoso, Yossip prese la perla e la mostrò a Melanchte per una frazione di secondo, dicendo poi, con voce cupa:

– Questa gemma vale dieci volte la somma che mi ha pagato! Non la cederò a buon mercato!

Melanchte si protese in avanti e piegò il collo in modo da poter vedere meglio dentro la scatola.

– È straordinaria! – sussurrò, dimenticando del tutto i fiori, e allungò la mano per prendere la gemma, ma Yossip la trasse di scatto indietro.

– Suvvia! – supplicò Melanchte. – È forse questa la giusta condotta di un venditore? Offrire la merce, lasciar dare un'occhiata e poi tirarla indietro come se il cliente fosse un ladro? Dov'è il tuo padrone, Zuck? Lui non sarà contento della tua condotta!

Yossip sussultò e fece una smorfia, confuso.

– Lascia perdere Zuck: mi ha lasciato ampia facoltà d'azione.

– Allora mostrami la perla, altrimenti chiamerò una guardia e questi signori mi faranno da testimoni!

– Bah! – borbottò Yossip. – Una simile intimidazione è quasi un furto. Mi puoi forse biasimare perché non mi fido a darti la gemma?

– O la gemma o le mie monete d'oro!

– Ma la perla vale molto di più! Prima accordiamoci su questo!

– Forse vale un po' di più.

Con riluttanza, Yossip concesse a Melanchte di prendere la scatola, e la donna fissò la gemma come affascinata.

– Il suo colore mi avviluppa con la sua intensità! Quanto vuoi in più?

– In verità – rispose Yossip, che non si era ancora ripreso – non ho ancora determinato il suo valore. Un simile gioiello potrebbe anche adornare la corona del Re di Arabia!

Melanchte si rivolse a Shimrod, un'espressione di maliziosa civetteria sul volto.

– Shimrod, qual è la tua opinione su questo gioiello?

– È bello, anche se un po' troppo brillante. Da qualche parte, ho sentito parlare di una gemma simile, forse in una leggenda, ma non riesco a rammentare in quale occasione. Comunque, non ricordo nulla di buono riguardo a quella perla: un tempo la portava all'orecchio un pirata sanguinario.

– Shimrod! Caro, cauto, buono, mite Shimrod! La leggenda ti turba davvero tanto, anche se hai dato appena un'occhiata al gioiello? – Gli porse la scatola. – Dimmi almeno quanto pensi che valga.

– Non sono certo un esperto in materia!

– In queste cose, chiunque è un esperto, visto che sa quanto sarebbe disposto a pagare di tasca sua.

– Io non pagherei nulla.

– Per una volta, comportati come un uomo normale! Prendila e sentine il peso! Studia la sua superficie alla ricerca di difetti! Valuta la bellezza del suo fuoco verde-mare!

Shimrod prese la scatola e lanciò un'occhiata in tralice alla gemma.

– Non mostra alcun difetto apparente, e il suo colore ha una sfumatura invidiosa e maligna.

– Perché sei tanto diffidente? – Melanchte era scontenta. – Guardala da tutti i lati! Io voglio solo il tuo parere più sincero.

Con riluttanza, Shimrod allungò la mano per prendere la perla, ma il giovane contadino con i capelli biondi lo afferrò per il gomito.

– Shimrod, vorrei dirti due parole in privato su quella perla.

Shimrod depose la scatola sul banco e i due si allontanarono di qualche passo, quindi il giovane contadino parlò con voce tagliente.

– Non ti avevo avvertito di non fare nulla dietro incitazione di

Melanchte? Non toccare quella perla! È un concentrato di pura depravazione, niente altro!

– Ma certo, ora ricordo! Tristano ci aveva parlato di una perla del genere. Ma Melanchte non può saperne nulla...

– Magari una vocina le parla nell'orecchio... Tamurello sta arrivando sul prato e io non voglio essere riconosciuto. Insisti per avere informazioni di Visbhume e non toccare la perla per nessun motivo!

Il contadino scomparve fra la folla.

Alquanto demoralizzato, Shimrod tornò da Melanchte e le sussurrò all'orecchio:

– Quel tizio ha una certa esperienza in fatto di perle, e mi ha confidato che questo non è autentica, perché le perle verdi non sono mai vere. Adesso ricordo qualcosa di più su quelle voci, e ti consiglio di non toccare questa perla falsa se ti preme la tua anima: quest'oggetto è meno che inutile, è un vortice di depravazione.

– Non sono mai stata così affascinata prima d'ora! – gridò Melanchte, con voce sommessa. – Sembra che mi rivolga una musica tormentata.

– Tuttavia, se anche non mi hai mai creduto in passato, credimi ora! Nonostante tutti i tuoi inganni, non vorrei che ti accadesse qualcosa di male.

Dall'altra parte del banco, Yossip dichiarò con solennità:

– Ho calcolato il valore di questo splendido gioiello: esattamente cento corone d'oro.

– Lady Melanchte non vuole quella perla a nessun prezzo – ribatté con voce aspra Shimrod. – Restituiscile subito le sue monete.

Melanchte se ne stava ora in disparte, silenziosa e cupa, e quando Yossip, con una rovente occhiata in tralice a Shimrod, le porse le sue monete, le lasciò scivolare nella borsa senza neppure guardarle.

Tamurello arrivò sul posto con lo stesso aspetto della sera precedente, si arrestò e rivolse un educato saluto a Shimrod.

– Sono sorpreso di trovarti così lontano da Trilda! Hai perduto ogni interesse nei miei affari?

– Altre questioni di tanto in tanto s'impongono alla mia attenzione – replicò Shimrod. – In questo momento, mi piacerebbe scambiare qualche parola con Visbhume. Tu lo hai visto la scorsa notte: dove si trova adesso?

Tamurello scosse il capo sorridendo.

– Lui è andato per la sua strada e io per la mia. Non so dove si trovi.

– Perché non modifichi le abitudini di una vita intera e per una volta non parli con sincerità? Dopo tutto, la verità non deve per forza essere considerata come un'estrema risorsa!

– Ah, Shimrod! La tua opinione negativa mi preoccupa! Riguardo a Visbhume, non ho nulla da nascondere. Gli ho parlato la notte scorsa e poi ci siamo separati. Non posso riferirti nulla sulle sue intenzioni.

– Cosa ti ha detto?

– Hm, ah! Temo che ci stiamo avvicinando a un campo troppo confidenziale! Tuttavia, ti rivelerò quello che so: mi ha raccontato di essere appena tornato da Tanjecterly che, come saprai, è uno dei mondi della "Decadiade" di Twitten.

– Avevo sentito qualcosa del genere. Non ha menzionato la Principessa Glyneth? Cos'ha detto di lei?

– Su questo punto, è stato alquanto evasivo, dal che deduco che quella ragazza deve aver fatto una triste fine. Tanjecterly è un luogo crudele.

– Non è stato preciso al riguardo?

– Per nulla. In effetti, era sua intenzione dirmi il meno possibile.

– E questo mentre, al tuo cospetto, ha abbandonato tutti i suoi abiti per ragioni che esulano da qualsiasi congettura?

– Che idea sconcertante! – esclamò Tamurello, in tono di mite rimprovero. – Le immagini che fai apparire nella mia mente sono deprecabili!

– Molto strano! La scorsa notte ho trovato i suoi abiti ammucchiati sul bordo della strada!

Tamurello scosse blandamente il capo.

– Spesso, in casi del genere, si trascura la spiegazione più semplice: forse ha solo sostituito gli abiti macchiati e consunti dal viaggio con altri più presentabili.

– E avrebbe abbandonato anche questa preziosa copia dell'Almanacco di Twitten insieme agli abiti sporchi?

Colto alla sprovvista, Tamurello inarcò le sardoniche sopracciglia e si accarezzò la curata barba nera.

– Si può solo sospettare che sia stato distratto, ma certo non posso presumere di conoscere le stravaganze di Visbhume. Ora ti prego di scusarmi.

Tamurello si rivolse quindi a Melanchte.

– Hai trovato qualcosa d'interessante?

– È qui che ho comprato i miei fiori, ma ora le piante sono morte e non potrò più ammirare la loro bellezza.

– Un vero peccato. – Nel lanciare un'occhiata alla bancarella, Tamurello scorse la perla verde: s'irrigidì all'istante e avanzò con lentezza, un passo dopo l'altro, fino a chinare la testa sulla scatola.

– È una gloria verde, una cosa senza paragone! – dichiarò Yossip, eccitato. – Il prezzo? Solo la sciocchezza di cento corone d'oro!

Tamurello non gli prestò attenzione: allungò la mano e le sue dita tremolarono sulla perla, ma in quel momento dall'ombra, all'estremità del bancone, saettò fuori un serpente verde che afferrò la perla con la bocca e l'inghiottì in un attimo, prima di scivolare a terra e di allontanarsi nella foresta.

Tamurello emise un grido soffocato e aggirò di corsa il banco, in tempo per vedere il serpente che scivolava in un buco sotto le radici di una vecchia quercia nodosa. Serrò i pugni, gridò un incantesimo di sei sillabe e si trasformò in un lungo furetto grigio che saettò nel buco all'inseguimento del serpente.

Da sottoterra, giunsero deboli stridii e sibili, poi silenzio.

Trascorse un minuto, quindi dal buco uscì il furetto che portava in bocca la perla verde. Per un momento, la bestia contemplò con roventi occhi rossi il prato, poi cominciò ad allontanarsi a balzi.

Un florido contadino dai capelli biondi fu ancora più rapido: abbassò sul furetto un vaso di vetro e fissò il coperchio, bloccando l'animale all'interno, la perla verde in bocca, il lungo naso schiacciato contro il ventre e le gambe posteriori che sporgevano sopra agli orecchi.

Il contadino pose il vaso sul banco di Yossip dove, sotto gli occhi degli astanti, il furetto si dissolse fino ad assumere un aspetto verde e trasparente, simile a uno scheletro sotto vetro e con la perla verde che ardeva al centro.

III

Il grigio ammasso dell'orizzonte di Aphrodiske si perse nella nebbia a mano a mano che l'animale da trasporto si allontanava verso ovest, lontano dalla luna nera e attraverso la Piana dei Gigli. In alto, il sole giallo e quello verde continuavano a ruotare l'uno intorno all'altro, con una languida continuità che Glyneth considerava tale da far impazzire del tutto una persona già un po' instabile di mente e che, a dire il vero, lei stessa trovava fastidiosa ora che aveva il tempo per riflettere.

Con la partenza di Visbhume, la tensione che la tormentava si era allentata e lo stimolo che derivava dalla personalità vivace – anche se strana – del mago era svanito, lasciandola in uno stato di stanca apatia.

Alla prima sosta insistette perché Kul riposasse e recuperasse le forze, ma lui ben presto divenne irrequieto e rifiutò di stendersi, come Glyneth voleva che facesse.

– Mi sento intrappolato in questa piccola casa – ringhiò. – Quando me ne sto disteso a fissare il tetto mi sento come un cadavere con gli occhi aperti. Odo voci che gridano da molto lontano, e quando sto in ozio quelle voci diventano furenti e gridano più forte!

– Tuttavia, ti devi riposare per poterti riprendere. Non posso ricorrere ad altra cura, dato che non voglio usare alla cieca le medicine di Visbhume.

– Non voglio nulla della roba di Visbhume. Mi sento meglio quando viaggiamo! Verso ovest: è l'ordine che è stato impartito alla mia mente e sono rilassato solo quando obbedisco.

– Molto bene, allora. Viaggeremo, ma dovrai startene seduto tranquillo e lasciare che mi prenda cura di te. Non so cosa farei se tu morissi.

– Sì, sarebbe davvero una tragedia – convenne Kul, alzandosi dal giaciglio. – Mettiamoci in cammino. Mi sento già meglio!

L'animale riprese la marcia verso ovest e lo spirito di Kul parve migliorare, tanto da ricordare un po' l'antica vitalità.

Il gruppo si lasciò alle spalle la Piana dei Gigli e poi anche la Foresta Nera, e la città di Pude apparve in lontananza. Kul impugnò Zil, lo spadone a due mani di Zaxa, e si mise in piedi davanti alla portantina, con le gambe divaricate e la punta dell'arma poggiata in mezzo ai piedi.

Sistemata sulla portantina, Glyneth preparò a portata di mano i bachi di fuoco e il tubo per scagliarli, oltre a parecchie bocce del tormento.

Entrato in Pude, l'animale da trasporto ne percorse la strada principale con passo tranquillo, mentre la gente sbirciava da dietro le finestre delle alte e raggruppate case del villaggio, ma nessuno venne avanti per bloccare loro il passo e l'animale attraversò il ponte senza che fosse richiesto un pedaggio.

Quando si furono lasciati alle spalle il fiume Haroo, Glyneth scoppiò in una nervosa risata.

– Non siamo molto popolari a Pude. I bambini non ci hanno portato fiori e non c'è stata traccia di festeggiamenti. Perfino i cani si sono rifiutati di abbaiare, e il sindaco si è nascosto sotto al letto.

Kul si volse a guardarla con un cupo sorriso sulle labbra.

– Con mio grande sollievo, visto che anche a me piacerebbe andare a nascondermi; se solo un bambino mi colpisse con un petalo di fiore, cadrei lungo e disteso! Mi appoggio alla spada per reggermi in piedi, anche se non dubito che riuscirei a sollevarla per tagliare il collo a Visbhume, se fosse lui il bersaglio.

– E allora perché rimani in piedi? Siedi e riposa! Volgi la mente a pensieri carichi di forza e di speranza, e presto starai meglio di prima!

– Vedremo. – Zoppicando Kul tornò a sedersi sulla panca più bassa.

Più avanti si stendeva la desolata Steppa di Tang-Tang, priva di qualsiasi sentiero, il che indusse Glyneth a temere di perdere la giusta direzione e di finire per smarrirsi: l'unico punto di riferimento affidabile era la stella rosa che brillava a est, ma tenere questa stella sempre alle spalle era un compito difficile, e i due continuarono a cercare altri punti di riferimento lungo tutta la strada. Oltrepassarono la zona dei grandi alberi, e, come in precedenza, il popolo arboreo semiumano emise isteriche grida di sfida e fece gesti offensivi; Kul diresse l'animale in modo da girare alla larga dai tronchi e si venne a rifugiare sotto la portantina.

– Non desidero provocare nessuno, neppure queste miserabili creature.

– Povero Kul! Ma non ti tormentare; presto riacquisterai le forze e non ti spaventerai più in questo modo. Nel frattempo, puoi fare affidamento su di me, visto che ho la borsa di Visbhume a portata di mano.

– Non siamo ancora a questo punto – brontolò Kul – anche se, in effetti, servo ormai a ben poco.

– Certo che servi! – lo contraddisse Glyneth, indignata. – Specialmente a me! Procederemo con calma e avrai il tempo per riposare.

– Niente affatto! Hai osservato come la luna nera si sta muovendo nel cielo? Quando saremo arrivati alla capanna il mio lavoro sarà finito e allora io potrò riposare.

Glyneth sospirò: quel tipo di discorsi la deprimeva. Se fosse sopravvissuta, non avrebbe mai più dimenticato questi strani viaggi attraverso il mondo di Tanjecterly anche se forse con il tempo gli eventi più terribili avrebbero perso lustro e vitalità, mentre la piacevole compagnia di Kul, le soste nella bella casetta e i meravigliosi paesaggi di Tanjecterly avrebbero acquisito un fascino sempre maggiore – fascino che per ora lei era incapace di avvertire. Poteva davvero succedere che un giorno si sarebbe sorpresa a ripensare a Tanjecterly con rimpianto? Presumendo, era ovvio, che adesso riuscisse ad andarsene. Sospirò ancora e concentrò la propria attenzione sul terreno circostante.

Viaggio, riposo, ancora viaggio, e ogni fase portava nuovi avvenimenti. In un'occasione, l'animale da trasporto evitò per miracolo di essere calpestato da una mandria in fuga di ruminanti a otto zampe che somigliavano a cinghiali, con lunghe zanne, la pelle chiazzata di bianco e rosso e la coda che terminava con un nodo irto di punte. Squittendo, stridendo ed emettendo un terribile odore, la colonna di bestie larga circa duecento metri incrociò a un passo frenetico il sentiero dell'animale da trasporto, da nord a sud, e alla fine scomparve in lontananza.

In seguito, attraversarono un accampamento di umani nomadi dalla pelle scura, vestiti con abiti sgargianti tinti di nero, rosso e giallo. Immediatamente, furono circondati da un nugolo di bambini venuti a mendicare e per nulla intimoriti dalla vista di Kul. Glyneth non aveva nulla da dare, ed essi strapparono tasselli dal tappeto dell'animale fino a che lei non lo costrinse ad accelerare il passo, lasciandosi il campo alle spalle.

A questo punto, la ragazza cominciò a sospettare che avessero deviato dalla strada più diretta attraverso la steppa, sospetto che fu confermato dalla vista di due collinette, ciascuna sormontata da un castello fortificato, e, più oltre, da un'altura rocciosa dominata dà una fortezza dall'aspetto ancor più minaccioso. Mentre l'animale oltrepassava le due collinette, due cavalieri, entrambi più alti e massicci di Kul, uscirono dai castelli: il primo indossava una splendida armatura purpurea con una cresta di piume verdi, e il secondo aveva l'armatura azzurra e le piume arancioni. Arrestarono le cavalcature davanti all'animale da trasporto e sollevarono la mano in un saluto all'apparenza amichevole.

– Brava gente – disse il cavaliere purpureo – noi vi porgiamo i nostri saluti e vi chiediamo quale sia il vostro nome.

– Io – rispose Glyneth, dall'alto della portantina – sono la Principessa Glyneth del Troicinet, e questi è il mio paladino, Sir Kul.

– Non conosciamo questo luogo chiamato "Troicinet" – dichiarò il cavaliere azzurro – e Sir Kul, se mi è concesso dirlo, somiglia più che altro a un feroce siaspico, anche se il suo volto, le sue maniere e la nobiltà del suo portamento sembrano confermare lo stato sociale che tu gli hai attribuito.

– Mostri di possedere discernimento – convenne Glyneth. – Sir Kul è vittima di un incantesimo, e dovrà mantenere il suo aspetto attuale per un certo periodo di tempo.

– Ah! – esclamò il cavaliere purpureo. – Questo spiega molte cose.

– Notiamo anche che Sir Kul tiene in mano una grande spada di fabbricazione non comune – aggiunse il cavaliere azzurro. – Somiglia molto alla spada Zil, di proprietà dell'assassino Zaxa, di Città di Pude.

– È vero. Zaxa possedeva in passato questa spada, ma ci ha offesi e Sir Kul gli ha tolto sia la spada sia la vita. È stata una fatica incresciosa, dato che Zaxa ha ruggito a lungo nel morire.

I due cavalieri esaminarono Kul di sottecchi, quindi discussero fra loro e il cavaliere azzurro, allontanatosi un poco, suonò con forza il suo corno. Nel frattempo, il cavaliere purpureo si rivolse a Glyneth e a Kul.

– Considerato che hai avuto la meglio su Zaxa, t'imploriamo di uccidere anche suo padre, Sir Lulie. Lulie è molto più forte di Zaxa, e noi non ci vergogniamo di ammettere che ne abbiamo paura: Lulie è colpevole di mille orribili imprese, ciascuna portata a termine senza neppure un sussulto di rimorso e tanto meno una parola di scusa.

– Deploriamo simili gesta – si affrettò a rispondere Glyneth – ma ora non abbiamo il tempo d'intervenire, anzi, siamo già in ritardo per un affare importante.

– È davvero così? – chiese il cavaliere purpureo. – Sembra allora che mio fratello abbia avuto troppa premura a suonare il corno della sfida.

– Assolutamente! Noi ora ce ne andremo, e voi dovrete spiegare l'accaduto a Sir Lulie come meglio potrete. Kul, spingi l'animale alla massima velocità.

– Troppo tardi – intervenne il cavaliere purpureo. – Vedo che Sir Lulie sta lasciando proprio ora il suo castello.

Con il cuore attanagliato da una morsa, Glyneth guardò Sir Lulie che si avvicinava: sedeva su un seggio massiccio simile ad un trono, legato sul dorso di un animale da trasporto, e portava in mano una lancia lunga dodici metri. Indossava una mezza armatura: corazza, guanti e un elmo modellato come la testa di un demone e sormontato da tre piume nere.

Sir Lulie fece arrestare la sua cavalcatura a una decina di metri di distanza e domandò:

– Chi ha suonato il corno con tanta arroganza, disturbando il mio riposo? Sono davvero adirato!

– Il corno è stato suonato per annunciare la presenza dell'invincibile Sir Kul – spiegò il cavaliere azzurro. – Sir Kul ha già ucciso tuo figlio Zaxa, e ora vuole vedere anche il colore del tuo fegato.

– Che crudele ambizione! – esclamò Sir Lulie. – Sir Kul, perché persegui scopi così violenti?

– Sembra essere il mio destino. A ogni modo, tu sei un padre orbato, e io voglio essere clemente. Torna al tuo castello con il tuo dolore e noi potremo proseguire. I nostri migliori auguri a tutti. Addio.

– Sir Kul! – gridò il cavaliere purpureo. – È evidente che stavi allora scherzando quando hai descritto Sir Lulie come il "cane di un cane" e "un codardo le cui gesta puzzano ancor più dello stesso Sir Lulie"!

– Non sono una persona sensibile – osservò Sir Lulie – ma queste sono parole pungenti.

– Sir Lulie, tu sei in attrito con quei due cavalieri laggiù e non con me – dichiarò Kul. – Ti prego di esentarci da ulteriori conversazioni, dato che siamo ansiosi di proseguire per la nostra strada.

– Però, hai ucciso mio figlio Zaxa e porti con te la sua spada. Se non altro, queste gesta richiedono una punizione.

– L'ho ucciso perché mi ha attaccato. Se mi attaccherai a tua volta, troverò il modo di uccidere anche te.

– Oh oh! Interpreto quest'osservazione come una sfida.

– Non era intesa come tale: ti prego di lasciarci proseguire.

– Non finché tutti i conti non saranno stati saldati. Scendi dal tuo trespolo e usa la spada di Zaxa contro suo padre, se osi.

Kul si rivolse a Glyneth.

– Non indugiare qui per causa mia. Dirigiti a ovest a tutta velocità e che tu possa avere fortuna.

Stringendo in pugno non la poco maneggevole spada di Zaxa bensì la propria arma, corta e pesante, balzò quindi giù dall'animale e avanzò verso Sir Lulie con quel passo guardingo che gli era tipico.

Lulie sguainò la spada e la tenne alta.

– Bestia demonica, contempla la mia spada Kahanthus! Il tuo momento è giunto!

Seduta sulla panca più alta della portantina, Glyneth inserì un baco di fuoco nel tubo, prese la mira con cura e lo scagliò. Dilatandosi in volo, il proiettile penetrò in uno dei fori per gli occhi dell'elmo di Sir Lulie e colpì con un'esplosione di fuoco bianco. Con un violento ululato, Sir Lulie sollevò le mani per artigliarsi l'elmo, lasciando cadere la spada, e Kul ne approfittò per colpirlo a un gomito in modo tale da far penzolare l'avambraccio, reciso all'altezza della giuntura. Lulie scalciò, più per riflesso che per altro, e scagliò in aria Kul, che sbatté con violenza a terra e giacque immobile mentre Lulie si strappava l'elmo e si guardava intorno con l'unico occhio rimastogli. Individuato Kul, gli si precipitò contro per soffocarlo, ma l'uomo-bestia sollevò la spada e la punta trapassò il collo dell'avversario sotto il mento, conficcandosi nel cervello. Lulie gli si accasciò addosso e lo sperone che gli adornava la corazza trafisse il petto dell'uomo-bestia vicino alla spalla.

Con enorme fatica, Glyneth fece rotolare da un lato il cadavere, premette un fazzoletto contro la nuova ferita per fermare il flusso del sangue, quindi corse a prendere la borsa di Visbhume, prelevò il balsamo ceroso e lo applicò con premura disperata. Quando finalmente riuscì a rimarginare la ferita sul torace di Kul, scoprì con sgomento che il sangue stava ancora fluendo abbondante da una seconda lacerazione sulla schiena, là dove lo sperone della corazza era fuoriuscito.

Le ferite infine cessarono di sanguinare, ma per qualche tempo Kul rimase ancora in ginocchio e con la testa china, tossendo e sputando la schiuma rossastra che gli usciva dai polmoni. Poi si rivolse a Glyneth con uno spettrale sorriso.

– Sto di nuovo bene! Torniamo alla portantina! La luna nera non si ferma!

Si alzò in piedi barcollando, e Glyneth lo aiutò a salire sulla portantina, dove cadde pesantemente su una panca.

Il cavaliere purpureo e quello azzurro se n'erano andati già da qualche tempo, e Glyneth li vide mentre risalivano la strada che portava al castello di Sir Lulie, forse per rivendicarne le ricchezze o per liberare dei prigionieri.

Facendosi forza, la ragazza estrasse la spada di Kul dal cadavere di Sir Lulie, e dopo averla pulita sugli abiti del morto la portò fino all'animale.

La spada di Sir Lulie, Kahanthus, giaceva sull'erba: una lama fatta di metallo azzurro pallido, con l'impugnatura di piastre di ebano intagliato e terminante con un lucente rubino rosso: era un'arma pesante, e fu solo con notevole sforzo che Glyneth riuscì a issarla sul dorso dell'animale. Poi salì a sua volta e la corsa verso ovest ricominciò.

Kul si afflosciò all'indietro, gli occhi chiusi, il volto pallido e il respiro corto e raspante per il sangue che gli si era fermato in gola; Glyneth cercò di sistemarlo il più comodamente possibile e gli sedette vicino, osservando i rapidi cambiamenti di espressione che si avvicendavano sul suo volto. Quei mutamenti divennero a poco a poco sempre più nitidi e definiti, e Glyneth cominciò ad avere strani brividi a causa di quel che vedeva o che credeva di vedere. Alla fine, sfiorò la guancia magra.

– Kul, svegliati! Stai facendo un brutto sogno!

Kul si scosse, gemente e s'issò faticosamente a sedere mentre Glyneth lo scrutava ansiosa in volto, scorgendo con sollievo solo il Kul che amava e di cui si fidava.

– Rammenti il sogno? – gli chiese.

– Adesso è svanito – rispose Kul, dopo un momento di esitazione. – E non voglio ricordarlo.

– Forse dovremmo fermarci per riposare fino a che sarai più in forze.

– Non mi serve riposo. Dobbiamo viaggiare più in fretta che possiamo.

L'animale continuò a correre, divorando una lega dopo l'altra di pianura azzurrina. A sud, di tanto in tanto, compariva qualche lupo a due zampe che studiava a distanza l'animale, si consigliava con i suoi simili e poi scompariva fra gli alberi.

Viaggio, riposo, viaggio: attraverso la Steppa di Tang-Tang e circondati da un panorama che diventava sempre più familiare. Oltrepassarono l'alta dimora del cavaliere che Visbhume aveva ingannato con lo specchio, ma questa volta nessuno uscì per fermarli. Lungo l'orizzonte, a ovest, apparve un'ombrata catena di montagne, e alla fine il fiume Mys scese da nord per scorrere parallelo al loro percorso. I lupi a due gambe, che fino ad allora si erano tenuti alla larga, furono raggiunti da un gruppo di loro simili i cui capi, gesticolando verso l'animale, parvero consigliare una tattica più audace. Il branco si avvicinò gradualmente ai lati e al posteriore dell'animale da trasporto; uno di loro piombò vicino, cercando di azzannarne una zampa, ma l'animale lo scagliò avanti con un calcio e lo calpestò senza mutare il ritmo della corsa.

Stancamente, Kul si alzò in piedi, prese la spada e questo servì a tenere indietro i lupi per qualche tempo. Poi, arrivati alla baldanzosa conclusione che il guerriero non costituiva un'immediata minaccia, tornarono ad accostarsi e due di essi balzarono sul tappeto, alle spalle della portantina. Glyneth era già pronta con la cerbottana e scagliò un baco di fuoco contro il più vicino dei due: colpito al petto da un lampo arancione e azzurro, quello ululò, cadde dal tappeto e sobbalzò qua e là in preda alle convulsioni. Glyneth prese di mira il secondo lupo, che però preferì saggiamente balzare a terra e seguire la preda correndo.

Dopo qualche minuto, il branco si allontanò verso sud e si radunò in cerchio, discutendo nuove tattiche con un annuire dei lunghi musi e un saettare delle nere lingue sottili. Kul allora incitò ancor di più l'animale da trasporto e più avanti, là dove le montagne si levavano accanto al fiume, apparve la capanna.

I lupi sferrarono un altro attacco secondo un nuovo piano e affiancarono l'animale da entrambi i lati, balzando sulla portantina e scagliandosi contro Kul: questi assestò colpi selvaggi con la spada

contro le braccia munite di ventose e contro le teste che si protende-
vano verso di lui, e riuscì a sgomberare l'area alla sua destra solo per
venire aggredito alle spalle dai lupi sopraggiunti sulla sinistra. Glyneth
scagliò un baco dopo l'altro, fino a quando da sopra il tetto della portantina calò un braccio peloso che l'afferrò per il collo, e un sogghignante
muso peloso le apparve davanti alla faccia. Con un sussulto, si liberò
dalla stretta e scagliò un baco di fuoco nelle fauci nere, al che la creatura
scomparve, preoccupata ora solo più del proprio doloroso destino.

La capanna distava ormai poco meno di cento metri, ma i lupi avevano tirato Kul giù dall'animale, che si era arrestato confuso e tremante
mentre quelli si ammucchiavano addosso al guerriero, lo premevano a
terra e lo sovrastavano in una massa pelosa e uggiolante.

Kul trovò ancora un po' di forza: issatosi in posizione eretta, le
zampe a ventosa attaccate su tutto il corpo, si liberò scalciando e impre-
cando, e mentre sollevava la spada parve per un momento il Kul del
passato. Ma i lupi avevano assaporato il suo sangue e non volevano
esserne privati; sbattendo i denti e ululando si slanciarono ancora
all'attacco, e per quanto Kul manovrasse con abilità la spada, i suoi
colpi erano privi di vigore.

– Ingrandisci la casa! – gridò a Glyneth. – Mettiti al sicuro! Per me
è finita!

Glyneth si guardò freneticamente intorno, poi balzò a terra e si
preparò a obbedire, ma in quel momento sulla soglia della capanna
apparve un uomo alto con i capelli biondo sabbia, e Glyneth, nel
vederlo, sentì le ginocchia che le si piegavano per la gioia.

– Shimrod!

– La porta è aperta, ma non per molto! Vieni!

– Devi salvare Kul!

Shimrod uscì sulla pianura e sollevò una mano: dalle sue dita partirono dardi di fuoco nero che colpirono i lupi e li ridussero a mucchietti
di cenere grigia; alcuni tentarono di fuggire verso est, ma i lampi neri li
inseguirono e li abbatterono tutti, ad uno ad uno.

Glyneth corse da Kul è tentò di sostenere il corpo barcollante.

– Kul! Siamo salvi! Shimrod è venuto!

Kul si guardò intorno con occhi spenti e gracchiò:

– Shimrod, ho obbedito ai tuoi ordini, come meglio potevo.

– Hai agito bene, Kul.

– Invero, sono già morto. Ora mi stenderò e rimarrò immobile.

Kul cadde sulle ginocchia e Glyneth gridò:

– Kul, non morire! Shimrod ti ridarà le forze!

– Cara Glyneth, torna sulla Terra. Io non posso venire con te. Sono una cosa eterogenea, tenuta insieme dal sangue rosso, e ora l'ho quasi perso tutto. Addio, Glyneth.

– Kul! Ancora pochi attimi! Ti amo profondamente e non ti posso lasciare qui! Kul! Puoi parlare?

Shimrod la prese per un braccio e la fece alzare in piedi.

– Glyneth, è ora di andare. Non puoi aiutarlo: sta per tornare alle sue matrici, ed è meglio che tu venga con me. Il suo corpo è morto, ma il suo amore per te è più vivo che mai. Vieni.

IV

Shimrod condusse Glyneth fino alla capanna, ma lei si fermò.

– Sull'animale ci sono due grandi spade. Ti prego, Shimrod, portiamole con noi.

– Passa attraverso la porta – le disse il mago, conducendola fino alla soglia della capanna. – Io andrò a prendere le spade. Ma non uscire; aspettami nella capanna.

Come intorpidita, Glyneth obbedì ed entrò nella costruzione: per un momento, si guardò indietro da sopra la spalla, verso Kul, ma dopo una sola occhiata distolse subito lo sguardo.

C'era qualcosa di diverso. Respirò profondamente: quella era l'aria della Terra, carica dell'amato odore del suo suolo e delle sue foglie.

Barcollando sotto il peso delle due spade Shimrod entrò nella capanna, le depose sul tavolo e, voltatosi verso Glyneth, le prese le mani.

– Tu amavi Kul, ed era bene che fosse così. Se non lo avessi amato, ti avrei ritenuta spietata e innaturale, il che è una sciocchezza, dato che conosco fin troppo bene il tuo animo affettuoso. Kul era un essere magico, formato da due entità: un feroce siaspico e un pirata barbaro proveniente da una luna lontana, Kul l'Uccisore. Queste due entità, sovrapposte una all'altra, hanno prodotto una creatura terribile, spietata e indomabile, cui sono state date anima e vita, insieme ad amore e lealtà verso di te, tramite il sangue di una persona che ti ama. Invero, questa persona ha dato quasi tutto il suo sangue e tutta la forza della sua anima. Kul è morto, ma queste qualità sono sempre vive.

– E chi è questa persona che mi ama? – chiese Glyneth, piangendo e sorridendo al tempo stesso. – Posso saperlo? O devo indovinare?

– Dubito che tu debba tirare a indovinare.

Glyneth gli lanciò un'occhiata in tralice.

– Tu mi vuoi bene, e anche Dhrun, ma io credo che tu stia parlando di Aillas... è là fuori?

– No. Non gli ho lasciato sospettare che la pulsazione si fosse aperta: se tu non fossi stata alla capanna o ti fosse accaduto qualcosa ne avrebbe sofferto di nuovo e di più. Ma Kul non ha fallito, e neppure Murgen, e tu sei qui. Ora farò venire qui Aillas con la magia: potrai uscire quando ti chiamerò.

Shimrod lasciò la capanna e Glyneth si avvicinò al tavolo, fissando le due spade Zil e Kahanthus, e per un momento tornò con il pensiero al lungo viaggio fino ad Aphrodiske, chiedendosi che ne fosse stato di Visbhume.

Trascorse un minuto, poi, dall'esterno, le giunse un suono di voci.

Accennò ad uscire, ma, rammentando le istruzioni di Shimrod, attese.

– Glyneth, ci sei? – chiamò il mago. – Oppure sei tornata a Tanjecterly?

Glyneth si accostò alla porta e uscì sotto il sole che filtrava a macchie nella foresta. Aillas la stava aspettando accanto a una carrozza.

Shimrod trasportò le due spade sul veicolo e disse:

– Vi aspetterò a Watershade, ma non indugiate troppo lungo la strada!

Si addentrò quindi nella foresta e scomparve.

Aillas si fece avanti e prese Glyneth fra le braccia.

– Mia adorata Glyneth, non ti permetterò mai più di lasciarmi.

Dopo un momento, si scostò e la scrutò attentamente in volto. La ragazza sorrise e domandò:

– Perché mi guardi in questo modo?

– Perché proprio sotto i miei occhi sei diventata la più bella e attraente fanciulla che ci sia.

– Davvero, Aillas? Nonostante il vestito sporco e la faccia macchiata?

– Davvero.

– Ci sono stati dei momenti in cui non speravo più di riuscire ad attirare la tua attenzione.

– Adesso non devi più avere simili timori. In verità sono tormentato dai tremiti e dai dubbi di un innamorato insicuro. Sono anche ansioso di sapere delle tue avventure: il tuo paladino Kul ti ha servita bene?

– Mi ha servita tanto bene che sono giunta ad amare anche lui! Forse dovrei dire che sono giunta ad amare quella parte di Kul che era data da te. Qualche volta ho intravisto in lui il feroce e anche Kul l'Uccisore, ed entrambi mi hanno spaventata, ma poi comparivi sempre tu e sistemavi tutto.

– Sembra che io abbia fatto molte cose che non rammento – osservò Aillas, con tono di rammarico. – ... Bene, non importa. Kul ti ha riportata da me, quindi non devo essere geloso. Qui c'è la carrozza: torniamo a Watershade, dove ci aspetta uno dei più allegri banchetti cui quelle vecchie pietre abbiano mai assistito.

Epilogo

ORA LA PERLA VERDE è rinchiusa in una bottiglia e l'aspetto assunto da
Tamurello, lo scheletro di un furetto accoccolato in un liquido verde, è
forse il più scomodo che il mago abbia mai sperimentato... La Foresta
di Tantrevalles getta la sua ombra su un terreno umido e profondo:
da qualche parte sotto di esso giace la carcassa di un serpente che in
tempi migliori portava il nome di Visbhume. Adesso lui non saltella e
non sussulta più al ritmo di una propellente musica interiore, e in casi
del genere viene da chiedersi: dov'è andata la musica, ora che è morto?

Tamurello e Visbhume erano indubbiamente due persone straor-
dinarie, ed entrambe hanno fatto una brutta fine. Tuttavia, nelle Isole
Elder abbondano le persone notevoli, le cui ambizioni spesso trascendono i limiti della saggezza e talvolta anche quelli del possibile.

Si potrebbe citare come esempio il rinnegato ska Torqual che, ripre-
sosi dalle ferite subite e intento a riacquistare le forze nel suo castello
inaccessibile, è tormentato da amari pensieri ed elabora cupi piani,
deciso a vendicarsi del giovane guerriero troicinese che gli ha arrecato
tanto danno.

La Regina Sollace di Lyonesse spera con fervore di poter edificare
una cattedrale e Padre Umphred le assicura spesso che se Re Casmir si
convertirà alla cristianità, finirà per vedere con occhi più comprensivi
l'idea della cattedrale. La Regina Sollace ne conviene, ma come fare
a convertire Casmir? Magari con l'aiuto di qualche sacra reliquia:
parecchi secoli prima, Giuseppe d'Arimatea aveva portato nelle Isole
Elder il Sacro Graal, che in precedenza si trovava a Glastonbury
Abbey. Il Sacro Graal servirebbe ottimamente allo scopo che Sollace
si prefigge, e Padre Umphred si dichiara entusiasticamente d'accordo
con lei.

Re Casmir è sempre turbato dalla profezia di Persilian, lo Specchio Magico, e non conosce ancora l'identità del figlio primogenito di Suldrun.

La Principessa Madouc di Lyonesse si trova in una posizione poco invidiabile, perché ora Re Casmir sa che lei è una bambina scambiata e non ha neppure una goccia del suo sangue nelle vene. Tuttavia, potrà sempre tornare utile quando raggiungerà l'età di sposarsi. Madouc, per la natura stessa delle cose, è una piccola e strana creatura, ancor meno tollerante di Suldrun nei confronti dell'etichetta della corte di Haidion, e il terzo volume delle cronache delle Isole Elder è:

LYONESSE III: *MADOUC*

GLOSSARIO I

Nel corso di diecimila anni, le isole Elder avevano conosciuto incursioni, migrazioni, invasioni armate e anche l'avvicendarsi di mercanti diretti ai loro centri commerciali, a Ys, Avallon, Domreis e Bulmer Skeme, tutti luoghi fondati da commercianti stranieri.

I nuovi venuti giungevano da ogni direzione, popolazioni pre-glaciali la cui identità è storicamente perduta. Quanto alle popolazioni indigene che esse trovarono, su di loro si può solo speculare. In seguito giunsero i Kornutiani, i Bizantini, un popolo notevole noto come il Khaz Dorato, e infine contingenti di Escquahar (altrove precursori dei Baschi, dei Berberi in Marocco, dei Guanches nelle Isole Canarie e degli Uomini Azzurri nella Mauritania).

Ancora più tardi, e talvolta in ondate successive, vi arrivarono i Pelasgi, i biondi Sarsele da Tingitana, i Danai e i Galiziani dalla Spagna, i Greci dall'Eliade, dalla Sicilia e dalla Gallia Inferiore; alcune barche di Lidi allontanati dalla Tuscania, i Celti provenienti da svariate direzioni e contraddistinti da una moltitudine di nomi. E, a tempo debito, i Romani provenienti dall'Aquitania. che per qualche tempo cullarono idee di conquista ma che alla fine se ne andarono, lasciando in eredità i dogmi del cristianesimo. Alcuni Goti e indigeni dell'Armorica s'insediarono lungo le coste di Wysrod, mentre altri Celti provenienti dalla Britannia e dall'Irlanda approfittarono del debole governo del Dahaut per fondare il Regno di Godelia. Per ultimi, provenienti dalla Norvegia e dopo essere passati dall'Irlanda,* giunsero gli Ska, che s'insediarono a Skaghane e nelle Isole Esterne, da cui passarono poi nell'Ulfland Settentrionale.

---

* Vedi Glossario II di questo volume, e anche LYONESSE I: *Il giardino di Suldrun,* Glossario III.

GLOSSARIO II

La storia degli Ska era un vero poema epico. Abitanti indigeni della Norvegia sin da prima dell'era glaciale, essi ne erano stati scacciati dagli invasori Aryan Ur-Goti ed erano stati spinti a sud verso l'Irlanda, dov'erano entrati nella storia Irlandese come Nemediani.

Diventati padroni indiscussi della Scandinavia, gli Ur-Goti avevano adottato i costumi Ska e con il tempo avevano scatenato le loro orde sull'Europa: Ostrogoti, Visigoti, Vandali, Gepidi, Longobardi, Angli, Sassoni e altre tribù di ceppo tedesco. Quelli che erano rimasti in Scandinavia si erano dati il nome di Vichinghi e, usando le lunghe navi di disegno Ska, avevano infestato l'Atlantico, il Mediterraneo e i fiumi navigabili dell'Europa.

Nuovamente sconfitti in Irlanda dai Fomoriani, gli Ska, erano stati costretti a migrare. Avevano fatto vela dall'Irlanda verso sud, fino a Skaghane, la più occidentale delle Isole Elder, dove avevano trovato un ambiente a loro confacente.

A Grand Moot, avevano pronunciato tre grandi e vincolanti giuramenti, fondamentali per una qualsiasi comprensione di base del complesso e contraddittorio carattere degli Ska:

Primo: Gli Ska non sarebbero mai più stati scacciati dalla loro patria.

Secondo: Gli Ska erano in guerra con tutti i popoli del mondo: così era stato dimostrato e così era.

Terzo: Il sangue della razza Ska era puro e la mescolanza con le sotto-razze degli Altri era un crimine altrettanto abominevole quanto il tradimento, la codardia o l'omicidio.

GLOSSARIO III

Aillas era stato l'amante della figlia di Casmir, Suldrun, e il padre del loro figlio, Dhrun, il quale era stato poi preso dalle fate di Thripsey Shee e sostituito con una bambina, per metà fata, che era diventata la Principessa Madouc di Lyonesse.

Fortunatamente per la sua pace mentale, Casmir era all'oscuro di questi fatti, ed era rimasto quindi molto colpito dalla predizione dello specchio magico Persilian, secondo la quale il figlio primogenito di Suldrun, prima di morire, si sarebbe seduto sul trono Evandig e anche, con onore e autorità, alla Tavola dei Notabili, l'antica Cairbra an Meadhan... tavola che due generazioni più tardi sarebbe servita da modello per la Tavola Rotonda di Re Artù di Cornovaglia.

Jack Vance (1916-2013) è stato uno dei più grandi autori di fantascienza e fantasy, e certamente tra i più amati dal pubblico. Dopo una serie di lavori di ogni genere, durante la Seconda guerra mondiale, Jack si arruola nella marina mercantile e gira il mondo. In questo periodo comincia a scrivere il ciclo della *Terra Morente*.

Tra gli Anni cinquanta e settanta viaggia, in Europa e nel resto del mondo, traendo da queste esperienze esotiche gli spunti per i suoi romanzi: *Il pianeta gigante, I linguaggi di Pao*, il ciclo di *Durdane*. Nella sua carriera ha scritto decine di romanzi di fantascienza, fantasy e gialli, per un totale di oltre sessanta libri; tra i titoli più famosi ricordiamo i cicli di *Lyonesse*, dei *Principi demoni*, di *Alastor*. Storie ricche di fascino, di personaggi indimenticabili, narrate con uno stile elegante e immaginifico.

Per la sua opera Jack Vance ha ottenuto tre premi Hugo, un Premio Nebula, un Premio Edgar e due Premi World Fantasy. Nel 1977 la Science Fiction and Fantasy Writers of America lo ha nominato Grand Master ed è stato inserito nella Science Fiction Hall of Fame. Vance ha ispirato generazioni di altri autori: Michael Moorcock, Neil Gaiman, Gene Wolfe, Dan Simmons, Ursula Le Guin hanno tutti riconosciuto Vance tra i propri mentori letterari.

Colophon

Questo libro è stato stampata utilizzando il carattere
Adobe Arno Pro per il testo e il carattere NeutraFace per i titoli.

✳

I MONDI DI JACK VANCE
in collaborazione con

DELOS DIGITAL

✳

Impaginazione: Joel Anderson

Grafica e quarta di copertina: Silvio Sosio

A cura di John Vance e Koen Vyverman